隐遁者，野生人，蛮人

隠遁者，野生人，蛮人

―― 反文明的形象の系譜と近代 ――

片岡大右著

知泉書館

本書は，二宮学術基金の助成を受けて出版された。

目　次

序　論　　　　　　　　　　　　　　　　　　　　　　　　　　3

第一部
〈啓蒙〉の転換期における宗教，詩学，文明：
『キリスト教精髄』を中心に

第Ⅰ章　シャトーブリアン，パスカルの不実な弟子　　17
　1　パスカルに逆らうシャトーブリアン　　24
　　1　パスカル的心への回帰？　　24
　　2　心の二つの秩序　　27
　2　啓示から夢想へ　　32
　　1　反パスカル的連合：想像力と心　　32
　　2　コンドルセにおける想像力と心の混同：理性との協調　　33
　　3　山頂へ至る道の花々　　35
　3　〈世紀病〉を病むパスカル　　39
　　1　「幻滅の花」　　39
　　2　原罪の教義から病の詩学へ　　41

第Ⅱ章　古典主義詩学とシャトーブリアン　　53
　1　音楽：恐れと哀れみの悲劇的装置　　56
　　1　宗教と音楽：偶然的な結びつき　　56
　　2　半ばの脱自：壊れた竪琴としての心　　60
　　3　単調さの擁護：グレゴリオ聖歌，隠遁者と野生性　　66
　　4　悲劇体験としての音楽　　69

2　フランス古典主義詩学における美学的二重性　　　　　　　71
　　1　アリストテレス『詩学』におけるミメーシスとカタルシス　71
　　2　ミメーシスの覆いとそのカタルシス効果　　　　　　　　73
　　3　模倣の存在論的劣等性　　　　　　　　　　　　　　　　76
　　4　二重性と道徳性　　　　　　　　　　　　　　　　　　　78
　3　シャトーブリアンにおける古典主義詩学の拡張　　　　　　84
　　1　崇高の詩学？　サント＝ブーヴの誤解　　　　　　　　　84
　　2　古典主義詩学から〈キリスト教の詩学〉へ　　　　　　　89
　　3　傷口と鎮静剤　　　　　　　　　　　　　　　　　　　　92
　　4　キリスト教の道徳的有用性：隠遁志願者の居場所を設けること　94

第Ⅲ章　〈啓蒙の世紀〉の宗教論とシャトーブリアン　　　　　　99
　1　『キリスト教精髄』第4部：キリスト教の文明への奉仕　　　99
　　1　ローマ帝国解体期における蛮人の文明化　　　　　　　102
　　2　宣教：キリスト教共同体の世界化　　　　　　　　　　107
　　3　哲学者たちの活用：教会を助けるヴォルテールとルソー　111
　　4　同時代の書評における第4部の好評　　　　　　　　　121
　2　〈啓蒙〉と〈反啓蒙〉におけるキリスト教と文明　　　　128
　　1　〈反啓蒙〉と文明の理念　　　　　　　　　　　　　　128
　　2　哲学者たちによる宣教と修道生活　　　　　　　　　　136
　　3　〈啓蒙の世紀〉における人口減少問題　　　　　　　　144
　3　人口減少問題と野生人　　　　　　　　　　　　　　　　150
　　1　メーストル，マルサス，シャトーブリアン　　　　　　150
　　2　野生人としての隠遁者　　　　　　　　　　　　　　　156
　　3　ディドロと野生人　　　　　　　　　　　　　　　　　161
　4　野性的なものと蛮的なもの：
　　　『歴史研究』におけるギボンの活用　　　　　　　　　　169

第二部
隠遁者，野生人，蛮人

第Ⅰ章　二つの予備的考察　　　　　　　　　　　　　　　　181

	1 野生児ピーター：savage と sauvage	181
	2 蛮人としてのアメリカ先住民：	
	〈黄金世紀〉スペインの自然法学的論争	189
	1 セプルベダ	197
	2 ビトリア	204
	3 ラス・カサス	209

第Ⅱ章　16〜18世紀フランスにおける野生人と蛮人　221

- 1 カニバルと自然法　221
  - 1 コロンブス，ピエトロ・マルティーレとカニバルの誕生　221
  - 2 16世紀フランスにおけるカニバル　224
  - 3 レリにおけるカニバルと自然法　227
  - 4 モンテーニュにおけるカニバルと自然法　235
- 2 野生的であるとは何か？　239
  - 1 モンテーニュによる二種の定義　239
  - 2 偽語源 solivagus：キケロ的伝統と野生性　241
- 3 モラリストと野生人　249
  - 1 17世紀の道徳論における野生人の現前　249
  - 2 ル・モワーヌにおける野生人　252
  - 3 ニコルにおける野生人　260
  - 4 パスカルは野生人を擁護するか？　264
  - 5 野生的存在の両義的提示　265
- 4 モンテスキューにおける野生人と蛮人　271
  - 1 共和国と蛮性　271
  - 2 野生人と蛮人の共通性：「土地を耕さない人民」　278
  - 3 森と二種類の自由　282
  - 4 野生人と蛮人の差異Ⅰ：
    散在する狩猟民と集合する牧畜民　284
  - 5 野生人と蛮人の差異Ⅱ：
    逃れ去る野生人と戦う蛮人　290
  - 6 野生人と蛮人の差異Ⅲ：
    自然状態の近傍への滞留と国制の起源　294

第Ⅲ章　シャトーブリアンにおける隠遁者，野性人，蛮人　303

1　蛮人をめぐる論争　304
1　フランク人のトロイア起源説　304
2　ブーランヴィリエ＝デュボス論争と自由主義の歴史家たち　309

2　シャトーブリアンにおけるフランク人：ブーランヴィリエとデュボスの間で　319
1　ブーランヴィリエに逆らって：フランク人と貴族の同一視の拒絶　319
2　ブーランヴィリエ説の肯定的利用：野生人から文明人への移行　324
3　ブーランヴィリエに逆らうティエリ：蛮人中の蛮人としてのフランク人の肖像　327
4　デュボスのフランク人観の採用：蛮的であること最も少ない蛮人　330
5　クロティルドの形象：「蛮性と人間性の解しがたい混合」　334
6　「ローマ＝蛮人帝国」　338

3　シャトーブリアンにおけるガリア人とフランス人　341
1　ガリア人の肖像：社交性と蛮性の共存　341
2　フランス人と野生人　343
3　『諸革命論』のルソー主義：アテナイ人，スパルタ人とフランス人　346

4　「心的野生人」　351
1　「よきスキタイ人」と「よきスイス人」　351
2　「よき野生人」　354
3　野生人と自然法　359
4　原始主義の拒絶　365
5　中間状態の擁護　367
6　野生的なものの評価をめぐるルソー的曖昧さの継承　369
7　文明化の運動の擁護　373
8　歴史化される野生人　375

5　「移動する孤独」　377
1　文明世界の内なる野生人　377

2　革命期のトラピスト修道会とルネ　　　　　　　382

結　論　　　　　　　　　　　　　　　　　　　　　389

あとがき　　　　　　　　　　　　　　　　　　　　395
文献一覧　　　　　　　　　　　　　　　　　　　　399
索　引　　　　　　　　　　　　　　　　　　　　　413
欧文要旨　　　　　　　　　　　　　　　　　　　　427

隠遁者，野生人，蛮人

———反文明的形象の系譜と近代———

序　論

　人間をポリス的動物として理解するアリストテレスの伝統にあっては，人間であることはすなわち都市的存在であること，都市の生活様式に適った活動に従事する，文明的存在であることを意味する。それ以外の人々は，定義に従うなら，人間ではないことになる。もちろん生物学的次元での断絶が問題となるのではないが，ともかく人間に相応しい生を生きているとは認められないのである。都市の内部あるいは周縁に住まい，市民の生活を支える膨大な人口――女性たち，農民たち，奴隷たち――は，かくして非人間的生に属するものとされる。そして，ギリシア的都市国家群の端的に外部に位置する地域の人民は，全体として都市的動物の範疇の外に置かれる。周知のように，古代ギリシア人たちは彼らの言語を解さない，あるいは十分に操ることのできない人民をbárbaros（複数形はbárbaroi）と呼び慣わし，この語はまずはラテン語に，次いで各世俗語に継承されることとなる（本研究ではこれらの語に一貫して「蛮人」の訳語を与える）。ギリシアに先立って文明を開花させた東方の先進地域の人民もこの呼称を免れることはなかったし，それどころかとりわけペルシア戦争以後は，ペルシア人こそが蛮人の典型であるとされた。ずっと後になって，『百科全書』はその項目「ギリシア人の哲学（GRECS, philosophie des）」において，この点についてのギリシア人の傲慢を嘲笑うべく，ヘブライ，ペルシア，カルデア，フェニキアそしてエジプトにおける文明発展を簡潔に示した後に次のように指摘するだろう――「要するに，尊大なるギリシア語がつねに〈蛮人（Barbares）〉の名で呼んだこれらの地域は，とうに開化されていたのだ――ギリシア人の地に住まうのが森に散らばる野生人たちでしかなく，互いに出会うのを避け，大地の実りを動物のように糧とし，樹木の洞に引きこも

り，土地から土地へと彷徨って，彼らの間にいかなる類の社会をも持たなかったその頃に。」しかし当時にあっては，彼我の関係を歴史的に理解しようとするこのような姿勢は問題にもならなかった。かくしてアリストテレスの『政治学』は，都市的諸価値によって特徴づけられる限りでの人間本性を逸脱した集団としてこれら蛮人を一括して扱いながら，彼らを本性的に奴隷であるような人民として規定する。ギリシア人を除く全人類は，それゆえ人間本性に与る代りに別の本性を割り当てられるのである。

　近代ヨーロッパ諸語においても同様に，「蛮人」の語はヨーロッパの都市的習俗に異質な外部世界の人民を集合的に指し示すべく用いられることになるし，ヨーロッパ世界がキリスト教共同体として観念される限りにおいて，ポリス的動物と蛮人との境界がキリスト教世界とその外部の境界に重ね合わせられることもできた。しかし必ずしもつねにそうだったのではない。この語の機能は，ヨーロッパないしキリスト教共同体とその外部との弁別のそれに還元されるわけではないのだ。この点できわめて示唆的なのは，トマス・アクィナスの蛮人理解である。彼は自然法を理解しない人民として蛮人を定義する。そのことは，神法を知らない人民，すなわちキリスト教の福音と無縁な人民であっても，理性的に都市的生を営んでさえいれば蛮人とは見なされないことを意味する。トマス主義ルネサンスの世紀に〈新世界〉の住民との出会いを経験したスペインにおいて，アメリカ先住民の法的身分をめぐる議論が成立しえたのは，キリスト教共同体の外部にもポリスの所有可能性を承認するこのトマス的前提があればこそであった。発見された地の人民の処遇の如何について当時発言した人々は，このような前提に立って，彼らのもとでのポリスの全面的な欠如（セプルベダ）――この場合，彼らを福音化するに先立ちまずは人間化すること，すなわち都市的習俗を体得させることが必要であって，そのためには彼らの武力による制圧と奴隷化をも含む強力な措置が求められる――と完全な所有（ラス・カサス）――この場合，真の宗教についての無知以外には欠けるところのない卓越した人民に対してスペイン人が為すべきは，平和的に遂行される福音の伝達のみにすぎない――という二つの極端の間のどこかに自己の立場を定めようとした。アメリカ先住民との接触をヨーロッパ人にとっての「驚

異」の体験として理解するスティーヴン・グリーンブラット[1]や，そこに史上類を見ない強度において生きられた遭遇を認め，「16世紀の人間がそこに閉ざされていると感じていたジレンマの，絶対的で全面的，非妥協的な性格」[2]を語るクロード・レヴィ=ストロースは，それゆえ幾分的外れである。先住民の装いや慣習の幾ばくかがヨーロッパ人にとって奇異なものと映ったとしても，それは彼らの世界認識の枠組を揺るがすような驚異として受け止められたのではない。既知の神学的=法学的前提は，「インド人」をめぐるスペインの議論においてまったく疑問に付されることはなかった。レヴィ=ストロースのみならず現在なお少なからずの人々によって誤解されているのとは異なり，発見された人民が人類の一部をなすこと――アダムの末裔であること――は決して真剣な理論的挑戦を受けることなく承認されていたし――それを疑うことは，先住民の福音化を口実とするスペインのアメリカ支配の正統性それ自体を疑うことになってしまう――，人類のこの単一性を内部で分割する基準としては相変わらず，自然法の遵守と侵犯の，言い換えればポリスの有無のそれが採用され続けたのである。16世紀後半にブラジルの人民について語ったフランス人にあっても事情は変わらない。モンテーニュやレリが彼らの国の現状を恥じ入らせるに足る何物かをトゥピナンバの習俗のうちに認めるとしても，それはこれらの人々の生活が既知の基準を無効にするような別の基準の所在を教えてくれるからではないのであって，ブラジル先住民は，自然法の遵守を通してのポリスの維持という馴染みの基準に照らし，宗教戦争期のフランス人たち以上に上手くやっているように見える限りにおいて賞賛されるのである。

* *

かくして，都市的動物はキリスト教的ヨーロッパの外部にも存在する。しかし，都市的諸価値の実現がキリスト教の受容の有無とは独立に考えられているというこのことは，他方において，それら諸価値への異質性がキリスト教共同体の内部においても露呈しうることを示唆する。非ポリス的なものの露呈が，ヨーロッパの外部に集合的人民として現れ

---

1) Stephen Greenblatt, *Marvelous Possessions*, Oxford, Clarendon Press, 1991.
2) Claude Lévi-Strauss, *Tristes tropiques*, Paris, Plon, coll. « Pocket », 1984, p. 79 (chap. VIII).

への異質性としての野生性の対立はいまだ,一枚岩のものと観念された文明世界としてのヨーロッパとその外部に広がる未開化の世界の対立として想像されていたのではなかったのである。

*　　*

　ヨーロッパの内部に野生的個人や野生的民族を見出しうること,しかも外面上のキリスト教の実践は,彼らが野生的たることをいささかも妨げないこと。それが示唆するのは,聖書の啓示に照らされてあることは,都市的生の維持をつねに保証するのではないという事実である。それどころか,野人と並ぶ野生性の体現者として,宗教的な隠遁者の形象が知られている。隠者は,ヨーロッパの文明＝都市的生活の基礎をなす宗教に,あまりにも深く身を浸すことを通して野生化するわけである。16 世紀初めのガイラー・フォン・カイザースベルクのある説教では,「野人／野生人（der wilde Mann）」には 5 種類あるとして,その第一に「隠遁者たち（Solitarii）」が挙げられている[7]。実際に隠者は,野人と同様に森を住処とする都市的習俗を逸脱した存在として,ロマン・クルトワのそこここに姿を見せる。とはいっても,上記の説教におけるのとは異なり,基本的にはこれら二つの形象の文明および野生性との関わりは,まったく同じものとして理解されていたのではない。クレティアン・ド・トロワの『イヴァンあるいは獅子の騎士』で野生化したイヴァンが森で出会う隠者を,ジャック・ル・ゴフは「「自然的」世界の内なる「文化的」飛び地」[8]であると説明する。隠者は,全面的な野生性＝狂気に陥った騎士と異なって,森においても文明との繋がりを保持しているからである。ともあれ都市的諸規範からの隔たりは明らかであり,隠者の形象は,フランスの文脈に即していうなら,宗教改革の挑戦を受けて世俗世界の再キリスト教化＝キリスト教的価値観の都市的習俗との擦り合わせの運動を見た 17 世紀のモラリスト的文脈において,やはり野生的の一語をもって否定的に評価されるのだし,さらに〈啓蒙の世

English Renaissance Literature, Cambridge, Cambridge University Press, 2006, pp. 113-141 を参照。

7)　Johann Geiler von Kaysersberg, *Die Emeis*, Straßburg, 1517, S. 40 f. また Franck Tinland, *L'Homme sauvage*, Paris, L'Harmattan, 2003, p. 44 も参照。

8)　Jacques Le Goff, *L'Imaginaire médiéval*, dans *Un autre Moyen Âge*, Paris, Gallimard, coll. « Quarto », 1999, p. 591.

紀〉の反キリスト教的風土にあっては，哲学者たちによって反社会的体系と目されたキリスト教を体現するものとして大いに弾劾されることになるのだった。

＊　　＊

　ただし，彼らはゲルマン諸族による西ローマ帝国への侵入とその解体の時期において，古代文明の遺産を修道院に保存し，新たな統治者となった蛮人たちの習俗を穏和なものとするのに役立ったのであり，そのことは最も手厳しい批判者によってさえ承認されていた。こうして隠遁者の形象は，ヨーロッパ文明の根幹をなすことになる一宗教の揺籃期の記憶に関わるばかりでなく，蛮人の文明化に貢献したことにより，その野生的性質を指摘されるにもかかわらず両義性を保つのである。
　近代ヨーロッパはまた，蛮人に対しても全面的な否定的判断を下すことはできなかった。文明的達成を誇るヨーロッパ人の祖先がその名で呼ばれていた事実が，次第に無視しえないものになっていったからである。今日蛮人の語は，古代ローマ人にとっての異民族，とりわけ〈蛮人の侵入〉の担い手たるゲルマン諸族の映像を喚起する。しかし歴史的に言って，つねにそうだったのではない。実際この語によって〈新世界〉の人民を名指しながら，〈黄金世紀〉のスペイン人たちは自らの祖先の蛮性に彼らを結びつけていたのではないのである。中世から16世紀にかけてのヨーロッパにおいて支配的だったのは，各々の王国が古代トロイア王族の生き残りに起源を持つという説であった。すなわち，ゲルマン人の諸王国はみな，『アエネイス』に歌われたローマ帝国のそれと同等の起源を持つとされたのであり，そこでは祖先たちの蛮性が問題になる余地はなかった。しかし，16世紀末以降，ヨーロッパ諸国は彼らの蛮人起源に次第に向き合うことを余儀なくされ，当初の蛮性と現在の文明との関係を説明しうる語りを練り上げていく。かくして文明は蛮性をその起源として抱え込むことになるのである。
　こうした両義性の点では野生人も劣ってはいない。野生的であることが自然的であることと同一視され，自然に──例えば自然法におけるように──規範的意義が与えられるときには，野生的であることは自然法のよき遵守を含意し，ポリスの不在にというよりはむしろ，堕落した文明のもとで見失われてしまった真のポリスの保持に結び付けられる

ことができる。「カニバルについて」のモンテーニュや『ブーガンヴィル航海記補遺』のディドロにおける野生人は，まさにそのような存在である。このような存在を〈よき野生人〉と称することはたしかに可能であろうが，しかしこうした場合，野生人は，その粗野で文明に異質な性質のゆえに，つまり通常の理解における野生性のゆえに評価されているのではないことを認めなければならない。野生人はここで，彼のもとでの都市的＝文明的諸価値の実現ゆえに評価されているのである。

＊　　＊

　隠遁者，野生人，蛮人。三つの形象は，反文明的な性格を露わに示す一方で文明世界の歴史と諸原理の本質に密接に関わることにより，両義性を保持し続けてきた。以下に読まれる研究は，16世紀から18世紀までの事情をも踏まえつつ，18世紀末から19世紀の前半において著作活動を行ったフランソワ＝ルネ・ド・シャトーブリアンのもとで，これら三形象がどのように機能し，絡み合いながら，文明への作家の態度を表現しているのかを見定めようとするものである。
　本研究は，パスカルの神学的諸前提のシャトーブリアンにおける美学的転用の分析によって始まり，ついで同じ作家のもとで古典主義詩学がこうむることとなった独特の屈折をたどる。こうして，最初の二章において主に1802年の第二作——革命に反対しつつもキリスト教に対してまったく愛想のよいところのなかった1797年の『諸革命論』とは打って変わって，カトリック教会の擁護に捧げられた護教論的著作——を検討対象としつつなされるのは，「『キリスト教精髄』の詩学」とでも呼びうるものの素描の試みである。しかし第3章では，シャトーブリアンが宗教に期待していたものがたんなる美的効果の実現にとどまるものではないことが冒頭において宣言される。そして，より広範な見通しのもとで18世紀の宗教をめぐる議論が——〈啓蒙〉と〈反啓蒙〉の両傾向に目配りしつつ——検討されるとともに，この時代に知的形成を遂げたこの作家が〈啓蒙〉の転換期において〈文明〉の理念と現実に注いでいたまなざしが，〈隠遁者〉，〈野生人〉，〈蛮人〉の三つの形象との関係でよりよく理解しうることが示されるのである。続く第二部の最初の二章では，いったんシャトーブリアンを離れ（第II章の途中までは，彼の直接の知的背景をなす18世紀フランスからも離れ），分析の導きの糸として

の三形象とその様々な意味作用が，16世紀から18世紀にかけての歴史的文脈の中でたどられる。その成果を踏まえ，最後の第Ⅲ章では我々の作家に立ち返り，第一部第Ⅲ章でも取り上げた『歴史研究』に再度注目しつつも最初の二著作や『ナチェズ』から最晩年の『ランセの生涯』までに論及することを通して，第一部で得られた見通しをいっそう深めるとともに，近代の文学的感受性のひとつの発生に立ち会うことで論は閉ざされる。

当初はシャトーブリアン研究として構想された本研究は，いま読まれつつあるかたちを取るに至る過程で実に多様な対象や主題を相手取ることとなった。また，第一部の最初のⅡ章について述べるなら，これらは本研究の中心的議論との関係では，美学の分野における一種の補論のような性格を持っていると言うこともできるかもしれない。まずここでは，各章はそれぞれ独立したものとして読まれうること，本研究は必ずしも最初から通して読まれる必要はなく，関心を引かれた章から読み始めうるものであることを宣言しておきたい。その上で言うなら，シャトーブリアンの最初期の作品における〈ポール＝ロワイヤルの隠遁者〉の形象の検討によって始まり，同じ作家の最後の著作におけるトラピスト会改革者の形象と革命期におけるこの修道会の運命への言及で終わる本研究の展開には，たんにそれを構成する諸章がおおむね執筆時期の順に並べられているという年代学の論理にのみ依拠するのではない，内的な一貫性を認めることができるはずである。第一部第Ⅲ章以降の分析が狭義の文学研究を離れ，むしろ政治・社会思想史上の貢献として読まれうるものであるとしても，そうしたすべての出発点であり目的でもあるのは，文明に対しての不安な関係を保持することを許すものとしての文学の身分規定の，歴史的な検討にほかならないのだから。

＊　　＊

なお，本論に入るに先立ち，いくつかのフランス語（およびそれに対応する西欧諸語）の訳語の選択について注記しておくべきだろう。フランス語 sauvage については，形容詞の場合には「野生的」，実詞化されて人物を意味する場合には「野生人」の語を一貫して宛てる。より一般的な「未開人」の語を用いないのは，本研究においては，非ヨーロッパ世界の住民の表象が問題になる際であっても，分析は絶えずこのフラン

ス語形容詞の意味作用に立ち返りながらなされるため，できるだけこの語の本来的な意義に忠実な日本語を選んでおきたいからである。形容詞 barbare は，「野蛮な」と訳すのが通例であるが，つねに「蛮的」の語で置き換える。sauvage との差異を日本語の文字面の上でも明確にする必要上，「野」の一字が共有されるのは望ましくないと判断したためである[9]。同様に，「野生人」との混乱を生じさせないため，「蛮的」な人物には「蛮人」の語を宛てる。名詞 barbarie（英語の barbarism）に「蛮性」の訳語を与え，「野蛮」の語を用いなかったのも同様の配慮による。

　慣用との兼ね合いでいっそう悩んだのは，Indien——英語の Indian, スペイン語の Indio——の扱いである。文字通りには「インド人」としか訳しようのないこれらの語は，英語の場合には「インディアン」，スペイン語の場合には「インディオ」と訳し分けることになっている。フランス語の場合には？　「アンディアン」の語で置き換えられている例を，少なくとも我々は知らない。フランスもまた，イギリスやスペインと同様にアメリカ植民を経験したし，七月戦争の敗北によって〈新世界〉から排除されるまでは，ヌーヴェル・フランスの Sauvages ないし Indiens との接触を持っていたにもかかわらず。ともあれ，「アメリカ先住民」を指すときのこれらの語は，決して「インド人」とは訳されることがない。西欧諸語のテクストにおいてこの語に出会う読者は，それがあのインド亜大陸の国民であるのか，それともコロンブスの「発見」以来この語で呼ばれてきた別の人民が問題になっているのかを，文脈に応じ，自ら判断する。日本語の読者はこのような手間を免除されているわけだが，欧米と比較してのこの特殊事情は，この語とその指示対象とが日本語世界に知られるところとなった歴史的時期に規定されている。ヨーロッパの事情に即して見るなら，「インド」の語の指示する領域が今日のインド亜大陸の輪郭と重なるようになったのは，この語の長い歴史の中ではごく最近のことにすぎない。アレクサンドロスの軍勢にとってはインダス川流域の土地を指す言葉でしかなかったこの語は，やがて

9）　第二部第 I 章第 1 節で見るように，英語 savage は少なくとも 18 世紀以降，当初は仏語 sauvage から引き継いでいた中立的な意義をもっぱら wild に委ね，その意味の幅を狭めていく。そのため本研究では，barbare およびその派生語に与えるのを差し控えた「野蛮な」の語を，sauvage と同様に訳しえないときのこの英語のために利用することにした。

その指示する地域を途方もなく広げて，ヨーロッパ人にとって未知のものではなかった中東の東に広がる，空想的な領土全体を意味するようになる。はなはだしい膨張に続く収縮作用を経て，この語が主として今日のインド，パキスタン，バングラデシュを覆う領域に関わるものとみなされるようになるのは，イギリスがこの語によってこの亜大陸を名指しながら植民地支配を確立していった19世紀の歴史的経験を待たなければならない。これ以後，西洋の人々は「東インド」全域の中でもこの亜大陸こそが本来のインドであると心得るようになり，また被支配者の側でも，「インド」の人民として集団的に扱われ支配されるという経験を通し，自らをインド人であると想像し始めるのである[10]。さて，1492年の出来事とそれに続く征服の事業が生きられたのは，「インド」の語が広大にして空想的なアジア全域を漠然と名指していた時代のことであった。広大な「インド」の東端に到達したと最後まで信じていた〈提督〉がこの語に固執したのは当然として，発見された地がアジアとヨーロッパの間に横たわる別の大陸であることを次第に認識していった16世紀人たちもそれを——必要に応じて「西の」との限定を付しつつ——用い続けたのは，当時この語が保持していた規定の曖昧さによっている。西洋は，この当初の曖昧さに由来して，同じ語で名指される二種の人民がまったく異なった地理的・歴史的存在であるという事実に，両者にこの語を用いることをやめないまま，時間をかけて馴染んでいったのである。それに対して，日本人は西洋がこのような歴史過程を経た後の19世紀中葉にこの語を，またこの語が指し示す両人民を知った。異質な二つの人民を等しく意味するIndianの語を，日本語が二通りに訳し分け

---

10) 例えばヘーゲルは『歴史哲学講義』（第1部第2篇）において，インドという呼称が現地の人々のものではなく——なぜならこの広大な地域を覆う統一的な国家が不在なのだから——ヨーロッパ人の便宜によるものであることを証言している。さらにここでは，現代インドの二人の作家による証言も引いておこう。サルマン・ラシュディは1997年，インド独立50周年の節目に当たり，「インドという理念（idea of India）」の発明品としての性格を強調しつつ，独立後のあらゆる困難にもかかわらず，この理念は今や全インド人にとって受け入れられていることを確認している（Salman Rushdie, "India's Fiftieth Anniversary", in *Step Across This line: Collected Nonfiction 1992-2002*, New York, Random House, 2002, pp. 160-164）。アルンダーティ・ロイも同様に，以下のように述べている「私たちの国は，周知のように，通商と行政というおよそ感情的ならざる理由のため，大英帝国の鉄床で鍛えられたものだ。しかし誕生と同時に，インドは自らの創造主に対する闘いを始めた」（Arundhati Roy, "The End of Imagination" in *The Cost of Living*, London, Flamingo, p. 115）。

ることを選んだのは当然だろう。この語のアメリカ先住民の意味での用例の最初期のものである『文明論之概略』の一節は，この点で興味深い。欧米諸国の横暴な支配を免れて独立を保つため，彼らの文明を一刻も早く我が物にすべきことを熱心に説きながら，福沢諭吉は合州国の「インヂヤン」の運命を引き合いに出した後にアジアに目を転じ，「印度」の人民の劣らず過酷な境遇を取り上げるのである[11]。太平洋を挟んだ両地域の二つの人民の苦境を日本の読者に伝える必要があるときに，英語が同じ語で名指す両者に同一の日本語をまずは与え，その上でこの奇妙な慣習のよって来るところをことさらに説明するような手間は，まったく無用のものと思われたに違いない。

　本研究における訳語選択の話題に戻ろう。我々自身の言葉で問題の人民を呼ぶ際には，「アメリカ先住民」や「先住アメリカ人」の語を用いる。フランス語や英語で執筆するのであれば，学術論文やジャーナリズムが好んで用いる Amérindien/Amerindian を用いてもよいだろうが，日本ではまるで定着していない上，容易に訳しがたい語であるから，採用しなかった。それゆえ Indien や対応する諸西欧語の訳語が現れるのは，基本的には様々な著作からの引用文中においてである。本文中に時折現れることがあるとしても，それは（実際そうなっていようといまいと）歴史的呼称として括弧に括って用いられているものと了解されたい。18世紀以降の著作家たちの引用に当たっては，彼らはこの語をたんに慣習に則って用いているにすぎないので，日本語の慣習に則った訳語である「インディアン」を採用した。しかし16世紀の著作家たちについては，事情が異なる。彼らは問題の人民を，新たに見出された「インド」の地の人民として自覚的にそう名指していた。それゆえ，当時の文脈の理解のためには，19世紀以降の歴史状況を刻印された近代日本語の翻訳慣習は脇に退けるのが有益だと思われる。今日的感覚からしての不自然をも省みず，「インド人」の訳語を採用したゆえんである[12]。

　11）　福沢諭吉『文明論之概略』松沢弘陽校注，岩波文庫，1995年，290頁（巻の6，第10章）．

　12）　なお，二宮敬によるレリの翻訳では，やはり「インド人」の語が用いられている（『大航海時代叢書』岩波書店，第2期第20巻，1987年）．

第一部

〈啓蒙〉の転換期における宗教，詩学，文明：『キリスト教精髄』を中心に

第 I 章

シャトーブリアン，パスカルの不実な弟子

　ロマン主義時代は，〈啓蒙〉からフランス革命にいたる合理主義的で宗教に冷淡な傾向への反動として特徴づけられ，宗教への大がかりな回帰はその主要な現れとして捉えることができる——旧来の文学史のこのような教えは，今日では多かれ少なかれ相対化されている。例えば，18 世紀と 19 世紀，〈啓蒙〉とロマン主義との間に鋭い断絶よりは緩やかな連続性を見ようとするミシェル・ドゥロンは，シャトーブリアンの『キリスト教精髄』（1802 年）における感性的なものと精神性との紐帯の重視について語りながら，その先駆けを「不信仰者ディドロ」のうちに，また 18 世紀の哲学者たちの基本的な傾向のうちに見出している[1]。彼らはキリスト教を認めなかったにしても，宗教儀式や宗教画の，感覚に訴える魅力を評価することはできたのである。聖体行列の魅力に身を震わせ，涙を流しながら，ディドロは「そこには何かしら偉大で，陰鬱で，荘厳で，メランコリックなものがある」[2]と感じる——そうした何かしらの身元については意図して無頓着で，感動をキリスト教の信仰へと連絡させないように配慮しながら。ここから『キリスト教精髄』に至るために必要なのは，その感動はキリスト教の力によるものだという強弁のみである。実際，シャトーブリアンも，哲学者たちのもとに認められるこうした性格をよく心得ていた。それゆえ，信仰の回復と『キリス

---

[1] Michel Delon, « L'orgue de Chateaubriand », in *Revue d'histoire littéraire de la France*, nov.-déc. 1998, p. 1050.

[2] Diderot, *Salon de 1765*, dans *Œuvres*, édition établie par Laurent Versini, Paris, Robert Laffont, coll. « Bouquins », 1996, t. IV, p. 419.

ト教精髄』に先立つ著作,『諸革命論』(1797年)の終わり近くで,哲学者たちのキリスト教への反論を彼ら自身に語らせる形で要約しながら,彼は次のように書くことができたのである。

> 我々ははっきりと感じるのだが,あなた方は礼拝の荘厳なしでは,決して諸民族をキリスト教に改宗させることはできなかったことだろう。この点において,我々はローマの宗派のほうを好んでいる。いくばくかの違いはあれ,ルター派,カルヴァン派,クェーカー派……等々であるというのは笑うべきことだ,教義の不条理を受け入れ,人民に相応しい唯一のものである,諸感覚の宗教を拒絶するというのは[3]。

ここに見られるのは,先に言及したディドロ的なキリスト教観,「外的礼拝の全装置」[4]の感覚的な力と,教義の「形而上的たわごと」[5]とを対立させながらなされる,カトリシスムへの両義的な評価にほかならない。このような哲学者の教説の提示に先立ち,彼は「事実のたんなる語り手として,私は主題が課すのに従い,他の者たちの議論を,それらを承認することなしに報告しよう」[6]と断っている。とはいえ,上記の引用箇所に見られる発想について言うなら,それは半ばは『キリスト教精髄』の原理であるといってよい。もちろん,哲学者たちと異なり,『精髄』の著者はいたるところでキリスト教の教義が理性に反しないものだと述べているのであって,そのような立場が彼の著作のいわば前提を構成している。しかし,その護教論の主要な力点は,キリスト教は,感覚と感情に訴える力ゆえに卓越しているという主張に置かれているのだから。

しかし,自身の形成の土壌となった〈啓蒙の世紀〉の知的環境と,それへの反動とみなされる宗教への回帰との間に見出すことのできる,密

---

[3] Chateaubriand, *Essai sur les révolutions*, dans *Essai sur les révolutions, Génie du christianisme*, texte établi, présenté et annoté par Maurice Regard, Paris, Gallimard, coll. « La Pléiade », 1978, p. 409 (IIe partie, chap. XLVII).

[4] Diderot, *op. cit.*, p. 419.

[5] *Ibid.*

[6] *Essai sur les révolutions*, p. 401 (II, XLIII).

第 I 章　シャトーブリアン，パスカルの不実な弟子　　　　　　　19

かな連続性を知らないわけではなかったにしても，『キリスト教精髄』の著者となったシャトーブリアンが明示的に意識しかつ繰り返し提示するのは，18 世紀の哲学者たちへの批判——，ルイ 14 世の世紀の偉人たちがキリスト教徒だったことを惜しみながら，「ディドロとダランベールの素晴らしき世紀」[7]を謳歌していた者たちへの批判にほかならない。人々がキリスト教の覆いを暴いたと信じ，その教義の不条理と道徳への悪影響とが喧伝されていた時代に対する反動として，彼は自身の著作を位置づけるのだ。

　〈啓蒙の世紀〉を非難しながら，彼が立ち返ろうとするのは 17 世紀にである。そして分けても拠り所となるのがパスカルにほかならない。『キリスト教精髄』第 3 部 2 巻 6 章の冒頭を飾る，パスカルの生涯全体を要約した総合文は，「恐るべき天才」[8]との表現とともによく知られている。そして，シャトーブリアンは『精髄』の全体を，パスカルの護教論との並行性を指摘することで締めくくるだろう[9]。そうした姿勢は，本書の刊行に先立って，しかしすでに「『キリスト教精髄』の著者」と署名されて公表された，スタール夫人『文学について』をめぐるフォンターヌ宛書簡の中で鮮明に打ち出されていた。スタール夫人を哲学者たちの生き残りに見立て，彼女が拠って立つ完成可能性の楽天性にキリスト教のメランコリーを対立させながら，彼はフォンターヌにこう語りかけているのだった。

　　あなたはご存知でしょうが，この私の狂気とは，イエス＝キリストをいたるところに見るということです，ちょうどスタール夫人が完成可能性をいたるところに見るように。私は，パスカルとともに，不幸にも信じているのです，ただキリスト教のみが人間の問題を説明しえたのだということを。お分かりのように，私は偉大な名前のもとに避難しましたが，それはあなたが私の偏狭な考えと反哲学者

---

7)　Chateaubriand, *Génie du christianisme*, dans *Essai sur les révolutions, Génie du christianisme*, éd. cit., p. 468 (Iʳᵉ partie, liv. I, chap. I).
8)　*Ibid*., p. 825 (III, II, VI).
9)　*Ibid*., p. 1092-1093 (IV, VI, XIII).

的な迷信とを，大目に見てくれるようにです[10]。

　さて，当時において，こうしたパスカルへの依拠には，18世紀との対立をよりはっきりと際立てるという利点があった。というのも，理性と進歩への信頼によって特徴づけられるこの世紀にあって，パスカルの評判は決して芳しいものではなかったからである。「哲学者であることは何よりもまず，反＝パスカルであることを意味していた」[11]。『パンセ』が理性のみによる信仰の限界を説くのが，理神論者たちには我慢ならない。理性による検証という，確かな支えを拒絶するとは！　それは信仰の脆さにほかならず，無神論を利するのではないだろうか？　しかしそうはいっても彼らはパスカルの卓越した推論の力を賛嘆していたので，ポール＝ロワイヤルの信心家たちが彼らの都合のいいように編纂したものと見える『パンセ』を，自分たちの手で作り直そうとする。コンドルセが両義的な『ブレーズ・パスカル礼讃』および自身の注解に加え，ヴォルテール『哲学書簡』第25信における名高い注解を併せて編集した新版（1776年）が世に出るや，最晩年のヴォルテール自身はさらに新しい注解を付け加え，増補版を出版するだろう（1778年）。新版『パンセ』は，『真空論序言』や『幾何学的精神について』のような作品を巻頭に据えることによってそれを啓蒙の精神に相応しいものにしようと企てる一方，理性のみによる神の存在証明を否定するパスカルの立場に対しては多くの注解において批判を加え，また世界を提示する仕方の極端なペシミズムには，社会の幸福を目指す哲学者たちの努力を対置して，強力な知性ゆえの懐疑に終生苛まれ続けた，脆い信仰の持ち主としてのパスカル像を19世紀に伝えたのである。コンドルセ＝ヴォルテール版の『パンセ』は，やがて〈啓蒙の世紀〉によるパスカル征服の証とみなされることになるだろう[12]。「18世紀末の全体が，いわば，もはやヴォ

---

10) Chateaubriand, *Lettre à M. de Fontanes sur la deuxième édition de l'ouvrage de Mme de Staël*, dans *Génie, op. cit.*, p. 1266.

11) Antony McKenna, « Chateaubriand et Pascal », in *Bulletin de la Société de Chateaubriand*, 1991, n° 34, p. 46.

12) Sainte-Beuve, *Port-Royal*, présentation de Philippe Sellier, Paris, Robert Laffont, coll. « Bouquins », 2004, t. I, p. 765.

第Ⅰ章　シャトーブリアン，パスカルの不実な弟子　　　　　　　　　　21

ルテールとコンドルセを通してしかパスカルを見なかったのである」[13]。
＊　　＊
　こういった事情のために，信仰を回復し，キリスト教の偉大を人々に喧伝する気になったとき，シャトーブリアンのパスカルへの称賛には同時に，コンドルセ版への批判が伴うことになるだろう。

　　キリスト教哲学の，そしてまた今日の哲学の，奇妙なモニュメントがある——編者の注解を付せられた，パスカルの『パンセ』である。パルミラの廃墟を見る心地だ，霊的な息吹と偉大な時代の壮麗な残骸，その足元では砂漠のアラブ人が惨めな小屋を立てている[14]。

　そして彼は上記引用箇所に注解を付け加え，コンドルセ＝ヴォルテール版を参照することの問題点を指摘しているのだった。『パンセ』への注解の多くの箇所で，「彼らはパスカルの考えを歪めている。彼が無神論者として通るようにである。例えば，彼が人間の理性のみでは神の存在の完全な証明には到達できないと言うと，勝ち誇った叫びが上がるのだ——ヴォルテールが神の味方をすべく，パスカルに反対するのを見るのは素晴らしいことだと。それではまったく常識をからかい，読者の人の良さを当て込んでいるというものだ。／当然のことではないか，パスカルが推論しているのはキリスト者として，啓示の必要性の議論を急き立てる者としてであるということは？」[15]
　ここでシャトーブリアンが念頭に置いているのはコンドルセ版『パンセ』のコンドルセ自身による注解のひとつと，同版の刊行者序文である。前者には，「あの論の中でヴォルテール氏がパスカルに反対し，神の存在を弁護するのを見るのは素晴らしいことだ」[16]という一節が見られ，また「啓示の必要性」という言葉は後者に現れる[17]。前者で言及さ

---

　13)　*Ibid.*, p. 766.
　14)　*Génie*, p. 825 (III, II, VI).
　15)　*Ibid.*, p. 1164 (III, II, VI, note XXV).
　16)　*Éloge* [par Condorcet] *et Pensées de Pascal*, nouvelle édition commentée, corrigée et augmentée par M. de *** [Voltaire], Paris, 1778, p. 206, note a.
　17)　Condorcet, Préface de la nouvelle édition des *Pensées* de Pascal, dans *Œuvres*

れているのは，自然の光によるなら，「我々には神が何であるのかも，神が存在するのかどうかも知ることができない」[18]という，賭けの断章中の一節への注解であり[19]，ヴォルテールはそこで，パスカルが生きていたなら，このような考えを却下していたことだろうと述べている。同じ賭けの断章についての別の注解を参照するなら，神が実在するかどうかの証明をお預けにしてなされるそのような方法は，神の存在を明白なかたちで示すことができないのだから，無神論者を生み出す原因ともなりかねないと，彼は考えていたのである[20]。そして後者においてコンドルセは，一方ではヴォルテールと同様の流儀で，理性による神の存在証明が不可能であるとするパスカルの立場が，無神論を利すると非難している。しかし他方では，そうした不可能性ゆえに「啓示の必要性」を言い立てる『パンセ』の著者は，キリスト教の側に立って理神論を攻撃しようとしているのだとも論じられているのであって，こうして18世紀のパスカルは，理神論の二つの敵である無神論と宗教の双方に味方する，この上なく危険な存在として現れるのである。

　さて，こうしてみると，シャトーブリアンが上記の一節で行っているのは，あまり意味のない混ぜっ返し以上のものではないように思われる。コンドルセは，『パンセ』のうちに無神論に好都合な論点を認める一方で，パスカルがキリスト者として推論していることに関しては，当然，シャトーブリアンと意見の一致を見ているのだから。だが，そのことは今は措こう。『キリスト教精髄』の作者はさらに，哲学者たちの編集作業に疑いの目を向ける。

---

complètes, Brunswick, Vieweg ; Paris, Heinrichs, 1804, t. IV, p. 391.

　18)　ラフュマ版（以下L）418，セリエ版（同S）680，ブランシュヴィック版（同B）233。以下，パスカルの引用は原則として，セリエ版に依拠したフェレロル版（Les Provinciales, Pensées, et opuscules divers, textes édités par Gérard Ferreyrolles et Philippe Sellier, d'après l'édition de Louis Cognet pour « Les Provinciales », Paris, Le Livre de Poche/Classiques Garnier, coll. « La Pochotèque », 2004）から行い，各版での該当箇所を記す。

　19)　Voltaire, Lettres philosophiques ou Lettres anglaises avec le texte complet des remarques sur les Pensées de Pascal, introduction, notes, choix de variantes et rapprochements par Raymond Naves, Paris, Bordas, coll. « Classiques Garnier », 1998, p. 275. 以下，ヴォルテールの『パンセ』注解の引用は，『哲学書簡』以後のものをも併せて収録した，上記の版から行う。

　20)　Ibid., p. 147 (lettre XXV, V).

第Ⅰ章　シャトーブリアン，パスカルの不実な弟子　　　23

　彼らは旧来の断想の多くを削除した上，最初の順序は恣意的なものであったという口実のもと，残りのものをしばしば分断してしまった——それらがもはや元の意味を示さないようにである。発想の連鎖を断ち切り，文章の二つの部分を分割して，そこから二つの完全な意味を作り出してしまうことによって，ひとつのパッセージを変質させるのがいかに簡単なことか，たやすく理解できる[21]。

　ひとつの策略にほかならないこのような編集によって，『パンセ』の著者の真意は歪められているのではないかというのである。それゆえシャトーブリアンは，『精髄』における『パンセ』の引用に際して，コンドルセ＝ヴォルテール版ではなく，ポール＝ロワイヤル版に依拠する。そのようにしてこそ，パスカルを本来の姿において捉えることができるというわけだ。しかし，実のところ，シャトーブリアンのパスカル読解はこの上なく大まかで，テクスト（ポール＝ロワイヤル版の『パンセ』）の文脈からの自由を謳歌している。以下で我々がまず試みるのは，シャトーブリアンがパスカルの言葉をどのように読み，あるいは読み違えたのかの具体的な分析である。このような分析を経た後にこそ，彼がパスカルから得たもの——パスカルの真意とは無縁にとどまるにせよ——，そして自らの影響力の大きさによって後世に伝えたものについての，明瞭な見通しが獲得できるだろう。

---

21)　*Génie*, p. 1164. なおコンドルセの言い分は以下の通り——「これらの断想は，すべてが印刷されたのではない。パスカルの友人たちが，党派精神の偏狭な視野によって不幸にも導かれた，ある選択を行ったのである。新版を作るのが望ましいだろうが，そこでは，それら断想のうち，パスカルの想い出への誤った心遣いから，または打算から削除されたひとつならずのものが印刷に付されるべきであり，しかしまた，信心家の編者たちによって発表されたがパスカルのものとするには値しない，いっそう多くのものを削除する必要もあろう」(Condorcet, *Éloge de Blaise Pascal*, dans *Œuvres complètes, op. cit.*, t. IV, p. 454-455)。

1　パスカルに逆らうシャトーブリアン

1　パスカル的心への回帰？

　具体的には，我々がまず考察の対象とするのは，『キリスト教精髄』初版刊行の翌年に発表され，第 2 版以降に掲載されることになった，『著者による『キリスト教精髄』弁護』（1803 年）における『パンセ』の引用である。その検討に先立ち，まずは自作弁護をめぐる状況を簡単に見ておこう。

　「芸術と学問，理性と美の敵」[22]と名指されたキリスト教の名誉回復の企てとして，彼は『キリスト教精髄』を特徴づける。しかし，「キリスト教の諸々の美」との副題の通り，擁護の試みは，おおむね美と芸術の見地からなされている。そこから，理性と学問の見地からしての多くの笑うべき記述が花開くことになるだろう。批判が相次いだ。好意的な批評でさえもが，書き直しによって，本書が「宗教と彼自身とにより相応しくなる」[23]ことを求めたのである。シャトーブリアンは，第 2 版以降に自作弁護を掲載する。そこで彼が反論を試みるのは，次のような批判に対してである——「宗教をその人間的，道徳的，詩的なたんなる美との関係のもとで考察すべきではない。それは宗教の尊厳を貶めることだ，等々」[24]。著者の応答はこうだ。

　　彼らは瀆聖を糾弾する。彼らは見ようとはしないのだ，著者がキリ
　スト教の偉大や美，さらに詩的性格についてさえ語ったのは，ただ
　この五十年来，同じ宗教に関してその卑小さ，滑稽さ，野蛮さばか

　22）*Génie*, p. 469 (I, I, I).

　23）Critique par l'abbé de Boulogne ; extrait reproduit dans *Œuvres complètes* de Chateaubriand, Paris, Ladvocat, t. XV, 1827, p. 217. なおこの批評は，シャトーブリアンが自作擁護を追加した，第 2 版についてのもの。要するに彼の自己弁護は，不満を抱く者たちにとって十分なものではまったくなかった。

　24）Chateaubriand, *Défense du Génie du christianisme par l'auteur*, dans *Génie, op. cit.*, p. 1098.

第Ⅰ章　シャトーブリアン，パスカルの不実な弟子　　25

りが云々されていたからにすぎぬということを[25]。

　つまり，本書の試みは，時代状況を考慮しての方便にすぎないというのである。「ルイ14世の世紀にあっては，『キリスト教精髄』は疑いもなく，きわめて場違いな書物であったろう」[26]。もっとも，このようなことは，刊行後の自作弁護に先立って，すでに本書の冒頭でも宣言されていた。すなわち，キリスト教の正当性をめぐる論証は，その味気なさにもかかわらず人々がそれに耳を傾けてくれることを前提として成り立っている。だが，シャトーブリアンによれば，旧来のキリスト教の擁護者たちは，「キリスト教の基盤が絶対的に放棄されているのだから，かくかくの教義についての議論はもはや問題ではないということに気付いていなかった」[27]。そのような議論に，そもそも今日の人々は耳を貸そうとはしないのだ。それゆえ，必要となるのは，論証に先だって，そうした論証を求める気持ちを人々の間に掻き立てることなのである。再び1803年の自作弁護に戻るなら，キリスト教が理性の敵ではないと考えている以上，彼は推論によってキリスト教を説得しようとする者たちが成功しうることを疑ってはいない。彼らが若者たちを説得しようと実際に試みることができるなら，間違いなくその説得は功を奏するだろうというのである。しかし彼は，そうした者たちに語りかける——「〔いったん説得が開始されるや，〕諸君の訴えは直ちに勝利を収めるだろう。諸君はそのときこそ，勝利を完全なものにするため，神学的な諸々の道理とともに姿を現すべきであろう。だがまずは，諸君のものを読ませることから始めなくてはならない」[28]。こうして彼は，宗教を人々の身近なものにする必要性を説く。論証の試みは，そのような前提抜きでは受け入れられはしないというのである。

　まず必要となるのは，宗教的な著作にいわば人気を得させることだ。諸君は病人を一気に険しい山の頂に連れて行きたいと望むのだ

---

25)　*Ibid.*, p. 1096.
26)　*Ibid.*, p. 1098.
27)　*Génie*, p. 469 (I, I, I).
28)　*Défense*, p. 1099.

ろうが，それでは彼は，ほとんど歩くことさえできまい！　病人には，だから，様々な快いものを一歩毎に示してやることだ。彼の道程に現れる花々を摘むために，立ち止まらせてやろう。そうすれば，休憩に休憩を重ね，彼は山頂にたどり着けるだろう[29]。

「宗教を，そのいわば人間的な美の関係のもとで弁護する」[30]こと，すなわち本書の試みは，理性による論証のための不可欠な前提，出発点として捉えられるのである。

さらに彼は，このような試みを想像力への依拠として捉えながら，それは必ずしも特異なものではなく，歴史的な先例を欠いたものでもないと主張する。「宗教の諸原理の援助として想像力を求めるというこの発想は新しいものではない」[31]。そして，その点に関して引き合いに出されるのがパスカルなのである。シャトーブリアンは，『プロヴァンシアル』第11書簡への言及の後，『パンセ』の有名な断章を引用する——

　　厳密な証明が，宗教の事柄に関してつねに用いられるべきものとは限らないことを明らかにすべく，彼は他の場所で（彼の『パンセ』で）こう言っているのだ——「心には，理性の知らないいくつもの理由がある」[32]。

こうしてシャトーブリアンは，理性と心を対立させるパスカルの権威に頼りながら，想像力と心に訴えかけることから始めるという自身の企てを正当化しようとする。信仰の最終的な根拠たるべき理性に反対しようというわけではないにせよ，理性による確信の有益な前提となる心の

---

29) *Ibid.*
30) *Ibid.*
31) *Ibid.*, p. 1104.
32) *Ibid.*, p. 1105. パスカルからの引用は，現代の諸版では L 423=S 680=B 277，シャトーブリアンが参照したポール=ロワイヤル版（同 PR）では XXVIII. 51 の各断章に見られる。以下，ポール=ロワイヤル版の参照に当たっては，次の複写版を用いる。*Pensées de M. Pascal sur la religion, et sur quelques autres sujets*, l'Edition de Port-Royal (1670) et ses compléments (1678-1776) présentée par G. Couton et J. Jehasse, Centre interuniversitaire d'éditions et de rééditions, Universités de la Région Rhône-Alpes, coll. « Images et témoins de l'âge classique », n° 2 1971.

重要性を，『パンセ』の著者とともに主張しようというのである。

2　心の二つの秩序

しかし実際には，パスカルが上記の断章で言わんとしているのは，彼が信じているのとはまったく異なった事柄である。というのも，ひとも知るように，パスカル的心とは神の啓示を受容する器官であり，人間に確実な信仰を与えるものにほかならないのだから。それは信仰へと至る最初の一歩を与えるものであるどころか，まさしく一気に終点へと導くものなのだ。

> 神が心の直感によって宗教を与えた者たちは，まことに幸福であり，まことに正当に説得されている。しかし，そうでない者たちには，我々は宗教をただ推論によってしか与えることができない──神が彼らに宗教を，心の直感によって与えるのを待ちながら。それなしでは信仰はたんに人間的なものにすぎず，救いには無益なものにとどまるのである[33]。

パスカル的な意味での心は，正当な信仰のためのひとつのきっかけ，それへの望ましい前提をもたらすものにとどまってはいない。心こそが，彼にあっては，「神の圧力の働く特権的な場所」[34]なのであり，それに基づく信仰こそが救いへの確かな根拠を与えてくれるのである。そこから帰結するのは，ひとりの人間が他の人間に対し，心の信仰を与えることはできないという事実だ。それを与えることができるのは，ただ神のみなのだから。したがってパスカルの護教論においては，神の存在についての，心へ向けての説得は問題とならない。ただ，有名な賭けの断章において極まるような推論の試みによって，神を信じることの必要性──神の存在の理性的根拠ではなく──を納得させ，「暫定的信仰」[35]

---

33) Pascal, *Pensées*, L 110=S 142=B 282.

34) Henri Gouhier, *Blaise Pascal, conversion et apologétique*, Paris, Vrin, 1986, p. 55.

35) Tetsuya Shiokawa, « *Justus ex fide vivit et fides ex auditu* : deux aspects de la foi dans l'apologétique pascalienne », in *Revue des sciences humaines*, n° 244, 1996, p. 163.（塩川徹也「「聞くことによる信仰」から「人を生かす信仰」へ」『パスカル考』岩波書店，2003 年，148 頁）。

を与えること，それが彼の目指すところなのである。シャトーブリアンのパスカルへの依拠が，まったく見当外れのものであることが分かるだろう。パスカルが心の説得を神に委ねるとき，彼は心の領分をこそ，自らの著作が訴えかける場所として考えているのだから。

　このような事情は，シャトーブリアンが引用した断章自体においても明白に見て取ることができる。彼が読んだのであろうポール＝ロワイヤル版から引用しよう。

　　　心には，理性の知らないいくつもの理由がある。そのことは，無数の事柄において感じられる。神を感じるのは心であって，理性ではない。それこそが完全な信仰というもの，心に感じられる神[36]。

　理性との対立は，心の働きを予備的段階に位置させるのではなく，まさにその反対である。神を心で感じること，それはパスカルにおいて，理性の証明に先立つがやてそれによって検証されるべき，偶然的で疑わしい神への関わりを意味するどころか，「完全な信仰」を与えるというのだから。実のところ，この点の理解に関して，ポール＝ロワイヤル版の読者たるシャトーブリアンは，現代の読者よりも有利な立場にさえあった。というのも，現代の諸版においては，たんに「それこそが信仰というもの」とのみあって，「完全な」という形容は見られないのだから。ポール＝ロワイヤル版の編者たちは，パスカルの原稿には存在しない一形容詞を付け加えることで，「心」や「感じる」という表現が読者を導きかねない誤読を排除しようとしていたのである[37]。そればかりではない。さらに意義深いのは，現代の諸版においては「そのことは無数の事柄において感じられる」の後に，肉筆原稿においては一続きのものとして書かれていた次の一節が続くのだが[38]，それはポール＝ロワイヤル版には見出されないことである。

---

36) *Pensées*, PR XXVIII. 51.
37) ル・ゲルンによるプレイヤード版全集（第2巻にポール＝ロワイヤル版の『パンセ』が収録されている）によれば，この語は，他の多くの語と同時に，初版と同じ1670年に成立した第2版において追加された。
38) それゆえ，ポール＝ロワイヤル版での本断章の後半部分は，以下に説明されるように，本来の後半部分ではない。

第Ⅰ章　シャトーブリアン，パスカルの不実な弟子　　　　29

　　私は言う，心は，自ら没入するにしたがい，自然に普遍的存在を愛
　　しもすれば，自然に自分自身を愛しもするのだと。そして心は，選
　　択に応じて，両者のいずれかに対しては頑なになる。あなたは一方
　　を拒み，他方を保ったというわけだ。あなたが自分を愛しているの
　　は理性によってだろうか？[39]

　これまでの引用においては，ただ神にのみ関わっているかに見えたパ
スカル的心であるが，ここに明示されているように，それは普遍的存
在を拒み，かの「憎むべき」[40]自我を選ぶこともできるというのである。
「無数の事柄」には，実際，「人間的な愛の経験」[41]や「美的感覚」[42]への
指示を読み取ることができる。パスカルは心の諸理由のうちに，神的な
事柄以外の多くのもの，山頂に至る道程を飾る花々とシャトーブリアン
が呼んだものたちとの関連を認めているのである。ポール＝ロワイヤ
ル版でこの一節が採用されていないのは，心による信仰の確実さを述べ
る言葉の後に，このような心の両義的性格の指摘が続くことによる読者
の混乱を防止しようとしてのことと考えられる。さらに，確認しておく
なら，ポール＝ロワイヤル版において本断章の後半部に置かれている，
すでに見た「神を感じるのは……」以下のくだり[43]は，それゆえ，本来
の後半部を省略する代わりに編者によってつなぎ合わされた，パスカル
の原稿では独立したものとして書き付けられていた一節にすぎない。こ
のような編集によって，しかし，パスカルにおける心の直感による信仰
とは，真実にして完全な信仰にほかならないということが，誤解の余地
のない仕方で提示されてはいたわけだ。シャトーブリアンは，コンドル
セ版がパスカルの言葉を元の（ポール＝ロワイヤル版の）文脈から切り
離して並べ替えることによる思想の歪曲を非難していたが，かく言う彼
自身，『パンセ』の不注意な読者として，ポール＝ロワイヤル版の編者
たちのこれら三重の配慮をものともせずに，彼固有の発想に奉仕させる

─────────
　39)　*Pensées*, L 423＝S 680＝B 277.
　40)　*Ibid.*, L 597＝S 494＝B 455.
　41)　Henri Gouhier, *op.cit.*, p. 59.
　42)　Philippe Sellier, *Pascal et saint Augustin*, Paris, Albin Michel, coll. « Bibliothèque de l'Évolution de l'Humanité », 1995, p. 130.
　43)　*Pensées*, L 424＝S 680＝B 278.

べくパスカルの用語法を歪めていたのである。

　さて，パスカルにおける心の両義的な性格は，神が自身を信じるようにとそれを傾ける[44]かどうかに依存している。つまり心は，パスカルにあって，神が自ら語りかけるときにはそれを受け止める一方，そうでないときには気ままに人間的な関心に没頭するのである[45]。シャトーブリアンにおいて，心は，自ら神に向かおうと努めることはあるにしても，神からの呼びかけの有無には無頓着で，路傍に開く花々への愛着によって特徴づけられている。それゆえ，パスカルとともに心を理性と対立させる一方で，彼はそれを超自然の光とも対立関係に置くことができ，またそれを誇示することさえできるのである。『キリスト教精髄』初版の序文では，このように言われていた。

　　私は，認めておくが，超自然の大いなる光に身を屈したのではない。私の確信は心から来たものだ——私は泣いた，そして信じた[46]。

　すでに見たように，パスカルは自らの護教論が相手取るのはあくまでも人間の理性であると心得ていた。というのも，彼にあっては心こそが超自然の光と直接に結びついた，神の賜物を受け入れる器官なのであり，心の直感による信仰を与えることができるのはただ神ばかりなのだから。「心に感じられる神」は，彼の護教論の企ての限界を画し，その彼方に望見される存在なのである。シャトーブリアンは，心——ただし，啓示の光を欠いた——をこそ自らの活動領域とする，そんな彼の護教論の先駆者としてパスカルを名指し，「心には理性の知らない……」の一節を自らの立場の先例として掲げるのだったが，同じ器官に依拠するまさにそのときにこそ，たとえシャトーブリアンは気付いていなかったにせよ，両者の対立は疑いようもなく露わになっていたわけだ。実

　44）　Voir *ibid.*, L 380=S 412=B 284.
　45）　Cf. Henri Gouhier, *op. cit.*, p. 56.「神へと心を向けること，それは神でないものからは心を背けることである。言い換えれば，恩寵が神を愛するようにと心を仕向けないときには，自然が神でないものを愛するよう，自分自身から出発するようにとそれを仕向けるのだ。」
　46）　*Génie*, Préface de la première édition, p. 1281.

際，シャトーブリアンによる心の表象は，信仰の堅固な基盤たりえない脆弱さをこそ誇っている——「我々の心は不完全な楽器，いくつもの弦を欠いた竪琴，そこで我々は，ため息へと捧げられた調子によって，歓喜の調べを奏でるように強いられるのだ」[47]。パスカルであれば，シャトーブリアンの言う心を，人間の理性と同様に「救いには無益なもの」とみなすにちがいない[48]。

---

47) Chateaubriand, *René*, dans *Atala - René - Les Aventures du dernier Abencérage*, présentation par Jean-Claude Berchet, Paris, Flammarion, coll. « GF Flammarion », 1996, p. 180.
48) シャトーブリアンについての一連の講義の中で，サント゠ブーヴは，『キリスト教精髄』に現れる「キリスト教のロマン主義と言いうるもの」について，そこで問題となるのは「心のものであるよりも，想像力と頭のものであるような宗教」だと述べている (Sainte-Beuve, *Chateaubriand et son groupe littéraire sous l'Empire*, Paris, Garnier, 1948, t. I, p. 273)。想像力は別として，ここで彼が行っているのは，シャトーブリアンの自己理解から見るとまったく転倒した特徴づけにほかならない——『精髄』の著者自身は，「キリスト教の教義は，頭にではなく，心の中にその座を持つ」(*Génie*, I, I, IV, p. 485) と断言しているのだから。しかし，心の概念理解をめぐってのパスカルとの対立を確認した今では，このような一見しての矛盾のうちには，なんらの不思議も残らないだろう。サント゠ブーヴは，『キリスト教精髄』が宗教復興のために開いた道について，それは「輝かしくも表面的，まったく文学的で絵画的な，心の真の再生からは最もかけ離れた道」(*op. cit.*, p. 274) にほかならないと述べるとき，シャトーブリアンと異なり，心のパスカル的な意味を理解していた。それゆえ，超越的な存在に関わる心と，人間的なものにすぎない点で選ぶところのない想像力と頭＝理性とを，対立的に捉えることができたのである。とはいえそれは，サント゠ブーヴがパスカルの忠実な弟子であることをいささかも意味しない——『ポール゠ロワイヤル』の著者は，パスカルの天才のいくつかの限界について語りながら，彼は自然に対して科学者のまなざししか持つことができず，そこに神の秩序の象徴を見るすべを知らなかったと批判するのであり，そのような批判を効果的に言い表すべく，パスカルの言葉遣いを流用して，「自然によって心に感じられる神」の重要性を訴えるのだから (Sainte-Beuve, *Port-Royal, op. cit.*, t. I, p. 602)。ラマルティーヌを引用しつつ提示される，この万物照応的な宗教観は，たしかにパスカルのものではない。我々の作家がパスカル的ヴィジョンの神学的前提をあまり意識することなしにそれに熱狂したのに対し，サント゠ブーヴはそれなりに理解した上で反発していたということができよう。

2　啓示から夢想へ

1　反パスカル的連合：想像力と心

　神からの語りかけ、「超自然の大いなる光」のこのような不在ゆえに、シャトーブリアンにおける心は想像力と異なるものではなく、じっさい彼はしばしばこの二つを連合関係に置いている——パスカルにあっては、両者は厳しく混同を戒められていたのだが。シャトーブリアン的な改心の性質を事前に言い当てているとも言うべき、以下の一節を読んでみよう。

　　人々はしばしば、彼らの想像力を心と取り違える。そして、改心を考えるや、もう改心したと信じるのである[49]。

　パスカルにあって、心は理性に対立する一方で想像力とも対立するのであるが、後者の対立関係は、取り違える危険性が指摘されているように、外見上の類似性によってしばしば見失われてしまう。心の営みである感情（＝直感、sentiment）についての一節を引くなら、「空想は感情＝直感に類似しており、かつ反対のものである。そのためひとは、これら反対物の間で区別することができないのだ」[50]というわけである。そして、心をめぐる対立と軌を一にして、この感情＝直感についても我々の作家とパスカルが対立しあっていることを確認しておくのは有意義なことだろう。パスカルにおける「心の直感」が、神の真理を直接に、確かなものとして感じ取ることを意味しているとき、シャトーブリアンは感情を、茫漠としたものとみなすのである。

　　人々がゴシック教会に足を踏み入れて、一種の慄き、そして神性の

---

49)　*Pensées*, L 975=S 739=B 275.
50)　*Ibid.*, L 530=S 455=B 274.

茫漠たる感情を感じないことなどはありえなかった[51]。

　ここで感情が，神を確実に――「隠れたる」という状態においてではあれ――知ることにほかならず，その限りでは曖昧さのまったき排除において成り立つパスカル的直感よりもはるかに，ディドロが宗教儀式に際して感じた「何かしら偉大で，陰鬱で，荘厳で，メランコリックなもの」に近いのは明らかであろう。パスカルにおいては，「誤りと偽りの主人」[52]として理性を惑わす想像力が曖昧さの温床となる一方，直感と推論の関係については次のように言われる――「すべての推論は，直感に身を任せることに帰着する」[53]。そして同様の事情は，心と理性との関係について，このように言い換えられる――「理性は，このような心と本能による認識にこそ支えられるべきであり，そこにこそ論証の全体を基礎づけるべきなのである」[54]。理性の障害である想像力に対し，心と直感とは，理性の支えなのである。パスカルにおいて，想像力の秩序は，理性を軸として，心と直感（＝感情）という別の秩序と対立するのであるが，これら双方は，『キリスト教精髄』においては理性に対する唯一の勢力を構成すべく連合し，分かちがたく溶け合ってしまう。

2　コンドルセにおける想像力と心の混同：理性との協調

　想像力と心との同様の混同は，コンドルセ，このパスカルの雄弁な批判者のうちにも見出すことができる。心は，パスカルのシステムにあって享受していた，神の賜物を受け取る場所，「キリスト教信仰の聖域」[55]としての地位を認められない以上，想像力と同一の秩序に収まらざるをえない。しかし，それらは理性との調和関係に置かれ，その限りにおいて確かな基盤を得ているのであって，その点においてシャトーブリアンとは異なっている。まずは，コンドルセ版『パンセ』の刊行者序文におけるパスカル批判を見てみよう。そこでは，神の存在証明を理性のみ

---

51)　*Génie*, p. 801 (III, I, VII).
52)　*Pensées*, L 44＝S 78＝B 82.
53)　*Ibid.*, L 530＝S 455＝B 274.
54)　*Ibid.*, L 110＝S 142＝B 282.
55)　Philippe Sellier, *op. cit.*, p. 538.

で行うことはできないというパスカルの説が，神の存在の理性的根拠を否定するがゆえに無神論を利する一方，理神論に対しては敵として振る舞い，「宗教の役に立つことしかできない」[56]のだとして，無神論と理神論，そして宗教（キリスト教）との関係が論じられている。それによると，無神論の道徳はまったく抽象的で，「想像力と一般の魂とに語りかけること少なく，決して人民のものとはならない」[57]。それゆえ，宗教はそれを恐れることはないだろう。だが，「理神論者たちの道徳は，反対に，宗教の道徳と同じ基盤に支えられている」[58]。すなわち，「理神論者たちの体系は，荘厳と偉大との堂々たる性格を備えており，想像力はそれにほとんど抵抗できないのだ」[59]。さらに，「宗教に反対する理神論者たちの推論は，誠実で優しい魂を惹き付けるのにうってつけのものだ」[60]。理神論者たちの理性は，宗教の富である想像力と魂に訴える魅力を，まさにその推論の体系ゆえに我が物としている。要するに，キリスト教にとっての真の脅威は，理神論にほかならないのである。

　　宗教の関心はそれゆえ，分けても理神論を破壊すること，理性のみでは人間を神の認識へと高めることができないことを示すことによって，啓示の必要性を証明することにある[61]。

　こうして，パスカルが主張する「心に感じられる神」の信仰は，理神論に対する敵として提示される。しかし，そのことは，理神論が理性の側に付くべく心を退けることをいささかも意味しない。コンドルセは，刊行者序に続く『パスカル礼讃』において，パスカルの信仰が，理性によって検証しうるあらゆる神の証拠を懐疑に付すことを相変わらず批判しながら，次の雄大な言葉を述べるのである。

　　人間の認識のうちにこそ，かの明白な証拠を見出すべきであり，そ

---

56)　Condorcet, Préface de la nouvelle édition des *Pensées* de Pascal, *op. cit.*, p. 388.
57)　*Ibid.*, p. 388-389.
58)　*Ibid.*, p. 389.
59)　*Ibid.*
60)　*Ibid.*, p. 390.
61)　*Ibid.*, p. 391.

のような証拠こそが，あらゆる人間の心に語りかけるべきものなのだ[62]。

　コンドルセはこうして，神の恩寵の待機という状態から心を解き放ち，理性による人間の認識にこそ，それを結び付けようとする。想像力と心の連合は，理性による人間精神の進歩の努力と協調することにおいて，堅固な道徳の形成を目指すのである。コンドルセは心と想像力を理性のもとに集結させ，この両者と疑わしい啓示を対立させる。さてシャトーブリアンにおいても，想像力と心と感情は同一の秩序のうちに安らいでいるのだったが，しかし違いは明らかであろう。それらはパスカルへの誤った依拠を通して，理性の知らない別の諸理由によって活動するものと宣言される，そして——『パンセ』の著者におけるのとは異なり——心が超自然の光とは無縁にとどまる以上，それらすべては確かな基盤の一切を失ってしまいかねないのだから。シャトーブリアンにおける心は，人間理性からも超自然の秩序からも遊離して，両者のどちらとも関わりうるにせよ原理的には独立した，根源的な曖昧さ，堅固なものの根源的な不在を露わにする。それゆえ，あるプロテスタント神学者は，版元の要請によって『キリスト教精髄』のドイツ語訳を出版するに際し，次のような確認と共にしか，自らの訳書を読者に委ねられないと信じたのだった。

　　感傷の深淵，そこにおいて聖書の純粋な道徳的教えは，楽しげな感情と空想の戯れへと溶解してしまう。偏見のない読者なら誰でも，本書のようなキリスト教解釈がどこに通じているのかを見て取るだろう！[63]

3　山頂へ至る道の花々

キリスト教が宗教の基礎として言い立て，パスカルにおいても信仰の

---

62) Condorcet, *Éloge de Blaise Pascal, op. cit.*, p. 447.
63) Carl Venturini, „Erinnerung des Uebersetzers", in Chateaubriand, *Genius des Christenthums oder Shönheiten der christlichen Religion*, Münster, Peter Waldeck, 1803, Bd. I, S. xi-xii.

最終的な支えとして確言されていた啓示は，18世紀の哲学者たちにおいて非難の的となっていた。理神論者にとっては，すでに見たように，それは理性による検証を経た証明という，信仰の真の基盤を拒絶することにほかならず，無神論を有利にするとさえみなされた。実際，神の存在の主張がそのような検証不能の根拠をしか持たないのなら，無神論がそれと戦うには，ただ嘲笑うだけで足りる――「「啓示（Révélation）」は，「夢見る（Rêver）」に由来している」[64]といった具合にである。また，政治的な観点からしても，それは民衆に神の啓示を伝えると称する，教会権力の立場を守るためにこそ必要とされるにすぎないと批判された。ヴォルテールの次の『パンセ』注解は，これら二つの批判の双方を要約している。

　　信仰は超自然の恩寵であるということ。それは神が我々に与えた理性と戦い打ち負かすことだ。それは，神のもとへと自ら向かう代わりに，厚かましくも神の名において語るある人間を，頑なにまた盲目的に信じることだ[65]。

そして18世紀の護教論者たちは，このような風潮にあって，理性による神の哲学的な証明へと関心を移していき，その結果パスカル的な超越性への訴えは希薄になっていった。「18世紀において，護教論者の多くは，パスカルの神学の主要な掛け金におけるアウグスティヌス主義に嫌気がさしていた。神秘を明証に置き換えることを主要な傾向とする一時代にあっては，隠れたる神の観念は上手く受け入れられない」[66]。さて，すでに見たように，一方で『キリスト教精髄』の主要なモチーフは美的感情との関係における宗教の擁護にあったとは言え，シャトーブリアンは，他方で，キリスト教の真実性は理性によって検証されうると多くの箇所で指摘していた。自ら理性的な推論の道の先頭に立とうという意図

---

64) Paul-Henri Thiry d'Holbach, *Théologie portative*, dans *Œuvres philosophiques complètes*, Paris, Alive, t. I, 1998, p. 591.

65) Voltaire, *Lettres philosophiques, op. cit.*, p. 286. 『パンセ』L 131=S 164=B 434への注解。

66) Arnoux Straudo, *La Fortune de Pascal en France au XVIIIe siècle*, Oxford, Voltaire Foundation, coll. « Studies on Voltaire and the eighteenth century », n° 351, 1997, p. 136-137.

は持たないにせよ，キリスト教と理性との親和性を，彼は疑問の余地のない前提とみなしている。分けても雄弁な一節を以下に引こう。

　しかし，宗教をまったく人間的な光のもとに検討するのは，危険なことではないのか？　とすれば，それは何故だ？　我々の宗教は，光を怖れるとでも言うのか？　キリスト教が天上に起源を持つことの大いなる証拠，それは理性のどんなに厳格で綿密な検討にも耐えうるということにある。ひとは我々を，過ちの露見を恐れるあまりにその教義を聖なる夜のうちに隠しているとしていつまでも非難していたいのだろうか？[67]

「証拠を欠いていればこそ，彼らは分別を欠かない」[68]と言われる，パスカル的なキリスト者とはまったく異質なこの立場のうちには，18世紀の影響が露呈している[69]。こうして，宗教を「まったく人間的な光」に照らすことが容認され，大いに推奨される一方，本書の中で超自然の光は，啓示宗教であるキリスト教を擁護するという建前上その意義が否定されることはないとはいえ，実質的にはほとんど何の役割も果たさず，むしろ作家自身その恩恵に与っていないという事実が，18世紀譲りの涙に濡れた心を誇るために利用されるにいたるのである。啓示の重要性へのこのような関心の乏しさゆえに，シャトーブリアンは心や感情＝直感に訴えるとき，しかも『パンセ』の引用を通してそうするときにさえ，もはやパスカルにおけるような神の真正な経験にではなく，偶然的でまったく個人的なものである情動の高まりにしかそれを結びつけることができない。真の信仰という山頂が，もはや心の直感ではなく理性の論証に委ねられる一方，心は，想像力と分かちがたく混ざり合って，そこへと至る道を飾る花々を称える。そして，彼にとっては明らかに，山頂と認められる理性の論証は，それほど関心を引くものではない。そ

---

　　67)　*Génie*, p. 470 (I, I, I).
　　68)　*Pensées*, L 418＝S 680＝B 233.
　　69)　『キリスト教精髄』のこうした側面については，パスカル研究者による以下の考察を参照のこと。Antony McKenna, « Chateaubriand et Pascal », *art. cit.*, p. 48：「このような〔パスカル〕読解は，18世紀護教論の伝統に内属するものだ。」

のことは，上記の引用箇所の直後に続き，それを締めくくる，次の言葉を見ればよく分かる。

  キリスト教は，より美しいものとして現れたからといって，真実さを損なってしまうものだろうか？[70]

　直前までは人間的な理性の光による検討が問題となっていたというのに，美しい姿の放つ光輝が，論理のつながりを完全に無視しながら，ただ，理性と同様に美をも意味することができる光のメタファーによって表面的な連続性の印象を作り上げることにより，最後にはそれに取って代わってしまう。超自然の光のことは半ば忘れたまま，とはいえキリスト教徒として強く自己規定し，〈教会〉の啓示宗教のために弁明するのだという構えを維持し続ける限りにおいて，それとのつながりを何ほどかは感じながら，シャトーブリアンは固有の夢想のうちへと身を浸すのである。こうして『精髄』の著者は，伝統的な宗教を回復するという身振り，時宜を得ようとする野心にもかかわらず基本的には善意のものであったろうこの身振りそれ自体において，その基盤を突き崩し，あてどのない感情の領域を開く。19世紀後半に書かれたエミール・ファゲの次の言葉は，その歴史的な意義を簡潔に述べる，それ自体が歴史的な証言とみなすことができよう。

  誠実なものではあれ，そう呼ばれる資格があるものか定かではない彼のキリスト教は，漠然として揺らぎがちな，近代の宗教感情の形式それ自体となった。我々の時代の精神はこれほどまでに彼のうちにあるのだから，当世の思考がなおいっそう不確かなものとして持っているものを，彼は自らの発明物として，すでに持っていたわけである——半ばの信仰（demi-croyance），夢想の状態にある信仰，一種の薄明の中での，宗教感情の美的感情への変容といったものを[71]。

 70）*Génie*, p. 470.
 71）Émile Faguet, « Chateaubriand », dans *Études littéraires sur le dix-neuvième siècle*, Paris, H. Lecène et H. Oudin, 4e édition, 1878, p. 71.

3 〈世紀病〉を病むパスカル

1 「幻滅の花」[72]

　シャトーブリアンの自作弁護における『パンセ』の一節の誤読は，彼とパスカルとの根本的な不一致を露呈させる体のものだ。しかし，そのようなことには気付かないままに，彼は 18 世紀に反対しながらパスカルを称えたのだから，深刻な相容れなさにもかかわらず彼がパスカルから受け取ったと信じたものについて検討する必要があろう。

　シャトーブリアンはヴォルテールとコンドルセによる新版『パンセ』の編纂と，そこでの注解の試みを非難し，彼らが提示したパスカル像に，キリスト者パスカルを対立させていた——「詭弁論者パスカルはキリスト者パスカルに，いかばかり劣っていたことだろう」[73]。では，キリスト者パスカルとは，一体どのような者なのか？　彼によるなら，その本質は，原罪に基づく人間観，本性からして腐敗した存在として人間を捉えるそんなパースペクティヴに関わっている。

　　彼の著作のいかなる部分で，ポール＝ロワイヤルの隠遁者は，最も偉大な天才たち以上の高みに達したのか？　人間についての六つの章においてである。さて，これらの六章は，全面的に原罪をめぐって展開されるのであるが，パスカルが不信の徒であったとしたら存在しなかっただろう[74]。

　「人間についての六章」とは，ポール＝ロワイヤル版『パンセ』の第 XXI 章から第 XXVI 章までを指している。順に章題を挙げれば，「真実，幸福，その他多くのものに関して，人間本性のうちに見出される驚くべき矛盾」，「人間の認識一般」，「人間の偉大」，「人間の虚栄」，「人間の弱

---

72)　Sainte-Beuve, *Chateaubriand et son groupe littéraire, op. cit.*, t. Ⅰ, p. 304.
73)　*Génie*, p. 825 (III, II, VI).
74)　*Ibid.*, p. 826 (III, II, VI).

さ」,「人間の悲惨」となる。いずれの章においても，人間は一貫して不幸な存在である。パスカルはあらゆる人間を悲惨な存在として示す。国王でさえ，自分のことを孤独に考える機会を与えられれば，自らの真の状態を悟ることだろう。この世のあらゆる営みは，我々の真実の悲惨から注意を逸らすためのものにすぎない。人間に偉大さがあるとしたら，それはそのような悲惨を認識することのうちにしかないほどに，人間は悲惨なのである。

　シャトーブリアンは，すでに見たように，『キリスト教精髄』を，信仰へと容易に至るための快い花々で飾られた道として提示していた。作品本編の冒頭においても，同様の宣言が見られる通りだ——

> 神はそれが御許へ戻る助けとなるならば，花咲く道をも禁じることはない。そして迷える羊は必ずしもつねに，険しく崇高な山道を通らなくては小屋に帰れないというわけでもないのだ[75]。

　しかし，パスカルとともに彼が眺めるこの世界は，この上なく惨めで，悲しみに満ちたものである。そして神のもとに至る道についても，やはり巻頭近くに位置する一章「贖罪について」においては，「花咲く道」とはまったく異なったイメージが示されている。原罪によって堕落した人間が再び完全性へと立ち戻るための道程についての，以下のくだりを見てみよう。

> 無垢なるアダムであれば魅惑の道を通ってそこへと至ったことだろう。しかし罪人アダムは，断崖をよじ登ってしかたどり着けない。原初の父の過失以来，自然は変わってしまったのだ[76]。

　『精髄』の著者にあって，パスカルの提示する世界の悲惨は，美しい覆いによって包み隠すべきものであるどころか，絶えず強調されるべきものとして捉えられている。彼の護教論の眼目ともいうべき「花咲く道」の推奨は，こうして「魅惑の道」の断念とともに提示される「断

---

75) *Ibid*., p. 471 (I, I, I).
76) *Ibid*., p. 484 (I, I, IV).

崖」の道行きの必然性と，鋭く矛盾するもののように見える。しかし実際のところ，シャトーブリアンにとって，両者を同時に主張するのに何の困難もありはしないのだ。パスカル的な人間学，人間の悲惨を好んで表象するそんな人間学は，シャトーブリアンにあってはそれ自体ひとつの詩学として，美的感情を喚起するためのひとつのシステムとして機能しているのだから。すでに検討したように，彼はパスカルの議論の神学的な側面に対する無理解を露呈させており，それゆえ問題となるのはもっぱら，神中心のそうした構えから必然的に帰結する，悲しみと貧困によって特徴づけられる人間観ということになる。シャトーブリアンは哲学者たちによって非難されたこの悲観的な人間学からこそ——神学的な救済による補償には無頓着なままに——，彼の好みに適う詩的想像力の展開を引き出したのである。

2　原罪の教義から病の詩学へ

さて，すでに参照された贖罪をめぐる章においては，当然ながらその前提となる原罪が大きく取り扱われている。「あらゆる民族の伝統によって知られているこの真理〔＝「人間を説明する原罪の教義」〕を容認することなしには，立ち入りがたい夜が我々を覆ってしまう」[77]といったパスカル的な口調[78]で，シャトーブリアンは人間存在の根本に原罪を置く。そしてこのような人間学は，彼が18世紀の子として引き継いだ，廃墟への好みに大いに好都合だ。原罪以後の人間の偉大と悲惨というパスカル的なモチーフを，彼は次のようにして廃墟のイメージによって形象化する。

　　人間とは崩壊して，その瓦礫をもって再建された一つの宮殿であ

---

77) *Ibid.*, p. 480 (I, I, IV).

78) シャトーブリアン自身が別の章（「原罪の新たな証拠」という，まったくパスカル的ではない副題を持った）で引用している，次のくだりを参照（『精髄』中の引用文から訳出する）。「我々の状態の結び目は，その曲がり目や折り返しをこの深淵のうちに取っているのであり，それゆえ人間はこの神秘なしでは，この神秘が人間にとって理解しがたいそれ以上に，理解しがたいものになるだろう」（PR III. 8=L 131=S 164=B 434）。ヴォルテールはこの箇所について，『哲学書簡』（第25信3）でこう述べている——「『人間は，この理解しがたい神秘なしでは理解しがたい』——いったいこれが推論であろうか」（*Lettres philosophiques*, lettre XXV, III, p. 143）。

る。そこには崇高な部分とおぞましい部分を，どこにも続かない壮麗な回廊を，高い柱廊と崩れ落ちた天蓋を，強い光と深い闇とを見て取ることができる。ひとことで言えば，いたるところでの混乱と無秩序，とりわけ聖域においての[79]。

　人間は原初の過失以来，堕落してしまった悲惨な存在である。しかし，人間のうちには，かつての真の幸福の「徴とまったく空虚な痕跡」[80]がなお残っている。偉大と悲惨の両極が混ざり合う矛盾的な存在としてのパスカル的な人間理解は，「贖罪について」におけるシャトーブリアンの発想を基礎づけているものだ。パスカルは，ただ神の信仰のみが人間を悲惨から救い出すと説き，救済に先立つこの世界のうちにある人間を，根本的に腐敗したものとして示す。さて，シャトーブリアンが賛美する六つの章においてとりわけ顕著に現れる，このような人間観こそ，哲学者たちの非難の的となったものだった。実際，ヴォルテール『哲学書簡』第25信での注解の対象となった多くの箇所が，それらの章のうちに見出せる。哲学者たちにおいても，キリスト者パスカルは忘れられてなどいなかった。むしろ，そうしたイメージは，批判的な注解に伴われ，否定的な評価のもと，大いに流通していたのである。シャトーブリアンは自らの孤独な読解作業を通してキリスト者パスカルを発見したのではもちろんなく，否定的なイメージとしてすでによく知られていたものの評価を，正確に反転させただけなのだといってよい。こうして，哲学者たちによって批判され，『キリスト教精髄』の著者の熱い共感を誘ったパスカルのひとつのイメージは，〈啓蒙〉の転換期における人間学と詩学の変質の，この上なく重要な媒介とみなしうるのである。
　18世紀的なパスカル理解を代表し，シャトーブリアンのパスカル解釈の基礎となった，コンドルセ＝ヴォルテール版『パンセ』を再び参照することにしよう。神の存在証明をめぐる『パンセ』の議論への彼らの批判についてはすでに検討したが，パスカルの人間学と，その道徳的な帰結についても激しい批判がなされていた。パスカルが惨めさを忘れる

---

79) *Génie*, p. 535 (I, III, III).
80) *Pensées*, L 148=S 181=B 425.

ためのものとみなす気晴らしと活動への本能[81]は，ヴォルテールにとっては「社会の第一原理にして，不可欠の基礎」[82]となる。「道徳性と社会的有用性を混同する傾向」[83]にあった〈啓蒙の世紀〉においては，外的な諸活動に身を捧げることこそが，個人と社会の幸福につながるとみなされたのだから当然である。それゆえ，パスカルが人間の偉大さに由来するとした，安息のうちに幸福を見出す本能[84]は，「怠惰が偉大さの資格である」[85]という滑稽な主張にすぎないとして一蹴される。そして幸福は，パスカルにおけるのとは異なり，もはや天上のものではなく，この地上において目指されるものとなるだろう。

　こうして，パスカルが説く人間のありようは，社会的有用性には一顧だにせず，無益に天の至福を願う隠遁者のそれとして弾劾される。さて，このようなパスカル像を的確に特徴づけるための言葉は何であったか？　病人の一語である。コンドルセ版『パンセ』の刊行者序には，ジルベルト・ペリエのパスカル伝を参照しながらの，次のような非難が見られる。

　　この男は，その健康は彼の同類たちにきわめて有用だったろうと思われるのに，病気であることを好んでいたのである。「なぜなら」，と彼は言っていたのだ，「病はキリスト者の自然な状態なのだから」——あたかもキリスト者の状態とは，何の役にも立たないことであるかのように[86]。

　この地上での幸福をこそ求め，それゆえ社会への現実的貢献を至上命題とするコンドルセにしてみれば，この世のあらゆる価値を打ち捨てて神へと向かう対神徳は，まるで徳の名に値するものとは見えなかったろう。そして，ヴォルテールはこの病人を，いっそう始末に負えない存在として描く——彼によるなら，この男は自身の卓越した才能を社会に

---

81) *Ibid.*, L 136=S 168=B 139.
82) Voltaire, *Lettres philosophiques*, lettre XXV, XXIV, p. 159.
83) Béatrice Didier, *Le Siècle des Lumières*, Paris, MA Editions, 1987, p. 276.
84) *Pensées*, L 136=S 168=B 139.
85) Voltaire, *Lettres philosophiques*, lettre XXV, XXIV, p. 160.
86) Condorcet, Préface de la nouvelle édition des *Pensées, op. cit.*, note à la p. 378 (p. 380).

役立てるのを拒むばかりではなく,社会全体を意気阻喪に追い込もうとさえ望むのである。「自然は我々をあらゆる状態において不幸にする」[87]という『パンセ』の断言が,ヴォルテールには気に入らない——

> 自然はつねに我々を不幸にするわけではない。パスカルは相変わらず,世界全体が苦しむことを望む病人として語っている[88]。

哲学者たちによるこうしたパスカルの表象は,『キリスト教精髄』にそのまま受け継がれている。ただし,それに対する評価は,まったく逆向きのものになるのである。〈ポール=ロワイヤルの隠遁者〉を称えることにより,シャトーブリアンはキリスト教と隠遁生活とを頻繁に結びつける。しかしそれは,社会道徳からの逃避を咎めるためであるどころか,健全な市民生活に溶け込むことの適わない孤高の魂を,それを支える宗教とともに賛美するためにほかならないのだ。「いたるところに僧院が建った。世間によって欺かれた不幸な人々が,また,残酷に裏切られるのを見るくらいなら生の幾ばくかの感情などはそもそも知らずに済ませようと望む魂が,そこに隠遁したのである」[89]。そして,病について言うなら,『精髄』において彼は,通俗語源説に依拠して,人間という語の由来を病を意味するヘブライ語に求めている。

> 人間という普通名詞がヘブライ語では熱または苦痛を意味するのは,実に途方もなく,同時にまた非常に哲学的なことではないだろうか? エノッシュ,人間とは,アナッシュ,すなわち危険な病に罹っているという意味の動詞を語源としている。神はこの名を,我々の最初の父に与えはしなかった。彼はたんにアダム,すなわち赤土または泥土と呼ばれたのである。アダムの子孫がエノッシュの名を受け取ったのは原罪以後のことにすぎないのだが,この名は彼

---

87) *Pensées*, L 639=S 529=B 109.
88) Voltaire, *Lettres philosophiques*, p. 291. また,「人間とは一体,何という怪物だろう」というパスカルの言葉(L 131=S 164=B 434)についての,以下の注解も参照のこと——「まったく病人の言葉」(*ibid.*, p. 289)。
89) *Génie*, pp. 715-716 (II, III, IX).

第 I 章　シャトーブリアン，パスカルの不実な弟子　　　　　　　　　　　　45

らの悲惨に完全に適ったものであり，またきわめて雄弁に罪と罰とを想起させる[90]。

　シャトーブリアンにとっても，パスカルにおけるのと同様，原罪の神秘を受け入れるキリスト者の根本的な状態は，病にほかならない。このような人間学を説くパスカル，現世の虚しさを暴き立て，嘆きながら僧院にこもったパスカル，今日では正当にも一面的にすぎるとみなされているこの「聖人」としてのパスカル[91]は，シャトーブリアンにおいて，いわば病人たちの英雄としての地位を与えられている。〈世紀病〉と呼ばれた精神的不安の時代を体現する作家として，シャトーブリアンは，この近代の病を正当化すべくパスカルを引き合いに出す。こうして彼のパスカル解釈は，社会への有益な貢献を説く〈啓蒙の世紀〉から，社会に受け入れられない孤独な魂の尊厳を称える 19 世紀文学の主導的な動向——ポール・ベニシューの論じる〈幻滅派〉[92]——への推移における，きわめて重要な転換点の証言となる。

　実際，病の徴のもとでのこのような人間学は，『キリスト教精髄』の内部のみにとどまらず，シャトーブリアン的な想像力の構造を規定するものであり続ける。たしかに，〈世紀病〉を大いに蔓延させた『ルネ』（当初は『キリスト教精髄』に組み込まれていた）の著者は，まずは 1803 年の自作弁護においてその物語が主人公ルネへの共感を目指してはいないことを強く訴え，むしろ自殺という新しい悪徳の告発と，「孤独への過度の愛の不吉な結末を描くこと」[93]こそが目的であったと主張しており，さらに，『墓の彼方からの回想』中の『精髄』をめぐる章においては，ロマン主義者たちへの悪影響を嘆きながら，自作の破棄をさえ願っている。「もしも『ルネ』が存在していないのであれば，私はもは

---

90) *Ibid.*, p. 533 (I, III, II).

91) とはいっても，世を捨てるという契機を強調する一方で，シャトーブリアンはこの「聖人」に，ポール = ロワイヤル版『パンセ』の編者やジルベルト・ペリエが強く主張したような信仰の堅固さを認めようとはしない。彼はコンドルセとヴォルテールに反対しながらも，彼らの提示する懐疑論者パスカルのイメージに決定的な影響を受けている。まさにそのことによって，彼はこのキリスト者の病を，彼の世紀の病に結びつけることができたのである。

92) Voir Paul Bénichou, *L'École du désenchantement*, dans *Romantismes français*, Paris, Gallimard, coll. « Quarto », 2004, t. II.

93) *Défense*, p. 1103.

やそれを書こうとは思わない。破棄できるのなら，破棄してしまうだろう」[94]。『ルネ』で描かれた彼の世紀の病は，ある時代状況における人間の情念の特殊形態にすぎないと彼は断言する。「父母の優しさ，子の孝心，友情，愛，これら人間性を基礎づける一般的感情」[95]の汲みつくしがたさを利用するすべを知らず，「苦悩というものを，他のすべてを退けて普遍的なものにしようと望んだのは，小説家たちの側の別の狂気なのだ」[96]。こうして，彼はルネの魂の状態を，たんなる新奇さのうちに閉じ込めようとする。

> ひとつの魂の病というものは，永続的で自然な状態ではないのだ。それを再生産し，そこから文学を作り出すことはできない——情念を扱いその形態を変化させる芸術家の要求に応じ，たえず修正される一般的情念とは違って，それを上手く利用することはできないのである[97]。

しかし実際のところ，『キリスト教精髄』において，〈世紀病〉は原罪以後の人間の根本的状態としての病——「魂の病というものは，永続的である」[98]——と結び付けられ，まさしく普遍化されているといってよい。本書はまさにそこからこそ固有の詩学を汲み取り，「文学を作り出」したのだ。そしてこのような詩学を可能にする人間学は，晩年に至るまでシャトーブリアンを導いていた。『墓の彼方からの回想』の著者

---

94) Chateaubriand, *Mémoire d'outre-tombe*, édition cnitique par Jean-Claude Berchet, Paris, Le Livre de Poche/Classique Garnier, coll. «La Pochothè que», 2003-2004, t. I, p. 641 (liv. XIII, chap. X). 以下 *MO* と略記。

95) *Ibid.*

96) *Ibid.*

97) *Ibid.*, p. 642. バルベー＝ドールヴィは1879年に，著者本人に代わり，ルネの病の永続性を激しく主張している。「ルネと呼ばれるこの人間種が，限定されたひとつの魂，ひとときの好奇の対象にして例外的存在であり，特定の一時期の病，人間がそこから回復してしまい，もう決して見ることがないような病であると考えるのは誤りであろう。／否，否！まったくそうではない。それは一人の人間の肖像であると同時に，ひとつの不滅の人間類型である」(Barbey d'Aurevilly, « Chateaubriand, *Atala, René, Le Dernier des Abencérages* », dans *Le XIXᵉ siècle : des œuvres et des hommes*, choix de textes établi par Jacques Petit, Paris, Mercure de France, t. II, 1966, p. 310)。

98) *Génie*, p. 482 (I, I, IV).

は，自らの運命を語りながら，彼自身をひとりの病人として示すことになるだろう。

　　私は憂愁を抱えているが，それは肉体的悲しみ，真の病である[99]。

　シャトーブリアンは後世においても，ひとつの病——自らがそこから生まれ出てきたひとつの病とみなされていた。ゴンクール兄弟の日記に見られる次の記述では，病としての彼が，しばしば彼と並び称されたバイロンと，しかしまたキリスト教それ自体とさえ並べられている。

　　病，病！　我々の本の鼻先に，人々が投げつけるものがそれだ。しかし我々の世紀にあって，何か病ではないものがあろうか？　バイロン，シャトーブリアンは，病ではないのか？　キリスト教の偉大なる革命，イエス＝キリストとは，病と苦しみではないのか？　ユピテル，彼は健康であった[100]。

　シャトーブリアンは，病と苦しみとによって特徴づけられる限りでのキリスト教的世界観の，世紀初頭における偉大な推進者として，19世紀後半にいたるまでの芸術的感受性の母胎となったということができる。彼は18世紀の道徳思想のネガとしてのパスカル像を肯定的に捉え返し，またキリスト教を称えながら，彼個人のものでもあれば「世紀の」とも言われるひとつの病を，後の世代に伝えたのである。かつてフォルテュナ・ストロウスキーは，19世紀初頭までのパスカル受容史を簡潔に要約しながら，ヴィクトール・クザンがアカデミー・フランセーズに提出した，新版『パンセ』の必要性——危険な懐疑論者パスカル[101]に，ポール＝ロワイヤル版の編者たちが慎重にも被せたヴェー

---

99) *MOT*, t. II, p. 655 (liv. XXXVI, chap. I).
100) Edmond et Jules de Goncourt, Journal du 27 juin 1866, dans *Journal des Goncourt*, Paris, Robert Laffont, coll. « Bouquins », 1989, t. II, p. 25.
101) Voir Victor Cousin, *Des Pensées de Pascal : rapport à l'Académie française sur la nécessité d'une nouvelle édition de cet ouvrage*, Paris, Ladrange, 1843, p. 156：「啓示を取り除いてしまえば，パスカルはモンテーニュのひとりの弟子ということになろう。」

ルを剝ぐための[102]——についての有名な報告書をめぐり，次のように述べていた——「そうして彼はロマン主義的パスカルとなるべきものの全身像を描いた。彼はパスカルのうちに世紀病を見出したのである」[103]。クザンはデカルト主義的立場から，パスカルが理性と信仰の間にもたらした分裂を非難し，彼にとっての信仰とは不安な懐疑主義的魂の避難所にすぎず，決して確固としたものではなかったと主張する。そしてパスカル的護教論というこの異形のモニュメントは，「我々の世紀のような病んだ世紀」[104]にはお似合いのものだろうと皮肉るのである。世紀病を病むこのパスカルは，シャトーブリアンがすでに40年前に，原罪と結びつけながら，ただしまったく悪意のない仕方で提示していたものの追認にほかならない。

それでは，シャトーブリアンは，「キリスト者パスカル」の再評価を通じ，キリスト教の伝統全体に再び息を吹き込んだということになるのだろうか？　そういうわけにはいかないだろう。彼にあって，キリスト教的＝パスカル的な偉大と悲惨との二重性は，未来の救済による還元が目指されるというよりは，むしろつねに保持されることによって，詩的な夢想を生み出すひとつの装置として機能させられるのだから。

　　我々の悲惨と我々の欲求のために作られたこのキリスト教は，我々に絶えず，地上の悲嘆と天なる歓喜との二重のタブローを提供してくれる。そして，そうした方法により，キリスト教は現在の不幸と遠い希望との源を心の中に作るのであって，そこから尽きせぬ夢想が流れ出るのである[105]。

このような二重性は，パスカルにあっても認められるにせよ，彼にとっては夢想の源泉ではありえない。それはたんに，信仰を持っているにしても天上の至福者たりえない，地上のキリスト者の状態として考え

---

102) Voir *ibid.*, p. 164.
103) Fortunat Strowski, *Les Pensées de Pascal : étude et analyse*, Paris, Mellottée, 1930, p. 249.
104) Victor Cousin, *op. cit.*, p. 163.
105) *Génie*, p. 715 (II, III, IX).

られているにすぎないのだから[106]。パスカルにとって，地上にある限り倦怠からは逃れられないのだとしても，信仰はそれを取り除くことを願って要請されるものだ。しかし，様々な活動で日々を満たしていた古代人たちには「心の不安」[107]を感じる余地がなかったと述べるとき，『精髄』の著者は彼らが人間の真の状態を忘れていることを咎めるというよりは，そこから生じるメランコリーの感情を知らなかったことを惜しんでいる。「キリスト教の精髄」とは「メランコリーの精髄そのもの」[108]にほかならない。その教義が前提とする悲しみと不幸に満ちた世界が，人間にメランコリーの感情を引き起こすこと，それこそが，彼にあっては，キリスト教のこの上ない優越性の源泉なのである。それゆえ，そうした感情の消滅を意味する天上での至福の状態は，彼にとってまったく望ましいものではないから，彼は天上の聖人にも，地上の人間の不完全さと，それに由来する感情や涙を与えようと望むだろう——「いったいどうして天国には，聖人たちの流しうるような涙がないのだろうか？」[109]

* *

シャトーブリアンは，『パンセ』における，神的秩序の卓越性の強調に伴う世界の「貧困化」[110]のヴィジョンには，それなりに忠実だったということができよう。彼が『キリスト教精髄』で開いた，宗教へと伸びる「花咲く道」の内実は，険しくまた不毛な荒野を，感傷的な心で歌い上げることにほかならない。しかし，彼は『パンセ』の提示する世界の悲惨に目を奪われ，想像力を膨らませはしたものの，パスカルの護教論の企てを理解することは少なかった。そもそも彼は『パンセ』の注意深い読者だったというよりは，哲学者たちの反パスカルの姿勢に反対しながら彼らのパスカル観に全面的に依拠していた。そうして彼らが批判するために提示した，社会的有用性の敵である病人のイメージを理想的なものへと転化することによって，「情念の茫漠」を享受するすべを心得

---

106) Cf. Pascal, *Les Provinciales*, dans *Les Provinciales, Pensées, et opuscules divers, op. cit.*, 16ᵉ lettre, p. 555.
107) *Génie*, p. 715 (II, III, IX).
108) *Lettre à M. de Fontanes*, p. 1272.
109) *Génie*, p. 758 (II, IV, XVI).
110) Georges Bataille, *Théorie de la religion*, Paris, Gallimard, coll. « Tel », 1973, p. 45.

た新しい人間像を同時代と後の世に広めたのである。パスカルが，また すべてのキリスト者が，この地上にあっては病人であるとしたら，それ は天にあって健康に立ち戻るためである。天の至福をつまらなく感じる 『キリスト教精髄』の著者は，病人であること自体から快楽を引き出し ている。キリスト教的世界観をめぐるこのような倒錯のうちに，病，苦 しみ，そして不幸によって徴付けられる近代文学の，ある発生を見るこ とができるだろう。

　この倒錯は，シャトーブリアンがパスカルの議論の神学的な前提に対 して，ほとんど無頓着だったことによって可能となっている。パトリッ ク・ラバルトは，17世紀の説教家たちのボードレールへの影響につい て語りながら，そうした影響がこの19世紀詩人においては，「神学から 人間学へ」[111]の転換作用を通して受容されていたと指摘している。シャ トーブリアンはそのような19世紀的傾向の先駆者である。実際，彼が 自らの護教論の企てにおいて問題となるものとみなした「詩的神学」[112]， 詩的システムとして捉えられた神学とは，ひとつの人間学でなければな んであろう。

　そしてこの神学的構えへの無頓着は，彼が宗教の世紀たる17世紀 を擁護するために反対していた，〈啓蒙の世紀〉の影響によるものだと いってよい。アニー・ベックは，その浩瀚な18世紀美学史の中で，パ スカルがその危険性を説きながら重視した想像力が肯定的に捉え返され ていく過程として，18世紀における近代美学の発生を説明している[113]。 こうした流れの中で，パスカルにあっては超越者と関わっていた心や感 情＝直感が，世界と人間に内在的なものへと変化していき，それに呼応 して彼の威信は衰えていった。パスカルの失墜を可能にした18世紀的 な概念理解を，ほかならぬパスカルにそのまま適用させたのが，シャ トーブリアンのケースということになるだろう。そのとき，『キリスト 教精髄』の著者は，すでに十分に強調しえたようにパスカルの不実な弟

---

　111) Voir Patrick Labarthe, *Baudelaire et la tradition de l'allégorie*, Genève, Droz, 1999, p. 175-178.
　112) *Génie*, p. 757 (II, IV, XVI).
　113) Annie Becq, *Genèse de l'esthétique française moderne : de la Raison classique à l'Imagination créatrice 1680-1814*, Paris, Albin Michel, coll. « Bibliothèque de l'Évolution de l'Humanité », 1994, p. 114.

子として現れるだけではなく，18世紀の精神への屈折した立場をも明らかにするのである。貧困なる世界の中で天を思う隠遁者に結び付けられて，感受性はもはや，18世紀の流儀で社会性との調和のうちに安らぐことはなく，そこから遊離する傾向を隠さない。18世紀に見られた感性的なものの顕揚はたしかにシャトーブリアンに引き継がれているとはいえ，ヴォルテールの非難した「崇高な人間嫌い」[114]の感受性をこそ称える彼は，例えばキリスト教道徳を「私の知っている最も反社会的な道徳」と呼びながらパスカルを傍証に挙げるディドロ[115]と，同様のやり方でそれを顕揚するのではない。ディドロがシャフツベリを翻案しつつ推奨したような「社会的感情」からの逸脱と，その結果として生じる憂愁の享受こそが問題となっているのだから。シャトーブリアンが依拠しようとする心と感情は，〈ポール゠ロワイヤルの隠遁者〉のイメージに結び付けられることにより，18世紀が称賛したような社会性からの乖離を示す一方，パスカルの誤った読解において明らかなように，超自然的な秩序によって補償されるすべを知らず，「情念の茫漠」のうちの浮遊を，その根本的な境位として持つ。シャトーブリアンのパスカル解釈は，こうして，彼が17世紀と18世紀双方に対して持つ両義的な関係と，彼におけるひとつの近代性の開始とを明瞭に示すための，格好の導きの糸となるのである。

---

114) Voltaire, *Lettres philosophiques*, lettre XXV, p. 141. なお『精髄』の著者は，初期の迫害とゲルマン民族大移動の結果としてキリスト教徒一般の精神が被るに至った，「決して消滅することのなかった人間嫌いの風情」について述べている (*Génie*, II, III, IX, p. 715)。

115) Diderot, *Observations sur Hemsterhuis*, dans *Œuvres*, édition établie par Laurent Versini, Paris, Robert Laffont, coll. « Bouquins », 1994, t. I, p. 754-755 :「どんな性質のものであれ人間的な絆を，これ以上に解体しうるものがあるかどうか私に答えて欲しい。／パスカルは，誰よりもこの〔キリスト教的〕道徳をよく心得ていたが，生涯に渡って彼の姉の愛を拒み，彼女に対しては彼自身の愛を隠したのだ——この人間的感情が，彼が神に捧ぐべき愛を損ねるのではないかと恐れて」。なおジルベルト・ペリエとの関係についての同様の指摘は，ヴォルテール『哲学書簡』第25信第10節の追加部分にも見られる (*Lettres philosophiques*, éd. cit., p. 269, n. 185)。

第Ⅱ章

古典主義詩学とシャトーブリアン

　かくして,『キリスト教精髄』のシャトーブリアンは一方では, 啓示および理性——〈啓蒙の世紀〉の護教論は後者によりいっそうの重要性を与えた——による推論の決定的性格を受け入れつつも, 想像力と心とに独自の——すなわち啓示とも理性とも無縁の——活動領域を認め, それを顕揚する。しかし他方では, 彼は天上の歓喜の存在を知りつつも決してそれに与ることができないという二重性の意識を強調するのであるから, 想像力と心の権能を, 何ほどかは超越的秩序との関連において捉えた上で, その劣等性を確証していることになる。そして, このような無力の認識から生まれるメランコリーこそが, 彼にあっては, 心の感情のうち最も貴重なものとして称えられるのである。前章ではパスカルの神学的議論との関係で論じられた同じ問題を, 本章では〈啓蒙の世紀〉の美学的文脈との関係で論じることにしよう。

　最初に検討されるのは, 音楽をめぐる議論である。18世紀から19世紀にかけて, 音楽は美ないし芸術の範例としての地位を, すぐれて古代的芸術とみなしうる彫刻や, しばしば音楽と近似的な議論によって論じられる絵画との関係で強化していく[1]。かくしてベートーヴェンは, 1810年にベッティーナ・ブレンターノに対して述べる——「音楽はあ

　1）　範例的芸術ジャンルの絵画から音楽への移行という図式に沿って18世紀から19世紀にかけての美学史を論じた著作として, 佐々木健一『フランスを中心とする18世紀美学史の研究』岩波書店, 1999年を参照。また以下の著作においては, ドイツにおけるロマン的美学の展開において, 音楽が——両義性を伴いつつも——果たす範例的役割が, 見事に論じられている。小田部胤久『象徴の美学』東京大学出版会, 1995年。

らゆる知恵と哲学に勝る啓示です。私の音楽が理解できる人は，他の人々が捉われているような悲惨のすべてから自由になるに違いありません」[2]。音楽芸術こそが至高の啓示であるということ，それは，現世の苦悩からの救済的契機さえもが，ある芸術体験のうちに包括されていることを意味する。カッシーラーはかつて〈啓蒙の世紀〉を，「神概念の拡張のための戦い」[3]の戦場として特徴づけた。たしかに，教会が〈啓蒙〉の努力の主要な担い手として認められていたドイツにあっては，哲学や芸術の目的は既存の啓示宗教のそれと混ざり合い，「絶対者」や「理念」の名の下に統合されることができた。しかし，フランスにあっては事情が異なる。たとえ——第Ⅲ章で論じられるように——，「反哲学者」たちが実のところは彼らの敵と文化的基盤を共有しており，やがて「文明（化）」として聖別されることになる共通の目標を掲げていたと言いうるとしても，当時にあっては哲学者たちは何よりも反教権の闘士を自認していた。そして大革命を経た続く世紀の全体を通して，〈共和国〉のための戦いは国王や貴族に対するものである以上に，〈教会〉に対するものとして遂行されていく。それゆえ，こちらにおいても既存の宗教的理念の一種の拡張が語りうるとしても，そのような作業はかつて精神的諸価値の特権的代理人として振舞っていた一組織と敵対し，それに取って代わろうという意図のもとになされたのである。こうして，ポール・ベニシューが「ある非宗教的な精神的権力（un pouvoir spirituel laïque）」[4]の形成と呼ぶこの過程においては，統合されることなく競合関係におかれた複数の精神性が並立することとなった。宗教と音楽をめぐるシャトーブリアンの議論のうちに認められるのは，まさにこの二つの精神的権力の並存である。すなわち彼にあっては，美的体験は神の秩序との内在的な一致を達成することがない。以下で我々は，シャトーブリアン的

---

2) ベートーヴェンを通し，18世紀末以降に成立する「音楽家の聖別」を論じた著作として，以下を参照。Élisabeth Brisson, *Le Sacre du musicien : la référence à l'Antiquité chez Beethoven*, Paris, CNRS, 2000.

3) Ernst Cassirer, *Die Philosophie der Aufklärung*, Hamburg, Felix Meiner Verlag, 2007, S. 174.

4) Paul Bénichou, *Le Sacre de l'écrivain : essai sur l'avènement d'un pouvoir spirituel laïque dans la France moderne*, dans *Romantismes français*, Paris, Gallimard, coll. « Quarto », 2004, t. I.

な音楽体験が，嘆きとため息の相，地上的性格を必然的に帯びたこのような相のもとでしか称えられないことを示す。そしてその検討は，そうした融合の不可能性こそがシャトーブリアンにあっては美的な快楽の源泉となっており，この不可能性の確証をこそ彼は宗教に求めていたということを明らかにするはずである。

1　音　楽：恐れと哀れみの悲劇的装置

1　宗教と音楽：偶然的な結びつき

『キリスト教精髄』第二部，この宗教の詩の分野における優位を論じる「キリスト教の詩学」に続く第三部は，「諸芸術と学問」を取り扱う。最初に現れるのは音楽をめぐる議論である。ここでシャトーブリアンは，諸芸術を称え，キリスト教を称えながらも，両者の結びつきを決して内在的なものとして捉えることがない。まずは冒頭部分の次の言葉を読んでみよう。

> 諸芸術はキリスト教が世に現れるやすぐに，それを自らの母と認めた。諸芸術がキリスト教に地上的な魅力を貸し与え，キリスト教は諸芸術にその神性を与えたのである[5]。

この一節には二つの矛盾した発想が含まれている。母子関係と，異質な他者間の取引である。どちらが作家固有の発想に忠実なものなのだろう？　疑わしいのは第一の関係のほうである。奇妙な母子ではないだろうか——母に先んじて子のほうがあらかじめ世にあるのだから。諸芸術は，好むと好まざるとにかかわらずしかじかの母から生まれたのではなく，世に生まれ落ち，成長を遂げた後に，自らに好ましい母を選んだというのであるが，これは，語の本来の意味では母親とは言えまい。それゆえ，第二の関係を採用することにしよう。第二の関係，お互いに必要なものを交換し合う取引の関係に依拠して考えるなら，諸芸術が宗教との間に持っているのは血縁関係ではなく，いわば同盟関係である。親子関係が言われうるのは，ただこの同盟にあって宗教の側が庇護者とみなされているという理由による，不適切な隠喩としてであるにすぎない。

---

5)　*Génie* p. 787 (II, I, I).

シャトーブリアンは続けて，プラトン（『法律』第 2 巻 668a-b）に依拠しつつ，快楽の産出をこととするのではない，普遍的な美の模倣としての音楽芸術を語る。ただし彼はそこで音楽を「自然の模倣の一つ」であり，それは「可能な限りに美しい自然の再現」を目指すと述べており，プラトンの議論と「美しい自然の模倣」の伝統との混同が見受けられる。『法律』でも音楽が模倣芸術である旨が確認されているとはいえ，そこで問題となるのは理念的秩序に属する数的調和関係の，感官に訴える快楽を排した再現であって，自然すなわち地上的現実の可能な限りの理想化ではないのだから。とはいえ，快楽と美を対比させた上で，普遍的な性質を帯びた後者の模倣を称えるという限りにおいては，ここでは何ほどかプラトン的な音楽論が提示されているということができる。しかし，イデアの世界を究極の実在，絶対的な調和の場とみなすプラトンにあっては考えられないことだが，『キリスト教精髄』の著者にとっては，このように捉えられた音楽も，調和の実現のための条件の一方を満たしているにすぎないとされるのである——

　　魂を純化し，魂から動揺と不協和を遠ざけ，魂のうちに美徳を生じさせることに役立つあらゆる制度は，そうした特質自体によって，最も美しい音楽に，あるいは美の最も完全な模倣に好都合なものである。しかし，その制度がその上宗教的な性質のものであったなら，それは調和にとって本質的な二つの条件を持っていることになる——美と神秘との二つを。歌は天使から我々にもたらされる，そして合奏の源は天のうちにあるのだ[6]。

　シャトーブリアンにあっては，唯一の超越的世界は存在しないように見える。模倣＝美と宗教＝神秘とは，序列化されることなく並存する二つの秩序を形作る。「最も美しい音楽」は，そして「美の最も完全な模倣」それ自体でさえも，宗教的な事柄とは無関係に達成可能である。音楽が宗教に関わりうるとしても，それは内在的な絆によってではなく，「その上（en outre）」という仕方で，非本質的な一特徴の追加という仕

　6）　*Ibid*., p. 788.

方ででしかないのである。実際，シャトーブリアンにあっては，宗教に関わる音楽でさえも，それ自身のうちに宗教の秘密を含み持っているのではない。そこには偶然的な結びつきがあるのみである。『精髄』第四部「祭儀」の巻頭を飾る，教会の鐘の音を称える章の一節を見てみよう。

　　このようなのがおおよそ，我々の教会の鐘の音が生じさせる感情，天の想い出が混ざり合うだけにいっそう美しい感情である。もしも鐘が教会とはまったく異なるモニュメントに結び付けられていたなら，それは我々の心との精神的な共鳴を失ってしまっていたことだろう[7]。

　鐘の音の引き起こす感情は，天の想い出に，初版以後数版までの表現を採用するなら「天の混雑した想い出」[8]に結び付けられる。しかし，その記憶を保持しているのは鐘の音でもなければ鐘というこの楽器それ自体でもない。鐘の音が神の記憶を喚起するのは，それが教会に付属のものである限りにおいてである。記憶に直接関わっているのは音楽の力ではなく教会建築のほう，あるいはむしろ，その建築物がキリスト教に属するものとして周囲に認められているという事実なのである。音楽は，このような付随的な状況の如何によっては宗教の助力になりうるとはいえ，宗教との内的なつながりを欠いている。しかし，そのことは，音楽が自身の内的な力，それに固有の魅力を欠いていることをいささかも意味しない。上記の引用箇所においては，鐘の音はそれが宗教と結びついたときにより美しくなると主張されていた——つまりこのような連合なしでも，鐘の音は美しくあることをまったくやめてしまうのではないのだ。諸芸術の「地上的な魅力」は，宗教の助けなしでも実現可能だとシャトーブリアンは考える。そこにあるのは，根源的には宗教に従属しない独立した力なのである。

　そのような力を彼ははっきりと自覚していたので，それが宗教と結びつく際の危険にも気が付いていた——すなわち，そうした力は，宗教

7) *Ibid.*, p. 895 (IV, I, I).
8) Voir Notes et variantes, dans *Génie*, p. 1832.

第Ⅱ章　古典主義詩学とシャトーブリアン　　　　　　　　　　　　59

と結び付けられたところで必ずしもそのためにのみ尽くすとは限らず，むしろそれが宗教とは独立して保持する固有の魅力によって人を誘惑することで，天を忘れさせることもできるのである。かくして，『ランセの生涯』において，このトラピスト修道会改革者の教会音楽批判を語りながら，シャトーブリアンは彼に同調する。

　　それにランセは正しかったのだ。音楽は物質的な本性と叡智的な本性との中間を占めるもので，愛をその地上的な外皮から引き離すこともできれば，天使に肉体を与えることもできるのである。聴く者の状態に従い，その響きは思考となり，愛撫となるのだ。古代のキリスト教詩人たちが，このようなメロディが彼らに伴って聴かれるのを許したのは，彼らが自らの生を，壊れた竪琴の束へと結びつけるようになってからのことでしかない[9]。

　音楽はこうして，根本的な両義性によって特徴づけられる。この中間的な領域から出発して，ひとは対立するどちらの方向にも向かいうるのである。そこから，教会音楽の孕む危険性が帰結する。天上の記憶を想起する契機として利用するのではなく，たんに感官を慰撫する地上的な魅力に心奪われるとき，ひとは感動したからといって，神へと至ることはできないのである。音楽の性質を定義するほぼ同じ一節が，『墓の彼方からの回想』の草稿中に見出せる。編者たちはこの一節を，シルフィードの挿話に，すなわち若きシャトーブリアンによって想像され，彼を二年に渡って支配した少女の幻影の挿話に結び付けている。若く錯乱したこのシャトーブリアンは，『ランセの生涯』の著者である老人の反省をまったく共有していない。音楽の危険な力を警戒するどころか，彼は進んでその官能的な快楽のうちに沈み込んでいく。

　　私は，音楽によって生じる定めない感情に我を失うのだった――音楽は物質的な本性と叡智的な本性との中間を占める芸術で，愛を

---

9) Chateaubriand, *Vie de Rancé, suivie du Voyage à la Trappe, un texte inédit de Bernardin de Saint-Pierre*, édition établie, présentée et annotée par Nicolas Perot, Paris, coll. « Livre de poche », 2003, pp. 218-219.

その地上的な外皮から引き離すこともできれば，天上の天使に肉体を与えることもできるのである。聴く者の状態に従い，そのメロディは思考となり，愛撫となるのだ[10]。

音楽の歓喜は，ここで，神へとひとを導くどころかその反対である――「もはや地も天も何ものでもなく，私はとりわけ後者を忘れていた」[11]。

2　半ばの脱自：壊れた竪琴としての心

さて，ほぼ同一のこの二つのパッセージには，さらに注目すべき点がある。神を忘却した若きシャトーブリアンの状況が歓喜と熱狂によって特徴づけられるのに対し，『ランセの生涯』の著者はキリスト者の音楽を，壊れた竪琴に，したがっておそらくはため息と悲しみに結び付けているのである。ここには音楽についての対照的な二つのイメージがある。そしてシャトーブリアンは，おおむね，キリスト教的音楽を歓喜と充溢ではなく，ため息とメランコリーの徴のもとに置く。確かに，彼はすでに参照した『精髄』の鐘についての章で，鐘の音の美しさを「芸術家たちが「偉大さ」と呼ぶもの」[12]によって特徴づけ，雷鳴や風，海，火山，滝，民族全体の声といったものの「崇高」[13]に比較して，そうしたもののもたらす「熱狂」[14]について語る。このような熱狂は，「錯乱の二年間」におけるシャトーブリアンが体験したものにきわめて近い――嵐の最中にあって，激しい雷雨が「私の熱狂を激しくした」[15]と彼は書いている。しかし，『精髄』の著者は，そのような熱狂は鐘の，すなわち宗教的な響きの根本的な性格には関わらないと断言する。「鐘の音の最も注目すべき性格はそこにはなかった」[16]。ではどこにあるのか？すでに引いたように，「天の混雑した想い出」の喚起がその本質をなし

---

10)　*MOT*, t. I, p. 212 (liv. III, chap. IX, variante A).
11)　*Ibid.*, p. 213.
12)　*Génie, op. cit.*, p. 893 (IV, I, I,).
13)　*Ibid.*
14)　*Ibid.*, p. 894.
15)　*MOT*, t. I, p. 212 (liv. III, chap. IX).
16)　*Génie*, p. 894 (IV, I, I).

ている。そして，想起は，それもプルースト的なそれではなく「混雑した」それは，当の対象を再び直接的に生き直すことへと我々を導くことができない。まったく反対に，それは現在の地上的次元と前世の天上の次元，この二つの間に空間を開き，隔たりを設ける。こうしてひとつの距離が穿たれる，それは反省的距離ではあるが，しかしまたなおいっそう，メランコリックな感情を生み出すための距離である。我々のうちにうごめく「天の混雑した想い出」を漠然と思い，また「神の漠然たる感情」[17]を感じるとき，我々は，熱狂のうちに天へと連れ去られるのではない。すでに引いた一節で『回想』の著者が述べているように，熱狂は天と地を忘れさせてしまいかねない。こうした忘却は彼にとっておよそ望ましいものではないのであるが，それはたんに天，この至高の秩序が消滅してしまう限りにおいてではない——地上的現実の存続もまた，シャトーブリアンにとってはこの上なく貴重なものなのだから。彼にはつねに二つのものが同時に必要なのであり，そうして二つのものの間にとどまることが必要なのである。彼にとって大切なメランコリーの感情は，二つの領野の間の空間においてしか花開くことがない。天を切望しながらも相変わらず地上にあるとき，ひとはメランコリックになるのである。二元論はそれゆえ，メランコリーの詩学にとって絶対の条件である。そういうわけで，熱狂はシャトーブリアンの宗教において気に入られることがない。彼は漠たる悲しみの感情を純粋な歓喜のうちに消し去ろうとは望まず，そのため二つの領域を保持することを望むのである——あるいはその両者の間の乗り越え不可能な隔たりを保持することを。

　「我々の魂の弦である諸情念と遭遇して，キリスト教は天来のハープの諸調和を再建した」[18]——『精髄』の音楽の章の草稿においてこのように述べられているにしても，それゆえ，誤解してはならない。シャトーブリアンはここで，我々の魂を天の至福に満ちた調和へと連れて行くのではないのだ。続くくだりを検討してみよう。

---

17) *Génie*, p. 801 (III, I, VII).
18) Chateaubriand, *Fragments du Génie du christianisme primitif*, dans *Génie, op. cit.*, p. 1358.

キリスト教は我々の諸情念から，地上のあらゆるざわめきの上に位置する響きを出現させた。この若い修道女が，彼女の個室で幾ばくかの旋律をささやくのを聴くがいい。彼女がはっきりとは歌っておらず，何とも知れぬ漠たるものをため息とともに口にしているところを，不意に驚かしてみるがいい。諸君は天使のメロディを聴き取るだろう。福音書の宗教はこのように調和のために作られているので，それは教会を音楽で満たし，オルガンを発明し，青銅にさえもため息を与えたのである[19]。

若い修道女の歌う天使のメロディ。しかし，このパッセージを貫いている嘆きの調子は，ため息は，天使のものとするに相応しいものだろうか？　精神的存在としての天使が何を嘆くのか？　自分たちの世界には嘆きの種を持たない彼らであるから，ため息の原因となりうるのは，彼らとは別の世界，地上の世界の出来事のみである。この一節の明瞭な理解のためには，まずそこで天使の比喩形象が担っている役割を理解する必要がある。そしてそのような理解は天と音楽との，また他のすべての芸術との関係のよりよい把握に役立つはずだ。そのため我々は，『失楽園』が論じられている『精髄』中の一章を参照することができる。シャトーブリアンはそこでミルトンの以下の詩句を称賛している。問題となるのは，アダムとイヴの犯した罪の知らせを受け取った天使たちについての記述である——

> 罪は天に知られ，天使たちを聖なる悲しみがとらえた。しかし—— that sadness mixt with pity, did not alter their bliss ——，「この悲しみは，哀れみを交えており，彼らの幸福を乱すことはなかった」。キリスト教の言葉，そして崇高な優しさを持った言葉だ[20]。

自分たちに関することでは嘆くことのない天使たちが，今，別の世界で犯された過失を嘆く。そうして嘆きながら，彼らは地上的存在の属性を幾分か帯びるように見える。しかしそれは見かけ上のことにすぎず，

---

19) *Ibid.*
20) *Génie*, p. 635 (II, I, III).

超自然的存在としての彼らの至福が、そのためにかき乱されることはない。彼らがため息を吐くのは、本当には悲しんでいない限りにおいてである。さて、自らの本性を変質させることなしに経験されるこの擬似的な脱自は、キリスト教的人間のうちにも見出されるものだ。彼は、この世ならぬ秩序を、すなわち天を確信することによって地上から半ば抜け出ながらも、しかし人間の本性上の悲惨のただ中に変わらずとどまり続ける。ここには、天使におけるのとは逆方向に働く、しかし同一のメカニズムが認められる。

　修道女の歌う「天使のメロディ」に戻ろう。つねにため息を歌に混ぜ合わせるこの若い娘は、天使たちの絶対的な至福に達することなどまるでない。そしてシャトーブリアンが宗教音楽に求めるのは、まさしくこのようなため息の表現なのである。キリスト教は彼岸を設定する。それは、望ましくもあればこの世にある限りは到達しえないものでもある、そんな領域である。そしてこの宗教は、この超自然的な場所への、地上においては実現不可能な希望を与えることによって、人々に喜びと悲しみの二重の感情をもたらす。こうした二重の状態は、シャトーブリアンにとって還元可能な何かであるどころか、彼の詩学の本質を構成するものであった。

　かくして、「天来のハープの諸調和」はここで、決定的な断絶に基づくある乗り越え不可能な不調和にほかならない。ジュリー・デタンジュの「心地よいため息」[21]を称えながら、シャトーブリアンは、このようなものは古代にはまったく先例を持たないと主張するが、その際、上記の音楽をめぐる草稿と類似した口振りで、それを可能にしたキリスト教を特徴づけている――「心から、かくも優しい調子を出現させた宗教、そして、いわば、魂にいくつかの新たな弦を付け加えた宗教」[22]。ここでシャトーブリアンは、明らかに、壊れた竪琴によってキリスト者の生を喩える時のようには自らの基本的な発想を上手く表現していない。新たなものは、何かの追加によってばかりでなく、欠如が旧来の秩序を変容させることによっても現れうる。ため息という新たな音楽は、原罪という欠損によって、したがってむしろ楽器の破損や弦の不足によって可能

---

21) *Génie*, p. 694 (II, III, IV).
22) *Ibid*.

になっているのである。

> 我々の心は不完全な楽器，いくつもの弦を欠いた竪琴，そこで我々は，ため息へと捧げられた調子によって，歓喜の調べを奏でるように強いられるのだ[23]。

〈世紀病〉を病むこの男の嘆きは，若い修道女の呟きと別のものではない。またこの音楽観は，『ランセの生涯』におけるキリスト者の生の表象——「壊れた竪琴の束」——と呼応しつつ，シャトーブリアンの作品に一貫したものであるということができよう。人間の本性上の不完全性による，望ましい秩序への到達不可能性が，ため息の源泉なのである。歓喜の調べに届かないこうした弦の欠如，そこから生じるため息こそ，シャトーブリアンがキリスト教の，彼がパスカルとともに何よりも原罪に結びつけながら推奨したこの宗教の，大いなる利点として説いてやまないものだ。シャトーブリアンにあって，キリスト教の可能にする音楽は，こうしてつねに，天上との対比において不毛な荒野とみなされる地上との関連でしか聴かれることがない。それゆえ『ナチェズ』の彼は，天上の音楽，苦しみの消失と純粋な至福を意味するはずのそこでの音楽にさえ，嘆きを聴き取るに至るのである——「神的なハーモニカの嘆き，地上的なものの一切を含まないあれらの震え」[24]……。しかしまったく天上的な嘆き，地上的なまた人間的なものと関わらない嘆きなどありはしない。『キリスト教精髄』の中で，彼は天国を描こうとする詩人たちに向けて，「限定された本性とより崇高な体制との間の，また我々の速やかな終焉と永遠の事象との間の，調和を生み出すこと」により，「我々の幸福と同様に変化と涙とを交えるようになった天上の幸福が，あまり作り物のように見られなくなる」[25]ようにすべきであると勧めていた。『ナチェズ』の作者はこの教訓に自ら従っているということ

---

23) Chateaubriand, *René*, dans *Atala - René - Les Aventures du dernier Abencérage*, présentation par Jean-Claude Berchet, Paris, coll. « GF Flammarion », 1996, p. 180. .なおこのパッセージは，31頁ですでに引用済みである。

24) Chateaubriand, *Les Natchez*, éd. Gilbert Chinard, Baltimore/Paris/London, Johns Hopkins Press/Droz/Oxford University Press, 1932, p. 174 (liv. IV).

25) *Génie*, p. 758 (II, IV, XVI).

第Ⅱ章　古典主義詩学とシャトーブリアン　　　　　　　　　　　65

ができよう。上記の一節を引きながら，ジャン＝ピエール・リシャールはこの楽器の特徴を見事に説明している——

　　響きの濃密さがそこでは液状に変わり，量感は妙なる半透明の流れ
　　になるのであるが，それは同時に，何か引き攣りの効果によるかの
　　ように締め付けられるのだ。ハーモニカがシャトーブリアンを引き
　　つけるのはそのためである。何故かは説明できないままに，彼はそ
　　れを聞きながら同時に歓喜と不快とを感じる[26]。

　このような特徴は，これまで見てきた我々の著者の想像力に，まったく御誂え向きのものだ。
　実際，純粋な歓喜はそれほど彼の気に入らない。すでに見た，『墓の彼方からの回想』に叙述された錯乱の二年間は，彼がそこで享受した「熱狂」[27]と「悦楽」[28]の面では後の彼自身によって非難されている。しかしその一方，『回想』の作者は，当時の彼においては歓喜の避けがたい裏面にすぎなかった苦しみの側面においてなら，この時期の自身の状態を正当化しうると信じるのである——

　　しかし私が天にもはや願いを向けることがなくなっていたにして
　　も，天は私の密かな悲惨の声を聞いていたのである，というのも私
　　は苦しんでおり，そして苦しみが祈りを捧げていたのだから[29]。

　このような苦しみへの傾きは彼にとって本質的なものであるので，彼は音楽についての草稿では，イエスの復活を称える全面的な喜びを，宗教に相応しいものではないと公言するに至る。それは不真面目なものだというのである。

　　聖なる音楽の中に何か凡庸なものがあるとしたら，それは，一般的

----

26)　Jean-Pierre Richard, *Paysage de Chateaubriand*, Paris, Seuil, 1967, p. 79.
27)　*MOT*, t. II, p. 212 (liv. III, chap. IX).
28)　*Ibid.*, p. 211.
29)　*Ibid.*, p. 213.

にいって，喜びの歌である。キリスト教は男のように真面目で，その微笑みさえもがメランコリックだ。「シオンの息子たち，娘たち」の賛歌，様々なハレルヤは，我々の災いが宗教から引き出すため息と祈りに比べ，実に劣ったものなのである[30]。

　決定稿において，上記のパッセージはグレゴリオ聖歌についての章に組み入れられているが，そこには歓喜の歌の凡庸さの指摘も，ハレルヤへの侮蔑的な意見も見られない[31]。おそらくは作家本人にも，記述の不都合が感じられたのであろう。推敲はここで明らかに，内奥の発想を正しく伝えようとする努力ではなく，当初は自由に記述された作家固有の発想を犠牲にしてなされる，良識への配慮にほかなるまい。ともあれ，シャトーブリアンはキリスト教によって可能となる音楽を，純粋な歓喜の提示とは別のものとして考えている。確かに，キリスト教は救済を約束する，しかしこの約束には必然的に，救済に値するものとしての，すなわち悲惨なものとしての世界の表象が伴っている。こうして現れる，「地上の悲嘆と天なる歓喜との二重のタブロー」[32]こそが彼の想像力に好ましいものなのであってみれば，この二重性の解消にほかならない純粋な歓喜の表現が不満の的となるのも不思議なことではない。

3　単調さの擁護：グレゴリオ聖歌，隠遁者と野生性

　なおシャトーブリアンのこのような音楽観は，教会と音楽との伝統的な緊張関係によってある程度は説明することができる。実際，初期教会は典礼における音楽の使用を大いに警戒した。それは異教の儀式を想起させたのである。それにまた，祈りの言葉がたんに朗読されるのではなく歌われるとき（楽器の演奏が伴うときにはなおさら），信者は聖なる言葉にというのではなく耳の快楽に揺り動かされてしまうことにならないだろうか？『告白』におけるアウグスティヌスの逡巡はよく知られている（第10巻第33章）。彼は教会における歌唱の危険性を承知しつつも，それが節度を守ってなされるときには祈りの言葉のより深い理解を

---

30) *Fragments du Génie*, p. 1360.
31) *Génie*, p. 789 (III, I, II).
32) *Génie*, p. 715 (II, III, IX).

第Ⅱ章　古典主義詩学とシャトーブリアン　　　　　　　　　　　　67

可能にするという自らの経験を踏まえて，この習慣の暫定的な容認を表明する。それは「劣った魂（infirmior animus）」を信仰へと導くのに役立つというのである。キリスト教共同体としてのヨーロッパが確立し，異教的慣習との混同の恐れがなくなってからも，感官に訴える音楽の力への疑念は消え去ることがなかった。トマス・アクィナスは『神学大全』においてこの問題を取り上げ（IIa-IIae, q. 91, a. 2），アウグスティヌスの躊躇いを廃し，歌唱の精神的価値を確言する。しかしそのことは同時に，音楽の価値が批判への応答という手続きなしでは是認されえないものであったことを示唆しているのであるし，歌唱の導入は，アウグスティヌスの権威を引き合いに出しながら，やはり「劣った魂」の事情を考慮してのことであると説明される。典礼における器楽の使用は認められないままだ。『旧約』にしばしば現れる楽器使用の諸例については，まずは粗野な時代の人々の肉的快楽を満足させる必要性によって正当化された後に，それらの楽器は比喩的に用いられているにすぎないのだと述べられている。16 世紀になると，対抗宗教改革の努力の中で，再び教会音楽の地位が議論の対象となった。歌詞が明瞭に理解されることが改めて重視され，中世を通して発展してきたポリフォニー音楽にはパレストリーナ流の節度が求められた。音楽の地位をめぐるこの両義的な取り組みの中で，トリエント公会議によってその模範性を確証されたのがグレゴリオ聖歌である。単声で歌われるこの聖歌は，〈啓蒙の世紀〉のフランスにおいていったんは活力を失うものの，同じ世紀の中葉には復興の動きを示し，『音楽辞典』のルソーのような推奨者を得ることに成功するのだった[33]。

　ここで先ほど簡単に触れておいたランセの音楽批判に立ち返り，彼の拒絶が典礼におけるあらゆる音楽の使用に向けられたものではないことを指摘しておくべきだろう。先の一節は，主要典拠の一つたるル・ナン師のランセ伝に見られる一挿話の紹介に続くものだ。パリのある女子修道院長が，ランセに感化されて，典礼における「音楽」の導入を禁止しようと望み，修道女たちと衝突する。相談を受けたランセは，院長の改

---

[33]　18 世紀フランスにおける復興の動きとの関係でシャトーブリアンのグレゴリオ聖歌への評価を論じたものとして，Nicolas Pérot, « Chateaubriand et la musique sacrée », in *Chateaubriand et les arts*, dir. Marc Fumaroli, Paris, Fallois, 1999 を参照。

革を支持してこう言う。「聖ベネディクトゥスは，彼の定めた規則のもとで生きる人々が神を称えて歌うことを望みはしましたが，ただし簡素なやり方で，ということでした。このことを真摯に受け止めなければなりません」[34]。ここで拒絶されているのは，修道女たちがポリフォニーで歌うこと，多声の響き合いへの惑溺によって祈りの内容を見失ってしまうことである。単声の聖歌が禁止されているのではなく，実際，ラ・トラップのこの修道院長は，彼自身の修道院において，典礼に際してのグレゴリオ聖歌の指導にきわめて厳格に当たった。この歌唱は訪問者たちに涙を流させて，多くの修道志願者をもたらしたとル・ナン師は述べている[35]。

　シャトーブリアンにとってキリスト教音楽の体現とみなされるのが，まさにこの単声の聖歌である。ペルゴレージの「スターバト・マーテル」における変化に満ちた構成は，彼の気に入らない。「悲しみの本質的性格は，同じ感情の反復に，そしていわば，苦悩の単調さ（monotonie）のうちにある」[36]のだから。モテットへの関心は，シャトーブリアンには見出されない。グレゴリオ聖歌の単調な繰り返しこそが素晴らしいのであって，それは彼によるなら，野生的な自然のうちに聞かれるざわめきの見事な模倣なのである。

　　またときおり気付かれることであるが，教会の賛歌のうちには，宗教的でもあれば野生的でもある，何とも知れぬ精髄（génie）が存する。森のただなかに住まう隠遁者たちにより作曲されて，それらの賛歌は沈黙と膨張，音の漸進的な広がりを示すのである。その単調なざわめきのうちには，墓地や修道院内部に影を投げかける，イチイや古い松のさざめきが認めうるように思えないだろうか[37]。

　シャトーブリアンはフォンターヌへの書簡においてスタール夫人の体

---

34) Dom Pierre Le Nain, *La Vie de Dom Armand-Jean Le Bouthillier de Rancé, abbé et réformateur de l'abbaye de la Maison-Dieu-Notre-Dame de La Trappe*, Paris, Florentin Delaulne, 1719, t. I, p. 219.
35) *Ibid.*, t. II, pp. 489-490.
36) *Génie*, p. 790.
37) *Fragments du Génie*, p. 1360.

系への不満を表明するに当たり,「単調だ (monotone)」[38]との形容を投げつける。また『墓の彼方からの回想』でアメリカ滞在を振り返るときの彼によるなら,「フィラデルフィアの眺めは単調である」が, それというのも「いまだ若年の〈宗教改革〉は, 想像力に従うところがまるでなく」[39], アメリカの他の都市と同様に偉大な建造物が不在なためであるという。しかし興味深いことに, こうしてプロテスタントの著作家や都市の欠陥を「単調」の語によって指摘しうると信じる一方で, このカトリックの護教論作者は, 彼の宗教の想像力に訴える力を顕揚し, その雄弁な証として音楽を引き合いに出すときにも, この同じ語を好んで用いるのである。単調さにとどまること, それは超越的秩序を思うことにより世界を貧困化し, それを荒野であると想像する者にとっては, メランコリーを表現するうってつけの手段となる。隠遁者好みのこの宗教——キリスト教の精髄, それはかくして, 野生的なものの精髄でもある。

4 悲劇体験としての音楽

音楽をめぐる草稿において歓喜の歌への不満足を表明した後に, シャトーブリアンは彼好みの宗教音楽について次のように語っている。

> ほとんどすべての聖週間の歌は, 苦悩のスタイルにおいて完璧である。聖マタイの受難は, 今日においてもなお巨匠たちの絶望である。伝記作者のレチタティーヴォ, ユダヤ下層民の叫び, イエスの応答の高貴, これらが作り上げる悲壮なドラマに, 現代の音楽はまるで近付くことがなかった。まったく何というものだろう, 絶えず崇高な悲劇を提示して, あらゆる芸術の統合からその祭礼を作りなすこの宗教は?[40]

歓喜の歌の不真面目さが難じられる一方, 称えられるのは苦悩の歌である。かくしてシャトーブリアンにおいて, 音楽はひとを純粋な歓喜で

---
38) *Lettre à M. de Fontanes*, p. 1278.
39) *MOT*, t. I, p. 347 (liv. VI, chap. VII).
40) *Ibid.*, pp. 1360-1361.

満たすのではなく，むしろ不幸を絶えず強調しながら，メランコリーへと誘う。そして，注目すべきなのは，キリスト教は自らのためにあらゆる芸術を用いると述べながら，シャトーブリアンがそれらの統合を，悲劇の理念のもとになされると考えている点だ。実際，これまで見てきたような彼の音楽観，悲しみと嘆きによって特徴づけられるそんな発想は，悲劇的と形容するに相応しい。彼にとっては，音楽のみならずすべての芸術が，悲劇の相貌を示すときに最も好ましいものとなるのであり，現世の悲惨を説いてやまないキリスト教的世界観が推奨されるのも，まさにそのような悲劇性の産出に，それがきわめて好都合だからにほかならない。

　その上，シャトーブリアンは悲劇と口にするときに，漠然とした仕方で悲劇的なものを思い浮かべているのではない。いまだ古典主義詩学が生き延びていた18世紀後半に知的形成を遂げた彼にとって，悲劇とは，アリストテレス的詩学のフランス古典主義における解釈の枠内で捉えられたものにほかならないのである。こうして，彼は音楽を悲劇の比喩で語るに際し，古典主義詩学において悲劇を特徴づけるために用いられた次の二つの観念を，音楽体験のうちにも導入する。

　　秩序ある社会においては，早鐘の音は，救助の観念を呼び覚ますものであるから，哀れみと恐れとで魂を打ち，そのようにして悲劇的感覚の二つの源泉を流れさせたのであった[41]。

　シャトーブリアンにあって，音楽体験は結局，哀れみと恐れというアリストテレス的感情を喚起する悲劇の経験のうちに収斂し，そこにおいて，同じく悲劇的な他の諸芸術との統合を生きることになる。すべての芸術はここで，音楽の形式に憧れるのではなく，悲劇の経験を我が物にしようと望むのである。

---

41) *Génie*, p. 895 (IV, I, I).

2　フランス古典主義詩学における美学的二重性

　こうして，シャトーブリアンを支えている美的原理は，とりわけ19世紀以降の芸術理論において特権的な位置を与えられがちな音楽の原理に即したものであるというよりは，むしろそれに先立つ古典主義の伝統が，とりわけ悲劇の理論を通して育んできたミメーシスの理論の影響のもとで考えられるべきものである。以下で目指されるのは，とはいえ単純な継承とはほど遠い，シャトーブリアンの古典主義詩学との関係の究明であるが，それに先立ち，まずはフランス古典主義詩学における悲劇論，とりわけそこでなされたミメーシスとカタルシスの解釈が検討される。この検討は，シャトーブリアンが古典主義詩学から受け継いだものの性質を見きわめるための予備的考察として役立つはずだ。ところで，さらにそれに先立って，アリストテレス自身によるこれら二概念の定義を理解しおくべきだろう。フランスの古典主義詩学は，このギリシア哲学者の教説を決して忠実に解釈していたわけではないのだが，だからこそアリストテレスから出発し，それと比較することで，古典主義詩学の特質を浮き彫りにすることができるからである。

1　アリストテレス『詩学』におけるミメーシスとカタルシス

　アリストテレスは，『詩学』第14章で，カタルシスをミメーシスの結果であると規定する。ミメーシスによって，悲劇の産み出す恐れと哀れみは快楽へと変換されるのであり，この変換作用がカタルシスと呼ばれるのだ。それでは，アリストテレスにおいてミメーシスの性質はいかなるものであり，カタルシスというこの変換はどのようにして遂行されるのか。アリストテレスにおけるミメーシスとは，なによりも知的な抽象化の作用であり，偶然的な現実世界における特殊な個物から出発して，一般的な認識へと到達するための手段にほかならない。そこから，詩は歴史よりもいっそう哲学的であるとの名高い言明が帰結する——「両者の違いは，歴史が起こったことを述べるのに対し，詩は起こりう

ることを述べるという点である」[42]，等々。個別的なものの検討から出発して，一般的なものに到達すること。詩人は各々の事物，各々の人物，各々の出来事から共通の要素を引き出すことにより，日常的世界とは異なる別の世界を構成しなければならないのだが，この別の世界は，一般的なものでありながら，日常世界の中に潜在的な状態ですでに存在しているものでもある。アリストテレス的な意味でのミメーシスの経験は，それゆえ，反復の経験に──ある一般的本質をうちに秘めた様々な個別的現れの繰り返しの経験に，先立たれている。そうして，経験的な各々の出会いにおける個別的なものをすべて排除することにより，アリストテレス的人間は高次の領域へ，一般的観念の領域へと移行する手段を獲得するのである。「あらゆる表象活動は個別から一般へと上昇する手段である」[43]──スイユ版『詩学』の編者デュポン＝ロックとラロは，そう注解する（彼らはミメーシスの訳語として，伝統的に用いられてきた「模倣（imitation）」に替えて「表象＝再現前（représentation）」の語を採用している）。表象行為とは，偶然的な事象の不安な反復のただ中から確固として安心できる共通の核を抽出することにほかならず，そこから快楽が引き出されてくる。ミメーシスによる快楽は，アリストテレスにあって，認識による快楽に等しいのである。

　この認識の快楽こそが，カタルシスを引き起こすものだ。悲劇における恐るべき出来事の提示は，観客に恐れと哀れみをミメーシス的なやり方で，つまりは「本質化されたかたちで」[44]，感じさせる。問題となるのは，反省の力により，おぞましい光景が引き起こす恐れを乗り越えることである。アリストテレスが『詩学』第4章で述べていることを思い出そう──「我々は，現実において見るなら耐え難いような事象の，この上なく入念に作られた像を見て喜ぶ。例えば，まったく厭わしい類の動物の，あるいは死体の姿といったものだ」[45]。彼は不快な対象の表象によって得られるこの快楽を，学ぶことの快楽として，すなわち認識の快

---

42) Aristote, *Poétique*, texte, traduction, notes par Roselyne Dupont-Roc et Jean Lallot, Paris, Seuil, coll. « Poétique », 1980, p. 65 (chap. IX, 1451 b).

43) Note des éditeurs dans la *Poétique* d'Aristote, éd. cit., note 1 au chapitre IV (1448 b 9), p. 164.

44) Note des éditeurs dans la *Poétique* d'Aristote, note 3 au chapitre VI (49 b 28), p. 190.

45) Aristote, *Poétique*, éd. cit, p. 43 (chap. IV, 1448 b).

楽として捉える。そのような像は我々に，それらが表象している対象から，現実においてなら見る者を恐れさせるような諸要素を取り除き，穏和なものへと調整することにより，それらの対象の認識を与えることができるのである。

こうして，アリストテレスの合理主義的詩学において，知的認識の技術にほかならないミメーシスは，芸術の感覚的諸次元を自らのうちに含まないことになる。そもそも彼は，それらを芸術に本質的なものとは認めていない。「仕上げの巧みさ，色彩，あるいはそれに類する他の原因」[46]は，ミメーシスとは別の働き，芸術を飾り立てることができるがそれに固有のものではない付随的な要素にすぎないのである。

2　ミメーシスの覆いとそのカタルシス効果

さて，フランス古典主義がミメーシスに，すなわち芸術に固有のものとみなしたのは，まさにこの働きであり，現実の印象に快い美的次元を付け加える技術なのである。ボワローの『詩法』にはこうある。

　　どんなにおぞましい大蛇も怪物も，
　　模倣の技によって，目を楽しませずにはいない。
　　繊細な筆の快い技巧が
　　最も恐るべきものを愛すべきものに変える[47]。

古典主義的なミメーシスは，アリストテレスにおけるのと同様，現実の対象の等価物を再生産することではない。しかし，現実と芸術作品とのこのミメーシス的隔たりは，両者にあってまったく異なった次元に属している。ギリシア人哲学者がミメーシスの役割を，現実の不純な諸要素の還元による認識作用のうちに見るとき，フランス古典主義詩学はミメーシスを，現実を二重化する覆いとともに再提示することとして捉えているのである。ボワローによって定式化されたこの変質は，以後のフ

---

　　46)　*Ibid.*
　　47)　Boileau, *L'Art poétique*, dans *Œuvres complètes*, introduction par Antoine Adam, édition établie et annotée par Françoise Escal, Paris, Gallimard, coll. « La Pléiade », 1966, p. 169 (chant III, v. 1-4).

ランスにおいてひとつの伝統となるだろう。

　次に，カタルシスである。それは，古典主義において，ミメーシスほどの安定した地位を享受することはなかった。それをどう解すべきか，ひとは困惑していたからである。この点について，ここで，バトゥが18世紀後半に著したアリストテレス『詩学』への注解を引くことにしよう。『詩学』第6章，「悲劇とは，恐れと哀れみの見世物によって，我々のうちからこの二つの情念を浄化するような行為である」（バトゥ訳による）との一節に関し，彼は次のように述べる。

　　　この最後の言葉は長い間に渡って，解釈者たちの悩みの種である。彼らには，情念を浄化するということの意味も，また恐れと哀れみを浄化する——それも，それらをかき立てる悲劇によってそれらを浄化する——ということの意味も，理解できなかったのである。愛が，憎しみが，悲しみが浄化され，癒されるのは——というのも浄化とは癒しを意味しているようなのだから——，それらをかき立てることによってなのだろうか？　そもそもこのような非人間的な発想が，一体誰に浮かんだりできたのか——不幸な人々の避難所である哀れみから，美徳の守り手たる恐れから，ひとを癒そうなどという発想が？　けれどもアリストテレスがそれを口にしたようなのであり，彼がその時代にあって明らかな不条理を語ったなどとは，まったく疑いようもないのである[48]。

　こうして生じた様々な解釈のうち，バトゥはコルネイユの一節のみを取り上げ，その不正確を指摘した後に，自らの解釈を提示しようとする。それとても実際には正確な解釈とは言えないのだが，少なくとも彼はアリストテレスと同様に，ミメーシスとカタルシスを結び付け，後者のうちに前者の結果を見ている。両者の関連づけはアリストテレスと同じやり方でなされてはいないとはいえ，しかしそれゆえにこそこの違いは，フランス古典主義詩学においてミメーシスに与えられた役割の特質をよく表しているということができる。それゆえ彼の解釈を，以下に簡

---

48)　Charles Batteux, *Les Quatre Poétiques*, Paris, Saillant et Nyon, t. I, 1771, pp. 225-226.

単に見てみよう。
　アリストテレスは，『政治学』第 8 巻第 7 章で音楽のカタルシス的効果を論じており，バトゥは，それとのアナロジーで悲劇のカタルシスを説明しようとする。『政治学』は音楽のカタルシスを，医術における有害物質の除去になぞらえているため，そこからバトゥは一種の瀉出説を引き出してくる。「医者が体液の過剰や欠陥を正して身体を浄化するように，音楽は魂を浄化するのだ，情念の過剰，その悪を除くことによって」[49]。とはいえそれは，フランス古典主義においても，また現代の解釈者によってもしばしば主張される，同毒療法としてのカタルシスという立場とは異なる[50]。音楽のカタルシスは，好ましくない毒に好ましくない毒を注ぎ，活性化させることによってそれを排除するのではなく（その時，音楽の快楽は，苦痛の停止によってもたらされるものでしかない），音楽に内在的な性質，つまりその心地よさによってもたらされる。つまり，苦しみにその反対物である感覚的快さを付加すること，それが音楽のカタルシスなのであるとバトゥは主張している。
　そして彼は，『詩学』第 4 章において問題となっているのも同様の働きにほかならないとしながら，悲劇には二つのカタルシスを認める。音楽と歌（古代悲劇に伴っていた）によるカタルシスと，模倣による，すなわち悲劇本来の方法によるそれである。音楽は，アリストテレスの言う「快楽の混ざり合った緩和作用」[51]によって，悲劇的出来事の提示に伴う苦痛を和らげる。それでは模倣は？ すでに見たように，アリストテレス自身の発想においては，ミメーシスは認識論的な手段であった。出来事の巧みな配置によって悲劇的行為を構成すること，そこから悲劇に本来的な，ミメーシスによるカタルシスが生じるのだが，それは，知的に純化されたかたちで悲劇的事象を把握することから生まれるものにほかならない。それゆえ，ミメーシスのカタルシスと音楽や見世物的要素の感官に訴える快楽によるカタルシスとは区別されるのである。さて，バトゥは，音楽のカタルシスと悲劇に本来的なカタルシスを分ける

---

49) *Ibid.*, p. 231.

50) バトゥはこの点で，デュポン＝ロックとラロの解釈と一致している。Voir Note des éditeurs dans la *Poétique* d'Aristote, éd. cit., note 3 au chapitre VI (1449 b 28), pp. 191-192.

51) Cité par Batteux, *op. cit.*, t. I, p. 235.

にもかかわらず，後者に知的認識の作用ではなく感覚的な快楽の付与を認め，それゆえアリストテレスに逆らって，結局は両者の働きを同一視しているといってよい。というのも彼は悲劇のカタルシスを感覚的快楽の生産に結び付けており，そこに認識的機能を認めることがないのだから。

> 悲劇は我々の好む恐れと哀れみを与えるが，そこからこの極端さを取り除く，あるいは我々が好まない恐怖という混合物を。それは印象を軽くする。そして，苦痛の混じらない快楽になるまでにその度合いを下げる，というのも，演劇のイリュージョンにもかかわらず，そのイリュージョンの度合いをどれほどのものと想定しようとも，人為が目に付かずにはいないのであって，それで我々は，光景が我々を苦しめるときに慰められ，光景が恐れさせるときに安心できるのである[52]。

問題となるのは，悲痛な出来事を純化して提示することではなく，快い技巧の覆いを伴いながら提示すること，それによって観客の感じる恐れと哀れみに快楽を混ぜ合わせることである。そのためにバトゥは，人為の露呈を歓迎しさえするだろう。

3　模倣の存在論的劣等性

このことは，一見すると奇妙なことのように思われる。バトゥは公式的には，その代表作『単一原理に還元された諸芸術』（初版1747年）において，いわゆるイリュージョニズムの原理を主張しているからである。三単一の法則を擁護しながら，彼は次のように述べる——場所の単一を守らなければ，観客は「技巧に気付き，模倣は失敗である」，時間の単一を守らなければ，「私は人為に気付く」[53]，等々。

しかし，一方ではイリュージョンの体験を理想として掲げながらも，バトゥは同じ著作の中で，キケロを引用しながら，芸術にとって錯覚を

---

52) Charles Batteux, *Les Quatre Poétiques*, t. I, p. 237.

53) Batteux, *Beaux-arts réduits à un même principe*, édition critique par Jean-Rémy Mantion, Paris, Aux Amateurs de livres, 1989, p. 212 (IIIe partie, chap. IX).

第Ⅱ章　古典主義詩学とシャトーブリアン

恒常的に維持するのは不可能であることを認める。「タブローがいかに真実のものであろうとも，額縁があるだけでそれは裏切られる――ドンナ場合デモ，疑イナク，真実ハ模倣ニ打チ勝ツ」[54]。そして，この避けがたい存在論的劣等性こそが，悲劇の美的価値の源泉であると彼は主張するのである。

　　真実はつねに模倣に勝ると我々は述べた。その結果，いかに注意深く自然が模倣されようとも，技巧がつねに漏れ出てしまい，心にこう告げるのだ，提示されているのは幻影にすぎない，見せかけにすぎない，だからそれは現実のものは何ももたらすことができないのだと。これこそが，芸術において，自然の中では不快であった対象を快さで覆うものである[55]。

現実にあっては我々を脅かす対象は，しかし，まさにその恐怖によって我々の感情を高揚させる。そんな貴重なスリルを，危険なしに味わうことはできないものだろうか？　この要求に応え「同じ印象の二つの部分を分離する」[56]のが芸術の技巧にほかならないとバトゥは言う。「この点において，技巧が成功を収めたのだ――技巧は我々に恐るべき対象を提示するのだが，しかも同時に自身を見えるがままにするのであって，そのため我々を安心させ，またこの方法により，いかなる不快な混ざりものもない感情の快楽を与えてくれるのである」[57]。こうして，完全な模倣の原理的な不可能性が，悲劇の快の可能性となる。

バトゥのこのような議論の先駆けは，デュボスの『詩画論』（1719年）である。デュボスが芸術に求めるのは，「ある新しい自然」[58]の創造であるが，模倣が産み出すこの第二の自然に属す諸対象が我々に与える印象は，第一の自然の諸対象が我々に与えるそれに比べ，「それほど強くな

---

54)　*Ibid.*, p. 134 (IIe partie, chap. V).
55)　*Ibid.*, pp. 134-135.
56)　*Ibid.*, p. 135.
57)　*Ibid.*
58)　Jean-Baptiste Dubos, *Réflexions critiques sur la poésie et la peinture*, Paris, École nationale supérieure des beaux-arts, 1993, p. 9 (Ire partie, section III).

い」[59]。そしてこの原理的な弱さは，まったく嘆くべきものではないのだ。そこから帰結する緩和作用こそが，悲惨や苦しみの出来事から，耐え難くまた後を引くような苦悩を引き受けることなしに，強い情動を引き出すことを許すのである。『フェードル』について，デュボスは言う——

> ラシーヌはこの出来事の模倣を我々に提示する際，持続するような悲しみの種を我々のうちに残すことなしに，我々を揺さぶり感動させる。我々は，それがあまりに長く引き続くのではないかという不安に脅えることなしに，心の動揺を享受する。ラシーヌの戯曲が我々の目から涙を流させるのは，実際に悲しませることなしになのだ。苦悩は，いわば心の表面にあるだけであって，我々にははっきりと分かっている，涙は，それを流させている巧みな虚構の上演と一緒に止むのだということが[60]。

　我々が悲劇的情景に心置きなく涙するのは，それが虚構にすぎないことをはっきりと意識しながらであり，まさにそれゆえになのだとデュボスは言う。「我々が劇場で得る快楽は，イリュージョンによって生まれるのではないこと」の証明に，彼は『詩画論』の一章を捧げている（第1部43章）。イリュージョンを恒常的に維持できないという模倣のこの弱さこそが，芸術作品の，つまりはミメーシス的営みの秘密なのである。

4　二重性と道徳性

　デュボスの議論とバトゥの議論には，違いもある。デュボスは基本的に，存在論的劣等性以外には「新しい自然」と本来の自然の違いを認めない。それゆえ，悲劇的情景の表象の快さは，ただそれが与える印象が現実におけるほど強くないことから生じる，観客の意識の覚醒作用のみに負っている。バトゥにおいても，これは現実ではないという覚醒の契機が強調されてはいるものの，「美しい自然の模倣」を唱え，自然の美化のうちに模倣の意義を見て取った彼にとっては，芸術の表現的次

---

59) *Ibid.*, p. 10.
60) *Ibid.*, pp. 10-11.

第Ⅱ章　古典主義詩学とシャトーブリアン　　　　　　　　　　79

元は，現実に対しての劣等性に還元されようもない固有の力を持っている。前者においては観客の意識のうちにしか存在していなかった二重性が，後者においては芸術作品に内在するものとして，すなわち内容と表現の二重性としてとらえられているのである。

　悲劇体験における苦しみと快楽の二重性は，かくして作品に内在する別の二重性，内容と形式の二重性に対応する。この後者の二重性こそが，苦しみのただなかにおける快の享受を許すのである。こうした二重性の原理は，実のところ，ボワローがすでにその『詩法』のよく知られた一節ではっきりと主張していたものにほかならない。

　　素晴らしい感動の快い狂乱が，
　　しばしば我々を穏やかな「恐れ」で満たし，
　　また我々の魂のうちに魅力的な「哀れみ」をかきたてるのでなければ，
　　学識ある場景を示そうとも虚しい[61]。

　バトゥがミメーシスの浄化的効果として説明しているものは，いわば，「穏やかな恐れ」と「魅力的な哀れみ」というこのボワローの定式の展開として考えられよう——この定式によるなら，「模倣の技」としての悲劇は，悲しい出来事の展開を二重化する快い覆いを産み出すこと，アニー・ベックが18世紀の美学の一傾向について述べた「美のカタルシス的次元」[62]を打ち立てることのうちに成立するのである。ベックは18世紀美学のこの特徴を，ボワローにおいて顕著な合理主義的傾向と対比させているのであるが，実のところは，その合理主義にもかかわらず，ボワローは詩芸術に彼が求める「喜ばしい装飾」が，真実の提示とは別の機能を持っていることをよく心得ていたのである。

　それにしても，こうした二重構造はつまるところ，社会的諸関係から切り離された場所で，他者の苦悩から快楽を引き出すこと以外のなんだろう？　ルソーはまさにそのようにして，デュボスの悲劇論を批判したのではなかったか？　しかし，デュボスやバトゥ自身は，そうした二重

　　61）　Boileau, *L'Art poétique*, éd. cit., p. 169 (chant III, v. 17-20).
　　62）　Annie Becq, *op. cit.*, p. 690.

性のもとでの苦しみの享受は，社会道徳の形成に役立つと述べていた。デュボスは言う，「自然が，かくも迅速にして直ちに反応するこの感受性を人間の心のうちに置こうと望んだのは，社会の第一の基礎としてである」[63]。つまり，危険のない場所で安んじて他人の悲惨に涙することを通して，ひとは，他者への速やかな共感を習慣化するというのだ。バトゥは，アリストテレスのカタルシス論のための上述の注解を，次のように締めくくっている。

> 悲劇は人間の不幸と悲惨のタブローであり，これからもそうあり続けるだろうが，そうして我々につねに，不安によっては自分自身の事柄に関して慎重であるように，哀れみによっては，他者に対して感じやすくまた救いの手を差し伸べるようにと教える。それはつねに悲痛な感情に対しての魂の演習，一種の不幸の訓練なのであって，我々に人生の様々な出来事に向けての準備をさせるのだ——兵士が模擬戦闘によって鍛えられるように。悲劇が道徳的な効果を持ちうるのは，この方向においてのみである[64]。

このようにして，二重性のもとでの苦しみの享受は正当化されるのである。

最後に，上記のような二重性の美学の，またそのような美学の道徳への寄与の，より断固たる主張として，マルモンテルのものを取り上げよう。この検討は，古典主義的詩学の一局面を凝縮したかたちで再提示することに役立つばかりではない。次節で我々は，サント＝ブーヴが18世紀の全体と縁を切った美学的意識の革新者としてシャトーブリアンを称えるに際し，マルモンテルを『精髄』の著者が対立する旧来の美学の代表者の一人とみなしているのを見る。しかし我々は，反対に，サント＝ブーヴが『アタラ』の著者と古い古典主義との対立を断言するまさに同じところに，古典主義美学の継承を見て取ることになるだろうし，その上，以下で検討するマルモンテルのテクストに特徴的な原理の反響をさえ，そこにはたやすく認めることができるのである。それゆえ，次章

---

63) Dubos, *op. cit.*, p. 13 (Ire partie, section IV).
64) Batteux, *Les Quatre Poétiques*, t. I, p. 238.

での作業の前提としても，マルモンテルのいくつかのパッセージを取り上げることにしよう。

　彼は『百科全書』のために書かれた項目「イリュージョン」の中で，「同時に自然と技術を楽しむ」[65]ための，「半イリュージョン」[66]の必要性と必然性を主張し，そこから，悲劇の快の理由を引き出している。

> 我々はただ，思い出してみればいいのだ。『メロープ』に涙し，戦慄を覚えながらも同時に，次のように口にしたことがしばしばあったことを――「ああ，なんて美しいんだろう！」美しかったのは真実ではない，というのも一人の女が若い男を殺しに行くというのも，一人の母親が，殺そうとするまさにそのときになって，相手が自分の息子であることに気付くのも，美しいわけではないのだから。ひとが語っていたのは，だから模倣の技についてなのだ。そのため，「これは偽りなのだ」と，ひとは自分に言い聞かせていたわけだが，このように言いながら同時に，ひとは泣き，戦慄していたのである[67]。

　二つのレヴェル，すなわち表象するものとされるものの間のズレこそが，我々に美の感情を経験させる。もしも真実らしさが完全であることを望んだとしたら――「自殺する様を見せなければならない俳優の衣装の下に，血でいっぱいの袋を隠しておき，そうして血が舞台にあふれ出すときのように」[68]――，それは光景をあまりにも残酷で観客にとって耐え難いものにしてしまうだろう。アリストテレスの流儀で哲学的認識を目指すどころか，ミメーシスはここで，二重化された意識を生み出す「緩和されたイリュージョン」[69]から，別のある快楽を引き出そうとするのである。

　ここにあるのは，まったくバトゥのアリストテレスのカタルシス解釈

---

65) Marmontel, « Illusion », dans *Éléments de littérature*, dans *Œuvres complètes*, nouvelle édition précédée de son éloge par l'abbé Morellet, Paris, Verdière, 1818-1820, t. XIV, p. 94.
66) *Ibid.*, p. 92.
67) *Ibid.*, p. 94.
68) *Ibid.*, p. 98.
69) *Ibid.*, p. 90.

と同種の議論にほかならない。しかし興味深いことに、マルモンテルはまさにこのような二重性の原理に基づいて、アリストテレスに逆らい、情念の浄化説を否定するのである。『フランス詩学』の彼は、そのような浄化はひとをアパシーに導くと主張する。悲痛な感情の厄介払いが演劇の原理となるとき、ひとは純粋な認識の領域に、すなわち哲学する自己のうちへと閉じこもってしまい、他人の不幸への感受性を喪失してしまう。ところで、マルモンテルによるなら、プラトンが彼の共和国から詩人たちを追放したのは、彼らが情念をかき立てることによってアパシーを損ねるからにほかならない。こうして、プラトンの芸術批判とアリストテレスの芸術擁護は、同一の根を持つものとされる——

> アリストテレスとプラトンは、アパシーの優越性に関しては一致していた。一方は劇場を、アパシーを損なうという点で非難し、他方は劇場に対し、アパシーのために役立つようにと望んだ。しかし両者はともに、同一の点から出発していたのである[70]。

　感情の無化というこの同一の原理から出発して、アリストテレスとプラトンは正反対の方向を目指す。すなわち、マルモンテルによれば、哲学と政治という、二つの極端を。「一方は人間を自分自身以外のすべてから引き離し、他方は人間を、自分自身および自分に固有なもののすべてから引き離す」[71]。アリストテレスは、哲学的認識による自己の内面への引きこもりを説き、そこからは他者および社会への無関心が帰結する。一方、プラトンの芸術批判を、マルモンテルは、人間を公共空間での政治的な行為のみに還元するものとして非難する。そこでは、人間の価値はまったく外的な行為に還元され、個人の内面性はまったくどうでもよいものとなってしまうというのである。そして、こうして分離してしまった哲学の内面性と政治の外面性とを、他者への共感の作用によって媒介すること、それこそがマルモンテルにおける芸術の役割にほかならない。それにより、ひとはアパシーから脱して、自身の内密な事柄を公共の問題として、公共の事柄を内密な問題として考えることができる

---

70) Marmontel, *Poétique française*, Paris, Lesclapart, 1763, t. II, pp. 113-114.
71) *Ibid.*

ようになる。つまりここで美学はひとつの倫理学へと結びついている，あるいは，自己の内部への孤独な沈潜を許す哲学と公共をすべてとする政治の媒介として，美学はそれ自体ひとつの倫理学なのだということができる。マルモンテルにおいて，〈啓蒙の世紀〉を特徴づける美学的諸原理と道徳的諸原理の連合が際立ったかたちで現れているのが分かる。こうして演劇は，二重性を産み出すミメーシスの作用によって，不幸の上演に立ち会う観客に他者への共感を育ませ，個人と社会を結びつけるためのレッスンとして役立つのである。

3　シャトーブリアンにおける古典主義詩学の拡張

1　崇高の詩学？　サント゠ブーヴの誤解

　こうして古典主義的美学にあって，悲劇的体験は二重的意識のうちに成立する。シャトーブリアンがキリスト教の音楽を悲劇的表現に還元していたことはすでに見たが，純粋な歓喜の実現に関心を示さない彼が音楽に期待するのは，まさにこうした悲劇的な構造，悲しみと幸福の共存を打ち立てるこのシステムにほかならない。とはいえ，彼にとって悲劇が貴重なのは，このような美学との関連においてのみである。ジャンルとしての悲劇について言うなら，それはアリストテレスに逆らいながら，叙事詩に劣るものとされるのだ——

> 叙事詩は詩的創作の第一のものである。アリストテレスは，たしかに，叙事詩はまったく悲劇のうちに包括されるとみなした。しかし反対に，劇こそが叙事詩のうちにまったく包括されるものだとは考えられないだろうか？　ヘクトールとアンドロマケーの別れ，アキレウスのテントの中のプリアモス王，カルタゴのディドー，エウアンドルスのもとでの，または若きパラスの遺骸を送り返すアエネアス，タンクレディとエルミニア，アダムとイヴ，これらは真の悲劇なのであって，ただそこには場面の分割と対話者の名が欠けているにすぎないのだ[72]。

　こうして彼は二つのジャンルから共通の悲劇的本質を抽出するべく，両者それぞれの特性を脇に退けてしまう。その上，彼は悲劇理論の用語系において宗教音楽を語る一方で，以下に検討するパッセージにおいては，悲劇の経験を音楽の経験になぞらえているのである。彼にとってつねに問題となるのが，古典主義詩学の理論において悲劇的と称される二

---

[72] *Génie*, p. 628 (II, I, I).

第Ⅱ章　古典主義詩学とシャトーブリアン

重的意識の経験，たしかに悲劇作品において感じられるものではあるにせよ，音楽や他の諸芸術においても同様に感じられるものであるそんな経験にはほかならないことが分かるだろう。

　それゆえここで，『キリスト教精髄』の草稿中，「趣味の腐敗」と名付けられたものを参照することにしよう。そこでの話題は，ディドロによって定式化されたいわゆる市民劇の，またシェイクスピアのようなイギリス演劇の影響のせいでもたらされた，18 世紀後半の演劇の腐敗である。この傾向が，この種の劇の作者たちに，残酷な光景の数々を提示するのを許していたのだ。彼らはそのような提示に際し，「それは自然のうちにある」[73]と口にしていた。そして，シャトーブリアンによるなら，そうして提示される悲惨が観客に効果を与え，泣かせるのを見るや，劇作家はアリストテレスとラシーヌを打ち負かすことができたと信じたのである。しかし，シャトーブリアンはこの点においてバークの徒ではない。この種の作品の上演に際し，彼自身が涙を流すことを認めつつも，「パリの死刑執行人が世紀の劇作者の第一人者である」[74]などとは，到底考えられないのだ。こうして彼は舞台表象に固有の次元を強調し，そこでの快と不快の二重性を主張する――

　　諸芸術の第一位を占めるのは，泣かせるものである――，今日この語が理解されているような意味でそのように言うのは誤りである。真の涙とは，美しい詩の流させる涙である。苦悩と同時に称賛が，そこに混ぜ合わされねばならない。ソフォクレスが血塗れのオイディプスを示すなら，私の心は砕けるだろう。しかし突然，私の耳は穏やかなメロディに満たされ，目はこの上なく美しい見世物によって魅了される。私は同時に快楽と苦痛を感じる。私の前にはひとつの恐るべき真実があるのだが，しかし私は，それがありはしない，またおそらくは決してあったためしのない行為の精妙な模倣にすぎないことを感じている。それゆえ私の涙は歓喜とともに流れ，私の心は打ちひしがれるどころか膨らむのだ――私は泣く，しかしオルフェウスの琴の音に。私は泣く，しかしミューズたちの調べ

---

73) *Fragments du Génie*, p. 1332.
74) *Ibid.*

に[75]。

　ここにあるのは，我々がすでに検討したような古典主義的詩学，バトゥやマルモンテルが説いた半イリュージョンの詩学の変奏にほかならない。この点では，シャトーブリアンは古典主義的な美の観念の限界内につねにとどまっている。ほとんど同様のパッセージは1801年のシェイクスピア論にも，さらに『アタラ』初版の序文にも見出されるのである。「誰もその作者になりたいとは望まず，それでいて，『アエネイス』とはまったく別様にではあれ，観客の心を引き裂くような劇作品があるものだ。ひとは，魂を拷問にかけるからというので偉大な作家とみなされることはないのである。真の涙とは，美しい詩の流させる涙である。苦悩と同時に称賛が，そこに混ぜ合わされねばならない」[76]。このような発想が，シャトーブリアンの詩学の基本的な主張をなしていることが分かるだろう。してみれば，サント＝ブーヴが『アタラ』序文からの，我々がいま引いたばかりの一節について語るに際し，注において次のように述べているとしてもまったく驚くべきではない。「彼はシェイクスピアについての論文のひとつでも同様のことを繰り返した（『メルキュール』，革命暦10年，牧草月）。このように語りながら，シャトーブリアン氏は彼の芸術家としての真の本性のうちにあったのである」[77]。しかし我々を驚かすのは，サント＝ブーヴがこのパッセージを読みながら，シャトーブリアンの「真の本性」が古典主義詩学への反対を示していると考えていることだ。『アタラ』序文の一節に明らかな「ある新しい側面」，それは「崇高な芸術という側面，古代に回帰し，決定的にディドロから，マルモンテルから，そしてあの根本的に卑俗な手法，〔…〕18世紀が創作において乗り越えることのできなかったあの散文的な手法から脱するそんな側面である」[78]。サント＝ブーヴは付け加えて，このような「崇高な詩学」[79]は18世紀において，辛うじてベルナルダン・ド・サ

---

75) *Ibid.*, p. 1332-1333.

76) Chateaubriand, Préface de la première édition d'*Atala dans Atala - René - Les Aventures du dernier Abencérage*, éd. cit., p. 68.

77) Sainte-Beuve, *Chateaubriand et son groupe littéraire, op. cit.*, t. I, p. 161.

78) *Ibid.*, pp. 161-162.

79) *Ibid.*

第Ⅱ章　古典主義詩学とシャトーブリアン　　　　　　　　　　　　　87

ン＝ピエールに見出しうるばかりだと述べるが，実際には，ここで問題となっているのは，悲劇の快をめぐって，そして市民劇や外国の演劇による趣味の腐敗に反対して18世紀に書かれた，最もありふれた言説の一ヴァージョンにすぎない。

　そしてこのような誤解から出発するサント＝ブーヴは，彼の考える「崇高な詩学」の原理との関係においては，『アタラ』の著者はベルナルダンに比べて劣ったものだと判断するに至る。「単純で雄大なこれらの美」[80]は，「直接的に，最初の到来において出会われる」[81]べきであるというのがその原理なのであるが，そこからフェヌロンが，この種の詩学のもう一人の範例として称えられる。「フェヌロンはそのような美の表現を，研究により，模倣の力により見出した。しかしそれは，努力の外観も，熟考の外観もなくなのであって，そうして彼は『テレマック』において，あのように原初の美の感情を流れさせたのである」[82]。すなわち，近代人はもはや単純な美を直接的に感じ取り，表現することが不可能であるとしても，少なくとも自発的な自然さの不在を巧みに包み隠すことはできるはずだというのである。このような立場から，サント＝ブーヴは『アタラ』の著者が提示する，たしかに美しくはあれ，あまりにも人為的なイメージの数々を残念に思うのである[83]。

　シャトーブリアン自身の詩学と比べるとき，サント＝ブーヴの批評がどれほど場違いなものであるかは明らかである。シャトーブリアンは，サント＝ブーヴが読んだというシェイクスピア論においてもはっきりと，芸術の価値を半イリュージョンのうちに，すなわち半ばしか騙さないことのうちに置いていた。たしかに，彼の美学のこのような傾向は，サント＝ブーヴが主に参照している『アタラ』序文においてはそれほど露わではない。しかし，批評家自身が引用する次の一節は十分に，自発性の推奨とはまったく異質な，美しく取り繕うことへのシャトーブリアンの好みを示している――「ミューズ，この天の娘たちは，顔を顰めて表情を崩すことがない。彼女らが泣くのは，美しくなろうと

---

80)　*Ibid.*
81)　*Ibid.*
82)　*Ibid.*
83)　Voir *ibid.*, t. I, pp. 168-169.

の密かな企みをもってなのである」[84]。サント゠ブーヴは『アタラ』の著者を,「崇高の詩学」の原理の適用を十分遠くまで押し進めていないと非難する。そのときこの批評家は,シャトーブリアンに彼のものではない野心を押し付けているにすぎない。サント゠ブーヴが彼のもとでの実現を期待する美学的原理を満たし損ねているというより,シャトーブリアンはたんに,別の目的を追求しているだけなのである。

　サント゠ブーヴとシャトーブリアンのこのようなすれ違いは,批評家が『アタラ』序文の一節,「苦悩と同時に称賛が,そこ〔涙〕に混ぜ合わされねばならない」の理解に際し,苦悩に強調を置いてしまったことに始まっている。ここで問題となっているのは,たんなる苦悩でひとをいたずらに涙させる趣味を欠いた演劇に対し,真の涙には称賛も含まれているという主張なのだから,強調は明らかに称賛にあるのだが。サント゠ブーヴは,彼の理解するシャトーブリアンの理論を,ラマルティーヌの理論に対立させている。「ラマルティーヌの理論はまったく別のものである」[85]。しかし,シャトーブリアンが称賛の混ざった涙について,「竪琴の弦を湿らせて,音色を穏やかにするべきは,ただこのような涙のみである」[86]と述べる一方で,ラマルティーヌは「穏やかにするすべを知っている者は,すべてを知っている」[87]と語る。ここにあるのがまったく相矛盾しあう二つの理論であると信じるのは,それゆえ難しい。

　とはいえ,サント゠ブーヴには一面の正当性もある。シャトーブリアンはたしかに,美化によって生じる穏やかさの提示を芸術作品に求めているにしても,他方では,称賛すべき美しい覆いのもと,明らかに苦しみと激しさの経験をも求めており,そのようにして,悲劇がもたらす二重の感情を享受しているのだから。ある程度までは,サント゠ブーヴはシャトーブリアンの精神を捉えるべく,文字を軽視したということもできよう。それでも,シャトーブリアンのうちに,それも彼が「きわ

---

84) Chateaubriand, Préface de la première édition d'*Atala*, p. 68 ; cité par Sainte-Beuve, *op. cit.*, t. I, p. 161.

85) Sainte-Beuve, *op. cit.*, t. I, p. 161.

86) Chateaubriand, Préface de la première édition d'*Atala*, p. 68 ; cité par Sainte-Beuve, *ibidem*.

87) Lamartine, *Les Confidences*, livre VIII ; cité par Sainte-Beuve, *ibidem*.

めて古典主義的な精神」[88]として現れているまさにその場所で，古典主義に抗する「崇高の詩学」の理論家を見て取るとき，サント゠ブーヴが見誤っていたことには変わりがない。古典主義的原理のこの継承は，二重性の詩学を打ち立てることを許すその限りにおいて，シャトーブリアンにあって不可欠なものなのである。

　実際，古典主義詩学から借りられたこの原理が古い伝統の残滓にすぎず，シャトーブリアンが新しい美学を打ち立てることができたのは，いわばこのような残滓にもかかわらずであると考えるのは，理に適ったことではないだろう。すでに見たように，シャトーブリアン好みの音楽が悲劇的なものであるのは，すなわちそこで喜びと悲しみとが混ざり合うのは，まさにそれがキリスト教的なものであるからだ。すなわち，キリスト教は，天上の救いを約束する一方で，この地上の悲惨を強調する。そこから，天と地との二重のタブローが出てくる。このような二重性のうちに成立する美的感情という発想が，古典主義における悲劇論とこの上ない親近性を持つことは，容易に感じられるだろう。実際，古典主義詩学が芸術作品のうちに認めた二重性の原理は，シャトーブリアンにあって，キリスト教の力を借りることにより，世界と実存それ自体へと拡張されているということができる。次節では，この転移についての解明を行うことにしたい。

2　古典主義詩学から〈キリスト教の詩学〉へ

　すでに見たように，バトゥは，イリュージョンを恒常的に維持できないという芸術作品の存在論的劣等性から，悲劇の快の理由を引き出していた。そしてその議論を補完すべく，彼はそこから同様に，快いものの模倣がひとを悲しませる理由を引き出していたのである。おぞましいものの模倣が，当の対象が現実には存在していないためにひとを喜ばせる一方，好ましいものの模倣は，当の対象が現実には存在していないためにひとを悲しませるというわけだ。ここでは，作品を受容する人間の能力も本性も問題となってはいないことに注意しよう。芸術作品が感情を一貫したものとして伝ええないのは，ただ芸術作品の本性上の不完全性

---

88) Annie Becq, *op. cit.*, p. 825.

によっているのであって、芸術作品の外でなら、つまりは現実においてなら、人間は幸福あるいは苦悩を完全なものとして感じることができるとでもいうかのようだ。

> 芸術の中には、我々を魅了する優美な像が存在する。しかしそれは、もし現実のものとなったら、比べようもないほどいっそうの快楽を我々にもたらすだろう。そして反対に、快い恐れで我々を満たす絵画は、現実においては我々をぞっとさせるだろう[89]。

とはいえ、彼は人間に固有の本性についても、ひとこと言及する必要を感じてはいる——

> 芸術において悲しい対象が持っている利点の一部分は、人間の自然な傾向から来ていることを、私は心得ている——弱く不幸な存在として生れついて、人間は不安と悲しみとにきわめて感じやすいのである[90]。

さて、このような人間の本性上の弱さ、本質的な不幸に、全面的に依拠するのがシャトーブリアンである。イリュージョンを恒常的に維持できないという芸術作品のこの欠陥は、ひとつの感情を——喜ばしいものであれ、悲しいものであれ——一貫して保持することができないという人間本性の欠陥へと拡張されるのだ。この点について、我々は『アタラ』と『ルネ』のために書かれた1805年の序文を参照することができる。そこでシャトーブリアンは、モルレ神父の批判に反対しながら、彼がアタラの登場人物に語らせた、「不幸なことに、あまりに真実な事柄」[91]を弁護している。人間は、彼を苛むこの上ない苦悩すら、やがて忘れ去ってしまう。「我々は、長い間不幸であることさえできない」[92]。

---

89) Batteux, *Beaux-arts réduits à un même principe*, p. 135 (IIe partie, chap. V).
90) *Ibid.*
91) Chateaubriand, Préface de 1805, dans *Atala - René - Les Aventures du dernier Abencérage*, éd. cit., p. 78.
92) Chateaubriand, *Atala*, dans *Atala - René - Les Aventures du dernier Abencérage*, éd. cit., p. 155.

モルレ神父は，このような嘆きに反対し，「苦悩に対してのこのような無能力は，反対に，人生の最大の富のひとつであると主張する」[93]。しかしシャトーブリアンは，苦悩の忘却によって可能となるような仮初めの，そして地上的なものにすぎない幸福を喜ぶには無邪気さが足りない。そしてこの地上的な幸福の可能性から，彼は原罪の証拠を引き出すのである――

　　ああ！　誰が気づかないことがあろう――人間の心がそのうちにあるこの不可能性，ひとつの感情を，苦悩の感情でさえも，長い時間をかけて養うことができないというこの不可能性こそ，人間の不毛，欠乏，そして悲惨の，完全きわまりない証拠なのだ[94]。

　バトゥは，模倣芸術の存在論的劣等性から，快いものの模倣に際しては悲しみを，不快なものの模倣に際しては喜びを帰結させていた。同様に，人間の本性もまた，シャトーブリアンによれば，感情を一貫して保ちえないという欠陥を持つので，そこからは，苦悩の忘却による幸福と，喜びの減退に伴う悲しみとが帰結するだろう。しかし，そこで人間の本性上の腐敗は原罪に結び付けられており，そこから生じる地上的な幸福も悲嘆も，天上との関係において，人間の根本的な悲惨に，個々の偶然的な不運ではないパスカル的な意味での悲惨の表現にほかならないとされるのである[95]。人間の営みはすべて，地上における人間の悲惨を証しているのだ。
　そして，キリスト教を強く信じることが超自然的なものと関わる喜びを与えてくれるとしても，その喜びは，人間の本性上の腐敗によって乱されてしまうため，決して完全なものとなることはない。壊れた竪琴として，人間の心は歓喜の歌を十全に奏でることができない。それゆえ，そのような障害などありはしないかのようにして奏でられる純粋な歓喜の調べは，彼に不満を抱かせるのだった。それは人間の条件を無視する

---

[93] Chateaubriand, Préface de 1805, p. 78.
[94] Ibid., p. 79.
[95] Voir Chateaubriand, Préface de 1805, p. 79 ; voir aussi la note de Jean-Claude Berchet, éd. cit., p. 248, n. 30.

ことにほかならず,「男のように真面目な」宗教には相応しくない軽薄さを感じさせるのである。こうして,シャトーブリアンにあっては,地上の営みのすべてが人間的悲惨に結び付けられる一方,天上を思う歓喜の調べさえも,弦の欠損ゆえのため息を交えずにはいない。フランス古典主義詩学が芸術作品において避けがたいものとみなした,模倣と模倣対象の間の隔たりが,シャトーブリアンにあっては,いわば天上の秩序と人間本性の間に開く別の隔たりへと拡張され,置き換えられている。かくして,芸術作品の効果をめぐる議論が世界観の問題となり,美学は,神学と協力し合って,ひとつの人間学へと変換されるのである。

3 傷口と鎮静剤

それゆえシャトーブリアンにおける「キリスト教のロマン主義」[96]は,古典主義詩学が産み出した——とりわけカタルシスと悲劇の快をめぐる議論を通して——喜びと悲しみの二重性の原理の,ある効果,ある変容として理解することができる。その展開を明瞭に示すために,ここでラ・アルプの『文学講義』中の一節を参照することにしよう。そこで彼は,『精髄』草稿におけるシャトーブリアンとまったく同じ口振りで,現代演劇の腐敗を批判してみせる——「この30年というもの,ドラマなるものを悲劇に取って替えようと望んできた者たちがなしたように,すべての人間的悲惨を劇場で並べ立てることで我々にこうした〔苦しみの〕印象を与えようなどというのは,あまりに安易なものにすぎない」[97]。悲惨な現実をそのまま提示するのはなんら難しいことではない。「難しいのは,不快感をかき立てないような苦しみで我々を打つことであって,とりわけこのような意図においてこそ,技巧が苦しみを修正しなければならないのだ——美化された模倣が自然と異なるのは,特にこうした点においてである」[98]。彼はボワローの権威に訴え,すでに我々も参照した『詩法』第3歌17行以下,「穏やかな恐れ」と「魅力的な哀れみ」についての一節を引き合いに出す。そして,悲劇のもたらす二

---

96) Sainte-Beuve, *op. cit.*, t. I, p. 273

97) Jean-François de La Harpe, *Lycée, ou cours de littérature ancienne et moderne*, Paris, H. Agasse, 1799, t. IX, p. 364.

98) *Ibid.*

第Ⅱ章　古典主義詩学とシャトーブリアン

重化された印象を，次のように形象化するのである。

> 不幸な結末は魂のうちに，悲劇が終わった後に持ち帰りたくなるような苦しみのとげを残す，そう言われてきた。その通りである，しかしとりわけ，詩人が傷口に鎮静剤を振りかけるすべを心得ていた場合には[99]。

　悲劇作品を支える二重性とは，つまるところ，傷口と鎮静剤の二重性である。よい悲劇とは，我々の心を見事に傷つけ，しかし同時にそこから生じる痛みをほどほどに鎮めることによって，平穏という名の倦怠から我々を救い出す好ましい動揺を与えてくれる，そのようなものであるとされる。さて，ここでラ・アルプが悲劇に求めているものこそ，シャトーブリアンがキリスト教に求めるものにほかならない。『精髄』はたしかに，キリスト教のうちに，フランス革命後の傷ついた世界のための唯一の治療薬を見ている。しかし，人間の不幸を癒すこの宗教を称えているにせよ，本書は，パスカルの道に従って何よりも原罪の神秘をこの宗教の根本に置き，人間の本性上の悲惨を高らかに歌い上げながら，癒しに先立つ苦しみをこそ美的感情の源泉としており，それゆえ天上の至福が涙を止めるのを惜しむことさえためらわない。ここで，彼が鎮静剤としてのキリスト教を称揚している二つのパッセージを見てみよう。本書の中にも，「キリスト教は，我々の傷にとっての真の鎮静剤である」[100]との文言が見出せるが，ここで参照するのは，本書に先立つ『諸革命論』および，本書の一種の続編『殉教者』第3版への序文である。

> 悲惨な者にとってまことに有益な書物——そこには哀れみ，寛容，穏やかな許し，なおいっそう穏やかな希望が見出され，それらこそが魂の傷に対しての唯一の鎮静剤となるのだが——，それは福音書である。それらの神々しい作者は，不幸な者たちに空しく説教するにとどまらず，よりいっそうのことをなす。彼は不幸な者たちの

---

99) *Ibid.*, p. 365.
100) *Génie*, p. 696 (II, III, IV).

涙を祝福し，彼らとともに苦杯を底まで飲み干すのである[101]。

キリスト教は〔…〕心の傷口にとっての鎮静剤である。〔…〕キリスト教は祝祭よりも喪の悲しみに相応しい——涙には涙の雄弁があるのだし，目は，口が微笑むのよりもしばしば，涙に濡れるものなのである[102]。

どちらにおいても，これらのパッセージを書くことのできた者が，涙と苦しみの止むことを本気で望んでいるなどとはとても考えられない。彼は，耐えられなくなることを防ぐ鎮静剤の価値を称賛する一方で，それが穏やかにしながら保存してくれる苦悩と悲しみを欲しいままに享受している。シャトーブリアンのキリスト教は，歓喜に置き換えるべく涙を乾かすというよりは，それを維持し，そこから固有の雄弁を引き出す。古典主義的悲劇論にあっては芸術体験のうちに限定されていたにすぎない二重化された印象の享受が，シャトーブリアンにあっては世界全体のうちに拡張される——二重性を世の終わりに至るまで保証する，キリスト教を礼讃することによって。この地上の世界は，天上の秩序によって縁取られ，飾られているが，しかしそれゆえにそこからは分離されている——ちょうど一枚のタブローが，芸術作品として区別されるべく現実の空間によって縁取られ，分離されているように。世界はこうして，異なる別の秩序との二重性のもと，一種の芸術作品として，一般化された悲劇として眺められるのである。

4　キリスト教の道徳的有用性：隠遁志願者の居場所を設けること

シャトーブリアンの「キリスト教の詩学」は，こうして，18世紀に至るまでの古典主義詩学の原理の一種の拡張として形成されたということができる。最後に，悲劇的体験のこの一般化の，道徳の観点からしての効果を確認することにしたい。実際，我々が検討してきたカタルシ

---

101) Chateaubriand, *Essai sur les révolutions*, éd. cit., p. 313.
102) Chateaubriand, *Préface de la troisième édition ou l'examen des Martyrs*, dans *Œuvres romanesques et voyages*, texte établi, présenté et annoté par Maurice Regard, Paris, Gallimard, coll. « Bibliothèque de la Pléiade », 1969, t. II, p. 63.

第Ⅱ章　古典主義詩学とシャトーブリアン

スのテーマは，ルネサンス以来，演劇の道徳性と結びつけて論じられてきたものだ。とはいえ，解釈上の厄介さもあって，この概念が必ずしも，古典主義詩学における焦眉の論点ではなかったことを確認しておこう——「17世紀は一般に，それに大きな関心を持たなかった。多くの者は，悪しき諸情念のある種の浄化について漠然と語るにとどまったのである」[103]。また，ボワローは，カタルシスの対象である恐れと哀れみを『詩法』で取り上げるに際し，それらを道徳との関連で取り扱っていたのではなかった。しかし，とりわけ社会的有用性について多くを語ることを好んだ18世紀において，「穏やかな恐れ」と「魅力的な哀れみ」というボワローの定式を思わせる悲劇体験の二重性が問題とされるとき，論者はそれをはっきりと社会道徳に結び付けている。

さて，シャトーブリアンも，『キリスト教精髄』のための自作弁護の中で，本書の一エピソードとして挿入されていた『ルネ』は，見事にキリスト教の社会的有用性の証しとなっていると主張している。彼はどのような有用性を考えているのだろう——

　　本書の精神に入り込もうと望んだある公平な批評家が，著者に正当な権威を持って要求したすべて，それは，この作品の中の二つの物語が，宗教を愛させ，その有用性を証明するという明らかな傾向を示すことであった。さて，人生のいくつかの不幸，最も大きな部類のものさえも含むが，そうした不幸にとっての僧院の必要性，いかなる地上の鎮静剤にも癒しえない傷口を閉ざすことのできる宗教の力，この二つは『ルネ』の物語において，完全無欠なまでに証明されてはいないか？[104]

不幸な者たちのために僧院は必要であるというとき，彼は既存の社会を，逃れ出るべき環境としてしか考えていない。既存の社会秩序の中での彼らの救済は，考慮の外にある。そして僧院の閉域における救済は，社会への有益な貢献には，まるでつながることがない。このような有用

---

103) René Bray, *La Formation de la doctrine classique en France*, Paris, Nizet, 1951, p. 75.
104) Chateaubriand, *Défense du Génie du christianisme par l'auteur*, dans *Génie*, éd. cit., p. 1102.

性が，まったく哲学者たちの想定するものと異なっていることは明らかである。彼らにとっての有用性とは，この社会の中で実現されるものにほかならず，僧院は社会的有用性としての道徳に背くものとして非難されさえしたのだから。「ポール＝ロワイヤルの隠者」としてのパスカルの感受性を称えるシャトーブリアンが，こうした立場と相容れないことは明らかだ。〈啓蒙の世紀〉にあって，涙は他人への共感に関わるものであり，そこから人々の生きている社会を改良しようという気持ちが育まれたのであったが，この同じ涙が，シャトーブリアンにあっては，社会と切り離された孤独な人間に結び付けられるのである。

たしかに，シャトーブリアンは古典主義を引き継いで 18 世紀が展開した，ミメーシス的二重性を採用している。しかしこの継承は，彼にあって倒錯した形でしかなされておらず，それゆえ，〈啓蒙の世紀〉の哲学者が芸術作品の二重化された経験を語る際，他者の不幸への共感をかき立てることにより美的経験と道徳とを結びつける詩芸術の力を称えるのに対し，『精髄』の著者は悲劇的光景に心を膨らませ，「不幸ほどに詩的なものはありはしない」[105]と断言しながら，美学と道徳とのこの連合を解体するに任せる。シャトーブリアンは，古典主義詩学の伝統に深く影響されつつも，それをただ，人間を二重化し，自分自身に対して異質なものとするためにしか利用せず，そうしてこの曖昧な状態を前にしてのメランコリックで逆説的な快楽を味わおうとするのである。彼はこの伝統を，自らの想像世界の展開の源泉となす。

＊　　＊

我々は，彼の時代においてなお生き延びており，彼に大いに影響を与えた古典主義詩学との関連において，シャトーブリアンの詩学の特徴を検討した。ラ・アルプによって傷口と鎮静剤の二重性として定式化された，フランス古典主義詩学が悲劇作品のうちに認めた二重性の原理を，彼は世界全体へと，あるいはむしろ我々の世界と天上の秩序との関係へと拡張する。それにより，現実に対する模倣作品の存在論的劣等性が，天上に対しての地上の世界および人間本性の存在論的劣等性へと転換される。地上における人間の悲惨を提示しつつ，同時に天における治療薬

---

[105] *Fragments du Génie*, p. 1333.

の存在を約束し,そうして「地上の悲しみと天上の歓喜との二重のタブロー」を打ち立てるキリスト教という宗教は,シャトーブリアンにとって,それゆえ悲劇作品のごときものとして立ち現れる。キリスト教が活用しているような二重性は,明らかに『キリスト教精髄』の著者においても活用されている。しかし本書において問題となっているのは,その外観において,その効果のいくばくかにおいて捉えられたキリスト教であるにすぎないように見える。

第Ⅲ章

〈啓蒙の世紀〉の宗教論とシャトーブリアン

---

1 『キリスト教精髄』第4部：キリスト教の文明への奉仕

　たしかに，『キリスト教精髄』がこの宗教の想像力に訴える価値を顕揚した書物であり，諸々の魅力的な事柄に関わっていることをもってそれが真実であることを示そうとする書物として世に現れたことは事実である。それゆえ，この作家にもう少し真面目な外観を与えることが望まれるときに，彼のキリスト教はこの次元にとどまるものではなかったとの意見が表明されるのも大いに納得がいく。その場合，作家の後期の思想のうちにさらなる展開を求めるというのが一つの方法である。例えばピエール・クララックは1968年の講演「シャトーブリアンのキリスト教」において，本書を「この安易な護教論」[1)]と名指しつつ，「しかし彼は成熟期には，キリスト教についてもっと真面目に語ることができた」[2)]と述べる。復古王政後期――政治家としての栄光も束の間在野に放擲された彼が，ヴィレール内閣に反対して自由の実現を真摯に訴えていたこの時期にあって，進歩的諸価値と一体のものとして理解されたキリスト教こそが，彼の最も成熟した宗教観なのだと，このシャトーブリアン協会会長は主張する。当時『デバ』紙に発表された諸論考や，復古王

---

　1) Pierre Clarac, « Le christianisme de Chateaubriand », dans *À la recherche de Chateaubriand*, Paris, Nizet, 1975, p. 15.
　2) *Ibid.*

政末期に執筆され七月革命の後に全集の一巻として刊行された『歴史研究』のとりわけ冒頭の提示部において表明された諸理念に触れるなら，『ルネ』の作家の変貌は明らかである。「キリスト教はもはや彼の目に，人生に失望し傷ついた魂の避難所とは映らない。〔…〕かつては，人間を信じられないことが彼を神を信じることへと向かわせた。今は，彼は人間を信じているから神を信じている」[3]。「それゆえ，復古王政の最後の数年にあって，これまではとりわけ個人的で感傷的性格を持っていたシャトーブリアンの宗教的信が，人類規模にまで拡大するのが見られるのだ」[4]。

シャトーブリアン自身，『キリスト教精髄』の大成功を誇らしく思い続けた一方で，作品を構成する議論の性質については，後の思索と作品によって乗り越えられたと判断している。実際『墓の彼方からの回想』においては，本書は冷静な距離をもって眺められている。「作品の内在的価値には幻想を持たないが，私は本書に偶発的価値を認めている。本書はちょうど折りよいときに世に出たのである」[5]。彼に最初の成功——間もなく政治的成功に引き継がれる文学的成功——をもたらしたこの著作の価値は，否定されることはないにしても，彼が内在的価値の点でより誇らしく感じている後の作品との関係で相対化される。「真面目な観点については，私は『キリスト教精髄』を『歴史研究』において補完した。これは私の作品中，語られること最も少なく，盗まれること最も多いもののひとつだ」[6]。それゆえ，クララックが作家の青年期と成熟期の宗教理解の性質を明快に腑分けしようと望むとき，シャトーブリアン本人の言葉によって自説を権威づけることができると信じたのは当然である。しかし引用される『回想』の一節（1837年執筆）は，なるほどこの老作家が『精髄』刊行当時と同じように考えてはいないことを示しているとはいえ，初期のキリスト教理解の把握においては，クララックとは相当に見解を異にしていることをも証し立てている。

---

3) *Ibid.*, p. 17.
4) *Ibid.*, p. 20.
5) *MOT*, t. I, p. 649 (liv. XIII, chap. XI).
6) *Ibid.*, p. 645.

『キリスト教精髄』をまた作るとしたら，私はこの作品を現にあるものとはまったく別様に執筆するだろう。我々の宗教の過去における恩恵と諸制度を喚起する代わりに，キリスト教が未来の思想であり人間の自由の思想であることを示すだろう[7]。

ここでシャトーブリアンは，若き日の著作におけるキリスト教理解について，それが美的観点からのものであるにとどまったとも，社会に異質な者たちの避難所として宗教を見ていたにすぎないとも言っていない。「恩恵（bienfaits）」の語は寛大さ（générosité）をもってなされる有益な奉仕を想起させる。宗教の恩恵を語る時，彼は想像力に対する貢献を考えているのではあるまい。『キリスト教精髄』は，回想録作者の追憶の中で，キリスト教の歴史が生み出した諸制度の，社会への有益な奉仕を描き出した書物として現れている。1837年の老作家がそこに限界を感じているとしても，それは1802年の著作においてキリスト教の社会的貢献の評価が過去の諸事実との関係でなされているにとどまり，未来にもたらすべき恩恵が十分に語られていないためなのであって，この宗教が美の側面からしか評価されていなかったからではない。過去の事柄の捏造＝再創造であろうか？　我々の作家とこの回想録が，誠実さの点で大きな評判を得ていないことはたしかだとしても，しかしここでの彼は，『キリスト教精髄』の議論の主要部分の一つへの正当な言及を行っているにすぎない。四部からなる本書は，まず第1部で「教義と教理」を詩的に描き出し，第2部「キリスト教の詩学」と第3部「芸術と学問」においてこの宗教が詩と芸術および学問にもたらす利点を解き明かす。最後に来るのが第4部「祭儀（モラル）」であって，ここにおいて初めて，美的ないし精神的・道徳的観点以外の観点によって記述された諸章が継続的かつまとまった形で現れることになる。すなわちこの部には，キリスト教が文明の発展と伝播にいかに寄与し，社会の安定維持にいかに尽くしているのかが，その諸制度の実際を通して語られている——シャトーブリアンはここでまさに，彼の「宗教の過去における恩恵と諸制度を喚起」しているのであって，以下に見ていくように，すでにこの

---

7) *Ibid.*, p. 648 (cité dans Clarac, art. cit., p. 16).

時点でキリスト教は個人的な感傷の次元を超え，人類全体の運命に関わる世界史的意義の観点から眺められていた。『キリスト教精髄』刊行時の文脈において，本書の最も厳しい批判者も含め，誰もがその価値を称えるに異存のないほとんど唯一の部分を構成していたのはまさにこれらの章だったのである。

1　ローマ帝国解体期における蛮人の文明化

　キリスト教の文明に対する恩恵を論じる際，シャトーブリアンが取り上げるモチーフのうち最大のもののひとつは，西ローマ帝国崩壊とその後の歴史過程におけるこの宗教の働きである。繁栄を誇ったこの帝国は度重なるゲルマン諸族の侵入によって次第に実質を失っていき，ついに5世紀には消滅して，分断された国土を蛮人たちの統治に委ねることになる。ここにおいて高度な文明世界の崩壊が全面的なものとならなかったのは，キリスト教のおかげだと『キリスト教精髄』の著者は訴える。といっても彼は，この異教の帝国の文明を全面的に評価しているのではまったくない。それどころか当時のローマの習俗は頽廃の極みにあり，今日のキリスト教共同体の中最も堕落した国民であっても彼らに比べればましであるほどだという。「それゆえローマ人が隷従の身へと落とされたとしても，彼らが責めるべきは自らの習俗以外にはなかった」[8]。これはイエスの活動した時代においてすでに認められる事柄であって，シャトーブリアンは，「このローマ帝国を構成する諸民族の一方は野生的，他方は開化された人々であったが，大部分が限りもなく不幸だった」[9]と書く。キリスト教はそれゆえ，この不幸な両種の人民を救済するために現れたのであったが，イエスの教えに帰依した最初の人々は，この堕落した文明国の弾圧のもとに苦しめられた。このような頽廃した人民が国を失うのは当然である。サルウィアヌスに倣い，シャトーブリアンは蛮人の侵入を，堕落したローマ市民に神の与えた罰であると見なす。「それゆえ，ローマ帝国の腐敗が荒野の底から蛮人たちを招き寄せたというのはありうることで，彼らは破壊という自らの使命を自覚せぬ

---

8)　*Génie*, p. 1081 (IV, VI, XVIII).
9)　*Ibid*., p. 941 (IV, III, I).

ままに，本能によって神の懲罰を名乗っていた」[10]。そして，神の摂理として解釈されるこの破壊を全面的なものとせず，再生の希望をとどめたのはキリスト教の介入にほかならない。そもそも侵入者の半ばはすでにキリスト教徒であった。「オドアケルを倒したテオドリックは偉大な君主だった。だが彼はキリスト教徒だったのだ。それに彼の宰相だったボエティウスは，キリスト教徒の文人であった」[11]。ゴート族が偶像崇拝にとどまっていたなら，彼らは間違いなく，すべてを破壊してしまったはずだ。それにまた，もしキリスト教が存在しなかったとしたら，ギリシア・ローマの神話とオーディンの宗教から，どんな恐るべき混合物が生まれ出たことか，とシャトーブリアンは続ける。彼によるなら，蛮人たちが多神教にとどまっていた場合に生じたであろう事態は，現在キリスト教の光が消えてしまった土地——小アジアの現状から想像可能であるとしても，実際にはそれをはるかに上回る悲惨が待ち受けていたに違いない。「我々はみなトルコの奴隷か，あるいはもっと悪い何かになっていただろう，というのもマホメット教は少なくとも，キリスト教から受け継いだ道徳的基礎を持ってはいて，結局のところはそのきわめて遠い一宗派であるのだから」[12]。かくして彼は蛮人の侵入とローマの崩壊後の状況におけるキリスト教の偉大な役割を確認するのだったが，そこでこの宗教は，とりわけ隠者や修道士たちによって代表させられる。

　　それゆえ，社会と啓蒙の光の破滅は，キリスト教なしでは全面的なものとなったろうというのは大いにありそうなことだ。無知と腐敗した蛮性とのただなかに埋められてしまった人類が，そこから抜け出るために幾世紀を要したことか，計算することもできない。学識の灯火を近代人のもとで再び点すこととなったあれらのきらめきを保存するためには，共通の目的のため協調して働きつつ，地球の三部分に散らばった，〈隠遁者〉たちの巨大な集団がまさに必要で

---

10)　*Ibid.*, p. 1082 (IV, VI, XIII). この箇所の原注は注解 LIX (pp. 1255-1258) を指示しており，そこにはサルウィヌスのやや長い引用と，『神の国』への言及が見られる。「神の懲罰」とはもちろん，フン族の王アッティラの異名である。

11)　*Ibid.*, p. 1083 (IV, VI, XIII).

12)　*Ibid.*, p. 1084 (IV, VI, XIII).

あったのだ。もう一度言うが，異教のいかなる政治的，哲学的または宗教的組織も，キリスト教に代わってこの貴重極まりない奉仕をなすことはできなかったろう。古代人の著作は，僧院のうちに散らばったおかげで，ゴート人による惨禍を部分的には免れたのである[13]。

そう，彼らは隠遁者たちであり，社会を逃れる者たちである。しかし彼らがそうしたのは文明世界に異質な怪物であるからではなく，頽廃の極みにある多神教の国民に受け入れられず，迫害されたためだとシャトーブリアンは言う。もちろん実際には彼らは宗教的信念のために都市を去ったのであり，そのことは作家自身も，本書の第4部第3巻第3章「修道士：修道生活の起源」の冒頭で明示している。パウルス——デキウスの迫害を逃れ，最初の隠者になったと伝えられる——，アントニウス，そして共住制修道院を創始したパコミウスらの名によって記憶されるテバイードの修道生活の栄光が，そこでは都市の腐敗と対比的に描かれる。「実にぞっとさせるような寂寞の地の奥底より，栄光と驚異の声が上がった。神的な音楽が滝と泉のざわめきに混ざり合い，熾天使たちが岩山の隠修士を訪れ，あるいは彼の輝ける魂を雲上に上らせるのだった〔…〕。妬み深い都市は，自らの古来の評判の没落を見た。荒野の名声の時代であった」[14]。しかし，ヨーロッパとりわけフランスの修道生活を讃美した後に古代に立ち返ったシャトーブリアンは，今度はこの上なく具体性を欠いた記述に訴えることにより，帝国と蛮人の二重の迫害に苦しめられた，社会と文明からの強いられた逃亡者たちの物語を作り上げる。そして，文明の保存と再興は，まさにこの隠遁者たちによって成し遂げられたのだと彼は言う。

　その上，最初はローマ人による迫害が，寂寞の地を人々で満たすのに貢献した。次いで〈蛮人〉たちが帝国に押し寄せ，あらゆる社会的紐帯を断ち切ってしまったので，人々には希望として神しか残されず，逃れ出る地として荒野しか残されなかった。不幸な者たちの

---

13) *Ibid.*
14) *Ibid.*, p. 954 (IV, III, III).

第Ⅲ章　〈啓蒙の世紀〉の宗教論とシャトーブリアン　　　　105

集団が森の中に，またひとをまるで寄せ付けぬ地に形成された。耕す術も知らぬ野生人たちが肥沃な平野を餌食にしていたとき，山々の不毛な頂に住み着いたのは別世界の人々で，険しい岩山へと，洪水からのように，技芸と文明の残り物を救い出したのは彼らなのだった。しかし，あたかも高地から流れ出す泉が谷を潤すように，最初の隠修士たちは徐々に彼らの高みから降りていき，〈蛮人〉たちに神の言葉と生の穏やかさをもたらした[15]。

　キリスト教は，哲学者たちの歴史叙述の中で〈蛮人〉たちとその蛮性を競い合ってきたのだったが――エドワード・ギボンによる「蛮性と宗教の勝利」[16]としてのローマ滅亡史がその最大の記念碑である――，シャトーブリアンはこのカップルを引き離し，一方を知識の光のうちに，他方を照らされるのを待つ闇のうちに置き直す。「我々を無知から癒してくれたのも，あの迷信深い僧侶たちなのだ。彼らは我々を蛮性から引き出すべく，十世紀というもの，学校の埃のうちに引きこもってきたのである。彼らは光を恐れてはいなかった。我々にその源を明かしてくれたのは彼らなのだから」[17]。
　そして，聖職者たちが保存し伝えたのは学問だけではない。耕作を知らない蛮人を農業へと導いたのも彼らである。「数千の修道士が大地を耕す光景が，ひとを養う技術への軽蔑に結び付いた蛮的な偏見を少しずつ掘り崩していった。〔…〕修道士たちはそれゆえまさに，農業の父であった。」[18]農業の意義の強調は，ここでは聖書的文脈というよりは〈啓蒙の世紀〉におけるその文明論的身分規定を顧慮してなされている。18世紀を通し，一方では重農主義に典型的表現を見るように同時代における現実の産業的力として，他方では世紀後半に定着する段階的発展説におけるように，文明の真の端緒を徴付けるものとして，農業は優れて文明の象徴として機能した。それゆえ，『キリスト教精髄』の別の箇

---

15)　*Ibid*., p. 956 (IV, III, III).
16)　Edward Gibbon, *The History of the Decline and Fall of the Roman Empire*, edited by David Womersley, London, Penguin Books, 2005; 1994, vol. III, p. 1068 (chap. LXXI).
17)　*Ibid*., p. 1044 (IV, VI, V).
18)　*Ibid*., p. 1056 (IV, VI, VII).

所で，オハイオでの巨大遺跡——現在居住するアメリカ野生人の手によるものとは決して思えない——の発見を契機に，現在は消滅したがかつて北アメリカに栄えていたに違いない文明世界の存在を憶測的に語りながら，シャトーブリアンは問題の人民を，「今日イロコイが熊を追っている平野で，犂を引いていたと思われる文明化した民族」[19]として提示することができる。狩猟が牧畜段階にも至らない人類の最も原始的な段階を特徴づける一方，犂が象徴する農業こそは，文明世界の真の始まりを告げるのである。同様に，『アタラ』の物語はその最初の二章をそれぞれ「狩猟者たち」，「耕作者たち」と題することによって，福音を受け入れない狩猟民マスコギ族とセミノール族の野生性と，隠者オーブリが改宗させ，定住生活と農耕を教えた先住民集団のもとでの文明生活の開始との対照を提示する。老いたナチェズ族の首長シャクタスは，若き日の冒険をルネに話し聞かせながら，改宗した先住民たちの村を訪れた際の喜びを振り返ってこう語る。「私は野生の生活に対するキリスト教の勝利に感嘆していた。インディアンが宗教の声のもとで文明化しつつあるのを見ていたのだ」[20]。ここでキリスト教は文明化する力とひとつであり，そのようなものとしてのみ理解され評価されていることが分かる。『キリスト教精髄』本編に戻るなら，「野生のガリアにベネディクト会士の犂が引いた畝のすべてを呼び上げようとするなら，読者を疲れさせることになろう」[21]。こちら旧世界においても，宗教は野生性のただなかに農業＝文明をもたらす犂にほかならないのだった。

　それゆえ，農業をめぐる第4部第6巻第7章に続く第8章が「町と村，橋，主要道路，等々」と題され，この宗教の都市環境整備への貢献を語るのは自然な流れである。「聖職者は野生のヨーロッパを開拓したのであったが，彼らはまた我々の部落を増殖させ，町々を増やしまた美化した」[22]。第9章は「工芸，商業」であり，そこでは修道士たちが，「古代の諸世紀が近代の諸世紀に結び付けられることとなる鎖の

---

19) *Ibid.*, p. 546 (I, IV, III).
20) Chateaubriand, *Atala*, éd. cit., p. 132.
21) *Génie*, p. 1054 (IV, VI, VII).
22) *Ibid.*, p. 1057 (IV, VI, VIII).

輪」[23]として提示される。第 11 章では「民法と刑法について」，第 11 章では「政治と政府」について論じられる。続く第 12 章は本書全体の要約に当てられるから，これら諸章は農業の導入から法制度と政治への貢献に至るまでのこの宗教の文明に対する恩恵の数々を，『キリスト教精髄』本論の末尾で開陳する役割を担っているわけである。そして最終の第 13 章は「キリスト教が地上に現れていなかったら，社会は今日どのような状態にあったか？」との問いに答える形で，ヨーロッパの文明を今日に至るまで形成してきた動力としてキリスト教を称えるのだった。

2　宣教：キリスト教共同体の世界化

　こうして，古代の文明世界の崩壊の徹底化を妨げ，近代世界における文明化を促進してきたとされるこの宗教であるが，シャトーブリアンはさらに，その熱意の及ぶ範囲がヨーロッパを超え出ていることを強調する。ここで大きく取り上げられるのは宣教であって，修道士たちはアメリカに，アジアに，アフリカに，福音を伝えるため，危険を顧みることもなく赴く。キリスト教の恩恵はこのように世界中に広がっていくものなのであるから，シャトーブリアンはキリスト教共同体とヨーロッパの同一視はもはや意味をなさないと考える。「キリスト教共同体を広大な共和国として思い描く必要がある。この共和国においては，我々がある地域について報告する事象は，同時に他の地域でも行われているのだ。かくして，我々がフランスの施療院，宣教，コレージュについて語るときには，イタリアの，スペインの，ドイツの，ロシアの，イギリスの，アメリカの，アフリカの，アジアの，施療院と宣教とコレージュのことも想像しなければならない。少なくとも二億人の人々のもとで同じ美徳が実践され，同じ供犠が行われているのを見なければならない」[24]。宣教，それは「キリスト教にしか属してはいない，最も偉大で最も新しい理念の一つ」[25]であると彼は言う。しかしそれがキリスト教に固有のものであるのは，ただこのような営為に組織全体が加担するがごとき「神的熱

---

23)　*Ibid*., p. 1061 (IV, VI, IX).
24)　*Ibid*., p. 1032 (IV, VI, II).
25)　*Ibid*., p. 971 (IV, IV, I).

狂」[26]を，いかなる偶像崇拝の宗教も知らないからという理由によるのであって，それゆえ，シャトーブリアンが宣教のもたらす受益者への恩恵と見なすものは，この宗教に固有の教義との関連性を持たない。かくして彼はヌーヴェル・フランスにおける過酷な宣教の記述を終えるに当たって，"Docete omnes gentes"との言葉に促されるがままに故郷を離れる宣教師たちについて次のように書くことができる。

> この命令に基づき，この上ない純真さで，彼らは祖国の逸楽を去って，自らの血を代価に，会ったこともない〈蛮人〉に啓示するために出かける……。——何を？　無だ，この世の基準によるなら，ほとんど無に等しいものだ，すなわち，神の実在と魂の不滅。DOCETE OMNES GENTES〔すべての人に教えなさい〕！[27]

「神の実在と魂の不滅」……。宣教師がカナダ先住民に命懸けで伝える福音は，『キリスト教精髄』の著者によるなら，よき自然宗教の教説にほかならない。イエズス会のカナダでの努力がこれらの事柄の伝授に捧げられているのであったなら，ヴォルテールにしたところで彼の偽ヒューロン人に，あのように宣教師たちの悪口を言わせはしなかったろうと思われる。またシャトーブリアンは宣教の偉大を顕揚する際，シャルルヴォワやデュ・テルトルのようなイエズス会士よりも「無知で嘘吐きのラ・オンタン男爵」[28]を好むに至った18世紀の流儀を嘆いてみせる。しかし実のところ，イエズス会士たちの宗教とフランスの文明の価値を徹底的に疑問に付すラオンタンの野生人アダリオにしたところで，上記の二点については完全に承認していると断言しているのだった。

> 真実の神の知識を欠いているだって？　夢でも見ているのかね？　我々のところであんなに長いこと過ごしたというのに，君は我々が宗教を持たないと思っているのか？　君は知らないのか，まず第一に，我々が宇宙の創造者を，偉大なる〈精霊〉または〈生命の主

---

26) *Ibid.*
27) *Ibid.*, p. 1010 (IV, IV, IX).
28) *Ibid.*, p. 972 (IV, IV, I).

人〉の名のもとに認めており，この創造者があらゆる限界なきもののうちに存在していると思っていることを？　第二に，我々が魂の不滅を認めていることを，第三に，〔…〕[29]。

　シャトーブリアンの基準に従うなら，このような野生人には宣教は必要ないことになろう。それに，ラオンタンの対話篇の主たる標的のひとつであるイエズス会士たちについていうなら，彼らの側でも，ヌーヴェル・フランスの野生人たちが改宗に先立つ段階で神の実在を知らぬわけではないことを，積極的に認めていた。宣教の事業の意義をフランスに向けて訴えかける必要のあった彼らは，一方では野生人が何らかの制度的宗教を持たないことを証言し，他方では，にもかかわらず彼らが，超越的存在の漠たる観念をたしかに持ち合わせていることを強調する。このような提示の意図は明らかであって，つまり偶像崇拝の悪習に染まっておらず，かつ神の観念を知っているような人民として描き出すことで，彼らは先住民を改宗の準備の整った，容易に福音を受け入れるはずの存在であると信じさせようとするのである。ここではこの点がはっきりと打ち出された，シャルルヴォワの報告書簡――シャトーブリアンの記述の主要な源泉である『ヌーヴェル・フランス史』に収録された――からの一節を引用することにしよう。

　　まったく混乱したものだとはいえ，第一存在について彼らのもとに残っている観念，彼らがかつてこの至高の神性に捧げていたものと見える宗教的礼拝の，ほとんど消えてしまった名残，そしてこのかつての信仰の，また原初の宗教の，彼らのきわめて取るに足らぬ行為においてすら認めることのできる痕跡，こういったものが彼らを，ひとが思うよりもずっと容易に真理の道へと導き入れることを可能にしているのですし，キリスト教への彼らの改宗はそのためいとも容易なのであって，この上なく文明化された国民のもとではこのような容易さにはお目にかかることがないか，あるいは〔あったとしても〕よりいっそうの障害によって帳消しにされてしまうもの

---

29) Lahontan, *Dialogues de M. le baron de Lahontan et d'un Sauvage dans l'Amérique*, éd. Henri Coulet, Paris, Desjonquères, 1993, p. 32.

なのです。実際経験の教える通り，習俗の洗練や知識の光，国家の政策などといったものが，これらの国民のうちに，彼らの偽の信仰への愛着と〔好意的な〕先入見を形成しているのですから[30]。

　何らかの宗教がすでに根付いている国民のもとにあっては，人々の心は偽りの神々への愛着を断ち切りがたく，彼らの思考は悪質な教義に支配されている。しかしカナダの野生人はそのような制度的宗教を欠いているので，宣教師は彼らの先入見を除去すべく努める必要がない。その上，痕跡にすぎなくなるまでに損なわれてはいるものの，彼らのもとにはたしかに神の実在の観念がすでに見受けられるという。このことは彼にとり，野生人の改宗の容易さの条件であって，神の実在がすでに知られているというこの前提に立ってこそ，彼はキリスト教の教えを速やかに理解させることができると信じる。シャトーブリアンにおいて宣教の究極的目標のごとくに見なされているものが，シャルルヴォワにとっては前提であるにすぎないことが分かる。

　シャルルヴォワとの比較で分かるもう一つの事柄，それは我々の作家がキリスト教と文明化された社会状態との関係についても，このイエズス会士の歴史家とは別の意見を持っているということである。上記の引用からも了解されるように，イエズス会士にあってはキリスト教の価値は，野生人も含め世界のあらゆる人民に知られている「神の実在と魂の不滅」の認識以上の何かであるばかりではなく，文明的達成とも別の何かとして考えられている。そうでなければ，「この上なく文明化された諸国民」のところ，中国人や日本人のところにまで出向いていく必要はない。シャトーブリアンにあっては，キリスト教の福音が自然宗教のミニマルな教義にまで還元されている一方，宣教の事業の恩恵は，究極的には文明の恩恵と一致させられている。我々はすでに，『アタラ』において「キリスト教の勝利」が，農耕生活を通しての文明化の開始につ

---

　　30) Charlevoix, *Journal d'un voyage fait par ordre du roi dans l'Amérique septentrionale, adressé à Madame de la Duchesse de Lesdiguières*, dans *Histoire de la Nouvelle France*, Paris, Nyon fils, 1774, t. III, p. 265 (dix-huitième lettre, 14 Juin, 1721). なおイエズス会士のこの種の議論については，Sergio Landucci, *I filosofi e i selvaggi 1580-1780*, Bari, Laterza, 1972, pp. 193-194 を参照。

いて祝われているのを見た。すでに高度な文明化を果たしている他の異教徒に対するのとは異なり，野生人の改宗はたしかに彼らの文明化の試みと重なり合う部分を持つ。しかしキリスト教の教義にほとんど関心を持たない我々の作家にあって，両者はほとんど完全な重なり合いのうちに，分かちがたく一体をなしているように見える。

3　哲学者たちの活用：教会を助けるヴォルテールとルソー

　このような文明化する力としてのキリスト教を謳い上げるに当たり，シャトーブリアンはあたう限り〈啓蒙の世紀〉の哲学者たちから好都合な証言を得ようと努める。といっても唯物論者には用はないのであって，感受性の質においては近しいものがあるにもかかわらず，彼はディドロを評価するわずかな素振りすら見せない。彼はこの点では『諸革命論』の頃から基本的には変わっていない——たとえこの最初の作品においては，ディドロやダランベールの才能の承認の痕跡が，時折見出されるにしても[31]。彼の懐疑的魂は，キリスト教の歴史的役割の終焉を確認し，それに代わる新しい宗教の可能性を展望するこの作品においても，無神論の誘惑には結局のところ無感覚にとどまっている。それゆえ1826年，本書の全集収録に際して多量の自注を付したシャトーブリアンは——というのも，彼の旧悪を暴くキャンペーンにこの最初の作品が活用されてきており，非難に応える必要があったのである——，ディドロらの無神論者を舌鋒鋭く批判する多くの箇所に注釈を加えることによって，若き日の彼が，その過ち（それについては彼自身が次作『キリスト教精髄』で真っ先に認めていた）にもかかわらず神の実在を否定するがごとき真の堕落には決して至っていなかったことを，大いに証明することができたのだった。もちろん，本書と『キリスト教精髄』とで評価の分かれることになった哲学者たちもいる。例えばマブリやレナルは，『諸革命論』においてはルソーおよびモンテスキューと並ぶ真実の担い

---

　31) 例えば次のような一文。「とうとうルイ15世の治世には，フランスがかつて生み出したことのない最も素晴らしい才能からなる一社会の形成が見られた。ディドロ，ダランベール，ヴォルテールらである」(*Essai sur les révolutions*, p. 398 (chap. XLIII))。1826年のシャトーブリアンはこの箇所の自注で弁明する——「ディドロとダランベールがフランスがかつて生み出した最も素晴らしい才能の数に入るというのは，完全に嘲笑すべき主張だ」(*ibid.*, note ***)。

手として登場しているのであったが[32]，全集版の自注では彼らを後者の真の才能二人と並べたことは青年期の不確かな判断の結果であったとして退けられているし，この評価の反転はすでに『キリスト教精髄』においても確認しうる事柄である。マブリについては重要ではない仕方で一度言及されるだけであり，レナルについては，『両インド史』から多くの情報や発想が引き出される一方で，名を挙げられる際にはディドロやダランベールと一括して悪役扱いを受けることになる。「ひとも同意するように，ルソーとヴォルテールの作品には多くの取り上げるべき事柄があるとしても，レナルとディドロの作品については何を言うべきであろうか？」[33]次の一節でも，彼とその友人たちが，同じヴォルテールとの対比で酷評されている。

　　彼〔ヴォルテール〕は実際，ディドロ，レナル，ダランベールの各氏とは何ら共通のものを持たなかった。その習俗の優雅，見事な作法，社交に対する好み，そしてとりわけ人間性は，間違いなく彼を革命体制の最大の敵の一人にしたであろう。彼は社会秩序の味方として実に決然としていたのであるが，ただし気付かなかったのだ，宗教的秩序を攻撃することにより，彼自身が当の社会秩序の基礎を掘り崩していたということに[34]。

　実のところ，革命に対するヴォルテールのありえたであろう対応としてここで推測されている事柄は，革命後のレナルの行動と完全に一致している。哲学者の立場の普及に最も貢献した著者の一人であるこの歴史家は，よく知られているように，その晩年において革命による既存秩序の転覆に真っ向から反対し，1791年には国民議会宛の有名な手紙を書いて，彼を師と仰ぐ革命家たちの間に幻滅と怒りと嘲笑を引き起こしたのだった。19世紀の共和主義者にとっては「記憶にとどめるべき変節」，「常軌を逸した振る舞い」，「思想の歴史には実例の数多い，老人の

---

32) *Ibid.*, p. 400 (chap. XLIII).
33) *Génie*, p. 868 (III, IV, V).
34) *Ibid.*, p. 646 (II, I, V).

迷妄」[35]でしかなかったこのような行動も，政治的文脈の変わった今日ではその意味を変えるのであって，それゆえ例えばマルク・フュマロリは，彼の力作『シャトーブリアン——詩とテロル』の巻頭にレナルのこの挿話を置くことにより，つねにテロルに至るものとされる革命の動乱に反対するひとつの自由主義の可能性を——年少の姻戚たるアレクシス・ド・トクヴィルと共に，しかし詩人として——探求するものとしてシャトーブリアンの営みを論じる彼の書物に相応しい導入を与えようと望む[36]。今日から振り返ってこのような提示が可能だとしても，しかしながら，シャトーブリアン自身は彼の仕事をレナル晩年の闘いの継承として描き出すわけにはいかなかった。ディドロの盟友としての彼の評判は，最晩年の身振りによって忘れられるにはあまりに大きかったし，ほかならぬこのディドロの貢献によって過激な修辞的表現を与えられた『両インド史』における植民地政策の批判は，やがてハイチを名乗りつつフランスの手を離れることになるサン＝ドマングの混乱の元凶のように思えたのである。

　しかしヴォルテールとなると，幾分話は変わって来る。彼の才気は否定しがたいし，なるほど筋金入りの反教権派ではあったがよき理神論者であって，とりわけ 1770 年代においては，百科全書派の中の無神論的傾向に対して対抗キャンペーンを展開することすらやってのけたのである。それゆえ，一方ではヴォルテールの仕事の中から彼の立場に好都合な主張を引き出してキリスト教の反対者たちに見せ付け，他方ではそんなヴォルテールの才能の全面的な開花を妨げた根本要因として彼のキリスト教への敬意のなさを指摘することによって[37]，シャトーブリアンはこの作家を，彼の護教論の中で縦横に活用することができた。「私が不信の徒に向かって好んで引用するヴォルテール」[38]，というわけであ

---

35) 引用はすべてラルース『19世紀万有大辞典』のレナルの項目より。

36) Marc Fumaroli, *Chateaubriand : poésie et terreur*, Paris, Gallimard, col. « Tel », 2006.

37) 「ヴォルテール氏は彼の叙事詩に散らばったわずかな美点を，キリスト教に負っている」(*Frangments du Génie*, pp. 1342-1343 (« La Henriade »))。「ヴォルテールがキリスト者であればどれほどに得ることがあったか，それを我々はすでに示しておいた。彼は今日，ミューズたちの勲章をラシーヌと競っていたに違いない」(*Génie*, p. 868 (III, IV, V))。「ヴォルテールは敬虔であったなら，歴史の分野で卓越することができた，我々はそれを疑わない」(*ibid.*, p. 844 (III, III, VII))。

38) *Ibid.*, p. 1178 (note XXXIV).

る。彼は実際，第 1 部第 1 巻第 1 章で「『百科全書』，この学問と理性のバベル」[39]に対しての非難を早速繰り出しているが，この箇所に付けられた注解を「『百科全書』はひどく出来の悪い作品であるが，これはヴォルテールその人の意見だ」[40]との一文で始めることにより，哲学者たちの内部に対立を持ち込もうとする。さらに教育の分野でのイエズス会の貢献が惜しまれるくだりでは，ヴォルテールがその知的形成をイエズス会のコレージュに負っている事実が強調される。この会の教育内容の哲学者自身による定義――「ラテン語少々と愚劣な事ども」[41]――についてはあえて触れずに，シャトーブリアンは彼とコレージュ時代の恩師との親愛の情に満ちた交流に注目する。「彼の『メロープ』をポレ神父に捧げ，この神父を親愛なる師と呼んでいるときのヴォルテール〔の有様〕こそは，現代の教育がもはや生ぜしめることのない愛すべき事象の一つである。」[42]今しがた引用したような後年の辛辣な評価にもかかわらず，若きアルエがヴォルテールになりゆく過程で，ポレを始めとするイエズス会士たちは実際に積極的な役割を果たしたと言いうる。コレージュの教師たちが生徒たちに教えていたのは，原罪の意義をあたう限り希薄化し，イエスの存在を後景に退けて造物主たる神をもっぱら強調する，半ば自然宗教と化したキリスト教だったのであって，そこでは都市的エートスや「気晴らし（divertissement）」が大らかに許容され，推奨さえされていた。彼らは一人の反教権の理神論者の形成にとり，きわめて好都合な環境を用意していたわけである[43]。

また『キリスト教精髄』の著者は宣教についても，ヴォルテールの意見を引き合いに出す。「ヴォルテールは言う，「彼らはかつてアメリカで，野生人たちに必要不可欠な諸技術を教えることで成功を収めて来た。その後は中国で，精神的な一国民に最も高級な諸技術を教えることで成功を収めたのである」」[44]。聖書をこき下ろすのにあれほどの情熱を

---

39) *Ibid.*, p. 468 (I, I, I).
40) *Ibid.*, p. 1115 (note I).
41) Voltaire, *Questions sur l'Encyclopédie*, article « Éducation ».
42) *Génie*, p. 1048 (IV, VI, V).
43) この点については，René Pomeau, *La Religion de Voltaire*, nouvelle édition revue et mise à jour, Paris, Nizet, 1969, p. 47 sqq. を参照。
44) *Génie*, p. 974 (IV, IV, I).

第Ⅲ章 〈啓蒙の世紀〉の宗教論とシャトーブリアン   115

注いだヴォルテールも，宣教師たちが文明の欠如した世界にその端緒を，すでに発展した文明を持つ国民に，なお彼らに欠けている最新の技術をもたらすときには，彼らの仕事を認めようという気になった。宣教師の事業を「神の実在と魂の不滅」の教えの伝授であると信じる一方，彼らのもたらす文明化の恩恵に宣教の成果を還元しがちな我々の作家が，ヴォルテールとそう意見を異にしていないとしても当然であろう。実際，「宣教の一般的概観」の章の今引いた箇所から末尾にかけ，彼はまずルイ14世がイエズス会士たちに与えたレヴァント地方での宣教の認可状を『模範書簡集』より引用し，そこで王が「彼らの宗教への熱情，およびかの地の全寄港地に居住し通商に勤しむ彼の臣民たちが彼らの教化活動から受け取る利益」[45]を評価していると，後者をイタリック体に置いて強調することによって，イエズス会の活動が可能にした現世的利益を〈太陽王〉の権威のもとに称賛する。その後に来るのはカナダとルイジアナでの農業および商業の発展への宣教師たちの寄与であり，彼らの旅行記に見られる多くの新たな知見である。そして本章は，失われた植民地帝国への郷愁に彩られた次の言葉で締めくくられる。

　　アカディアの野生人たちをキリスト教へと呼びかけることにより，彼ら〔宣教師たち〕は我々にあれらの海岸地帯を渡してくれたのであって，そこで我々の商業は富み栄え，我々の船乗りたちが育まれたのだった。これが，今日かくも軽蔑されているあれらの人々が，自分たちの国に為すことのできた奉仕のうちの価値薄き一部分である[46]。

要するに，宣教は野生人の宗教的救済のために命を賭けるがごとき途方もない事業を通して，非ヨーロッパ世界に対する知識の増大に寄与し，また世界各地におけるフランスの利権の拡張に貢献したということ，それが我々の作家が提示しようと望む「宣教の一般的概観」なのである。このような事柄は宣教の成果の価値薄き部分にすぎないと言われる一方で，より価値ある部分については，彼は多くを語らない。かくし

---

45) *Ibid*., p. 974 (IV, IV, I).
46) *Ibid*., p. 975 (IV, IV, I).

てシャトーブリアンの護教論における宣教礼賛の記述は，植民地獲得の諸利益の開陳である限りにおいて，その大部分がヴォルテールであっても執筆しえただろうものとなる[47]。

『キリスト教精髄』の結論部は，「哲学の点で疑わしいところのない，幾人かの権威」[48]に拠りながら，宗教の，そしてもちろんとりわけキリスト教の，社会的有用性を主張する。まず参照されるのはほんの数行のフランシス・ベーコン，次いでもう少し多くモンテスキューであり，それに続くのがヴォルテールとルソーからの相当に長い引用である。ここで問題になるのは文明化促進のというよりは社会秩序の維持の役割であるが，この点でも我々の作家は，〈フェルネーの長老〉をキリスト教の味方として現れさせようと望む。ヴォルテールの言葉は『百科全書への疑問』の項目「神」から取られている。以下に省略を挟みながら引くことにする。

　　今度はヴォルテール氏が宗教の大いなる大義を弁護するのを聞いてみよう。
　　「宗教は無数の大罪を犯してきたとあなたは言われる。しかし我々の悲しき天体を支配しているのは迷信であると言うべきです。この迷信は，〈至高の存在〉に対して為されるべき純粋な礼拝の，最も

---

47) もちろん，このことは，個々の植民地の価値についての異なった評価を排除しない。実際ヴォルテールは，カナダ植民地は保持するに値する領土ではなかったと述べている。「この千五百里は，その三分の一が凍った荒地なのであって，恐らく実際上は喪失というべきものではない。カナダにはずいぶん金がかかったが，見返りはごくわずかだった。この植民地に飲み込まれてしまった金額の十分の一がフランスの未耕地を耕すのに使われていたなら，大変な儲けになっていたはずだ。しかしカナダは維持されるべく望まれたのであり，挙句に百年の労苦と浪費された金のすべてが，取り返しようもなく失われたのである」(Voltaire, *Précis du siècle de Louis XV, dans Œuvres historiques*, éd. René Pomeau, Paris, Gallimard, coll. « La Pléiade », 1957, p. 1508 (chap. XXXV))。『百科全書』のパンクックの補巻における項目「カナダ」は，同名の項目を収めた本編第 2 巻刊行（1752 年）から十年ほどの後に失われてしまったこの植民地の歴史を振り返り，最後にヴォルテールの上記の判断を紹介しつつ反論している。「この考察は一人の哲学者市民によるものである。しかし毛皮の交易が，わずかな費用しかかからずに，富の一源泉となっていたことは否定しようもない。野生人たちが狩猟の全費用を負担したのであって，その彼らは最も美しい毛皮を，粗末な道具類と引き換えに売り渡してくれたのだ。そんな道具類が彼らには我々の金属類や高級織物——それらは世間が富と見なしている限りで富であるにすぎない——以上に貴重だったのである」。

48) *Génie*, p. 1090 (IV, VI, XIII).

第Ⅲ章　〈啓蒙の世紀〉の宗教論とシャトーブリアン　　　　117

残酷な敵なのです。〔…〕
　礼拝から迷信まではほんの一歩にすぎないとあなたは断言される。出来のよい精神にとっては無限の距離がありますし，このような人々は今日数多く，彼らは諸国家の長であり，公共の習俗に影響力を行使しているのは彼らなのです。〔…〕
　ひとりの愚かな司祭は軽蔑を掻き立てる。ひとりの邪な司祭は恐怖を覚えさせる。しかしひとりの善良な司祭，穏やかで，敬虔で，迷信と無縁，慈善に満ち，寛容な司祭は，愛され尊敬されるべき人物です。あなたは悪用を心配される。私もそうです。そのようなことを防ぐべく，協力しましょう。しかし，それが社会に有益なときには，活用を咎めないようにしましょう」[49]。

　ヴォルテールはここで宗教と迷信とを明瞭に腑分けし，後者を断固として退ける一方で前者をこの上なく貴重なものと見なす。そして注目すべきは，彼が前者をいったんは「〈至高の存在〉に対して為されるべき純粋な礼拝」という理神論的解釈のもとに提示するものの，それがカトリック——彼が告発してやまなかったあの制度的宗教の外皮のもとに現れることをも許容する姿勢を見せていることだ。教会に対するこの柔軟な姿勢は，彼の反教権の闘いにとってラ・フォンテーヌの熊のごとくに有害な奉仕を為すものと思われた，無神論者たちの台頭への反応として生まれたものである。そして聖職者たちの側でも，キリスト教のみならず宗教一般と神の観念それ自体を厄介払いしようと望むこの恐るべき輩を前にして，仇敵たる理神論者たちの助力を要請することができると信じた。

　我々はなお期待している，この大胆にしておぞましい体系が，宗教に反対すべく著者と協同していると見える者たちのうちにも反対者を見出すことを。厚かましくも冒瀆的な彼の主張の数々は，それらをあらかじめ放逐し反駁していた著者たちによって反論されること

---

49)　*Ibid.*, p. 1917 (variante *a* de la p. 1091). なおヴォルテールの参照が見られるのは本書初版から1804年のバランシュ版までであり，1809年のバランシュ版以降の諸版からは抹消されている。

だろう[50]。

　ルネ・ポモーは，聖職者総会が『自然の体系』刊行に対抗して1770年に公にした『王国の信者に与える，不信仰の危険についてのフランス聖職者の警告』から上記の呼びかけを引用し，ここでとりわけ念頭に置かれているルソーとヴォルテールのうち，すでに孤独な自己への沈潜のうちにあった前者はともかく，後者が1770年代に展開した反無神論のキャンペーンは，意図せずしてこの呼びかけへの応答となったと指摘している。実際この項目「神」は——『警告』と同様——，もともとドルバックの『自然の体系』への批判的応答として書かれたものであり，文中の「あなた」はそれゆえ第一義的には，この18世紀における最も徹底した唯物論者の一人を指示している。ここでのヴォルテールの危惧はもっぱら実践的なものである。すなわちそれは「神が存在していないとしたら，発明しなければなるまい」[51]というあの有名な詩行と同じ精神に属しているのであって，神への信仰を欠いた世界が道徳的たることの困難という認識に根ざしている。この項目の別の箇所では，こうした点が明瞭に述べられている。

　　私の思うに，大いなる目的，大いなる関心事，それは形而上学を論じることではなく，悲惨にして思考する動物である我々の共通の善のため，報いかつ罰を下す一人の神，我々に歯止めとしても慰めとしても役に立つそんな一人の神を認めるべきなのか，それともそのような観念を拒み，希望なき不幸と後悔なき犯罪へと我々を委ねるべきなのかを考量することにあるのではないでしょうか？[52]

---

50) *Avertissement du clergé de France, assemblé à Paris, par permission du roi, aux fidèles du royaume sur les dangers de l'incrédulité*, Paris, Desprez, 1770, p. 17, cité dans René Pomeau, *op. cit.*, p. 398. ヴォルテールのこのキャンペーンの文脈については，同書第3部第5章のほか，René Pomeau, *Voltaire et son temps*, nouvelle édition intégrale, revue et corrigée, Paris/Oxford, Fayard/Voltaire Foundation, 1995, t. II, pp. 338-340 を参照。また聖職者総会の18世紀後半の動向については，William R. Everdell, *Christian Apologetics in France, 1730-1790*, Lewiston/Queenston, The Edwin Mellen Press, 1987, chap. VI を参照。

51) Voltaire, *Épître à l'auteur du livre des Trois imposteurs*.

52) Voltaire, *Questions sur l'Encyclopédie*, article « Dieu ».

すなわち宗教は，一方では情念に突き動かされる人間に対する歯止め (frein) として，道徳の支えとなる。このような歯止めなしでは，罪は内心のいかなる葛藤もなく遂行されることになろう。ここでヴォルテールが考えているのは，市井の個人による犯罪のみではない。彼はネロとアレクサンデル6世とカルトゥーシュの名を挙げる[53]。世俗の権力者であれ聖職者であれ市井の強盗の類であれ，あらゆる領域に現れるこうした犯罪者への内心の，かつ制度的な歯止めとして働くのが宗教であり，ネロやアレクサンデル6世やカルトゥーシュになることもできたはずの無数の人間が，このおかげで社会の中に踏みとどまっている。他方では，宗教はしばしば不幸なものである生のただなかに，慰め (consolation) と希望をもたらす。それが実現の蓋然性によって支えられているかどうかにはヴォルテールは拘泥しない。重要なのは，それが信じられていることが，不幸な人々に生を耐えるすべを教えるという現実である。そして彼は，これまでの生涯を通じて告発し続けてきたカトリック教会の中にも，あらゆる不都合な点にもかかわらず，宗教のこのような利点が保たれているとみなす。こうしてヴォルテールは，同時に歯止めとしても慰めとしても役立つことのできる，「報いかつ罰を下す一人の神」の仮定による社会秩序の維持を支持し，それがカトリック教会においてすらある程度は実現されていることを承認することによって，『キリスト教精髄』の巻末を彩る守護神の一人たる資格を獲得する。シャトーブリアンは上記の箇所を引用していないが，犯罪の歯止めを提供する宗教の役割についてのヴォルテールの別の記述は，本書の告解をめぐる章のうちに見られる。そこでヴォルテールは，『エミール』のルソーとともに，告解の制度の礼賛者として担ぎ出されている[54]。すで

---

　53) *Ibid.*:「あなたの意見は，何とおっしゃろうとも，ネロを，アレクサンデル6世を，カルトゥーシュを勇気付けうるものです。私の意見は彼らを抑圧することができます。」

　54) *Génie*, pp. 490-491 (I, I, VI):「『どれほどの回復を，どれほどの償いを――ルソーは言う――，告解はカトリック信者たちのところで実現させていることか！』ヴォルテールによるなら，『告白〔＝告解〕は極めて優れたもの，犯罪への歯止めであって，最も遠い古代に発明されたものだ。あらゆる古代の秘儀において，告白は行われていた。我々はこの賢明な慣習を模倣し神聖化したのである〔…〕。」ルソーの引用は『エミール』第4巻 (Jean-Jacques Rousseau, *Émile*, dans *Œuvres complètes*, dir. Bernard Gagnebin et Marcel Raymond, Paris, Gallimard, coll. « La Pléiade », 1969, t. IV, p. 634)，ヴォルテールの引用は『百科全書への疑問』の項目「司祭の教理問答 (Catéchisme du curé)」より。なお『精髄』プレイヤード版の注で

に指摘したように，ヴォルテールのドルバック批判が長々と掲げられる『精髄』の末尾においても，続いて現れるのはルソー（『エミール』）のこちらも長い引用であるが，実際感情的かつ理論的なあらゆる対立の事実にもかかわらず，この二人は少なくともシャトーブリアンの観点からはほとんど同じことを言っている。例えば『エミール』の著者は「サヴォワの助任司祭の信仰告白」に付した注のひとつで，宗教を持ち，それに少なくとも部分的には従っている人間の利点について次のように述べる。「宗教的な動機がしばしば彼らが悪を為すのを妨げ，またそうした動機なしではありえなかったような諸々の美徳と称賛すべき行為を彼らから引き出しているのは疑いえない」[55]。これは宗教の持つ道徳的歯止めとしての役割を強調するときのヴォルテールによっても書かれえた言葉だ。そしてシャトーブリアンが彼の護教論を終えるべく引用するルソーの言葉は，〈フェルネーの長老〉と共通の語彙──「歯止め（frein）」と「慰め（consolation）」──に訴えながら，無神論者たちに反対して，既存の宗教が備えている社会秩序維持の利点を擁護している。この長い引用においてはルソーが彼の助任司祭に語らせる言葉と作家自身の注での主張が綯い交ぜになっているが，以下に引かれる言葉はサヴォワの助任司祭のものである。

> 人々が尊敬するあらゆるものを覆し，破壊し，踏みつけにすることにより，彼らは苦しむ者たちからその悲惨の最後の慰めを奪い，権力者および富める者たちからその情念の唯一の歯止めを奪ってしまう。彼らは人々の心の底から罪の後悔を，また美徳への希望を取り除いておきながら，人類に恩恵を為す者となお自負するのである[56]。

こうして我々の作家は，教会の敵であり，しかも彼ら同士が友人だっ

モーリス・ルギャールも示唆しているように，この称賛の後には，多くの聴罪司祭の堕落の指摘が続く。「口の軽い聴罪司祭は数多く，とりわけ修道士たちがそうなのですが，彼らはときおり娘たちに，村のどんな若者も為しえないような愚劣な事どもを教え込むのです。」

55) Rousseau, *Émile*, éd. cit., pp. 633-634.
56) *Émile*, p. 632, cité dans *Génie*, p. 1091 (IV, VI, XIII).

たわけでもない二人の自然宗教の徒を，彼のキリスト教擁護の援軍として用いるべく連合させる。〈啓蒙の世紀〉の哲学者中，このように用いられる主要なもう一人はモンテスキューであるが，このことは自然に了解されうる。『法の精神』の著者に付きまとったスピノザ主義者との疑惑にもかかわらず[57]，あるいはまさにそのような嫌疑ゆえに，彼は少なくとも表面上はよきカトリックの徒として振舞い続けたし，実際その主著においてもこの宗教の利点を称賛すべく多くの言葉を費やしている。そこでモンテスキューが「市民状態においてそこから引き出しうる利益との関係によって」[58]のみ諸宗教を取り扱うと自ら宣言し，実際「より崇高な真実との関係によって考察されておらず，人間的な考え方においてしか全面的には真実と言えない諸々の事柄」[59]が論じられているという事実は，シャトーブリアンをいささかも立ち止まらせはしない。『キリスト教精髄』の企ても，まさにそのようなものだからである。

4 同時代の書評における第4部の好評

『キリスト教精髄』におけるこうした記述は，本書のうち，同時代において最も称賛された部分の一つであり，また批判の最も少ない部分であった。盟友フォンターヌは彼の書評において本書のあらゆる部分への称賛を惜しんでいないので，当然にも「信心が〔…〕僧院において，〈蛮人〉を逃れる技芸の守り手となり，〔…〕恩恵を振り撒きながらヨーロッパを経巡り，至るところで不毛の地を耕す」[60]ことの指摘に注目しているし，「しかしなおいっそう偉大な光景がある」[61]として，宣教師たちの活動を称えている。「彼らはあらゆる危険を越えて地の果てまでも駆けて行き，魂の獲得のため，すなわち人々を文明化するために大地を分け合うのである」[62]。ブーローニュ師による書評は，キリスト教の立

---

57) Voir Jonathan I. Israel, *Radical Enlightenment: Philosophy and the Making of Modernity 1650-1750*, New York, Oxford University Press, 2001, pp. 12-13.

58) Montesquieu, *De l'esprit des lois*, éd. Victor Goldschmidt, Paris, coll. «GF Flammarion», 1979, t. I, p. 164 (livre XXIV, chapitre I).

59) *Ibid.*

60) *Extraits critiques du Génie du christianisme, par M. de Fontanes*, dans Chateaubriand, *Œuvres complètes*, Paris, Ladvocat, t. XV, 1827, p. 148.

61) *Ibid.*

62) *Ibid.*, pp. 148-149.

場から本書に為されてきた多くの批判の趣旨――「キリスト教を提示する，このあまりに人間的なやり方」[63]の告発――を妥当であると認め，自らも例えば本書における三位一体の教義への驚くべき無頓着に対して憤りを露わにしつつも[64]，本書がキリスト教の復権を試みる善意の書物であり，そこで展開される議論の不適切さにもかかわらず，人々の関心をこの打ち捨てられた宗教に引き戻した功績は称賛されるべきであるとする。すなわちこの書評者にあって本書はその内在的価値をほとんど認められていないのであるが，そんな彼にとっても第4部の内容は優れたものと思われた。「この部が間違いなく最も興味深い，何故ならよりいっそう豊富な情景へと，この部はもっとずっと控えめな想像力を結び付けているのだから。何故ならそこではすべてが事実であり，したがってそれほど漠たるものを思考に，それほど恣意的なものを推論に委ねてはいないのだから〔…〕。ここでこそ著者はキリスト教を，諸々の奉仕に輝き，諸々のよき行いの光を放つ，普遍的な恩恵として我々に示している」[65]。分けても注目すべきとされるのは，宣教をめぐる記述である。「我々は主として宣教の章に感謝したい。彼は宣教の素晴らしさを魅力と真実とをもって我々のために描き出している。〔…〕これらのほとんど神的な人々は〔…〕，実際オルフェウスが偽りにおいてそうだった以上に偉大な存在であって，彼らが森を魅了し諸国民を文明化したのは声の魅力と竪琴の音色によるのではなく，美徳の力と教理の力によるものであった」[66]。こうしてブーローニュは，かくもしばしば宗教を称えるひとつの詩学にすぎないと非難されるこの書物が，その最良の部分――それは著者がその溢れんばかりの想像力の行使を最も差し控えた箇所に一致するとされる――においては詩学以上の何かであることを認めて次のように表現することができる。「これは中々に見事な詩学であっ

---

63) *Extrait des Annales littéraires et morales, par M. l'abbé de Boulogne (I*ᵉʳ *Cahier, an XI)*, dans Chateaubriand, *Œuvres complètes*, éd. cit., t. XV, p. 203.

64) 「彼は言う，『ここには同一実体性も，同格性も，位格的結合もない，何故ならキリスト教はこのようなものからは成り立っていないのだから』。これは不明瞭さがその最も取るに足らない欠点であるような命題である。」「我々は『キリスト教はこのようなものからは成り立っていない』との文言を彼が取り除いていたらと願いたかったところだ。何故なら反対にキリスト教は本質的にこのようなものから成り立っているのだから」(*ibid.*, pp. 215-216)。

65) *Ibid.*, p. 209.

66) *Ibid.*, p. 210.

第Ⅲ章　〈啓蒙の世紀〉の宗教論とシャトーブリアン　　　123

て，そこではソフィストたちによって蛮的なものと称されてきたこの宗教が，しかし蛮性からヨーロッパを引き出したことが示されている。またこの修道士向けの宗教がしかし当の修道士たちを用いることにより，哲学がアカデミーの学者たちみなを用いても敵わないほどの恩恵を為したことが，そして一握りの宣教師たちが一群の数学者たち，化学者たちにさえ為しえなかったほどに文明の進歩に貢献したことが示されている」[67]。

　第4部に集中的に現れる文明に寄与するものとしてのこの宗教の提示は，多かれ少なかれ好意的な批評のみによって評価されているのではない。著者の敵というべき人々による辛辣な批評においてすら，これらの記述は批判と嘲笑を免れる例外的部分を構成している。『キリスト教精髄』刊行時に現れた最も手厳しい書評は，著者の同郷の旧友ジャングネにより，イデオローグ派の機関紙『哲学および文学旬報』に発表された[68]。そこにおいてすらやはり，第4部の主張は少なくとも大筋では受け入れているのである。実際ジャングネはシャトーブリアンに反対して，哲学がキリスト教の歴史的意義をまるで認めていないのではないことを訴える。「哲学と歴史とは，キリスト教によって人類に為された偉大な奉仕の数々を認めてきた，とりわけ，近代から古代を分かっているあれら諸世紀において人類が陥った恐るべき蛮性からの脱出を助けるために為された奉仕については」[69]。彼は続けて，本書におけるそれら奉仕の提示が幾分誇張しすぎである旨の批判に移るのではあるが，そんな彼でも，このような基本的な承認をまずは明言する必要を感じている。同様の誇張を批判する別の箇所でも，ジャングネはやはり基本的な同意を先立たせて，「キリスト教がヨーロッパの文明と法制に及ぼした影響は見逃されてはならない」[70]と述べる。宣教師たちの活動については皮肉な調子を一貫させているものの[71]，彼はこの宗教の文明への貢献という

---

67)　*Ibid.*, p. 205.
68)　*Décade philosophique et littéraire*, n° 27, 28 et 29 de l'an X.
69)　*Coup-d'œil rapide sur le Génie du christianisme*, dans Chateaubriand, *Œuvres complètes*, éd. cit., t. XV, p. 90.
70)　*Ibid.*, p. 91.
71)　「この巻はしかしながら作中の最も興味深い巻の一つだ。著者は献身と勇気に満ちた犠牲と行為を真面目に称賛する。実際，動機のほどはさておき称賛に値するものではある

シャトーブリアンの主張を，原理的には承認しているのである。

　最後に，本書刊行時からやや時を経た1810年から翌年にかけての，「旬年賞（les prix décennaux）」をめぐる争いを取り上げることにしよう。ナポレオンによって十年おきに実施されることが定められたこの賞の第一回目の選考に当たり，シャトーブリアンの作品は当初，イデオローグたちが勢力を持つ学士院によって一つとして候補とされなかった。皇帝と我々の作家の関係は数年来冷却していたが，ナポレオンとマリー＝ルイーズの婚姻によって王党派に配慮する必要が生じたこともあって，政府は学士院に圧力をかけ，『キリスト教精髄』を候補にするよう求める。学士院はこの作品を検討すべく審査団を組織し，審査員は各々報告書を作成するのだったが，そこから導き出されるのは，大いに予想された通りに，本書の全員一致での拒絶でしかなかった。そして，この結論としての否定にもかかわらず，彼らが本書の称賛すべき部分としてやはり全員一致で認めるのは，第4部におけるこの宗教の文明に対する貢献の数々の提示，とりわけ宣教の記述なのである。

　ピエール・ダリュは「詩におけるキリスト教の諸々の効果」[72]の論証にはあまり説得されない。キリスト教をそれ自体情念として捉えようというシャトーブリアンの提案——この宗教は人間の情念に歯止めを設けることにより，かえって新たな葛藤の広大な領野を開いたのであるから[73]——は，正気の沙汰とは思われない。「著者はキリスト教に由来する詩的な利点のうちに，きわめて詩に好都合な宗教的熱狂を数えいれる。しかしそれを「情念として捉えられたキリスト教」と呼ぶのは適切な表現であろうか？　情念というこの語は，一般に悪いものとして解釈されるのではないだろうか，それが我々を支配する力，通常は秩序を乱すものである抗しがたい性向を表すときには？」[74] このような不適切さ

―――それらが幸福で無垢で穏和な国民を混乱させたのではないときには」（*ibid*., pp. 85-86）。

72) *Rapport sur le Génie du christianisme, fait par ordre de la classe de la langue et de la littérature française, par M. le comte Daru*, dans Chateaubriand, *Œuvres complètes*, éd. cit., t. XV, p. 256.

73) *Génie*, III, III, VIII (La religion chrétienne considérée elle-même comme passion).

74) Daru, *op. cit*., p. 269. ルネの病についてのシャトーブリアンの扱いを論じた後では次のように言われる。「著者はこの病の実在を宗教に帰せしめようとはしていない。しかしそれなら，彼がいかなる理由でそれをキリスト教の精髄のうちに含めたのかと問うことができよう」（*ibid*., pp. 269-270）。

が作品のほとんど全体を覆っていると見なすダリュは，キリスト教について真に書くべき事柄を自ら提示してみせるのであるが，しかしそれはまさしく，この疑わしい護教論の著者自身が作品の最後の部分でようやく手がけていることにほかならないと彼は認める。「キリスト教の恩恵を証明しようと企てるなら，引き合いに出すべきは奴隷制の廃止，慈善の推奨，情念の抑制，道徳の純化，驕る心を謙らせること，貧しい人々を人間の列に加えることである。シャトーブリアン氏自身，彼の作品の続く箇所で，これらの恩恵を称賛すべきやり方で展開している」[75]。そして実際，第4部の紹介においては，この報告はこれまでの箇所では見られなかった称賛の口調を帯びる。「すべてがこの部においては，本当に主題に属しており，主要な帰結のすべてが異論の余地なく真実である」[76]——ただしこの著者における修道院の評価については，留保が表明されはするものの。すべてが本当に主題に属していると言われるのは，他の部においては，素材のうちにない美点を付け加えようとして，作家の想像力が大いに活躍しているとの判断による。それを無益な努力と見なし，第4部が想像力の不在において浮かび上がらせるキリスト教の諸々の恩恵の事実に注目するというダリュのこのやり方は，よきキリスト者たるブーローニュ師とまるで変わらない。ともあれこの部では扱われる対象と著者の主張が調和しているので，「結果として，装飾は素材それ自体から生まれる。作家はもはや，主題が彼にもたらしてはくれないものをあちらこちらに求めるべく，自身の想像力の酷使を強いられることはない。彼の精神はより公正に，文体はより控えめになり，したがって彼の書物はより雄弁なものとなる」[77]。とりわけ素晴らしいのは宣教の巻，およびこの宗教の社会への奉仕を記述する最後の巻であるという。「宣教の巻は心打つ優しさに満ちて興味深く，キリスト教の恩恵の巻は偉大で力強い多くの思想を提示しているのであって，最後のものであるこの部が，作品の全体をなしていたらと惜しまれるのである」[78]。

　まったく同様の評価が，ダリュ以外の審査員のもとでも見出される。

---

75)　*Ibid.*, p. 262.
76)　*Ibid.*, p. 297.
77)　*Ibid.*, p. 297.
78)　*Ibid.*, p. 297.

ラクルテルはキリスト教の文明の伝播者——古代においては北方の蛮人に、近代においては〈新世界〉の野生人たちに対する——としての役割の承認において我々の著者に同意している[79]。モルレ師はシャトーブリアンの改心の理由を嘲笑の的にするが[80]、そんな彼でも第4部の宣教の巻および最後の第6巻については、称賛してもよいと考えている[81]。ルニョー・ド・サン＝ジャン・ダンジェリの意見書もまた宣教の記述の価値を認めるが、ただしイエズス会のパラグアイ布教の礼賛については作家の勇み足であるとする。「著者は宣教について語る際、この事業に身を捧げた敬虔な人々の熱意の正当な賛辞の後に、この賛辞をパラグアイにおけるイエズス会士たちのあの布教地にまで広げている。これはかの有名な団体の、敬虔さのというよりは野心の記念碑であるというのに」[82]。そしてこの報告は続けて、シャトーブリアンのローマ教皇礼賛を攻撃する。「彼自身の国に対して不当であり、メディチ家に、フランソワ1世に、ルイ14世に対して不当なことに、著者はヨーロッパの文明化を聖座に帰せしめるのだ」[83]。このような指摘は、『キリスト教精髄』刊行とコンコルダート批准の1802年から1811年を隔てる政治的文脈の変化の証言として興味深い。ナポレオンによる教皇領併合、対抗措置としてのピウス7世による皇帝の破門を経て教皇のサヴォーナ捕囚に至る出来事を経験した当時の状況にあって、かくも露骨な教皇至上主義の表明は大いに不都合なものだったに違いない。たとえナポレオンが教皇との交渉の必要を感じており、それが『キリスト教精髄』の著者への今回の配慮の背景にあったとしてもである。最後にシカール師の報告を取り上げるが、彼は彼の目に滑稽と映った本書の様々な箇所を皮肉にあげつらった後で、もしもそれらすべてが消滅し、第4部の称賛すべき部分のみが本書の全体を構成していたのであったなら、「旬年賞」を

---

79) *Opinion de M. P. L. Lacretelle*, dans Chateaubriand, *Œuvres complètes*, éd. cit., t. XV, p. 308.

80) 「改心の原因を語って、『私は泣いた』と彼は言う、そして『私は信じた』と。まるでそこに信じるべき理由があるかのように」(*Opinion de M. l'abbé Morellet*, dans Chateaubriand, *Œuvres complètes*, éd. cit., t. XV, p. 345)。

81) *Ibid.*, p. 348.

82) *Opinion de M. Regnault de Saint-Jean d'Angély*, dans Chateaubriand, *Œuvres complètes*, éd. cit., t. XV, p. 355.

83) *Ibid.*, p. 356.

捧げるべきはこの作家のほかにいなかっただろうと嘆いてみせる。

　　・・
　　宣教についての部分は，著者がキリスト教の恩恵を，またこの聖な
　る宗教の僕らによって為されてきた諸々の奉仕を語る他の部分と同
　じく模範的なものであって，最も厳しい批評，さらには最も悪意あ
　る批評でさえもが，そこには咎めるべき何ものも見出すことがな
　い。それゆえ著者がこの崇高な物語をしか語らなかったのであれ
　ば，また『アタラ』と『ルネ』の心奪う二つの挿話も，玄義の挿話
　も鳥の渡りの挿話も，離婚の挿話も法律の挿話も，ボシュエの挿話
　も，神の実在についての挿話も，神の摂理の挿話等々も，削除する
　ことが望まれるのであれば，この旬年期におけるどんな作家を彼に
　比肩させることができるだろう？[84)]

　もちろん装われたこの嘆きは，現にそうある限りでの『キリスト教精
髄』が巻末の幾ばくかの部分を除いては笑うべき挿話の連なりにほかな
らず，十年に一度の傑作とは正反対の代物であるということを示唆する
以外の目的を持っていない。だがシカールの上記の一節にその典型を見
ることもできるだろう審査団の手口は，彼らがシャトーブリアンの作品
を退けようとするあらゆる努力にもかかわらず，第４部におけるこの
宗教の文明に対する奉仕の記述の価値については手付かずのままに残す
ほかなかったことを示しているのである。

---

84) *Opinion de M. l'abbé Sicard*, dans Chateaubriand, *Œuvres complètes*, éd. cit., t. XV, pp. 418-419.

2 〈啓蒙〉と〈反啓蒙〉におけるキリスト教と文明

1 〈反啓蒙〉と文明の理念

『キリスト教精髄』に対する最も容赦ない攻撃においてすら,この宗教の文明への貢献の承認に関しては著者は非難されない。それは,我々の作家が本書に託した意図の最も重要なものを——少なくともそのうちの一つを——,受け入れることを意味する。本書冒頭でシャトーブリアンは,彼をこの宗教の擁護に向かわせた革命以前の知的状況の認識を次のように述べている。「キリスト教は蛮的な体系にほかならず,その没落の一刻も早い到来が,人間の自由,知識の光の進歩,生の穏やかさと芸術の優雅のためであるということが,周知の事実とされていたのだ」[85]。このような承認を覆そうと望む我々の作家にとって,敵は二種類いた。一つには,本書が表立っての標的として掲げる哲学者たち。しかし,ヴォルテールやルソーは,必要とあればキリスト教のうちに積極的な価値を認めることを躊躇わなかったのであり,それゆえシャトーブリアンは,彼の護教論の企てにおいて彼らの議論の若干を活用することができた。そして,これもすでに見てきた通り,彼らの後継者というべき人々にあっても事情は変わらない。付け加えておくなら,この点ではスタール夫人も同様で,実際彼女が当初ナポレオンの体制に対して期待していたのは,彼が宗教の社会的有用性を弁えて,キリスト教を国教に据えることであった——ただし,もちろんそれはプロテスタントでなければならなかったのであるが。1801年に署名され,翌年に立法院において批准されたコンコルダートが彼女を大いに失望させたとしても,それはしたがって,一宗教が,国教としては定められなかったにしても国家の強力な庇護を与えられたためではなく,このような特典がプロテスタントにではなくカトリックに与えられたためなのである[86]。我々の作

---

[85] *Génie*, p. 468 (I, I, I).

[86] こうした事情については,Paul Gautier, *Madame de Staël et Napoléon*, Paris, Plon, 1933, p. 70 sqq.; Ghislain de Disbach, *Madame de Staël*, Paris, Perrin, 1983, p.251 sqq. を参照。

第Ⅲ章　〈啓蒙の世紀〉の宗教論とシャトーブリアン　　　　129

家が彼の立場との相違を誇張することによって自作のプロモーションに大いに役立てた『文学について』であれ，やがて執筆される『ドイツについて』であれ，著作中で彼女がプロテスタントを念頭に置きながら提示する宗教の理念は，その道徳的意義と知識の光への貢献を強調する限りにおいてのみならず，それが想像力に大いに便宜を図ることの称賛においても，カトリックの礼賛者たるシャトーブリアンのそれと類似する。もちろん，宗派についてのこの好みの違いが，だからといって無償のものだったということはできない。実際この違いこそが，スタール夫人を我々の作家があれほどに喜んだコンコルダートへの激しい反対へと導き，政府転覆の陰謀への加担を疑われての首都からの追放を招いたのであるから。しかしそれらすべては，制度的宗教の，それもキリスト教の必要性の認識の点での一致を妨げるものではないのである。

　かくして，本書が果敢に立ち向かっていることが作中で盛んに強調される公然の敵は，著者がキリスト教の社会的有用性を掲げるときには正面だった反論を返してくることがない。この観点からすると，シャトーブリアンをよりいっそう煩わせたのはいま一方の種類の敵たちであるということもできる。以下に引くマチュー・モレの若き日の回想に見られるのは，まさにそうしたシャトーブリアンの姿である。

　　私が数日後にパリに戻ると，『キリスト教精髄』の第2版が出版されていた。『法の精神』弁護におけるモンテスキューの例に倣い，彼は本書の弁護論を巻頭に掲載させていた。「御覧なさい」，私に一部を手渡しながら彼は言ったものだ，「これがあの恩知らずどもの愚劣で偽善的な批判への，私の回答だ。連中が息吹を取り戻すための唯一の方法を見つけ出してやったというのに，彼らにはそれが分かっていない……」。彼は誰のことを話していたのか？　司祭と信心家についてである……。それに私は相当に彼の言葉遣いを手直ししておいた。我がペンは，彼が憤りのうちに用いた言葉の再現には怖気を奮ったろう[87]。

---

87) Mathieu Molé, *Souvenirs de jeunesse*, avec une préface de la marquise de Noailles, édition présentée et annotée par Jean-Claude Berchet, Paris, Mercure de France, 1991, pp. 490-491 (II, III).

実際，第 2 版以降の諸版に掲載されることとなった彼の弁明が主として相手取っているのは，聖職者や信心家による，『キリスト教精髄』が宗教を扱う際のある種の表面性と軽薄さへの批判であって，哲学者の末裔たちのことは，彼はほとんど考えていない。四半世紀後の 1829 年，大使としてローマに滞在中のシャトーブリアンは，レオ 12 世の病没を受けての新教皇選出に立ち会うことになる。フランス全権委任公使の資格で教皇選挙会議(コンクラーヴェ)に参加した彼は，キリスト教と人類の進歩の協調を推奨する演説を行って，守旧的勢力に異端扱いされるのだったが[88]，その一方でスタンダールはこの「エゴティストたちの王」への，皮肉を欠いているわけではないとしても例外的な称賛の言葉を，彼の『ローマ散歩』に書き入れる[89]。ジャン゠ポール・クレマンが指摘するように，この演説で「彼はキリスト教の文明化の役割についての『キリスト教精髄』の主張を再度取り上げている」[90]のであって，社交界の人々に宗教への好意的眼差しを取り戻させようとして成功を収めたあの詩的な護教論の頃からずっと[91]，文明の進歩に反対し，知識の光に背を向ける類の宗教的立場とは相容れない姿勢をシャトーブリアンは保ち続けている。
　キリスト教の擁護と文明的価値の擁護の連合についていうなら，こ

---

　88) Voir Jean-Paul Clément, *Chateaubriand*, Paris, Flammarion, 1998, p. 332. なおシャトーブリアンは 1823 年のコンクラーヴェにおいても，フランス外相として介入した。この二つのコンクラーヴェの文脈については，Alan J. Reinerman, "Metternich versus Chateaubriand: Austria, France, and the Conclave of 1829", in *Austrian History Yearbook*, 1976, Volume 12, Issue 1 および Jean-Paul Clément, « De conclave en conclave (1823-1829) : *zelanti* et *politicanti* », in *Bulletin Chateaubriand*, 2005, XLVII，さらに，口頭発表の要旨であるが，片岡大右「キリスト教と文明：スタンダールとシャトーブリアンの事例に即して」『スタンダール研究会会報』日本スタンダール研究会，第 21 号，2011 年 5 月を参照。

　89)「彼の演説は実に自由主義的で，私が少々多すぎるけれども，それを除けば魅力的で，大変な成功である。この演説は枢機卿たちの気に入らなかったのだ。フランス政府についての個人的意見はどうあれ，イタリアでは，何者かであろうとして，彼は自由主義党派の保護者たることを強いられている。この晩はあらゆるサロンで，シャトーブリアン氏の演説の写しが読まれた」(Stendhal, *Promenades dans Rome*, dans *Voyages en Italie*, éd. Victor del Litto, Paris, Gallimard, coll. « Pléiade », 1973, p. 1153 (10 mars 1829))。また 1828 年 3 月 14 日の記述も参照 (*ibid.*, pp. 775-776)。なおスタンダールはこの間，パリに滞在していた。

　90) Jean-Paul Clément, *op. cit.*, p. 332.

　91)「『キリスト教精髄』はとりわけ社交界の人々のところで成功を収めた。嘲弄と軽蔑と中傷に一世紀に渡って浸され，最後にはその祭壇が紳士たちの血に塗れて覆されることとなったこの宗教に向けられた愛想のよい言葉の数々は，革命精神に対する反動の精神により，検討もされず喝采によって受け入れられたのである」(Mathieu Molé, *op. cit.*, p. 491)。

れは同時代においてただ彼によってのみ主張されていたのではない。
教皇選挙会議(コンクラーヴェ)の際にも，やがてピウス8世として選出されることとなるカスティリオーニ枢機卿は，フランス大使の演説に応え，なるほど一方では教権を離れて世俗的権力を打ちたてようと企てる者たちの「節度なき欲望への一つの堤防」[92]の必要を訴えはするものの——そしてそれゆえスタンダールは，シャトーブリアンのメッセージが理解されなかったことの証明としてこの枢機卿の演説を長々と引用するのだが——，他方では「ローマが啓蒙の光と芸術の敵であると非難する者を否認する」[93]意志をも表明し，かくしてローマにおける芸術の最高度の達成と，布教聖省の学院が「学問上の発見，知識の進歩，最も野生の人民さえもの文明化に」[94]もたらした貢献が強調されるのだった。さらに言うなら，ボナルドやジョゼフ・ド・メーストルにしたところで文明のために闘っていたのであって，当時の反革命と自由主義を隔てる差異がいかに大きかったとしても，それは少なくとも語彙論的な対立ではなかった[95]。ボナルドは言う。「文明の進歩と人間理性の進歩は，それゆえ道徳的真実の発展にほかならない」[96]。もちろん彼にとって，道徳的真実はキリスト教によって担われており，この宗教の支えを欠いたときにはもはや理性的秩序も文明も保たれることはできない。「最近，キリスト教のヨーロッパのただなか，文明のまさに懐において一つの独立国家が現れたのであるが，この国家は無神論をその宗教にし，無政府的混乱をその政体にしている」[97]。メーストルは『教皇について』（1819年）の第3巻を「文

---

92) スタンダールは，当時のフランスの雑誌に掲載された演説の仏訳のほぼ全体を『ローマ散歩』中に引用している（1828年3月14日）。我々の引用はそこからのもの（« une digue au désir immodéré », cité dans *Promenades dans Rome*, p. 776）。なお，コンクラーヴェと当時のシャトーブリアンの演説についてのスタンダールの感想については，Philippe Berthier, *Stendhal et Chateaubriand*, Genève, Droz, 1987, pp. 167-169 を参照．

93) *Ibid.*

94) *Ibid.*, p. 777.

95) 両者については，Bernard Plongeron, *Théologie et politique au siècle des Lumières*, Genève, Droz, 1973, p. 294 sqq. を参照．

96) Louis de Bonald, *Législation primitive considérée dans les derniers temps par les seules lumières de la raison, suivie de divers traités et discours politiques*, cinquième édition, Paris, Adrien Le Clère, 1857, p. 144 (I, VIII, XII).

97) Louis de Bonald, *Essai analytique sur les lois naturelles de l'ordre social*, Paris, 1800, p. 25.

明と人民の幸福との関係における教皇について」の研究に捧げるが，最初の章で論じられるのは宣教にほかならない——「教皇こそは普遍的文明の自然的な元首，最強の推進者，偉大なる造り手(デミウルゴス)である」[98]ことの証明のためにである。彼は『政治体制の発生原理についての試論』（1814年）においても，文明化はただキリスト教を伴ってしか実現されえないことを論じている。「かつて諸国民が宗教以外のものによって文明化されたためしはない。他のどんな手段も，野生の人間を相手取るすべを知ることはなかった」[99]。ここで引き合いに出されるのも宣教，厳密に言うならアメリカ宣教の成果であって，それと対比的に示されるのは，一般の入植者が彼らの文明を持ち込んだ〈新世界〉の先住民に与えた破局的効果である。

　　この三世紀，我々はそこに我々の法，芸術，学問，文明，商業と奢侈をもって居続けている。では我々は，野生状態に対して何か勝ち取ったものがあるのか？　何もない。我々はあの不幸な者たちを我々の鉄と酒でもって破滅させている。彼らは次第に荒野の奥へと押しやられていくので，ついにはすっかり消滅してしまう。我らの悪徳と残酷な優越の犠牲者である彼らは[100]。

　もちろん，先立つ引用から了解されるように，ここで文明との接触によるアメリカ先住民の破滅が嘆かれているとしても，メーストルは文明の価値を疑問視しているのではない。文明が宗教を伴わずに野生の世界に入り込むときの破局の主張は，宗教を伴っての野生人の文明化を，高らかに讃美するために為されている。迷信を各地に説き広めるばかりの修道士に今後は哲学者が取って代わるだろうというコンドルセの約束を皮肉った後で[101]，彼は実際に事を為してきた宣教師たちを次のように描

---

98) Joseph de Maistre, *Du pape*, édition critique avec une Introduction par Jacques Lovie et Joannès Chetail, Genève, Droz, 1966, p. 231 (III, II).

99) Joseph de Maistre, *Essai sur le principe générateur des constitutions politiques*, dans *Œuvres,* édition établie par Pierre Glaudes, Paris, Robert Laffont, coll. « Bouquins », 2007, p. 384 (XXXIII).

100) *Ibid.*

101) 「コンドルセは実際，哲学者たちが間もなく蛮的諸民族の文明化と幸福の事業を引

き出す。「彼らのみが広大なアメリカ大陸を端から端まで経巡って，そこに人間を生み出したのだ」[102]。彼によるなら，野生の人民の福音化とは，人間の創出にほかならない。メーストルというと誰もが思い出す，「人間」など見たことがないというあの優れて修辞的な宣言[103]が，反革命の立場一般の象徴として役に立たないのはもちろんのこと，彼自身の思想を要約するものでもないことがよく分かる。『教皇について』の同じ第3部において，彼はカトリック教会の教義と諸実践の普遍的性格を次のように訴えている。「カトリック教会における教義のすべても，また高等宗規に属する全般的作法のすべてさえもが，人間本性の最深部に，あるいは同じことだが，そこここで多少とも変質を被っているとはいえ原理においてはあらゆる時代のあらゆる人民に共通の，何がしかの普遍的な考えに根を持つ」[104]。かくして彼はとりわけイエズス会士によって精力的に遂行されてきた宣教の意義を，その最も注目すべき達成であるパラグアイの事業を引き合いに出すことにより，「人間の文明化に関してこの宗教が持つ，権威と排他的能力」[105]の証明として捉える。彼は，「文明」と「人間」の両概念を哲学者たちから奪い返そうと望むのである[106]。文明のために大いに語るボナルドを論じながら，ジェラー

き受けるだろうと約束した。彼らが始める気になるのを，我々は待ち続けるだろう」（*ibid.* (n. B)）。コンドルセの見解は，『人間精神進歩の歴史的概観』の10期より。

102) *Ibid.*, p. 385 (XXXV).
103) 「1795年の憲法は，それ以前のものと同様，人間のために作成されている。ところで，この世に人間などいはしない。私は人生においてフランス人やイタリア人，ロシア人等々を見てきたし，モンテスキューのおかげで，人はペルシア人たりうるということすら知っている。しかし人間となると，私は生涯出会ったことがないと宣言する。もし実在するとしても，それを私は知らない」（Joseph de Maistre, *Considérations sur la France*, dans *Œuvres*, éd. cit., p. 235 (chap. VI)）。
104) *Du pape*, p. 238 (III, III, I).
105) *Ibid.*
106) 例えば以下のビュフォンのパラグアイ宣教の礼賛は，メーストルとまったく共通の語彙でこの事業を語っている。文明化すること，すなわち社会的存在たる人間を創出すること，それを獰猛な野生性のただなかで達成したという理由で宗教が称えられるのである――「宣教こそがこれらの蛮的諸民族のうちに，彼らを従属せしめた君主たちの勝ち誇る軍隊よりも見事に，人間を作り上げたのだ。パラグアイはそのようにしてのみ征服されたのである。穏やかさ，よき模範，慈善，美徳の行使，絶えず宣教師たちの実践するそれらが〈野生人〉たちを感動させ，彼らの疑心と獰猛さを打ち負かした。彼らはしばしば進んでやって来て，人間をかくも完全なものにする法を知ることを求め，この法に従って，社会をなすべく集合したのである。宗教にとっては，これらの民族を文明化し，美徳のほかのいかなる武

ル・ジャンジャンブルは次のように書いている。「ボナルドが遂行するこの横領と統合は，見事な概念上の転換である。彼は恐らくこうして，〈啓蒙〉の総体を回収するのだ，彼の象徴的再征服の仕上げを実行しながら」[107]。メーストルについても同様であって，反革命は〈啓蒙の世紀〉の言葉，哲学者たちと同じ言葉を語りながら，彼らの敵から象徴的富を奪還しようと試みるところに成立するのである。

　ここで確認しておくなら，キリスト教の価値を文明の名のもとに擁護するというこの身振りは，革命以後の時期における発明ではまったくない。この語の歴史研究において広く承認されているところによると，civilisation の語——元々は犯罪事件を刑事裁判から民事 (civil) 裁判に移すことを意味していた——に今日に通じる意義を与えたのは『人間の友』におけるミラボー父であるが，彼はこの 1757 年の著書で，文明の実現をキリスト教の事業として規定している[108]。この語の新しい意義を初めに記載した辞書が『トレヴーの辞典』だったのも当然だろう。この辞書の最後の版となった 1771 年版は，52 年版を引き継いで法律用語としての意義を掲げた後，重農主義者の侯爵が提案した新たな語義を紹介する。

　　人間の友はこの語を社会性 (sociabilité) の意味で用いている。〔…〕「宗教は異論の余地なく，人間にとって最初のまた最も有益な歯止めである。宗教こそが，文明の最初の動力である。それは同士愛を絶えず我々に説き，思い起こさせて，我々の心を穏やかにする」。

『百科全書』の事業のインパクトを受けて刊行された唯一の版に読ま

器も用いずに帝国の礎を築いたというこのこと以上の名誉はない」(Buffon, *Histoire naturelle*, dans *Œuvres*, préface de Michel Delon, textes choisis, présentés et annotés par Stéphane Schmitt, avec la collaboration de Cédéric Crémière, Paris, Gallimard, coll. « Pléiade », 2007, p. 392 (Variété dans l'espèce humaine))。

　107)　Gérard Gengembre, *La Contre-révolution ou l'histoire désespérante*, Paris, Imago, 1989, p. 192.
　108)　ここでは，1930 年の重要な二つの研究（フランスのフェーヴル，ドイツのヨアヒム・モラスそれぞれによる）以来のこの語の研究への導入として読みうる最近の研究として，Bertrand Binoche, « Civilisation : le mot, le schème et le maître-mot », in *Les Équivoques de la civilisation*, dir. Bertrand Binoche, Paris, Champ Vallon, 2005 を挙げるに留める。

れるこの記述は，こうして百科全書派によるキリスト教への攻撃の本質的な要素——それが反社会的であるという——を覆し，この宗教こそが人間を社会的存在にする動力であることを訴える。すでにヴォルテールやルソーのもとに見てきた「歯止め（frein）」の語に，ここでも我々は出会う。情念の野放図な展開に歯止めを与え，習俗を洗練して，社会秩序の平静に貢献すること。それが宗教に期待される役割であり，この点では理神論者であれ聖職者であれ選ぶところはなかった。すでに引いた（本章 I - 3），理神論者への共闘の呼びかけを含む1770年の『フランス聖職者の警告』は，この宗教を現世における恩恵との関係で擁護することにおいて，哲学者の流儀をほとんど我がものとしている。「弁明は厳密に功利主義的であり，哲学者たちと原理を共有している。実際この文書の本体は，面白いことに，功利主義に反対する，三部からなる功利主義的弁論である」[109]。彼らはヴォルテールの流儀で語るのだが，ただ，それらすべての社会的便宜の実現は，啓示とその正統な解釈者たる教会なしでは果たしえないと付け加えるのである……。

　宗教と地上的諸価値のこの和解は，しばしばイエズス会の活動を特徴付けるものと見なされており，実際，ジャンセニストの機関誌『聖職者新報』は，まさに彼らの運動によってフランスから追放することを得たこの会の害悪を，1770年に次のように回想している。「イエズス会士たちの過ちがまっすぐに不信仰に通じていることが証明されたのは，ずいぶん前のことだ。原罪について，正義の本性について，哲学的罪について，真実の宗教と同様に偽りの宗教においても救済される可能性について，〈仲介者〉の信仰の不必要性について，この神父たちが示してきた偽りの指針が，J.-J. ルソー，ヴォルテールおよびその同類の根本原理になった」[110]。そして今や哲学者たちはますます大胆になり，ついに無神論者として現れるに至ったというのである。しかしここで指摘しておくべきは，イエズス会士と哲学者との共犯関係のこの指摘が読まれる『聖

---

109) William R. Everdell, *op. cit.*, p. 166.

110) *Nouvelles ecclésiastiques*, année 1770, p. 174/1, cité dans Daniel Blackstone, « A la recherche du lien social : incrédulité et religion, d'après le discours janséniste à la fin du XVIIIe siècle », in *Civilisation chrétienne : approche historique d'une idéologie, XVIIIe-XXe siècle*, sous la direction de Jean-René Derré, Jacques Gadille, Xavier de Montclos, Bernard Plongeron, Paris, Beauchesne, 1975, p. 65.

職者新報』の記事は，先に引いた『警告』への書評論文にほかならないという事実である。そして書評者はそこで，この完全にイエズス会風とは言えないにしても，およそジャンセニストの流儀で書かれてはいないフランス聖職者の公式声明への明確な支持を表明しているのだった。社会的有用性という基準のこうした受け入れにおいて，「ジャンセニストの議論はかくしてすっかり特殊性を喪失する」のであり，その上「より深刻なことに，キリスト教の議論それ自体が，その特殊性を喪失する」[111]。イエズス会士であれジャンセニストであれ聖職者総会の高位聖職者であれ，彼らの護教的立場は18世紀後半において，哲学者たちと同じ語彙で語り，sociabilité や politesse，やがては civilisation といった諸価値を彼らと共有しつつも，それらの実現の不可欠な前提として宗教を捉えるところに成立していた[112]。〈啓蒙〉と〈反啓蒙〉との見易い対立を不鮮明にする「共通の文化」[113]が，たしかにそこには存在したのである。

2　哲学者たちによる宣教と修道生活

　哲学者たちによる宣教の評価が，彼らのカトリック教会に対する敵意から考えると相当に甘く，しばしば称賛的な調子さえ帯びることになったのは，無理からぬことである。ミシェル・デュシェは，〈啓蒙の世紀〉の哲学者たちの人類学的思考を同時代の植民地政策との関係で研究した先駆的著作の中で，『両インド史』におけるアメリカ宣教の評価を引き合いに出した後で次のように記す。「宣教師たち特にイエズス会士たちの擁護，しかも宗教や神政政治的権力のよき効果を褒めそやす傾きのかくも少ない哲学者たちのもとに見られるこのような擁護は，純粋に世俗的であるような植民化のモデルを構想することの困難をよく示している」[114]。先ほど指摘したように，〈反啓蒙〉の護教家たちのほうでは，

---

111) Daniel Blackstone, art. cit., p. 86.

112) 18世紀後半の護教論における現世的諸価値との妥協については，Didier Masseau, *Les Ennemis des philosophes*, Paris, Albin Michel, 2000, pp. 257-270 を参照。

113) 『18世紀』誌の特集「キリスト教と啓蒙」の導入に読まれる言葉（Geneviève Artigas-Menant, « Perspectives » in *Dix-huitième siècle*, n° 34, 2002, p. 10）。

114) Michèle Duchet, *Anthropologie et histoire au siècle des Lumières*, Paris, Albin Michel, coll. « Bibliothèque de l'Évolution de l'Humanité », 1995, p. 210.

〈啓蒙〉の哲学者たちと共通の価値——やがて文明の語によって集約的に表現されることになるもの——を前提としつつ，そこに宗教的基礎を不可欠なものとして導入しようと試みていた。しかし反対に，〈啓蒙〉の立場からの植民地政策の練り上げに際しては，すでに否定しえない成果を示している宣教のモデルが前提とならざるをえなかった。宗教抜きでのよき植民地経営に前例がなかった以上，当時の状況にあっては，「福音化であれ文明化であれ，同じことである」[115]。よく知られているように，ブーガンヴィルは1771年に刊行された旅行記において，パラグアイ宣教の実態についての神話破壊的記述を提供した。しかしこれを機に哲学者たちの間でこの事業をめぐるイメージが反転したのであり，「神話はブーガンヴィルの証言を越えて生き延びることはなかった」[116]と見なすのは幾分単純にすぎよう。たしかに，例えばヴォルテールは，モンテスキューによるこの宣教の成果の称賛的記述を難詰するに際して，この大旅行家の証言を引き合いに出している[117]。しかしブーガンヴィルの報告を知らない『法の精神』の著者にしたところで，この事業について当時から口にされていた非難については承知していた。反教権の哲学者たちをも惹き付けたパラグアイ宣教について一つの神話を語ることができるとしても，この神話は当初から染みひとつないものではなかったのである。ヴォルテール自身にしたところで，『習俗論』においてイエズス会士たちの活動成果に「人間性の勝利」[118]との評価を与えた

---

115) *Ibid.*, p. 212.

116) 先に引いたビュフォンの一節への，プレイヤード版の注解に見られる指摘（Buffon, *Œuvres*, éd. cit., p. 1491 (n. 265)）。

117) 『法の精神』におけるこの宣教の記述に，ヴォルテールが付した注解より。「『パラグアイは我々にもう一つの例を与えてくれる。ひとは命令する快楽を人生の唯一の善と見なしたというので社会〔ヴォルテールが以下でモンテスキューの衒学的身振りとして非難するように，著者はイエズス会を指示するこの語 société に，ここで社会的なるものの体現者の意味を担わせている〕に罪を着せようと望んだ。だが人々をより幸福にしながら統治するというのは，やはり素晴らしいことであろう』（第4巻第6章，40頁）。／疑いなく，幸福な人々を作るために統治するということ以上に素晴らしいことはないのであって，この観点から著者は，イエズス会を優れて社会であると称する。しかしブーガンヴィル氏が我々に教えるところでは，イエズス会士たちはパラグアイで，一家の父たちの尻を鞭打たせていたそうだ。人々を奴隷や子どもとして扱いながら，彼らを幸福になどできるものだろうか？　こんな恥ずべき衒学ぶりを許してよいものか？／しかしモンテスキューが書いていた頃には，イエズス会士たちはまだ強大だったのだ」（Voltaire, *Commentaire sur l'Esprit des lois* (XVIII)）。

118) Voltaire, *Essai sur les mœurs*, éd. René Pomeau, Paris, Garnier, 1963, t. II, p. 386 (chap.

のは,その悪しき側面をも考量した上でのことであった。「イエズス会士たちは実のところ,パラグアイの諸部族から自由を奪うのに宗教を用いたのである。だが彼らはそれら人民を開化した」[119]。もともとこの事業の評価は,肯定的な側に傾いていたにしても両義性を欠いていたわけではないのだから,ブーガンヴィルの辛辣な報告が事態をすっかり変えてしまうことにならなかったのも当然である。実際,なるほど『両インド史』の第3版(1780年)にはディドロの執筆になるパラグアイ宣教の実態の激しい否定的記述が見られるにしても(第8巻第17章),この事業に捧げられた数章の基本的な調子は依然として称賛的にとどまっている。もちろんイエズス会士たちの支配に問題がなかったのではないが,「恐らくいまだかつて人々に対してこれほどの善が,かくもわずかな悪しか伴わずに為されたことはない」[120]。彼らの企てに迷信の勝利をしか見ない多くの批判者たち——やがて死を目前にしたコンドルセもその合唱に加わって,福音化抜きの世俗的な文明化の夢を将来に託すことになる——に対し,レナルはジョゼフ・ド・メーストルに先立って反論を試みる。迷信が生み出すだろう諸々の破局的事態を列挙した後で,彼は問いかける。「グアラニーたちのところにこれらの惨禍の一つでも見出せるだろうか? もし彼らがその幸福な諸制度を迷信に負っているのだとしたら,それは迷信が人類に善を為した最初の事例ということになろう」[121]。実際,「野生人たちを彷徨える生から社会状態へと移行させるべく彼らが費やした配慮,労苦と忍耐は理解を超えている」[122]。このような達成のうちに幾ばくかの汚点が見受けられるとしても,そして時としてそれらが大いに批判されたのは事実だとしても,福音化を伴った野生人の文明化という成果を前にして,批判者の側に代替モデルの用意があるわけではなかった。ブーガンヴィルの旅行記から半世紀を経ても事情は変わっていなかったので,メーストルのような人間は復古王政期

CLIV).
119) *Ibid.*
120) Guillaume-Thomas Raynal, *Histoire philosophique et politique des établissements et du commerce des Européens dans les deux Indes*, Genève, J.-L. Pellet, 1780 [réimp. Paris, Bibliothèque des introuvables, 2006], t. IV, p. 303 (liv. VIII, chap. XIV).
121) *Ibid.*, p. 317 (liv. VIII, chap. XVI).
122) *Ibid.*, p. 316 (liv. VIII, chap. XVI).

においてもなお，パラグアイ宣教のこの「神話」を引き合いに出すことで，宗教抜きの文明の信奉者たちに反対することができた。彼の護教的著作において宣教について書き進めるときのシャトーブリアンには，これら諸章が大方の同意を得られるだろうと信じるだけの理由があったのである。

　しかし『キリスト教精髄』がこの宗教の文明にもたらした恩恵として掲げる他の事柄のうちには，これほどに一致した同意の獲得が期待できなかったものもある。すでに触れたように，「旬年賞」の栄誉からシャトーブリアンを遠ざけるべく為された闘いにおいて，ピエール・ダリュは本書の第4部を例外的に称賛し，著者の主要な結論のすべてを真実であると認めるのだったが，その際次の留保を表明していた。「ここは修道会の有用性を議論する場所ではない。著者に対しては前もってこのように譲歩しておくのが正当なことだと思われる」[123]。この点を棚上げするならば，著者の意見は概ね首肯しうるものとなるというのである。実際，当時の状況にあって，修道院については議論の余地がなかった。たしかにブリュメール18日以後，ナポレオンの体制はカトリック教会への歩み寄りを図ったし，それゆえ1802年のシャトーブリアンは，彼の作品を時宜に適ったものとして大いに売り捌くことができた。しかし教会とのこの関係修復は，排斥された各種の修道会にはまったく及ぶことがなく，サン゠ヴァンサン・ド・ポール愛徳修道女会のような女子修道院がその社会的有用性のゆえに活動を許され，好意的に扱われる一方で，コンコルダートと『精髄』刊行の時点でも，十年近くを経た「旬年賞」の争いの時点でも，男性の修道会は存在を許されないままであった。修道生活のうちに否定すべき無為と不毛をしか見ないという〈啓蒙の世紀〉のこの遺産は，キリスト教への好意的眼差しの復活を越えて生き延びたのである。

　といっても，哲学者たちのもとでも，それは超歴史的な絶対の不毛性において捉えられていたのではない。なるほど隠修修道会は，この組織のうちにキリスト教の反社会性の具現を認めた哲学者たちのお気に入りの標的であったが，ローマ帝国の衰亡と蛮人の諸王国分立の時代にあっ

---

[123] Pierre Daru, *op. cit.*, p. 297.

て修道士たちが果たした文明への貢献は，彼らとしても否定することができなかった。この点で興味深いのは，ギボンのローマ史の事例である。彼は来世における幸福を説くこの宗教が地上の帝国の破滅に貢献したことを以下のように説明する。「聖職者たちは忍耐と臆病の教理を説くのに成功した。社会の活動的美徳の数々は意気を挫かれた。かくして軍国精神の最後の名残も僧院に埋葬されたのである」[124]。都市的活動への意欲と愛国心に満ちたローマ人を意気阻喪に追い込んだとされるキリスト教を優れて体現する修道生活者は，「人類を嫌悪しその一員たることを悔悟することから自発的な同士の供給を絶えず引き出しており，女性なしで増殖していた孤独な人々」[125]であり，迷信に駆り立てられて同類のもとを去った，「社会生活からの不幸な亡命者たち」[126]である。分けても恐るべきは，修道院における共住すら拒む隠修士だという[127]。「彼らの切望は，人間というこの獣が，親類たる他の動物たちからほとんど区別されないほどの粗野で惨めな状態へと自らを貶めることであった」[128]。たしかに驚嘆すべきものではあるこの狂信への惑溺の果てに，隠修士はもはや「人間（man）」と名指すことがこの語の濫用でしかないような存在に成り遂せる[129]。修道生活をめぐるこれらすべての否定的記述にもかかわらず，しかし，ギボンはキリスト教を蛮性とすっかり同一視しているのではない。それどころか，蛮人による帝国領土の蹂躙の破局的効果をいささかなりと抑えるのに，この宗教が大いに貢献したことを彼は承認する。「ローマ帝国の衰退がコンスタンティヌスの改宗によって早められたのだとしても，勝利した彼の宗教は滅亡の暴力を減じ，征服者たちの獰猛な気質を和らげたのである」[130]。それは蛮人た

---

124) Gibbon, *op. cit.*, vol. II, p. 510 (*General Observations on the Fall of the Roman Empire in the West*).
125) *Ibid.*, p. 412 (chap. XXXVII).
126) *Ibid.*, p. 416 (chap. XXXVII).
127) 「修道士は二つの種類に分かれていた。共通の，一定の規律のもとで生活する共住修道士と，自らの非社会的で独立的な狂信に耽りこむ隠修士である」(*ibid.*, p. 426 (chap. XXXVII))．
128) *Ibid.*
129) *Ibid.*, pp. 426-427.
130) *Ibid.*, p. 511 (*General Observations*).

ちを「野蛮な迷信」[131]から解放し，習俗を穏やかにして，彼らの文明化を促したのだとされる。「蛮人たちに天国への門を開いたキリスト教は，彼らの精神的および政治的状況に重要な変化をもたらした」[132]。もちろんここで注目されるのは宗教的救済それ自体ではなく，改宗が可能にした現世的な変化，この宗教が蛮人たちに対して発揮することのできた社会的有用性である。宗教的真実が一冊の書物に記されているという事情が，改宗した蛮人たちを文字の使用へと導いた。そして，「彼らは神の真実を研究するのだったが，その間に彼らの精神は歴史を，自然を，技芸を，社会を，遠く眺めることで知らないうちに拡大されていった」[133]。さらに好奇心を掻き立てられたキリスト教徒の蛮人たちは，ギリシア語およびラテン語を学ぶことによって，古代の偉大な著作家に親しむことができた（ギボンが挙げるのはウェルギリウス，キケロ，リウィウスという三人の異教作家の名である）。かくして「学問の炎は密かに保たれたのであって，やがてそれが西洋世界の成熟期を温め，照らし出すことになった。キリスト教の最も腐敗した状態においてさえ，蛮人たちは法から正義を，福音から慈悲を学ぶことができたはずである」[134]。社会的紐帯としてのこの宗教の捉え直しに，修道生活は無縁にとどまるのではない。なるほど修道士たちは好んで，ギボンがバシレイオスについて書いたように，「野生なる寂寞の地」[135]に隠遁する。しかしそれは，荒野の野生性を開墾するためでもあるのだ。「菜園と畑，修道士たちの勤労が森と沼地からしばしば救い出したそれらは，彼ら自身の手で念入りに開墾されている。彼らは渋ることもなしに，奴隷や使用人の卑しい務めを果たすのだった」[136]。野生の地に犂を引くこと。それは優れて文明の端緒である。実際彼らが耕すのは荒野ばかりではない。学術知識の新たな領野を開拓したのも，やはり彼らなのである。

　修道院での研究は大部分，迷信の雲を消散させるというよりはむし

---

[131]　*Ibid.*, p. 431 (chap. XXXVII).
[132]　*Ibid.*, p. 432.
[133]　*Ibid.*, pp. 432-433.
[134]　*Ibid.*, p. 433.
[135]　*Ibid.*, p. 415.
[136]　*Ibid.*, p. 422.

ろいっそう曇らせがちなものであった。けれども教養ある幾ばくかの隠遁者たちの好奇心ないし熱意は，教会に関する知識を，さらには世俗の知識をさえ開墾したのである。そしてこれは後世が感謝の念をもって知っておくべきことだが，ギリシアとローマの学術文芸の記念碑群が保存されかつ増殖したのは，彼らの疲れを知らぬペンによってなのだ[137]。

農業によって野生の地を開拓し，古代の知識を近代へと伝えること。シャトーブリアンが『キリスト教精髄』で訴えた修道士たちの美点は，こうしてギボンによっても承認されている。シャトーブリアンが別の文脈で彼の権威を引き合いに出すときの言葉を借りるなら，「このイギリス人歴史家のように学識ある著作家にして，同時に宗教に好意的であることきわめて少ない一人の人間の口から出た，相当に重みのある告白」[138]というべきだろう。

　『習俗論』のヴォルテールもまた，「修道会について」書かれた第139章の冒頭近くの段落で，修道院の恩恵を次のように振り返る。

ゴートとヴァンダルの政府の迫害を逃れようと望む者すべてに開かれた避難所があるということ，それは長いこと人類にとっての慰めであった。〔…〕〈蛮人〉のもとに残されたわずかな知識は，僧院のうちに保存された。ベネディクト会士たちは幾ばくかの本を書き写した。次第に僧院から多くの有益な発明が現れた。また修道士たちは地を耕し，神の誉め歌を歌い，慎ましい生活を送り，訪れる者を受け入れた。このような模範は，蛮的な時代の獰猛さを和らげるの

---

　137) *Ibid*. なおギボンはこの箇所に注を付けて，彼ら敬虔なキリスト者による異教的作物の保存にとりわけ感謝を表明している――「我々としては，彼らのペンが時々クリュソストモスやアウグスティヌスからホメロスやウェルギリウスへと道を外れて行ったとしても，憤慨するべきではなかろう」(*ibid*. (n. 52))。ギボンの歴史叙述におけるキリスト教の両義的評価については，J. G. A. Pocock, "Gibbon's *Decline and Fall* and the world view of the Late Enlightenment", in *Virtue, Commerce, and History*, Cambridge, Cambridge University Press, 1985 を参照。
　138) Chateaubriand, *Itinéraire de Paris à Jérusalem*, dans *Œuvres romanesques et voyages*, texte établi, présenté et annoté par Maurice Regard, Paris, Gallimard, coll. « Pléiade », 1969, t. II, p. 765 (Introduction).

に役立った。惜しまれるのは、美徳と窮乏が設立したものを、間もなく富が腐敗させてしまったことである[139]。

シャトーブリアンはこの点でも、〈フェルネーの長老〉の支持を当てにすることができるわけだ。しかし見られるように、ギボンの歴史書の主題的限定を持たないヴォルテールの一般史は、ローマ帝国の解体期の状況的必要性から生まれた幾ばくかの恩恵を、たしかに認め称賛するとはいえ十数行で片付けて、近代においてほとんど無益であるばかりか有害ですらあると彼が――他の哲学者たちとまったく同様に――見なしていた、これらの組織の批判的記述へと直ちに移行する。近代においても、たしかに幾ばくかの女子修道院の社会的貢献には敬意を払うべきであるし、白人奴隷解放に尽くす三位一体会の努力は英雄的である[140]。しかし『キリスト教精髄』の著者との意見の一致はここまでであり、全体としてみるなら修道院は文明のただなかの悪にほかならないとヴォルテールは考えている。

　こうした修道院については不満を言うわけにはいかない。しかし一般的にいって、修道生活は市民社会からあまりに多くの臣民を奪い去ってしまったとの不満は漏れるのである。修道女たちはとりわけ、祖国にとっては死んだ存在だ〔…〕。かくも数多い、あまりに豊かな男性の僧院の境遇は、羨望の種となる。彼らのあまりの人数の多さが一国の人口減につながるのは実に明らかである[141]。

修道院の問題は、究極的には国家から人口を奪うことにあるとヴォルテールは言う。カトリック諸国は「自らの国家に異質となり、教皇の臣民となった市民たち」[142]を抱え込んでおり、そのため田園にも植民地に

---

139) Voltaire, *Essai sur les mœurs*, éd. cit., t. II, p. 280 (chap. CXXXIX).
140) *Ibid.*, pp. 290-291. ただしヴォルテールは、ジャン・ド・マタによる三位一体会の設立（インノケンティウス3世による承認は1198年）を1120年頃とする時代錯誤を犯している。なおこれらの主題についての『キリスト教精髄』における言及は、第4部第3巻第6章、同部第6巻第2章に読まれる。
141) *Ibid.*, p. 291.
142) *Ibid.*, p. 281.

も人が足りず，戦争ともなれば兵士の調達に支障を来す。しかもこれらの者たちは，次世代を再生産することをも拒むのである。「あらゆる立法者の目的が臣民の増加にあるとしたら，国家が喪失するこの大量の男女，しかも誓願により，あたう限りに人類の破壊に精を出す義務を負っているこのような人々を助長するというのは，疑いもなくこの大原則に逆らうことになる」[143]。国家運営に対しての致命的打撃となるこの人口減の脅威を前にしては，修道士たちが無為のうちに培うとされる悪徳などは些細な問題である[144]。今日でも，僧院がまるで美徳ある魂を欠いているということはあるまい。ただしこれらの美しき魂は社会に対して異質にとどまるのであり――「かくも純粋でたゆまない美徳が，世に有益たりえたのなら幸いであった！」[145]――，目下の懸案事項は，そのためにいささかも緊急性を減じはしないのである。

3 〈啓蒙の世紀〉における人口減少問題

人口問題は〈啓蒙の世紀〉を虜にした大テーマの一つに数えられる。モンテスキューは，ピエール・ベールの読書を通して17世紀末の誤った人口計算の知識を仕入れた後，古代以降，全地球の人口は目減りするばかりだというこの由々しき事実を広く伝えようとして，ヴェネチア滞在中の若いペルシア貴族の口を借りて次のように訴えかける。

> この種の事柄について可能な限り正確な計算をした後で，今の地上には，古代と比べてせいぜい十分の一の人間しか存在していないことが分かりました。驚くべきことには，世界は日々に人口を減らしていくばかりなので，このまま続いていけば，十世紀のうちには荒野しか残らなくなるでしょう。
> 　御覧なさい，親愛なるウズベク，この世に起こったためしのない最も恐るべき破局を。だがこのことはほとんど気付かれてもいません，感じられないほどにゆっくりと，実に多くの世紀を通して起

---

143) *Ibid.*
144)「いかなる身分であれ，純粋さを保ち続けたためしなどないのである。ここでは社会の共通の善のみを考慮することにしよう」(*ibid.*, p. 282)。
145) *Ibid.*, p. 283.

第Ⅲ章 〈啓蒙の世紀〉の宗教論とシャトーブリアン　　　　　　145

こったことなのですから[146]。

　実際には前世紀の停滞を乗り越え，フランスを含めた 18 世紀ヨーロッパは著しい人口増を享受していくのであり，そのため需要過多による物価上昇と社会不安の増大がもたらされることにもなるのだったが，当時の開明的な精神の多くはこの世情の混乱の原因を人口減少にあると信じて，モンテスキューの模範に倣って問題の所在を説き広め，熱心に論じ合ったのである[147]。分けても情熱的だったフランス人たちにあっては，彼らの反教権的傾向がそこに混ざり合うことにより，カトリック聖職者の独身制が人口問題との関係で，きわめて真剣な告発の対象となった。「この禁欲の務めは，ペストや最も血生臭い戦争がかつて為しえた以上の数の人間を消滅させてきた」[148]——パリのウズベクはヴェネチアに宛てて，永遠の禁欲を称えるこの奇妙な宗教が人類の敵である所以をこう書き送っている。哲学者たちが分けても非難したのは修道生活である。修道士たちは社会に有益な何ものも生産せず，また彼らの貞潔の誓いにより，新たな臣民の再生産にも寄与しない，このような批判が繰り返された。ジョークールによる『百科全書』の項目「修道院（Monastère）」では，「世界の残りの部分に無知と悪徳と蛮性が溢れていた」時代にこの組織が担いえた役割が，ヴォルテールその他と同様の流儀で簡潔に喚起された後，現代のカトリック世界においてはもはやそれが害悪でしかないことが主張されている。「カトリック教会に存続し続けた修道院のおびただしい数は公共の負担になり，耐え難く，また明らかに人口減をもたらすものとなった。」各地の修道院を満たしている二

---

　146)　Montesquieu, *Lettres persanes*, édition de Paul Vernière, mise à jour par Catherine Volpilhac-Auger, Paris, Le Livre de Poche, 2005, p. 350 (lettre CXII). また『法の精神』第 23 巻第 19 章「世界の人口減少（Dépopulation de l'univers）」も参照。

　147)　この点についての概説として，Jacques Dupâquier, « Démographie », in *Dictionnaire européen des Lumières*, dir. Michel Delon, Paris, PUF, coll. « Quadrige », 2007，とりわけ pp. 371-372 を参照。なお，ヴォルテール（『百科全書への疑問』の項目「人口」）やヒューム（David Hume, 'Of the Populousness of the Ancient Nations', in *Essays moral, political and literary*, ed. Eugene F. Miller, revised edition, Indianapolis, Liberty Press, 1987）のように，近代の人口減少の説を否定する論者も存在した。しかし彼らにあっても，人口増こそが国家の繁栄の主要な条件であるとの確信は共有されていたし，修道院への批判も——とりわけヴォルテールについてはすでに見た通り——そこには欠けていなかった。

　148)　Montesquieu, *Lettres persanes*, p. 364 (lettre CXVII).

重の意味で非生産的な男女の大群こそは,「教皇の支配に服属する全地域における人口欠乏の主たる要因の一つ」に違いない。攻撃は,『百科全書』の他の項目においても為されている。ディドロは彼自身が寄稿した項目「独身(Célibat)」において,婚姻の絆から逃れるというこの自由を,第一にそれ自身との関係において,第二に社会との関係において,第三にキリスト教との関係において考察する。まず最後の関係について見るなら,そこではこの宗教においても,聖職者の独身はなるほど教会発生期以来の伝統的制度であるとはいえ,いかなる神法によっても命じられていない慣習にすぎないことが主張され,続いてこの慣習を廃棄するためのサン゠ピエール師の提案が紹介される[149]。そして第一と第二の関係については,「ここで問題なのは宗教によって聖別された独身ではまったくなく,軽率さ,人間嫌い,軽薄さや放縦が日々に生み出している独身である」[150]との言い訳にもかかわらず,哲学者の攻撃対象がカトリック教会における聖職者の独身制であることは明らかである。独身をそれ自身との関係において考察するに際し,彼は自ら翻訳刊行したシャフツベリの著作を利用しつつ[151],まずは「完全に孤立し,上位者も同等者も下位者もなく,情念を掻き立てるようなものすべてから逃れている,ひと言で言えば自らのほかの同類を持たない,そんな思考する存在」[152]を仮定する——すなわち独身者の理念的抽象化である。このような存在は,なるほど「彼にとっては広大な寂寞の地でしかなかろう一世界」[153]に生きていると言うこともできようが,しかし自足した完全な存在として至福のうちにあるのであれば,一個の怪物であるどころか,

---

149) Denis Diderot, « Célibat », dans *Œuvres*, éd. Laurent Versini, Paris, Robert Laffont, coll. « Bouquins », t. I, 1994, p. 292 sqq. なお興味深いことに,『トレヴーの辞典』の 1771 年版における項目「独身(Célibat)」は,52 年版の項目に加筆して,ディドロと同じ著者を引き合いに出しながら(アンリ・モラン,サン゠ピエール),この制度が神法に基づかない慣習である旨のまったく同様の議論を展開している。

150) *Ibid.*, p. 291. この言い訳およびこの箇所に直接に続く文言にはモンテスキューの借用が認められる(『法の精神』第 23 巻第 21 章)。モンテスキューの独身批判との比較を含め,この項目の分析として,Jacques Proust, *Diderot et l'Encyclopédie*, Paris, Albin Michel, coll. « Bibliothèque de l'Évolution de l'Humanité », 1995, pp. 471-474 を参照。

151) Diderot et Shaftesbury, *Essai sur le mérite et la vertu*, édition bilingue et préface de J.-P. Jackson, Alive, Paris, 1998, pp. 36-37 (1re partie, chap. II, art. I).

152) Diderot, « Célibat », p. 290.

153) *Ibid.*

第Ⅲ章　〈啓蒙の世紀〉の宗教論とシャトーブリアン　　　　147

よい（bon）ものであると規定できるのではないか？　そうではないとシャフツベリ＝ディドロは答える。「問題のこの一種の自動人形」[154]は，実際には同類と交わって社会を形成すべく自然によって定められているのであってみれば，自然法の違反を通して絶対的＝分離的状態の至福に到達しているこの存在を，よいものと称することはできない。

　というのも不活動と孤独によってかくも直接に種の破滅を目指すような一個人に，どうして〔「よい」という〕この称号が相応しいはずがあろう？　種の保存こそは個人の本質的義務の一つではないか？　理性を持ち，然るべく形成されたあらゆる個人は，この義務を尊重しないならば有罪ということになりはしまいか――自然の権威の上位に立つ何らかの権威によってそれを免除されているというのでなければ？[155]

　ディドロは続く第二の関係，すなわち社会との関係における独身の考察に際しても同様の流儀で，「宗教が聖なるものと定めたのではない独身」[156]は人口を減らすのみならず習俗を腐敗させると，モンテスキューを踏まえつつ論じる。このような留保は誰も騙すことができない類のものだが，その上文字通りに受け取ったとしても，ここでは聖職者の独身制の免罪を根拠づけるものにならないだろう。先に見たように，ディドロはこの制度が神法の，つまりは神の権威に基づくものではないことを，歴史的に，かつ聖書の解釈を通して説き明かしているのだから。
　しかしこの問題に関し，キリスト教に対するなおいっそう遠慮のない言明が，まさしく「人口（Population）」についての項目のうちに見出される。ディドロは彼にきわめて近い存在だったダミラヴィルによるこの項目を当然にも重要視し，原稿作成にも関与したことが認められている[157]。ダミラヴィルはそこで，古代以降，人口は減少する一方であるとのモンテスキューの主張を改めて確認した後，その理由として近代人の

---

154)　*Ibid.*, p. 291.
155)　*Ibid.* なおこの箇所はシャフツベリにはなく，ディドロ自身の言葉である。
156)　*Ibid.*
157)　Proust, *op. cit.*, pp. 471 et 488 を参照。

もとでの習俗の変化に注目する。古代ギリシアおよびローマの異教の習俗が人口増加に好都合なものだったのに対し、それに取って代わった二宗教は、イスラムであれキリスト教であれ、この人類の最大関心事にきわめて不都合な習俗をもたらした。「これは実際、幾世紀もの経験により証明済みの真実であり、異議を唱えるのはただ、迷信によって永遠に理性の光を曇らされてしまった人々ばかりだ」。習俗の変化へのこの注目はやはりモンテスキューの流儀であり、続いて提示される議論——前者の一夫多妻制と後者の離婚の禁止にそれぞれの信仰が支配する地域での人口減少の原因を見る——についても同様である[158]。ここではキリスト教への批判を取り上げることにしよう。この唯物論の哲学者は地上の善を考えないこの宗教を、自然に対する恐るべき圧制者として描き出す。しかし、やはりダミラヴィルの見るところでは、自然は屈することはなく、今なお持ち堪えている。「この聖なる宗教が〔天を人で満たすことに〕成功してしまいかねないことは、認めておかねばならない——もしその信仰が世界に遍く広まることができるなら、かつまた自然の衝動がおおいにくと、あらゆる教義的見解よりもなお強力であるという事実がなかったら」。自然の衝動——それは〈啓蒙の世紀〉の一般的傾向を反映し[159]、ここでは理性と何ら衝突するものではなく、自然法と混ざり合う。そしてこの項目においては、ディドロが項目「独身」において示したようなごまかしはほとんど為されないので、キリスト教はその教義自体において自然法を破壊するものとして——それを超越する別の権威を提供するものとしてではなく——提示される。

　　宗教的で敬うべき事柄を相変わらず度外視しておくなら、ある有名なイギリス人とともに次のように言えないだろうか——つまり、理に適った何らかの情動を破壊し、またはそれを不正なものにしよ

---

　　158)　『ペルシア人の手紙』(1758年版) 第114, 116書簡。
　　159)　実際このような傾向は、百科全書派の友ということはできそうもない『トレヴーの辞典』においても確認される。例えば、同辞典の項目「本能 (instinct)」の記述は、1752年版と1771年版の間に、本能 (instinct) と理性 (raison) の古典的対立を解消して、本能と自然 (nature) の連合を示唆するようになる (Jacques Grès-Gayer, « *Barbare et civilisé*, d'après l'article 'Instinct' du *Dictionnaire de Trévoux* (1771) », in *Civilisation chrétienne, op. cit.*, pp. 47-62)。

うとするような事柄の真価を見損なうなら，ひとは悪徳ある存在になると，そしてどんな動機もこの倒錯の言い訳にはならないと。また自然法の粗暴な違反に導くような教義をなんであれ尊重させることも誰にもできないと。

　問題のイギリス人とはシャフツベリの暗示であるが，ただし正確に言うなら，これはディドロが彼の翻訳書に付した注の一節の借用である。「自然法の粗暴な違反に導くようなあらゆる教義は，良心を安んじて尊重されることができない。自然と道徳心が僧たちの声に反対して叫んでいるとき，服従は罪である」[160]。ともあれ，哲学者たちは絶え間ない人口減少という国家の一大事を克服すべく，聖職者の独身制を批判し，社会に無益なばかりか臣民の再生産にも貢献しない膨大な数の男女が祖国に対する死を生きている修道院を告発するに際し，「自然」，それも規範的性格を明確に表現する「自然法」を掲げて闘った。この語はトマス・アクィナスにおいてそうだったような理性とのかかわりを保持し続ける一方で，今や情念や衝動との連合さえも実現しているのだから，性的再生産の順調な進展を切望する〈啓蒙の世紀〉の開明的精神には至って都合がよかった。もちろん衝動は，それが無償のものと見なされるときにはまったく推奨されない。ディドロが『修道女』で描いたように，自慰と同性愛の不毛性のうちに虚しく鎮められるばかりであるとき，衝動は子をなすという本来の目的を逸脱した，理に適わないものとなる……。

---

160) Diderot et Shaftesbury, *op. cit*., p. 58 (1re partie, chap. II, art. III). ただしこちらでディドロが自然法に反する教義の例として挙げるのはエジプトの宗教であり，注は対比的に持ち上げられるキリスト教の讃辞で閉じられている。

3 人口減少問題と野生人

1 メーストル，マルサス，シャトーブリアン

〈啓蒙〉の努力を既存の宗教権力の大胆な否定に結び付ける一群の人々を生み出した18世紀のフランスにあっても，キリスト教が歴史的に為してきた事柄の若干は，社会的有用性の基準を満たすとして評価されることができた。しかし修道院となると，過去の一時期における否定しようもない文明への恩恵が感謝され，近代においては愛徳修道女会等の社会貢献や三位一体会等による白人奴隷救済活動の意義が称賛されることはあっても，全般的にはこの上ない敵意の的であった。修道士は理性と自然とを逸脱した存在であり，社会生活に異質な怪物である。そして哲学者たちが彼らの害悪を最も説得的に提示しえると信じたのは，これまで見てきたように，人口減少の促進の役割の告発を通してであった。この傾向は世紀が変わり，帝政を経て復古王政期になってもなお存続したものと見えて，それゆえジョゼフ・ド・メーストルは『教皇について』第3巻第3章で聖職者の独身の問題を扱うに当たり，第3節を「政治的考察。人口」と題して反論を試みている。

この闘いは決定的なものになることが期待され，彼には実際，勝算があった。敵からの救いがもたらされたからである。「実に刺激を搔き立てる特異な事柄であるが，世に戯れるあの隠れたる力は，かくも見当外れの異議申し立てを受けているある真実の厳格な証明を我々に提供すべく，一人のプロテスタントのペンを用いたのだった」[161]。すなわち牧師マルサスの『人口の原理』が問題なのであって，メーストルはこの書

---

161) Joseph de Maistre, *Du pape*, éd. cit., p. 270 (III, III, III). なお著者自身によりイタリックに置かれた箇所は「箴言」第8章第31節において「知恵」の語る言葉，ウルガタで Ludens in orbe terrarum（地上に楽を奏し）となっている部分の訳。彼はこの表現を『政治体制の発生原理についての試論』（第43節）においても用いながら，濫用の治療薬は濫用自体から生まれ，悪は自らの道を突き進むことによって滅びるという持論を表明している。「世に戯れる無限の力は，腐敗せざる法廷を創出すべく腐敗を用いる」(*Essai sur le principe générateur des constitutions politiques*, éd. cit., p. 390)。

を,「以後は同じ主題の扱いが万人に免除されるような稀なる書物の一つ」[162]であると激賞する。そして，人口の幾何級数的増加と食糧の算術級数的増加を対比的に提示することによって，人口をめぐる議論をその減少という誤認からその過剰に対する取り組みへと転換させた有名な議論を引き合いに出しながら，彼はマルサスの理論のうちに,「摂理が地上に与えた大いなる法」[163]を認める——「たんにあらゆる人間が結婚と再生産のために生まれてきたのではないというのみならず，あらゆる秩序ある国家においては，結婚の増加に反対する一つの法，一つの原理，一つの力が必要であるということ」[164]。マルサスは人口増加抑制のための結婚の制限の手段として，悪徳，貧困，および道徳によるものの三つを数え上げるが，よきモラリストとしての彼が推奨するのは，1803年の第2版——その仏訳をメーストルは参照している——において付け加えられた最後のものである。ところで，メーストルによるなら，世俗の道徳に期待するのは難しい。「愛と欲望に燃える若者のところに行って，人口と食糧の間の均衡を維持するために結婚を控えてほしい，ただし品行を崩すことなしに，と提案してみたまえ。大いに歓迎されることだろう」[165]。この難問を解決すべく現れるのがカトリック聖職者の独身制なのであって，彼らはこの束縛を進んで受け入れることにより，結婚数の制限という国家の要請に応える，一群の有益な社会集団を形作っている。しかもこの制限はたんに道徳的なばかりでなく神的なものであるからこそ，習俗の腐敗を帰結させることのない確実なものとなるとメーストルは主張する。ただし，人口制限の必要性というマルサスの主張が礼賛されるのはカトリック聖職者の独身制を肯定するための方便にすぎないようで，国家繁栄の条件を人口増加のうちに見る立場は，彼にあっても依然として保たれている。それゆえ彼は，それ自身は小麦でも葡萄でもない水がそれらの農作物を育むのと同様に，自らは独身の不毛性にとどまる司祭がその美徳によって無数のよき婚姻を生み出していくのであると述べることによって，マルサス的議論と人口増加論的前提の両者

---

162) *Du pape*, p. 270.
163) *Ibid.*
164) *Ibid.*
165) *Ibid.*, p. 271.

を調停させようと望むのだった[166]。

　ともあれメーストルはこうして，新しい経済学説を自らの都合に合わせて用いることにより，社会に，国家に，人類に仇為すものとしてかくもしばしば攻撃されてきた一制度のうちに，この上ない社会的有用性を見出そうと努める。カトリックの教義と実践があらゆる国民に共通の人間的自然に根ざしていることを主張するメーストルは，聖職者の独身制についても，まずはそれが古今東西の宗教にも見られる共通の原理，すなわち「純潔の至上の価値」と「禁欲とあらゆる宗教的職務，しかしとりわけ祭司職との自然な結び付き」[167]に基づいていることを示した後，こうした他の宗教と比べての彼の宗教の利点を次のように述べる。「それゆえキリスト教は，司祭たちに独身の法を課したとき，ある自然な観念を我が物としたにすぎなかったのだ。こうしてキリスト教はこの自然な観念をあらゆる過誤から救い出した。それに神的な承認を与え，きわめて厳格な法に変換したのである」[168]。カトリックの独身制はそれゆえ，人類社会に普遍的な自然のありように神的な保証を与えたものにほかならない。その社会的有用性についても，すでに見た通りである。自然と社会の名においてこの制度を攻撃した哲学者たちに対し，メーストルは彼らの基準を共有しつつ反論するのである。

＊　　＊

　このような努力に比べるとき，『キリスト教精髄』に見られる独身制の擁護は，そこで差し出される理由と映像の奇妙さにおいて，幾分人を驚かす。「道徳との関係における独身誓願の検討」との副題を持つ第1部第1巻第8章においてシャトーブリアンは，この制度の人口の観点からの害悪を自然法——ここでは「人口増加の一般法」[169]と呼ばれている——の権威に訴えながら攻撃する人々に対し，そもそもそのような法はすでに無効となっていると宣言する——「最初の自然法のうち，新たな契約に際して廃棄されたはずのものの一つが，人口増加を——

---

166) *Ibid.*, pp. 272-273.
167) *Ibid.*, p. 252 (III, III, II).
168) *Ibid.*
169) *Génie*, p. 500 (I, I, VIII).

何らかの限界を越えて——利する法であったと我々には思われる」[170]。アブラハムの時代とイエスの時代ではまったく状況が違ったからだと著者は言う。前者の時代は寂莫たる地上に人間を満たすことが問題であった。しかし，

> イエス＝キリストは，反対に，人々の腐敗のただなかに，また世界が自らの孤独をすでに失った時代に現れた。この〈贖い主〉，かくも約束され，彼を出産すべくすべての女たちの腹が子を為すようにとの命令を受け取っていたまさにその人は，世に来るや終わらせたのだった，不毛性に向けられていた呪いを[171]。

すなわち今日では失われた孤独を世界に取り戻すことが問題なのであり，そのためイエスは新しい契約をもって，古い自然法を廃止し，不毛性の価値を積極的に捉え返したのだという。第Ⅰ章でも引き合いに出した，本書を独訳する羽目になった不幸なプロテスタント神学者は，これらの言葉を含む段落に注を付けて，「率直に言って，この仰々しい言葉を私は理解できない」[172]と述べている。彼は初版から翻訳しているのだが，作業開始がもう少し遅かったら，ほんの少しは苛立ちを抑えられたかもしれない。この段落は初版の翌年に出た第2版において著者の再検討を受けたからであり，結果として例えば，上記引用の「この〈贖い主〉」から始まる一文は，以後の諸版においては消滅することになった。とはいえ奇妙な一節であり，多少の表現の削除や手直しによっても基本的な印象は変わらない。反教権派の攻撃から教会を守ろうとする人々の努力は，孤独へとひとを誘う反社会性，とりわけ独身制への批判が問題になるときには文字通りの性的な不毛性という，哲学者たちによるこの宗教の規定を否認し，むしろそれが優れて社会的紐帯として役立つものであると，敵の基準を採用しながら主張するところに成立するものであった。ここで我々が出会うのは，しかしそれとは別の論理であって，

---

170) *Ibid.*
171) *Ibid.* プレイヤード版に所収のヴァリアントから，初版の表現を採用した。
172) Chateaubriand, *Genius des Christenthums*, op. cit., Bd. 1, S. 74 における訳者の注より。

シャトーブリアンは哲学者たちが否定し告発するために提案するキリスト教のイメージを受け取り，我が物として，その同じイメージに積極的な価値を担わせようと望む。イエスはかくして，自然法——ディドロやダミラヴィルが考える限りでの——を破壊する存在として，人口増加に代えてその制限を定める新しい立法者として現れることになる。

　　キリスト教徒たちの立法者は処女から生まれ，童貞として死んだ。それにより彼は，政治的かつ自然的観点から，我々に次のことを教えようと望んだのではないか——大地は住民数の極みに到達しており，諸世代を増殖させるのではなく，以後は制限することが必要となっているということを？　この意見の支えとしては，国家が滅びるのは決して人間の欠如によってではなく，人間の数の過剰によってであるということが指摘されている[173]。

　この不毛性の擁護の支えとしてシャトーブリアンは，国家の滅亡原因をめぐる一般法則として指摘されている事柄を持ち出してくる。不定代名詞によってしか指示されていないこの指摘の主体を，マルサスと見なすことはできるだろうか？　まず思い出さなければならないのは，1798年の『人口の原理』初版において著者は匿名の陰に隠れており，1803年刊行の第2版に至るまで，彼は無名にとどまっていたということである。それゆえ，メーストルの場合とは異なり，シャトーブリアンにはマルサスの名を挙げることは不可能だった。しかし，刊行後直ちに大きな反響を呼んだこの匿名のパンフレットについて，ロンドンのシャトーブリアンが何も知ることがなかったとは思えない。不本意なイギリス滞在の期間を，ヴォルテール，ディドロ，ラ・アルプたちフランスの批評家の意見を離れてこの国の文化的，社会的，政治的状況を観察することに利用し，様々な分野の読書を行った彼は，彼らの国制をめぐる特殊な事柄に拘泥しているのみと思われた政治的著作と対比して，経済学の著作に一定の価値を見出していたのだからなおさらである。「経済学者たちの論考はこれほど限定的ではない。諸国民の富の計算，植民地の

---

173) *Génie*, p. 500 (I, I, VIII).

影響，諸世代の動向，資本の用法，商業と農業の均衡，これらは部分的にはヨーロッパの様々な社会に適用できるものだ」[174]。さらに言うなら，ゴドウィンとコンドルセ，楽天的と見なしうるほどの完成可能性の擁護者として海峡の両側をそれぞれ代表する二人が，この匿名の著作では真正面から批判されている。シャトーブリアンはと言えば，彼自身が少なくとも両義的な感情を抱いていたこの理念について[175]，1797年の『諸革命論』の中でそれがイギリス最初の労働者団体として知られるロンドン通信協会において勝ち取った成功を報告しているし，そこにはゴドウィンの理論的著作，マルサスに著作執筆のきっかけを与えた『政治的正義に関する研究』への言及も見られる[176]。『キリスト教精髄』——作品の本文自体ではおおむねこの宗教と啓蒙の光の調和が謳われているとはいえ，事前の宣伝活動は，コンドルセならぬスタール夫人『文学について』の完成可能性に本書のキリスト教を対立させる形で為された——を準備中のシャトーブリアンが，自ら読んだかどうかはともかく，亡命先での話題書の一冊という以上の関心を『人口の原理』に抱いたとしても不思議はない。

　いずれにせよ，シャトーブリアンがカトリック聖職者の独身制を擁護するために提示する，人口増加のもたらす不幸の列挙には，マルサスが『人口の原理』で用いたのと同様のモチーフが見られることはたしかだ。北方の蛮人のローマ侵入の原因を食料供給能力を越えた人口増加に帰する論理[177]。また下層階級の過剰人口による国の災いの例としての，中国における子どもの売買[178]。そして人口増を必然化する，人間の情念の抑

---

174)　*MOT*, t. I, p. 562 (liv. XII, chap. I, variante k.).

175)　1797年の時点では彼は完成可能性について，「このシステム（多かれ少なかれ残りの革命家たちにも受け入れられているが，とりわけジャコバン派に属す），それに我々の革命全体がぶら下がっている」(*Essai sur les révolutions*, p. 82 (I, XIV, n. A)) と書く。しかし1826年には，この理念を偽りとして提示した本文の箇所に注を付し，「完成化のシステムが偽りであるのは習俗に関してのみだ。知性に関するあらゆる事柄については真実である」(*ibid.*, p. 83) と指摘している。

176)　*Ibid.*, pp. 82-83 (I, XIV). また『墓の彼方からの回想』では，ゴドウィンの小説『カイレブ・ウィリアムズ』が取り上げられている（第12巻第2章）。

177)　*Génie*, p. 500 (I, I, VIII) ; Thomas Roobert Malthus, *An Essay on the Principle of Population*, ed. Philip Appleman, New York/London, Norton, A Norton Critical Edition, 1976, p. 30 (chap. III).

178)　*Génie*, p. 1118 (note III, page 501) ; Malthus, *op. cit.*, p. 33 (chap. IV).

えがたさ。マルサスは人口抑制手段として，1803年の第2版において道徳的抑制，すなわち一家を養えるようになるまで結婚を（つまりは性交を）控えることを提唱した。このような提案は若者に大歓迎されるだろうとのメーストルの皮肉はすでに見た通りだ。しかし1798年の初版においてはこの主張は不在であり，抑制の働きは，貧窮と悪徳の発生という人間の意志を超えた力に委ねられるのみであった。初版においてはそれゆえ，冒頭で述べられる次の原理，人類が無限の進歩の果てに性欲を捨て去る可能性を示唆するゴドウィンに反対して掲げられたこの命題が，矛盾なく提示されているわけである——「両性間の情念は必然的であり，将来もほぼ現状のままにとどまるであろう」[179]。シャトーブリアンはといえば，国家の不幸の原因を為すにもかかわらず——「過剰な人口は帝国の災いである」[180]——，快楽を求め，欲望に苛まれることをやめない人類の宿命を，次のように形象化する——「ああ！ 惨めな昆虫である我々！ 偶然に数滴の蜜が落ちたアブサンの杯の周りをぶんぶんと飛び交って，我々の数の多さに空間が足りなくなるとき，互いに貪り合うのである」[181]。

続く段落でシャトーブリアンは，独身者たるカトリック聖職者たちの文明への貢献を説いてはいるものの，メーストルにあって独身制の擁護が——説得力のほどはさておき——カトリックの社会的有用性の擁護と調和していたのと比べると，独身制をめぐる議論はこの作家にあって，孤独の魅力を称え，欲望の抑えがたさを雄弁に嘆くための機縁と化しているように思われる。このような態度は明らかに，この宗教の社会的有用性を訴えかけようとするにはきわめて不都合なものであって，これらの言葉が読まれるのが第4部——我々が著者の敵たちのところでさえ悪い評判を得ていないことを確認した——においてではなかったのは，本書にとって幸いであったと言うべきだろう。

2 野生人としての隠遁者

しかし第4部にあっても，修道院をめぐる議論には，この部の基本

---

179) Malthus, *op. cit.*, p. 19 (chap. I).
180) *Génie*, p. 500.
181) *Ibid.*, pp. 500-501.

第Ⅲ章 〈啓蒙の世紀〉の宗教論とシャトーブリアン 157

的原理である宗教の文明への恩恵の証明の観点からすると場違いな要素が多く散りばめられている。西ローマ帝国の崩壊と蛮人支配の到来以後の諸世紀におけるこの施設の役割，大方の哲学者も同意するほかはないこの文明への恩恵を述べるすでに引いた箇所に続いて[182]，シャトーブリアンはそれよりはずっと困難な課題，近代における修道院の有用性を論じるという課題に向き合うことになる。しかし哲学者たちであっても承認する，一部の女子修道会の社会的貢献や三位一体会の白人奴隷解放の努力が引き合いに出されるのはもう少し後の章においてであって，ここで語られるのはおよそ彼らの気に入りそうな事柄ではない。

　　ひとは恐らく言うのだろう，修道生活を誕生せしめた諸原因はもはや我々のところに存在しない，僧院は無益な隠遁所になってしまったと。それでは，いつそれら諸理由がやんでしまったというのか？　もはや孤児もなく，病人もなく，旅人も，貧者も，不幸な者も存在しないと？　ああ！　蛮的諸世紀の災いが消え去ったとき，社会は──魂を苦しめることかくも見事で，苦しみに関してかくも巧みな社会は，我々を孤独のうちに投げ入れる，千の新たな逆境の理由を生み出す術を心得ていた！　欺かれたどれだけの情念，裏切られたどれだけの感情，どれだけの苦い幻滅が，日々我々を世の外へと引きずっていくことか！[183]

続いてシャトーブリアンは，孤児となった少女の拠り所としての女子修道院の意義について書く。しかし修道会員をめぐる数章の冒頭に置かれたこの導入的性格の章の末尾数段落の基調をなすのは，やはり社会に入れられない魂の持ち主，すなわち孤児がそうであるように不幸な事情によって社会への参入を拒まれる人々ではなく，魂の病によってそこにとどまりえない人々のため，社会の外に場所を設けることの必要性の

---

　182)　*Ibid.*, pp. 48-49. ただしそこでも文明への貢献と並び，彼らキリスト者の社会から隔てられた孤独な性格が強調されている。もっともそれは世の動乱に強いられてのこととして描かれているのではあるが。事柄の同様の提示は，「情念の茫漠について（Du vague des passions）」述べられる有名な第 2 部第 3 巻第 9 章にも見られる。
　183)　*Génie*, p. 956 (IV, III, III).

議論である。救護修道会以外の修道会が解散させられていた当時の状況下，我々の作家は主張する。修道院は傷病人にとって必要であるばかりか，魂の病人たち，すなわち今日では社会における生を強いられることとなっているあれらの不幸な元修道生活者たち自身にとっても必要だったのだと。「身体の健康のための場所があるというのなら，ああ！　魂の健康のためにも場所を持つことを宗教に許して欲しい。魂は身体にもまして病を免れないのだし，その障害はなおいっそう苦痛に満ち，いっそう長期に渡り，またいっそう癒しがたいのだから」[184]。締めくくりの数行では，もはやこの施設の文明に対する恩恵を示すという意志は完全に脇に置かれており，〈啓蒙の世紀〉が告発し排斥するために好んで引き合いに出してきた反社会的怪物のイメージの，大いなる共感を伴った提示がそれに取って代わる。

　　疑うまい，我々は心の底に，千の孤独の理由を持つ。瞑想に向かう思考によって孤独に導かれる者たちがいる。また不安げな恥じらいにより，内にこもった生活を好む者たちがいる。最後に，あまりに卓越した魂，自らがそれと結び付くべく作られたごとき他の魂を自然のうちに求めても虚しく，一種の精神的童貞性ないしは永遠のやもめ生活を宣告されたものと見えるそんな魂がある。
　　とりわけこのような孤独な魂のためにこそ，宗教は隠遁所を築いたのだった[185]。

　こうして見ると，近代における修道生活を擁護するというのは，おおむね評判のよかったこの第4部にとってリスクを伴う企てだったことが分かる。第4部に関してのみは全体に渡り真実の価値が認められるとしたダリュにしても，この話題を棚上げにするのでなかったら，このような限定的な寛大さすら示すことはできなかったわけである。しかし，この部に寄せられる称賛の数々にあって核心的位置づけを獲得していたというべき宣教をめぐる記述でさえも，改めて検討するなら，傷のないものではない。それがイエズス会の礼賛に過度に結び付くときに警

---

184)　*Ibid.*, p. 957.
185)　*Ibid.*

戒の念を呼び覚ましかねなかったことはすでに触れたが，ここでの問題は，特定の団体への評価に関わるような特殊な事情ではない。一方で野生人の文明化，すなわち当時のヨーロッパ人が想定する限りでの人間の名に値しない生を生きる〈新世界〉の人民を社会的生に導き入れる任務——「〈野生人〉を人間にすること」[186]——のゆえに称えられる宣教師を，シャトーブリアンは他方では，恐るべき荒野の光景に魅せられる隠遁者の魂の持ち主として描き出し，さらには彼らに野生人の相を与えさえするのだった。パラグアイを訪れたあるフランスのイエズス会士の書簡を，彼は引用する。

　　このような魅惑的な土地が私に思い起こさせたのは，古代のテバイードの〈隠遁者〉たちの生活について読みながら得た想念でした。我が残りの日々を，神が私を導き入れたこの森の中で過ごすこと，そうすればそこで，人々とのあらゆる交わりから遠く，自身の救いに関わることにもっぱら勤しむことができるだろう，そんな風に考えたのです。しかし，私は自らの運命の主人ではなく，〈主〉の命令は上長たちの命令を通して明らかに示されていたのですから，こうした考えを私はひとつの迷妄として退けるのでした[187]。

　宣教の舞台はこのように隠修者たちの荒野であり，宣教師たちはそこで，なるほど自身の救いに没頭するどころか野生人の救済に命をかけるのではあるが，彼らはそのために文明人の外観をかなぐり捨て，自ら野生性を獲得するように見える。新旧両世界の野生人ないし蛮人のもとへ赴く宣教師は，シャトーブリアンによるなら，「タタールあるいはイロコイとともに，寂寞の地を駆け巡る」[188]。ただし彼自身が指摘しているように，この野生化は，とりわけイエズス会によって実践された，現地の習俗を尊重しそこに溶け込むことによって福音の伝達を容易ならしめようとする戦術の一部をなすものであって，宣教師たちの内心の衝動によるものであるとは限らない。「中国では，彼はマンダリンになり文

---

186) *Ibid*., p. 970 (IV, IV, I).
187) *Ibid*., p. 986 (IV, IV, IV).
188) *Ibid*., p. 970 (IV, IV, I).

人になった。イロコイのもとでは，彼は狩人にして野生人に成り遂せた」[189]。ともあれ，彼らの努力により，広大なアメリカ大陸のあちらこちらに，改宗野生人の村落が点在するのが見られるようになる。

> 北に向かうなら，パラグアイからカナダの奥底まで，一群の小さな宣教地に出会うことになろうが，そこでは新信徒が伝道者に結び付くべく文明化されるのではなく，伝道者のほうが新信徒を追うべく〈野生人〉になっているのだった。フランスの修道士たちがこれら彷徨える教会の先頭に立っていた〔…〕[190]。

文明人のこうした野生化は，個々の宣教師によってどのように生きられたかはさておき，我々の作家の想像力においては，単なる巧みな偽装以上の意味を持っていたはずである。というのも，ルソーの第一論文の影響から生涯完全に抜け出ることのなかった彼にあって，文明への移行は習俗の堕落を伴うものとして観念されていたし，野生状態はこの堕落に無縁なものとして多かれ少なかれその価値を承認され続けたのであるから。それゆえ，パラグアイ宣教を記述するに際し，彼は一方では宣教師の努力を「惨めな生を去って社会の穏やかさを享受するよう，〈蛮人たち〉を促すこと」[191]として規定するのであるが——この場合，彼らの元来の生活には何らの利点も認められず，すべての積極的価値は社会生活によって担われることになる——，他方ではこの宣教地の素晴らしさを，文明状態と野生状態の中間に位置するところに見出す。この場合は，両状態にはそれぞれの美点と欠点とがあり，パラグアイの新信徒たちは両者の欠点を遠ざけつつ，長所を共々に享受しているがゆえに称えられることになるわけである——「荒野を去ることなしに市民生活の利点を，孤独の魅力を失うことなしに社会の魅力を知ることにより，これらのインディアンはかつて地上に例のなかった幸福を享受していると自負することができた」[192]。ようやく開始された文明化のプロセスの端

---

189) *Ibid.*, p. 973.
190) *Ibid.*, pp. 996-997 (IV, IV, VI).
191) *Ibid.*, p. 987 (IV, IV, IV).
192) *Ibid.*, p. 995 (IV, IV, V).

緒にすぎない彼らの状況は，より高次の段階から見ての未熟さを指摘されるのではないのであって，野生状態も捨てたものではないということになる。それゆえシャトーブリアンは，現地にたどりついた宣教師が荒野の光景に感嘆し隠遁生活に心惹かれる様を，好んで紹介するのである。

3　ディドロと野生人

　獰猛な野生人を社会生活のとば口に誘いつつ，自らは半ば野生化する宣教師たち。シャトーブリアンが定める野生人と聖職者のこのような関係は，ディドロが『ブーガンヴィル航海記補遺』で提示するそれとはまるで趣を異にしている。このフィクションにおいて，ラ・ブドゥーズ号所属の三十代半ばの聖職者（現実にはあるフランシスコ会士であったが）は彼の歓待役となった同年輩のタヒチ人オルーに，夜を過ごす相手としてこの野生人の妻か三人いる娘たちの一人を，しかしとりわけまだ子を為したことのない末娘を提案される。聖職者の身分上それはできないと拒絶するこのよき修道士は，直ちに訪れる敗北の後で──「「しかし私の宗教が！　しかし私の身分が！」と言いながら彼は翌朝，彼を愛撫で苛むこの若い娘の傍らにいる自分を見出した」[193]──，続く三晩に渡って残りの娘たちと妻の歓待に身を委ねるに先立ち，オルーの論争的挑戦に立ち向かうことを強いられるのだった。

　まずは貞節な夫婦生活の理念が拒絶される。夫婦外の性交渉を「神の法に反し，国の法に反する」[194]とする修道士に対し，タヒチ人は答える──「そんな奇妙な掟は，私には自然に対立し，理性に反対するものに思われる」[195]。ヨーロッパの諸制度が神法と人定法──そして唯物論者たるディドロにとって，また作者の好みに従い宗教を知らない人民として描かれるタヒチ人にとっても，人間の発明品としての神に帰せられる前者にしたところで結局は人定法にすぎない──に依拠していると

---

193) Denis Diderot, *Supplément au Voyage de Bougainville*, dans *Contes et romans*, éd. Michel Delon, Paris, Gallimard, coll. « Pléiade », 2004, p. 554 (IIIe partie).
194) *Ibid.*, p. 556.
195) *Ibid.* またオルーはこうも言う。「自然法に付け加えたり削除したりできるような何かが上にであれ下にであれこの世に存在すると思っているのなら，あんたの頭はどうかしている」(*ibid.*, p. 557)。

するなら，野生人の諸制度は自然法とそれを支える理性に依拠している[196]。理性に基づくとされる自然法は，しかし情念の定めなさを受け入れないのではない。それゆえ，男女の性交渉を一生に渡って特定の異性とのそれに限定させようという掟は，オルーによるなら，「生き物の一般的法に反している。実際，我々のうちなる変化を禁じ，我々にはありうべくもない恒常性を命じ，自然を冒瀆し雄と雌の自由を冒瀆して，両性をひとつがいのものとしていつまでも縛り付けておく，そんな掟以上に常軌を逸したものがあると思うかね？」[197] また近親相姦の禁止の普遍性は，ディドロ＝オルーによっては承認されない。この点に関し，人類学者たちが多くの証言をもって語るのはまだ一世紀以上後のことであり，非ヨーロッパの未開の地での近親相姦については，16世紀以降多くの人々が疑わしい証言を基にして語っていた。ディドロは，宗教の不在と並び自然法の違反として告発の対象となってきたこのような実践を，ブーガンヴィルによってはまったく報告されていないにもかかわらず彼の空想上のタヒチ人たちに与えることにより，そして一タヒチ人に自然法の名のもとに彼らの習俗を語らせることにより，宗教の存在や近親相姦の禁止が理性と自然に照らして根拠を持たないことを実験的に示そうと試みる。それゆえ，「あんたの国で焼かれようが焼かれまいが，知ったことじゃないよ」[198] とのオルーの言葉は，文化的相対主義の主張ではない。話の続きを聞いてみよう。「だが，あんたにはタヒチの習俗でもってヨーロッパの習俗を非難することはできまいね。ということは，あんたには自分の国の習俗でもってタヒチの習俗を非難することもできないってわけだ。我々にはもっとたしかな物差しが必要だ。さてこの物差しとはどんなものだろう？　共通の善と各個人の便益以外のものを何か，あんたは御存じかね？　さあ，あんたの言う近親相姦の罪が，我々の行動のこの二つの目的に反するものを持っているのなら，言ってくれたまえ」[199]。こうして近親相姦も姦通も，自然法に背くものではな

---

[196] この三つの法については，第五部におけるAとBの対話でも「三つの規範――自然の規範，市民的規範，宗教的規範」として言及される（*ibid.*, p. 573）。
[197] *Ibid.*, p. 556 (IIIe partie).
[198] *Ibid.*, p. 566 (IVe partie).
[199] *Ibid.*, p. 567.

いとして許容される。

　しかしそのことは，ディドロの描き出すユートピア的タヒチが，タブーなき性的放縦の楽園であることを意味しない。理性と自然法に基づいていることが絶えず強調されるこのタヒチ社会は，「共通の善と各個人の便益」という普遍的基準に適った諸制度を形成している。問題なのは人口である。「生まれてくる一人の子供は，一家の喜びとも公共の喜びともなる。小屋にとっては財産の増加だし，国家にとっては国力の増加だよ。子供たちはタヒチにもたらされたさらなる腕であり，手であるんだ」[200]。人口を増やすこと。すでに見てきたように，これこそが〈啓蒙の世紀〉にあって，立法者の最重要の課題とされるものであった。ディドロは現実の航海記の未刊の断章と称して「『人口増加論的』教訓話」[201] を練り上げる。かくして彼は，タヒチ社会に一方では多様な性交渉の自由を与え，他方では，子の養育の場としての家庭を維持するために一夫一婦制を定める——この島では男女はカップルとなって家庭を営むことを基本とするが，その間も家庭外での自由な交渉は維持されるし，気が変われば直ちに別れて，別の相手と共に暮らすのである。同居中に生まれた子供たちは二人で分け合う。島の全産物の六分の一が子供たちの養育（と老人の生活維持）に割り振られているので，経済的な気懸かりが出産の意志を減退させることもない。つねに再生産に積極的な男女からなる社会——結婚適齢期前の若者は腰に鎖を，同じく娘は白いヴェール，さらに月経中の女性は灰色のヴェール，不妊女性は黒いヴェールを身に着けて，性活動から排除される[202]——がこうして成立する。これらの鎖やヴェールを外してよき出産に結び付かない性行動を望む者，またそのような相応しくない相手との行為を望む者もいるが，稀であり，露見すれば然るべき処置を受ける（とりわけ，産めない身にもかかわらず黒いヴェールを脱いで夜に出かけ，行為に及ぶ「放蕩な老女たち」[203] は，北方の島に流されるか奴隷にされる）。しかし全般的に見れば，

　　200）　*Ibid.*, p. 558 (IIIe partie).
　　201）　Jean Ehrard, *L'idée de nature en France dans la première moitié du XVIIIe siècle*, Paris, Albin Michel, coll. « Bibliothèque de l' Évolution de l'Humanité », 1994, p. 743, n. 3.
　　202）　*Supplément au Voyage de Bougainville*, pp. 560-561 (IIIe partie), p. 566 (IVe partie).
　　203）　*Ibid.*, p. 568 (IVe partie).

すべては人口増加の目的に向けて見事に動いているとオルーは請合う。「あんたには分かるまいが，個人の財産や共有の財産といった観念は，我々の頭の中では人口増加の観念と結び付いていて，それがこの点についての我々の習俗を純粋にしている」[204]。

この空想のタヒチのうちには，モンテスキューが『ペルシア人の手紙』で披露した，近代の二大宗教の人口増加論的見地からの欠陥，すなわちハーレムにおいてただ一人の男の性的欲望を充足させるべく莫大な数の人間が犠牲になるイスラムの一夫多妻制と，性交の意欲を喪失した，すなわち出産の契機を欠いた多くの不幸なカップルを永久に夫婦の絆に縛り付けるキリスト教の離婚禁止とを共々に乗り越えようとする，ディドロ流の総合が認められる[205]。18世紀のフランス哲学者たちの人口問題へのアプローチの際立った特徴——人口増加のための諸提案がカトリック教会の告発と結び付くところに成立する——を体現するようにして，ディドロはタヒチ社会を描くという誰も騙せない見せ掛けのもとに——ブーガンヴィルの読者ならみな，タヒチの宗教についても，一夫多妻制についても知っているのだから——人口増加という懸案事項の実現に適した社会の一草案を，カトリック聖職者の独身制，とりわけ次世代を再生産しないのみならず有益な何ものをも生産せずに社会への絶対的異質性のうちに引きこもるものと哲学者たちに見なされた，あれらの怪物たちを養っている修道院への批判と絡めて提出するのである。かくして理性と自然の体現者たる野生人の引き立て役に選ばれるのは一人のフランシスコ会士となる。実際，ヨーロッパ社会の規範的男女関係，すなわち生涯の絆を前提とした一夫一婦制へのオルタナティヴを提示しようというのだけのことであれば，非聖職者，すなわち現にそのような男女関係の中にある男を登場させるほうが相応しいだろう。オルーがヨーロッパ流の夫婦関係の不当性を盛んに論じたてるとき，聞き手がそもそもそのような関係さえもの外にある人物だというのは，そしてオルー一家の夜の歓待に直面してのこの人物の葛藤が妻への裏切りで

---

204) *Ibid.*
205) この点については，Carol Blum, *Strength in Numbers: Population, Reproduction, and Power in Eighteenth-Century France*, Baltimore, Johns Hopkins University Press, 2002, p. 108 を参照。

はなくいかなる女性とも交わらないという誓いの破棄をめぐるものだというのは，幾分筋違いだからである。それでもディドロがヨーロッパの標準的な男女関係の外にある存在を舞台に上げ，彼自身には直接関係のないかの地の結婚制度を擁護する役を演じさせたのは，この哲学者にとり，カトリック国たるフランスの人口問題の最大の災いが，修道院の存在だったからにほかならない。

　ともあれ，野生人は対話の最後になってようやく，ヨーロッパの規範的な男女関係ではなく，対話相手たる修道士の身分の特殊性に関心を移す。そしてまったく哲学者たちの流儀で，純潔の誓願のうちに再生産の義務からの逃避を認め，「あらゆる怠け者のうちでも最悪なそんな怠け者」[206]に憤慨してみせる。しかしすっかり野生人の社会の美点に納得した様子の修道士は，この点についてはもはや抗弁を試みることすらしていない——というより作者は，修道院の制度のあまりに明らかな害悪を，当の修道士たち自身にすら擁護の余地のないものとして提示しようとしている。かくして彼はすでに述べた通り，続く三晩をオルー一家の残りの女性たちと過ごすことになる。短かった島の滞在を終えるときの彼の慨嘆を伝える，この旅行記の偽の断章を引こう。

　　彼は最後に公言する。これらのタヒチ人たちはつねに我が記憶にとどまるだろう，私は船に僧服を投げ捨てて残りの日々を彼らのもとで過ごそうとの誘惑を得たし，そうしなかったことを一度ならず悔やむことになるだろうと恐れている，と[207]。

　野生の地に向けられるこの修道士の思いは，措辞の上での類似にもかかわらず，シャトーブリアンが引く現実のイエズス会士の手紙におけるものとはまったく異質であることが分かる。ディドロの修道士にとって野生の生活は，非生産的怪物としての彼が自分の国では隔てられていた社会生活への参入であり，疑わしい人為の束縛を解いて人々と交わることである。それが野生的と呼ばれるのは，ただヨーロッパ社会が文明化の過程で囚われることになった偏見と自然からの逸脱を，こちらの社会

---

206)　*Supplément au Voyage de Bougainville*, p. 570 (IVe partie).
207)　*Ibid*., p. 572 (V^e partie).

が知らないからにすぎない。ここでの野生性は，修道院のごとき反社会的存在を含むことのない——あるいは少なくとも，そのような存在に社会的尊敬を与えるような倒錯に陥らず，黒いヴェールに包んで排除する——，真正の社会の証しなのである。シャトーブリアンのイエズス会士にとっては，反対に，野生の生活は社会からの引きこもりを，テバイードの隠遁者のように人々との交わりから離れて孤独のうちに閉ざされることだ。かくして我々の作家にあって，一方ではキリスト教の文明化促進の役割を優れて体現するものとみなされる宣教師は，他方では隠者的性質を帯び，パラグアイの改宗野生人たちと同じ野生性と文明の中間状態を，彼らとは反対の行程をたどることにより享受する傾きを持つ。

　ここで指摘すべきは，ディドロにあっては，野生の語が社会生活からのこうした遠ざかりを意味するとき，この語はきっぱりと退けられるということである。実際，彼はエルヴェシウスの遺著への反駁において，ルソー流の社会状態への批判に反対して次のように述べる（「開化した状態」は，ここでは数行前に現れた「社会状態」の言い換えとして用いられている）。「それでは野生状態が開化した状態よりも好ましいと？　私は否認する。開化した状態のほうにより多くの犯罪があると私に証明して見せただけでは不十分で，そこにはより少ない幸福しか存在しないと証明してもらわなければなるまい」[208]。ここに偽の航海記補遺からのディドロの思想の変化や発展を認めるよりも，前者における場合とは野生の語の担う意味が——それが社会といういまひとつの語と取り結ぶ関係が——変化していると考えた方がよいだろう。『補遺』においては，彼のまったく空想的なタヒチは，ヨーロッパの社会の欺瞞性を暴き立て，それが社会の名に値しないと宣言する[209]，いわば野生にして真性の社会を

---

　208) Denis Diderot, *Réfutation suivie de l'ouvrage d'Helvétius intitulé L'Homme*, dans *Œuvres*, éd. cit., t. I, p. 786 (tome I, section I, chap. VII). 同様の表現はもう少し先にも見出せる (*ibid.*, p. 833 (tome I, section II, chap. XV))。
　209) 「その社会は，あんたたちのかしらはその見事な秩序を我々に向かって褒めそやして見せるが，密かに法を踏みにじる偽善者たち，責め苦に進んで身を委ねることで自ら責め苦の道具役を務めている不幸な者たち，偏見がそこでは自然の声をまったく押し殺してしまっている馬鹿者たち，自然がそこでは自らの権利を主張することもない不具者たち，こういった連中の堆積にすぎないだろう」(*Supplément au Voyage de Bougainville*, p. 559 (IIIe partie))。

第Ⅲ章　〈啓蒙の世紀〉の宗教論とシャトーブリアン　　　　　167

構成している。野生の語は，それゆえ，自然法に貫かれた真の社会性の実現を担うものである限りにおいて称賛されているわけだ。『エルヴェシウス反駁』では事情は異なっており，ルソーの思想——正確に言うなら，相当の単純化を被りつつ，当時にあって彼の思想として了解されていたもの——の図式に従って，野生状態が社会状態と対立関係に置かれる。すでに引いた箇所に先立つ，後者の状態の定義を引こう。「社会状態とは何か？　以前には孤立していた多数の人々を近づけ，結び付け，相互に支え合わせるような一つの契約である」[210]。すると反対に，野生状態とは，寄り集まって社会を形成することなく，相互の交わりを避けて森に散らばる人々に関わることになる。このような野生生活が，ディドロがタヒチ人民のものとして描いた生活とは何の関係もないことは明らかである——そこで我々はむしろ，人々が近づき，寄り集まり，相互に支え合っている生きている様を，野生人たちのものとして見てきたのだから。この二作品の間に認めるべきは，それゆえ，野生の語に託してもよいとディドロが信じる事柄の変化であって，語ではなく事柄に即して言うなら，『補遺』においては称賛していたものを『エルヴェシウス反駁』では否定するに至ったというように説明することはできないのである。我々の作家との関係に戻るなら，ディドロはシャトーブリアンと同様の流儀で，社会生活を逃れようと望む不安な魂を称えることは決してない——それが隠遁者の形象のもとに現れるのであれ，野生人の形象のもとに現れるのであれ。

　ところで，ディドロは野生の語に積極的な意義を与えてもよいと信じているときには，そのような社会への異質性を担わせるべく別の語を用いている。『補遺』におけるオルーの最後の言葉，彼がとうにその名に値しないことを見抜いている——すなわち社会的なものからの隔たりを一身に体現しているものと見なされる——ヨーロッパ社会への最後の呪詛を引こう——「浅ましい国じゃないか！　あんたの話してくれた通りにすべてが運んでいるのなら，あんたがたは我々よりもずっと蛮的（barbares）だ」[211]。「野性的（sauvage）」の語は，自然との近接性を強調され，かつ自然の観念が規範性の威厳を帯びるときには，積極的な

---

210) *Réfutation d'Helvétius*, p. 786 (tome I, section I, chap. VII).
211) *Supplément au Voyage de Bougainville*, p. 571 (IVe partie).

意義を担うことができた。それに対して barbare のほうはといえば、このような規範的性格を帯びることができない言葉である。この語は、否定的に用いられるときの sauvage と同じ獰猛さ、残虐さ、社会的生活へのあらゆる異質的性質を、両義性の余地なくつねに意味し続ける。それゆえ、フランス語はしばしば、野生の語が肯定的な形で登場する文脈では蛮的の語を対比的に舞台にかけることにより、規範的に捉えられた自然性とそこからの逸脱の対照を提示するのであって、ディドロの野生人のこの締め括りの言葉は、そうした用法の一つの例であるということができる。

4 野性的なものと蛮的なもの： 『歴史研究』におけるギボンの活用

　興味深いのは，文明と社会の諸価値を一面で擁護するにもかかわらず隠遁者の形象を称え，野生の語に対しても少なくとも両義的な姿勢を示しているシャトーブリアンが，蛮的の語とそれにより担われる諸価値に対してさえも，まったき拒絶とは異なる態度で向き合っていることである。この点がよく見て取れる作品として，彼が『キリスト教精髄』の中の「真面目な観点」を補完する作品として位置づけている『歴史研究』を参照しよう。実際，ローマ帝国の衰退から蛮人諸王国の成立までを扱うこの歴史書においては，三十年近く前の『キリスト教精髄』と同様に，この重要な歴史的時期におけるキリスト教と蛮人の役割が記述される。しかし両者における事柄の扱いには無視しがたい違いが認められる。『キリスト教精髄』においては，帝国に侵入する蛮人たちは基本的には恐るべき暴力と破壊の体現者として描かれ，その一方でキリスト教徒はといえば，彼らを福音化することによって破壊の徹底化を食い止め，僧院の活動を通して異教世界の文物を後世に伝える，文明を維持し促進する力として現れていた。彼らに社会を逃れるある種の野生的気質が認められることがあっても，それは帝国による迫害と蛮人による社会の破壊に強いられたものとして説明されるのだった。
　しかし『歴史研究』では，キリスト教は蛮人と並び，ローマを破壊した二つの力として提示される。両者はともどもに，ローマ帝国によって体現されている限りでの文明の敵として現れるのである。もちろん，同時に現れたこの二つの勢力は，まったくその性質を同じくしているというわけではない。蛮人の帝国辺境への最初の出現とキリスト教の誕生が同時に生起したことを指摘するこのかつての護教論作者は，それを「二つの出来事の同時性，異教世界の破壊をもたらした知的力と物質的力

の結合」[212]として規定する。なるほど，シャトーブリアンは宗教によるローマの破壊を知的次元のもの，すなわち文明を謳歌するこの帝国がその異教的土台ゆえに維持している誤りを解体するものと見なしているのであって，両者を共に蛮的に見なしながらローマの崩壊を惜しんでみせる『衰亡史』の著者と同じ道を歩んでいるのではないということはできる。しかしそれでは彼は，この知的力の担い手たるキリスト教ないしその信者たちは物質的力の行使をまったく手控えて，暴力的事柄についてはもっぱら蛮人たちに委ねていたとみなしているのだろうか？

　実のところ，『歴史研究』は，この知的破壊が大いに暴力を伴って為されたものであることを進んで認め，詳細に語っている。問題となるのはテオドシウス治下の4世紀末，すでにキリスト教が国教となった帝国において敢行された神殿の破壊である。「至る所で神殿が破壊される。芸術にとっては嘆くべき永遠の損失だ。しかし物質的モニュメントは，つねにそうであるように，人類の信条のうちに入り込んだ観念の知的力に屈したのである」[213]。知的力が物質を屈服させる。しかし破壊を直接的に担うのはやはり物質的力であって，その点についてもシャトーブリアンははっきりと示している。「神殿は修道僧と司教の声により，また彼らの手のもとで，崩れ落ちる。〈賢明〉の勝利の歌の中で倒れるのである」[214]。彼は破壊の情景を事細かに展開する。本書の主要材源の一つであるフルーリの『教会史』では，例えば聖マルティヌスによる神殿の破壊や神聖視される樹木の切り倒しは，まったく聖人伝の調子で語られている。「お前がそんなにお前の神を信頼しているというのなら，我々自身がこの樹を切り倒してやろう，ただしお前は樹が倒れるとき，その下に身を横たえるのだ」[215]。異教徒たちの挑発に乗ったマルティヌスは，群がる見物人に囲まれて，倒れるべき側の樹の下に身を横たえる。「半ば切られた樹はすでに音を立てて裂け，聖マルティヌスに向けて倒れ始

---

212) Chateaubriand, *Études historiques*, dans *Œuvres complètes*, nouv. éd., précédée d'une étude littéraire sur Chateaubriand par Sainte-Beuve, Paris, Garnier, 1861 [réimp. Nendeln/Liechtenstein, Kraus Reprint, 1975], t. IV, p. 113 (Ier discours, exposition).

213) *Ibid.*, p. 298 (IIIe discours, IIe partie).

214) *Ibid.*, p. 301.

215) Claude Fleury, *Histoire ecclésiastique*, augmentée de quatre livres, comprenant l'histoire du quinzième siècle, Paris, Delarque, 1856, t. I, p. 670 (liv. VI, chap. XXXI).

め，彼は手を上げて十字を切る，すると直ちに樹は，まるで旋風に押し返されたかのように反対側に倒れて，最も安全なはずと思っていた農夫たちは危うく押しつぶされるところであった。大きな叫びが上がった。そしてこの途方もない群集のうち，洗礼志願を受け入れてもらおうと按手を求めない者はほとんど一人もいなかった」[216]。異教徒たちが刃物を手に襲い掛かっても無駄であって，彼らはあるいは地面に奇跡のようにして打ち倒され，あるいは手から武器が抜け落ちて消えてしまう。「彼以前には，ガリアのこの辺りにはわずかなキリスト教徒しかいなかったというのに，彼はこれらの地域を信心の場で満たすに任せたのだ。というのも神殿を崩壊した場所に，彼はすぐさま教会や修道院を建てたのだから」[217]。シャトーブリアンはしかし，ここではこのガリカニスムの枢機卿にはまったく従わず，この暴力を率直に──狂信の為せる技として──示す。

(A) トゥールの司教聖マルティヌスは，一群の修道僧を付き従え，ガリアにおいて聖堂を，偶像を，聖なる樹木を打ち倒した。(B) 司教マルケルスは第二シリアの首都アパメアの司教区で異教建造物の破壊を企てた。四角形をしたユピテルの神殿は，四つの側面に周囲16尺の15本の柱を持っており，持ちこたえた。倒壊をもたらすには火の助けを要した。(C) その後カルタゴでは，それほど狂信的ではない修道僧たちが神殿を救ったのだが，彼らはそれを教会に変えることによって天上のものとしたのである──ちょうど，後になってボニファティウス3世がローマでパンテオンを救ったのと同様に。
(D) アレクサンドリアにあるセラピスの神殿の瓦解は今なお有名である[218]。

本書の主要な典拠は三つあり，先に挙げたフルーリのほか，ジャンセニストの歴史家ティユモンの『皇帝伝』も大いに利用されている。しか

---

216) *Ibid.*
217) *Ibid.*
218) Chateaubriand, *Études historiques*, p. 298 (IIIe discours, IIe partie).

しシャトーブリアンが上記の記述に際して下敷きにしているのは，これら宗教家の著作ではない。彼はここで，いまひとつの典拠である『ローマ帝国衰亡史』の一節に従い，その枝葉を落としながら要約している。上記引用を構成する（A）～（D）の四つの部分は，ギボンのより詳細な記述からの抽出により成り立っているのである[219]。歴史家は上記の逸話の紹介に当たって，読者に呼びかける——「この難儀な務めの遂行に際し，思慮深い読者なら判断が付くはずだ，マルティヌスを支えたのは奇跡の力の助けだったのか，それとも肉的な武器だったのか」——この挑戦に応え，キリスト教に対して詩的な護教論の時期よりは明らかに真面目になっている我々の作家は，「宗教に好意的であることきわめて少ない」このイギリスの歴史家の叙述を採用し，フルーリの聖人伝を切り捨てる。そして，なるほど本物の歴史家の学識を持たない彼ではあるが，それでもギボンの略述にとどまらない何かを付け加えようとして，『衰亡史』の当該箇所にあってはごく簡潔な言及が為されているだけの[220]リバニオス，このユリアヌスの寵を受けたギリシアの修辞家がテオドシウスに宛てて記した，キリスト教徒の無法な振る舞いの激烈な

219）「（A）ガリアにおいて，トゥールの司教聖マルティヌスは，忠実な修道僧たちの先頭に立って行進し，彼の広大な司教区の偶像を，神殿を，聖なる樹木を打ち倒した。〔…〕（B）シリアでは，使徒的熱情に突き動かされた司教，テオドレトゥスの形容するところの神聖にして卓越せるマルケルスが，アパメアの司教区内の荘重なる神殿の数々を倒壊させようと決意した。彼の攻撃は持ちこたえられた。ユピテルの神殿の造りは，巧みにして堅固なものだったからである。この建造物は丘の上に据えられていたが，四つの側面それぞれの上には，聳え立つ屋根が周囲十六尺の十五本の大円柱で支えられていた。柱の材料の大きな石塊は，鉛と鉄とで固められていた。この上なく強力，この上なく鋭利な道具を用いても甲斐はなかった。柱の下の土台を崩さねばならなかったのだ。仮初の木の支柱を火で燃やすと，柱はたちまちに倒壊した〔…〕。（C）カルタゴの神々しいウェヌスの神殿は，その聖域の周囲は二マイルに及んでいたが，賢明なことにキリスト教教会に転じられた。同様の聖別が，ローマでパンテオンの荘重たるドームを無傷に留めたのである。〔…〕／（D）広範に渡り多様なこの荒廃の中にあっても，アレクサンドリアにあるセラピスの神殿の廃墟は観察者の注意を引くであろう」（Gibbon, op. cit., vol. II, pp. 79-81 (chap. XXVIII))。なおギボン，フルーリ，およびティユモンという三つの主要材源の『歴史研究』における活用の概観として，Albert Dollinger, Les Études historiques de Chateaubriand, Paris, Les Belles Lettres, 1932, pp. 93-164 を参照。

220）Gibbon, op. cit., vol. II, p. 80, n. 32 において，歴史家は『神殿の擁護』でリバニオスが貪欲な修道僧たちを罵って，彼らは象以上にものを食うと述べている旨，引用することなしに紹介している。シャトーブリアンは問題の数行を彼の歴史書に仏訳の上，引用する (Chateaubriand, Études historiques, p. 304 (IIIᵉ discours, IIᵉ partie))。

第Ⅲ章 〈啓蒙の世紀〉の宗教論とシャトーブリアン　　173

告発を長々と引用するのだった[221]。後に続くのは以下の要約である。

　この引用は，短縮してしまうにはあまりに学ぶところ多いものであるが，4世紀のほとんど完璧なタブローを提供してくれる――田園における神殿の使用と影響力。これらの神殿の終焉。異教聖職者の財産没収による，キリスト教聖職者の財産の端緒。新改宗者たちの貪欲と狂信。彼らは法を自己の権威づけに用いてそれを変質させ，略奪を犯し，家々のうちに騒動を引き起こす[222]。

その後は，破壊の主たる行為者であると認めうる修道僧たちについての，キリスト教徒による讃辞と異教徒による非難が紹介される。ただし明らかにシャトーブリアンは非難のほうに重点を置いている。リバニオスの引用におけるのと同様，それらの非難はもっぱらギボンを踏まえ，『衰亡史』にあっては引用抜きの簡潔な言及にとどまるものを実際に引用することにより成り立つ。かくして，「「修道士」（エウナピオスが人間の名を拒みたい衝動に駆られた汚らわしい動物種）」[223]というギボンの指摘が，シャトーブリアンにリュディアの修辞家の当該箇所を直接に引用させる――「修道僧と呼ばれる種があるが，とエウナピオスも同様に述べる，この修道僧たちは，姿によっては人間，生き様においては豚であって，おぞましい事どもを為し，またそれを自らに許している。……黒い法衣を身に着けて公衆の面前に汚い顔を現す者は，誰でも暴君的権威を行使する権利を持つのだ」[224]。続く引用はルティリウス・クラウディウス・ナマティアヌスによるエレゲイア形式で記された紀行からの数

　221）ここでは，シャトーブリアンの要約的タブローからは漏れ落ちている以下の雄弁を引くに留める。「宗教の事柄に関しては，すべてを説得に委ねるべきであって，力には何も委ねてはならないのです。キリスト教徒たちは，以下の文言で言い表される法を持っているのではありませんか――優しさを実践しなさい，すべてを優しさによって得るように努めなさい，強制や束縛を憎みなさい。それならなぜ，あなたがたは我々の神殿にこれほどの熱狂をもって駆けつけるのです？　あなたがたは〔ローマの法のみならず〕自分たちの法さえも犯すのですか？」(Libanius, *Pro templis*, cité dans Chateaubriand, *Études historiques*, p. 303 (IIIe discours, IIe partie))
　222）Chateaubriand, *Études historiques*, pp. 303-304.
　223）Gibbon, *op. cit.*, vol. II, p. 90.
　224）Chateaubriand, *Études historiques*, p. 304.

行であるが，こちらはギボン自身も英訳の上で引用している部分だ（より正確に言うなら，彼による引用の一行前からシャトーブリアンは訳出を始める）[225]――「沖合に（語るのは詩人ルティリウスである）聳え立つのはカプラリア島，光を逃れる人々により汚されている。彼らは修道僧を自称する，それは証人なしで生きようと望むため」[226]，等々。修道僧の語はラテン語原文では monachus だが，これはギリシア語 monachos がラテン語語彙に入り込んだものであり，こちらのギリシア語はといえば，monos すなわち「一人の，孤独な」から派生した語であって，つまりはフランス語の solitaire と同じ事象に関わる。この詩人旅行者は彼の目に狂人集団と映った新しい信仰に身を捧げる者たちを，まさにこの呼称に相応しい，社会に異質な怪物とみなしているわけだ。上記の引用の後，シャトーブリアンは同じ作品の別の部分，今度はゴルゴナ島に一人で暮らすキリスト教徒の記述に移る。ここで彼は我々が指摘した基本的方式に戻り，ギボンによっては直接に引用されず，注において言及されるだけの箇所の訳出を企てる[227]。

> ここには生きたまま，岩山の真ん中に，一人のローマ市民が埋まっている。憤怒に駆り立てられたこの若者は，祖先は高貴であり，遺産は豊か，それらに劣らず結婚によっても幸福を得ていたというのに，人々および神々との交わりを逃れたのだ。この信じやすい亡命者は恥ずべき洞穴の底に身を隠す。天は厭わしい悲惨を喜ぶと思っている。彼が自身を扱う厳しさといったら，苛立った神々であっても到底為しえないほどのもの。どうか言って欲しい，この宗派はキルケの飲み薬よりも危険な毒を持っていはしないか？　当時変わったのは身体だった。今は変容を被るのは魂である[228]。

こうして，修道僧への否定的見解の提示に取り組むときの我々の作家

---

225) Gibbon, *op. cit.*, vol. II, p. 116 (chap. XXIX).
226) Chateaubriand, *Études historiques*, p. 305.
227)「彼は後の箇所で〔…〕ゴルゴナ島の一人の宗教的狂人に言及している」(Gibbon, *op. cit.*, vol. II, p. 116, n. 46)。
228) Chateaubriand, *Études historiques*, p. 304.

第Ⅲ章　〈啓蒙の世紀〉の宗教論とシャトーブリアン　　　　　175

は，基本的にギボンの歴史書に依拠しつつ，一方ではイギリス人歴史家の記述を簡略的になぞり，他方では彼によっては示唆されているだけの古典作家たちの引用を豊富に訳出し，本文に取り込むことによって，彼自身の歴史叙述を為しえるものと信じる。同時代の有名な歴史家であるギボンからの大胆きわまる借用は，『歴史研究』の刊行直後から人目を引くものだったようで，例えばイギリスの『クォータリー・レヴュー』は，最初の数章を『衰亡史』の第一巻の「粗末な要約」にすぎないとしている[229]。シャトーブリアンをひたすら非難する1905年の著作『シャトーブリアンの剽窃』のエルンスト・ディックは，同時代のこの書評を引用しつつもさらに進んで，『歴史研究』全体をギボンの書の「粗末な要約」とみなしても誇張ではないと述べる[230]。このような断定は，シャトーブリアンがギボン以外の著者にも大いに依拠しているという事実だけからしても明らかな誇張と言うべきだが，いずれにせよ，これまでの我々の検討は，シャトーブリアンの歴史書をギボンの亜流として貶めるために為されてきたのではない。反対に，まさにこの現代の基準から言うなら剽窃ということもできよう『衰亡史』の活用の事例を通して，我々の作家は事柄への彼独自のヴィジョンを露わに示していると見なすべきなのである。ギボンは，帝国の衰退と滅亡を「蛮性と宗教の勝利」として描き出しながら，進んでキリスト教の敵として振舞っており，また彼自身がその末裔の一人にほかならない蛮人たちの来歴についても，基本的に共感を欠いている。それゆえ，修道僧および他のキリスト教徒たちによる異教モニュメントの組織的破壊の惨状を前にして次のように述べながら，彼は帝国を崩壊へと導いた二つの要因の内部で変わらず作用する同一の原理，共通の蛮性を摘出したと信じるばかりなのである――「ローマ世界のほとんど全地方に渡って，狂信者から成る一軍団が，権威もなく規律もなしに，平和な住人たちのもとへと侵入したのである。そして古代のこの上なく見事な建造物の数々の廃墟は，今なおこれらの〈蛮人〉たち，かくも難儀な破壊をやってのけるだけの時間もあれば気質も持ち合わせていた唯一の〈蛮人〉である彼らによる惨害の跡

　　229）　*Quarterly Review*, 1834, p. 298, cité dans Ernst Dick, *Plagiats de Chateaubriand*, Bern, 1905, pp. 71-72.
　　230）　Dick, *op. cit.*, p. 79.

を見せ付けている」[231]。ここでギボンは明らかに，異教を奉じる「平和な住人たち」の側に立って語っている。かくしてキリスト教徒はたんに蛮人と共に帝国滅亡の力となったのみならず，彼ら自身が蛮人と呼びうる存在となる。シャトーブリアンもまた，ギボンの記述を要約し，彼が引用を手控えた当時の人々の証言を詳細に訳出することにより，キリスト教の蛮性を存分に提示しようと試みる。キリスト教徒は，修道士や隠者たちが徹底した形で示しているように，蛮的存在であるのだ。しかしここで，キリスト教と北方諸民族が共通して露呈させる蛮性の指摘は，この両者を腐敗したローマ世界を破壊した二つの力として積極的に捉える一人の人間によって為されていることを忘れてはならない。ギボンの著作とは反対に，『歴史研究』は宗教と蛮人の側から書かれた歴史書である。

　では，対照的な立場から為される同じ蛮性の指摘には，『衰亡史』におけるのとは異なるどのような意味があるのか。本書の序文には，ユリアヌスによる異教復活が時代を後戻りさせようとのむなしい試みとして規定された後，まさしくテオドシウス治下の神殿破壊を念頭に置いた次の言葉が読まれる——「コンスタンティヌスの改宗，神殿の破壊。政治的真実が再び社会に戻り始めたのは，キリスト教の道徳と蛮人の諸制度によってである」[232]。まず指摘しうるのは，このような全般的見通しの中で記されるキリスト教の蛮性は，この宗教がその歴史的使命の遂行過程における，幾ばくかの避け難い偶発的逸脱として見なされるということである。実際，リバニオスのきわめて長い引用を通してキリスト教徒の蛮行を提示した後に，シャトーブリアンは断言する——「だがいずれにせよ，神は個人の個別的不正義を罰するにしても，だからといって種の必要に基づき計算された全般的革命を成就するに任せないのではない」[233]。とはいえこのような説明は，あまり説得的なものとはいえまい。蛮行がたんに全般的プロセスの中での結局は周縁的な幾ばくかの挿話にとどまるというのであれば，そして重要なのはもっぱら全般的プロセスのほうなのだとすれば，シャトーブリアンは何故，ギボンが数

---

231) Gibbon, *op. cit.*, vol. II, p. 81 (chap. XXVIII).
232) Chateaubriand, *Études historiques*, p. 70 (préface).
233) *Ibid.*, p. 304.

語で言及するのみの古代作家たちにかくも存分に語らせる必要があったのか。その理由は、これらの蛮行が我々の作家に対して持つ、否定し難い牽引力に求めるべきであろう。彼が破壊を好む凶暴な存在だというのではない。彼にとって正しく、正義であると思われる全般的プロセス、「全般的革命」が、看過し難い暴力と不正義を伴って遂行されるとき、彼は嫌悪と眩惑の中で惹き付けられる。とりわけ修道僧によって体現されるキリスト教のこの蛮性は、それゆえシャトーブリアンに対し、彼がこの宗教に執着を抱くさらなる理由を提供することができる。

　その上、ここで指摘しておくべきは、シャトーブリアンがギボンの示唆を受けて彼の著書の一角に構成した、修道僧と隠者をめぐる古代の著作家たちのささやかなアンソロジーは、これら宗教者たちを〈蛮人〉にのみならず、〈野生人〉に類比的な存在としても提示しているということである。そもそも、我々がこれまで示してきた『衰亡史』からの借用は、テオドシウス治下の神殿破壊に際してのキリスト教徒の蛮行をめぐる箇所からのみではなく、他の部分──たしかにこの箇所から程遠からぬ場所に見出されるとはいえ、別の文脈に属する──からも為されていた。実際、リバニオスの『神殿擁護』への言及こそ、ギボンの当該の記述において見出すことができるが、シャトーブリアンが彼の記述の中で続けて取り扱うエウナピオスとナマティアヌスについては、『衰亡史』の少し先の部分に見出されるものである。前者は殉教者の崇拝をめぐる記述で言及されるのだし、後者について言うなら、アフリカ戦争──アフリカ総軍司令官を務めるギルドの反乱を、スティリコはこのムーア人の兄弟マスケゼルに支持を与え、鎮圧させる──の記述中、マスケゼルがカプラリア島へ向かうくだりで引用される。シャトーブリアンはそうした箇所からも示唆を受けて、彼による修道僧の形象のうちにそれらの引用を統合するのだった。しかも、たしかにエウナピオスの引用はリバニオスによる修道士たちの蛮行とそのいかがわしい正当化の身振りの告発と同じ文脈に属しているとはいえ、ナマティアヌスから続けざまに為される二つの引用については事情は異なる。既存の社会的組織を、そのような組織の重要なモニュメント類を徹底的に破壊することで滅ぼしてしまおうという欲望は、社会的全体を手付かずにとどめ置いたまま、自らをそこから離脱させようという欲望とは必ずしも同じもの

ではない。もちろん，それら両傾向は修道士という同一の形象によって共々に体現されているようなのであり，その限りにおいて同じ欲望の二つの側面であり二つの別様の発現であるということはできるにしても。前者の破壊的欲望が——ギボンがそれに身を任せた者たちを実際にそう名指しているように——〈蛮人〉に関わるものであるとするなら，後者の引きこもりの欲望は〈野生人〉に，すなわち，社会ないし文明的生活の諸原理を受け入れがたいと感じ，そこから逃れようとする傾きによって特徴づけられる怪物的存在に関わっている[234]。シャトーブリアンは，これまで検討してきた『歴史研究』の記述において，sauvage の語を用いているわけではない。しかし，修道士や隠者についての記述の一方の系列において読まれるのが，彼が様々な著作に登場させる野生人たちの諸特徴のうちで最も重要なものであるということは容易に了解できる。すなわち，人々と交わって社会を形成するところに成立する文明に対する違和の感覚が，そこでは問題となっている。『キリスト教精髄』の著者が修道院や〈新世界〉での宣教を語りながら，隠遁者の野生的資質に好意的な眼差しを注いでいたのはすでに見た通りである。公式的弁明の次元ではキリスト教のうちに文明化の動力を認めつつも，彼は発生の当初から人間嫌いの嫌疑をかけられてきたこの宗教を，野生的なものに引き付けて語ろうとする。そしてずっと後の『歴史研究』においても彼は，隠遁者のうちに野生的なものを認めることをやめておらず，さらに蛮的なものをすら見据えるわけである。こうしてシャトーブリアンにおける隠遁者の形象を文明の理念との関係で考察することは，必然的に我々を野生人と蛮人のもとへと連れて行く。

---

234) 両語についてのこのような理解は，フランス語の標準的な用法——とはいえしばしば曖昧にされる——に基づいている。ここではその点の証言として，フェロー師の『フランス語批判辞典』（1787 年）の項目 barbare を引いておく——「事柄に即して言うなら，蛮的（barbare）と野生的（sauvage）は区別されるべきである。前者は残虐と，何かしら凶暴なものへと向かい，後者は引きこもりと世界からの隔たりへと向かう」。

第二部

隠遁者，野生人，蛮人

第 I 章

二つの予備的考察

―――――――

1　野生児ピーター：savage と sauvage

　1724年の夏，ハーメルン近郊の森で一人の野生の少年が発見される。まったく言葉を解さず，四足で歩くこの12歳ほどに見える少年は，翌年の秋にハノーファーに，そして26年3月にはロンドンに移されることになる。ハノーヴァー朝の開祖としてイギリスに渡っていた選帝侯ゲオルク＝ジョージ1世が，彼に興味を抱いたのである。少年ピーターは宮廷の注目の的となる。文士たちは彼を口実に様々な文章を書く。ここでは，ピーターを論じる際にしばしば参照される匿名の詩を引用したい。「野蛮人――1725年にドイツの森で捕えられた一人の野生の若者の，宮廷への招来を機に」と題されたこの詩[1]は，以下のように始まる。

　　甘美な社会より流れる恩恵を知り，
　　人類の残りの者たちの上に立って，
　　この上なく洗練された優美で

---

　1)　*The Savage; occasion'd by the bringing to Court a wild Youth, taken in the Woods in Germany, in the Year 1725*, in *Miscellaneous Poems by several hands*, published by D. Lewis, London, J. Watts, 1726, pp. 305-306. この詩の全体を引用しつつ論じたものとして，以下の二つを挙げておく。Maximillian E. Novak, "The Wild Man Comes to Tea", in *The Wild Man Within*, ed. Edward Dudley and Maximillian E. Novak, Pittsburgh, University of Pittsburgh Press, 1972, pp. 185-186. Lucienne Strivay, *Enfants sauvages*, Paris, Gallimard, 2006, pp. 299-300.

飾られた宮廷の皆様,
　　　受け取ってください，この若者を，陶冶されず，教えも受けず，
　　　孤独な荒野から連れて来られた彼,
　　　長きに渡り獣との交わりに閉ざされてきた
　　　野生の，彼の同類に異質なこの若者を。
　　　受け取って，優しい心遣いで,
　　　理性の行使へと彼の心を整えてください。
　　　教えるのです，考えを言葉にして表すことを,
　　　考えること，そして自分の考えを表現することを。
　　　礼儀作法を教え，行いを正し,
　　　彼を人間へと洗練させるのです。

　森で成長したこの「野生の若者（wild youth）」は，同類たる人類に異質の存在である。野生であることは人間性の観念と相容れない。ここで「洗練（politeness）」や「礼儀正しさ（civility）」といった性質が宮廷のもとに見出されているとしても，それらは宮廷をその外に広がる一般的人間社会と隔てる基準であるのではなく，人間社会の全体をその外部としての野生性と隔てるものである。そうでなければ，どうして野生の少年を洗練した人間にするのではなく，「人間へと洗練させる／文明化する（civilize into man）」ことが語られえようか。polite であり civilize されてあることはここで，人間社会の特権的なごく一部にではなくその全体に関わっており，人間の根本的条件を定めているように見える。しかし，ここまでは野生と対立する人間世界全体の具現化として現れていた宮廷世界は，続くくだりではたちまち，その固有の腐敗と悪徳へと連れ戻されてしまう。

　　　しかし不実な誘惑の微笑みで
　　　彼に偽るすべを教えたり,
　　　柔らかく綺麗な言葉で
　　　彼に籠絡の技を伝えたり,
　　　汚れた粗野な悪徳が,
　　　妬み，驕り，または貪欲が,

第Ⅰ章　二つの予備的考察

　あなたの訓戒の向かう先だというのなら，
　彼の染みのない心を汚してしまうのなら，
　言葉を知らぬ彼を，そのまま帰してください，
　ハーメルンの森の中に．
　そっと荒野をさすらわせるのです，
　彼自身の選択が彼の道を指し示すがままに．
　彷徨える者のまま，
　無垢で自由であり続けられるよう．

　森で育った若者の野生性の克服を期待された宮廷であったが，その実，人間性の体現者としては甚だ心もとないことが暴露される．真実の思考を理性的に言葉にするどころか，宮廷が培うのは，邪な欲望を覆い隠す美しい外観を作り上げる技術であるにすぎない．こうなると言葉は偽りの表面でしかなく，言葉を知らない者は，それを学ばないことにより，いっそう真実の世界のそば近くにとどまり続けることになる．宮廷の教えがそのような不実さへの誘いでしかないのなら，野生の少年のかつての森でのさすらいのほうが，いっそう理性の導きに忠実なようにすら思われてくる．それゆえ，大方の読者が表題の「野蛮人（the savage）」を当初はピーターのことだと了解していたとしても，最終行で初めて本文中に現れたこの語が宮廷人を指して用いられることに，誰も意外の感は覚えないだろう．

　欲に満ちて無法の心が
　理性の導きに目を閉ざし，
　つねに奴隷のように
　尊大な情念の統治に従う者，
　どんなに上品に取り澄ましても，
　彼のみこそが野蛮人．

　かくしてこの匿名の詩人は，まずは理性と文明の担い手を宮廷の洗練された人々のうちに尋ねた後，一転して森をさすらう野生性の側に立って，宮廷文化の批判に向かうのである．「原始主義（primitivism）」であ

ろうか？　しかし，作者の意図は野生生活の礼賛であるよりは，明らかに宮廷の腐敗の糾弾である。そして，後段で宮廷の風俗と対比的に提示される野生性は，前段で宮廷に帰せられていた理性的価値に対立するどころか，当の理性的価値を自由で無垢な生活のうちに具現している限りにおいて評価されている。森を行くピーターの本能的選択は，理性の知らない，しかし理性より根源的なものと想定される別の諸理由に導かれているのではなく，宮廷人の堕落した偽りの理性以上に，理性に忠実であるとされる。詩の全体を通して一貫しているのは理性の擁護であり，理性の導きに従い，情念の専制に身を委ねることのない社会生活の理想を大いに裏切っているものと見える宮廷を諷刺する口実として，ピーターの登場が利用されているにすぎないのである。この野生育ちの少年は，洗練を決定的に欠落させている一方，まさにそれゆえに堕落とも無縁であることはたしかなのだから。そして，「文明」についても，それが腐敗から身を守るすべを心得た真正のものである限りにおいて，我々の詩人の強く支持するものであることは明らかであろう。宮廷人の手にかかるくらいなら森に返した方がましであるとはいえ，この若者は結局のところ，それに相応しい誰かの手によって人間へと civilize されるべきなのである。

　「そもそも真正の原始主義が実在したためしがあったろうか？」[2] ジャン・エラールはかつてこのように問いかけ，否定的な結論を出した。すでにモンテーニュの「カニバルについて」，トゥピナンバの習俗のきわめて好意的な記述からして，彼らの蛮行に勝る蛮行を繰り返していた宗教戦争期のフランスの痛烈な告発の表現であった。そして 18 世紀における「よき野生人」のテーマの初期の導入者というべきラ・オンタンにせよ，原始主義のチャンピオンと見なされがちなルソーにせよ，文明と野生を対比してなされるその議論は究極的には大方の哲学者と同じであって，文明化の進展を大筋では受け入れつつ，その悪しき側面を補正すべく野生の諸価値を持ち出しているにすぎないと言いうるのだ，と。我々の匿名のイギリス詩人は，その意味では，イギリスにおいても事情は変わらないことを証言しているわけである。

---

2)　Jean Ehrard, *op. cit.*, p. 746.

第 I 章　二つの予備的考察

　しかし，この詩を取り上げたのは，たんに英仏に共通する，〈啓蒙の世紀〉におけるいわゆる「原始主義」の内実がわずか三十数行のうちに凝縮されているから，というだけの理由によるのではない。むしろ，フランス語においても頻繁に表現されてきた同じ事柄を扱うこの英語詩が，にもかかわらずフランス語への翻訳に際して出会うことになる困難を指摘したいのである。

　この詩はまず，表題に言われる savage と第 8 行目でピーターを指して用いられる wild との類義性の前提から出発し，ひとまずは「野生性」として一括しうるこの両者を，宮廷に体現される「理性」と「文明」に対立させる。そして後段の展開の鍵となるのが，先に意図的に混同されていた savage と wild の分離である。それによって詩人は，「野蛮」と「野生」とでも日本語で表しうる形に二者を捉え直した上で，前者を文明——少なくとも宮廷が体現するその堕落形態——にこそ結び付ける一方，後者にはそのような堕落に損なわれていない理性の光を認めるのだった。この分離は，もちろん，詩人の独自の解釈によるものではなく，これらの語の通常の理解に即してごく自然に納得しうるものである。wild とはまずは野生の動植物に用いられる形容詞であり，人間に飼いならされていない——domestic ではない——動物，人手によって栽培されたのではない植物を特徴づけるものだ。この基本的な意義から出発して，様々な意義が派生して来る。野生の動物は人間に慣れていないから，人間との接触に驚き，警戒する。接触を逃れようとするとき，それは臆病さと映り，攻撃性を露わにするとき，それは獰猛さとして受け取られるだろう。かくしてこの語は臆病さと獰猛さの双方を意味することになり，動物に対してのみならず，人間に対しても比喩的に用いられるに至る。しかし，こうした派生的意義の普及にもかかわらず，当初の意義は廃れることなく存続したのであって，実際今日においても，wild beast と言えば獰猛な獣であるが，wild animal はたんに野生の動物を意味し続けている。それゆえ，前者におけるようなこの語の派生的語義を用いながら，ひとは容易に原義へと立ち返り，自らがこの語に託しているものを，野生性から生じる一つの帰結なのだと意識することができたし，今なおできるのである。さて，ゲルマン系の語彙に属する wild というこの語は，同綴のドイツ語とほぼ同様の意味の広がり

を持つばかりでなく，語源的繋がりの不在にもかかわらず，ラテン語 silvestris や silvaticus，そして近代ヨーロッパ諸語に見られる後者から派生した語（イタリア語 selvaggio，スペイン語 salvaje, フランス語 sauvage ……）と共通の語義の展開を経験した。それゆえ，ノルマン人の征服に伴うフランス語彙の流入以降，仏語 sauvage に由来する savage が英語において wild と併用されることになったのは自然に了解される。しかし，完全に意義の範囲の重なる二語が共存することには意味がなく，後から入って来た savage が，wild の意義の広がりのごく一部をより強調的に担う形に自らの役割を局限して行くことになったのも，同様に自然な成り行きであろう。かくして，17世紀初頭にはまだ wild と同様に domestic の対義語として用いられていた[3]この語は，時代が下るともはや野生性を意味する本来的かつ中立的な性格を失い，野生であることの一つの帰結にすぎない粗暴さや獰猛さを，wild よりも幾分強められた形で意味するものになっていく[4]。18世紀中葉には，読書を嗜むほどの階層においてもすでにこの語の本来の意義が意識されなくなっていたようで，そのことはサミュエル・ジョンソンのシェイクスピア注釈の一角に証言されている。シェイクスピアは『ヘンリー5世』第3幕第5場において，フランス王位継承権を主張するこのイギリス王に対する呪詛を，ルイ王太子に口にさせている。

　　　王太子　オオ，生ケル神ヨ！　我々から分かれた幾ばくかの枝，
　　　我らが父祖たちの情欲の絞り粕，
　　　この若木どもが，野生野蛮の台木に接木され，
　　　突然に育って雲を突き，
　　　元の木を見下ろすことになろうとは！[5]

---

　　[3]　『オックスフォード英語辞典』第二版，項目 "savage, *a. and n.*" 中，A. I. 1. の1610年の用例を引いておく。"Now of those [Fowles of Prey] which are Predable, whereof some are Sauage, some Domesticall: the Sauage I call those that are not subiect to mans gouernment, but doe naturally shun their societie."
　　[4]　再び OED 第二版より，項目 "gubbins" 中，2. a. の1836年の用例を引く。"They still have the reputation of having been a wild and almost savage race." savage の語が，wild の意義の一つを段階的に高めるものと見なされていることが分かる。
　　[5]　Shakespeare, *King Henry V*, ed. T. W. Craik, London, Arden Shakespeare, 1995, pp. 225-226 (3.5.5-9).

第 I 章　二つの予備的考察　　　　　　　　187

　ここで仮に「野生野蛮の台木」と訳しておいた箇所（wild and savage stock）における savage について，ジョンソンは注釈を付けて言う，「savage はここで，「森の」，「未耕の，人手のかかっていない」というフランス語本来の，wild と同じ意味で用いられている」[6]。両語が本来的な意義の点で変わるものでないことは，シェイクスピアの時代には自明の前提であったのに対し，ジョンソンの頃にはすでに，学識ある者による注釈の対象となっていたことが分かる。

　1720 年代に書かれたピーターをめぐる匿名の詩に戻るなら，この詩の展開は，共に野生性一般に関わるゲルマン系とロマンス系の二語の，意味分化の歴史に支えられているわけである。「野生の（wild）」存在が文明世界の住人にもまして理性の導きに忠実である可能性が示唆される一方，野生の世界からあたう限り遠い洗練された宮廷人の腐敗は，「野蛮（savage）」の語に最も相応しいとされる──このような操作は，savage の語が特定の内包のうちに自らを閉ざしていった果てに本来の中立的意味が忘却された後に，初めて可能になるのだから。そして，フランス語がこの詩の翻訳の試みに際して直面するのは，上記の二つの語が英語において生きた歴史──フランス語にはまるで無縁のその歴史を，訳語のうちに忠実に反映させるすべを持たないという事実である。英語 savage の直接の語源たる仏語 sauvage は，人間の手の及ぶ範囲外の自然に関わる中立的な意味── animal sauvage と言えば，たんに野生動物のことだ──を基本的には持つが，もちろん残虐性や粗野な性質といった，野生性の特定の現象形態を意味することもできる──獰猛な野獣を表すのに bête sauvage と言う時のように。それゆえ，仏訳に際して前者をその語源である後者に機械的に置き換える慣例は，普通は特に問題のない操作である。しかしその一方，鹿や栗鼠の野生性を言う wild もまた，現用の意味の一致ゆえに sauvage で置き換えるのが最も自然である。かくして，この英語の詩において対立する二つの世界を代表

---

6) *Johnson on Shakespeare*, The Yale edition of the works of Samuel Johnson, vol. VIII, New Haven and London, Yale University Press, 1968, p. 547. なお最新のアーデン版は，この箇所の接木の比喩を解説する際に "wild (*wild and savage*)" のように書き，やはりシェイクスピアの savage が wild と同義であり，後者に吸収可能な意義しか持たないことを示唆している（*King Henry V*, ed. cit., p. 225）。

すべく機能している二語が，仏訳の試みにおいては共に sauvage となってしまうのである[7]。これは誤訳ということにはなるまい。このように訳したところで，読者は詩の主要な意図を読み取り損ねることはないだろう。我々がここで確認したいのは，この匿名の詩が，その展開を支える二つの鍵語の歴史——フランス語彙の英語への大規模な流入という事件なしでは決して生きられることのなかったこの歴史を抹消しながらでしか，フランス語に置き換えることができないという事実である。この確認は，英語が当の歴史的経緯のゆえに二つの別の言葉に腑分けして表現するすべを心得ることとなった野生性の広範な現実の全体を，フランス語は sauvage という単一の語に担わせ続けたというより一般的な事実を，我々に思い起こさせてくれる。そして野生的現実の全体を包括するこの形容詞が，少なくとも19世紀初頭までのフランス語において，アメリカやその他の未開とされた地域の住人を指すべく多くは実詞化された形で広く用いられたということ，このイギリスおよび合州国とも[8]，後に見るようにスペインとも異なるフランス的事情が，アメリカ先住民をめぐるフランスの作家たちの思考にどのような影響を及ぼしているのか，その点が本研究のこの第二部では論じられるだろう。

---

7) 実際，Lucienne Strivay, *op. cit.* における仏訳はそのようになっている。
8) このフランス的例外の指摘として，以下の研究の序文を参照。著者はそれゆえ，この語を英語 savage で置き換えることはできないと見なしている。Gordon M. Sayre, *Les Sauvages Américains: Representations of Native Americans in French and English Colonial Literature*, Chapel Hill and London, University of North Carolina Press.

2　蛮人としてのアメリカ先住民：
〈黄金世紀〉スペインの自然法学的論争

　さて，英語への導入後数百年間は，ゲルマン語系の wild と意味の範囲を等しくしていたように思われる savage というこの語は，15世紀末の〈新世界〉の発見以降，アメリカ先住民の呼称のひとつに採用される。当初は野生の——キリスト教共同体が想定する通常の社会の外に置かれた——人間を意味する以上には否定的含意を持たなかったこの呼称は，形容詞 savage が wild との関係で意味分化を進めていくにつれ，16世紀を通して次第に否定的含意を強めていき，イギリスがアメリカ入植を開始する次世紀初頭には，侮蔑的呼称と見なされるようになる[9]。その一方，中立的な呼称としては，スペイン人の流儀に倣った「インド人＝インディアン」のそれが定着し，以後広く用いられていく[10]。もちろん，広大な〈新世界〉の多様な民族グループ——大陸規模の統一的な民族意識など持っているはずもなく，多くの場合には相互に存在を知ることすらない——をひっくるめてインド人と呼び，そこに何らかの統一的な特徴を見出しうると信じること，そうして彼らをめぐる神話的イメージを練り上げていくこと，それが今日的観点から見て中立的だというのではない。ただ，当時の人々が公式文書や書物において〈新世界〉の先住民を指して用いる最も一般的な語がインディアンだったのであり，この語を用いながら，ひとは当の対象を良くも悪くも評価することができた。17世紀以降に用いられる savage は，もはやこのような多様な評価を許容する中性的性質を持たず，インディアンと言えば済むところでこの語を敢えて用いる時，そこには侮蔑的評価が明示されてい

　9）　この語の含意の16世紀から17世紀初頭に至るまでの展開をアメリカ先住民の表象との関わりでまとめたものとして，Francis Jennings, *The Invasion of America*, New York/London, W. W. Norton, 1976, p. 73 sqq. を参照。

　10）　以下この部では，アメリカ先住民を「インド」の人民として名指すヨーロッパ諸語に，「インディアン」や「インディオ」ではなく「インド人」の訳語を宛てる。日本語の慣例に逆らうこの措置については，序論末尾で弁明しておいた。

たということである。

　フランス語においては，シャトーブリアンの時代に至るまで，「アメリカ野生人（sauvage américain）」との呼称が広く用いられた。〈新世界〉の所領を「インド（las Indias）」と呼び続け，新たな臣民を「インド人＝インディオ」と呼び続けたスペインに影響されて，フランス人もIndien の語を用いないでもなかったが，アメリカ野生人ないしはたんに野生人というのがより一般に用いられる語であった。この語は，フランス人と〈新世界〉の接触の，知られている限りで最初の記録，すなわち商人ゴヌヴィルとその一行の報告（1505 年）には現れず，ここでは現地の人民は「インド人（Indien）」となっている[11]。しかしジャック・カルティエの第一航海（1534 年）の頃には，野生人の語はスペイン語における「インド人」に匹敵するフランス語での通用性を獲得していたように思われる。それゆえカルティエ一行は，発見した岬に「野生人岬（cap du Sauvage）」の名を与えることができるし[12]，報告書中でも現地の人々は基本的に野生人と名指される。意義深いのは，これまでに出会った先住民とは別種の人民に遭遇した際の以下の記述である。「このような人々をこそ，野生人と呼ぶことができる，というのもこれは世に存在しうる最も惨めな人々なのだから」[13]。判断の基準は，他の野生人とは比較にならない生活水準の低さである。この記述が示唆するのは，「野生人」の語がこの報告者にとっては野生性の体現者とまでは見なしえない対象についても用いられるのを彼が日々に読みまた聞いているということ，すなわち〈新世界〉の人民をこの語で名指す慣習が成立しているという事実である。それゆえにこそ彼は報告書中で，道中に出会ったあらゆる先住民を慣習に従ってこの語で呼び続ける一方，彼にとって真に野生人の名に相応しいと感じられる対象に遭遇した折には，そのことを殊更に強調するのである——そうしなければ，主観的判断を読み取ってもらえないと恐れて。

　11）　*Le voyage de Paulmier de Gonneville au Brésil (1503-1505)*, dans Jacques Cartier, *Voyages au Canada*, Paris, François Maspero, 1981.
　12）　*Premier voyage de Jacques Cartier*, dans Jacques Cartier, *Voyages au Canada, op. cit.*, p. 134.
　13）　*Ibid.*, p. 145.

第Ⅰ章　二つの予備的考察　　　　　　　　　191

　それでは，スペイン語の事情はどうだろうか。同じロマンス語に属し，ラテン語 silvaticus に由来する語 salvaje を持つスペイン語は，この語によって彼らの〈新世界〉の臣民たちを名指しながら，同語源のフランス語と同じ両義性をもってアメリカ先住民の本性について考察するようなことがあったのか。どうもそのようなことはなさそうである。まず，すでに触れたように，スペイン人はアメリカの住人を，何よりもインドの人民として了解していた。バスコ・ダ・ガマによる喜望峰回り航路開拓以来，長く夢見られてきたアジアとの交易による繁栄を享受したポルトガルに対し，スペインにとってのインドとは，アジア貿易の中継地として保持したフィリピンを除けば，コロンブスによる発見まではまったく未知の世界であったアメリカ大陸とカリブ海の諸島にほかならなかった。スペインはキューバとプエルト・リコ以外の全領土を独立によって喪失する19世紀前半に至るまで，「インド」評議会によって〈新世界〉の領土を統治したのであって，そんなスペイン人が現地の住人を「インド人」と名指すのは当然と言える（「ヴァージニア」会社の管理の下，「アメリカ」大陸の植民地を開拓するイギリス人が，現地住民のみをインドと結び付けて名指すことと比べてはるかに）。そして，彼らの住む土地（にスペイン人の与えた名称）に由来するこの最も一般的な「インド人」という呼称とは別の仕方で彼らが名指される時，先住民は「野生人（salvaje）」にはならずに「蛮人（bárbaro）」になるのだった[14]。

14）　この salvaje の語とアメリカ先住民のイメージの間の繋がりの薄さの証言が，アレクサンダー・フォン・フンボルトの中南米旅行記中に見出される。1800年4月のこと，オリノコ川流域で，このドイツ人地理学者は現地の先住民から宣教師，教養ある入植者たちに至るまでが本気で信じている様子の，「女を攫い，掘っ立て小屋を造り，ときおり人肉を喰う，Salvaje と呼ばれる毛深い森の人」（Alexandre de Humboldt, *Voyage aux régions équinoxiales du Nouveau Continent*, t. VII, Paris, N. Maze, 1822, p. 99 (liv. VII, chap. XX)）について散々聞かされる。フンボルトはその疑い深さを現地社会で非難されつつ，この馬鹿げた迷信に誕生の契機を与えたはずの，まずく観察された客観的事実を探り当てようとするのだった。しかしここでの我々の関心を引くのは，第一に，スペイン語文化圏が「野人」の形象を19世紀初めに至るまで保っていたという事実，第二に，この中世的トポスのために取って置かれる salvaje の語を，スペイン語がアメリカ先住民に対し，フランス語の sauvage のようなやり方で組織的に割り当てることは結局なかったという事実である。それゆえこのドイツ人地理学者は旅行の記録をフランス語で著しながら，ほかの文脈でなら問題なく可能な sauvage への置換えをせず，salvaje を原語そのままに残したのだった。なお，当時のスペイン語における先住民の呼称の問題については，David J. Weber, *Bárbaros: Spaniards and Their Savages in the Age of Enlightenment*, Yale, Yale University Press, 2005 の序論，とりわけ14-15頁が参考になる。18

この語はもちろん，フランス語 barbare や英語 barbarian と同じく，ラテン語の barbarus に由来しており，このラテン語はそれ自体，ギリシア語の bárbaros から来ている。「異語を話す」というほどの意味のこの形容詞を，古代ギリシア人は，あらゆる異民族を指すために実詞化して用いた。それはすなわち，後進諸民族のみならず，東方の先進地域の住民も同じく bárbaroi と呼ばれたということだ。ペルシア戦争の経験は，古い文明を誇るこの東方世界に対する優越感——オリエント的専制に対するギリシア民主主義の優位という意識——を決定的なものにすると同時に，bárbaros の語には「残忍な」，「凶暴な」といったコノテーションがいっそう強化されるのだったが，こうした経緯からも分かるように，とりわけペルシア戦争以後のギリシア人にとって「蛮人」の語は，彼らに先立って強大な文明を打ち立てていた東方の民族にとりわけ結び付けられていた。この語をラテン語に受け入れたローマにおいて，しかし「蛮人」の指示対象は大きく変わる。エドワード・ギボンは彼のローマ史のある脚注でこの語の来歴をまとめているが，それによると，「プラウトゥスの時代，ローマ人は〔ギリシア人による〕侮辱を甘受し，進んで〈蛮人〉を名乗っていた。彼らは気付かれぬほどにわずかずつ，イタリアおよびその属州を免除するよう求めていき，そしてついにはこの不名誉な呼称を取り去って，帝国の境界の向こうに住まう野蛮な，または敵対的な諸民族にそれを宛てがうのだった」[15]。版図を拡大し，蛮人の地位を脱却しつつ帝国となっていったローマが自らにとっての蛮人を見出したとき，それは高度な政治組織と文化を持つ先進地域の人民ではなく，北方の森に散らばる未開化の人民だったのである。しかし蛮人と呼ぶ側と呼ばれる側の間に成立した，文明発展段階のこうした隔たりは，この語がヨーロッパ諸語に引き継がれることによってその自明性を失ってしまう。ローマを滅亡に追いやる傍ら帝国の宗教を受け継いだかつての蛮人たちは，キリスト教共同体の外部の人民を蛮人と呼び習わすのだったが，中世ヨーロッパお気に入りの蛮的世界すなわちイスラム

世紀のスペイン人は一般に先住民の呼称として bárbaro を用いたが，フランス哲学者たちの書物を言語で読む教養ある官僚層は，フランス人の流儀に影響されて salvaje の語をも用いたという（p. 283 [n. 58 to p. 15]）。

15) Edward Gibbon, *op. cit.*, vol. III, p. 299, n. 162 (chap. LI).

世界を，同時代のヨーロッパと比べて文明発展の度合いで劣っていたと見なすのは難しいからである。とはいえ，中世を通し，蛮人概念はたんにキリスト教の啓示に照らされた地域とそうでない地域を分かつのみならず，信仰とは独立した文明論的含意をも保ったのであって，こちらによるなら，civis に相応しい特性を欠いた者たち，すなわち都市に住み，然るべき法制度のもとで生活していない者たちが蛮人とされた[16]。この場合，ムーア人やトルコ人は，異教徒ではあっても蛮人とは呼ばれなかったのである。

　さて，イスラム勢力の支配下からイベリア半島を解放すべく始まり，1492 年のグラナダ陥落によってひとまず完了することになった〈再征服（Reconquista）〉が，西ゴート人としてのアイデンティティの伸張を伴って遂行されたことはよく知られている。しかし，そうしながらイベリア半島の人々はたんに，イスラム教徒の侵入を受けて崩壊したキリスト教国たる西ゴート王国の再興を祈念していたにすぎず，自らの蛮人としての出自に思いを致すようなことはなかった。ムーア人をついに半島全土において屈服せしめたその同じ年の暮れに最初の発見が行われた〈新世界〉の人民を，スペイン人が蛮人と呼ぶとき，それゆえ彼らはもちろん，自己の来歴にインド人を重ね合わせていたのではない。同時代のフランスの歴史叙述についてはこの部の第 III 章（1-1）で簡単に見るが，〈黄金世紀〉のスペインにあっても事情は変わらず，王国の歴史は大洪水以後のノアの系譜と古代の著作家たちの証言とを撚り合わせることによって生み出されていた。ヴィテルボのアンニウスによる，ベロッソスほかの古代著作家の文献集成と称する偽書が成功を収めたのはここでも変わらず，例えばラス・カサスは『インド史』において彼の国と新発見の地との古代からの関係の如何を検討するに当たり，偽ベロッソスやその注釈者の提案する系譜を踏まえつつ議論を展開している（第 1 巻第 15-16 章）。このような議論にあって，祖先の蛮性が露呈する余地はなかった[17]。

---

[16] 16 世紀に至るまでの蛮人のイメージについては，Anthony Pagden, *The Fall of Natural Man*, Cambridge, Cambridge University Press, 1986, chap. II を参照。

[17] とはいえ，ラス・カサスにあって興味深いのは，彼がその『弁明的インド誌』で先住民の習俗と諸制度を論じるに際して比較民族学的パースペクティヴを導入していることで

ブラジルの海岸付近に拠点を設けて現地人と交易を行っただけのポルトガルとは異なり，スペインは発見した領土の征服に乗り出し，現地の人民を一まとめに臣下として規定した上で，福音化の事業に乗り出した。〈再征服(レコンキスタ)〉によってイベリア半島を再キリスト教化したスペインは，〈征服(コンキスタ)〉を通し，彼らのインド全体に福音を伝えることを欲したのである。こうした文脈で蛮人として現れるとき，アメリカ先住民が宗教的救済のパースペクティヴにおいて捉えられていたと言うことは，もちろん妥当ではあるが，しかし不十分である。当時のスペインにあって重きをなしたトマス・アクィナスの神学伝統は，そのアリストテレス主義にもかかわらず，この〈哲学者〉の『政治学』においてはほぼ一貫して保持されているというべき共同体外部の人間と蛮人との同一視を否定し，共同体──キリスト教共同体──の外部にも，非蛮的人民の存在を認めていた。識別基準はアリストテレスのものであって，「ポリス的動物」としての自然に従って生きているかどうかであったが，ギリシア人哲学者がそのような存在はギリシアの外にいるはずもないと大まかに片付けるところで，トマスは自然法に基づいて生きることは，キリスト教の啓示の外においても可能であると見なすのである。このような文脈においてアメリカ先住民を蛮人と呼ぶこと，それは居住地域に基づいて彼らをインディオと呼ぶ場合とは異なり，彼らの神学的かつ法学的身分規定をめぐる考察を含意していた。それゆえビトリアは，アメリカ先住民の法的身分規定をめぐってなされたサラマンカ大学における講義の冒頭で，「今回の議論と再読の契機になったのはあの〈新世界〉の蛮人たち，俗にはインド人と呼ばれておりますが」[18]，云々と述べて蛮人の語の学問的性格を宣言することができたのである。〈新世界〉発見後のフランスにおける野生人の語の検討に移るに先立ち，発見の第一人者として真っ先に深くアメリカに関わったスペインにおける，この別の語の機能について簡単に見ておくのは有益なことだろう[19]。

あって，そこではスペイン人もかつては現在のアメリカ先住民と同様の，あるいはそれ以下の文明段階にあったことが殊更に説かれている。こうした観点からラス・カサスを論じたものとして，Pagden, *op. cit.*, chap. VI を参照。

 18) Francisco de Vitoria, *Relectio de Indis*, edición crítica bilingüe por L. Pereña y J. M. Pérez Prendes, Madrid, CSIC, Corpus Hispanorum de Pace, 1967, p. 2 (praeludium).

 19) ただし，指摘しておくべきだが，自然法学的論争は，当時の論争全体のただ一部

第Ⅰ章　二つの予備的考察　　　　　　　　　　195

＊　　＊

　征服期スペインの「インド人」の地位をめぐる論争に関しては，今日なお執拗に付きまとう神話がある。それによると，当時征服と植民に関わったスペイン人の多くはアメリカ先住民を人間と見なさなかったのであり，そこから，あの悪名高き残虐さが帰結するのだという。この神話は，例えば『悲しき熱帯』第8章でレヴィ＝ストロースの支持を得ており，さらにより最近のフランスにおいては，ジャン＝クロード・キャリエール脚本の TV 映画『バリャドリードの論争』（1992 年）の成功によって改めて普及の機会を得たのだったが，この映画は神話にしばしば現れる重要人物，〈インドの使徒〉バルトロメ・デ・ラス・カサスが論敵フアン・ヒネス・セプルベダと交わした有名な論争の主要な争点を，アメリカ先住民は我々と同じ魂を持っているか否かの問題として提示することにより，歴史状況の理解を甚だしく歪めているのである。
　実際には，征服期のスペインで，発見された土地の住人が人間とは別の種に属しており，従ってアダムの末裔ではないなどという議論をする人間はいなかった[20]。このことは，スペインによる発見と征服の過程からすると当然のことである。コロンブスの発見を受けてスペインびいきのアレクサンデル6世が発した 1493 年の大勅書は，「教皇子午線」の西側全域の領有をスペインに認めたが，この承認にはカトリックの教えを見出された地に広めるという責務が伴っていた。そして実際，カトリック両王のスペインは直ちにインド人を臣下とみなし，彼らの福音化の任務をもって支配の正当化を行ったわけであって，そこではアメリカ先住民が救済しうる魂の持ち主であることが当然の前提だった。インド人が人間であるというのは，それゆえスペインによる征服の論理の核心部をなす認識だったのである。ただし，カトリックの教えの受容可能性というこの点については，1537 年の大勅書において，パウルス3世が改めて言及しており，教皇がこのように念を押すというまさにそのこと

をなしていたにすぎない。〈征服〉の様々な関係者によって提起された，聖書に基づく議論の数々については，Giuliano Gliozzi, *Adam et le Nouveau Monde*, préface de Frank Lestringant, traduit par Arlette Estève et Pascal Gabellone, Lecques, Théétète éditions, 2000 を参照。

　20) この点を含め，当時のスペインにおける「インド人」の獣性の議論の意味については，Gliozzi, *op. cit.*, pp. 243-253 (chap. III) を参照。

が，この前提が必ずしも自明視されていなかったという事実を証し立てているようにも見える。インド人は獣同然——あるいは端的に獣——であり，キリスト教の教義を理解するなど到底できないとあえて主張する征服者(コンキスタドール)や聖職者はたしかにいた。しかし彼らはそのような意見を精神的・道徳的(モラル)次元で述べていたのであり，インドの住人が人間とは別の動物種に属するとの理論的立場を選ぶものは誰もいなかった。彼らはこうした見解を，精神的能力の劣る現地人には強力な管理が必要であると訴えることで，エンコミエンダのもとでの現地人搾取の正当化のために用いていたにすぎない（管理の目的はと問われれば，答えは究極的には，彼らを人間らしい生活へと導き，よきキリスト教徒にするということ以外にはありえなかった）。そして，パウルス3世の大勅書は，インド人を動物のように扱い彼らの救済に思いを凝らさない入植者を非難する際，彼らを容認しているカスティリャ王室にもその矛先を向けていたのであるが，官僚による直接統治に移行したい王室の側でも，いつまでもインドとインド人を征服者(コンキスタドール)の自由裁量に任せておくつもりはなかった。かくして，当時の支配的イデオロギーは先住アメリカ人のうちに救済可能な魂を見ることを求めていた。

　バリャドリードの論争に戻るなら，スペインの事業の土台を掘り崩すような主張が，宮廷によって審議にかけられるはずもないだろう。1550年から翌年にかけて行われたこの論争の真の争点は，アメリカ先住民が人間か否かではなく，その福音化の手段に関わるものだった。この大切な事業を時間をかけて平和裏に進めていくことを説くラス・カサスに対して，セプルベダは積極的な武力行使の有効性を訴えたのである。後者がエンコメンデーロたちの代弁者として振舞う一方，前者はといえば，植民地事業の軍事的側面を後退させて効率的な管理を目指す王室の立場を，体現するというのではないにせよ補足的に支える役割を担っていた（セプルベダが彼の著作の出版許可をついに得られなかったのに対し，ラス・カサスはあの『いとも簡潔なる報告』を含めた出版活動を自由に展開することができたことが，支配的イデオロギーと両者の立場の関係の傍証となろう）。ともあれ，先住アメリカ人はキリスト教徒になるべきであり，もちろんそれは可能だ，という点については，双方共に一致していた。征服期スペインの論客中，最も邪悪な主張の持ち主と見なされが

ちなセプルベダの議論でさえもが，インド人の人間としての身分を疑問視していないのである。

1　セプルベダ

インド人への宣教に際しての武力行使の必要性を説くセプルベダはその著作『第二のデモクラテス』において，彼の議論をアリストテレス『政治学』によって権威づける。このギリシア人哲学者によるなら，自然によって奴隷である人間と自然によって支配者である人間が存在し，後者が前者を支配するのは自然に適ってもいれば，前者の福祉のためにも役立つ。「知性をもって先を見通しうる者は自然によって支配者であり自然によって主人である一方，それらのことどもを肉体をもってなしうる者は支配される者であり自然によって奴隷である」[21]との記述からすると，この区別は個人の能力の次元で考えられているようにも見えるが，アリストテレスは同時に，民族間の差異についても語っている。それも，ギリシア人と蛮人という，きわめて大まかな二分法によって。トロイアに対する勝利のために犠牲になることを決心したイピゲネイアの情熱的な言葉――「蛮人は当然，ギリシア人が支配すべきもの」――をエウリピデスから借り受け，哲学者はそれを，「蛮人と奴隷は自然によって同じということだ」[22]と一般化する。古代哲学の権威として知られ，バリャドリードの論争に先立って『政治学』の翻訳を出版したばかりのセプルベダは，この自然による奴隷の理論をアメリカ先住民に適用する。彼らインディオ――すでに見たように，その法的身分規定が問題になるときは蛮人と呼ばれた――は，アリストテレスの言うところの自然による奴隷にほかならないというのである。ただし，古代の哲学者が彼の意味での蛮人，すなわち非ギリシア人全体を本性上の奴隷と見なしたのに対し，アメリカ先住民への入植者の暴力を正当化するという限定的目的を持つセプルベダは，異教世界全体を相手取るような冒険に乗り出したりはしない。彼の蛮人はキリスト教共同体の外部に生きる諸人民の総体ではなく，アリストテレスが同じ『政治学』で述べる有名な

---

21) Aristotle, *Politics*, tr. H. Rackham, Cambridge, Massachusetts, Harvard University Press, Loeb Classical Library, 1944, p. 5 (1252b).

22) *Ibid.*, p. 6 (1252b).

人間の定義——「ポリス的動物」——を満たさない人々に相当する。

　このような蛮人理解は，直接アリストテレスから来ているというよりも，トマス・アクィナスによる『政治学』注解と，同じトマスの『神学大全』における自然法の定義に影響されたものである。トマスは『政治学』注解において蛮人という語の複数の解釈を挙げるが，彼の意に適うのは，「いかなる市民の法によっても支配されていない者たち」[23]という定義である。市民とはすなわち都市で生活する者，自らの自然に従って「ポリス的動物」として生きる限りでの人間の謂いであるが，法制度を備えた市民社会を形成しえないという欠陥は，そのような人民における理性の欠陥を暗示する。トマスによるなら，すべての定義の試みにおいて蛮人が「異質な何かしら（extraneum aliquid）」として捉えられているにしても，理性を持って市民社会を形成しえない人民という以外の定義——相手の言葉が分からない者たちを相互に蛮人であるとする聖パウロのそれ（『コリント前書』第14章）など——は相対的な異質性にしか関わっていないのに対し，こちらの異質性は絶対的である。絶対的に異質であるとは，人類全体に対して異質であるということだ。「まことに純然と，理性を欠いた者は人類に異質である。理性によってこそ人間は人間と呼ばれるのだから」[24]。彼は人間に本質的であるはずの理性を欠いたこれらの人々の存在を，風土または慣習の悪質さによって説明しつつ，いずれにせよそのような人々は「非理性的で，ほとんど獣のよう」な状態に陥っているとする。そしてこの理性の所有という問題は，宗教的啓示とは独立である。ここで『神学大全』における自然法をめぐる議論を参照することにしよう。「自然法とは，理性的被造物のうちなる永久法の分有にほかならない」[25]との有名な定義に先立ち，トマスは『ローマ人への手紙』（第2章）の権威を引き合いに出すことにより，自然法（およびそれを通して永久法）に適った生を送ることは特定の宗教への帰依とは何の関係もないことを示そうとする。パウロはそこで，律法の順守を絶対視するユダヤ人に反対しながら，問題は書かれた法を持っているか否かではなく，自然法を守って生きているか否かであると主張して

---

23) Thomas Aquinas, *Aristotelis Libri. Sententia* Libri Politicorum, lectio 1.
24) *Ibid.*
25) Thomas Aquinas, *Summa Theologiae*, Ia-IIae, q. 91, a. 2.

いるとトマスは言う。蛮人の定義についてはパウロを退けた彼は，異教徒が人間的生を送る可能性の保証としてこの偉大な使徒の言葉を借りることにより，理性と市民的生活の諸価値を信仰から切り離そうと望むのである。

　セプルベダはこのようなトマスの議論を踏まえつつ，キリスト教共同体の外部の存在としてではなく，十全な理性を備えておらず，自然法に従ってもいない存在として蛮人を捉え，このように理解された蛮人を，アリストテレスのいう本性的奴隷にほかならないとする。彼はトマスと同じ『ローマ書』第2章を引きながら，異教徒にも文明的で人間的な，自然法に適った生活を送りうること——そしてその場合，異教徒であるというだけの理由で戦争を仕掛けることは許されないこと——を確認する一方，〈新世界〉にはそのような事例はなかったと断言する[26]。そして，〈新世界〉に足を踏み入れたことのない彼はオビエードのインド史のような権威に拠りながら，まさしくインドの人民こそ，この本性的奴隷の生きた見本であるとするのである。ここでは広大な地に見出された諸民族の多様性はまったく問題とされない。メキシコには文明が，見事な都市があった？　都市で活動しうることに人間の本質的な価値を見るこのアリストテレス学者は，しかしことアステカの都市に関しては巧みな建築技術しか見ず，従ってそこに人間に固有の能力の現れは認められない。「というのも蜂や蜘蛛のような小獣が，いかなる人間の技もよく模倣しえない作品を造るのが見られるのだから」[27]。メキシコ人を含めすべてのインド人は，「無知，蛮性と生来の隷属性」[28]によって特徴づけられる。文字も知らず，成文法も持たず，偶像崇拝と蛮的慣習によって自然法を犯しているこれらの人民は，「人間性の痕跡が辛うじて残っているだけのあれらの小人たち（ホムンクルス）」[29]とまで表現される。「蛮人，そして辛うじての人間（barbari, et vix homines）」[30]，このような存在としてのインド

---

26) Juan Ginés de Sepúlveda, *Demócrates Segundo o de las justas causas de la guerra contra los indios*, edición crítica bilingüe, traducción castellana, introducción, notas e índices por Angel Losada, segunda edición, Madrid, C. S. I. C., 1984, p. 44.
27) *Ibid.*, p. 36.
28) *Ibid.*, p. 37.
29) *Ibid.*, p. 35.
30) *Ibid.*, p. 63.

人と残りの人類との間には乗り越えがたい隔たりがあり，そのことが彼らの本性上の隷属を永遠のものにしているように見える。

しかし，今引用したばかりの表現を，それが切り出された文脈の中に置き戻してみるなら，セプルベダがこの隔たりを解消可能なものと見なしていることが分かる。

> これらの蛮人にとって，彼ら〔スペイン人〕の支配に服することにもまして望ましくまた願わしい出来事がありましょうか，というのも彼らの配慮，美徳そして宗教のおかげで，蛮人そして辛うじての人間から人間が，また彼らの状況に応じて市民が，不名誉な輩から有徳の士が，不信心の徒そして悪魔の奴隷からキリスト教徒，つまり真の神と真実の宗教の信奉者が，生まれ出ることになるのですから[31]。

修辞の上ではインド人の人間としての資格にさえ疑義を呈してみせる（そしてそのことによってエンコメンデーロたちの称賛を得た）このアリストテレス学者は，しかし原理の上では全面的に彼らの人間性を肯定する。ただし，もちろん，潜在的なものとしてではあるが。それにしても，今日の蛮人がいかに粗野であり，無知であり，偶像崇拝とおぞましい慣習によって日々に自然法を冒瀆しているとしても，彼らはスペイン人の然るべき後見のもとで有徳なキリスト者へと成り変わることができるということになると，彼らの奴隷性を自然によるとしたアリストテレス流の規定は，いったいどうなってしまうのか。実際，彼らが「生来の／植え込まれた隷属性（insita Servitus）」のうちに置かれているとしても，この特性の植え込みは本来の自然においてではなく慣習，アリストテレスも別の箇所で自然との類似性を語る[32]この第二の自然において為されたものにすぎず，それゆえスペイン人が今まさに行いつつあるような有益な援助さえあればそんな特性は除去され，まったき人間と市民たるに適った，第一の自然が再び現れ出るはずだ——セプルベダはそんな風に考えているようにも見えるのである。「彼らの状況／能力に応じ

---

31) *Ibid.*
32) 『ニコマコス倫理学』1152a,『弁論術』1370a を参照。

第Ⅰ章　二つの予備的考察　　201

て（pro ipsorum captu）」との表現が，この生成過程が直ちに完了するべきものではなく，場合によってはまったき成就に至ることはないことを，暗示しているにしても。

　アリストテレスの『政治学』においては，自然の定めた身分規定のこのような変動は，考慮に入れられていない。自然によって奴隷である人民が自然によって主人である人民に奉仕することが彼ら自身にとっても利益になるとしても，それはたんに，自らは理性を持たず，理性を持つ者の言うことを理解することしかできない者，しかもそれでいて他人の指示に従って働くに相応しい体格を備えてはいる者にとっては，彼らの為すべきことを命じてくれる人間の存在が必要不可欠だからにすぎない。理性を欠くというこの特性は，何しろ自然がそれを定めている以上，不変である。セプルベダがスペイン人によるインド人への恩恵として主張しているような，よき主人の後見のもとでの隷属者の市民への発展の見通しは，アリストテレスには完全に欠落している。彼がかくも絶対的な基準をもって人間たちの間に分断線を引き，しかも永久に奴隷たるべき定めの人間として，ギリシア人以外の全人類を無造作に名指していること，この事実は，この哲学者の政治理論における，帝国主義的視点の基本的な不在によって説明できるだろう。たしかに彼はギリシア人の自然的性質を環境因によって説明しつつ，寒冷の地ヨーロッパの人民と温暖なアジアの人民との中間に位置し，両者の長所を兼ね備えると共に両者の短所から免れている彼らには，全世界を支配するに相応しい能力があると述べてはいる（1327b）。しかし，彼の理想とする国家はギリシア流の都市国家であり，領土の拡大と人口の増大は，このような国制の維持を困難にするに違いない（1326a）。それゆえ，アリストテレスが領土拡張を国是とする国家に批判的であり（1324b），よき国制のもと，隣人の不在のうちに孤立して幸福に存在する国家の可能性を思う（1325a）のも当然だろう。人間としての理想的な活動の担い手を排他的にギリシア人に帰せしめる一方で，蛮人＝非ギリシア人の全体にはそうした活動の絶対的な不可能性を想定する彼の原理は，外部世界へのこの根本的な無関心――国家間の相互協力の発想もなければ侵略の野望もない――の表現なのである。このような人間が彼の弟子アレクサンドロスの戦争をどのように感じていたのかは非常に興味深い事柄であ

る。実際，全ギリシアを支配下に置いた後，東方遠征によって広大な帝国を築き上げていったこのマケドニア王は，ペルセポリス焼き討ちに典型的な過酷な征服戦争を遂行する一方，帝国統治においてペルシアの慣習や制度を積極的に取り入れるばかりか，ペルシア貴族を重用し，さらには自らを含めたマケドニア将兵とペルシア人女性との集団結婚をも敢行する。狭い都市国家の内部を自由で有徳な市民で満たす一方で，外部には理性を欠いた本性的奴隷の犇めきをしか見ない，そんな明快な図式を捨て去ることからしか，帝国は始まらないのである。

　セプルベダの『第二のデモクラテス』に戻るなら，アリストテレスの自然による奴隷の理論の権威に訴える一方で奴隷的自然の改変可能性をも主張するというこの両義性を，彼は著作の中で決して解決していない。しかし彼の戦いの文脈を考えるなら，解決の必要などなかったことが，あるいはこの両義性こそ彼の求めていたものであることが，了解される。すなわち，一方で，彼の基本的な意図は，入植者たちによる現地住人の搾取とそれによる富の蓄積という現実を理論的根拠をもって肯定することであり，彼らの暴力を正当化するためには，インド人は強制的手段に訴えざるをえないような厄介な劣等性によって特徴づけられなければならなかった。ただし，他方で，彼ら入植者が大西洋の向こう側でそうして活動している根拠はと言えば，王室による植民地帝国建設の事業にほかならず，そうである以上，現地住民の統合という建前を払いのけるわけにはいかない。スペインによる帝国拡張の論理は，教皇庁の承認のもとでの〈新世界〉の福音化であったから，発見された地の人民は少なくとも潜在的には，よきキリスト者になる素質を持っていなければならない。彼らが同じ人間ではない──アダムの子孫ではないなど，以ての外の想定である。かくして彼は，王室の掲げる福音化の前提を維持しつつ，それと緊張関係にあった征服者(コンキスタドール)たちの，公式的イデオロギーによっては決して掬い取られず正統性を与えられることのなかった声，それどころかパウルス3世がその大勅書によってサタンの声として弾劾した声に耳を傾け，それに神学的＝法学的根拠を与えようと欲したのである。

　この意図された曖昧さは，彼が支持しようと望んだ人々の心には届いた。ルイス・ハンケは1554年のメキシコ市議会の決議を引用している

が，それによるとこの最重要の植民市はセプルベダの貢献に感謝し，彼の今後の活動を支援するため二千ペソ相当の贈り物をすることに決めたのだった[33]。インドを訪れたこともないこの哲学者は，かくして入植者社会および新たに征服を企てる人々の英雄になったのである。しかしセプルベダの修辞は，エンコメンデーロや彼らを支持する一部の宣教師にとっては我が意を得た思いだったろうが，それだけにいっそう，大学の神学者たちには受け入れがたいものと映った。彼の描くアメリカ先住民はあまりにも動物に近く，非人間的に描かれているので，たとえ原理の上では彼らの福音化が説かれていたとしても，このような記述を為す人間がその点について確信を得ているようには思われなかった[34]。事情は王権の側でも変わらない。インド評議会は1549年7月3日，「これらの征服を正義に適って，かつ良心の憂いなしに行いうる方法について」[35]，専門家に審議させる必要性を国王に訴える。それを受けたカルロス1世は新たな征服の試みを宙吊りにした上で，バリャドリードでの審議会を準備していく。このような文脈においては，インド人は生来の奴隷であり支配に相応しい存在であるから，彼らに対する如何なる暴力も許容しうるというがごときセプルベダの主張は，その古代哲学者や偉大な神学者たちの参照による権威づけにもかかわらず，あまりに乱暴であって国王の良心を傷つけかねないものだったし，しかもその政治的効果はといえば，官僚による直接統治を目指す王権が厄介払いすることを望んでいた，エンコメンデーロたちの有利に働くものであった。バリャドリードの審議会それ自体ははっきりとした結論を出すことなく閉じられたとはいえ，『第二のデモクラテス』が結局出版されずに終わった一方で，スペインの植民地政策がラス・カサスやサラマンカ学派の意見を多かれ少なかれ取り入れることになったのも無理はない。彼の議論はま

---

33) Lewis Hanke, *La lucha por la justicia en la conquista de América*, Madrid, Ediciones Istmo, 1988, p. 374.

34) Pagden, *op. cit.* の第5章「修辞家と神学者たち」は，セプルベダ（大学の世界ではエラスムス同様のアウトサイダーであるとされる）の著作は本質的に雄弁に属するもので，その修辞のあからさまな力ゆえに，主張の原理自体はサラマンカ学派の人々にも了解しうる形で提示できるものであったにもかかわらず，大学の神学者たちには受け入れがたく，まともな学者の議論とは見なされなかったはずだと論じている。またJ. H. Parry, *The Age of Reconnaissance*, Berkeley and Los Angeles, California University Press, 1981, p. 313 も参照。

35) ハンケの引用による（Hanke, *op. cit.*, p. 340）。

ずい帝国主義者の議論であって，公式のイデオローグを務めるにはあからさまにすぎたのである。

2 ビトリア

別の観点からするなら，彼の議論はその修辞的次元の突出にもかかわらず，フランシスコ・デ・ビトリアや彼の門下のサラマンカ学派の神学者たちの立場と大筋では変わらないと言うことができる。以下ではまずビトリアのインド人講義の内容を簡単にまとめ，セプルベダとの枠組みにおける共通性を確認する。その上で，両者を隔てるものを，彼らが共にインド人の理論的身分規定として採用する蛮人概念の取り扱いに即して検討することにしよう。

16世紀前半のスペインを代表する神学の権威だったサラマンカ大学教授フランシスコ・デ・ビトリアは，1539年に「インド人について」と題する講義を行い，アメリカ征服の過程において彼の目に教皇庁およびスペイン王室の越権行為と映ったものを逐一指摘しつつ，事柄を正しい法秩序のうちに置き直すことを目指した。まず彼は，アメリカ先住民——「俗にインド人と呼ばれる〈新世界〉のあの蛮人」——は，見出された地の正当な所有者だったことを確認する。次いで，皇帝は世界の支配者ではなく，他人の土地を占拠し，支配者を挿げ替える権利を持たないし，スペインにインドを贈与したという教皇について言えば，彼は霊的な事柄に関するほかの世俗的権利を持っていないのだから，他人の土地を勝手に取り上げることも，それを世俗の君主に譲渡することもできないと断言する。さらに，コロンブスによる発見の事実，蛮人たちが福音に耳を傾けないこと，人肉食，近親相姦や同性愛などの自然法に対する彼らの罪，これらのいずれをもってしても，彼らの土地に何の権利も持たない者が力で介入する根拠とはならないと指摘して，当時主張されていた征服正当化の原理のあらかたを否定してみせるのである。

ではスペインが〈新世界〉発見以後に為したことのすべては，不当な権利の行使にすぎなかったのか。そうではないとビトリアは言う。征服の過程で様々な個別的不正義が見られたとしても，スペインの事業全体は依然として正当である。ただし，これまで提案されてきた理由は不適切であるので，別の原理を見出し，すべてを新たな眼差しで捉えなお

第Ⅰ章　二つの予備的考察

す必要がある。かくして彼は，スペインによるアメリカ支配を正当化しうる諸理由の提示へと議論を進めていく。基本原理として彼が依拠するのは万民法であり，これは「自然法そのものであるか，あるいは自然法に由来するもの」[36]であるという。万民法とはもちろん，古代ローマ時代，ローマ市民間の事柄に適用される市民法に対し，非ローマ人とローマ人，あるいは非ローマ人同士の関係を律するために定められた法であるが，特定の都市の事情を越えた普遍的規範として理解されたことから自然法とあるいは同定され，あるいはそこから直接に由来するものとされた。ビトリアに倣って『法学提要』を参照するなら，「自然理性が全人民間に定めたものが万民法と呼ばれる」[37]。ところで，自然法についてはすでに言及されていた。すなわち，蛮人が自然法に対する罪を犯しているのなら，彼らに戦争を仕掛け，支配することができるか，という問題について，ビトリアははっきりと否定していたのである。しかしそれは，その違反が彼ら相互の間で為されている限りでの話だ。その場合，インドに何の権利も持っていない教皇も皇帝も，だからといって彼らが正当に所有している領土を侵犯することはできない。さて，スペインによる支配を正当化する論理を提示するここで問題になるのは，自然法というよりは万民法，すなわち前者との一致を想定されつつも，異なる都市，異なる社会に属する者たちの間でのいわば国際関係の維持の観点から捉えられた法規範である。ビトリアは，ある国の人民が別の国へ赴き，国内を自由に移動し，交易を行い，自らの宗教を当地の人民に推奨すること，これらのことは，当地の人民に害を為さない限りにおいて，万民法によって保障された権利であると言う。これらのことを，それゆえ，蛮人はスペイン人に対し拒むことができない。この「自然な協調と交流（naturalis societas et communicatio）」[38]のために当地に滞在するスペイン人を蛮人が妨害し，危害を加えようとするなら，そしてあらゆる平和的解決の努力を経てもなお衝突が避けがたいのであれば，スペインは力に訴え，征服を合法的に行うことができるだろう。また教皇について言うなら，彼にはたしかに，蛮人が正当に所有する土地をスペイン人

---

36) Vitoria, *Relectio de Indis, op. cit.*, p. 78 (I-3, 1).
37) *Ibid.* (*Institutiones*, I, 2, 1).
38) *Ibid.*, p. 77.

のものと定めるための如何なる権利もない。しかし，霊的事柄に関しては世俗的権利を持つ彼は，福音を〈新世界〉に説き広める事業を誰かに託すための権利は持っているし，かの土地をキリスト教共同体のために発見せしめた航海の委託者であったスペインが，他の諸国には認められないこの事業の遂行者として選ばれたのは実に正当なことであるとビトリアは言う。

　こうしてこの神学者は，一方では征服過程で生じた多くの不正義を告発しうる，そして他方では，それらすべてにもかかわらず，スペインによって行われてきた，そして今後も行われるであろう福音化の試みと，それに不幸にして伴う武力制圧と強制的措置とを肯定しうる，巧みな理論的装置を作り上げたのである。彼の影響下にスペインの征服について忌憚のない議論を始めた神学者たちが当初はカルロス１世を苛立たせたとしても，バリャドリードの論争（この頃ビトリアはすでに没していたが）を経て1573年のフェリペ２世の法令に至る過程で，サラマンカ学派の発想が多かれ少なかれスペインの植民地政策に影響力を持ったのも故なしとはしない。フェリペ２世の法令は，スペインがそのインド統治における公式の語彙から「征服（conquista）」の語を排除し，代わりに「平定／平和化（pacificación）」の語を導入する端緒となったことで知られる。もちろん，軍事行動がなくなったわけではないが，それは今後，平和化の試みとして語られることになる。こうして「征服に対する宗教的批判者たちは，少なくとも，決定的な語彙論的勝利を実現した」[39]。意のままにならない征服者(コンキスタドール)たちがエンコミエンダの存続によって封建領主化することを防ぎ，直接的な統治を実現したい王室にとっては，入植における軍事的側面を後退させて福音化の側面を改めて強調する必要があったのである。

　39）　Luis N. Rivera, *A Violent Evangelism: the political and religious conquest of the Americas*, foreword by Justo L. González, Louisville, Westminster/John Knox Press, 1992, p. 45. もちろんこの語がこれ以前に使われていなかったわけではない。ラス・カサスは，征服者たち自身や彼らの功績を称えるオビエードのような歴史家によるこの語の使用を告発している（Bartolomé de Las Casas, *Historia de las Indias*, primera edición crítica, transcripción del testo autógrafo por el dr. Miguel Angel Medina, fijación de las fuentes bibliográficas por el dr. Jesús Angel Barreda, estudio preliminar y análisis crítico por el dr. Isacio Pérez Fernández, t. II, in *Obras completas*, Madrid, Alianza Editorial, t. IV, 1994, p. 1527 (lib. II, cap. LVI)）。

『第二のデモクラテス』の著者が自然法を日々に犯しながら暮らしているというだけの理由でインド人への戦争を正当化するのに対し，サラマンカ大学の神学教授はその侵犯が国際問題化したとき，すなわち彼らが自然法＝万民法を破ることによりスペイン人に危害を加えるときに限って戦争を正当化する。しかしセプルベダもサラマンカ学派も，共に〈新世界〉の福音化を目標に掲げ，自然法ないしはその忠実な反映として想定される万民法の普遍性を前提として，アメリカ先住民がそれに従っていないと見なしうることを以て支配の正当化と為すのであり，その点では選ぶところがない。もちろん，征服期の歴史的状況の中では彼らは対立する陣営に属していたし，実際両者にはちょうど，スペインの植民地政策における「征服」から「平和化」への移行が，その見やすい欺瞞性にもかかわらず純粋に語彙論上のものではなかったのに対応する，有意義な差異が存在するのではあるが。しかしここでは，我々の主たる関心事である，両者の蛮人理解の違いに注目しておこう。すでに見たように，セプルベダはインド人を蛮人として提示するに際し，アリストテレス＝トマスに依拠しつつ，彼らを理性を十分に持たない「辛うじての人間」として描き出す。インド人には——アリストテレスにおける自然による奴隷たる蛮人とは異なって——，市民となる潜在的能力が認められてはいるものの，それが現実のものとなり，蛮人の身分を捨て去るのは，ただスペイン人の〈新世界〉への到来と，彼らの善意に満ちた手助けによるほかないのだった。それに対し，ビトリアの『インド人について』では，彼ら蛮人はスペイン人によって見出される以前の段階において，すでに彼らなりの理性の行使を認められている。彼らは然るべき秩序をもって社会を形成しており，法制度も宗教も持つ。「神も自然も，人類の大部分にとって必要なものにおいて彼らを見捨ててはいない」[40]。セプルベダが蛮人を一様に理性の欠如ないし深刻な欠陥と結び付け，この点でトマスに忠実であるのに対し，サラマンカのトマス主義者たちは蛮人の定義についてはトマスよりも緩やかで，トマスなら異教徒であっても蛮人ではないと考えるような人民，すなわち一定の市民社会を形成しえている人々をも，蛮人と呼ぶ[41]。理性的存在と認めうる人々

---

40) Vitoria, *op. cit.*, p. 30 (I-1, 15).
41) ビトリアと共にサラマンカ学派を代表するドミンゴ・デ・ソトも，例えば次のよ

をも蛮人と名指すこと，ここには，他者を異質なものとして全面的に排除するというのとは違う両義性を認めることができる。かつてなら無造作に人類に異質な者として打ち捨てられていた存在のうちにも理性の活動と自然法の理解を認め，人間的秩序のうちに統合していこうとする傾向が，そこには現れているのである。もちろん，そのことは，蛮人をただちにスペインを始めとするキリスト教共同体の市民と同列に置くことを意味しない。市民社会といい，法秩序といっても，その内実は一様ではないからである。実際ビトリアは，インドの蛮人たちの市民としての程度が最低限度のものであるとの認識に立ち，次のようにそれを説明している。「それゆえ私は，彼らがこれほど無分別で間抜けに見えるのは，その大部分が悪質で蛮的な育ち方に由来すると思っている。というのも我々のところでも，多くの田舎の人々が粗野な動物とほとんど違わないのが見られるのだから」[42]。カスティリャの農民が，如何に無知で粗野であろうともスペイン社会の欠かせない一部をなしているのと同様，辛うじて市民社会らしきものを打ち立てているだけのインドの蛮人も人間社会の一部である。ビトリアにおけるインド人の統合を表すもう一つの比喩として，相続人たるべき子供のそれを挙げることができる[43]。彼は「相続人が幼少のうちは，まるで奴隷と変わらない」というパウロの言葉（『ガラテア書』第4章第1節）を引くが[44]，そこからは二重の帰結が引き出される。まず，子供が現在は行使しえない理性を，やがて十全に行使すべき存在であるのと同様，インドの蛮人も現状のままに永久にとどまる定めにはなく，やがて理性を行使する市民たりうるということ。次に，にもかかわらず，大人になる前の子供が後見を必要とする点で奴隷と変わらないように，インド人も現状ではより優れた存在による支配が

───────

うに書いている。「蛮人たちは，習俗の腐敗に損なわれ，過ちのため暗愚となって，自然法が禁じているものを罪と見なさないこともありうる」（Domingo de Soto, *De iustitia et iure*, Antwerp, 1568, f. 13r, cited in Pagden, *op. cit.*, p. 229, n. 243）。彼らのうちには悪しき習慣のせいで本来の自然を損ない，自然法を理解し得なくなった者も存在しうるということ，それは，理性の欠如と自然法の無理解は，蛮人の定義にはもはや含まれないということである。

42) Vitoria, *op. cit.*, p. 30 (I-1, 15).

43) パグデンはこの比喩に着目しながら，ビトリアの理論的賭け金を，アメリカ先住民の身分規定の「自然の奴隷から自然の子供へ」の移行であると論じている（Pagden, *op. cit.*, chap. 4）。

44) *Ibid.*, p. 28 (I-1, 12).

必要であるということ。セプルベダも同様に，彼の場合はアウグスティヌスを引きながら，スペイン人のインド人への関係を愛する子に厳しく振舞う親の関係に擬えており[45]，ここでもまた両者の根本においての共通性が了解される。ビトリアのインド人講義はその末尾で，インドの蛮人がアリストテレスの言う自然による奴隷かもしれないとの主張を肯定も否定もできない仮説として取り上げ，もしそれが事実であれば然るべく対処しなければならないと述べて閉じられるのだからなおさらである。ビトリアの議論の法学的洗練はさておき，インド人の地位をめぐる両者の違いは原理上のものというよりも段階的なものというべきで，そのことの一つの表現が，蛮人概念の適用範囲のずれなのである。

3　ラス・カサス

アリストテレス＝トマス的蛮人理解という共通の前提に立っているという点では，ラス・カサスも同様である。そして興味深いことに，蛮人の語の解釈においてこのドミニコ会士は，ある程度の共闘関係にあったサラマンカの神学者たちは言うに及ばず，論敵のセプルベダ以上に，トマス的定義への忠実さを示す。もちろん，この同じ忠実さは，別の政治的効果を狙ったものである。ここではその点を，『弁明的インド誌提要』の第264章からエピローグにかけて展開される，bárbaro（「蛮人」，あるいはむしろ実詞化される前の形容詞として，「蛮的な」）の諸定義の検討に即して見ることにしよう。彼はそこで，この語の意義を四つに分類する[46]。

第一の種類は，広義の不正確な解釈によるものとされ，「異質な何かしら，獰猛さ，無秩序，途方もなさ，理性・正義・よき習俗や人間的温情の堕落，あるいは〔…〕混乱していたり性急だったり，猛り狂い激情に駆られたりした，つまりは理性の埒外にある考え」[47]について用いら

---

45)　Sepúlveda, *op. cit.*, p. 23.
46)　バリャドリードにおいてセプルベダに反論すべく準備した原稿でも，彼は冒頭の五章で蛮人概念の四分類を提示している。議論の内容は，ほぼ『弁明的インド誌』と同じである（Bartolomé de Las Casas, *Apología*, dir. Vidal Abril Castelló, Junta de Castilla y León, 2000）。
47)　Bartolomé de Las Casas, *Apologética historia sumaria*, edición de Vidal Abril Castelló, Jesús A. Barreda, Berta Ares Queija y Miguel J. Abril Stoffels, t. III, in *Obras completas, op. cit.*, t. VIII, 1992, p. 1576 (cap. CCLXIV).

れるという。これはつまりは特定の民族グループのというよりはある種の個人の属性，あるいは誰でもが時として陥る可能性のある一状態のことである。かくしてミラノ人は司教選出の際に意見を分裂させて蛮的になり，スペイン人はといえば，「インド人」への行為を通して蛮人と化すのが見られた。この蛮性はそれゆえ，「まったく偶発的で本性に関わらない」[48]。第二の定義はより狭く，言語活動に関わる。文字言語を持たない人々は蛮人と呼ばれる。そして話し言葉についていうなら，対話相手に言葉をうまく通じさせることのできない人間は，相手にとって蛮人である。これはもちろん，ギリシア人が外部の人間を bárbaroi と呼んだ当初の意味であるが，この観点からすると，互いの言語を解さない者は，おしなべて相互に蛮人であることになる。先ほどトマス・アクィナスが参照しているのを見たパウロの言葉を，ラス・カサスも当然に引用する。

　これら副次的事情による蛮性に続き，彼は狭く本来的な意味での蛮人の定義を示す。

　　蛮人であることの第三の種類と様態は，この用語または言葉を狭く，ごく狭く本来的に解したもので，すなわちこれらの人々は異質にして粗野な悪しき慣習，または悪しき堕落した傾向のために，残酷で獰猛，全人類に対して異質となり，理性によって自己を治めるどころか無分別で操り人形のように判断力を欠いているし，法も町も，他の人々との友愛も交流も，持ち合わせてもいなければ気にかけてもおらず，それゆえ村も町役場も市役所もないのであって，というのも社会的生活をしていないからである〔…〕[49]。

　息の長い一文はもう少し続くが，これら蛮的人間における万民法の無理解が確認された後，「彼らは大部分，人との交わりを避けて山林に分散して住み〔…〕，それは動物たちがするのと同様で，猿やパウロ猫やその他の群れをなさない獣たちと同様なのである」[50]と結ばれる。理性

---

48) *Ibid.*, p. 1591 (epílogo).
49) *Ibid.*, p. 1580 (cap. CCLXV).
50) *Ibid.* パウロ猫は一種の猿のことで，『インド史』にも登場する（例えば，*Historia*

の欠陥ゆえに万民法＝自然法に従わず，それゆえ人類に対して異質となった獣的存在。完全にトマス的なこの定義に，アリストテレスを参照しての蛮人と本性的奴隷の同一視が続く。「つまり simpliciter に〔純然と〕，本来的に狭い意味で蛮人であることは，natura〔自然〕によって奴隷であることと同じである，〈哲学者〉がそこで結論しているように」[51]。

　こうして，議論の前提となる人間学的＝法学的枠組みは，セプルベダであれ，ビトリアであれ，ラス・カサスであれ変わらない。彼らを相互に隔てるのは，そのような枠組みにインドの現実を取り込むときの手付きであり，ラス・カサス風に言うならば，「法 (derecho) を事実 (hecho) に結び付ける」[52]やり方である。もちろんこの結び付けの試みがそれぞれに異なるのを反映して，既存の法学的枠組みの理解もそれぞれに独自の屈折を帯びる。その点を我々は，蛮人の語の解釈を通して検討しているわけである。セプルベダは先住アメリカ人をひと括りに──メキシコの都市を蜂や蜘蛛の巣におけるような非人間的技巧と同一視しながら──アリストテレス＝トマス的意味での蛮人＝本性的奴隷と見なし，「辛うじての人間」，ホムンクルス等々と呼んだ上で，しかしスペインによるインド支配の根拠は踏まえなければならない以上，彼らが原理的には統合可能な存在であることを進んで認める。ビトリアは，蛮人の規定をもう少し緩め，ある程度の文明的達成を彼らのうちにも見る。固有の都市とそこでの市民生活を有する蛮人というのは，トマス的定義からするなら撞着語法であり，それゆえ彼の立場に忠実なセプルベダには，メキシコの都市生活という現実を，虫の類にも可能な純粋な技巧的達成として否認しなければならなかったのであるが。蛮人の規定のこのような緩和のうちに見るべきは，統合と階層化の二重の操作である。蛮的生活のうちにも文明的諸価値を見出しうるということ，それはある程度の文明を実現している人民であっても完全に市民のうちに組み込むことなく

---

de las Indias, t. II, p. 1022 (lib. II, cap. CXXVIII)）。マルコ・ポーロの旅行記にも見られるこの語の一般的な解説としては，*The Travels of Marco Polo*, the Complete Yule-Cordier Edition, New York, Dover, 1993, vol. II, p. 383 (book III, chap. XXIII, note 2) を参照。

51) *Apologética historia sumaria*, t. III, p. 1581 (cap. CCLXV).

52) *Historia de las Indias*, t. III, in *Obras completas, op. cit.*, t. V, 1994, p. 1758 (lib. III, cap. III).

蛮人と呼び続けることを可能にするのだから。人類に異質な純然たる蛮性と，真に人間的な市民的生活。ビトリアの理論はこの両極端の間に，セプルベダのトマス主義にあっては理論上存在しえない曖昧な灰色の領域を開くのである。

　さてラス・カサスの場合であるが，つい先ほど確認したように，彼の蛮人理解は厳密にアリストテレス＝トマス的伝統に従っている。この厳密さはセプルベダをも凌駕するもので，このように理解される限りでの蛮人たちには，スペイン人の恵み深い後見をもってしても市民になりゆく見込みはなさそうである。彼がこの伝統的理論の具体的例として挙げるのは，かつてのバーバリー地方の住人たちである。本来の意味での蛮人を定義した後，ラス・カサスは続けて，「このようであったに違いないのは先述のバーバリー地方の人々で，彼らは人間が人間としてあることの本質，つまり人間的理性，そして大部分の人間が従い，用い，すべての人間にとって共通で自然であるものに対して異質なのだった」[53]と書く。蛮人と本性的奴隷のアリストテレス的等置はこの直後に現れるのであって，古代にこの名を与えられた頃のバーバリーの住人は，永遠の被支配に相応しい存在だったわけだ。それゆえラス・カサスにとって純然たる蛮人は単なる理論的抽象ではなく，実在可能性を伴っている。ただし，イスラム化した今日のバーバリーの人民については，彼はまったくよい感情は抱いていないにしても，この意味での蛮人として人間の境の限界にまで押しやることはしない。古代バルバリアの人民が，ラス・カサスが挙げる唯一の実例であって[54]，今日の世界には，それゆえ純然たるトマス的蛮人は実在しないものと見える。

　では〈新世界〉の人々は？　セプルベダがまさにこのトマス的意味での蛮人と見なし，ビトリアがこの定義を緩めつつ，一定の文明的価値を担う蛮人という中間的理解によって捉えたインドの人民について，ラス・カサスは共通のアリストテレス＝トマス的枠組みを保持しながらも，まったく別の理解を提案する。インド人はその全体において，この意味での蛮人ではない，なぜなら彼らは押しなべて，自然法に則った市民的生活を送っていたのだから，と言うのである。このような操作のた

---

53) *Apologética historia sumaria*, t. III, p. 1580 (cap. CCLXV).
54) バリャドリード論争時の『弁明』でも，この点は変わらない。

めには，語の定義においてトマス的厳密さを保持する必要があったことがよく分かる。ビトリアにおけるような曖昧さは，市民的存在をも蛮人と呼ぶことを許すからである。しかしラス・カサスは，蛮人か市民かの二分法において，インド人を後者に割り振るだけでは満足しない。彼はインド人の隷従化をアリストテレスの本性的奴隷の説によって正当化する類の議論を何とかしなければならないと感じていた。彼は1519年の時点では，神聖ローマ皇帝に選出されたばかりのカスティリャ王の前で，まさにこの理論を唱える一司教と議論を交わし，「〈哲学者〉は異教徒だったので，今は地獄で焼かれており」[55]，その理論のうち，キリスト教の教え——全人類の平等——に合致する部分だけを取り入れるべきであると主張する。しかし彼はその後，アリストテレスの図式を否定するのではなく，当の図式内部でのインド人の位置づけを変える方向に転じる。たしかに，1550年のバリャドリードの論争においても，「さらばアリストテレス！ 永遠の真理たるキリストから，我々は以下の言葉を受け取っている——「あなたの隣人をあなた自身のように愛しなさい」」[56]との断言が読まれる。しかしこれは，蛮人であるなら暴力的に扱ってもよいというアリストテレス＝セプルベダの立場への反論として，相手が劣った存在であろうとも優しく扱うべきであると述べているにすぎない。実際この言葉は，バリャドリードの弁明の冒頭近く，本来的な狭義の蛮人を解説する章に現れているのであって，従ってこれは，本性的に奴隷である人間と，本性的に支配者たる人間がいるというアリストテレス的前提に立っての意見なのである。

そしてこのドミニコ会士は，インド人を蛮人であり本性的奴隷であると見なす人々を決定的に論破するためには，彼らにもそれなりの政治生活があったとするビトリア流のやり方では弱すぎると感じて，一方では彼らの前コロンブス期の文明的達成をあたう限り誇張し，他方では，彼らをアリストテレスの言う自然による支配者として提示しうる理論を構築する。すでに見たように，アリストテレスは『政治学』においてギリシア人の優秀性を環境因によって説明し，寒冷の地ヨーロッパと温暖な

---

55) *Historia de las Indias*, t. III, in *Obras completas, op. cit.*, t. V, p. 2413 (lib. III, cap. CLXIX).

56) *Apología, op. cit.*, p. 29 (cap. III, XXI).

アジアの中間に位置するギリシア人はその気質においても中間的で，両者の欠点とは無縁な一方で両者の長所を併せ持つと書く。ラス・カサスはこの議論を受け入れ，この哲学者の他の著作や，プトレマイオスを始めとする他の古代人たちの著作によって補強していく。『テトラビブロス』のエジプト人注釈者アリに従って，環境的卓越性と，その帰結としての肉体と魂と知性における卓越性を，たんにギリシアのみならず，「スペイン，イタリアとギリシアの大部分」[57]を包括する地帯にまで拡大しながら。そしてこのような環境決定論を踏まえ，彼はインドの人民を同じ恩恵に与らせようとする。ギリシアの地の中間的特性は，インド全体の特性と重ねあわされる[58]。「穏和さと中間性と心地よさにおいて」[59]優れているこのインドの地は，まず恵まれた身体を育む。「顔つきも表情も身振りも，彼らは一般に男であれ女であれ，幼少のつまり生まれた頃から，優美で美しい」[60]。この身体的特徴は，彼らの知的能力の表徴であり，自然によって支配する人々の一員であることの証しである。「このような徴と意味について〈哲学者〉が語って言うには，各々が生まれて幼少の頃から，自然は子供らの身体と身振りのうちに，彼らが自由人の魂と奴隷の魂のどちらを持っているのか，つまりよき優秀な知性を備えているかどうかを示している」[61]。アリストテレスは自然による奴隷と自然による支配者の身体つきの違いについて語り，前者が日々の労働に耐えうる屈強な体格をしているのに対し，後者は背筋が伸びており，そのような労役には向かない代わりに市民的活動に適していると定めている[62]。それでラス・カサスは，前者に関連する諸特徴をアメリカ先住民の表象からすっかり取り除き，もっぱら後者の諸特徴を与えることで，彼らが隷属のために生まれついた存在ではないことを証し立てようとする。「インド人はよい身体つきをし，彼らの四肢すべてが見事に均衡が取れて繊細であるはずだし，現にそうである。それも大方の平民や農夫

---

57) *Apologética historia sumaria*, t. I, in *Obras completas, op. cit.*, t. VI, 1992, p. 413 (cap. XXX).
58) *Ibid.*, p. 432 (cap. XXXIII).
59) *Ibid.*, p. 430 (cap. XXXIII).
60) *Ibid.*, p. 436 (cap. XXXIV).
61) *Ibid.*
62) 『政治学』1254b。

に至るまで」[63]。「彼らの四肢はあまりに引き締まり，立派で，均衡が取れているので，全員が貴族の子弟であり，快適に生まれ育ったようにしか見えない」[64]。

　読者は『弁明的インド誌』を通して，広大なインドの地の諸民族はコロンブスの到着以前に一様に市民社会を実現しており，また実際彼らはそのような活動に適った，自然による支配者の体格と魂と知性を，階級の別なく備えていることを教えられる。かくして完全に狭義の蛮人たることを免れたラス・カサスのインド人がそれでもなお呼ばれるに値する蛮人の定義は，第二の定義，すなわちスペイン人と共通の言語を持たない人民のそれのほかには，これまで挙げてこなかった最後の第四の定義，すなわち非キリスト教徒のそれということになる。然るべき法制度を整えた市民社会であっても，真の宗教の光に照らされていない限りは蛮的であり，この教えのみが正すことのできる様々な欠陥を保持し続けるとラス・カサスは言う。しかしそれらの蛮人の中でも，インドの人民は最も罪が軽い。何故なら，第一に，彼らは偶像崇拝者の群れの中では真の神の冒瀆の度合いが最も軽度であって，この点で古代ギリシアとローマの恐るべき堕落とは比較にならない健全さを示す。第二に，異教徒（infiel）としての蛮人には二種類があり，「一方は，自分たちの間で平和に暮らしており，我々に如何なる負債も負わない人々，そして他方は，〈教会〉を迫害し，ローマの支配の，つまりはキリスト教の支配の公然の敵である人々」[65]であるが，インド人は明らかにこの前者に該当し，しかもこれまで真の宗教について聞いたことのなかった彼らの不信仰は純粋に消極的（pure negativa）[66]なものにすぎないからである。こうしてアメリカ先住民はラス・カサスの努力によって，福音に照らされていない人民に許される限りの美点を備え，後はカトリックの教えを受け入れることにより最終的な完成に導かれるのを待つばかりの人々として描き出される。

　　　　　　　　　　＊　　　＊

---

63)　*Apologética historia sumaria*, t. I, p. 435 (cap. XXXIV).
64)　*Ibid.*
65)　*Apologética historia sumaria*, t. III, p. 1591 (epílogo).
66)　*Ibid.*

〈インドの使徒〉のこのような理論——『弁明的インド誌』は1909年に至るまで刊行されなかったが，そこでの議論自体は同時代の論争的文脈への取り組みとして練り上げられたものであって，実際バリャドリードの論争始め様々な機会に公言されていた——が真正面から受け入れられることは当時なかったに違いない。アメリカ先住民の現状に不正義を認め，様々に論じ行動した人々にあっても，彼らが福音以外のすべてをすでに獲得済みであり，彼らが蛮人であるのはたんに非キリスト教徒として，古代ギリシアやローマの人民と同じ資格においてであるにすぎないとは思われなかったからである。ビトリアの議論に典型的に現れているような中間的解決，すなわち蛮人の語のうちに濃淡の諸段階を導入しつつ，ある程度の市民的諸価値を実現している人民をもこの語で名指すことのほうが妥当に感じられたはずで，実際このような蛮人の用法は，18世紀のムラトーリやシャルルヴォワに至るまでのイエズス会宣教師の報告にも受け継がれている。その一方，アントネッロ・ジェルビの広く読まれた研究によるなら，ラス・カサスのアリストテレス主義は，本人の意想外の効果を後の諸世代にもたらすことになった。未刊行の『弁明的インド誌』は読者を当然に持たなかったが，対照的に16世紀後半から二世紀以上に渡ってヨーロッパ中に反響を巻き起こし，各国の反スペイン・キャンペーンの中で〈黒い伝説〉の有力な証言として活用された『インドの破壊をめぐるいとも簡潔なる報告』においても，彼は同様のアリストテレス的図式を念頭に置きながらインド人を描写する。ラス・カサスはアメリカ先住民を強制労働から救うべく，古代哲学者による本性的支配者の記述通りに労働に向かない繊細な身体つきを与え，その彼らが次々と死んでいく様を執拗に示す。ジェルビが引用するのは，『報告』冒頭の実に典型的な記述である。

> 彼らは〔…〕その体格がきわめて繊細で，か細く，脆く出来ていて，労働には耐えがたく，何か病気にかかると実に簡単に死んでしまう。我々のところの君主や領主の子弟らは，快適で繊細な生活のうちに育てられているけれども，彼らほどには繊細ではない——

それも，彼らの中の農民の家系の者たちと比べてもである[67]。

　反ラス・カサスの姿勢を隠そうともしないこの論者は，「彼に固有のものであるあの軽率さで，ラス・カサスは先住民の法的自由を救うべく，彼らの身体能力を貶め，嘲弄するのである」[68]と書く。そして彼のこのような記述は，後世において先住アメリカ人の肉体的劣等性の証拠と見なされるに至ったと指摘する。背景にあった本性上の奴隷説はあるいは忘れられ，あるいは，ヴォルテールにおけるようにそれが喚起される場合には，完全に誤読される。ジェルビが参照しているように，『習俗論』のペルー征服の章において『いとも簡潔なる報告』に言及するヴォルテールは，「彼はそこでほとんどすべてのアメリカ人を穏和で臆病な人間，気質の弱々しさのために・自・然・に・奴・隷・と・な・っ・て・い・る・そのような人間として描いている」[69]と書くのだった。たしかに，コルネリウス・デ・パウによって体現され，アメリカをめぐる当時の議論に少なからぬ影響力を持った，アメリカ先住民と彼らが生きる〈新世界〉の風土の劣等性のテーゼが云々された時代にあって，ラス・カサスのあの小さな本が，アメリカの来歴に思いを巡らせる人々のうちに，征服者の残虐さと同程度かそれ以上の，滅び行く者の圧倒的な弱さの観念を育み続けたのは事実だろう。

　しかし，こうした印象をもたらすラス・カサスのインド人描写の全体がアリストテレス主義によって説明できるわけではないし，また彼のアリストテレス主義の全体がジェルビの検討によって汲み尽くされているわけでもない。まず後者から見るなら，すでに述べたように，〈哲学者〉は自然による支配者の記述に当たり，その背筋の伸びた身体は労働には耐えられないが，市民活動には適しているとする。ところでこの市民活動は，国政への参加と軍事活動への参加の二つの側面からなるのであって，アリストテレスは労働には向かない自由人の身体を，優秀な戦士の

---

67) Las Casas, *Brevísima relación de la destruición de las Indias*, edición de André Saint-Lu, Madrid, Cátedra, 1982, p. 76.
68) Antonello Gerbi, *La disputa del Nuovo Mondo*, nuova edizione a cura di Sandro Gerbi, con un saggio di Antonio Melis, Milano, Adelphi edizioni, 2000, p. 105 (III-7).
69) Voltaire, *Essai sur les moeurs*, t. II, p. 360 (chap. CXLVIII). 強調引用者.

それとして提示している。そしてラス・カサスは，ある意味ではジェルビの指摘する以上にアリストテレスに忠実であり，インド人の戦士としての勇敢さやその身体能力についても大いに語っているのだった——たとえこのような記述が圧倒的な破壊の印象によってかき消されてしまい，大方の読者の記憶にとどまることがなかったとしても。次に前者について言うなら，アリストテレス主義は彼のインド人イメージの重要ではあるがひとつの要素であるにとどまるし，彼らの弱さの印象についても，責任の一端を担っているにすぎない。ジェルビが引用した冒頭の一節は，その直前の部分と併せて読まれるべきものである——

> 神はこれら世界的規模の無数の人民を，a toto género〔= a toto genere，「全種に渡って」〕，きわめて素朴で，邪まなところも裏表もなく，この上なく従順で，彼らの本来の主人たちにも今現在仕えているキリスト教徒たちにもこの上なく忠実，きわめて謙虚で，きわめて辛抱強く穏やか，諍いも騒動も知らず，喧嘩も争いも好まず，恨みも憎しみも持たず，世に見られるような復讐を望む気持ちもない，そのような人々に創り上げた。彼らはまた，その体格がきわめて繊細で，か細く，脆く出来ていて，〔…〕[70]。

彼らの素朴さ，穏やかさ，この上のない従順さ。ここにあるのは，ラス・カサスのインド人記述においてアリストテレス流の本性的支配者の身体イメージ以上の決定的重要性を持ち続けたもの，すなわちコロンブスがその航海の報告において描いたインド人のイメージである。ラス・カサスは彼の航海日誌の写本（第三次航海）および要約（第一次航海）作成者としても知られているが，彼はそれをあるいは文字通りに書き写し，あるいは注釈を加え，あるいは原本への忠実性を判別しえない仕方で自身の言葉で語り直し，さらには彼の『インド史』においても大々的に活用する。そのようにして彼は，コロンブスが——インドをめぐる彼自身のヴィジョンの反映であるのと少なくとも同程度に——カトリック両王への報告としての性格を顧慮し，彼の企画への王室の支持を

---

[70] *Brevísima relación*, pp. 75-76.

損ねないようにと構成されたはずのインドの島々とその人民の記述を，あたかも現実の忠実な写しであるかのように扱いつつ，インド人についての彼自身のイメージのうちに取り込むのだった。コロンブスは伝説に彩られた黄金の国に到達し，交易によってカスティリャ王室を潤わせるはずだったのに，発見した土地は都市らしきものもない島であり，出会った人々は衣服すら身に纏っていなかった。それゆえ，黄金獲得の可能性をあくまで強調する一方で，彼はそれらの人民については可能な限り好ましいものとして描き出したのである。文明の不在を肯定的に提示するには「黄金時代」や「地上楽園」のトポスが利用できた。さらにより実際的には，彼らをカスティリャのよき臣民たりうる存在としなければならなかったので，その身体を美しく立派なものとして描き，気質については従順さや素直さを強調した。彼らが宗教を持っていないことが何度も指摘されるが，偶像崇拝に冒されていない白紙の心には，速やかにキリスト教が入り込みうるはずだという主張がその狙いであった。新しい事柄を容易く理解するだけの知性が認められたのはもちろんである。これらコロンブスが王室へのプロモーション活動の一環として案出し調整したすべて，この最初の出来事から半世紀が過ぎて事情の変わった今ではもっと好意的ではない別のイメージに取って代わられてしまった最初のインド人のイメージを，ラス・カサスは自らのものとし，当時すでに忘れられた人であった〈提督〉の志の継承として彼の闘いを規定した。しかし，後世の人間がかつての残虐の記録として『いとも簡潔なる報告』を読み，虐げられる側の気質の穏やかさや従順さ（コロンブス的記述）とその身体の繊細さ（アリストテレス的記述）の強い印象を受け取るとき，両者が相まって先住民の劣等性の証拠をなしているように見えたとしても無理はあるまい。ここでもヴォルテールを取り上げるなら，スペイン人の残虐を読者に伝えるべくラス・カサスの書物を紹介するこの哲学者は，アメリカ先住民の運命に哀れみを覚える一方で，まさにこの災厄を通して，彼らの劣等性が証明されたとも考えている。インド人の災いは，彼らの劣った性質に起因しているのだ。かくして彼は『習俗論』のコロンブスの発見とその後の経過を扱った章において，その劣等性を身体と精神の両面において確認する。「経験はまた，アメリカ人に対してヨーロッパ人がどれほど優越しているかを教えた。至ると

ころでたやすく打ち負かされたこのアメリカ人たちは，一人の相手に対して千人以上を擁しているというのに，ひとつの動乱（révolution）をすら決して企てることがなかったのだ」[71]。なおこの一節に直接に先立つのは，アフリカの黒人たちが他の人民の奴隷となっているのはその劣等性によるという指摘である。二つの大陸の人民のこの劣等性は，ヴォルテールによって，人種間の生物学的差異の二つの実例として掲げられている。彼が先ほどの引用で『いとも簡潔なる報告』を説明しながら，インド人は「その気質の弱々しさのために自然に奴隷となっている」と書いたのは，それゆえ，奴隷制度を人種間——あるいは本物の人間と，猿と人間の中間に位置する生物の間——の能力差によって基礎づける彼自身の見解の表明だったわけである。彼は果敢な反教権の闘士として，キリスト教の基本的諸前提を攻撃する如何なる機会をも逃さなかったが，世界中のかくも多様な人々が押しなべてアダムの末裔だという聖書の記述は，分けてもお気に入りの標的だった。あまり真面目でないキリスト者たちによるインド人の動物扱いを告発するラス・カサスの努力は，かくして，キリスト教と縁を切ることを真剣に選び取った者による人類の単一性の原理への挑戦に，有益な貢献を為したのである。

---

71) Voltaire, *op. cit.*, t. II, p. 335 (chap. CXLV).

第 II 章
16~18 世紀フランスにおける野生人と蛮人

1　カニバルと自然法

1　コロンブス，ピエトロ・マルティーレとカニバルの誕生
　ラス・カサスによるコロンブス的理念の継承は，全面的なものではない。彼はコロンブスが現地人に与えた素朴さや従順さ，さらには優れた理解力を，アリストテレスにおける自然による支配者，国政と軍事に与るよき市民のイメージと混ぜ合わせる。しかしコロンブスにとって島民の素朴さと従順さは何よりもまず，スペインによる支配のたやすさのよい兆候である。「彼らはとても有能なよい僕になるはずです。私が彼らに言ったことを，実に素早く繰り返すのですから」[1]。コロンブスは最初の航海で出会った人々の知的能力を繰り返し称賛するが，アリストテレスの本性的奴隷説など与り知らぬ彼にとっては，知的で穏やかな気質の人民を奴隷とすることに何の理論的困難もなかった。彼は最初の遭遇の翌日の日誌で，すでに七名の現地人を捕獲済みであり，彼らをカトリック両王に謁見させるつもりだが，お望みとあらば全島を制圧し，島民すべてを捕虜として現地にとどめ置くことも，全員をスペインに連れ帰ることも可能だと述べている。ラス・カサスは航海日誌の上記の一節を

[1) Cristóbal Colón, *Diario del primer viaje*, in *Textos y documentos completos*, edición de Consuelo Varela, secunda edición ampliada, Madrid, Alianza Editorial, 1992, p. 111 (11 de octubre).

『インド史』で引用した上で、ここに神の意志の遂行者にほかならない〈提督〉自身のうちに同時に存在する、そこからのおぞましい逸脱者を見出す[2]。

とはいえ当時、軍事的制圧と改宗（の強制）は矛盾的には捉えられていなかった。そのことは、グラナダ征服に先立ってカスティリャが敢行した、カナリア諸島征服とその後の過程に照らしても了解される。だからコロンブス自身はおそらく、ラス・カサスが腑分けする二つの側面をごく自然に共存させていたはずだ。もちろん、そうはいっても、平和的な支配と統合が望ましいのは言うまでもない。穏やかなインドの人民は、必要が生じれば武力で制圧することにもなろうが、基本的には平和裏に交流すべき味方である。

しかしインドには別種の人民も存在するようなのであり、スペイン人は前者と同盟を結び、彼らを守るために、後者と戦わなければならない。すなわちカニバルであり、その存在は第一次航海の日誌にすでに記録されている。現地人はカニバ（Caniba）もしくはカニマ（Canima）と呼ばれる人々をこの上なく恐れているのであるが、彼らは人肉を喰らい目が一つしかなく、犬の顔をしているのだという。コロンブスは現地人の言葉を信じず、彼らが恐れているのは実は大汗(グラン・カン)の遣わす人々ではないかと推測する[3]。彼が確信を深める12月11日の日誌によるなら、「カニバとは大汗(グラン・カン)の国民にほかならず、大汗(グラン・カン)はこのすぐ近くにいるに違いありません。彼らは船舶を持っていて、この地の人々を捕らえに来るのですが、捕らわれた者たちが帰って来ないので、ここの人々は大汗(グラン・カン)の人民がその者たちを食べてしまったものと信じるのです。日々に我々は、このインド人たちの言葉を理解できるようになっております」[4]。もちろんここで実際に起こっているのは、このジェノヴァ人が現地語の知識を身に着けてきたということではなく、頻繁に耳にする異語を既知の解読格子の中で理解しようとする努力が、一定の成果を実らせたということにほかならない。かくして小アンティルのカリブ族を指すアラワク語

---

2) Las Casas, *Historia de las Indias*, t. I, in *Obras completas, op. cit.*, t. III, pp. 561-562 (lib. I, cap. XLI).

3) Colón, *Diario del primer viaje*, p. 145 (26 de noviembre).

4) *Ibid.*, p. 158 (11 de diciembre).

第Ⅱ章　16~18世紀フランスにおける野生人と蛮人　　　　223

caniba は，〈提督〉の解釈学的努力によってまずはラテン語 canis（犬）と関連づけられ，現地人が犬の頭をした人間について熱心に語っているとの想像に，彼を導く。犬頭人（cynocephalus）は古代から中世に至るまでの西洋の想像力に深く根を下ろした伝説的形象だったからである（一つ目の怪人と同様に）。次いでコロンブスは，彼の想像のうちなる現地人の言葉を打ち消し，連想を別の方向に働かせて，この語は彼が捜し求めて止まぬ，マルコ・ポーロが伝えるあの大汗(グラン・カン)の国に関連するものに違いないと判断するのだった。もっとも，そんな彼も第二次航海の頃にはこうしたファンタスムを捨て去り，カニバルとはインドのよき人民を襲い人肉食を行う悪しき人民であるとの認識に落ち着いている。カトリック両王に宛てた報告書簡によるなら，彼は威厳ある友好的なキューバの老人に向かい，次のように請合って見せたという。「私はあのインド人の通訳〔…〕を介して彼に答えました，私はこれまで悪い人々以外の誰にも悪くは振舞ってこなかったし，むしろすべての善良な人々によきことをなし，敬意を払うものである，そしてこれこそが，両陛下が私に命じたことなのだ，と」[5]。

　ジェノヴァ人自身が最初の示唆を行ったインド人の二極的提示は，ピエトロ・マルティーレ・ダンギエーラの『新世界について』によっていっそう明確に定式化され，このラテン語の著作の国際的成功によってヨーロッパ諸国に伝播していった。実際，公刊されることもなく消失し，実に 1985 年になるまで発見されなかった上記書簡にしても，本書の第 1 デカーダ第 3 巻の素材として用いられ，やがてインド評議会の議員も務めることになるこのミラノ出身のカスティリャ宮廷人のアレンジを介して，16 世紀を通し広く読まれていたのである。島の老人へのコロンブスの言葉を，ピエトロ・マルティーレは次のように書き直す。「それに，と彼は答えました，私はスペイン王と女王により，今まで知られていなかったこれらの地域全土を平定するようにと遣わされたのです，すなわちカニバルや他の悪しき現地人らには彼らに相応しい責め苦を与え，しかし罪なき者たちには彼らの美徳に応じて保護し，敬うよう

　　5）　Cristóbal Colón, *Carta a los Reyes. Viaje a Cuba* (26 de febrero de 1495), in Colón, *op. cit.*, p. 306.

にと」[6]。書簡ではむしろ何気ないもののように読める〈提督〉の言葉が，よき現地人を守り，悪しき現地人を征伐するという明瞭な図式を表現すべく演出される。そしてこのミラノの人文主義者は，コロンブスにあってはたんに「悪い人々（los malos）」でしかなかった後者をカニバルとして明確化するのだが，未知の人民の口にする未知の語を前にしてのコロンブスの模索はもはや不要であるので，彼は大汗（グラン・カン）はもとより犬頭人の伝統的イメージも厄介払いして，人肉を糧とする残虐なインド人の姿だけを指し示す。この脱神話化を通して，彼は征服期のイデオロギーに奉仕しうる現実的な重みをこの語に与えるのである[7]。

　その一方で，ピエトロ・マルティーレは前者については繰り返し，黄金時代のトポスに訴える。ここでは上記引用に続く，キューバ人民の礼賛を引こう。「彼らのところで認められていたのは，太陽と水と同じく，大地は共有のものであること，「私のもの」と「あなたのもの」，このあらゆる悪の種子は，彼らの間には存在しないこと。実際彼らは本当にわずかなもので満足し，それでこの広大な土地には，必要とされる以上の農地が溢れている。彼らにとっての黄金時代です」[8]。もちろんここに一人の原始主義者を見るのはナンセンスである。彼はエスパニョーラ島の人民を，ウェルギリウスの描き出すアエネアスの到着以前のラティウムの人民と比べ，黄金時代を生きている前者の方がずっと幸福であるとするのだが，ただしそこには，「彼らが宗教に身を浸すなら」[9]との条件が付く。その際ピエトロ・マルティーレは，堕落を知らぬこの裸の人民に，楽園追放後の人間向けに整えられた彼の宗教がなぜ必要なのかとは決して問わないのだった。

2　16世紀フランスにおけるカニバル

　さて，16世紀フランスにおける〈新世界〉の人民の表象は，スペイ

　　6）　Pietro Martire d'Anghiera, *De Orbe Novo Decades*, a cura di Rosanna Mazzacane ed Elisa Magioncalda, Genova, Università di Genova, Facoltà di Lettere, Dipartimento di Archeologia, Filologia Classica e Loro Tradizioni, 2005, p. 93 (I-3).

　　7）　ピエトロ・マルティーレにおけるカニバルのイメージの脱神話化については，Frank Lestringant, *Le Cannibale. Grandeur et décadence*, Paris, Perrin, 1994, pp. 62-63 を参照。

　　8）　*De Orbe Novo Decades*, p. 95 (I-3).

　　9）　*Ibid*., p. 66 (I-2).

ンとは多くの点で際立った特徴を示すが，我々の興味との関連では，さしあたり二点を指摘することができる。まず，スペインが地域名に即したインド人の呼称のほか，彼らの神学的・法的身分規定に関わっては蛮人の語を採用したのに対し，フランスにおいては少なくともジャック・カルティエによるカナダ探検の頃からすでに，彼らが一貫して野生人（sauvage）の語によって最もよく指示されて，シャトーブリアンの時代にまで続く伝統を打ち立てたこと。次に，ピエトロ・マルティーレのようなカスティリャ宮廷の人文学者が，黄金時代のトポスに結び付いたいわば「よき野生人」を人肉食によって特徴づけられる「悪い野生人」——カニバル——と対比的に示すのに対し，同じ世紀の後半，フランスではまさにこのカニバルないし人食いが，しばしば〈よき野生人〉として好意ある眼差しを注がれたということである。

　まず，カニバルの語と存在のフランスにおける運命について，フランク・レストランガンの研究を参考にしつつ[10]，簡単に見ることにする。『新世界について』の最初の三つのデカーダは1533年に翻訳され，スペインの文脈におけるこの語の真正な用例がフランス語に導入されることになるし，それにカニバルというこの語は，すでにその少なくとも二十年前からフランス語に導入され，それなりに定着していたようである。しかし32年に世に出た匿名の『ガルガンチュア大年代記』や，やはり同年中に出版されたラブレーの最初の『パンタグリュエル』，さらに後の『第四の書』におけるこの語の用例などを見ると，スペインにおけるこの語の脱神話化と対照的に，世紀前半のフランスが，この語にきわめて自由な想像力の展開を許容していたことが了解される。『大年代記』におけるカニバルは，なるほど食人行為によって特徴づけられているとはいえ，彼らはタタールの地——当時のヨーロッパ人の想像力における特権的な蛮的世界——と結び付けられている。ラブレーについて言うなら，彼はこの語を一応は小アンティルの島々に結び付ける一方で，同時に同じく前世紀後半以降発見されることとなった東方の印象をそこに重ねて投影しているのである。さらに，1552年版の『第四の書』に付された難語注解には，「カニバル　アフリカの怪物的民族，犬のよ

---

10) Lestringant, *op. cit.*, chap. III.

うな顔をし，笑う代わりに吼え猛る」[11]とあり，コロンブスに見られた犬頭人との観念連合が復活している。同時期のスペインでは，偶像崇拝や人肉食を実践するカニバルの存在がアメリカ先住民への過酷な戦争や強制労働の正当化となっていた。スペイン人が相手をカニバルと名指す際の基準は彼らが実際に人肉食を慣習化しているかどうかというよりはカスティリャ王室の従順な臣下となる気があるかどうかであったし，カニバルが実践するという食人行為の記述は，〈新世界〉発見以前からの伝統的な人喰いのトポスに依拠していた。それゆえカニバルを初期近代に成立したひとつの神話と見なすのは正しい。しかし現実であると見なされ，かつ〈新世界〉の現実の急激で過酷な変化に大いに寄与することとなったこの神話は，先に見たようなあからさまに非現実的な諸々のモチーフを捨て去る脱神話化の作用を通して成立したものであった。スペインがとにもかくにも現実として流通可能な神話としてカニバル像を練り上げ，現に流通させていたまさに同じ時期に，フランスの書き手たちが同じこの語に担わせていたイメージの非現実性と幻想性，これは言うまでもなく，当時のフランスの〈新世界〉の現実との関わりの希薄さの表現である。

　とはいえ，その一方でルーアンを始めとするフランスの貿易商人は30年代以降，ポルトガル領と宣言されているブラジルに危険を顧みずに出向き，染料になるブラジル木を中心とした交易を熱心に行ってきており，このような交流を契機としてブラジルへの関心はフランスにおいて高まっていた。16世紀フランスにおける〈新世界〉の人民とは，ほとんどブラジル人のことだといってよいほどである[12]。そして，フランス人が交易を通して友好関係を結んだトゥピナンバが人肉食の慣習を持っていたことから，フランス人の想像力の中での人肉食とカニバルの位置は，スペイン人における場合とは相当に異なる屈折を被ることになる。まず，カニバルというこの語は，スペイン人に敵対的なカリブの人

---

11) François Rabelais, *Œuvres complètes*, édition établie présentée et annotée par Mireille Huchon avec la collaboration de Francois Moreau, Paris, Gallimard, coll. « La Pléiade », 1994, p. 703.

12) 例えば，16世紀のフランス語の地理学書に現れるアメリカ先住民を描いた図版はほとんどすべてブラジル人のものである。Olive P. Dickason, *The Myth of the Savage*, Edmonton, The University of Alberta Press, 1984, p. 184 (chap. IX) を参照。

民に関わっていたのが，フランス語においては次第に彼らの利益に結び付いた大陸部，すなわちブラジルの人民を指し示すべく，それが覆う地理的範囲の拡張がなされた。かくして，ブラジル人もまたカニバルとなった。しかし，必ずしもブラジルの全人民がではない。レストランガンは1550年のアンリ2世のルーアン入り記念行事——50人の本物のトゥピナンバを登場させたことで知られる——におけるこの語とブラジルの結び付きについて見事に論じているが[13]，それによると，この行事に際し，当時のある資料は問題の〈新世界〉の地を「ブラジルの，またカニバルたちの国」として紹介する。ここではブラジルの二分割が問題となっているのであって，すなわち「ブラジルの国」が，フランス人が交易のため訪れていた，今日のブラジルの南東部に当たる地域の沿岸部を指し示すのに対して，「カニバルたちの国」はといえば，フランス人はもとよりポルトガル人も容易には入り込めずにいる，今日のブラジルの北部から内陸にかけての地域の呼称とされるのである。「ブラジルの国」のトゥピナンバの人肉食が理解可能な儀式的行為と見なされる一方，「カニバルたちの国」におけるそれは，真の獣性，非人間的な蛮行にほかならないというわけだ。ヴィルガニョンによるブラジル入植の試み——ルーアンのこの催しの数年後に始まりその数年後には無残に潰え果てた——の中から生まれる二冊の旅行記の一つ，フランシスコ会士にして後の王室地誌官アンドレ・テヴェによる『南極フランス異聞』（1558年）は，まさにこの基準に従ってフランス人の友である人喰いと，敵としてのカニバルを分割する。そのとき彼は，1550年の時点ですでに確立していた文脈の中で語っているのである。

3 レリにおけるカニバルと自然法

しかし，もう一方の著者には，このような政治的配慮は見られない。牧師ジャン・ド・レリの『ブラジル旅行記』（初版1578年）においてカニバルの語が現れるのは一箇所のみである。「ニケフォロスが聖マタイの事績を語る際に明白に述べているところでは，彼は人間を食うカニバルたちの国で福音を説いたという。これは我らがアメリカのブラジル人

---

[13] Lestringant, *op. cit.*, pp. 85-88 (chap. IV).

とそう遠からぬ人民である」[14]。一年の間親しく交わったトゥピナンバの人々が語る伝承のうちに，遠い昔のキリスト教布教の痕跡を見たと信じたレリが，その宣教者の身元に思いをめぐらせるくだりである。ニケフォロスの語る「人喰い」(レストランガンの校訂版が引く16世紀の仏訳ではAnthropophages，これはもちろん，プリニウスにも見られる伝統的な語)を，レリはスペインのアメリカ体験から生まれた新語カニバルに置き換える。しかもこの語をブラジルの人民と重ね合わせるとき，彼はトゥピナンバの友人たちのことを主に考えている。それゆえトゥピナンバの人肉食は，彼らおよび彼らの友たるフランス人の敵，マルガジャのそれともはや異なるところがない。レリが描くのはもっぱら，身近に実見する機会を得たトゥピナンバの行為であるが，彼はテヴェのようにそれと敵対的諸部族の行為を区別することなく，どちらも戦争捕虜を対象とした，強烈な復讐心の儀式的表現であるとする。その上で彼は，称賛すべき美点を欠いているわけではないこの野生の人民における，自然法の決定的な無理解の証拠をそこに認めて悲しむのである。

　カルヴァンの募集に応えてブラジル行きを志願したこのユグノーの闘士は，未知の人民の習俗を前にして，改革派の自然法理解をもって臨んだ。カルヴァンはまずは教会の伝統を引き継ぎ，あらゆる人間には自然法が与えられているとする。しかし彼は続けて，アダムの堕罪の後，ひとはもはや自然法を十全には認識しえなくなってしまったと論じる。そして，にもかかわらず自然法は神によってたしかにかつて与えられ，しかもそれを認識する能力は堕罪以後も完全に失われたわけではないのだから，人であり，かつ自然法に背く者は，無知を言い訳にすることはできない罪を犯したことになる。「自然法の目的は，かくして，人間を言い訳の効かない (inexcusable) 存在にするところにある」[15]。

　人肉食と並び，あるいはそれ以上に決定的にトゥピナンバの自然法無理解を明かしているものとされるのは，彼らが宗教と呼ぶに値するものを持たないことである。レリは第16章「アメリカ野生人の間での，宗

---

14) Jean de Léry, *Histoire d'un voyage faict en la terre du Brésil*, texte établi, présenté et annoté par Frank Lestringant, Paris, Le Livre de poche, 1994, pp. 414-415 (chap. XVI).

15) Jean Calvin, *Institution de la Religion Chrestienne*, texte établi et présenté par Jacques Pannier, Paris, Les Belles Lettres, 1961, t. I, p. 125 (chap. II).

教と呼びうるもの」でこの問題を論じるが，そこでの彼の逡巡は，この章題にも示唆されている。彼は一方では，彼らのうちに超越的存在を信じる感情があることは認めるし，霊魂の不滅が信じられていることも証言する。しかし，特定の礼拝対象もなく，習慣化した礼拝形式もないことから，結局は彼らが「神についてのあらゆるよき感情に欠けた」[16]存在であると結論づける。しかも，レリ自身が観察し承認する，彼らの間での神の感情の痕跡が，彼らがアダムの末裔であり，堕罪のうちにあっても神の光を完全に失った存在ではないことを証明しているのだから，彼らはまさにこの痕跡をとどめているという事実，すなわち痕跡のうちにとどまり続けるばかりで，そこから自然法の十全な認識へと向かうことがないという事実によって，弁解できない存在とされる。轟く雷鳴のうちに人知を超えた何かを感じながらも，そこに神の働きを認めることなくただ恐怖するだけに終わるトゥピナンバの人々。そんな彼らに対し，レリは宣告する——

> 彼らが自らはっきり認識しようと望まないこうした対象について抱くこの恐れが，彼らをまったく言い訳の効かない存在にしている。〔…〕我々のアメリカ人が，口では告白しないけれども，何らかの神性の存在を内心では納得しているという事実からして，彼らは言い訳を受け入れられないのと同様，無知を主張することもできまいと，私は結論する[17]。

ここで我々は，しかしながら，これまで征服期のスペイン人たちの間に見てきたような，文明世界の人民による蛮的世界の告発に立ち会っているのではない。というのも，スペインにおける議論の大枠を規定していたトマスの理論にあっては，自然法の理解はキリスト教共同体はもとより大方の異教世界の人民にも認められていたし，それこそが啓示の問題とは独立した，文明の有無の識別基準と見なされていた。自然法を理解しない，理性に欠けた人民——蛮人——は，それゆえ「人類に異質な」ものと見なされるのだった。しかし伝統的なキリスト教共同体の正

---

16) Léry, *op. cit.*, p. 422 (chap. XVI).
17) *Ibid.*, p. 395 (chap. XVI).

当性を根底から疑うカルヴァンにあっては, 異教世界はもとよりキリスト教諸国の人民が自然法に則って生活しているかどうかすら, 自明のものではなくなる。ローマ教皇に従っている人々は, 福音について知っているばかりか自分たちこそは真の信仰の光のうちに生きているつもりであるが, 彼らが実際には犯している罪に関して, まさにそのような知識と自覚のゆえに, 「言い訳が効かない」。宗教戦争の勃発を控えた緊張期にブラジルへ赴き, 内戦の最中に旅行記を刊行したレリを悩ませ苦しませ続けた自然法の侵犯者とは, 何よりもカトリック信者たちであり, また無神論者たちであった。それゆえ, 彼は一方ではブラジル滞在中に親しんだトゥピナンバの人々のうちに, 神の光に見放された人民を認めて悲しむのではあるが, 他方では, 彼らの習俗の観察を, カトリックの邪まな教義や愚かな慣習, またフランスの都市生活を批判する契機として活用するのである。

　まず, カトリック信者の宗教に対する姿勢は, これらブラジル野生人のそれと大差ないものとされる。「そんなことをしても〔彼らが信じる呪術師を批判しても〕彼らのところでは, こちらで教皇に反対して語ったり, パリで聖ジュヌヴィエーヴの聖遺物箱が雨を降らせたりはしないと主張するのと同様なのだった」[18]。のみならずカトリック信者は, トゥピナンバと同列にあるのみならずより以上の蛮性を示すとされる。それも, この人民の習慣中の蛮行の極み, 人肉食との関係でそうなのである。第一に, カトリックの教えによるなら聖餐の際のパンとワインは, 文字通りに, すなわち実体として, イエスの肉と血であるが, イエスの言葉を比喩的に解するカルヴァン派にあっては, イエスの肉と血を霊的にではなく物質的に摂取することを意味するカトリック信者のやり方は, 人肉食以外の何物でもない。「彼らは霊的にではなく物質的に, イエス・キリストの肉を食べようと欲するのだったが, のみならずいっそう悪いことに, 先に述べておいたウ＝エタカと呼ばれる野生人たちの流儀で, キリストの肉を生のままで咀嚼し飲み込もうとするのだった」[19]。第5章に言及のあるこの野生人の部族は, トゥピナンバ始め大方

---

18) *Ibid*., p. 409 (chap. XVI).

19) *Ibid*., p. 177 (chap. VI). なおここで問題になっている「彼ら」とは正確にはカトリック信者ではなく, ブラジル植民地におけるヴィルガニョンとその同類のこと。彼はカルヴァ

の野生人の人肉食が様式化された儀式であり，切り刻んだ人肉を焼いて食べるものであるのに対し，生のままでそれを喰らうのだという。カトリック信者はかくして，通常のカニバルを上回る蛮行を聖餐の度に繰り返しているのである。そして第二に，人肉食ならこちらでも行われてきたし，最近もこのフランスで多くの実例が見られたばかりだ。それも，野生人のところでの人肉食が，敵に対する復讐心を表すための儀式として行われるのに対し，1572年の聖バルテルミの祝日にパリで始まり，フランス全土に拡大していった惨劇では，人喰いたちは「自らの親族，隣人と同国人の血に浸った」[20]。神の名のもとにこれらすべてを行いうる人々は，信仰に与るすべを知らずに蛮行を繰り返す野生人にもまして，言い訳が効かない。スペインのトマス主義者たちと異なり，この牧師にとっては，理論上もまた国内の分裂状況を生きたその経験からしても，自然法を基準とすることはしかじかの国民を全体として相手取ってそこにおける文明の有無を判定することとはならなかったし，カトリック的伝統に支えられた旧世界の秩序を擁護する立場からの〈新世界〉の価値の裁断になることも，同様になかった。

*　　*

レリの旅行記における〈新世界〉の住人の呼称のうち，最も一般的に用いられるのは「野生人（sauvage）」の語である[21]。「ブラジル人（Bresilien）」や「アメリカ人（Ameriquain）」が用いられることもある

ンを尊敬すると称し，実際ユグノーが安心して暮らせる新天地を求めて新大陸への入植を企てた張本人なのだったが，カルヴァンに直接依頼して呼び寄せた牧師たちとの間に聖餐をめぐる論争を開始させる。全質変化説を否定し，ルター派の両体共存説も受け入れないと断言する彼は，しかし福音書の言葉のきわめて素朴な解釈に固執することによってカトリックの流儀に事実上立ち返り，レリたちを苛立たせるのだった。こうした揉め事にうんざりしたヴィルガニョンはやがて本当にカトリック側に復帰してしまい，ユグノーたちを見限って，彼らを入植地から追放することになる。

20)　*Ibid.*, p. 377 (chap. XV). ちなみに，この第15章では野生人の人肉食に引けを取らないこちら側の蛮行が二種類挙げられ，聖バルテルミの虐殺に代表される宗教戦争期の惨劇は二番目のものだが，一番目に指摘されるのはカトリックの聖餐解釈ではなく（これについては本章中には言及がない），高利貸しの残酷である。

21)　なお，本書第3版のラテン語訳（Jean de Léry, *Historia Navigationis in Brasiliam*, Genève, Eustache Vignon, 1586）では，ブラジル先住民を意味する sauvage の語は一貫して barbarus に置き換えられており，そのためレリが時折用いる barbare との差異は読み取りえないものとなっている。

が，基本的にはレリはこの語でトゥピナンバの人々を語る。すでに見た通り（本部第Ⅰ章2），この語は当時すでに，アメリカ先住民を名指す最も一般的な呼称の地位を獲得していた。レリがこの語をもってトゥピナンバその他のブラジルの人民を指し示すのは，それゆえごく自然なことであり，ブラジル人やアメリカ人の代わりにこの語を使うからといって，その際必ずしも否定的価値判断が表明されているわけではない。そのような判断のために導入されるのは，むしろ「蛮人」ないし「蛮的」の語であって，実際，アメリカ人の容赦ない戦闘を描く第14章，戦争捕虜の処遇——食人儀式の展開——を記述する第15章においては，「蛮人（barbare）」や「蛮的人民（nation barbare）」といった表現が「野生人」にしばしば取って代わる。あるいは逆に，レリはトゥピナンバの人々のうちに称賛すべき美点を認めるときには，彼らを侮蔑するのが習いのフランスの読者に向かってこのように述べる。

　　これがおおよそ，偽りなく，私が哀れな一アメリカ野生人の口から直に聞き取った言葉なのだ。つまり我々がきわめて蛮的だと見なしているこの人民は，富を得るべく命を危険に晒してまでブラジル木を求めて海を渡る連中を大いに嘲笑しているのだし，しかもそればかりでなく，いかに盲目であるにせよ，我々が神の力と摂理に委ねている以上のものを自然と大地の豊穣さとに委ねているこの者たちは，審判の時に立ち上がり告発するだろう，こちらの地には満ちているが彼らの国には——元来の住人に関しては——欠けている，キリスト教徒の肩書きを持つ略奪者たちを[22]。

　レリは，一方ではトゥピナンバの友人たちに容認しがたい残酷さを認める際に彼らを蛮人と呼び，他方では彼らの美点を称揚しようと望んで蛮人の呼称を退ける。蛮性はかくして，アメリカ先住民への評価を正反対の二極に分かつ決定的な基準となっている。もちろん，sauvage の語が蛮的の同義語のようにして用いられることがないわけではないが，それはこのような弁別の基準を提供することはないのである。それでは，

---

22) Léry, *op. cit.*, p. 312 (chap. XIII).

第Ⅱ章　16~18世紀フランスにおける野生人と蛮人　　　233

　蛮人ならぬ野生人としての彼らは，レリにあってどのように理解されているのか。その定義が明示的に述べられることはないが，彼の野生人についての記述の全体を枠付けているように見える規定は，この牧師における自然法理解との関係で，ある程度見定めることができるだろう。
　インド人を蛮人として論じる際のスペインのトマス主義者たちとは異なり，レリはブラジルの人民を野生人と呼ぶに際して，この呼称から政治体(ポリス)の不在を引き出すことはない。第18章は，「野生人の間での法と市民的政治体と呼びうるもの」について論じている。章題には宗教あるいはその不在を扱った第16章に見られたのと同じ留保が見られるが，本文の提示する結論はまったく対照的である。すなわち，ブラジル人の間に宗教を思わせるものがあるにもかかわらず結局はその存在を否定した第16章とは逆に，本章は冒頭から，存在しそうにもないというのに，彼らのところには政治体が存在することを告げている。「我らが野生人の政治体について言うなら，これはほとんど信じがたいもの，神法と人定法を持つ者たちを恥じ入らせずには語りえないものであって，というのも彼らの自然的性質のみによって導かれながら（seulement conduits par leur naturel）——それが如何に堕落しているとしてもだ——，互いに交わってきわめて平和に生活しているのである」[23]。レリの議論もまたトマスの理論を前提にしていることが分かる。トマスによるなら，都市=政治体(ポリス)の運営に当たっては，市民が個々の都市の状況に応じて法を定めていく必要があり，それが人定法である。神法について言うなら，これは神がキリスト教共同体の人々の救済のために定めた法である。福音を知らない，あるいはレリの推測によるならかつて宣教が為されたにもかかわらず受け入れることがなかった彼ら野生人が神法を持たないのは当然として，和やかに共同生活を営み，従って市民の都市=政治体(ポリス)と呼ぶべきものを形成しているはずの彼らであるというのに，人定法によって導かれている様子もない。すなわち彼らは，ただ自然法によってのみ導かれているのであり，これは驚くべきことだというのである。この一節は本書第3版のラテン語訳（1586年）では「〔…〕ほとんど信じられないもので，というのも自然の光のみによって（sola

---

23)　*Ibid*., p. 439 (chap. XVIII).

naturae luce）見事に導かれながら，和やかに暮らしているのだから」[24] となっており，自然法が問題であることがより明瞭になっていると言える。自然の光は，啓示に関わる超自然の光とは異なって，理性ある人間みなに自然法を明かすものなのだから。野生人は，レリにとって，それゆえ人定法の必要もなく幸福に暮らす，自然法の――自然の光の――直接の導きのもとに生きる人民として現れている。

しかし，このラテン語訳からは消えている，「それが如何に堕落しているとしても」という留保は，ブラジルの人々が黄金時代を生きているわけでもなければ地上楽園の住人でもないことを言い表している。なるほど彼らは自然法の恩恵のもとで暮らしているのに違いない。神法を知らないのはもちろん人定法の補いもないのに，和やかに集いあって生活しているのだから。「自然法以外の法を持たないが」[25]，彼らはうまくやっているのである。しかし，彼らの生活には驚くべき，またはおぞましい，様々の逸脱も見受けられる。彼らが女性を含め裸体で過ごしているのもその一つである。レリはこの事実をも，一方ではフランス女性の華美な装いの批判の口実とする。野生人女性の裸体が，本来の美しさの点では劣るものではないのに，フランス女性の装身具や化粧で飾られた身体ほどには欲望を掻き立てないことを指摘しながら[26]。しかし他方では，エデンとはもはや事情が違うことを確認しつつ，彼はこのような慣習のうちに自然法の違反を認めざるをえない。「自然法（それはしかしこの点については，我らの哀れなアメリカ人の間ではまるで守られていない）」[27] ……。こうした逸脱の極みは，言うまでもなく食人であり，宗教の不在である。かくして，ブラジルの人民は一方では現世の生活を楽しく送れる程度には自然法を守り，それに支えられているのであるが，しかし他方では，宗教的救済の見込みが絶望視されるほどに，それを逸脱している。ブラジルは決して地上楽園ではないのだ。

野生人が自然法との関係で見せるこの両義性は，しかし彼らと文明社会の人民とを隔てる基準なのではない。この両義性は，自然法と人間的

---

24) Jean de Léry, *Historia Navigationis in Brasiliam, op. cit.*, p. 241 (cap. XVIII).
25) *Ibid.*, p. 429 (chap. XVII).
26) *Ibid.*, pp. 234-5 (chap. VIII).
27) *Ibid.*, p. 236 (chap. VIII).

自然の関係の不透明さに由来している。レリは彼らの自然的性質（leur naturel）の堕落を口にするとき，彼ら固有の問題として語っているのではなく，アダムの末裔に共通の条件を改めて確認しているにすぎない（たとえ，福音に対する彼らの無頓着が，これらの野生人は呪われたハムの末裔ではないかとの推測にレリを導くとしても）[28]。自然の光は理性あるすべての人間に降り注ぐが，楽園追放後の人類の堕落した人間本性は，自然法を十全に受け止めることができない。たしかに彼らは人定法（と神法）の不在により，自然法との純粋な関係を保持している。しかしそのことは，彼らが自然の体現者であることを意味しない。人間的自然は堕落しており，自然の光を十全に受け止めることができないのだから。自然は，彼らが全人類と共有する堕罪の経験の彼方にあるのである。

4　モンテーニュにおけるカニバルと自然法

　レリにおけるような野生人理解は，モンテーニュにも通じる。『エセー』の作家は，テヴェやレリその他の記録からの知識に加え，1562年にルーアンで出会い会話を試みる機会を得た三人のトゥピナンバの記憶をもとにして一章を書く。表題は「カニバルについて」であり，レリにおけるのと同様，この語で基本的にトゥピナンバを名指す彼には，フランスの友人を理解し，その敵を怪物視する類の政治的意図はない。そして彼はやはりレリと同様に，彼らを自然法のみによって生きる人民として捉える一方で，その蛮行に目を瞑るわけでもないのである。

　まずはモンテーニュによるブラジル人礼賛の文言を引こう。彼は，レリが否定した宗教の存在をも彼らのもとに見出しながら，次のように請合って見せる。「そこにはつねに完璧な宗教が，完璧な政治体(ポリス)があり，何事につけても，完璧で完成された習慣がある」[29]。古代人たちがこのような事例を知らなかったことを，彼は惜しむ。このような驚くべき事例を欠いていたため，「彼らには，かくもわずかな人為と人間的溶接を

---

28)　*Ibid.*, p. 421 sqq. (chap. XVI).
29)　Montaigne, *Les Essais*, éd. Jean Balsamo, Michel Magnien et Catherine Magnien-Simonin, Paris, Gallimard, coll. « La Pléiade », 2007, p. 211 (I, XXX, *Des Cannibales*).「レーモン・スボンの弁護」には，同じ称賛の調子を伴いつつも，同じ人民への幾分違った判断が読まれる。「驚くべき単純さと無知のうちに，文字もなく，法もなく，王もなく，何がしかの宗教もなく生を過ごしている人々」（*ibid.*, p. 517 (II, XII, *Apologie de Raimond de Sebonde*)）。

もってしても我々の社会が維持しうるとは信じられなかったのだ」[30]。彼はこのポリスが存在するという点をもって，トゥピナンバが「野生的」でも「蛮的」でもないと見なす。「私はこの民族のもとに如何なる野生的，如何なる蛮的事柄も見出さない——自分の習慣と異なるものを何であれ蛮的に見なすのでなければ」[31]。

　彼らが政治体運営の術(ポリス)を心得ていること，そのことはここで，レリやラス・カサスにおけるのと同様，自然法の遵守によって説明されている。ポリスは，自然の光を十分に受け止めることさえできるなら，人為 (artifice) と「人間的溶接 (soudeure humaine)」にほとんど頼らずとも成立しうる。それが，モンテーニュによるなら，彼らブラジル人の教えなのである。しかし，自然法と彼らの関係を述べている以下の一節は，純粋な賛美に還元しえない両義性を含んでいる——

　　それゆえこれらの民族がこのように蛮的なのは，人間精神の営為からきわめてわずかしか受け取っておらず，今なお彼らの原初の素朴さの近くにとどまっているためのように思われる。自然法が，我々の法によって質を落とすこともなく，今なお彼らに命じているのだ[32]。

　直前の引用におけるのとは異なり，こちらではブラジル人の蛮性が認められている。ここで指摘されている蛮性は，他の社会を理解しようとしない頑なな眼差しにならばそのように見えかねないものであるにすぎず，モンテーニュは先の断言に忠実に，トゥピナンバのもとでの蛮性の不在の主張を一貫させているのだろうか？　そのように考えることはできないだろう。続いて展開されるのは食人の記述である。彼はそれを，たしかに復讐心の表現のための理解可能な慣習として説明するのであるし，また「死んだ人間を食べるよりも生きたままの人間を食べるほうがより蛮的だ」[33]として，宗教戦争の狂乱の批判に向かってはいる。しか

---

30) *Ibid.*, p. 212 (I, XXX, *Des Cannibales*).
31) *Ibid.*, p. 211.
32) *Ibid.*, p. 212.
33) *Ibid.*, p. 216.

しそれにもかかわらず，彼は野生人の習慣を咎める自分たちフランス人が，「彼らの過ちについて適切に判断している」[34]ことには変わりないと認めるのである。

　自然に近い彼らがそれでも誤っている。自然の過ちであろうか？　モンテーニュはそうは考えない。この点について理解するために，「レーモン・スボンの弁護」における，自然法と人間の関係をめぐる議論を参照することにしよう。彼はこの長大な章の終わり近くで，実定法を根拠づけようとして自然法の存在を引き合いに出す人々を嘲笑する[35]。諸国民の間に通用している法の多様性と相互の矛盾を見るなら，それらが共通の法から流れ出ているようには思われないからである。しかしこの批判は，自然法の存在を否定することを意味しない。「自然法が存在するというのは，信じうることだ。他の被造物のところには見受けられるのだから」[36]。にもかかわらず人間の都市における立法がかくも多様であり矛盾しあっているのは，人間の理性が自然法の正しい受容の妨げになっているからだという。「だが我々のもとでは自然法は失われている，あの素晴らしい人間理性が支配し命令しようとして至るところで介入し，その虚栄と無節操によって事物の容貌をぼやかし混ぜこぜにしてしまうのだ」[37]。ここで理性を扱き下ろすべく採用されている修辞が，発展の末に堕落した文明社会のありようを想起させるものだとしても，理性の告発は当然，この人間生来の能力を備えている限りでの全人類に関わっており，野生人を免除するものではありえない。文明社会の人民が人為の過剰のために誤っているとしたら，野生人はといえば，自然法を正しく受け止められないという，人間の本質的条件のゆえに誤っているのである。すでに引いた「カニバルについて」の一節を再び参照しつつ言うなら，「自然法が，我々の法によって質を落とすこともなく，今なお彼らに命じている」にもかかわらず，そしてこの可能な限りの直接性から多くの美点を引き出しているにもかかわらず，人間的自然の本性上の欠損によって自然法を十全には享受しえないという条件を全人類と共有し

---

34) *Ibid.*
35) *Ibid.*, p. 615 (II, XII).
36) *Ibid.*, p. 616.
37) *Ibid.*

ているという理由から，さらにまた，この欠陥を補うための「人為と人間的溶接」の助力を受けていないという理由から，彼らは蛮的にとどまる。モンテーニュの野生人理解がレリに近いことがよく分かる。どちらにおいても，人定法の不在にもかかわらずポリスを実現している野生人における自然法との近さが驚きをもって語られる一方で，自然法を十全には受け止められない人間の本性上の堕落によって，彼らの蛮性が理解されている。レリはこのような結論を，カルヴァン派の自然法解釈から引き出した。モンテーニュはといえば，人間理性の当て所なさを楽園喪失の神話によってというよりは生物学的に根拠づけようとしているが，理性によって伝統を裁断する「新しい博士たち」[38]に反対して書かれた「レーモン・スボンの弁護」の著者が，自然法と野生人をめぐってユグノーの闘士と近似的な見解を披露しているのは興味深いことである。

---

38) *Ibid.*, p. 592.

2 野生的であるとは何か？

1 モンテーニュによる二種の定義

野生人のこのような理解は，「カニバルについて」では sauvage の語の多様な語義から，この場に相応しい適切な意義をより分ける作業としても提示されている。

> 彼らが野生人であるのは，自然がおのずからまたその通常の進展によって生み出した果実を，我々が野生だと呼ぶのと同様にである[39]。

すなわち，自然との近接性において理解され，また自然がそこで自然法の場合におけるような規範性を認められている限りにおいて，この語は高い道徳的価値を表すことができる。それゆえ，アメリカの人民のもとでの都市の実在を証明するためには「蛮人」の呼称を無効にする必要のあったラス・カサスの場合と反対に，モンテーニュは同じ目的を達するに当たって，対応する呼称である「野生人」の語を維持することができたのである。しかしながら，「カニバルについて」の章において積極的意味で野生的たることの可能性が肯定されているとしても，そのことは『エセー』の著者に，語のこうした用法が周縁的なものにすぎないと考えることを妨げるものではない。それゆえ彼は上記の引用に直ちに続けて，以下の留保を付け加えるのである——

> 本当のところは，我々が我々の人為によって変質させてしまったもの，そして共通の秩序から逸脱させてしまったもの，それをこそ野生的と呼ぶべきなのであるが[40]。

---

[39] *Ibid.*, p. 212 (I, XXX, *Des Cannibales*).
[40] *Ibid.* 日本語の「野生」は自然との近接性を必然的に含意するから，自然からの逸脱が問題となるこうした文脈にあっては，別様に訳すべきかも知れない。しかし同じ sauvage

野生的であること，それは自然の諸規範の外にあることだ。モンテーニュによるなら，自然の傍近くに生きる者たちを野生的と呼びうるとしても，それは語の慣習的でもあれば本来的なものでもある用法に逆らい，不適切な表現を生み出しながらであるにすぎない。実際，『エセー』における「野生」の観念は，「自然」の観念と混同されるというよりはむしろ，しばしばそれとの対比において現れる。「衒学について」の章から一例を引こう——

> 自然は，自分が導くもののうちには何一つ野生的なものはないことを示すために，技芸においてそれほど開化していない諸国民のところにも，しばしば最も技巧的な産物に匹敵する精神の産物を生まれさせる[41]。

自然は，理想化された形態のもとでは，野生的なものの排除において成立する。sauvage の語が何らかの仕方で自然に結びついているにしても，それは普通，自然の規範的ならざる側面を指し示すのである。トゥピナンバを称えるディテュランボス賛歌の中にさえも，彼らのいくつかの特徴が，そのような——蛮性と置き換え可能な——意味での野生性のうちに提示されるのはすでに見たとおりだ。

しかしながら，『エセー』の著者にとって，本来の意味での野生的ありようの最も純粋な体現者は，〈新世界〉の住人たちではないように見える。それは研究への限度を超えた執着のために政治的動物としての本性を損なうに至り，共同体の秩序から逸脱することとなった哲学者である。哲学それ自体が悪いのではない。「経験について」の章はこの点を明らかにすべく，冒頭においてアリストテレス『形而上学』のやはり冒頭をパラフレーズしている——「認識の欲望ほどに自然な欲望はない」[42]。悲劇は度外れた研究によって始まる。「節度について」の章は，『ゴルギアス』における対話者カリクレスの言葉（484c-e）の紹介とい

の語が問題となっていることを示すために，このフランス語は一貫してこのように訳すこととする。

[41] *Ibid.*, p. 142 (I, XXIII, *Du pedantisme*).
[42] *Ibid.*, p. 1111 (III, XIII, *De l'Experience*).

う形をとりながら，野生人としての哲学者の肖像を以下のように提示する。

> 節度をもって取り扱えば，哲学は快く有益なものだ。しかし〔…〕終いにはそれは人を野生的で悪徳に満ちた存在にしてしまう。諸宗教および共有の法を侮蔑し，市民的交わりの敵，人間的喜びの敵，いかなる政治的営みも為しえず，他者を救うことも自らを救うこともできないそんな存在にしてしまうのであって，このような者を平手打ちしても誰も罰せられることはない[43]。

ポリスに対する異質性によって特徴づけられるこの野生の哲学者は，トマス流に理解された蛮人にきわめて近しい存在である。トマスの蛮人が風土や堕落した慣習のために人類に対して異質になっているとしたら，このような哲学者は，都市生活の有益な糧の限度を超えた享受により，同じ異質性に到達する。こうして，野生の語は，自然に程近いどころか，それからの決定的な隔たりを表現すべく用いられることもできる。しかもモンテーニュによるならば，このような用法こそが本来的なのであるという。

2 偽語源 solivagus：キケロ的伝統と野生性

野生人（sauvage）とは何か？　フュルティエールの教えるところでは，このフランス語は実詞として用いられる場合，「さまよえる人々，定まった住居もなく，宗教もなく，法もなく，政体もない」，そんな人々について言われる。ちょうど，やはりこの 17 世紀の辞書によるなら，アメリカのほとんど全体を覆っている人々のように。こうした文字通りの意味に続いて，比喩的な定義が現れる――「野生人は，道徳上の比喩的意味においては，奇妙にして粗野な，たやすくなだめたり，礼儀正しくしたり，理性によって味方に付けたりすることができない人々について言われる。」17 世紀後半のこの辞書の項目においては，この語の民族学的理解が前面に出ているのであって，道徳的意義のほうは二

---

43)　*Ibid.*, pp. 203-204 (I, XXIX, *De la Moderation*).

次的に，意味の転移のかたちでしか現れていないわけである。両者の間の意味上の序列は，メナージュの提供するラテン語源に依拠している。すなわち，silvaticus，あるいはその変化形としての selvaticus ないし salvaticus である。森（silva）に結びつき，飼い馴らされていない動物について言われるこの形容語が，それゆえ sauvage というこの語の実詞の文字通りの意味を規定している。してみると，民族的意義ではない野生人，すなわち自らの文明，この場合はヨーロッパの文明であるが，それへの異質性を示す一個人として理解された野生人が野生人であるのは，ただ語の比喩的な意味においてでしかないということになろう。しかし，この語源はそれほど広範に受け入れられていたのではない。barbare および西洋諸語の対応する語が，検討の余地なくギリシア語 bárbaros に源を求めることができたのに対し，こちらはこの点ではまったく明快さを欠いていたのである。この点についてはエルネスト・ルナンが，近代語源学の達成を誇りながら述べている——

> 我らのかつてのロマンス語専門家，かつての語源研究家たちはどうやっていたのでしょうか？　彼らは耳の観点からしての類似性によって事を為していました。それゆえ彼らは言っていたのです，「野生的（sauvage）」はラテン語 solivagus に由来する，と。これは目にとっては真実です，耳にとってもやはり真実ですけれども，しかしこれほど不正確なものはない，というのも sauvage という語は実際には，silvaticus に由来します，耳にとっては甚だ，sauvage と異なっているというのに。すなわち silva，「森」ですが，この語がロマンス語では sauve となる。その一方で，接尾辞 aticus は規則的に age になるのです。この例からも分かっていただけたでしょうが，このような方法において，耳の判断は何ものでもないのです[44]。

実際，かつての語源探求者たちにとって，ルナンの結論に達することは困難であった。ルナンが提出する語源はフュルティエールやメナー

---

44) Ernest Renan, « Des services rendus aux sciences historiques par la philologie », dans *Œuvres complètes,* éd. Henriette Psichari, Paris, Calmann-Lévy, t. VIII, 1958, p. 1215.

ジュによっても知られていたとはいえ[45]，例えば〈黄金世紀〉のコルドバの医師フランシスコ・デル・ロサルは，未刊行に終わった彼の語源辞典の中で，仏語 sauvage に対応するスペイン語 salvaje の起源について，二通りある説のいずれかに決することの困難を証言している。

「野生の (Salvage o Selvage)」——selva あるいは solivagus に由来。後者はラテン語で，一人で行く，そして人々の交わりと政治体(ポリス)の外にある者のこと[46]。

ここに見て取るべきは，しかし，当時にあって近代言語学の方法が知られていなかったという自明の事実だけではない。添えられている solivagus の定義は，我々がこれまで見てきたような，ポリスに対しての不安な関係によって特徴づけられる限りでの蛮人と野生人にそのまま当てはまる。近代言語学を知らなかった中世人やルネサンス人が sauvage や salvaje の起源をこの語に求めたのは，それが目と耳にとってのみならず，精神にとっても真実と感じられたためである。実際，語源の解明を旨としない通常の辞書についていうなら，solivagus の語は，〈黄金世紀〉を通し，そこで salvaje の語の理解に際して本来の起源に対する優越を保持し続けた。1495 年のアントニオ・ネブリハによる最初のスペイン語‐ラテン語辞書は "Salvage. solivagus.a.um. siluestris.e." [47] との定義を掲げているが，バルタザール・エンリケスは 1679 年の著作において，この定義をそのまま引き継いでいる（"Salvaje, solivagus, silvestris" [48]）。どちらの場合においても，二人の辞書編纂家は salvaje

---

45) ジル・メナージュ『語源辞典』（1694 年）は，クロード・ソメーズのソリヌス注釈（1629 年）を引き合いに出しながら，この語が silvaticus に由来することを確証している。

46) Francisco del Rosal, *Origen y etymología de todos los vocablos originales de la Lengua Castellana. Obra inédita de el Dr. Francisco de el Rosal, médico natural de Córdova, copiada y puesta en claro puntualmente del mismo manuscrito original, que está casi ilegible, e ilustrada con alguna[s] notas y varias adiciones por el P. Fr. Miguel Zorita de Jesús María, religioso augustino recoleto*. (1601-1611).

47) Antonio de Nebrija, *[Vocabulario español-latino]*, Salamanca, [Impresor de la Gramática castellana], [1495?].

48) Baltasar Henríquez, *Thesaurus utriusque linguae hispanae et latinae*, Matriti, Ioannis Garcia Infançon, 1679.

の最初の等価物として，真の起源に近く，飼い馴らされていない動物や植物について言われる一語よりもむしろ，この語の偽語源に当たるラテン語を提案するのである。

　この語は優れてキケロ的語彙に属するものとして知られている。solus（孤独な）と vagor（放浪する，彷徨う）から造られたこの語を，キケロは『国家について』における有名な国家の定義を含む一節で，スキピオに口にさせている。すなわち「国家＝公共のもの（res publica）」は文字通りに「人民のもの（res populi）」であるのだが，人民（populus）とは，人々の任意の集合を意味するのではない。人民とは，「法への同意と利害の一致によって結び付いた多数の人々の集合」[49]である。そしてアリストテレスの流儀に従い，人間がこのような集合をなすのは弱さゆえにではなく，互いに交わり政治体を形成するのがその自然本性に適っているからであるとして，キケロはスキピオに，人類が何でないのかを語らせる——「それは実際，孤独を好みひとり彷徨う（solivagus）種ではない」[50]。かくして人間は自らの自然によって都市を生み出す。しかし，このポリスのただなかから，人間本性を逸脱する者たちが現れる。それも，共同体の維持に関わる行動の遂行それ自体を通して。孤独な研究に没頭するあまりに，公共善への奉仕を忘れるに至る哲学者たちである。そして彼らのあまりに人間的な悪徳もまた，solivagus の語によって形容される。『義務について』では次のように述べられる。

> 蜜蜂は蜜を生む巣を作るために寄り集うのではなく，本性上社会集団をなすべきものであるから巣を作る。人間も同様であって，よりいっそう大きな社会集団を本性により成しつつ，活動と思考とに巧みさを示す。それゆえ，人々をすなわち人類の社会を慮るところに成り立つあの徳が事象の知識に結び付くのでなければ，知識はひとり彷徨う（solivagus）もの，実りなきものと見なされよう。魂の高邁といっても同じこと，人間的交わりと紐帯から隔てられてしまう

---

49) Cicero, *On the Republic,* in *On the Republic*, *On the Laws*, tr. Clinton Walker Keyes, Cambridge, Massachusetts, Harvard University Press, Loeb Classical Library, 1928, p. 64 (I. XXV. 39).

50) *Ibid.*

なら，人に馴れぬ獰猛さや怪物性の類となろう[51]。

　社会的有用性への配慮を欠くなら，学問はひとり彷徨うものとなり，孤独なさすらいのうちにポリスへの異質性を露呈する。このような逸脱に身を委ねた人間とは，都市的生活の内部から分泌される野生人であり，蛮人であり，怪物であろう。トマス的に捉えられた barbare や，ポリスへの異質性によって定義される限りでの sauvage と，この語の意味上の類縁性は明らかである。この類縁性に加え，耳と目とに訴える類似性にも促された人々が，sauvage や salvaje の語源と信じたことも，大いに理解できる。こうして見ると，フュルティエールが提示する序列は，人の思うほどに自明のものではない。sauvage の語が孤独と彷徨に関わるラテン語から出発して理解される限りにおいて，あるいはそうでなくても確固とした語源の知られぬままに理解される限りにおいて，道徳的意味でのこの語は，比喩的にではなくむしろ文字通りにそう言われることができるのだから。そしていずれにせよ，文字通りにであれ比喩的にであれ，民族学的意味においてであろうとなかろうと，一人の野生人であることは，人間的都市の規範の外部にあることを含意する。この語の理解にあって，道徳的意味が重要なものとなる由縁である。

　なお，ここで指摘しておくべきは，野生性に関わる近代の諸語がその意味の広がりにおいて集合可能性を排除しないのに対し，solivagus がその語形成の事情からして，この可能性を排除するところに成り立っているということである。上記のキケロの一節はこの点でも示唆的であって，蜜蜂と人間を社会形成の本性において同類と見なすアリストテレス的伝統に従うことにより，sauvage や salvaje のラテン語における対応物と見なすこともできるこの solivagus の語が，あらゆる野生的存在に適用可能な言葉ではないことを明らかにしている。この語は，群れをなす野生性には適用することができない。実際キケロは『トゥスクルム論議』の中では，群れをなす動物との対比において，非群居性の動物を指すのにこの語を用いており（V, xiii, 38），動物についてのこのような用法は，やがてプリニウスも『博物誌』において採用することになる。か

---

51) Cicero, *On Duties*, tr. Walter Miller, Cambridge, Massachusetts, Harvard University Press, Loeb Classical Library, 1913, p. 160 (I, XLIV, 157).

くしてこの語 solivagus は，集合してポリスを営むという人間的自然への異質性と，群れをなさずに散在する動物を言い表す語として，ラテン語の語彙に登録されたのである。

　ネブリハの辞書で salvaje に対応するラテン語の第一に掲げられていることからも知られるように，この語は初期近代のヨーロッパ知識人の間でも生きた言葉にとどまっていたようである。実際，ネブリハの友人ピエトロ・マルティーレは『新世界について』において，この語をイスパニョーラ島の一角に住むとされる silvester homo（森の人／野生人）の言い換えとして実詞化して用いている。ひとり彷徨うことをその名において体現する人々は，このカスティリャ宮廷の人文主義者によって次のように記述されている。

　　西部地域グアッカイアリマの端，サバナなる小地域に，山林の洞穴と野生の果実に満足して生きる人々のことを聞きました。決して人に馴れず，他の誰とも交わっては来なかったのだと。定まった住居もなく，種を蒔くことも地を耕すこともなく，ちょうど黄金時代について読まれるのと同じであって，彼らには確固たる言語もないのだといいます[52]。

　この著者にあって，黄金時代のモチーフが如何に気軽に用いられているかが良く分かる。描かれている人々のありようは，ウェルギリウスの『牧歌』第4歌よりは，ルクレティウス——古代人きっての反＝黄金時代派——の伝える原初の人々のイメージに近いというのに，農耕の不在というただそれだけのことから黄金時代の一語を書き付けているのだから。ともあれこうした一般的記述を通し，これらの人々が特定の呼称によって名指されることはないが，話題が彼らとスペイン人とのある遭遇のエピソードに移るに際して，ページ袖には「森の人，子供をさらう」[53]との気懸かりな文言が記される。しかし本文中ではこの語が彼らを名指すことはなく，現れるのは実詞化された solivagus の一語である。「これらひとり彷徨う人々（solivagi）のうちのある者のこ

---

52) Pietro Martire d'Anghiera, *De Orbe Novo Decades, op. cit.*, p. 412 (III, 8).
53) *Ibid.*

第Ⅱ章　16~18世紀フランスにおける野生人と蛮人　　　　　　　　247

の上なく優美な手柄を，どうかお聞きください，いとも祝福されし聖父よ！」[54]彼はこのように，書簡の宛名人である教皇レオ10世に語りかける。優美な手柄の内容はといえば，彼らの住んでいる森の付近をスペイン人とイスパニョーラ島民の一行が訪れた際，彼らの一人が突然に森から現れ，微笑みながら一人の子供――スペイン人の父と現地人の母の間に生まれた――を攫って走り去るのだったが，一行が追跡を諦め，この「カリブ族」に息子は喰われてしまったに違いないと父が絶望していたその時，「ひとり彷徨う者」は無事に息子を返してくれた，というもの。この短い挿話を通して，彼は四度 solivagus として名指されている（最初の一回は上記で引用したものであり，同類と共に複数形で）。1555年のリチャード・イーデンによる英訳では，まずは solytarie wanderers（孤独な放浪者たち）と，語形成の事情に忠実な訳を与えた後，二度目の出現は he で置き換え，次いで pleasaunt wanderer（愉快な放浪者，facetus solivagus に対して），そして wylde man（野人）の語が続く。袖の silvester homo の訳語も，この同じ――最後の e は欠けているけれども―― wyld man である[55]。仏訳について言うなら，すでに言及した1533年の抜粋訳では，まず帯は「ある野生人のからかい（plaisanterie dung sauuage）」であり，本文においても三度に渡って――代名詞以外で名指されるあらゆる場合において―― sauuage が用いられる[56]。英訳はこのラテン語をあるいはその成り立ちに遡って文字通りに訳し，あるいは伝統的な野人の語を当て嵌めるが，可能な訳語であったろう savage の語に訴えることはしていない[57]。仏訳は silvester homo にも数度の solivagus にも一貫して sauvage を用いる。当時のフランスにおけ

---

54) *Ibid.*

55) Pietro Martire d'Anghiera, *The Decades of the Newe Worlde or West India*, tr. Richard Eden, London, 1555 [facsimile by Readex Microprint, 1966], p. 134.

56) *Extraict ou recueil des Isles nouuellement trouuees en la grand mer Oceane ou temps du roy Despaigne Fernand et Elizabeth sa femme, faict premierement en latin par Pierre Martyr de Millan, et depuis translate en languaige francoys*, Paris, Simon de Colines, 1533 [1532, nouveau style], p. 122.

57) 1912年刊の以下の英訳では，四回とも savage が用いられている。*De Orbe Novo, The Eight Decades of Peter Martyr D'Anghera*, translated from the Latin with Notes and Introduction by Francis Augustus MacNutt, New York and London, G. P. Putnam's Sons, 1912, v. 1, p. 380.

るsauvageの語の普及ぶりを示すn番目の例である。

　上記の挿話においては愛嬌ある存在として登場しているとはいえ、ラテン語の語彙においてsalvajeやsauvageとの意味上の近接性を示し、それらの語源とすら推測されたsolivagusの語は、〈新世界〉の住人中のごく特殊な一部分に対してしか用いることができないと、当時の知識人には感じられたものと見える。フランス語の事情は、それと比べるときに興味深いものとなる。実際、ここでsolivagus、すなわち〈新世界〉の住人の中での例外的存在を指す語の訳語として用いられたsauvageが、この仏訳書が刊行された世紀中葉から後半にかけ、〈新世界〉の大部分の住人に適用可能な語として一般化していく。それはつまり、ここでは原文に即してinsulaire（島民、insularisに対して）やhabitant（住人、incolaに対して）が用いられていた一般の先住民も、同じsauvageとして、語の上では区別を付けられなくなるということを意味する。それは、この語がポリスに対して異質なひとり彷徨う存在にも、集合し政治体を形成していると見なしうる人民にも適用可能だということである。それゆえ、キケロであればsolivagusの語で弾劾したであろう、ポリスに異質な堕落した知の探究者を「野生的」の語によって告発するモンテーニュは、しかし完璧なポリスの所有者と彼が認めるブラジルの人民をも、同じ語で正確に名指しうると信じたのだった。この語は、16世紀後半の時点で、ルクレティウス風の森に散在しひとり彷徨う人々にも、同じく人為的な「人間的溶接」を欠いているにもかかわらず政治体のもとでの交わりを実現しているトゥピナンバのごとき人民にも、人為のひたむきな追求を通して政治体から怪物的に逸脱するに至る悪しき哲学者にも、共通に適用しうる意味の幅広さを獲得したのである。

3　モラリストと野生人

1　17世紀の道徳論における野生人の現前

「野生的」であることは，かくして，政治体(ポリス)の存在を必ずしも排除しない。ただし，レリやモンテーニュのところで確認しえたように，野生人が政治体を実現していると見なされる場合，それは通常の政治体とまったく同じものとしては了解されない。もしそうなら，彼らは野生人ではなくなってしまうだろう。彼らの政治体の際立った特徴は，それが人定法によっては維持されていないことであるが，モンテーニュに倣って「人間的溶接」と呼びうるこの人為的補いを欠いているにもかかわらず彼らがポリスの市民たりえるのは，彼らのポリスが自然法によって維持されているからだとされる。征服期スペインの文脈にあってアメリカ先住民のうちに都市での市民生活を見出そうとした人々が，トマスの自然法理解を意識しつつ，「蛮人」をそこに統合すべく努めたことはすでに見た。「野生人」が問題となるフランスにおいても，レリのような牧師がカルヴァンによる自然法の再解釈の文脈で語っているのは当然として，『エセー』の著者の場合であっても，当時なお世に共有されていた自然法理解を前提とし，その遵守の如何によってポリス的生活の有無を判断していたわけである[58]。ただし，アメリカ先住民のうちに自然法の基本的な遵守を認める限りにおいては共通のものとみなしうる両国の議論は，その賭け金においてはほとんど一致するところがない。スペインにおいて蛮人のもとでの自然法の遵守とポリスと呼びうるものの所有を承認する人々は，そのような主張を「インド人」に対する穏健な支配と改宗を通しての統合の前提として訴えていた。フランスにおいて語られた野生のポリスは，人定法のみならず神法にさえ支えられているはずの彼ら自身のポリスを告発する際の対抗モデルとして機能したのだった。

---

58) モンテーニュの自然法をめぐる両義的態度をトマスの理論との関係で論じたものとして，Ann Hartle, *Michel de Montaigne: Accidental Philosopher*, Cambridge, Cambridge University Press, 2003, pp. 41-54 を参照。

すなわち 16 世紀フランスにおける野生性の議論は，多かれ少なかれ道徳的文明批判(モラリスト)の傾向を持ったのであって，レリと比べてもおよそブラジルの人民に共感を寄せるところの少ないテヴェの旅行記にさえ，この種の要素は確認しうる。このような傾向は，17 世紀早々に入植が着手され，七月戦争の敗北に至るまで存続することを得た仏領カナダに赴き，本国に報告を送り続けたイエズス会士たちの作業に引き継がれたといっても間違いにはなるまい。かつてジルベール・シナールは，『17・18 世紀フランス文学におけるアメリカと異国的(エグゾティック)夢想』（1913 年）において彼らの報告を大きく取り上げ，そこで文明を知らない人民に寄せられる甘い賛辞の数々が，〈啓蒙の世紀〉にかけてのフランス人に自身の文明を批判する契機を与え，ユートピア的夢想，さらには共和主義的政治理念を育むことにより，最終的にはルソーを生み出すに至ったと論じている。「イエズス会宣教師たちを引き継ぐ者，ジャン＝ジャック・ルソー」[59]というわけだ。イエズス会士からラオンタンを経てルソーに至るまでを「よき野生人」の神話の担い手として同列に置く議論の大まかさについてはすでに指摘があり[60]，ここでは繰り返すまい。未だに参照されるこの古典的労作について我々の研究との関係で述べるべきは，そうした当然の批判を共有しつつも，幾分か別の事柄である。

　本書の前編に当たる『16 世紀フランス文学におけるアメリカ異国趣味(エグゾティスム)』（1911 年）は，テヴェやレリのブラジル体験，ジャン・リボーのフロリダ入植の試みなどを論じる傍ら，ラブレーやモンテーニュ，ロンサールといった大文学者におけるアメリカのイメージを大きく取り上げていた。しかし後編たる本書においては，今日古典主義の名のもとに聖別され，フランス文学の歴史の核をなすと見なされる一時期を代表する大作家たちが基本的に不在である。同じ本書でも舞台が 18 世紀に移ると事情は変わり，ヴォルテール以下の名だたる哲学者たちが論じら

59）　Gilbert Chinard, *L'Amérique et le rêve exotique dans la littérature française au XVIIe et au XVIIIe siècle*, Genève, Slatkine Reprints, 2000 [réimpression de l'édition de Paris, 1913], p. 341 : « Un continuateur des missionnaires jésuites. Jean-Jacques Rousseau » (titre du chapitre 1 de la quatrième partie).

60）　ここでは分けても点の辛いものとして，リョッチの論文を挙げるに留める。Giuliano Gliozzi, « Il mito del 'buon selvaggio': prospettive storiografiche », in *Differenze e uguaglianza nella cultura europea moderna*, Napoli, Vivarium, 1993.

れ，ルソーとベルナルダン・ド・サン゠ピエールが論じられた後，結論ではシャトーブリアンの出番といった具合であって，再び時代を代表するというべき作家たちが引き合いに出されるのだった。三世紀に及ぶフランス文学におけるアメリカのイメージを跡付けるシナールのパノラマにあって，古典主義の世紀のみが現地に渡った入植者や宣教師たちの記録および相対的にはマイナーな作家たちの仕事に委ねられているということ。これはある意味では当然であって，古典主義時代の大作家たちは〈新世界〉の事柄には概ね無関心で，論じるに値する文献を残していないのだから，アメリカをめぐる文学的想像力を主題とする研究にとっては，彼らの作品は異質にとどまるのである。それゆえシナールはこの後編の目的を，「16世紀において真の道徳革命を引き起こし，モンテーニュが「カニバルについて」の章で，次いで「馬車について」の章で要約していた諸々の発想は，「哲学者」たちとともに再び現れるまでは，長い間隔に渡って消滅していた」との通念を覆すこと，「旅行者と宣教師の記録の助けを借りて」「ジャン゠ジャック・ルソーをモンテーニュに結び付ける鎖の輪を再構成すること」であると説明しているのだった[61]。しかし，それでは〈啓蒙の世紀〉になって——いわゆる「ヨーロッパ意識の危機」の時期を経ることにより——非ヨーロッパ世界への関心を復活させた作家たちがアメリカを思い，語るとき，彼らの思考と想像力はモンテーニュの「カニバルについて」やイエズス会士の『模範書簡集』によってもっぱら活気づけられるばかりで，〈ルイ14世の世紀〉の主要な文学的・思想的産物には何ら負うところがなかったというべきなのだろうか？　そう信じるには実際，ポール・アザールの素朴さが必要だ。彼によるなら，「フランス人の大多数はボシュエのように考えていた。ところが突然にして，フランス人はみな，ヴォルテールのように考えている。これは革命だ」[62]。しかし，ボシュエに（およびその他キリスト教に関わるすべてに）向けられたヴォルテールの戦略的罵倒を真に受けるのでなければ，両者の間に連続性や，前者から後者への継承と展開を見て取ることができる。実際，基本的に歴史に無関心なデカル

---

[61] Chinard, *op.cit.*, pp. v-vi.

[62] Paul Hazard, *La Crise de la conscience européenne*, Paris, LGF, coll. « Le Livre de Poche », 1994, p. 7 (préface).

ト的合理主義を教会の摂理史観のうちに取り込んで両者の総合を試み，可能な限り神の直接的介入を排除した世界史叙述を企てたのがボシュエなのであって，中国やインドを付け加えたヴォルテール流の「歴史哲学」は，モーの司教の努力の継続として捉えることも可能である（この観点からすれば，神の意志を維持しつつも後景に退けようとする後者の二重の作業は，そのどちらの側面においても，前者の理神論によっていっそう強力に推し進められたことになる）[63]。アメリカのイメージに戻るなら，たしかに17世紀の書き手たちはアメリカ先住民について積極的に語ることが少なかった。しかし，大西洋を渡った宣教師たちがアメリカの「野生人（sauvage）」を引き合いに出しつつフランス本国の文明の道徳的批判を試みていたとき，本国における道徳的考察に「野生的（sauvage）」の語が不在だったわけではない。17世紀の大文学からは，たしかに前世紀のそここに見受けられたブラジル人の姿は消えてしまったし，代わってカナダの人民が現れるわけでもなかった。しかしこの語は相変わらず作家たちの語彙にとどまったし，都市的諸価値との関係で無視しがたい役割を果たし続けた。そして，人々が〈啓蒙の世紀〉にあってアメリカの「野生人」を再び語り始めたとき，彼らはモンテーニュとイエズス会士の報告を参照するのと同様，先立つ世紀の道徳的考察にも多かれ少なかれ影響されているのである。以下ではその点を，いくつかの例に即して検討することにしよう。

2 ル・モワーヌにおける野生人

この観点からすると，ピエール・ル・モワーヌにおけるこの語の用例の検討は有益な示唆を与えてくれる。このイエズス会士は『風俗絵巻』において教訓的意図の下に人間の諸情念を描き出しているが，その際これらの情念は時間的および空間的条件に規定されない普遍性を持つことが主張されるのであって，彼はこの点を以下のように例証している。

　　我々の情念は時代とともに変わり，つねに同じものだったのではな

---

[63] この点については，J. H. Brumfitt, *Voltaire Historian*, Oxford, Oxford University Press, 1958, pp. 30-32 を参照。またジャン・エラールは18世紀思想に対するボシュエの位置を，両義性において提示している（Ehrard, *op. cit.*, p. 16）。

く，ヨーロッパの情念はアジアの情念ともアメリカの情念とも違ったものだと述べるのは，あなたほどの目利きでなくとも認めうる類の誤解なのです。すでに述べたように，我々は大洪水の以前に為されていたのと同じやり方で愛し合っていますし，宇宙炎上の後にこの世に見出されることになる人々は，今日為されているのと同じやり方で愛し合うでしょう。また我々の欲望，喜び，そして悲しみは，野生人たちのそれらと同じ場所に宿っているのでして，われわれは彼らと同じように心情をもって恐れるのだし，ペルーの怒りはフランスの怒りと同様，胆汁と血を成分としています[64]。

　アメリカ先住民の愛，怒り，不安，それはヨーロッパ人の愛，怒り，不安と何ら変わるものではない。かくして，〈新世界〉の発見は未知の存在との出会いであるというよりも，〈洪水〉以前からの人間性の不易を確証するための格好の契機となる。ルイ・ヴァン・デルフトは，ラ・ブリュイエールに代表される古典主義時代のフランス・モラリストの人間学の前提として人間本性の無時間的不動性を指摘し，ル・モワーヌの上記の一節を例証として掲げる[65]。彼が続けて論じるように，古典的人間学への挑戦として当時自覚された〈未知なる土地（Terræ Incognitæ）〉は既知の世界の延長においてではなく深みにおいて見出されたもの，自己の内なる無意識なのであって，ラ・ロシュフコーやパスカルによるこの深淵の発見がテオプラストスの伝統を危機に陥れることになるのだった[66]。ル・モワーヌの一節に戻るなら，アメリカの住人が野生的であることは，ここで既知の世界認識の枠組みへのいかなる脅威ともなっていない。それは飼い馴らされない獰猛さや凶暴性，当時のヨーロッパ人が人間の社会と見なしたものに異質な性質という観点からはまったく捉えられておらず，彼らが自然の傍近くにあることにより，人間的自然の普遍性の証言者たりえていることを意味しているのだから。
　しかし，本書にはこの同じ sauvage の語の別の用例も見出される。こ

---

(64) Pierre Le Moyne, *Les Peintures morales*, Paris, S. Cramoisy, 1640, p. 321 (liv. III).

(65) Louis van Delft, *Littérature et anthropologie*, Paris, Presses Universitaires de France, 1993, p. 28.

(66) *Ibid.*, pp. 32-37.

ちらにおいては，この語はもはや人間本性の不易の基礎を確証するためにではなく，この基礎の上に見出される人間の諸性格の一つを指示するために用いられている。問題となるのは「ある獰猛で野生的な悪徳，ギリシアがそれに与えたのに類する名，忠実にその本性を表す名を，我々の言語がいまだ与えていないそんな悪徳」[67]である。ル・モワーヌはもちろん，ギリシア語 misanthrôpia を念頭に置いている。人類への憎しみを意味するこの合成語は，ラテン語においてはキケロがその成分を解体しつつ odium generis humani（人類への憎しみ）と翻訳しているし（『トゥスクルム論議』第4巻第11章），タキトゥスはネロがローマ大火の責任を擦り付けて行った弾圧によるキリスト教徒の殉教を語る有名な一節でこの訳語を採用し，キリスト教徒たちは「放火の罪でというよりもむしろ，人類への憎しみの廉で有罪とされた」[68]と述べている。近代ヨーロッパ諸語が結局のところそれぞれの言語のうちに対応物を見出したり創出したりすることをせず，ギリシア語をそのまま取り入れることになったのは周知の通りである。ル・モワーヌはそれに相応しいフランス語を与えることを断念し，「一つの病，精神の不調であって，人間から彼が自己と他者に対して持つべき情愛をまったく取り去り，人間にあらゆる自然な福利と人生の義務への恥ずべき嫌悪感を，また不当な反感を与えるもの」[69]とされるこの悪徳を無名のままにとどめるが，それを体現する人格については，迷いなく一つの語を与えている。野生人の語がそれである。彼は本書第7巻第2章第3節で，「道徳的性格」としての「野生人（Le Sauvage）」の記述を試みている。

「野生人は植物性の彫像，肉と骨で出来た幽霊，強制しなければ動かない模造の人間であり，墓地の傍に置かれた像にも似た一つの偶像である」[70]——イエズス会士はこのように，問題の道徳的性格の人間としての資格の疑わしさ，人間的生に関わるすべての事柄への異質性を，不活性な像の隠喩に託すことから始めている。野生人は五感に訴える心地

---

67) Le Moyne, *op. cit*., p. 618.
68) Tacitus, *Annals, books XIII-XVI*, tr. John Jackson, Cambridge, Massachusetts, Harvard University Press, Loeb Classical Library, 1937, pp. 282-284.
69) Le Moyne, *op.cit*., pp. 618-619.
70) *Ibid*., p. 620.

よさを感じない。食生活に関しては，原始の人間よりも粗野であるという。「ドングリと栗で身を養ったという最初の人間たちでさえ，野生人と比べるなら洗練と繊細さを感じさせたことだろう。野生人は獣たちとあらゆるものを共有している」[71]。野生人は生肉を食らうし，牧草や水飲み場を獣たちと分け合い，しばしば泥水を馬からの口移しで飲むという。ル・モワーヌの野生人が，自然の近傍に生きているとの評判でしばしば原初の人間のごとくに見なされるアメリカ先住民，彼も同じ作品中の別の一節では野生人の語で指示しているあれらの人民とは関係のない，道徳的性格の典型化の操作の産物であることがよく分かる。さらに野生人は恥辱への感覚を欠いているので，彫像の目と耳しか持たないかのごとくに，いかなる侮辱的な言葉であっても，彼の顔を紅潮させることはない。「この美しい熱は，獣の病でもなければ野生人の病でもないのだ」[72]。先に引いた一節では，怒りの感情の共有が，フランス人とアメリカ人の，ひいては時間と空間を超えた全人類の諸性格の普遍性を証し立てるために用いられていた。こちらでは，この普遍的感情の欠如が，野生人を全人類に対して異質にしているのが分かる。名誉と栄光を蔑み，夜と孤独を好んでつねに光と人の集まりを避け，喜びを憎み，「あらゆる愛すべきものの敵であるこの気質」[73]の持ち主である野生人，「彼は一つの人民全体のうちにあって孤独であり，自らの国にあって異邦人であり，自分自身とすら分離している」[74]。同類の中の異質性として現れるのみならず，自分自身に対してさえも異質であるというこの点で，野生人の怪物性は極め付きのものとなる。アウグスティヌスは『神の国』第19巻第12章であらゆる人間は平和を求めていることを証明しようとして，『アエネイス』にも歌われた反社会的怪物，カークスを例に取る。洞穴の暗がりと孤独を好み，略奪と殺戮によって生きたこのウルカヌスの息子は，しかしそれらの残虐のすべてを，自らのうちに平穏を求める気持ちから為していたのだとアウグスティヌスは言う。しかしル・モワーヌの野生人はといえば，「その心は無人の館であり，彼自身すら

---

71) *Ibid.*, p. 623.
72) *Ibid.*
73) *Ibid.*, p. 626.
74) *Ibid.*

住んではいない」[75]のであって，自己の生存への配慮すら欠いている。肉親や同胞の死に動じない彼は，自らの死にも感情を動かされまいとイエズス会士は言う。「彼は自らの死を間抜けた様子で，まさかりに打ち倒される時にも一滴の血も一粒の涙もこぼすことのない樹木のように無感覚に受け入れる。彼はまさかりが彼を打ち損なわぬように，進んでその打撃に身を晒すだろう，そして彼が受ける傷を広げようとするだろう」[76]。こうして現世への別れを惜しまない彼には，だからといって来世に託す何かがあるわけでもないのだとして，ル・モワーヌはこの肖像を次のように締めくくる。

　　この性格は野生人を描いたものだが，本来持つべき礼儀と自然に適った情愛を持たないこのような人物は，正当にして節度ある情愛を持つ，節制を心得た者に対立し，また過度にして極端な情愛を持つ，節制を欠いた者にも対立する[77]。

　このイエズス会士の野生人は，モンテーニュにおける野生化した哲学者と同様，節制の美徳との関係で罪ある者とされている。しかし『エセー』においては学究的情熱の過剰が哲学者を社会のただなかの怪物にするのであり，彼を人類に対して異質な存在とするその道筋だけは少なくとも，至って人間的な情念が用意するものである。ル・モワーヌの野生人にはこのように人間的に了解可能な来歴が与えられておらず，人類とのいかなる連絡も欠いて抽象的に，まさに彫像のごとくに屹立しているように見える。

　野生人のこの肖像は，『プロヴァンシアル』の第９書簡でパスカルが要約しつつ取り上げたことにより，後世にも伝えられることとなった。1640年のこの著作の時点でル・モワーヌがポール＝ロワイヤルの隠遁者たちを攻撃する意図を持っていたとは思われないにしても[78]，そ

---
75)　*Ibid.*, p. 627.
76)　*Ibid.*
77)　*Ibid.*, p. 628.
78)　ジェラール・フェレロルが，明らかにパスカルによるこの言及の事実に起因するものと思われる多くの読者の短絡を退けようとして指摘するように（Pascal, *Les Provinciales*, éd. cit., pp. 407-408 (note de la p. 407)）。

してまたこの肖像は厳格な信仰者を明示的に指し示すような要素を含ま
ず——ここでの野生人は天上を思うあまりに地上を忘れるのではなく，
前者にも同じく無関心である——，記述の開始に先立っては，厳格な
キリスト者の禁欲は「無感覚の結果ではなく英雄的節制の行為，自然へ
の侮辱ではなく恩寵の重視，そして福音を哲学の上に置くことなのであ
る」[79]との弁明が為されているとしても，パスカルはもちろん，まっ
たくの正当性をもって，キリスト教の道徳と世俗生活の習俗との協調
に努めるイエズス会の企ての一つの突出した表現というべき『たやす
い信心』（1652年）の著者がかつての著作で提示した野生的性格の描写
を，ポール＝ロワイヤルの立場への攻撃として取り上げることができ
たのである。『たやすい信心』においては——ヴォルテールは，才気を
欠いていたわけではないこの詩人を，本書が滑稽にしたと述べている
が[80]——，社交界の人々を宗教へと近付けようとして，キリスト教の信
心がいかに容易であり，「理に適い，礼儀正しい世界」[81]としての社交界
の習俗と矛盾しないかが熱意をもって説かれている。厳粛な様子の信心
家は，信心のゆえにそうなのではなく，たんにもとからの気質のゆえに
そうなのだと彼は言う。「信心家の中にはその気質によって蒼ざめて憂
鬱な，静寂と隠遁を好む人々がいる，そのことは否定しない〔…〕。し
かしより好ましくより穏和な気質の信心家もかなり見受けられるのだ
〔…〕」[82]。実際，「どの時代にも上品な聖人，洗練された信心家が見られ
た」[83]。かくして，「〈信心〉を憂鬱で夢想的なものだと信じ込ませよう
とするのみならず，それを喜びの花であり人生に興趣を添えるものである
気散じと戯れの敵に仕立て上げる」[84]ことほどに不当なものはない。信
心は優雅な作法(ギャラントリ)とも調和しうる。それは神への愛と隣人愛，この二つ
の遵守において成立する，いともたやすいものなのである。それゆえ，
「聖性を求めて森や洞窟，岩山の尖端や断崖の奥深くへと出向く必要な

---

79) Le Moyne, *op. cit*., p. 619.
80) Voltaire, *Le Siècle de Louis XIV*, dans *Œuvres historique, op. cit*., p. 1181.
81) Pierre Le Moyne, *La Dévotion aisée*, introduction par F. Doyotte, nouvelle édition, Paris, Librairie des Bibliophiles, 1884, p. 218 et al.
82) *Ibid*., pp. 104-105.
83) *Ibid*., p. 173.
84) *Ibid*., p. 108.

どないのだ。聖性は，この二つの条項の遵守のうちにある。それに忠実でありさえすれば，荒野においてであれ社交界においてであれ，苦行衣のもとでであれ緋の衣のもとでであれ，どちらでも変わりはない」[85]。ル・モワーヌは，隠修士たちの生活のうちに信心の表れを見出すことを拒むのではないが，信心の本質はそうした生活態度とは独立したものであり，修道生活はたんに彼らの元来の気質に関連づけられる。

　荒野の生活に相応しいこの気質，信心とは直接の関係を持たないにもかかわらずしばしばそれと同一視され，そのため真の信心——容易な——の社交界での成功を妨げているものと見えるこの気質は，本書でしばしば sauvage の語によって言い表される。「〈信心〉は〔…〕厳格でも野生的でもない」[86]のであって，「野生的なのはただ，犬儒学派の美徳のみなのである」[87]。「〈信心〉はそれゆえ犬儒学派の美徳ではない。それは賢人たちに頭陀袋と杖をしか与えなかった，野生的で半ば獣的な流派には属していないのだ」[88]。本書で証明された事柄を結論の章において要約しながら，彼は断言する——「〈信心〉は，臆する人々や気難しい人々が思い描くようなあの野生人の女でもなければ蛮人の女でもない」[89]。こうして，隠遁者のうちに見出されるがごとき社交的交わりへの異質性は，本書において，同じく荒野を住いとする野生人の形象に結びついている。彼は『風俗絵巻第2部』（1643年）の序文でも，隠者と野生人を同様の存在，キリスト教と世俗世界の習俗との協調の努力が何よりも避けるべき厄介な敵として並置している——「本書では社交界の人々と彼らの救いのために対話しなければならないと承知していたので，私は彼らを隠者の衣装と野生人の言葉で怯えさせてはならないと考えたのである」[90]。

　このように述べられるとき，同時代の読者はブラジルやカナダの人民

---

85) *Ibid.*, p. 204.
86) *Ibid.*, p. 115.
87) *Ibid.*, p. 172.
88) *Ibid.*, p. 140.
89) *Ibid.*, p. 232. なお，「あの野生人の女と蛮人の女（cette sauvage et cette barbare）」と女性形になっているのは，「信心（dévotion）」が女性名詞であるのに対応してのことである。
90) Pierre Le Moyne, *Les Peintures morales, seconde partie*, Paris, S. Cramoisy, 1643, préface (non paginée).

を——中世風の野人像をでなければ——想起することを禁じられていたわけではあるまい。しかしそのような人類学的含意は，著者の意図したところではないように思われる。実際，古典的人間学の対象としての野生人——どの国民のうちにもそれを十全にあるいは断片的やり方で体現する幾ばくかの個人を見出しうるがごとき普遍的類型——ではなく，地理的に限定された特定の集団の構成員全体を名指しうる呼称としての野生人が『たやすい信心』に現れるときには，最初の『風俗絵巻』においてそうだったように，野生人は人間の基本的条件を担保する存在とみなされている。社会への異質性によって定義される道徳的性格としての野生人とは，対照的な役回りを演じているわけである。彼は，信心の一方の要をなす隣人愛の容易さを，類似性の感覚が引き起こす自然な心の傾きによって証明しようと試みるに際し，以下のように書く。

　一人の人間は，いかなる境遇の者であろうとも，他の一人の人間に類似した存在である。そして類似性は好意と共感の動機であり，諸々の心，諸々の精神を結び付けるもの，男女のまた人間集団の紐帯である。類似性によって，ひとりの野生人はすべての野生人とよしみを結び，一頭のライオンはすべてのライオンと打ち解け，一頭の虎はすべての虎と自然に友となる。
　それゆえ，もし人間，愛を知る唯一の動物であり愛に値する唯一の動物であるこの人間が，他の人間の一人を——同じ源に由来し同じ粘土から作られ，同じ屋根の下にあるかのごとくに同じ天の下にあり，同じ食卓に就いているかのごとくに同じ大地の上にあり，同じ父からの同じ遺産を待つ身であるというのに——愛し難く感じるようなことがあるなら，それは自然に反しており，怪物に属する事柄である。同じ彫刻家の作品であり，同じ大理石により同じモデルに基づいて作られた彫像は，もしも精神と運動能力を持っていたなら，衝突し破壊しあうどころか，互いを肉親であり姻戚であるとみなすだろう。そして各々は少なくとも隣人における自分との類似性を愛することだろうし，この点において彼らの共通の父の技術を敬うことだろう[91]。

ル・モワーヌはまず，相互の類似性に基づく共感作用と，その帰結としての社会の形成を，人間の一般的条件として提示する。この普遍性の仮定に現実的支えを与えるべく駆り出されるのが野生人であって，諸々の人間集団の間で最も粗野な人民である彼らのうちにも見出される社会的性質であれば，まさに人間の基礎的性質と呼ぶにふさわしいというわけである。さらに彼はこの点の共有を野生動物にまで広げるのだから，それだけいっそう，人間でありながら同類への共感を欠落させた者の怪物性が際立つ。このような存在は，もちろん，ル・モワーヌが『風俗絵巻』において野生人としてその肖像を描いていた者にほかならない。この肖像は野生人を一つの彫像として示すことから始められていた。彫像のモチーフの果たす役割はこちらにおけるのと『たやすい信心』の上記の一節におけるのとでは異なっており，前者にあってはその無感覚が野生人の性格の隠喩として用いられるのに対し，後者にあっては逆に，感覚（と精神）を付与される機会を持ちさえすれば，彫像さえもが同類への共感を示すはずだとの仮定が，それらを備えた人間として生まれたにもかかわらず彫像の無感覚（物質的かつ精神的な）を露呈している野生人の特異性を強調するのである。

ともあれどちらにあっても眼目は共通であって，彫像の比喩を利用して古典的人間学の意味での野生人の怪物性を証し立てることが目指されている。しかし『たやすい信心』の語彙論的戦略の中では野生人の語はこの怪物を名指すためには用いられることはない。こちらの著作での彼は，ある種の民族集団のためにこの語を取っておくのであって，しかもこちらの野生人はといえば人間の基礎的条件を体現することにより，ル・モワーヌがかつての作品で詳細な肖像を提供し，後の本書においても随所で偽の信心家として登場する非社会的気質の諸個人を告発すべく用いられるのである。

3　ニコルにおける野生人

それでは，カトリック教会にとどまりながらもその厳格なアウグスティヌス主義において対抗宗教改革の努力への異質性を露わにし，イエ

---

91)　*Ibid.*, pp. 208-209.

ズス会との対立を深めていった，〈ポール゠ロワイヤルの隠遁者〉たちジャンセニストは，彼らの道徳論において野生的であることを誇っていたのだろうか。どうもそのようには思われない。『プロヴァンシアル』の著者にしたところで，ル・モワーヌの『たやすい信心』を彼の支持する立場への攻撃と見なし，正しい信仰を殊更滑稽なものに描き出そうというこのイエズス会士の意図を批判するからといって，野生的存在の擁護者として現れようとしているわけではないのである。この点でより明瞭なのはピエール・ニコルの場合で，『道徳論』中の一篇においてきっぱりと野生的性質を退けて，「キリスト教的礼節（civilité chrétienne）」を語る。彼はまずはジャンセニスムの厳格さについての世間的イメージを提示した後，それと距離を取る形で彼自身の議論を展開する。

　「礼節（civilité）」とは「自己愛（amour-propre）」の所産にほかならず，自己を愛し，この愛する自己が他者からも愛されることを望むがゆえに，他者への情愛を殊更に証し立てするところに成立する。この被造物への愛は，たんに虚しいばかりでなく，神に向けられてあるべき「愛徳（charité）」の純粋性を損なうがゆえに避けるべきものではないだろうか？　しかしニコルはこのような極端な立場を受け入れず，愛徳の純粋性を守るために世俗の交わりから遠ざかることの危険性を訴える。たしかに，地上的事柄への過度の執着，人々が我々に向ける情愛をひたすらに求める自己愛の営みは人を神から遠ざける。しかし，「人々に対して無関心になること，人々の良い点と悪い点に無感覚になること，ただ自らのうちに閉じこもり，自らをしか思わないこと，これはなおいっそうの悪である」[92]。一方の過剰を避けようとしてひとが陥ることになるこのもう一方の過剰は，だからといって自己愛の災いと無縁であるのではない。それどころか，「人々に対する礼節と友愛の交わりから身を引き離そうとして，無愛想，冷淡，彼らに対しての内奥からの無関心に陥ってしまうというのは，注意しなければしばしば起こることだ。神に結び付くためにではなくただ自己のみで充足するために，人々を忘れてしまうのである。人々から次第に，遠ざかっていくのである。彼らは我々に

---

92) Pierre Nicole, *Essais de morale*, choix d'essais, introduits et annotés par Laurent Thirouin, Paris, Presses Universitaires de France, 1999, pp. 189-190 (*De la civilité chrétienne*, chap. III).

とって異質になってしまう」[93]。地上的事柄へのこの極端な無関心の主張は，かえって愛徳のすべてを失ってしまうことになりかねない。礼節を欠き，他の人間すべてにとって異質な存在となったこのような人物を，ニコルは野生的であるとみなす——「そうして我々は良心の原理のために礼節を欠き野生的になってしまうだろう」[94]。さて礼節は，扱いに注意するなら，実際はこの上なく有益なものである。「礼節は，人々のうちにある，神が彼らに分かち与えたあらゆる恵みに敬意を表することを可能にする」[95]のだから。もちろん社交界の礼節は自己愛に発し，愛されたいがゆえに他人に配慮を示すものにすぎず，動機におけるこのような誤りに見合った社交界の堕落を帰結してはいるものの，しかし社交界の礼節であっても，効果としては望ましいものを持っているとニコルは認める。「それゆえ必要なのは礼節を純化することであって，それを排斥することではないのだ」[96]。この純化は，人々がそれを守るべく世俗の交わりを避けることによってかえって野生的ありように陥ることともなった，あの愛徳によって実現されるものだ。というのも愛徳こそが——「全人類を愛し，彼らに自己を従属させるための一般的な理由を我々にもたらすのは，ただ愛徳だけである」[97]ので——，「社交界の人々が利益を得ようとの精神で見せかけの上で為していることを，きわめて純粋に，きわめて真率に為す」[98]ことができるのだから。そうしたわけで，「礼儀に適ってあることはこの観点からすると，愛徳のみに属す事柄であると言いうる」[99]。このようにしてニコルは，一方では社交界の堕落を厭うあまりに野生化する人々に警告を与え，他方では，効果における美点を持つとはいえ固有の悪徳を伴っていることは疑いようもない社交界の流儀をキリスト教化を通して純化するために，「キリスト教的礼節」の実践を提案するのである。

　なお，人類学的対象としての，民族集団としての野生人も『道徳論』

---

93)　*Ibid.*, p. 190.
94)　*Ibid.*, p. 186 (chap. II).
95)　*Ibid.*
96)　*Ibid.*, p. 193 (chap. IV).
97)　*Ibid.*, p. 188 (chap. III).
98)　*Ibid.*, p. 187 (chap. II).
99)　*Ibid.*, (chap. III).

のうちに姿を見せている。道徳的意味での野生人についてル・モワーヌと意見を同じくするニコルは，アメリカやその他の地に見出されるこれらの人民の活用法についてもイエズス会士と原理的には同様であって，彼もまた，こちらの意味での野生人を，人間の普遍的条件の担保として役立てている。ただし，ル・モワーヌが野生人を人間の諸情念（それを彼は人間に必要なものと見なし，その描写をもって彼の『風俗絵巻』の目的と為す）の普遍性，あるいは隣人愛の普遍性の証明に用いるのに対し，『道徳論』の著者は人間の本性上の欠陥についてのパスカル的考察の中でこれらの人民を登場させるのであり，そのニュアンスにおいては相当に異なっている。「人間の弱さについて」第 1 章では，「あらゆる人民の自尊心はその性質を同じくする，大規模な人民であれ小規模な人民であれ，洗練された人民であれ，野生の人民であれ」[100]と述べられる。そして第 10 章においては，思考するすべを心得た，全人類中の希少な人々においてすら人間精神の弱さは克服されていないとする一方で，本性上このの弱さのうちに全面的に浸りきっているものと見える大多数の人間の悲惨が指摘される。ほとんど何も考えることなく一生を終えるこれらの人々の最初の映像を提供するのが，野生的諸民族にほかならない。

　実際，世界のあらゆる人々について考察してみるなら気付かれるのは，彼らはほとんどみながこの上ない愚鈍のうちに沈んでいるので，たとえそのことが彼らの理性をまったく消し去ってはいないにしても，理性の活用はきわめて乏しいものとなっているのであって，それゆえ一つの魂がこれほどの獣性へと還元されてしまいうるというのはまったく驚くべきこととなる。一人のカニバル，一人のイロコイ，一人のブラジル人，一人の黒人，一人のカフィール人，一人のグリーンランド人，一人のラップ人は何を考えているのか？狩のこと，釣りのこと，踊ること，敵への報復のことを[101]。

続いてニコルは世界全体へと拡大した視野を彼の国の内部，あるいはキリスト教世界の内部へと狭め，そこにおいても「労働者（gens de

---

100) *Ibid.*, p. 25 (*De la faiblesse des hommes*, chap. I).
101) *Ibid.*, p. 50 (chap. X).

travail)」——この語はここで，農夫を含め，苦しい作業に従事する人々を意味している——やその他の困窮した人々，さらにすべての子供は，愚鈍な状態に置かれているとする。とはいえ野生の人民は依然として注目すべき事例にとどまっているとして，彼は次の比較民族学的考察を提供する——「しかし他の国民においては，とりわけより蛮的な国民の間では，愚鈍な者たちの数は，いかなる区別もなしに人民全体を含んでいる」[102]。ニコルにあって野生の人民は，人間の本性上の弱さの剥き出しの提示を人民全体で担う存在として現れるのである。

4　パスカルは野生人を擁護するか？

　道徳的意義における野生化の危険を遠ざけ，礼節とキリスト教の調和を図るというこの点に関し，〈ポール＝ロワイヤルの隠遁者〉とイエズス会は大枠では対立しあっていないように見える。もちろん，ニコルは一般に，ジャンセニスト中の穏健な立場を体現する人物と見なされている。ルネ・タヴノーはかくして，神の秩序と肉の秩序の間に断絶を設定するパスカルのペシミズムに，ニコルやアルノーらにより体現される「中道派（centriste）」を対立させ，後者にあっては世俗的秩序は『パンセ』の著者におけるほどに見限られているのではなく，神の意志の実現する場として捉えられているのだと論じる[103]。しかし，『プロヴァンシアル』の著者とその協力者たちの間に——もちろん弾圧への対処をめぐって，その後の彼らが実践的選択を異にしたのは事実であるにせよ——，それほどに深刻な対立を見出しうるものかどうか。ジェラール・フェレロルは『パスカルと政治の理由』において，タヴノーによって代表される一般的了解に挑戦し，パスカルの政治思想はニコルと本質的に異なるものでもなければ，タヴノーがニコルらの立場を関連づけているトマス・アクィナスの立場とも，言われるようなまったくの隔たりを示しているのではないと主張している[104]。パスカル的な「欲望の都市（cité

---

102)　*Ibid.*, p. 51.
103)　René Taveneaux, *Jansénisme et politique*, Paris, Armand Colin, 1965, pp. 25-26.
104)　Gérard Ferreyrolles, *Pascal et la raison du politique*, Paris, Presses Universitaires de France, 1984, pp. 144-145. なお，トマス的な——とはいえ彼にのみならずキリスト教の伝統全般に属すものと言いうる——自然法の前提がパスカルにおいても受け入れられていることの証明が，彼の政治思想の再解釈を目指す本書の中核の一つをなす。

de concupiscence)」の議論には，まさしくニコルが『キリスト教的礼節』において語ったような，キリスト教の原理に適合する限りでの世俗的秩序の承認が読み取りうるのである。世俗世界の再キリスト教化という対抗宗教改革の大枠は，フランソワ・ド・サルがもはやそれほどの尊敬を受けなくなってしまってからのポール゠ロワイヤルの人々においても保持されていたのであって，彼らがイエズス会士の社交界への過度の妥協に大いに批判的であったからといって，野生的であることの積極的な擁護を彼らのもとに見出しうるはずもない。

5　野生的存在の両義的提示

しかしながら，同時代の詩人たち，とりわけジャンセニストの立場への共感を多かれ少なかれ示した者たちのところには，sauvage の語の全面的に積極的なとは言えずとも，少なくとも両義的なコノテーションを持ったいくつかの用例が見出せる。モリエールは彼の哀れなアルセスト，人間嫌いの化肉たるこの野生の哲学者[105]を，正当にも笑うべきものであるドン゠キホーテ的人物でもあれば社交界の偽善の誠実な告発者でもあるという解き難い両義性のうちに示している。そしてまた，合唱隊の娘たちにジョアスの運命を歌わせるときの『アタリー』のラシーヌを引くこともできる。ユダヤ人の未来の王であるこのジョアスは，祖母アタリーによる虐殺の企てから救われた後，偽名に身を隠しつつサロモンの神殿で育てられてきた。ラシーヌはそこで娘たちの一人の声に，アタリーとその仲間たちによる真の神の崇拝者たちに対する攻撃を嘆かせている。彼らは，これら神殿を放棄した不信の徒によって，常軌を逸した者として非難されるのである。この娘の嘆きは，別の二人の娘たちによって引き継がれる——

　　また別の声　彼らは言う，そんな野生の美徳が，何の役に立つのか？
　　　かくも甘美なこれほどの楽しみがあるというのに
　　　どうしてその利用から逃れようとする？

---

[105]　「この陰鬱な哲学者はいささか野生的にすぎる」（*Le Misanthrope*, I, I, 97）。

お前たちの神など，何もしてはくれない。
　また別の声　笑おう，歌おう，この冒瀆の群れは言う，
　　花から花へ，楽しみから楽しみへ
　　我らの欲望を散策させるのだ[106]。

　権力に迫害されるポール＝ロワイヤルの姿をここに認めるのはたやすいし，さらに言うならこの神殿の少年ジョアスは，ポール＝ロワイヤルの〈小さな学校〉に学んだ孤児である詩人自身の肖像の幾ばくかの特徴を反映しているに違いない[107]。もちろん，社交界やイエズス会からの非難に対して，ジャンセニストたちが野生的であることの擁護をもって応えたのではないことはすでに見た通りだし，ラシーヌの上記の詩句にしたところで，野生的の語は敵の言葉として現れているにすぎない。神殿の擁護者たちが野生の語を旗印にして迫害者に立ち向かうわけではないのであって，詩人がこの語に積極的な意義を託しているということはできまい。にもかかわらず，時の権力者や社交界の人々によって野生的であると称される存在を私は支持すると敢えて宣言するこれらの詩句にあって，野生的の語は，この語を敵と同じ流儀で進んで否定的に用いつつ，あるべき真の礼節について整然と語るニコルの言葉には見られない，両義的響きを獲得しているということは許されるだろう。
　あるいはボワローの場合。周知のように，彼は『詩法』第4歌でホラティウスの詩句を踏まえつつ[108]，オルフェウスによる野生人の文明化の過程を示す。「すべての人間は粗野な自然に従い，／森に散らばりつつ，餌を求めて走っていた。／〔…〕／しかしついに，諧調ある巧みさ

　　106）　Jean Racine, *Athalie*, dans *Œuvres complètes*, éd. Georges Forestier, Paris, Gallimard, coll. « La Pléiade », t. I, 1999, p. 1047 (II, IX).
　　107）　ラシーヌの文学とポール＝ロワイヤルの関係についての最近の研究として，Philippe Sellier, *Port-Royal et la littérature*, Paris, Champion, t. II, 2000 の第5章を参照。セリエはそこで『アタリー』やその他の作品におけるラシーヌの主要なモチーフについて語りながら，「ラシーヌには野生的存在の侵入により，平和を，無垢の自然の秩序を乱す必要があるのだ」と述べている（p. 226）。もちろんそうなのだが，ただしこれら野生の存在は，彼らの迫害の対象をこそ時に野生的の語をもって非難するのである……。
　　108）　「森の人々〔野生人〕を，聖なる神の預言者オルフェウスが，／流血沙汰と恥ずべき糧から遠ざけた」（Horatius, *Ars poetica*, in Horace, *Satires, Epistles, Ars poetica*, tr. H. R. Fairclough, Cambridge, Massachusetts, Harvard University Press, Loeb Classical Library, 1929, p. 482 (391-392)）。

第Ⅱ章　16~18世紀フランスにおける野生人と蛮人　　　267

で語られる言葉が／こうした野生的習俗の粗暴さを穏やかにし／森に分散する人々を集合させ，／都市を壁と城壁で閉ざし，／責め苦の光景の破廉恥を嫌悪させて，／弱々しい無垢に法の庇護を与えた。／この命令が，伝えられるところでは，最初の詩句の果実であった」[109]。ここでは野生的であることは，文明へと馴致されるのを期待されるだけの粗暴さとして捉えられているし，トラキアの詩人に体現される詩の力とは文明化の力，野生の人々を都市の設立へと促す呼びかけにほかならない。しかしボワローにおいてはこの語の別の文脈のもとでの用例も見出せるのであって，しかも興味深いことに，こちらもまたホラティウスの，ただし別の伝統と関連性を持つ。『書簡詩集』第6篇で彼は，ラモワニョンに田舎暮らしの理由を説明して次のように書く。

　　我が詩神は辺鄙な道を喜ぶので，
　　街路の敷石の上では，もはや歩く術を知らない。
　　私を高揚させるに打って付けのこうした森の中でなら，
　　アポロンもなお時折，私に耳を傾けてくれる。
　　だから尋ねないで欲しい，いかなる野生の気質によって，
　　夏中ずっと君のもとを離れ，この村に居続け，
　　私がそこで獅子座の暑熱を執拗にやり過ごして，
　　パリに対してはかくも乏しい情熱しか示さないのかと[110]。

　先ほどの事例とは反対に，詩人の形象は都市の喧騒を逃れ，森での彷徨いのうちに霊感を期待する者として現れる。引用された『詩学』の一節に続く箇所で，ボワローは野生動物を飼い馴らすオルフェウスの寓話を，野生人をポリスの人民へと洗練する詩人の力の隠喩であると指摘している。その同じ詩人が，こちらでは詩人の力の根拠を都市からの引きこもりのうちに見出すのである。ここで彼は，都市の習俗の批判の根拠を田園の平穏に求めるホラティウス的諷刺の伝統のうちに身を置いている。同様の例として，『諷刺詩集』第1篇の数行を挙げることもできる。

---

109) Boileau, *L'Art poétique*, dans *Œuvres complètes*, éd. cit., p. 183 (chant IV).
110) Boileau, *Épistre VI*, dans *Œuvres complètes*, éd. cit., p. 125.

私は田舎じみて不遜，粗野な魂を持つ。
　　私がものを名付けうるのは，ただそのものの名によってのみ。
　　私は猫を猫と呼び，ロレを詐欺師と呼ぶ。
　　恋する男の役に立つような，巧みさを私は持たない。
　　愛人を得るためのかの偉大な技を私は知らず，
　　パリにいる私は，悲しげで，哀れにも閉じこもりがちで，
　　魂を欠いた身体，あるいは凝固した身体にすぎない。
　　　ひとは言うだろう——しかし何だって，そんな野生の美徳を？
　　施療院行きが確実な，すでに廃れた美徳なのに[111]。

　ボワローはこうして野生的の語を道徳的意味で用いながら，馴致されざる野生動物の映像を喚起する一方で，アメリカやアフリカの人民のことは念頭に置いていないものと思われる。これまで簡単に見てきたいくつかの事例からも示唆されるように，古典主義時代の道徳論的文脈における sauvage の語は，ル・モワーヌにおけるように実詞化されて「野生人」として現れるときであっても，民族学的眼差しが対象とするヨーロッパ外部の人民に関連づけられることは少ない。それゆえ，ル・モワーヌであれニコルであれ，彼らが民族学的対象としての野生人を語る機会には，彼らの社会の内部に現れる異質な諸個人を語るのとは別の理由でそうするのである。
　しかしそのことは，後世の読者が同じ語で名指される両者を交差させ，混同し，同一視することを妨げるものではない。例えばシャトーブリアンは，ニノン・ド・ランクロのサロンにおける二種の野生人の出会いを，その一方の口を借りて次のように物語る。

　　人々の群れの間に足を巡らせているとき，私は片隅に，誰とも会話せず，深く何かに没頭している様子の男を見つけた。私はまっすぐ彼のもとに向かった。「狩人よ，と私は言った，あなたが青い空とたくさんのオジロジカ，ビーバーのマントに恵まれますように。どの荒野の方ですか？　というのもあなたは私と同様，どこかの森

---

[111]　Boileau, *Satire I*, dans *Œuvres complètes*, p. 14.

の出身なんでしょうから。」
　勇者は，我に帰った様子で，私を見つめ，返答した。「ええ，私は森の出身です。
　　　私は決して，豪奢な天井の下に眠ることはあるまい。
　　　だが眠りがそれで価値を失うだろうか？
　　　眠りがより浅く，喜びに欠けるものになるとでも？
　　　私は荒野にあって，眠りに新たな捧げものをする。」
「思った通りです」，私はそう叫んだ〔…〕[112]。

　ここでラ・フォンテーヌが口にするのは自作の寓話「あるモンゴル人の夢」からの数行であるが，この詩において彼は，多忙の合間に孤独の境を求めていた大臣と，絶えず宮廷に出入りしていた隠者を対比し，前者に肩入れしながら彼の理想を語る。「私が秘められた穏やかさを見出す寂寞の地，／私がつねに愛してきた寂寞の地よ，出来ないものだろうか／世間と喧騒から遠く，日陰と涼しさを味わうことは？」そして彼は，詩神と森を散策しながら野生化する，ボワローの幸福を得られないことを悲しむのである。ルイジアナの野生人シャクタスは，社会状態の悲惨が目に付くばかりのフランス滞在の最中に，自らの同類を見つけたと信じて喜ぶ。そこに現れた『カラクテール』の著者が，この二種の野生人の相同性を確証する――「一人の戦士が，刺すような眼差しで，口に指を当てながら我々に近付いて来た。「賭けてもいいが，と彼は言った，我らが二人の〈野生人〉は，互いに惹かれ合ったようだ」」[113]。
　『ナチェズ』の著者は，時折彼自身を野生人として提示したが――例えばスタール夫人に宛てて，彼は「さようなら，奥様，時々は野生人にお便りを下さい」[114]，「私は相変わらずあなたの野生人フランシスです」[115]等々と書く――そこでも彼は，アメリカで出会った先住民たちの記憶と，都市での生活と相容れない気質を露呈し，田園，森，あるい

---

　　112)　Chateaubriand, *Les Natchez*, éd. cit., p. 210 (liv. VI).
　　113)　*Les Natchez*, p. 210.
　　114)　Chateaubriand, *Correspondance générale*, textes établis et annotés par Beatrix d'Andlau, Pierre Christophorov et Pierre Riberette, Paris, Gallimard, t. I, 1977, p. 139 (à Madame de Staël, le 16 juin 1801).
　　115)　*Ibid*. (à Madame de Staël, le 12 juillet 1801).

は荒野に逃れたいと望む野生的気質，ホラティウスやウェルギリウスに遡ることもできようが，とりわけ17世紀フランスが社交界の習俗——そこによき洗練を認めるにせよ，堕落を告発するにせよ——と対比的に舞台に上せることとなったこのような気質の文学伝統を混ぜ合わせている。より一般的に言うなら，17世紀のモラリスト的文脈における sauvage / civilisé (policé, poli…) のカップル——そこで問題になるのは，フランスを範例として考えられた一社会の内部における，礼節を心得た人々と，それに異質となった諸個人の対立である——は，続く世紀において，文明的人民と野生的人民の比較民族学的対立に単純に置き換えられたのではない。二つの人間学=人類学(アントロポロジー)は時に重なり合い，混ざり合いながら共存したのである。

4 モンテスキューにおける野生人と蛮人

1 共和国と蛮性

『法の精神』第4巻第18章でモンテスキューは sauvage の語を二度用いるが，適用の対象においてまことに対照的であり，この語の持つ二つの側面を，わずか数行を挟んで併置していて興味深い。本章は「習俗に関わる古代人のある逆説の解明」と題されている。「逆説」と訳した paradoxe の語は「奇妙な事柄」くらいの意味であって，具体的には，相互に意見を異にする古代人たちのうちに認められる，奇妙な意見の一致という事態を指す。彼らはどういうわけか声を揃えて，習俗に及ぼす音楽の影響を重視し，その力を称えているというのである。「プラトンは，国家の体制自体に変化をもたらさずには，音楽に変化をもたらすことはできないと恐れ気もなく言う。アリストテレスは，彼の見解をプラトンの見解に対立させるだけのために自らの政治学をなしたように見えるというのに，習俗に対する音楽の力については，プラトンと一致している」[116]。この師弟に限らない古代人たちのもとに認められる，音楽の価値をめぐる奇妙な一致のうちに，モンテスキューは「彼らの政治学の原理のひとつ」[117]を見出して，その解明を試みるのである。彼はまず，ギリシアの諸ポリスにおいて，市民が商業にも，農業にも，職人的生業にも従事を禁じられていたことを指摘する。それらの営みは奴隷の務めであり，閑暇のうちに有徳に生きるべき市民には相応しくないとされていたのである。しかし，だからといって市民が無為に委ねられることは望まれなかったので，市民たちは「体育に関わる訓練，および戦争に関わる訓練のうちに，仕事を見出した」[118]。こうして古代ギリシアの市民社会を競技者と戦士たちの社会として提示した後，モンテスキューは次のように述べる。

---

116) *De l'esprit des lois*, éd. Victor Goldschmidt, t. I, p. 164 (livre IV, chapitre VIII).
117) *Ibid.*
118) *Ibid.*, p. 165.

さて,これらの訓練は,人々を頑な（durs）にまた野生的（sauvages）にするのにかくも適しているのだから,習俗を穏やかにしうる別の訓練によって和らげられる必要があった。身体諸器官を通して精神を捉える音楽が,これに適していた。音楽は,人々を頑な（durs）にする身体の訓練と,野生的（sauvages）にする思弁的学問の中間である[119]。

　不思議な一節である。二つの文に連続して,同じ二つの形容詞 dur と sauvage が現れるのだが,最初の文では身体の訓練とその効果という共通の事柄に関わっていたというのに,第二の文では両者は二つの対立的な現象に関して用いられている。どちらの文においても身体の訓練に関わる dur については問題はない。人を戸惑わせるのは,最初は鍛錬に励む身体の運命を dur とともに表現していた sauvage が,続く文においては,「思弁的学問」という精神の営みの帰結を述べている点である。
　もっとも,それ以前に気になる点がある。この章ではここに至るまで,モンテスキューはもっぱら軍事訓練を含めた身体の鍛錬についてしか語っておらず,思弁については一言も述べられてはいなかった。そして上記引用の後,章の最後まで,彼は冒頭で提示された「逆説」の解明とすべく,身体の訓練とそれを補完すべきもうひとつの訓練としての音楽体験について論じるばかりだ。身体の鍛錬とその悪しき副作用を補正することのできる音楽の力というのが本章での基本的な議論の対象であり,ギリシア人の言う「愛知（フィロソフィア）」は,ここでは出る幕がない。それゆえ,章全体を通じて一度だけ現れる思弁的学問への言及は,読者に唐突な印象を与えるのだ。しかしこれについては,古代ギリシアにおける市民の活動をめぐる議論と,そうした市民を育成するための教育論が,身体の活動・育成と魂の活動・育成の二分法のもとに語られていたこと,その文脈に依存する形でモンテスキューが議論していることを思えば納得が行く。プラトンは『国家』において魂と肉体の教育について語る。アリストテレスの『政治学』は,商人と職人の生業の卑しさからも,徳の形成と実践に不可欠な閑暇を許さない農民の多忙からも免れた市民た

---

[119] *Ibid.*

ちからなる国家のうちに，軍事活動と政務の実践の二つの部分を認めた上で，前者に対しては勇気・節制の徳と，それらを養うべき身体の鍛錬を，後者に対しては「愛知」をもって閑暇を過ごすことを求める。『法の精神』の著者は，おそらくは本章での彼の主要な関心――身体の鍛錬の効果としての気質の荒々しさと，それを宥めるための音楽の効用の説明――に傾注するあまり，この基本的な二分法を自らの議論の中で再現するのを怠っているのであるが，上記の一文において不意に思い出したかのように，彼が前提としているはずの枠組みの中で身体訓練と対をなす本来の対象について，ひと言書き付けているというわけだ。

　しかし，「思弁的学問」の時ならぬ闖入については理解できたとしても，「野生的」についてはどうなのか。なぜ，閑暇のうちに魂の徳を育むべき愛知の営みに，今しがた身体の鍛錬の悪しき果実を表現したばかりの sauvage の語が用いられているのか。学問研究は，度を越して打ち込むなら，閑暇のうちなる徳の実践から人を遠ざけ，社会生活の否定を帰結することになりかねない。他者との交わりのうちに政治体(ポリス)を形成すべき存在として人間を定義した『政治学』のアリストテレスも，同書においてそのような行き過ぎを批判している[120]。孤独な思索に没頭し，他の人間たちとの係わり合いを厭わしく感じるこのようなありようも，フランス語は「野生的（sauvage）」の語で表現するのである。同一語源の英語 savage については，ことは同様ではない。それゆえ，最近のある英訳は，問題の一節中のフランス語 sauvage を二箇所とも savage と訳しつつ，訳注において読者のありうべき戸惑いに応えている。「フランス語の sauvage は獰猛（brutal）と粗暴（savage）の観念，および臆病（shy）と野生（wild）の観念の双方を覆っている。非社会的な何か（something asocial）を意味するのである」[121]。日本における標準的な訳業はこの英訳とは別の道を選択し，適用対象を異にする二つの sauvage にそれぞれの文脈に適した別の訳語を与えることで，読者の戸惑いを未然に防いでいる。かくして第一の野生性は「粗野な」となり，第二の野

---

[120]　第 8 巻第 2 章（1337b）。
[121]　Montesquieu, *The Spirit of the Laws*, ed. Anne M. Cohler, Basia C. Miller and Harold S. Stone, coll. "Cambridge Texts in the History of Political Thought", Cambridge, Cambridge University Press, 1989, p. 41, n. j.

生性は「世間知らず」となる[122]。英訳の読者には，savage の語の見慣れない用法に躊躇いを覚えるということがありうるし，その場合には周到な訳注に目を遣ることによって事情を理解することになるだろうが，日本語訳の読者は何の戸惑いもなくこの一節を了解し，立ち止まることなく先を読み進むことができる。しかしモンテスキューがこの同一の語を，辞書的な腑分けに従うならある語義から別の語義への転換が起こっているにもかかわらず，肉体の鍛錬への専心と学問への没入という対照的な二つの事柄に対して当然のように続けざまに適用しているということ，この事実には立ち止まる価値があるように思う。「社会の中で生きるべく作られていながら，人間は社会の中で他人を忘れることもできた」[123]。このように述べる『法の精神』の著者にとって，上記の二例は人間が自らの自然を逸脱する二つの事例にほかならない。社会的存在としての人間が自らを否定する地点，そこに至る道筋はどうあれ，それを指し示す標識としては，「野生」の一語で十分なのである。

　上記の一節でモンテスキューが見出したのは，古代ギリシアのポリス，この文明の体現者が，自らに固有の活動それ自体を通して分泌する野生性であった。あるいはむしろ，この野生性は古代における市民社会の存立に必然的に伴う特性であり，モンテスキューはそれを積極的に認め，評価していたというべきかもしれない。こうした点を強調しているのは『マキアヴェッリ的モーメント』のJ. G. A. ポーコックで，彼はマキアヴェッリによって典型的な形で描き出された古代市民社会のエートスの本質的な理解と継承をモンテスキューのうちに認めるに際して，問題の一節を例として掲げるのである[124]。マキアヴェッリは古代の市民社会の倫理を，自立した市民たちの公共の利益への直接的関与——政治と軍事への参加——のうちに見出す。かくして獲得される内的均質性の自覚は，それを脅かす外部——内なる外部としての貴族階級を含む——への徹底的な異質性の感覚と，激しい敵対感情をもたらす。こち

---

[122]　モンテスキュー『法の精神』野田良之・稲本洋之助・上原行雄・田中治男・三辺博之・横田地弘訳，岩波文庫，1989，上巻103頁。

[123]　*De l'esprit des lois*, t. I, p. 125 (liv. I, chap. I).

[124]　J. G. A. Pocock, *The Machiavellian Moment*, Second paperback edition, with a new afterward, Princeton and Oxford, Princeton University Press, 2003, pp. 491-492.

らとあちらを媒介する，いかなる共通性も存在しない。そこから帰結するのは，戦闘行為の機会に彼ら市民＝戦士たちが見せる驚くべき残酷さである。さて，内部におけるまったき均質性を外部におけるまったき異質性と衝突させることから生じるこの非人間性は，マキアヴェッリにとっては古代人の嘆くべき欠点であるどころか称賛の対象であり，彼にとって厭わしく思えるのは，敵への共感を教え，外部の異質性に隈なく縁取られてあるべき市民社会の内的均質性の感覚を危機に晒してしまう，キリスト教的エートスの出現という歴史的出来事のほうなのだった[125]。ポーコックによるなら，『法の精神』のモンテスキューもまた，共和政体の倫理とキリスト教の倫理を相異なったもの——両立可能であるにしても——とみなしており，「市民的エートスが最も見事に花開くのは，蛮性に近い時期であろう」[126]ことを理解していたという。それも，彼がマキアヴェッリ的伝統の特権的な継承者とみなすイギリスの先駆者たち以上に。

　市民的(シヴィック)ヒューマニズムの体現という点では，実のところ，『法の精神』の著者はそれほど模範的な作家ではない。そもそもこの作品が近代における好ましい体制として選ぶのは君主政であり，共和政について言うなら，著者は近代におけるその実現可能性を信じない。上記の一節を含め，本書において古代の共和政をめぐる議論の果たす役割が，副次的なものにとどまる所以である。そして『法の精神』においてより重要な古代人はローマ帝国を滅ぼした北方の蛮人たちであり，彼らの法および習俗がいかにして封建制を生み，今日の君主政をもたらしたかの解明こそが，著者の関心中，最も主要なものに数えられる。そしてこちらの古代人たちはおおむね牧畜民であり，土地を耕さず従ってそこからの産物を所有もしないことをその最大の特徴とするが，そんな彼らが封土を所有して封建制を生み出していく過程を論じながら，モンテスキューは土地所有の契機に大きな価値を見出さない。むしろ彼は，きわめて大きな変化にもかかわらず，戦う牧畜民としてのフランク族の精神が，今日のフランス政体の核にあることを証明しようと努めるのだった。市民的(シヴィック)

---

125)　『ティトゥス・リウィウス最初の十巻をめぐる論考』（*Discorsi sopra la prima Deca di Tito Livio*），第2巻第2章をとりわけ参照のこと。

126)　Pocock, *op. cit.*, p. 491.

ヒューマニズムのパラダイム――土地を所有する市民が共同の利益のため，政治と軍事に従事するところに成り立つ――が，イギリスの郷紳たちやアメリカ独立の立役者たちに受け継がれていくというポーコック的見取り図の中に，『法の精神』はそれほど収まりがいいとは言えないのである。彼にとって貴重な自由とは，土地を所有する市民たちの自由であるよりは，土地を耕さず所有物に縛られないことによって確保される，移動する蛮人たちの自由であった。

とはいえ，ポーコックの指摘には，モンテスキューの議論におけるある際立った性質を浮き彫りにしているという利点がある。すなわち，戦士のエートスへの愛着，そして必然的に barbarism（フランス語ならば barbarie）を伴うまさにこのエートスを，優れて文明的と見なされる社会に根源的な仕方で結びつけるその手つきである。古代の諸共和国を，モンテスキューは執拗に荒々しい戦士たちの国家として描き出す。『ローマ人盛衰原因論』の編者序文で，カミーユ・ジュリアンはモンテスキューの共和政ローマの記述における宗教の不在と，軍事的側面の肥大への驚きを書き付けている。これではまるで，フリードリヒ2世のプロイセンのようではないか？[127] しかしそこには驚くべきことは何もないこと，軍人の倫理を通してこそローマ人は市民たりえたというのがモンテスキューの認識であること，こうした点が，ポーコック流のマキアヴェッリの参照によって明瞭になる。ただし，すでに確認したように，モンテスキューにとって共和国市民たることは必ずしも理想化されているのではないし，そもそも近代に関して言うなら，可能なことでもなかった。そして彼は，ポーコックがマキアヴェッリの議論に倣って市民的諸価値に結びつけるこの戦士のエートスを，古代の共和国とは異なった，しかしその文明的威光において劣ったものではない別の政治体の歴史的根源にも同様に結びつける。すなわち，フランスの君主政体の法の精神を解明すべく，モンテスキューは古代ゲルマン諸族，「蛮性に近い

---

127) Camille Jullian, « Introduction », dans Montesquieu, *Considérations sur les causes de la grandeur des Romains et de leur décadence*, publiées avec introduction, variantes, commentaires et tables par Camille Jullian, dixième édition, Paris, Librairie Hachette, 1932, p. XII：「彼のローマの分析は，まるでフリードリヒ2世のプロイセンを分析したかのごときものとなる。見出される動力と言っては，軍隊と政治の二つばかりだ。」

（close to barbarism）」どころか，文字通りに蛮人と呼ばれたこれらの人々の法と習俗のうちにその本質を求めるのである。しかも，注意しなければならないことだが，実詞化され，しばしば大文字で書き始められる〈蛮人（Barbares）〉は，15世紀後半におけるその再発見以来，蛮的な（barbare）存在とはされて来なかった。第Ⅲ章（1-1）で触れるように，王国の来歴はトロイア人やヤペテの系譜との関係で記述されていたし，そこではガリア人による古代東方世界への文明の伝播すらが語られることができたのである。とはいえ，蛮人を非蛮的に描き出しながら，ひとは必ずしも確信に満ちていたわけではないことは，容易に察しが付く。大革命から二月革命に至る時期の蛮人の形象を跡付けたピエール・ミシェルが述べているように，「起源の探究は，〈蛮人〉の蛮性を甘受しえないだろう」[128]からだ。さてモンテスキューの興味深さは，古代ゲルマン諸族を，アラブ人やアジアの諸民族，さらにはアメリカの野生人とすらも共通の性質によって特徴づけることの可能な文字通りの蛮族として理解し，しかも，現在にいたるフランス君主政体の法の精神を，まさにその蛮人たちの法と習俗とから導き出している点にある。以下で我々はまず，『法の精神』第18巻を通して展開される蛮人と野生人の特性記述を概観する。その上で，それら一般的諸特徴を共有する蛮人にほかならないゲルマン諸族，とりわけフランク族が，いかにして自らの蛮性のただなかから文明の諸原理を引き出しえたのか，その解明に当たってのモンテスキューの手付きを検討することにしよう。セルジオ・ランドゥッチは『哲学者と野生人』において，同じ第18巻をめぐる興味深い分析を行っているが，彼がモンテスキューのこれらのページを「野生の民についての彼の現象学」[129]と呼び，この著者における蛮人と野生人の区別にも，蛮人カテゴリーの中でのゲルマン諸族の特権的位置の割り当てにも，それほど注意を払っていないのが惜しまれる。しかしそのような区別，そのような特権化は存在しており，それによってこそ，モンテスキューは蛮人の精神からの穏和政体の誕生という彼の歴史を記述す

---

128) Pierre Michel, *Les Barbares, 1789-1848 : un mythe romantique*, Lyon, Presses universitaires de Lyon, 1981, p. 29.

129) Sergio Landucci, *I filosofi e i selvaggi*, p. 407. なお424頁では，「野生の民（および蛮族）の社会と制度についての現象学」と言い直している。

ることができたのである。

2　野生人と蛮人の共通性：「土地を耕さない人民」

　土地を耕さないこと。すでに述べる機会があったように，これがモンテスキューの描き出す蛮人の生活の最大の特徴である。そしてこれは同時に野生人の生活を根本的に規定するものでもある。それゆえ『法の精神』第18巻は，まず第11章において両カテゴリーの差異を簡潔に示すとはいえ——その内容については後に論じる——，続く諸章に渡ってはこれら二種の人民を「土地を耕さない人民」[130]の観念に統合した上で，折に触れて様々な蛮人および野生人の具体的事例を参照しつつも，多くは特定の参照項を持たない一般化された記述によって，これら人民の特徴が提示されていく。

　蛮人および野生人は土地を耕さない。そこから直ちに帰結するのは，彼らの自由である。

> これらの人民は大きな自由を享受している。土地をまったく耕さないために，土地にまったく縛られていないのだから。彼らはさすらい，放浪する[131]。

　そして土地を耕さない人民は，自らの必要を満たす以上の成果を貯蔵することはできないから，交易を行わない。そこから，彼らのもとでの貨幣の不在が帰結する。モンテスキューはこの点を論じるに先立ち，まず貨幣使用の慣習を持つ人民の記述から始め（第15章），この貨幣の使用こそが，「開化された民族（nation policée）」[132]とそうでない人民とを隔てる指標であると言う。とはいっても，開化されてあることの諸帰結は，ここで必ずしも全面的に肯定されているのではない。たしかに，モンテスキューはアリスティッポスの故事を持ち出して，難破の憂き目に会ったこのギリシア人哲学者が蛮人ではなくギリシア人の住む土地の

---

[130]　第18巻第12章の表題中に現れた後，以下の数章において何度も繰り返し用いられる表現である。

[131]　*De l'esprit des lois*, t. I, 441 (liv. XVIII, chap. XIV).

[132]　*Ibid.* (liv. XVIII, chap. XV).

岸辺にたどり着いたときの喜びについて語ってはいる。しかし彼は同時に，文明発展に伴う諸々の害悪をも強調する。こうして，続く第16章では，貨幣を使用する人民における様々な悪事の発生が指摘される。次いで第17章では，土地を耕さない人民における貨幣の不在が，平等の実現と専制の不在とに結び付けられる。それゆえ，自由なこれらの人民は，文明社会の諸々の果実を享受していないからといって，まったき侮蔑と憐憫の対象であるとはみなされていないのだし，むしろ翻って文明社会に固有の悪徳への反省を促す役割をさえ，与えられている。

　このような見解は，野生人や蛮人の社会にそれほど優しい眼差しを注いでいない読者のもとでは，不満の種となることもありえた。デステュット・ド・トラシは，彼の『法の精神』注解の第18巻のくだりで，「しかし多少とも発展した国民で，貨幣を持たないものなどない。それゆえ貨幣を持たない国民はすべて，きわめて貧しくきわめて粗野な諸国民の列に数え入れられるのだ」[133]と断言する。たしかに，貨幣の使用が可能にする特定の諸個人のもとでの富の蓄積は，必然的に人民の間に不平等をもたらす。しかし，だからといって社会の発展を否定すべきだろうか？　次第に発展していく社会の悪しき副産物としての不平等──もちろんそれは「自由にとっての暗礁であり，あらゆる災いと悪徳の源泉」[134]である──を，法によって可能な限り減らしていくこと，それこそが近代社会の課題なのであって，そのためには前近代への無邪気な憧憬は有害無益であろう。そもそも，土地も耕さず貨幣も持たないような未開化の人民，すなわち「貧しく，無知で，田舎じみた人民」[135]は自由（libres）ではない。「真の政治的自由」[136]は開化を前提とするのだから。ただ彼らはごくわずかな生活の糧を平等に分配して暮らしているために，不平等に慣れていない。そこから自由への彼らの愛──その達成のための条件を欠いた，決して叶わない願い──が生じるのだが，実際には「彼らは自由というよりは，おおよそ，相互に独立的というに

---

　133) Antoine-Louis-Claude Destutt de Tracy, *Commentaire sur l'esprit des lois de Montesquieu*, Paris, Théodore Desoer, 1819, p. 305.
　134) *Ibid.*, p. 306.
　135) *Ibid.*, p. 304.
　136) *Ibid.*

とどまる。ただしそれも，外国のより強大な勢力が彼らを圧伏したり——当の勢力が関心を持てば，すぐにも起こることだ——，迷信が彼らを従属させ，その迷信の力を手に入れた詐欺師たちを利して大きな不平等を生み出す——いつだって起こりうることだ——，そういったことがない限りでの話である」[137]。

とはいえ，このような意見はある程度はモンテスキュー自身のものでもあった。実際，土地を耕さず，貨幣も持たない人民の平等性を説明するまさにその記述が，モンテスキューがこれらの人民を過度に理想化しているわけではないことを明らかにしている。

　　土地を耕さない人民の自由を最もよく保証しているのは，貨幣が彼らには知られていないという事実である。狩猟と漁労，あるいは家畜から収穫できるものは，それほど大量には集積できず，保存もできないので，一人の人間が他の全員を腐敗させうるような事態には至らない。〔…〕
　　貨幣を持たない人民においては，誰もがわずかな欲求しか持たず，そうした欲求を彼らはたやすくかつ平等に満たしてしまう。平等はそれゆえ不可避（forcée）である[138]。

貨幣を持たず，欲求の乏しい人民のもとでは，平等は不可避，あるいは強いられたものである……。見られるとおり，モンテスキューはここでこうした人民の内部での平等を，もっぱら彼らの生活の物質的条件によって説明しており，そこに彼らの意志や徳性の関与を一切認めていない。最低限必要なもの以上を欲望させる刺激のないところでは，ひとは欲望を遠ざけるために何らの意志的努力をも必要としないだろう。そもそも，第20および21巻を構成する諸章に明らかなように，モンテスキューは貨幣使用を当然の前提とする商業の精神を両義的に捉えつつ，近代におけるその台頭については，むしろ好意的に受け止めていた。もちろん，『法の精神』の刊行された18世紀中葉には，未だ今日的な「文明（civilisation）」の理念もその「完成可能性（perfectibilité）」の神話も

---

137) *Ibid.*
138) *Ibid.*, t. I, p. 442 (liv. XVIII, chap. XVII).

確立していなかったし，商業こそが普遍的価値としての文明を促進する主要な動力であるという，世紀後半に特徴的な確信は，モンテスキューのものではない。第20巻第1章の一節を引こう——

> 商業に関する法は習俗を改善することができると言える。それも，この同じ法が習俗を堕落させるのと同じ理由によってである。商業は純粋な習俗を腐敗させる——これがプラトンの嘆きの種であった。だがそれは蛮的な習俗を洗練させ，穏やかにする。ちょうど我々が日々見ているように[139]。

なるほどここでは何ものかを改善／完成化する（perfectionner）力が問題になってはいる。しかしその対象たる「習俗（mœurs）」は，「純粋（pur）」と「腐敗（corrompre）」の語によって語られていることからも分かるように，原初のまったき完全性を諸々の事情によって損なっていくべきもの，ただ，様々な理由によってその欠損を補うことができるにすぎないものとされる。この定めない転変の運動が，停滞や後退の時期を挟みつつも漸進的に完成へ向かうものとして整流され，一連のプロセスが「文明化（civilisation）」として聖別されるには，もう少しの時間が必要であった。だが，上記引用に明らかなように，同時代の状況における商業の台頭とその効果に関しては（「我々が日々見ているように」），モンテスキューは全体的に言えば好意的に見ており，その限りでは，商業を通しての文明化の進行というやがて一般化する託宣に近似化可能な意見を持っていたということもできる。そして商業の活性化が前提とする奢侈，すなわち必要を超えた財への欲求の是非について言うなら，『法の精神』の著者は実に揺るぎない見解を持っていた。「奢侈は君主政の諸国においては必須である」[140]。モンテスキューが近代——共和政の不可能な時代——において可能な唯一の自由な政体とみなすこの君主政体において，奢侈は必然であり，かつこの必然はこの上なく望ましいものであるとされた。本性上，富の分配の不平等を基礎として成り立つ君主政にあっては，富める者が必要以上を望み，浪費することによって

---

139) *De l'esprit des lois*, t. II, p. 9 (liv. XX, chap. I).
140) *Ibid.*, t. I, p. 229.

こそ，貧しい者たちが労働の機会を得，糊口を凌ぐことができるからである。「富者たちが奢侈に大金を費やさなかったら，貧者たちは飢えで死んでしまうだろう」[141]。かくして，単なる必要を超えた欲望の経済が，本性上不平等な社会に自由をもたらす秘訣となる。現代におけるありうべき社会についてこのように書くことのできる者が，未開化の人民の社会を記述する過程で彼らの享受する自由についての指摘を紛れ込ませたからといって，そこに前近代への強い憧憬を見て取ることはできないだろう。

3　森と二種類の自由

　デステュット・ド・トラシは先の注解で，土地を耕さず貨幣も持たない人民の自由を否認しながら，その根拠を彼らの自由が「真の政治的自由」ではないことのうちに求めていた。これはモンテスキュー自身の定義する二種類の自由を踏まえている。すなわち「自然的自由（liberté naturelle）」と「政治的自由（liberté politique）」であるが[142]，これら両概念が現れる第11巻を読めば，『法の精神』の著者自身にとっても，後者の自由こそが真の自由の名に相応しいものと見なされていたことがよく分かる。ただし両概念が現れると言っても，前者はたった一度，「野生人たちの政治体の目的」[143]であるとして登場させられるや，ただちに本巻全体の主題である後者に舞台を譲り，『法の精神』の全体を通しても二度と現れることはない。その後の本巻においては，この政治的自由こそを目的とし，かつまた「三権力の配分」[144]によってそれを実現しているという現代イギリスの政体の名高い分析がなされ（第6章），次いで，それを直接の目的とはしていないにもかかわらず，結果として政治的自由の実現に近づきつつあるという他の諸君主政の状況が描かれる（第7章。もちろんこれは，フランスの君主政の理想化である）。どちらのケース

---

　141)　*Ibid.*, t. I, p. 228.
　142)　より正確にはもうひとつ，「市民的自由（liberté civile）」がある。この表現それ自体は第15巻第13章に見出せるが，これは第12巻第1章で，「国制（constitution）」との関係においてではなく「市民（citoyen）」との関係において考えられた政治的自由として定義されているものと同じであり，広義の政治的自由の一部をなす。
　143)　*De l'esprit des lois*, t. I, p. 293 (liv. XI, chap. V).
　144)　*Ibid.*, t. I, p. 326 (liv. XI, chap. XX) et *passim*.

第Ⅱ章　16~18世紀フランスにおける野生人と蛮人

においても問題となるのは，近代——繰り返し言うなら，相互の平等に基づいた共和政的自由の成り立たない時代——の不可避的な諸身分の分裂と富の不平等な配分を前提としつつ，そこにおいてもなお可能な自由のありようを追求することである。他方，自然的自由を目的とする政治体を形成しているという野生人たちについていうなら，彼らの平等と相互の独立は，余剰の蓄積を許さない生産量の乏しさに強いられたものでしかない。「自然と風土のほとんど両者のみが野生人を支配している」[145]のであって，そこには注目すべき独自の政治組織や国制があるということはできないのだ。野生人と蛮人をひと括りに語る第18巻に戻るなら，「これらの人民の諸制度は，法というよりはむしろ習俗と呼ぶことができる」[146]。「法の精神」の解明を主題に掲げるこの書物は，土地を耕さない人民——野生人と蛮人——に法の所有を認めないことにより，彼らをその中心的考察の埒外に置いているかに見える。

　しかし，事態はそれほど単純ではない。そもそも，イギリスの君主政体における政治的自由の実現の起源を，モンテスキューは蛮人の習俗のうちに見出す。彼は第11巻第6章の終わり近くで，幾分唐突に記している——

　　ゲルマン人の習俗についてのタキトゥスの感嘆すべき著作を読むなら，イギリス人たちが彼らの政体の観念を引き出したのがゲルマン人の習俗からであることが分かる。この見事な制度は，森の中で見出されたのだ[147]。

　古代ゲルマニアの蛮人が土地の分割と私有を知らないために多くの法を必要とせず，彼らの生活においては法以上に習俗の占める割合が大きかったとしても，まさにその習俗からこそ，政治的自由の維持の最初の試みが始まっていたというのである。
　また，第18巻においても，土地を耕さない人民の自由がたんに自然的自由の段階にとどまっているのではなく，そこには政治的自由を生

---

145) *Ibid.*, t. I, p. 461 (liv. XIX, chap. IV).
146) *Ibid.*, t. I, p. 440 (liv. XVIII, chap. XIII).
147) *Ibid.*, t. I, p. 304 (liv. XI, chap. VI).

み出す契機が見出しうることが指摘されている。第14章では，すでに引用した冒頭部——土地を耕さない人民が，土地に縛り付けられていないという理由で大きな自由を持つとされる——に続けて，モンテスキューは次のように書いているのである。

> もし首長が彼らから自由を奪おうとするなら，彼らはまず自由を他の首長のもとに求めに行くか，さもなくば森に退いて家族と一緒に暮らすだろう。これら人民のもとでは，人間の自由はきわめて大きいため，それは必然的に市民の自由を伴う[148]。

「市民の自由（liberté du citoyen）」とは，すでに確認した「市民的自由」あるいは「市民との関係において考えられた政治的自由」の謂いであろう。引用した箇所をもって本章は終わり，モンテスキューはそれ以上の詳細を語ろうとはしないが，野生人あるいは蛮人の享受する自然的自由からの政治的自由の発生の可能性，いやそれどころか必然性が，ここでは漠とした一般性においてではあれ，明言されているのである。カール＝ハインツ・コールは，彼がモンテスキューの「人類地理学（Anthropogeographie）」と呼ぶものの分析の結論部分でこの第14章の全体を引用し，作家の若き日の断想におけるアメリカ先住民への言及と結びつけた上で，『法の精神』の著者は先住アメリカ人のうちに，「世界に自由をもたらすべく森から出現した彼の祖先たちの，同時代における似姿」[149]を見ていたのだと述べている。もしそうだとすれば，野生人と蛮人の両者を土地を耕さない人民として一括して論じるというのは，彼の先祖たる蛮人とアメリカ野生人の法と習俗を共通の相におくための手管であったと言うこともできよう。

4　野生人と蛮人の差異Ⅰ：散在する狩猟民と集合する牧畜民

ただし，第14章を閉ざす上記の二文は，幾分曖昧な，鮮烈さに欠けてぼんやりとした印象を残す。第二文で市民的自由をすら委ねられているこの野生の市民たちは，第一文においては，たしかに自由への強い執

---

148) *Ibid.*, t. I, p. 441 (liv. XVIII, chap. XIV).
149) Karl-Heinz Kohl, *Entzauberter Blick*, Frankfurt am Mein, Suhrkamp, 1986, S. 120.

着を認められてはいるものの，それを維持するに当たっての姿勢の点では相当に控えめで穏当，ほとんど弱々しい存在として描かれているのだから。首長によって自由が奪われる，そんな状況に置かれた彼ら土地を耕さない人々は，モンテスキューによるなら，彼らの帰属集団を離れ，自由を保証してくれるだろう別の集団のもとに逃れるか，さもなくば家族以外との社会的交わりを断って森に引きこもるという。我々はこの部の冒頭で，モンテスキューが古代共和国の市民たちを，自由のためなら野蛮に至るまでの激しさで敵と戦う戦士として描いているのを見た。同じ価値を守るための手段の，何と言う隔たりだろう。『法の精神』の著者は，進んで公共の利益のために活動する古代共和国市民たちの積極的自由と，ただ外部からの干渉の不在のみを望む土地を耕さない人民の消極的自由とを対比的に思い描いているのだろうか？

　しかし第18巻の他の諸章に目を遣るなら，土地を耕さない人民はそこかしこで，共和国市民に劣らず荒々しく，時に凶暴ですらある戦士集団として現れているのに誰もが気付く。ギリシアを征服したタタール人，ローマを征服したゲルマン諸族。モンテスキューが分けても頻繁に登場させるこれら人民は，上記引用に見られる臆病な気質とはまるで無縁のように見える。そもそも，本巻が飽くことなく訴える，土地を耕さない人民の自由は，土地の不毛さがもたらす逞しい戦士的気質と結び付けられている。

> 土地の不毛さは人間を勤勉で質素，労働に耐えやすく，勇敢で戦争向きにする。不毛な土地の人々は，大地が彼らに拒むものを獲得しなければならないのだから。国土の肥沃さは，安楽とともに，柔弱さ，そして生命保存へのある種の愛をもたらす[150]。

　肥沃な土地を耕す農民たちは，対照的に，勤勉でもなければ辛い労働に耐える逞しさも持たない軟弱な民であるとされる。我が身の安全を何より尊ぶそんな彼らであるから，政治的自由の問題が心を煩わすことなどないとすら彼は述べる。本巻第1章の冒頭を引こう。

---

150) *De l'esprit des lois*, t. I, p. 435 (liv. XVIII, chap.IV).

ある国の土地の良さは自然に，その地に従属性を打ち立てる。そうした国の人民の主要部分をなす田園の人々は，彼らの自由をあまり切望しない。彼らは忙しく，自分たちの仕事で精一杯なのだ[151]。

　そしてキケロの権威を借りて，農民たちには（商人たちと同様）彼らが平穏でさえあればどんな政体でも等価である旨，この古代の雄弁家に証言させた後，モンテスキューは次の一般法則を提示する——ただ一人による統治は肥沃な国土に，複数による統治は不毛な国土に多く見出されるというのである。実際，国土の貧しいアテネには共和政が，肥沃なスパルタには，当時のギリシアにあっては受け入れられなかった一人による統治ではないにせよ，それにより近い貴族政が，打ち立てられたではないか？　ここに見られるような農耕への低い価値づけは——商業への両義的な評価と対照的に——本書にあっては一貫したものだ。すでに見たように，古代の共和政を論じるモンテスキューは，ポリスの市民たちが農耕に従事するのを禁じるプラトンやアリストテレスの説を高く評価していた。そして上記の引用では，今度はキケロの出番というわけである。ゲルマニアの森からの自由の発生を主張しようという彼の狙いの当然の帰結として，定住農耕のエートスの美点は可能な限り低く見積もらなければならなかった。
　かくして，土地を耕さず貨幣も持たない人民は，自由を謳歌する猛々しい人々として描き出される。こうした人民が自由を脅かされる時，ただ他の集団のもとに逃れるか森に退くかとの二者択一の前に立とうとは，容易に想像しがたい。モンテスキューの体系にあって，問題の一節は一貫性を損なう例外というべきなのだろうか？　第18巻を注意深く読むなら，そうではないことが分かる。ここに見るべきはむしろ，土地を耕さず貨幣も持たないという特性によって同一カテゴリーに束ねられている人々の内部での，密かな分割の操作である。もちろん，問題なのは蛮人と野生人の間の分割であって，この両者が土地を耕さない人民の二種を構成することについては，モンテスキュー自身が明言していた。それでもこの分割が密かなものであると言いうるのは，当の分割がなさ

---

151) *Ibid.*, t. I, p. 433 (liv. XVIII, chap. I).

第Ⅱ章　16~18世紀フランスにおける野生人と蛮人　　287

れる際の基準が，表立っては示されていないためである。

　両者の差異がまるで語られないというのではない。それどころか，両カテゴリーの人民をひと括りに論じるに先立ち，著者は「野生の民と蛮族について」[152]と題された第11章を設けて，続く諸世代に大きな影響力を持つことになる，次の定義を提案する。

> 野生の民と蛮族との間には相違があるのだが，それは前者が散在する小民族であり，何らかの固有の諸理由から集合しえないのに対し，蛮人はといえば普通，集合しうる小民族だということである。前者は普通，狩猟民であり，後者は牧畜民である[153]。

　この定義は，『百科全書』のジョークールによる項目「野生人（Sauvages）」にほとんど文字通りに採用されている[154]。野生人を，たんに土地を耕さない農業以前の存在とするのみならず，牧畜に従事することもまれな狩猟民として一般的に定義すること。『法の精神』中のこの記述は，本書刊行後間もない1750年代にスコットランドとフランスで同時的に成立する，文明の四段階の発展理論に決定的な影響を与えることになる[155]。だがここでは，狩猟と牧畜という食料獲得手段の違いが，野生人と蛮人を区別する際の基準として適用されていることを確認しておくにとどめよう。野生人が大きな集団を形成しえないことの説明として書き付けられている「何らかの固有の諸理由」という言葉，この気懸かりにも曖昧な言葉によって，モンテスキューは何を実際には考えているのか？　彼が明示的に差し出す唯一の具体的解明は，まさに上記の食料獲得手段によるものである。本章の，引用した前半部に続く後半部では，そのことが次のように例を取って述べられている。

---

152)　*Ibid.*, t. I, p. 439 (liv. XVIII, chap. XI).
153)　*Ibid.*
154)　ランドゥッチも指摘しているように（Sergio Landucci, *op. cit.*, p. 428），『トレヴーの辞典』1771年版の項目 Sauvage にも，野生人の散在と蛮人の集合可能性，および前者を狩猟採集民とする規定が追加されている（1752年版までには見られない記述である）。『法の精神』ないし宿敵たる哲学者たちの事典，あるいはその双方からの影響は明らかだろう。
155)　この四段階理論についての古典的研究として，Ronald L. Meek, *Social science and the ignoble savage*, Cambridge, Cambridge University Press, 1976 を参照。

こうしたことはアジア北部においてよく見て取れる。シベリアの人民は集団で生活することができない。集団では食料獲得ができないだろうからだ。タタール人はある程度の期間集団で生活することができる。彼らの畜群がある程度の期間集合することができるからだ。それゆえ，すべての部族がひとつにまとまることもありうるのであって，実際一人の首長が他の多くの首長を服属させた際にはそうしたことが起こる。その後に為されるのは，以下のいずれかである——すなわち再び分離するか，それとも南方の帝国へと大征服をしに行くか[156]。

　かくして，牧畜民は集合することができるのだし，さらには諸部族を統合し，大征服に乗り出すことさえできる。ただし，ここで注意しなければならないのは，この章では蛮人を一般的に代表しうるかのように登場するタタール人が，本巻全体を通して見た場合，きわめて異例の存在，モンテスキューによって見出された蛮人の一般法則の特異な例外として扱われていることだ。そのことを確認すれば，タタール人に蛮人を代表させる形で第 11 章で提示される野生人と蛮人との区別が，続く諸世代への影響にもかかわらず，本巻の議論の中ではそれほど重要なものではないことが分かるだろう。以下に引用するのは，「アラブ人の自由とタタール人の隷従について」と題された本巻第 19 章であるが，そこでは，第 11 章において蛮人諸部族の集合可能性の代表的例として示されたタタール人の習俗が，幾分詳しく描き出されている。しかし今回は，蛮人の一般法則に反する例外として。

　　彼らは都市をまるで持たず，森もまるで持たず，わずかな沼沢しか持たず，彼らの河川はほとんどつねに凍っている。広大な平地に住み，放牧地と畜群を持ち，従って財産を持っているのだが，退却したり防御したりする場所をまるで持たない。ある汗が打ち負かされるや，彼の首は刎ねられる。子供たちも同様に処分され，彼の臣民はみな勝者に帰属する。〔…〕

---

156) *De l'esprit des lois*, t. I, p. 439 (liv. XVIII, chap. XI).

第Ⅱ章　16~18世紀フランスにおける野生人と蛮人　　289

　実際，様々な遊牧集団がひっきりなしに戦争をし，絶えず互いに征服しあっているような国，首長の死によって，打ち負かされた集団の政治体がつねに破壊されてしまうような国，そんな国にあっては，国民は一般に，自由であることは少ない。国民のどの部分も，きわめて頻繁な服属の経験を持っていようからである[157]。

　諸部族が集合しえること。その内実は，モンテスキューによるなら部族相互の体制の血に塗れた転覆の繰り返しである。隠れるべき森も，互いを分け隔てるべき沼沢もなく，広大な平原の上で絶え間なく争い，勝者は容赦なく敗者を隷属状態に置くだろう。「敗北した人民であっても，彼らの状況の力によって敗戦の後で条約を結ぶことができるなら，幾ばくかの自由を保持することができる。しかしタタール人はつねに防御を持たないので，ひとたび打ち負かされるや決して条件を付けることはできなかった」[158]。かくも頻繁な征服と従属の経験を通して，彼らの間には「政治的奴隷制 (esclavage politique)」が導入されるに至ったとモンテスキューは言う[159]。政治的奴隷制とは本書における奴隷制の三分類の一つで，残る二つは「市民的奴隷制 (esclavage civil)」と「家内奴隷制 (esclavage domestique)」である。市民的奴隷制は，奴隷制の名が最も普通に想起させる，自由市民による諸個人の私有に，家内奴隷制は，一夫多妻制を初めとする，モンテスキューが東洋に見出した婚姻女性の様々な隷従状況に関わる。そして政治的奴隷制であるが，こちらは，モンテスキューがこれまた東洋の事例を取り上げることを好む，専制政のもとでの国民の隷属状態を意味する。タタール人，この土地をまったく耕さず，しばしば蛮人の代表例として取り上げられるこの遊牧の民は，しかし蛮人の最大の特徴たる自由を知らない。この「地上で最も独自の

---

　157) *Ibid.*, t. I, p. 443 (liv. XVIII, chap. XIX).
　158) *Ibid.*, t. I, p. 444 (liv. XVIII, chap. XIX).
　159) 「彼ら〔敗者の臣民〕は市民的奴隷制へと運命づけられてはいない。彼らを奴隷にしても，耕すべき土地もなく，何ら家内奉仕も必要としない簡素な国民にとっては負担になるだけだ。だから彼らは〔市民的奴隷となることなく通常の国民の列に加わって〕国民の数を増やす。しかし，市民的奴隷制の代わりに，政治的奴隷制が導入されねばならなかったことは分かるだろう」(*ibid.*, t. I, p. 443 (liv. XVIII, chap. XIX))。

民族」[160]について，本章は次のように結論を下す。

> 私は第2章において，耕された平地の住民は自由であることが少ないと言った。しかし状況のせいで，未耕の地に住んでいるにもかかわらずタタール人は，それと同じ事例のうちに置かれている[161]。

5 野生人と蛮人の差異Ⅱ：逃れ去る野生人と戦う蛮人

蛮人諸部族の集合可能性の唯一の例として掲げられるタタール人の習俗は，かくして彼らのもとでの自由の喪失と不可分である。ではモンテスキューは土地を耕さない人民のうち，「何らかの固有の諸理由」によって集合しえないと定義されたいま一方のカテゴリー，野生人たちの方を好み，実は彼らにこそ自由を認めているということになるのか？　実際，敗者に交渉の暇を与えない平地という空間に対比される森と沼沢，これはすでに，集合しえない野生人の小民族の環境として現れていた。

> 彼らの国土は通常，森でいっぱいだ。そして，人々はそこで水が流れるようにしなかったので，国土は沼沢に満ち，その中に各集団が住み込んで，小さな民族をなしている[162]。

しかし，森林と沼沢とは，ローマを脅かす蛮人たちの世界，古代ゲルマニアの風土を特徴づけるものでもある。タキトゥスはヘルキュニアの森の様子をゲルマン人の土地全体へと一般化しつつ，「土地はその様子に多少の違いはあれ，概して言えば森林がそそり立っているか，あるいは沼沢を醜く晒しているか」[163]と書いているし，彼やカエサルの手になるゲルマニア遠征の記述を読むなら，深い森や沼沢に潜む蛮人に手を焼くローマ軍の姿を目にすることができる。「逃げたりすれば，より多く

---

160) *Ibid.*
161) *Ibid.*, t. I, p. 444 (liv. XVIII, chap. XIX).
162) *Ibid.*, t. I, p. 439 (liv. XVIII, chap. X).
163) Tacite, *La Germanie*, texte établi et traduit par Jacques Perret, introduction et notes d'Anne-Marie Ozanam, dans *Vie d'Agricola, La Germanie*, deuxième tirage, Paris, Les Belles Lettres, coll. « Classiques en poche », 2002, p. 94 (chap. V).

の森といっそう深い沼沢，そして敵たちの残虐が待つ」[164]．それがローマ軍にとってのゲルマニアであった。部族間の集合可能性についてはどうだろうか？　タキトゥスはゲルマン諸族の相互不和を，ローマの最大の守りとして寿いでいる[165]。彼らが相互に争い，対立している限り，ローマ帝国は安泰だというのである。エドワード・ギボンもまた，同様の事情を『衰亡史』の中で記述している。

> 古代ゲルマニアの強さは，それが統合された場合に生み出されたはずの効果を考えると，恐るべきものになる。国土の大変な広がりは恐らく百万の戦士を含みえたろう——武器を担うべき年齢の者がみな，それを用いるにうってつけの気質の持ち主とあっては。しかしこの獰猛な大群は，民族の偉大さを目指すような計画を考案したり実行したりすることはまるでできず，様々のしばしば敵対的な思念に駆り立てられるばかりだった。ゲルマニアは四十以上の独立国によって分断されていたし，それぞれの国の内部でさえ，複数の部族間の連合はこの上なく緩やかで不安定だった。〔…〕ゲルマニアの最も恐るべき諸国は，人気のない荒廃した境界地帯によって彼らの国土を取り巻くのを好んだ[166]。

ここに見られるのは，なるほど集合の試みをまるで知らないのではないが，些細な原因に発する相互不和に苛まれて決して大きな統一を獲得できない人民の姿である。そして，モンテスキューが蛮人の集合可能性の実例として示すタタール人のケースとは異なり，互いの領土が見渡す限りの平地に繰り延べられているのではなく森や沼沢からなる境界地帯で分断されていることが，静いを続ける彼らが圧倒的な軍事力を示しえた一部族によって強力かつ強引に統合されることを妨げている。さて，上記のようなゲルマン人の表象は，『法の精神』に描き出された，互い

---

164) Tacitus, *Annals*, in *Histories IV-V, Annals I-III*, tr. Clifford H. Moore and John Jackson, Cambridge, Massachusetts, Harvard University Press, Loeb Classical Library, 1931, p. 358 (book I, chap. LXVII).
165) 『ゲルマニア』第 33 章。
166) Edward Gibbon, *The History of the Decline and Fall of the Roman Empire*, vol. I, p. 249 (chap. IX).

の争いの中から一時的にではあれ強大な軍事国家を生み出すことのできる，タタール人のような遊牧民族の姿と異なるのはもちろんのこと，モンテスキューにあってそれと対比的に提示されていた，森と沼沢のただなかに点在する野生人たちの姿とも異質なものだというべきだろう。ここでは，諸部族間の分裂と相互の懸隔は，弱さや臆病さというよりは強さや勇敢さの印象を与える。人気のなさによって隔てられた居住も，ここでは集団の力強さの証である。

　そして古代の歴史家からギボンにまで受け継がれるこうした捉え方は，モンテスキューのゲルマン人理解とも重なっている。すでに確認したように，『法の精神』中の蛮人と野生人――土地を耕さない二種の人民――をめぐる記述の中で，その戦士集団としての勇猛さを伴って頻繁に現れる現実的参照項は，タタール人と並んでゲルマン人である。また彼はゲルマン人たちの相互的孤立を求める性向を，タキトゥスの引用によって示すが[167]，そこでも孤立への意志は，逃れようとする弱さよりは気性の激しさを伴う独立心に関わっている。それゆえ，第14章において自由を守ろうとする人々が見せていた控えめな姿勢――他の首長のもとに逃れるか，家族と共に森でひっそりと暮らすかという二者択一――，これは，土地を耕さない人民一般についての記述として提出されているにもかかわらず，およそ蛮人に相応しいものではない。これは土地を耕さない人民のもう一方の下位集団，野生人を念頭に置いた記述のように思えるのである。野生人は逃れるが，蛮人は戦う。野生人が怖気づくとき，蛮人は勇敢に振舞う。モンテスキュー自身が明示的に提案した，第11章における両人民の定義には，このようなことはまったく仄めかされてもいない。にもかかわらず，辞書的定義や文明の段階発展理論に影響を与えるに十分な独自性を持ったこの定義にも増して，『法の精神』の議論は上記のような二項対立に依拠しているように見える。

　実際そのように考えることで，例えば，モンテスキューがある種のアメリカ人を蛮人と呼ぶ理由が理解できるのである。アメリカ先住民とい

---

167) 「『彼らは都市に住まないし――とタキトゥスは言う――，住居が互いに接しあっているのに耐えることができない。それで各人は家の周りに，囲いをして閉ざした小さな土地や空き地を残しておく』。タキトゥスの言葉は正しかった。」(*De l'esprit des lois*, t. I, p. 446 (liv. XVIII, chap. XXII))。

えばひとしなみに野生人と呼んで済ませるという当時のフランス語の一般的傾向にもかかわらず，第17巻第7章で，モンテスキューは以下のように書く。

> アメリカの蛮的小民族（petits peuples barbares）は，スペイン人によって Indios bravos と呼ばれる。彼らを屈服させるのは，メキシコとペルーの大帝国以上に困難だからである[168]。

このスペイン語は「勇敢なインディアン」を意味するが，そのように呼ばれる理由は名称自体からも察しが付くことであり，モンテスキューによる説明も読者の予想を確証してくれる。しかし，なぜモンテスキューのフランス語が彼らを蛮人として名指しているのか，この点についてはこの場では，いかなる説明も与えられない。直後に始まる第18巻で示される，例の蛮人と野生人の区別を当てはめて，彼らを牧畜民であるとか，小民族ながらも集合可能性を保持しているといった風に考えるべきなのだろうか？　それよりは，スペイン人にお墨付きを与えられた彼らの勇敢さが，この哲学者に barbares の語を選択させたと考えた方が妥当なように思われる。『法の精神』にあって，勇敢な野生人は撞着語法である。

　さて，野生人と蛮人についての彼自身の十分に独創的な定義とは独立に，『法の精神』の議論に影響を与えているように思われるこのもう一つの別の規定，こちらはと言えば，およそ独創的なものではない。それは，彼の定義が採用される前から『トレヴー』や他の辞典に記載されていた，sauvage の語義の中に見つけることができるだろう。野生育ちで人に懐こうとしない動物に用いられるこの形容詞は，人間に対して転用されることで精神的・道徳的(モラル)意味を獲得し，社会での交わりを嫌い，穏やかな孤独を好むそんな人格を，多くの場合批判的に指し示すために使われていた。モンテスキューは，しばしば実詞化され，未開化の人民を指す最も通常の語として定着したこの語を用いながら，語の伝統的な意義に影響され続けたのである。

168）　*Ibid.*, t. I, p. 431 (liv. XVII, chap. VII, n. a).

6　野生人と蛮人の差異 III：自然状態の近傍への滞留と国制の起源

『法の精神』の作家が sauvage の語を，アメリカやアフリカの諸民族を指すために用いる慣習的な符牒としてのみ用いたのではなく，彼らについて用いながらも語の一般的な理解との連関の中でそれを捉えていたこと。それをよりよく理解するために，本書の冒頭近くに現れる sauvages に注目してみよう。本研究が一貫して「野生人」の語を与えてきたこの語であるが，アメリカやアフリカの諸民族についてなら，「未開人」と訳すことも許されよう。この日本語は普通，未開すなわち文明がまったくまたは十分には開けていないと見なされる状態にある人種ないしは民族集団と，その構成員として了解されるからである。しかし，第1巻第2章でモンテスキューが引き合いに出す sauvages は，まったくそのようなものではない。「自然法について」と題されたこの章において，モンテスキューは人間の内部に予め書き付けられており，いかなる文明，いかなる慣習の不在――「自然状態」――においても認められるべき人間の根本的な法則としての自然法について述べ，それを人間の弱さの認識に基づく，自己保存の欲求として特徴づける。自然状態の人間の「最初の観念は，明らかに思弁的なものではあるまい。自己の存在の根源を探求するより先に，彼は自己の存在の保存に思いを致すだろう。そのような人間がまず最初に感じるのは，自己の弱さであろうし，彼の臆病さときたら極端なものに違いない」[169]。そのような法則の実在の証明としては，彼はただ以下のように述べるのみで十分だと信じている――

> そして，この点についての経験的明証が求められていたのであったが，そのとき森の中に野生の人々が見出されたのだ。すべてが彼らを震えさせ，すべてが彼らを逃走せしめる[170]。

ここに登場した「野生の人々（des hommes sauvages）」のうち，とりわけ有名な一人が，作家自身による注において，今度は実詞化された「野生人（le sauvage）」として指示されている。「ハノーファーの森で見

---

169) *Ibid.*, t. I, p. 23 (liv. I, chap. II).
170) *Ibid.*

出され，ジョージ1世治下のイギリスで見ることのできた野生人がその証拠だ」[171]。ここで言及されているのは，もちろん，我々がすでに出会ったあの野性児ピーターである。こうしてモンテスキューは，同じ野生人の語で躊躇いなく，アメリカの先住民族諸集団と，様々な理由で森に遺棄されて育ったヨーロッパの諸個人とを指し示す。もちろん，彼にこの語を選ばせるのはフランス語の慣用である。問題は，慣用に従って同一の語が割り当てられるこれら二つの参照項に対してモンテスキューが与える記述が，明らかな関連性を示していることだ。第18巻第11章においては，自由を脅かされた土地を耕さない人々──恐らくは何らかの野生人の民族に属する──が，他の集団のもとへ，あるいは森の中へ，逃走を企てるのが見られた。第1巻第2章においては，フランス語が野生人として名指す，森に遺棄されて育った人間が，何事にも怯え，逃亡を願う様に描かれる。ヨーロッパ外部のある種の民族グループとしての「未開人」と，特異な運命のもとに置かれた例外的ヨーロッパ人としての「野生児」とを，同一の基準で語るこうした姿勢は，しかし一人モンテスキューに固有のものではなく，むしろ18世紀における，文明をめぐる理論的考察の場の通例であったと言ったほうがよい。この同じピーターやその他の野生児について，ルソーは『人間不平等起源論』で言及しているし，ビュフォンも彼の『自然史』に，まさにルソーの議論を批判する文脈で，これら野生児たちを登場させている。こうして〈野生人〉の概念を練り上げる過程でピーターやその他の野生児たちの実例に触れながら，哲学者たちは彼ら固有の議論をそれぞれに展開する。〈啓蒙の世紀〉にあって，今日では人類学と発達心理学が別個に取り扱う二対象は，同じ一つの sauvage の語で指し示されるばかりでなく，実際に同じ一つの対象であるかのように扱われていた[172]。

そのことは，当時にあって，「未開人」と「野生児」が，ともにそれ自体としてではなく，もっぱらある別の参照項との関係で，すなわち「社会」や politesse, civilité といった語およびそれらが意味する観念との関係で関心の的となっていたことを示唆する。sauvage な存在，それ

---

171) *Ibid.*, n. a.
172) この両者の共存から分離にかけての問題を扱ったものとして，Lucienne Strivay, *op. cit.*, とりわけ第1章を参照。

は都市を形成せず，すなわち社会的集合をなさずに，森や荒野に散在して生きる者たちの謂いである。それは，キケロ的に捉えられた人間——集合して社会を形成し，政治体の善のために貢献を果たす——であれ，その一変奏としてのオネットムであれ，人間についての普遍的と想定された理想像の外部を表現する。野生人と呼ばれるときのアメリカ先住民は，このような異質性の一つの現れと見なしうるのである。モンテスキューにあっても，人為の外で成長したピーターを野生人と呼び，「土地を耕さない人民」の二種のうち一方にも同様の呼称を与えつつ論じることにより，これら両者はこの語の精神的・道徳的(モラル)理解の伝統の内で理解されているということができる。

　ただし，『法の精神』においては，遺棄されて森で育った野生児であれ，森を彷徨う野生人であれ，たしかに野生的と称されるに相応しい社会からの隔たりを指摘されるとはいえ，非人間的怪物として絶対の異質性を認められるということはなく，人間的生の始まる境界近くに，しかし明らかに境界の内側に，居場所を与えられている。このことは，モンテスキューの自然法理解との関係で説明することもできるだろう。彼はピーターを登場させた「自然法について」の章では，この法を自然状態において人間を支配するものであり，人間の社会状態への到達を促すことにより，社会的存在としての人間を必然化するような力として捉えている。すなわち自然法に則って生きる人間とは，未だ社会を知らない人間である。それゆえモンテスキューはそのような人間の例として，ピーターその他の野生児を引き合いに出す。彼らは自らの弱さを絶えずひしひしと感じる臆病な存在であり，何よりもまず自己保存の欲求によって活動する。そしてまさにこの欲求から平和への希求が生まれ，これが第一の自然法であるとモンテスキューは規定する。第二の法は物質的生存への希求である。そして，相互に平和を求めていることが了解されるや，それまで集い会うことのなかった人間たちは互いに近づき合う。そのような近づき合いの中から第三の自然法としての性的結合の欲望が生まれる。さらにそればかりでなく，係わり合いの中で相手についての知識を得るに至った人間たちは，社会をなして生きようとの欲望を抱く——これが第四の，最後の自然法である。ブレート・ド・ラ・グレッセはこれらの記述を正当にも貧困であると見なし，成熟期のモンテス

キューはすでに若き日のグロティウスやプーフェンドルフの影響から離れ，自然法理論に強い関心を抱いてはおらず，それゆえこの簡潔にすぎる提示の後，直ちに真の関心事たる実定法の探求に乗り出していくのだと説明している[173]。ジャン・エラールは彼の立場に反対して，自然法は『法の精神』の時点でもなお，モンテスキューの思想にとって重要な位置を占めており，実際本書の論述における自然法の役割は，冒頭近くに見られるこれら不十分な記述におけるものにとどまってはいないと主張している。実際，奴隷制について，それも当時合法的に機能していた黒人奴隷制度を直接に取り上げつつ，彼があれほどに断固とした理論的立場を取りえたのは，各国に固有の法を超越的に裁く基準を提供する自然法に依拠していたからこそであり，しかも大方の自然法論者が現実に妥協し，この制度の合法性を認めていた中にあって，彼の徹底性は──たとえ実践的反対行動を伴わないもっぱら理論的なものだったとしても──際立ったものだというのである[174]。エラールに従うなら，『法の精神』の著者は個別的な市民法を持つに至った社会状態においてもなお，規範的な自然法の機能を大いに認めていることになる。

　とはいえ，「自然法」──あるいはむしろ，著者自身によってはそうと明示されていないにもかかわらず自然法の名を与えるに相応しい，ある種の普遍的規範──の本書における重要性の如何にかかわらず，第1巻第2章にその文字を読みうる限りでの自然法は，社会状態の成立に先立ち，その発生を促す原理であるにすぎない。そして野生児は，そのような意味での自然法にのみ従う存在として姿を現している。ここで確認しておくべきは，かつてトマス的伝統のもとで神学者やその他の著者たちが論じていた自然法と，モンテスキューに影響を与えた17世紀の理論家たちにおける同じ法の間には，一般に大きな差異が認められていることである。トマス的伝統のもとでは，自然法に従うこととはすなわち理性的に都市的生を営むことであった。もちろん個々の共同体の事情に応じた人定法の必要が論じられないのではないが，自然法の実践

---

173) *De l'esprit des loix*, éd. Jean Brethe de la Gressaye, Paris, Les Belles Lettres, 1950-1961, 4 vol., t. I, p. 17-18 に読まれる彼の分析を参照。また同様に，*ibid*., t. III, p. 287 も参照。エラールが反論のため，直接に言及するのは後者のほうである。

174) Jean Ehrard, *op. cit.*, p. 498 sqq.

とは，寄り集まって政治体(ポリス)を形成することとほとんど同義であった。それゆえ，アメリカ征服期のスペインの論者たちは，「インド人」が理性的存在でありポリスを実現しているか否かを判断するに当たり，彼らのもとでのこの法の承認の有無をめぐって大いに論じ合ったのである。しかし，17世紀の理論家たちにあっては事情は様変わりする。市民社会を律する法の価値の相対性が強く意識されるようになるとともに，かつてはそれを実践していることこそが社会を維持していることの証であると見なされた自然法は，「普遍的道徳諸原理の最低限の核」[175]へと還元され，そのようなものとして重要な考察の対象となる一方で，ただそれによってのみ律されているばかりの自然状態は，理論的抽象の産物であり，現実の社会とは次元を異にするものとして了解されることになった。自然法が，そして人定法抜きでただそれのみが実践されていること，それは第一に，人間が人間であるための基本的な前提がそこで共有されていることを意味するが，第二に，こうした前提を踏まえつつさらに進んで，社会を形成するには至っていないことを意味する。かくして自然法のみに従う存在，自然状態に置かれた存在は，ポリス的動物としての人間の限界を画するものとして把握されるのである。「自然法について」の章でモンテスキューは，まさにこの限界地点にピーターたち野生児を位置づけているわけだ。そして，彼らと同じ語で指示されるアメリカ先住民もまた，ピーターたちと厳密に同じ位置を宛てがわれるのではないにしても，類比可能な存在として扱われているということができよう。彼らは自らの孤独を守ろうというきわめて消極的な自由への意志しか持たず，辛うじてのポリスの所有を認められていないのではないが，やはり政治体の所有と非所有の臨界地点にとどめ置かれる。モンテスキューはsauvageの語の精神的(モラル)・道徳的意義を近代の自然法理論の枠内で再解釈することにより，この語を以て規定される存在をもはやまったき怪物とは見なさず，しかし社会生活を営む限りでの人間とはやはり異なるという両義的位置づけを与えるのである。

　こうして見ると，同じ「土地を耕さない人民」との括りで共通に論じ

[175) Richard Tuck, "The 'modern' theory of natural law", in *The Languages of Political Theory in Early-Modern Europe*, ed.. Anthony Pagden, Cambridge, Cambridge University Press, 1987, p. 117.

第Ⅱ章　16~18世紀フランスにおける野生人と蛮人　　　299

られているかに見える蛮人と野生人とが，実は相当に異なる二つの対象を構成していることが分かる。アメリカ先住民によって代表される野生人が，自然法のみに支配される自然状態にかなりの程度近似的な状態を生きていると見なされ，しかもそこからの発展の見込みをあまり想定されていないのに対して，蛮人の代表格は何と言ってもゲルマン諸族，とりわけフランク人であって——すでに確認したように，頻繁に取り上げられるタタール人は，蛮人中の例外であるとされる——，モンテスキューは彼らの諸制度のうちにこそ，近代フランスの国制の起源を認めているのだから。同一カテゴリーに属するこの二種の人民の差異について著者が明瞭に語っていると見なしうる，第18巻第9章「アメリカの土壌について」の記述を読んでみよう。

　　アメリカにかくも多くの野生的諸民族を在らしめているのは，生きるために必要なだけの産物を，大地がそこでは自ずから産出するという事情である。そこでは，女たちが小屋の周りを耕すなら，まずはトウモロコシが現れる。狩りと釣りによって決定的に，人々は豊穣さを享受するに至る。その上，牛や水牛のように牧草を食べる動物のほうが，そこでは肉食動物よりもよく育つ。後者の動物は，アフリカではつねに支配権を得ていたのであったが。
　　私が思うに，ヨーロッパにおいては，もし大地を耕されぬままに放置するなら，これらすべての利点は獲得されないはずだ。そこにはほとんど森しか，柏やその他の不毛な樹木しか現れないだろうから[176]。

ここでモンテスキューは，アメリカ野生人の生活とヨーロッパの蛮人のそれとを，風土の理論の適用によって説明する。アメリカ人は土地をまったく，あるいはほとんど耕さない——上記で言及されるアメリカ女性の耕作は，トウモロコシが自ずと生育するための最初のきっかけを与えるだけのものにすぎず，農業というこの営みが必然的に伴う労苦を欠いている。しかしこの農耕の不在は，彼らのもとでは，まさにこうし

---

176) *De l'esprit des lois*, t. II, p. 438 (liv. XVIII, chap. IX).

た労苦なしでも十分に生きていけるだけの食料が調達しうることを意味している。〈新世界〉の森は，モンテスキューによるなら，耕作の労を取らずとも人々を養いうるほどの肥沃さを誇るのである。同じ森でも，ヨーロッパの森はまったく反対に不毛さの徴のもとに置かれており，何ものも産み出さない荒野にすぎないというのに。しかし，この不毛さこそが，『法の精神』の著者にとっては，人間の自由の条件をなすものである。第4節ですでに引用した，同巻第4章の記述を思い出そう。そこで彼は，土地が不毛であるとき，大地が自ずからもたらす産物の豊穣さに頼ることができないため，ひとは勤勉で労働に耐える性質を身に付けると述べている。対照的に示されるのは，肥沃な土地の農民たちが安楽さのうちに培うとされる，「柔弱さ，そして生命保存へのある種の愛」である。ここで肥沃な土地を耕す人々，成果の期待される作業に従事するのみで生活の糧の得られる人々のもとに見出されているこれらの性質を，第9章のモンテスキューは土地を耕さない人民に属すアメリカ野生人たち，土地の圧倒的な豊饒さのために農耕の労さえもほとんど不要となっている人民としての彼らのうちにも示唆しているということができる。

　もちろん，驚異的な豊穣を誇るこのアメリカは，極度の観念化の産物にほかならない。コルネリウス・デ・パウは，18世紀後半の哲学者たちのアメリカ観に大きな影響力を持った著作『アメリカ人についての哲学的探求』においてこの一節を批判し，こう述べている。「この章の議論は悪質である，というのもそれは偽りを真として示し，結論しえないことを結論しているのだから」[177]。デ・パウによるなら，モンテスキューが提示するのとは反対に，アメリカの土地は一般に不毛である。そして，彼らはまさにこの土地の不毛性によってこそ，いつまでも野生的にとどまっている。かつてヨーロッパの諸民族が野生的であり——デ・パウはモンテスキューの蛮人たちにも sauvage の語を用いている——，「粗野な状態」[178]に置かれていたのも，彼らの住まう森の不毛性に起因するものだ。「我らがヨーロッパの北部が痴愚と蛮性とを完全に脱した

---

177) Cornélius De Pauw, *Recherches philosophiques sur les Américains* [fac-sim. de l'éd. de Berlin, 1774], préface de Michèle Duchet, Paris, Jean-Michel Place, 1990, p. 103.
178) *Ibid.*

のは，ただイタリアとアジアの人民が食用の種子を，また当地には欠けていた産物の芽を伝えてくれたときであるにすぎない」[179]。土地の不毛性からゲルマン諸族の諸制度を帰結させるモンテスキューの議論はまったく倒錯的である。「私はそれゆえ，『法の精神』から抜き出したこの一節に，事実に矛盾し，あらゆる民族，あらゆる世紀の経験に矛盾する，一つの思弁的推論をしか見ない。一人の偉人の詭弁である。／人間を野生的生にとどめ置くのは，土壌と風土の不毛性と貧弱さなのだ。豊穣さは人間を社会へと導く，というのも，法典の作成に先立ち，生存の問題が片付いている必要があるのだから。法は有用なものでしかないが，生存は不可欠なものである」[180]。かくして，モンテスキューの見解とは異なり，デ・パウにあっては北方ヨーロッパの野生的人民は，土地の不毛性のためにではなく，その問題が幸いにも解決されたときにようやく，より温暖で肥沃な地と同様に社会的生を開始する事ができた。では，アメリカ人たちは？ デ・パウにとり，アメリカの風土は決定的に劣等であり，そこに住む人民もまた，必然的な退化を運命づけられている。ここにあるのは人種主義というよりはむしろ徹底的な環境決定論であって，彼はヨーロッパからの入植者たちもまた，旧世界にとどまった同類と比べて日々に退化していくものと信じた。ともあれ，そこに住み続ける限りで，アメリカ先住民は決して現状の野生性を脱することはできないように見える。「アメリカ人はそれゆえ，彼らの貧弱な体質と乏しい才気が，報いること少ない土地を飼い馴らしえなかったので野生的，あるいは半＝野生的であった。ひと言で言うなら，彼らには鉄器が欠けていたのであり，そして彼らに鉄器がもたらされた今日でも，彼らはあまりに無気力，あまりに怠惰であって，そのためそれを用いることができない」[181]。これはもちろん，モンテスキューのそれに劣らぬ「一つの思弁的推論」，『法の精神』における観念的な豊饒化と好一対の，アメリカの観念的な不毛化である。ただし，デ・パウが彼の固定観念に数百ページに及ぶアメリカ論を捧げたのに対し，モンテスキューのアメリカに対する記述はごくわずかなものだ。フランク人の法と習俗からのフラ

---

179) *Ibid.*, p. 106.
180) *Ibid.*, p. 107.
181) *Ibid.*, p. 108.

ンスの国制の成立をめぐり，第6部の全体を費やして論じているのとはまったく対照的であって，両種の人民を共通の性質においてひと括りに論じるかに見える第18巻の記述にもかかわらず，モンテスキューにとっての野生人と蛮人とは，彼の体系の中での意義の点ではむしろ両極端に位置づけられる。

第Ⅲ章
シャトーブリアンにおける隠遁者，野性人，蛮人

---

　sauvage の語のモラリスト的含意に影響されつつ〈野生人〉を考察すること，そして〈蛮人〉については，自らの祖先がその名で呼ばれていたことを受け容れ，フランスの歴史的成り立ちに即して考察すること。モンテスキューのもとに我々が観察してきたこれら両特徴は，シャトーブリアンにも認められるものである。違いは，まず後者が前者とは比べ物にならない程度に野生人への執着を見せていること，次に，同じくフランスの歴史をローマ帝国と蛮的諸族との関係を通して考察するといっても，両者の理解が相当に異なり，別々のフランス史観に属していると言いうることである。実際，ガリア人に基本的に関心を持たず，ガロ＝ローマを征服したフランク人の諸制度からフランスの国制を導き出すモンテスキューに対し，ケルト世界の名残を色濃くとどめるブルターニュの人シャトーブリアンは，フランク人に何の関心も愛着も示さないのではないが，基本的にはガリア人の側に立ってフランスの誕生を理解しようとする。本章では，シャトーブリアンにおける蛮人と野生人の形象の意味するところを，歴史的文脈の中で理解することを試みたい。

1　蛮人をめぐる論争

1　フランク人のトロイア起源説

　まずは蛮人について——フランスの歴史にとって重要な二つの蛮的民族，フランク人とガリア人についてのシャトーブリアンの立場を検討することにしよう。すでに見たように，中世を通し，フランス人の祖先が蛮的民族であると考えられることはなかった。フランク人はトロイア人の末裔であると考えられていたからである。この事実はシャトーブリアンを面白がらせた。『殉教者』では，彼はファラモンドの奴隷となったユドールに解放の望みがもたらされたとき——このメロヴィング朝の伝説的祖先の孫，ほかならぬメロヴィスの命を救ったのである！——，同じ一家で働く同僚ザカリアス——カエサル暗殺の首謀者カッシウスの一族に連なるキリスト教徒であり[1]，他のキリスト教徒を隷従の憂き目から救うべく身代わりに奴隷となった——に，以下のように語らせる。

　　ギリシアに戻ったら，親愛なるユドールよ，ひとはあなたの周りに集まって来て，長い髪の王たちの習俗についての話を聞きたがるだろう。現在の不幸はあなたにとって，心地よい思い出の源泉となるだろう。あなたは利発な人民のもとでの新しいヘロドトスになる——遠い土地からやって来て，驚異的な物語で人々を魅了するのだからね。彼らに語ってやりなさい，ゲルマニアの森には，トロイア人の末裔だと信じる人民がいるのだと（ひとはみな，あなたがたギリシア人の見事な物語に夢中で，何とかして自分たちをそれと関係づけたいと思うのだよ）。またこの人民は，様々なゲルマン人部族——シ

---

[1]　「先祖たちが自由を守ったためにローマを追放され，もはや葬儀においてさえ彼らの肖像が掲げられなくなったとき，私の一家はキリスト教へと逃れたのだ，真の独立の避難所たるこの宗教へと」(Chateaubriand, *Les Martyrs*, dans *Œuvres romanesques et voyages*, éd. cit., t. II, 1969, p. 217 (liv. VII))。

カンブリ，ブルクテリ，サリ，カッティ——から成っており，フランクを自称するのだが，これは自由という意味であって，実際彼らはこの名に相応しいのだと[2]。

　フランク人のトロイア起源説について，注解でのシャトーブリアンは二つの文献を引き合いに出す。フレデガリウスの『フランク史摘要 (Historia francorum epitomata)』（660年頃）と，作者不詳の『フランク諸王の偉業 (Gesta regum francorum)』（727年）である。これらは今日でもこの説の二つの起源と見なされる文献であり，『殉教者』の舞台である4世紀始めの時点でフランク人たちがこのように考えていたわけではない。ともあれシャトーブリアンは時代錯誤を犯してでも，この歴史的想像力の愉快な発明を彼の物語の中に織り込みたかったのである。「『フランク史摘要』の第2章に読まれるのはまったくのお話であるが，著者によるなら，これはウェルギリウスなる一詩人により語られたものだという。プリアモスが，この無名詩人によると，フランク人の最初の王であった。フリガがプリアモスの跡を継いだ。トロイア陥落の後，フランク人たちは二つの集団に分かれた。その一方が王フランシオに率いられ，ヨーロッパに進出して，ライン河岸に居を定めた，等々（『フランク史摘要』第2章，ブーケ師の集成に所収）。／『フランク諸王の偉業』が語るのもほとんど同様の話である（第1章，第2章）」[3]。続いて言及されるのは，ヴィテルボのアンニウスによるガリア王とフランク王の系譜図である。ここで指摘しておくべきは，7世紀に成立したトロイア起源説が，アンニウスが発表した古代人の文献集——実際にはまったくの偽書だった——がヨーロッパ中で成功を収めた15世紀末から16世紀前半にかけて経験した大きな変化に，我々の作家がまるで無頓着なことだ。

　もともとトロイア起源説の賭け金は，フランク人をトロイア王家の末裔に仕立て上げることにより，ローマとフランスを共通の起源から生まれた兄弟分として想像可能にすることであった[4]。つまり，『アエネイス』

---

[2] *Ibid.*, pp. 222-223 (liv. VII).
[3] *Ibid.*, p. 570 (24ᵉ rem.).
[4] 以下の記述に当たって主として参照したのは，Colette Beaune, *Naissance de la*

に歌われたローマの建国神話をなぞる形でフランク王国の建国を提示することで，フランスの来歴を古代異教の文明世界からの連続性において理解すること，トロイアを媒介にして，ローマという普遍性に結び付くことが問題であった。当時にあってフランス人の祖先と考えられたのがもっぱら外来のフランク人であり，先住民たるガリア人については顧慮の外だったのは言うまでもない。外部の普遍性の分有を得ようというこの欲望は，彼らの土地の固有性への関心を限りなく希薄なものにしていたのだから。フランス人によるこの主張は，中世を通し，ヨーロッパの他国においても承認されていた。他の国民も，それぞれにトロイア王家の末裔であることを主張していた以上，お互い様だったのである。しかし15世紀になると状況が変わる。イタリアの人文主義者たちが，いかなる古代著作家によっても確証されていないとの理由で，蛮人諸王国のトロイア起源説を否定し始めたのである（彼らはもちろん，同じ古代人の権威のもと，ローマおよびその正統な後継者たるイタリアにはこの起源を承認し続けたのではあるが）。クシシトフ・ポミアンがトロイア人の「イタリア化」と呼ぶ[5]この事件を一つの契機として，他のヨーロッパ諸国の歴史叙述は，彼ら自身の過去に何かしら積極的な価値を求めることを余儀なくされた。今や問題なのはトロイア人の血筋と，それを通してのローマとの血縁の証明ではなかった。かつて自明の普遍性を承認され，そこに自らを結び付けさえすればよかった古代の文明世界からは独立した，より普遍的な価値を獲得する必要があったのである。そのためにまず役立ったのは，折りしも発見ないしは再発見され始めた多くの古代著作家の文献であった。それらの記述に，ヨーロッパ諸国民はあるいは彼らの歴史の古さの，あるいは先祖たちの武勲——とりわけローマを相手取っての——の大きさの，証言を探し求めた。フランスにおいては，こうして初めてガリア人の歴史が注目を集めることとなり，ローマ劫略時（前4世紀始め）のガリア人の首領ブレンヌスが英雄視されていく。しかし少なくとも16世紀の終わりに至るまで，トロイア人たちが

---

nation France, Paris, Gallimard, coll. « folio histoire », 1993 ; Claude-Gilbert Dubois, *Celtes et Gaulois au XVIe siècle*, Paris, Vrin, 1972 ; Krzysztof Pomian, « Francs et Gaulois », in *Les Lieux de mémoire*, dir. Pierre Nora, Paris, Gallimard, coll. « Quarto », t. 2, 1997 である。

5） Krzysztof Pomian, art. cit., pp. 2264-2265.

忘れられることはなかった。フランスの歴史のうちに登場したガリア人は，それゆえ，フランク人と同様に，トロイア人の末裔たる栄誉を授けられるのだった。彼らとの繋がりは，フランス人の歴史的想像力に深く根ざしたものだったし，また古代の文明世界の威光を，荒々しい戦士たちの武勲で全面的に置き換えるわけにもいかなかったのである。ガリア人とトロイア人の曖昧な共存状態を克服し，両者の関係を一貫性をもって説明しうることが求められたが，そのために活用されたのが，『創世記』の描き出す人類の来歴——洪水以後のノアの一族の系譜にほかならない。現在の諸国民の出自は，すべてこの書に記されているに違いなかったし，実際トロイア人がヤペテの子孫であることは広く認められていた。ヨーロッパの諸国民はそれゆえ自動的にノアの第三子の系譜に位置づけられる。必要なのは，伝統的序列を転倒し，ヤペテの系譜においてガリア人をトロイア人に先行させること，もはや後者を前者の先祖と見なすのではなく，子孫と見なすことだ。好都合なことに，すでにギリシア語文献——ストラボンやシチリアのディオドロス——のうちに，ガリア人の西方から小アジアへの移動の証言が見出されていた。とすれば，ガリア人こそがギリシア人やトロイア人の先祖であり，高度な文明を東方に伝えたのかもしれなかった。こうしてフランス人は，一方では聖書が体現する抗弁不能な普遍性に依拠することによって古代異教の栄光を相対化し，他方では，新たに関心を呼ぶこととなった古代人の文献から都合のよい証言を取り入れて，彼らの国の普遍的価値を提示しようと望んだ。こうした欲望に見事に応えたのが，ヴィテルボのアンニウスが彼の発見に基づき発表した，古代著作家たちの文献集，とりわけカルデアのベール神の神官ベロッソスに帰せられた諸国民の歴史だった。ベロッソスの書には，ヤペテの末裔の系譜が記されていたのである。かくしてルメール・ド・ベルジュは16世紀初頭，『ガリアの偉業とトロイアの特異な事績（*Illustrations de Gaule et singularités de Troie*）』を著し，偽ベロッソスその他に依拠しながら，両人民の来歴を描き出す。それによると，ガリアに初めから住んでいたヤペテの末裔は，王国の第10代の王として，ハムの末裔，リビアのヘラクレスを迎える。彼の一族の一人がやがて小アジアにトロイアを建設する。そしてギリシアとの戦争に敗れ，この都市が陥落したとき，トロイア王子ヘクトールの息子フ

ランクスはガリアに逃れ，当地の王女と結ばれることにより，この先祖の地の王位を継承するのだった。ルイ 12 世時代の修史官によるこの作品の時点では，ガリアの普遍性に依拠することは，ヨーロッパ諸国の調和——トルコという共通の敵に対峙するための——の希求として現れていた。この汎ヨーロッパ的融和の希望は，続くフランソワ 1 世の政治——スペイン王と帝位を争い，ローマと戦うべくトルコと同盟する——によって直ちに裏切られることになったが，彼の歴史家としての仕事は，新しい時代の精神に適応すべく修正を被りつつ，以後の数世代に重要な遺産として受け継がれた。すなわちギヨーム・ポステルに代表される 16 世紀後半の歴史叙述は，アンニウスの偽書を相変わらず参照しながら，フランソワ 1 世の治世において文化的威信をも獲得したフランス王国の現在の栄光をよりいっそう輝かしいものにすべく，ノアの息子にまでたどることのできるガリア人の偉大な系譜と，彼らの文明の東方への伝播の物語を練り上げるのだった。かくして 16 世紀フランスの歴史叙述は，フランク人のトロイア人起源の伝統を引き継ぎつつも，そこに中世においては省みられなかった原住のガリア人を中心的要素として導入し，しかも聖書の権威と古代著作家の発見ないしは再発見された証言に依拠しつつ序列を転倒させる。この努力はまずはギリシアおよびローマの文化的覇権からの「脱植民地化」と，なるほどガリアの普遍性を前提とするにしてもヨーロッパ全体の調和の願いとして現れたのであったが，やがてこのユートピア的夢想が現実のヨーロッパ諸国の抗争によって虚しく潰え去る中で，フランスの威光のひたすらな顕揚というナショナリズム的かつ帝国主義的負荷を強く帯びることになる。

　シャトーブリアンはこのような展開を，まるで気にとどめている気配がない。それゆえ彼は，7 世紀に成立した当初のフランク人のトロイア人起源説の単純な延長のようにして，実際にはガリア人の古代文明への優越の文献学的根拠を提供したヴィテルボのアンニウスの仕事に言及することができる。アンニウスの文献の真正性は，当初からまったく問題視されていなかったのではないが，16 世紀末からはいよいよ激しい攻撃に晒されていくし，トロイア人たちの姿は，ガリア人の祖先としてであれ，子孫としてであれ，以後のフランス史の記述からは消えてしまう。それゆえ，〈啓蒙の世紀〉の子である我々の作家にはもはや，かつ

てフランク人やガリア人とトロイア人の血縁を語った学識ある人々が，それぞれの時代の状況に応じてこの議論に託した政治的賭け金はほとんど意識に上らず，ただそれらはひとしなみに，彼がザカリアスに説明させているように，ギリシア人の見事な創作に魅了された一人民の，自らの先祖をそこに関与させたいという欲望の現れとしてしか理解されないのである。『歴史研究』においては，彼は今度は自分自身の言葉で同様の見解を披露している——「廃位したというのに，その魅力によりなおも君臨するこの女王，すなわち神話は，たんにキリスト教の文学を支配したばかりではない。それは歴史をも支配した。スカンディナヴィアとゲルマンの諸国民はギリシア人とトロイア人の末裔であらねばならず，『イリアス』と『アエネイス』がフランク人の最初の年代記とならねばならなかったのである[6]。」

2　ブーランヴィリエ＝デュボス論争と自由主義の歴史家たち

7世紀にフレデガリウスが行ったフランシオの導入と，8世紀の『フランク諸王の偉業』が提案したアンテノールの末裔によるゲルマニア移住の物語は，ジャン＝バティスト・デュボスの『ガリアにおけるフランス王政確立の批判的歴史』でも二つ並べて言及されている。この大修道院長は，上記文献の双方の該当箇所をフランス語に翻訳した上で，彼の歴史書に掲載する。本書に大いに影響を受けて歴史観を形成することになるシャトーブリアンと変わらず，もちろんこの18世紀の歴史家においてもすでに，これらの主張はそれ自体としてはたんなる迷妄の産物にすぎない。しかし彼は，我々の作家とは異なり，この錯乱的史観をたんに魅力的な神話の牽引力の所産として取り上げるのではない。成立当初のフランク人のトロイア起源説と，その八世紀ほど後の思いがけない変容としてのトロイア人のガリア起源説を，シャトーブリアンが発想の突飛さの点では選ぶところがないとばかりに一括して扱うのに対して，デュボスは16世紀に花開いた古代ガリアの卓越性をめぐる錯乱的議論には触れることなく，メロヴィング時代の歴史叙述のみを紹介する。まさにこのフランク王朝の成立過程を跡付けることが彼の作品の目的であ

---

6) Chateaubriand, *Études historiques*, éd. cit., p. 292 (IIIe discours, IIe partie).

り，トロイア起源説への言及もそうした文脈において為されたものである。すなわち，当時のフランク人が自らをトロイア起源の人民として想像したという事実は，デュボスによるなら，彼らがローマ人やローマ化したガリア人——ガロ=ローマ人——に対して抱いていた親密な感情の表現にほかならない。

　　この物語がまるで信用に値しないものであることは承知している。それゆえ私がこれを報告したのは，フランク人の起源の真実の歴史としてではなく，たんにフランク人が，ガリアのローマ人が彼らを外国人としてではなく，むしろ長きに渡って忘れられていた親族として認めてくれることに満足を得ていたという一つの証拠としてなのである[7]。

　ここで賭けられているのは実際，デュボスの歴史観の核をなす主張にほかならない。すなわち，フランク人がライン河を渡り，ガリアの地に王国を打ち立てたのは征服者としてではないということ。当時，なおローマの属州であったこの地では西ゴートが権力を簒奪していた。アリウス派を奉じる彼らにカトリック信者は迫害を受け，こうして司教たちは異教徒のクロヴィスのほうを好んで彼らフランク人を呼び寄せた。ガロ=ローマ人はカトリックに改宗したこのフランク王を歓迎したし，現地の人民に承認されたフランクの支配は，ローマの諸制度を保存する形で為され，旧来の秩序には変化はなかった。それゆえ，東ローマはクロヴィスの統治を承認したのである。このようにして，デュボスはガリア人とフランク人の和合とローマの諸制度の存続の方向でフランク王権の成立を記述する。

　彼のこの作品は，よく知られているように，まったく対照的な別の歴史観を断固として反駁すべく産み出されたものだ。アンリ・ド・ブーランヴィリエによるなら，ガリアにおけるクロヴィスの王国建設は，長きに渡る同盟者であるローマに対するフランク人の裏切りと，現地住民への暴力を伴った，紛れもない征服である。かつて定住の地を持たなかっ

---

[7] Jean-Baptiste Dubos, *Histoire critique de l'établissement de la monarchie françoise dans les Gaules*, Paris, Ganeau, 1742, t. II, p. 478, (liv. VI, chap. VIII).

たこの遊牧の民は，土地に縛られることのない相互的独立を享受しており，全員が貴族であったが，ガリアに定住するに際して，被征服者を隷属化した。フランク人は彼らの法をこの地に持ち込んだ。ここに封建制の出発点が認められる。そしてブーランヴィリエは，この貴族の自由が王によって取り上げられ，独占されていく過程としてフランス史を提示していく。最初の企てはカペー朝によって為された。歴代の王たちは都市の第三身分によって構成されるコミューンに力を与えることにより，彼らの領主たる封建貴族から権力を簒奪し，王権への権力集中を実現していく。この傾向がその完成にいたったのは，リシュリューの政治と続くルイ 14 世の治世である。彼の時代のアンタンダンの制度こそがこの陰謀の最も黒い達成であると，彼には思えたのだ。

　ブーランヴィリエにとっては，フランク人の王国はその正統性の根源として武力による征服の事実を持つばかりであり，またそれだけで十分なのであって，征服者たちは旧来の人民を隷従化し，ローマの諸制度をゲルマンの森から持ち込んだ法に置き換えて，新しい王国を打ち立てたことになる。「彼らが征服者だったというそのことだけで十分だったのであり，起源の古さはかくして正当にも，征服の強大な力に屈したのである。要するにガリア人は臣下となり，他方のフランク人は，主人となり独立を享受したのだった」[8]。デュボスは先の浩瀚な歴史書によって反論を試み，征服の不在と，ローマ帝国と新しい蛮人の王国との連続性を主張した。しかし，18 世紀後半から次世紀にかけて，デュボスの議論はあまり支持されることがなく，勝利したのは明らかにブーランヴィリエの発想であったと言える。

　デュボスの説の印象を悪くするのに大いに貢献したのがモンテスキューである。彼は『法の精神』において，両者の学説を歴史を把握する方法の両極端として提示し，それぞれのうちにまったく相容れない政治的賭け金を指摘する。「ブーランヴィリエ伯爵とデュボス師は各々の体系を為したが，一方は第三身分に対する陰謀，他方は貴族に対する陰謀であるように思われる」[9]。そして彼自身は，この二つの極端を避けつ

---

8) Henri de Boulainvilliers, *Histoire de l'ancien gouvernement de la France*, La Haye et Amsterdam, 1727, p. 38.

9) Montesquieu, *De l'esprit des lois*, éd. V. Goldschmidt, t. II, p. 317 (liv. XXX, chap. X).

つ中道を歩むことを宣言する。しかし，実際には，モンテスキューは明らかにブーランヴィリエを贔屓している。彼はたしかにブーランヴィリエを批判し，「彼はフランク人がローマ人を一種の隷属のうちに置くべく一般的規則を作ったとの主張を，証明することがなかった[10]」と述べてはいる。フランク人のもとで農奴として働いたガリア人（ローマ人）は彼らの侵入以前から農奴だったのであり，征服によって全ガリア人が等しく隷従の身に落とされたなどという事実はないからである。とはいえ，フランク人の法と習俗からフランスの国制の成立を導き出そうという意図からして，『法の精神』がブーランヴィリエ伯爵の提示するフランス史の基本的構図に大いに親和的な書物であるのは当然である。モンテスキューによるなら，あらゆる批判にもかかわらず，「しかしこの知識は決して軽蔑すべきものではなかった。というのも我々の歴史および我々の法について，彼は重要な事柄を実によく心得ていたのだから」[11]。こうして，一方の極端に対してはその核心部分を評価し共有する一方で，『法の精神』の著者はいま一方の極端たるデュボスの説に対してはまったく優しい態度を見せず，こちらの主張の前提を全面的に否定する。

　　ある有名な著者が『ガリアにおけるフランク人の体制確立』の一体系を築いたのは，彼ら〔フランク人〕がローマ人の最良の友だったという前提に立ってのことであった。それではフランク人，ローマ人に恐るべき災いを為し，彼ら自身もローマ人から多くの災いを受け取ったこのフランク人が，ローマ人の最良の友だというのか？　武力によってローマ人を服従させた後，自分たちの法によって彼らを虐げたフランク人が，ローマ人の友だというのか？　彼らはローマ人の友であった，ちょうど中国を征服したタタール人が，中国人の友であったのと同じように[12]。

　かくしてモンテスキューは，ブーランヴィリエとデュボスの議論を二

---

10)　*Ibid.*

11)　*Ibid.*

12)　*Ibid.*, p. 222 (liv. XXVIII, chap. III).

つの対立的な体系として提示し，しかもあからさまな形で後者を退け，前者の基本的前提を支持しながらそうすることによって，後の諸世代に二者択一の問題の所在と，どちらを選ぶべきかの答の双方を伝えることに成功したのだった[13]。しかし，大筋ではデュボス説の棄却とブーランヴィリエの勝利を語ることができるとしても，これは奇妙な勝利であった。彼の前提は，しばしば彼の結論を共有することなく後代に引き継がれていくからである。実際ガブリエル・ボノ・ド・マブリは，18世紀後半の歴史理解に決定的な影響力を持った『フランス史の検討』において，彼の共和主義的理想を第一家系（メロヴィング朝）の開始期および第二家系（カロリング朝）におけるシャルルマーニュの治世に投影するに際し，デュボスを最大の敵とする一方で，ブーランヴィリエの立論の基礎を完全に承認している。この点について，オーギュスタン・ティエリは次のように振り返っている。

> デュボス師が，この第三身分の新たな論客にとり，永久の敵手である。彼の論争の最も激しい部分はデュボスに対して為されたのだ。彼はこの反駁をモンテスキューに従いながら行い，次いでモンテスキューその人の攻撃に移る〔…〕。ブーランヴィリエについては，マブリは彼を一度だけ，彼独自の一点，「全フランク人が貴人であり，全ガリア人が平民であった」との有名な命題に関して非難する。そして，実際のところ，この唯一の対立点を取り除いてしまえば，ブーランヴィリエの体系の土台の全体が，最初の二家系の歴史に関しては，マブリの体系のうちに含まれている[14]。

マブリにとって，征服の事実は必要不可欠なものだった。フランク人によるガリアの征服は，当地のガリア人をローマの圧制から解放する契機になったのだから。彼はかつてユグノー戦争期にフランソワ・オトマ

---

13) このあたりの事情については，以下の古典的研究を参照。Élie Carcassonne, *Montesquieu et le problème de la constitution française au XVIIIe siècle*, Genève, Slatkine Reprints, 1970 [Réimpression de l'édition de Paris, 1927].

14) Augustin Thierry, *Considérations sur l'histoire de France*, dans *Œuvres complètes*, Paris, Furne, 1851, t. IV, p. 68 (chap. III).

ンが述べたのとは異なり，ガリア人とフランク人が元々起源を同じくする人民であり，後者が兄弟たる前者を救援するために現れたと述べるのではない。しかしフランク人の侵入に伴ったあらゆる暴力にもかかわらず，彼によるなら，ガリア人たちは長きに渡ったローマ人の不正義よりは新しい征服者の支配を好み，彼ら自身の意志でローマ法を捨て去り，フランク人の法に従うことを選んだ。こうして，ローマ法の下では市民という名の奴隷でしかなかったガリア人は，サリカ法典のもとで真に市民となり，三月野会にも場所を持つこととなったとマブリは言う。すなわち彼は，フランク人貴族の自由と彼ら相互間の平等が征服後のガリアに定着したというブーランヴィリエ的原理を基本的に承認し，ただし後者にあっては対照的な隷従の身に落とされていた被征服民をも，この自由と平等の分け前に与らせるのである。この理想的体制は，しかし第一家系においてすでに領主制の成立によって解体させられる。第二家系のシャルルマーニュは国民会議を復活させ，人民の主権に屈する民主主義者として描き出されるが，ここにおいても国民が三つの身分に分割されるという大いなる不都合が認められるのであって，このことはやがてフィリップ4世による三部会の開始によって制度化されることになる。三部会はそれゆえ，人民の主権の観点からするならば決して満足の行くものではないが，しかし第三身分の意見が聞かれる場としてはマブリの評価を得ており，彼は実際，1614年以来招集されないままのこの会議の開催を期待するのだった。

　ここでもティエリに従うなら，マブリの体系は革命以前にあって，あらゆる階級において勝利を収めた理論だった。「マブリの作品の成功はまったく限度を越えたものであった。彼については，デュボスとブーランヴィリエの理論についてのような意見の分裂はなく，マブリは国民の全階級のうちに称賛者と改宗者を見出したのである。この新しい体系に与すること，それこそが哲学の，愛国精神の，魂の高邁の証となっていた」[15]。シャトーブリアンも『諸革命論』の時点では，マブリへの敬意を隠していない。ローマの圧制に反対する両人民のイメージは，たしかに，貴族とブルジョワの双方が王権の専制に反対していた一時代には真

---

15) *Ibid.*, p. 70 (chap. III).

に相応しいものであったろう。しかしついに召集された三部会の紛糾が革命へと発展する中，フランス内部の分割が顕在化し，舞台に上せられるとき，専制に抗して一枚岩をなしているかのように見えた両人民は，再び対立関係に置かれることになる。今度は，ブーランヴィリエにおけるのとは逆の意図をもってである。かくして『第三身分とは何か』のシエイエスは，第三身分と貴族を，5世紀当時の被征服者と征服者それぞれの末裔として提示することができる。そしていまや力で勝る第三身分は，もし争うならば今度は勝利者たりうると宣言する。

　なぜ第三身分はフランコニーの森に送り返してしまわないのか，征服者の家系の出であって，征服権を相続したのだという狂った思い上がりを保持している，あれらの家族すべてを？
　そうすれば国民は純化され，もはやガリア人とローマ人の子孫から成り立つのみと信じて慰められるだろう。実際，家系と家系の区別に固執するのであれば，我らが哀れな同胞に対し次の事実を啓示することができるのではないだろうか——ガリア人とローマ人から引き出される家系は，シカンブリア，ヴェルシュおよびその他，古代ゲルマニアの森と沼から出てきた野生人たちに由来する家系と，少なくとも同等であるという事実を？　それはそうだ，とひとは言うだろう，しかし征服が全関係を狂わせてしまい，貴族階級は征服者の側に移ってしまったのだと。結構！　ではこの階級をもう一方の側へと再び立ち戻らせねばなるまい。そうすれば第三身分は，今回は征服者となることによって，再度貴い身分になるだろう[16]。

　ティエリは，革命が第三身分を「ゲルマン的国制の幻影」[17]から決別させたことを喜ぶ。そして新しい状況を体現する言葉を発した人物，シエイエスについて，彼は最大限の賛辞を捧げる。彼こそは，「その力強く新しい観念が，一度ならず人々の精神を定め，社会の完全な刷新に伴

---

16) Emmanuel Sieyès, *Qu'est-ce que le Tiers état ?*, éd. Roberto Zapperi, Genève, Droz, 1970, p. 128 (chap. II).
17) Thierry, *op. cit.*, p. 84 (chap. III).

う無数の不確定事の間にあってすべての人の法となる特権を持つこととなった，そのような一人の人間」[18]であるというのである。たとえ，歴史家としてのティエリがシエイエスの文献学的素養の欠如に気付かざるをえないとしても──「ヴェルシュ」はゲルマン人の一部族であるどころか，彼らの言語でガリア人とローマ人を指す言葉である[19]──，ともかくもここに，誰が真の敵であるかを弁え，しかもその敵と闘うだけの力を持っていると自覚した，現代の第三身分に相応しい歴史意識の発生を認めて彼は喜ぶ。次のやや長い引用に見られる評価は，18世紀のフランス史理解の展開についてのティエリによる要約としての価値を持っている。

　　彼の言葉の侮蔑的な尊大さは，第三身分の状況と精神のうちにこの六十年来生じている，変化の甚大さを測るのに役立つ。六十年前には，ブーランヴィリエの体系は平民階級を憤激させた。この体系は，抑えうるものかどうか確信のできない一つの脅威として恐れられ，第三身分は征服を否認する一つの対抗的体系によって身を守りつつ，それを退けたのであった。1730年にはあれほどの騒ぎを呼んだ理論が，1789年の一作家によっては皮肉な冷血をもって受け容れられる。そしてこの受け容れから出てくるのは戦争をしようとの挑発であり，脅しなのであるが，この脅しは，これまでフランクの後裔の名のもとに為されてきた，6世紀のいわゆる敗北者の子孫へのあらゆる脅しよりもずっと意義深いものだ[20]。

すなわちティエリによるなら，ブーランヴィリエの理論は，彼の著作に見られる多くの誤りにもかかわらず，征服の事実と，そこに発する両人民の階級化の提示というその根本においては真実である。デュボスの理論は，ローマの諸制度のフランク王国における存続を指摘するという大きな功績はあるにせよ，征服の不在と両人民の初期からの融合というその根本原理は，5世紀末以降の歴史の学問的理解の観点からはまった

---

18) *Ibid.*, p. 84 (chap. III).
19) *Ibid.*, p. 85.
20) *Ibid.*, pp. 85-86.

くの虚偽であり，ただそれは，いまだ貴族と正面から事を構えるだけの状況にもなければそれに相応しい気構えの獲得にも至っていなかった，18世紀中葉の第三身分の歴史的現実の証言であるにすぎない。そして，まさにそのような準備の整った，新しい第三身分の状況が，かつてブーランヴィリエによって彼の階級の擁護のために提示された歴史上の真実を，真正面から受け止めることを可能にしたというのである。つまり，今日の社会の基礎をなしたのはフランク人によるガリアの征服と現地住民の隷属化であり，この暴力のみを根拠として，全面的にフランク人からなる貴族階級と，全面的にガリア人からなる平民階級が成立したということ。今日の第三身分は，しかし，この事実をもはや否認する必要はない。彼らには，隷従の過去を冷静に認めつつ，力によって成立したこの原事実を，力によって覆すことができるというわけである。

　ブーランヴィリエの歴史観についてのこのような説明は，モンテスキューによる単純化によって最初の定式化を被り，シエイエスの雄弁を経た後，ティエリの歴史叙述によってさらなる定着を見て，19世紀の全体を通して流通することとなったし，さらに20世紀になると，彼を生物学的人種主義の創始者と見なす根強い一般的傾向——ルカーチ，アーレント，フーコーといった，様々な傾向の論者によって共有されるような——が生まれるに至った。しかしこのような理解は，彼の思想との関係からするなら問題含みのものであると言いうる。ディエゴ・ヴェントゥリーノは，この思想家と彼の生きた時代の正確な理解の観点からして実に有益な書物『伝統の諸理由』において，ティエリ的に理解されたこのようなブーランヴィリエ像の解体を企てている[21]。彼によるなら，そもそもブーランヴィリエは彼の時代の帯剣貴族がすべてフランク人の末裔であるとはまったく考えておらず，したがって同時代におけ

　21）　上記で言及した，近代的人種主義の創始者ないし先駆者として20世紀的ブーランヴィリエ像と，その形成に当たってのティエリの書物の影響については，ヴェントゥリーノは以下の論文で批判的にまとめている。Diego Venturino, « Race et histoire. Le paradigme nobiliaire de la distinction sociale au début du XVIIIe siècle », in L'Idée de « race » dans les sciences humaines et la littérature (XVIIIe et XIXe siècles), dir. Sarga Moussa, Paris, L'Harmattan, 2003, pp. 19-38. またフーコーについては，Diego Venturino, « À la politique comme à la guerre ? À propos des cours de Michel Foucault au Collège de France (1976) », in Storia della Storiografia, XXIII, 1993, pp. 135-152) を参照。

る貴族と第三身分の対立を，フランク人とガリア人のそれとして想像しているわけではない。征服期のフランク人にまで血統を遡ることのできるフランス貴族などいはしないとブーランヴィリエは明言しているし，彼自身はといえば，14世紀に故国を捨てたハンガリー王家の末裔であることを大いに誇っていた[22]。そして，たしかに彼は征服の暴力を剥き出しのままに示し，あからさまな蛮行としてのこの事業をもってフランク人の支配体制確立の根拠と成しうると信じる。しかし，暴力はたんに開始を基礎づけるのみであって，スピノザの弟子としてのブーランヴィリエは，『神学政治論』で二度に渡り言及されるセネカの言葉を彼自身の原理としている。"Nihil violentum durabile"——いかなる暴力も永続しない[23]。征服後のフランスの体制が彼にとって評価に値するものと思えたのは，それが彼にとって実に見事なものと思われる諸制度を築き上げることにより，建国時の暴力という一時的な力を，合意形成に基づき，時間のうちに持続する権威という別の力へと交替させえたからにほかならない。事実，強引な簒奪がその後の展開のすべてを許すのであれば，王権が貴族の自由を奪っていくカペー朝以後の歴史過程について，彼には何も言うことができなかったであろう……。

　しかしながら，ブーランヴィリエの思想の実際はどうあれ，それが18世紀中葉以降に単純化を被ることにより，フランスの現状をガリア人とフランク人の関係として理解する傾向を定着させるのに大いに貢献したことはたしかである。デュボスによる征服それ自体の否定と両人民の融合，マブリによるガリア征服の結果としてのフランク＝ガリア共和国建設の神話は，ティエリやギゾーら，復古王政期の新しい歴史家たちにとって，かつての第三身分や共和主義者の自信の無さの表現でしかなく，彼らはモンテスキュー流に単純化されたブーランヴィリエの図式を自らのものとしつつ，革命当時のシエイエスに倣い，この貴族主義者の挑戦を受けて立つ。今度は勝利できると信じて。

　　22）　Diego Venturino, *Le ragioni della tradizione. Nobiltà e mondo moderno in Boulainvilliers (1658-1722)*, Firenze, Casa Editrice Le Lettere, 1993, p. 198, n. 13.
　　23）　*Ibid.*, pp. 256-257.

2 シャトーブリアンにおけるフランク人：
　　ブーランヴィリエとデュボスの間で

1　ブーランヴィリエに逆らって：フランク人と貴族の同一視の拒絶

　シャトーブリアンはどうだろうか。このサン＝マロの子爵にあって興味深いのは，ブルターニュの海と森により培われたケルト的想像力への傾きと，王権に抗して貴族の自由を擁護する限りでの，ブーランヴィリエ的発想の承認の共存である。彼は復古王政末期から七月王政の成立にかけての時期に執筆された『歴史研究』の序論で，革命以前の諸世紀から彼の同時代にかけての歴史家たちの仕事を跡付けているが，そこでのブーランヴィリエ評は，彼がこの貴族主義者において保持したいと望むものと拒絶したいと望むものをはっきりと示している。「ブーランヴィリエは，フランスの古き国制の貴族政的本性をよく感じ取ってはいたけれども，貴族階級についての見解は馬鹿げたものである。それに彼は十分な読書をしていないので，知識によって自らの体系の欠陥を補うにも至らなかった」[24]。貴族の自由について語るのは大いに結構だが，フランク人と貴族の同一視は論外である。それゆえシャトーブリアンは，モンテスキューの権威に逆らって，『法の精神』においてかくも執拗な論難と侮蔑の的となったいま一方の歴史家への支持を敢えて表明する。「『ガリアにおけるフランス王政確立の批判的歴史』は堅固な作品であり，しばしば攻撃されるが決して覆されず，モンテスキューでさえもそれに成功しなかった。そもそも彼がフランク人について持っていた知識は，わずかなものだったのだ。人々はデュボス師から盗んでいるが，剽窃を認めることはない。白状するのが誠実というものであろう」[25]。ガリア人の立場へのこの基本的な共感が，シャトーブリアンに自由主義者から成る新しい歴史学派の台頭を歓迎させる。『墓の彼方からの回想』中に挿入されるオーギュスタン・ティエリ宛の手紙（1829 年 1 月 8 日付）

---

24) Chateaubriand, *Études historiques*, p. 30 (préface).
25) *Ibid.*, p. 29.

で，彼は『フランス史についての手紙』新版の贈呈に感謝し，研鑽のあまりに視力を失った若い友人を労りつつ，第二家系までのフランス史についての準備中の著作では，この年少の歴史家が大いに権威として引き合いに出されることになるはずだと請合う。しかし同時に，彼はティエリたちの歴史観を全面的に受け入れることはできないとの不満をも，隠すことなく表明している。

　　私はほとんどつねに，あなたと意見を同じくする幸せを味わうことでしょう，ただし，ギゾー氏の提案する体系からは——もちろん心ならずもではありますが——，我が身を遠ざけつつ。私には，この創意ある作家と一緒になって，最も権威あるモニュメントを覆すこと，フランク人すべてを貴族そして自由人に，ガリアのローマ人すべてをフランク人の奴隷にしてしまうことはできないのです[26]。

　実際，ギゾーはシャトーブリアンの『ブオナパルトとブルボン』（1814年）以来の評判を呼んだとされる1820年のパンフレット『王政復古以来のフランスの政府と現在の大臣について』において，冒頭の第1章からこの体系をいかなる曖昧さもなく提示している。彼はまず，フランス革命の定義から始める。「革命は一つの戦争だった——世が異質な人民間の間に認めるものと同じ，真実の戦争だった。十三世紀に渡り，フランスは二つの人民を持っていた，勝利した人民と，敗北した人民と。十三世紀に渡り，敗北した人民は勝利した人民のくびきを揺るがすべく闘ってきた。今日，ある決定的闘争が開始された。その名を革命という」[27]。すなわち，今日の特権階級とブルジョワとの闘いは，フランク人がガリア人を屈服させた6世紀の経験にその根を持つ。千年以上に及ぶ勝者と敗者の歩み寄りの歴史が両者を一つの国民であるかの幻想で包み込もうとしても無駄であって，「そこには実際には相変わらず異なっ

---

　　26) *MOT*, t. II, p. 253 (liv. XXIX, chap. XIV).
　　27) François Guizot, *Du gouvernement de la France depuis la restauration, et du ministre actuel*, seconde édition, Paris, Ladvocat, 1820, pp. 1-2 (chap. I).

第Ⅲ章　シャトーブリアンにおける隠遁者，野性人，蛮人　　　321

た二つの人種が，深く対立する二つの社会的立場が存在している」[28]。

　フランク人とガリア人，領主と農民，貴族と平民，この両者が，革命に先立つ長い間，共にフランス人を自称し，共にフランスを祖国として持っていたのだ。
　しかし時間は万物を豊かに育むものではあれど，現にあるものを破壊することはまるでない。時間の懐にひとたび置き入れられた芽は，遅かれ早かれ実りを得ることになる。我々の間で征服者の人種と被征服者の人種を共通の生活のうちに融合すべく，十三世紀が費やされた。原初の分割はこの十三世紀の流れを生き抜き，十三世紀の営みに耐えてきた。闘争はあらゆる時代にあらゆる形態で，あらゆる武器を用いて続けられ，そして1789年，フランス全体の代表たちがただ一つの議会に集められたとき，二つの人民は速やかに古くからの争いを再開したのだった。片を付ける日がついに訪れたのである。
　この事実が我々の現況の全体を支配している[29]。

　かくしてギゾーは革命に至るまでのフランスの歴史をフランク人の末裔による支配に対する被征服民の抗争として把握し，革命でついに勝利をつかんだガリア人の末裔＝ブルジョワに向け，復古王政という両義的時代を生き抜き，この勝利を完全なものたらしめるべく呼びかけるのである[30]。ここで問題となっているのは，ブーランヴィリエの図式の完全な――6世紀の状況についての彼の理解を現代にまで短絡させながらの――承認と，そこでの両者の力関係を逆転させようという意志にほかならない。シャトーブリアンが先の書簡で直接に表明するのはギゾーのこうした立場への不満であるが，もちろんこれはティエリの立場でもある。この点が明瞭に示されている1820年のある論文で，彼はフランク人による征服の事実を否定する第三身分の歴史叙述に反対する声が，ま

---

28) *Ibid.*, p. 2.
29) *Ibid.*, pp. 2-3.
30) 本書を含めたギゾーの歴史叙述の文脈については，Pierre Rosanvallon, *Le Moment Guizot*, Paris, Gallimard, 1985, pp. 179-185 を参照。

ずは貴族階級の側から上がったことを指摘し，ブーランヴィリエを嚆矢として為されてきた，征服に基づく貴族の諸権利の，第三身分と王権による簒奪の告発を紹介した後に，次のように書く。

> かくも長い通告を受けて，今や我々が事実に赴くべきとき，我々の側からも事実へと立ち返るべきときだ。〔…〕歴史が証言している以上，次のことを言わねばならない——原初の二人種の肉体的混交がどうあれ，両者の精神はいつまでも相容れないものとして，混ざり合った住民のつねに明瞭に区別しうる二つの部分それぞれのうちに，今日まで生き延びてきた。征服の精神は自然と時間とをものともしなかったのだ。それはこの不幸な地を今なお漂っている。この征服の精神を通して，血の区別にカーストの区別が取って代り，カーストの区別に身分の区別が，身分の区別に称号の区別が取って代ってきた。〔…〕ここで異議を唱えうるのは本来の血統に関してのみであり，政治上の系譜関係は明白である。それゆえそれを要求する者たちにはこの系譜を与えてやろう。そして我々の側では，反対の系譜を要求するのだ[31]。

ティエリは復古王政期の貴族たちをフランク人の末裔だと信じているのではないが，彼ら特権階級の征服民族への自己同一化には政治的継承の観点からの根拠があることを承認するとともに，自分たちブルジョワは逆に被征服民の末裔であると，現実の血縁の有無を超えた次元で想像する。両人民のこの敵対の図式を我が物にしている点で，新しい歴史学派はまったくブーランヴィリエの徒である。シャトーブリアンは彼らを基本的に支持するが，その根拠は『歴史研究』の序文では次のように述べられる。「最初の二家系については，私は一般に近代派の見解を採る。私はフランク人をフランス人にはしないし，ローマ社会がほとんど完全に，少数の蛮人の支配下にありつつ，第二家系の終わりに至るまで存続したことを見る」[32]。すなわち彼らはフランク人の歴史をもってフランス

---

31) Augustin Thierry, *Dix ans d'études historiques*, dans *Œuvres complètes*, éd. cit., t. III, pp. 465-466.

32) Chateaubriand, *Études historiques*, p. 72 (préface).

第III章　シャトーブリアンにおける隠遁者，野性人，蛮人　　　323

の歴史とするのではなく，征服者の支配下にあっても数において圧倒的であり，以前からのローマ社会を存続させつつ生活を続けたガリア人の立場から歴史を書くことにおいて，我々の作家の気に入るのである。蛮人支配下でのローマ社会の存続というこの観点は，彼ら新しい歴史家たちがデュボスから受け継いだ数少ないもののうちで最も重要なものだ。彼らはこの大修道院長が征服の存在を認めず，フランク人がガリア人と速やかに融合したかのごとくに歴史を描くことに我慢ならなかったが，蛮人がゲルマニアの森から持ち込んだ諸制度が旧来の社会に完全に取って代ったわけではないという認識については，大いに同意できたし，ティエリは実際この点ではデュボスを高く評価している。しかしこうした点については大いに若い自由主義者たちの見解に賛同するシャトーブリアンであるが，彼らが両人民の敵対関係に固執し，ガリア人の側に自己同一化しつつフランク人をもっぱらその蛮的側面において描き出すときには，完全には同意できないと感じるのである。

　強調しておくべきは，こちらの傾向に対しても，彼は完全な同意を与えないにせよ，ある程度は同意していることだ。まずは，ティエリによる初期のフランク人の呼称の変革の，シャトーブリアンにおける受容について見ておこう。ティエリは『フランス史についての手紙』において，最初の二家系までのフランク人を通用のフランス語化された名で呼ぶことを拒み，ゲルマン語本来の名を復元しようとする。かくしてクロヴィス（Clovis）はクロドヴィク（Chlodovig）の前に姿を消す。「我々がクロヴィスと呼んでいるクロドヴィク」[33]……。その意図するところは明らかであって，建国当初のフランク人をフランス人と同質の存在として想像することを読者に許さず，ガリアへの侵入者としての本来の異質性を露呈させようというのである。シャトーブリアンは，先に言及したティエリ宛の書簡で，将来の歴史著作において，「私はしばしば，呼称に関するあなたの変革を採用することでしょう」[34]と述べているし，

---

33) Augustin Thiery, *Lettres sur l'histoire de France*, dans *Œuvres complètes*, éd. cit., t. III, p. 20 (lettre II). 論議を呼んだこの名称の問題に関して，ティエリは第二版の序文で改めて論じている。なお，『手紙』全体が呼称の変更において一貫しているわけではなく，むしろ大抵は，フランク王国の建国者はクロヴィスと呼ばれている。

34) *MOT*, t. II, p. 252 (liv. XXIX, chap. XIV).

実際『歴史研究』および『フランス史概略』では，彼はこの約束を守る。前者の序文では，次のように述べられている。「第一および第二家系の固有名詞に関しては，私はティエリ氏の方式に従う。実際フランク人のフランス人への変容の契機を捉えるのに，名称に生じた変化以上に好都合なものはない」[35]。ただし，この採用は全面的なものではないのであって，彼はそのことをすぐに付け加える。「しかし私は，まったく『フランス史についての手紙』の著者と同様にフランク人の名を綴るのではなく，クロヴィス（Clovis）についてフロドヴィク（Hlodowig）とかクロドヴィク（Chlodowig）とか書くことはしない。私はクロヴィク（Khlovigh）と書く。こうすることで，我々の眼と耳の習慣をそれほど傷つけずに済むように思われるのだ」[36]。ティエリの改革を，彼は原理的には受け入れるものの，年少の歴史家ほどには徹底させることなく，妥協的な案を自ら提出するのである。

2　ブーランヴィリエ説の肯定的利用：野生人から文明人への移行

　ここに見られる両義的な姿勢は，シャトーブリアンが彼の先祖たる両人民の蛮性と野生性を前にした時の態度一般を，典型的に表している。彼は実際，フランク人の蛮性を否認することはない。ブーランヴィリエもまた，フランク人の征服をその血生臭い暴力の相のもとで露呈させることにより，この点について隠し立てすることはなかったのであって，征服を否認せず，両人民の対立を強調する立場を採用する人々は，どちらの側に共感を寄せるにせよ，征服者の蛮性については基本的合意を得ていたと言ってよい。この点に関してシャトーブリアンのうちに読みうる最も明瞭な表現の一つとして，1814年の『今日の著作若干および全フランス人の利益についての政治的考察』の一節を挙げることができる。これは，同年6月4日にルイ18世が公布した憲章のもとに，その妥協的性格を批判する王党派および自由主義者双方を説得しつつ集結させることを意図して書かれたパンフレットである。憲章は当初の計画では，人民の発意を王が受諾するものとして想定されており，新王は伝統的な「フランス王（Roi de France）」ではなく「フランス人の王（Roi

---

35)　Chateaubriand, *Études historiques*, p. 72 (préface).
36)　*Ibid.*

des Français)」を名乗ることになっていた。しかしルイはこの案を拒絶し，憲章は恵み深い王が人民に授けるものに変更され，フランス全土に権利を持つ封建領主としての王を含意する「フランス王」の呼称も維持されて，「フランス人の王」の誕生はルイ＝フィリップの即位まで延期されることとなった。この呼称についての批判を退けるべく，まずはシャトーブリアンは語の通常の了解を無視して，「フランス王」が土地を所有する王なら，「フランス人の王」とは人間を所有する王の謂いであると述べ，後者の呼称は人民を名誉あらしめるものではないと主張する。後者は全フランス人を所有している以上，所有物たる人民によって選ばれたなどとは決して認めないだろうからである。しかしこのような議論はまったく意地の悪い理屈にすぎないとして，彼は「フランス王」の呼称の積極的意義の歴史的説明に移る。この呼称は，メロヴィング朝において用いられていた Rex Francorum ——「フランク人の王」であるが，「フランス人の」と解すこともできる——に取って代ったものなのであり，フランク人の国制から今日のフランスへの移行の表徴として捉えるべきものだと彼は言う。そして，フランク人によるこの呼称は，彼によるなら，この征服者たる人民の蛮性と結びついたものとされる。

　　第一家系のもとでは，人々はフランス人の王，Rex Francorum と言っていた。何故か？　何故ならフランク人たちは一つの国民ではなく，勝ち誇った小さな蛮的人民であり，ほとんど法もなく，とりわけ定まった所有地も持たなかったのであって，それゆえ彼らが当時持っていたのは一人の将軍，一人の隊長，一人の首長，一人の王でしかなく，それが Dux, Rex Francorum〔フランク人の長，フランク人の王〕であった[37]。

続く第二家系では皇帝 Imperator の呼称が王のそれと混ざり合うことにより，フランク人の国の軍事的性格が継続された。第三家系になってようやく，「フランス王（Rex Franciæ）」の呼称が用いられ始めたと

---

37) Chateaubriand, *Réflexions politiques sur quelques écrits du jour et sur les intérêts de tous les Français*, dans *Grands écrits politiques*, présenté par Jean-Paul Clément, Paris, Imprimerie Nationale, 1993, t. I, p. 179 (chap. X).

シャトーブリアンは言う。「何故なら当時フランク人は，ガリア人およびローマ人との混交により，フランスの地に結び付いたひとつの国民となっており，第一家系のサリカ法典，グンバタ法典，リブアリア法典，第二家系のカピトゥラリアをローマ法で，またシャルル8世の時代に集められた慣習法書で置き換え，定在の法廷を彷徨える法廷に取って代えて，大またで文明へ向かい歩んでいたのだから」[38]。ここでは征服に引き続く時期のフランク人はまさに蛮人の名に相応しい人民，文明の実現への大きな前進が彼らの諸制度の乗り越えによってしか可能にならないような，あるいはそもそも法制度と呼ぶに値するものをほとんど持っていないとすら言いうる，そのような存在として捉えられている。それどころか，彼らのもとでの法の（ほとんどの）不在の指摘や，その制度の「彷徨える (errant)」という規定は，ここでのフランク人に蛮人というよりも野生人の面影をすら与えている。

しかし，この『政治的考察』が王党派の貴族たちを憲章への支持に導こうとして書かれていることからしても，本書の記述がフランク王国の建国者たちの否定的イメージを練り上げようとして為されているのではないのは当然である。この蛮性は，何ほどか貴族の自由の主題と結び付いたものとして提示されている。実際本書の別の箇所では[39]，最初の二家系における貴族，非征服民族を排除しつつ彼らのみで国民の会議 (assemblées de la nation) を構成していた頃の彼らを突き動かしていた二つの原理――王国のために尽くす「名誉 (honneur)」と，ただ自らのために活動する「自由 (liberté)」――，一方は王政的 (monarchique) であり他方は貴族政的 (aristocratique) あるいは共和政的 (républicain) であるとされるこれら二原理が，復古王政下でいかに保全されているかが説かれている。してみると，フランス革命のアナーキーとナポレオンによる国民の（『ブオナパルトとブルボン』の著者によるなら）奴隷化の時期を経て立ち直ったフランスの文明への努力は，フランス人が「大またで文明へ向かい歩む」ことを始めた時期として描かれた第三家系の開始に先立つ時代の習俗に，大いに助けられていることになる。

貴族の自由のこのような顕揚は，もちろんブーランヴィリエ的発想と

---

38) *Ibid.*, pp. 179-180.
39) *Ibid.*, pp. 196-197 (chap. XV).

共振するものであって，シャトーブリアンは（ジャン＝ポール・クレマンが指摘するように）[40] 両人民の対立という図式を後景に退けつつも，王党派の説得のため，ここで彼の原理を引き合いに出しているということができる。ブーランヴィリエにとっても，たしかに蛮的人民にほかならないフランク人の征服が肯定されるのではあったが，彼らの蛮性の是認は，彼にとって，この人民のその後の文明へ向けての努力によって相殺されるものであった。

 運命により導かれた土地の，恵まれた状況を利用すべく彼らはやって来たのだった。凍てついた，未墾にして不毛な祖国を離れ，彼らがそこで見出したのはこれまで知らなかった豊かさである。しかしそうした対象によりもむしろ知識を得ようという欲望に突き動かされて，彼らは自らが屈服させた諸国民の宗教と習俗を採用するのだった。それゆえ，もし彼らがもともと住んでいた土地で習俗を洗練させておくだけの時間があったのであれば，彼らの侵入はかすかにしか感じられることはなかっただろう[41]。

3　ブーランヴィリエに逆らうティエリ：蛮人中の蛮人としてのフランク人の肖像

 征服当時にはなお十分に開化されていなかったとはいえ，文明への憧れを持ち，彼らが従属下に置いたガロ＝ローマの社会から多くを学んでいったフランク人たち。ブーランヴィリエが征服民族に与えるこうした評価は，彼の分割原理を継承し，かつ共感の対象を逆転させる新しい歴史家たちにおいては拒絶され，フランク人はもっぱらその蛮的な，そればかりか野生的な相のもとで示されることとなる。「当時の著述家たちが描き出すこの時代のフランク人戦士たちの肖像には，何かしら独特に野生的なものがある」[42]。オーギュスタン・ティエリはこのように判断を下した後，自ら蛮人戦士たちの奇妙な装いを，また独特な斧と槍を

---

 40) *Ibid.*, p. 262 (n. 119 à la p. 196).
 41) Boulainvilliers, *La Vie de Mahomet*, seconde édition, Amsterdam, Pierre Humbert, 1731, p. 3 (liv. I).
 42) Thierry, *Lettres sur l'histoire de France*, p. 55 (lettre VI).

もってする獰猛な戦い振りを描写する。続いて，彼ら戦士を鼓舞する精神的性格とその宗教的背景を解説した後に，彼はガリア征服時の状況へと話題を進めて言う——「このような人々により為された征服は，血に塗れ，無償の残虐行為に伴われたものであったに違いない」[43]。ティエリが推定的にしか語れないのは，当の残虐性の記録が乏しいことによるが，彼はその理由を，フランク人のカトリックへの改宗に求めている。カトリック信者たるフランク人は厭うべき蛮行の下手人であってはならず，それゆえ彼らの罪は他の蛮的諸族，フン人やヴァンダル人に帰されることとなったのだ，この歴史家はそう考える。「しかし散在する幾ばくかの記述だけでも，批評により関連づけられ，想像力により補われるなら，追従ないしは宗教的共感が覆い隠してしまったものを明らかにすることができる」[44]。早期にキリスト教に改宗した他の蛮人諸族が4世紀に隆盛を誇ったアリウス派に与していたのに対し，蛮的宗教からカトリックへと移ったクロヴィスの決断の政治的効果には，実際絶大なものがあった。ティエリは，この改宗に単なる政治的思惑をしか見ず[45]，「蛮的生活の習慣および血を好む宗教によって彼らの習俗にもたらされた衝動は，フランク人のキリスト教への改宗によってもやむことはなかった」[46]と断定する。そして，彼らに先立ってガリアに根を下していた，アリウス異端に属する蛮人たちの習俗を，彼らと比べて称賛するのである。「西ゴート人とブルグント人によるガリア南部および東部地方の征服は，フランク人による北部地方の征服ほどに暴力的なものではまったくなかった」[47]。彼らは武力によるよりは繰り返される交渉を通してガリアに定住した。なるほど異端ではあったが，ともかくもキリスト教徒であり，スカンディナヴィアの蛮的宗教とは無縁だった。ブルグント人はほとんどみなが職人として生計を立てており，フランク人のような戦士集団の蛮的精神を持たなかったし，征服した地の人々を彼らと法的に対

---

43) *Ibid.*, p. 57.
44) *Ibid.*
45) 「第一家系のフランク人の中では，クロヴィスは政治家であった。彼こそが帝国を築く目論見のもとに北方の神々を踏み付けにし，アリウス派の二王国を破壊すべく正統派の司教たちと結んだのである」(*ibid.*, p. 61)。
46) *Ibid.*, p. 62.
47) *Ibid.*, p. 58.

第Ⅲ章　シャトーブリアンにおける隠遁者，野性人，蛮人　　329

等に扱った。同じ公正さを示す西ゴート人は，さらに文明へのより強い好みを示していた，等々。こうしてティエリは，一方では渉猟した文献を批判的に検討することにより，他方では想像力に鼓舞された過去の歴史的事実の再現の努力により，他の蛮人と比べても際立ったものとされるフランク人の蛮性と野生性を浮き彫りにしようとする。

　フランク人のこのような特徴の最初の啓示は，1840年の回想によるなら，ほかならぬシャトーブリアンの読書によってもたらされたものだという。ティエリは『フランス史についての考察』および『メロヴィング朝物語』への序文で，コレージュの生徒だった1810年に校内で回覧された『殉教者』に触れたときの驚きについて語っている。それまで彼が学んでいたフランス史においては，フランク人はフランス人と同一視されており，クロヴィスの王国はその後のフランス王国とあたかも同質のものであるごとくに提示されていた。「フランス人，王座，王政，私にとってはこれらが我々の国史の始まりにして終わり，内容にして形式であったのだ」[48]。無時間的な同一性のうちに停留するこの奇妙な王国史に，真に歴史的な異質性を突き付けた最初の人こそが『殉教者』の著者なのである。

　　何ものも私に与えてはくれなかったのだ，熊やアザラシ，原牛や猪の皮で身を飾った，シャトーブリアン氏のあの恐るべきフランク人，皮製の舟と大きな牛に繋がれた戦車で守られたあの陣地，見分けられるものといっては投げ槍の森と獣の皮，半裸の身体ばかりの，三角形に陣取ったあの軍団といったものの観念を。野生の戦士と〔ローマ軍の〕文明化された兵士の実に劇的な対照が眼前に展開するにつれ，私は次第に激しく捉えられていくのだった。フランク人の軍歌が私にもたらした印象には，何かしら電気的なものがあった[49]。

　シャトーブリアンの仕事は，彼のみならず新しい歴史家たちにとっ

---

48) Augustin Thierry, *Récits des temps mérovingiens, précédés de Considérations sur l'histoire de France*, dans *Œuvres complètes*, éd. cit., t. IV, p. 9 (préface).
49) *Ibid.* なお『殉教者』の引用は，第6巻からのもの。

ての最初の霊感源となったとティエリは言う。「新しい文学世紀を開き今も支配しているこの天才ある作家」[50]は，彼らみなにとってダンテにとってのウェルギリウスに準えるべき先達にほかならないとして，彼は『神曲』の引用によって序文を終えるのだった。"Tu duca, tu signore, e tu maestro"——「あなたこそは我が導き手，我が主君，我が師匠」(『地獄篇』第 2 歌第 140 行)。

4　デュボスのフランク人観の採用：蛮的であること最も少ない蛮人

シャトーブリアンはと言えば，新しい歴史家たちの登場を歓迎し，彼の側から年少の彼らを師と呼ぶことさえ憚らないのではあったが，これまで見てきたような，そして彼自身が霊感源の一つたる栄誉を持っていると思しき，彼らのもとでのフランク人の蛮的かつ野生的な肖像には，戸惑いを禁じえないのだった。『歴史研究』の序文で彼は言う。「しかし，近代派の好ましい発案の数々に従いはしたものの，私はまた，この学派の見解の幾ばくかには反対するものである。私に承認しかねるのは，例えば，フランク人がアメリカで私が共に過ごしたごとき野生人の類だという主張である。事実がこの仮定を退ける」[51]。両種の人民の差異については，彼は同書の後半で取り上げている。「蛮人たちは，個別的ないくつかの慣習の点では私が〈新世界〉で出会った野生人たちと類似しているとはいえ，他の関連のもとでは本質的に異なった存在である」[52]。具体的に挙げられるのは，まずはアメリカ野生人の諸部族とヨーロッパの蛮的諸部族の集団としての規模の違いであり，次いで，フランク人やその他の蛮人はローマ帝国下で公務を請け負っていたのであって，この事実は彼らの社会と知性がすでに一定の発展段階にあったことの証であるとの主張が為される。『フランス史概略』においても，彼は同様にヨーロッパの蛮人とアメリカ野生人の類比を否定している[53]。そこではさらに，蛮的諸部族の中でもフランク人はとりわけ蛮性において

---

50) *Ibid.*, p. 10.
51) Chateaubriand, *Études historiques*, p.73 (préface).
52) *Ibid.*, p. 446 (VIe discours, Ire partie).
53) Chateaubriand, *Analyse raisonnée de l'histoire de France*, Paris, La Table Ronde, 1998, p. 13.

控えめであったことが主張されている。「指摘しなければならないが，フランク人はその上これらの人民のうち，粗野な程度の最も低い人民として通っていたのだ」[54]。証言者として引き合いに出されるのは6世紀ギリシアの文人アガティアスと，5世紀のマルセイユの司祭サルウィアヌスである。

　　アガティアスの証言は揺るぎない。「フランク人は，と彼は言う，野辺にしか生活しようと望まず都市への滞在に怖気を奮う他の蛮人たちにはまるで似ていない……。彼らは法に実によく服しており，実に洗練されているのであって，言語と服装によってしか我々と異ならない〔…〕。」6世紀よりもずっと以前から，ローマ人との関係が彼らの慣習を都会風にしていた──彼らの性格を人間的にしていたとは言わずとも。サルウィアヌスは彼らは歓待を好む(hospitaliers)と言っているが，それはここでは社交的(sociables)という意味である[55]。

　続いて彼は，ローマ皇帝の一族とフランク人との婚姻を促進すべくコンスタンティヌス大帝が法律を制定していたという，確証のない説に言及する。

　我々はすでに本書第一部第Ⅲ章（4）において，シャトーブリアンの歴史叙述が蛮人の蛮性の記述に関し，ギボンに多くを負っているのを見た。では，蛮人の蛮性を低く見積もろうというここでの企てに関してはどうだろうか。ギボンはアガティアスの同じ箇所を参照しているが[56]，このギリシア人が「偏った熱狂」[57]をもってする讃辞を無批判に受け入れはしない。とはいえ全面的に退けることもせずに，二つの仮説──フランク人は実際すでに今日のフランス人の性格を持っていたのか，あ

---

54) *Ibid.*
55) *Ibid.*
56) 「彼は彼らの洗練と都会風，規律に適った政体，そして正統派の宗教を称賛する。これらの蛮人たちはただ服装と言語によってしかローマの臣民と区別しえないと，大胆にも断言する」(Edward Gibbon, *The History of the Decline and Fall of the Roman Empire*, ed. cit., vol. II, p. 471 (chap. XXVIII))。
57) *Ibid.*

るいはこのギリシア人が目を眩まされているのか——を並置するにとどめている。「フランク人は，いつの時代にも彼らの悪徳を覆い隠してきたし，時としては彼らの生来の美点を見えなくしてしまうこととなったあの社交的な性向と快活な優雅さをすでに示していたのかもしれない。アガティアスおよびギリシア人たちは，彼らの軍備の急速な進歩と彼らの帝国の輝かしさに眩惑されていたのかもしれない」[58]。

　シャトーブリアンが上記の一節において全面的に依拠しているのは，デュボス師の著作である。この歴史家は，コンスタンティヌスの法律について説明した後，もしそのような法が実在しなかったとしても，「4世紀および5世紀において，フランク人は蛮的人民のうちで最も文明化された民族だったに違いないという事実は，相変わらず明白であろう」[59]と述べる。その理由は，もちろん，帝国の境界近くに居住するこの人民の，ローマ人との絶え間のない交流——敵対的なそれも含め——にある。彼はサルウィアヌスの証言に依拠する——"Franci sunt hospitales"[60]（フランク人は歓待を好む）。続いて引かれるのはアガティアスによるこの人民の礼讃である。

　　我々は続いて，6世紀に著述した歴史家アガティアスが，フランク人は彼らの習俗と作法によって，他の蛮人たちによりもむしろローマ人に似ていると述べているのを見ることになる。実際，一方が洗練され他方がなお文明化されていない二つの民族が二世紀に渡って境界線を挟んで，いわば互いを眼前にしつつ住んでいるというとき，野生的民族が開化されないことはありえない[61]。

　デュボスはかくしてフランク人を，蛮的であること最も少ない蛮人として提示する。シャトーブリアンは，彼の弟子ということもできる若い歴史家たちに反対し，ヨーロッパの蛮人と〈新世界〉の野生人の同一視を拒むのみならず，蛮人中にあってもとりわけフランク人を文明に親和

---

58) *Ibid.*
59) Jean-Baptiste Dubos, *op. cit.*, t. I, p. 177 (liv. I, chap. XVII).
60) *Ibid.*, p. 178, n. *a*.
61) *Ibid.*, p. 178.

的な人民として捉えようとするとき，資料選択においても判断においても，復古王政下の自由主義者たちによっては退けられることとなった，前世紀中葉を代表する第三身分の歴史家に従いながらそうするのである[62]。

　彼はガリア征服の先行者たる他の蛮人からフランク人を際立てるに当たり，この点でもデュボスに依拠しつつ，宗教の問題を用いる。すでに見たように，ティエリにとってはフランク人のカトリックへの改宗はもっぱらクロヴィスの政治的思惑の為せる業にすぎず，この民族のこの上ない蛮性を変えるものではなかった。それに対し，ブルグントと西ゴートの両蛮人はアリウス派であるとはいえキリスト教徒であって，形の上での改宗の以前も以後も蛮的宗教に培われた気質を維持したフランク人よりもはるかに習俗の穏やかな，文明に開かれた人民であるとされるのだった。しかしデュボスの流儀に従うシャトーブリアンにとっては，フランク人こそがローマ人との交流を通し，異教徒であるうちから蛮人中随一の文明化を達成していたのだし，その上彼らは，異端の教義に囚われた他の蛮人を尻目にカトリックの教えを受け容れることによって，文明化の歩みをさらに大きく進めるのだった。改宗に先立つ時期に開始されたクロヴィスのガリア侵入の性格についても，彼はデュボスの説を採る。「結婚の以前に，二十歳のクロヴィクはガリアを攻撃した。歴史著作のモニュメントが証明するところでは，クロヴィスの侵入は，とりわけフランス南部において，アリウス派の西ゴート人を憎むカトリック司教たちの助力を受けた」[63]。西ゴートとブルグント，このアリウス派の両人民の支配にガリアのカトリック信者は苦しめられ，彼らには異教徒のクロヴィスのほうが好ましく思われたこと。とりわけ司教たちはクロヴィスと内通していたらしいこと。当時もなおローマの臣民であり続けていたガリアの人民にとり，西ゴート人とブルグント人は暴君であり簒奪者にすぎなかったのであるが，西帝国解体後の正統な支配者た

---

62) カルカソンヌはデュボスの提示するフランク人像の洗練と文明化の度合いを強調すべく，シャトーブリアンの描き出すフランク人戦士たちの粗野な装いと気質の獰猛さを引き合いに出している（Carcassonne, *op. cit.*, p.42）。これまでの検討から明らかなように，このような対比は明らかに一面的なものだ。しかし同時にそれは，少年ティエリに衝撃を与えた『殉教者』の描写が，20世紀前半の読書人の想像力をも十分に捉えていたことの証言でもあろう。

63) Chateaubriand, *Analyse raisonnée*, pp. 19-20.

る東帝国の皇帝とは地理的な遠さによって連絡が困難だったため，ガリア人が独自の判断によってある蛮人を片付けるために他の蛮人を利用したとしても，決して不当な行為とは言えなかったこと。こうした事柄はデュボスの書に詳説されている[64]。我々の作家が複数形で名指す「歴史著作のモニュメント」のうちにまず数えるべきは彼の『批判的歴史』であり，さらにはデュボスがカトリック司教の陰謀についての証言として引き合いに出すトゥールのグレゴリウスの『歴史十巻』を付け加えることもできる。

5　クロティルドの形象：「蛮性と人間性の解しがたい混合」

　しかし，シャトーブリアンが結局のところデュボスと異なるのは，後者にとっては可能な限りの縮減が目指されるだけの夾雑物にすぎない蛮人の蛮性と野生性が，彼にとっては，たしかに全面的であるときには受け容れ難いものと感じられるとはいえ，何かしら魅惑的なものとしてとどまっていることだ。その点が明瞭に現れている例として，クロティルドの形象のシャトーブリアン的受容を挙げることができるだろう。クロヴィスのカトリック改宗を単なる政治的術策と見なすのではなく，彼の心情の内密なものとの関係で提示しようとするとき，彼の妻クロティルドの存在が注目される。このブルグントの王女は，彼女の両親と兄弟を殺して権力を掌握した伯父王グンドバルドと異なりカトリック信者であり，フランク人の王が正しい宗教へ導かれるに際しての彼女の影響が取り沙汰されるのである。デュボスは「クロヴィスの改心の原因の一つであり，それゆえこの君主のどんな戦勝にもまして彼の王権の確立に貢献したこの結婚」[65]を重く見て，グレゴリウスの至って簡潔な記述（『歴史十巻』第2巻28章）に飽き足りずに，7世紀の『フランク史摘要』と8世紀の『フランク諸王の偉業』におけるより詳細な記述を紹介している（グレゴリウスの書に見られない諸事件がこれら後世の歴史書に読まれる理由としては，この結婚の重要性のために様々なエピソードがいつまでも人々の間に語り継がれていたはずであること，また両歴史家は今日では失われた文献からも情報を得ていたはずであることの二点が指摘される）。

---

64) Dubos, *op. cit.*, t. I, pp. 628-630 (liv. III, chap. XVIII).
65) *Ibid.*, t. II, p. 42 (liv. IV, chap. IV).

第Ⅲ章　シャトーブリアンにおける隠遁者，野性人，蛮人　　　335

　ここでは，『フランス史概略』のシャトーブリアンが同様に依拠している，伝フレデガリウスの『摘要』における二人の結婚の過程を取り上げよう。クロヴィスはブルグントの姫に思いを伝えるべく使節を派遣しても甲斐がなかったので，ローマ人アウレリアヌスに特別の任務を与え，物乞いに身をやつした彼を，彼女とその姉妹が住むジュネーヴに赴かせる。キリスト教徒として貧者のもてなしを事とする彼女らの歓待を受けたアウレリアヌスは，クロティルドに対してこっそりと用件を伝える。彼の依頼主の身分の証として，フランク王の指輪を手渡しながら。王女は喜び，交換に自分の指輪と幾ばくかの金貨を使者に与えて，もしクロヴィスが自分と結婚したいのなら，伯父のブルグント王に許可を求めること，ただし彼の側近で今はコンスタンティノープルに派遣されているアリディウスの帰国前に事を進めること，そのように言付ける。フランク王の提案を政治的に有益とみなしたグンドバルドは，姪の婚姻を承諾する。速やかにクロヴィスのもとに出発するクロティルド。直後に帰還したアリディウスは，彼女は両親と兄弟を暗殺した伯父王を憎んでおり，クロヴィスとの婚姻は，彼女がつねにその可能性を窺っていた復讐がフランク王国の力を借りて実行に移されることを意味すると喝破する。彼女を連れ戻すべく騎兵隊が出動するが虚しく，クロティルドはフランク王と結ばれるのだった。デュボスはこの物語を数ページに渡り，『フランク史摘要』のラテン語のほとんど逐語的な翻訳によって記述している[66]。しかしブルグンディア国境を越える王女をめぐるくだりにおいて，興味深い欠落が認められる。まずはフレデガリウスの言葉を引こう——

　　ブルグンディアの国境を通り過ぎるに先立ち，クロティルドは案内する者たちに，ブルグンディアを両側から十二里に渡って荒廃させ焼き払うよう求めた。クロヴィスの許しを得てそれが為されたとき，クロティルドは言った——「感謝します，万能の神よ，我が父母と兄弟の復讐の始まりを見ることが叶いました」[67]。

66）　*Ibid*., pp. 43-45.
67）　Fredegarius, *Historia Francorum epitomata*, dans Georges Florent Grégoire, *Histoire ecclésiastique des Francs*, éds. et trads. J. Gaudet et Taranne, Paris, Jules Renouard, t. IV, 1838, p.

この一節の『批判的歴史』における対応箇所は，直前の箇所までの逐語的な忠実さを離れ，ごく大まかな要約になっている——「クロティルドがブルグンディアの国境にたどり着いたとき，彼女は案内する者たちに，国境地帯に損害を与えるよう頼んだ。クロヴィスの許可を得た後，彼らはそれを実行する心遣いを示そうと欲した」[68]。クロティルドの叫びは省略される。『摘要』でアリディウスの簡潔にして印象的な言葉遣いにより喚起される，グンドバルドによる弟一家の惨殺の映像が『批判的歴史』においてもそのまま活かされている事実と比べるとき，歴史家の意図は容易に察せられるのであって，フランク王国の建設においてかくも決定的な役割を果たした彼女，カトリックの教えへと夫を導くことにより，ガリアのローマ人との速やかな和合を可能にした彼女は蛮人中の文明人でなければならず，伯父たるブルグント王の残虐の犠牲者でこそあれ，彼女自身が蛮的な復讐の叫びを上げるようなことは，できればないほうが望ましいのである。
　クロティルドの重要性については同意見であり，同じくフレデガリウスの記述をなぞる形で彼女とクロヴィスの婚姻までを物語る『フランス史概略』のシャトーブリアンであるが，この点の扱いについてはデュボスとまったく異なる。アウレリアヌスによるクロヴィスの意志の伝達からグンドバルドへのアリディウスの警告に至るまでの経過は，むしろデュボスにおけるよりも省略的にたどられる。しかしその後の記述を読んでみよう。

　　グンドバルドは恐れ慄き，クロティルドの追跡を命じる。しかし彼女は，起こるべきことを予期しており，彼女の背後の土地十二里を焼き払い荒廃させるよう命じていた。危機を免れたクロティルドは叫ぶ——「感謝します，万能の神よ，我が父母と兄弟のために為すべき復讐の始まりを見ることが叶いました！」まったく蛮人の習俗であるが，これはキリスト教の習俗と相容れないものではなく，後者はクロティルドのうちで，彼女の野生的本性の激情に混ざり

---

174 (cap. XIX).
　68) Dubos, *op. cit.*, t. II, p. 45.

合っていた[69]。

　シャトーブリアンはクロティルドの命じたブルグンディア辺境の焼き払いについて明示するし，彼女の高揚した言葉もそのまま翻訳した上で，そこにブルグント王族の娘のこの上ない蛮性の発露を認める。このような指摘はもちろん，彼女のキリスト教徒としての資格を疑おうとして為されるのではなく，彼女の蛮性はカトリックの信仰と共存するものであることが直ちに付け加えられる。ガリア征服者としての蛮人において我々の作家の心を捉えるものが，このブルグント王女のうちに要約されていると言うことができる。実際シャトーブリアンはすでに『殉教者』において，クロヴィスの伝説的父祖たるファラモンドの妻としてクロティルドを登場させている。彼は時代錯誤を犯してでも[70]，キリスト教と蛮性とのこの魅惑的な混合物を作中に取り入れたかったのである。フランク人との戦いで負傷し，意識を失って戦場に倒れたユドールは，カッシウスの末裔にしてファラモンドの奴隷たるキリスト教徒ザカリアスに救われて，小麦貯蔵用の穴倉に匿われる。翌朝，夫からこの敵軍の負傷者の助命を勝ち取ったクロティルドは，ザカリアスと共に自ら地下を訪れるのだった。

　　彼は一人の女性に伴われていたが，彼女は緋色に染められた亜麻糸の衣装で，胸の上部と両腕は，フランク人の流儀で露わにされていた。その容貌は一瞥する者に，蛮性と人間性の解し難い混合を差し出していた。それは生来激しく野生的な人相，ただし哀れみと優しさの何とも知れぬ奇異な習慣により修正を被った人相の表現であった[71]。

　クロヴィスならぬファラモンドの妻である『殉教者』のクロティル

---

　69)　Chateaubriand, *Analyse raisonnée*, p. 19.
　70)　彼女が名指される箇所に著者は注解を付し，「またしても歴史から借用された名前，あるいは先立つ事例に見合った，今ひとつの時代錯誤である」(Chateaubriand, *Les Martyrs*, p. 566 (4ᵉ rem.)) と言明している。
　71)　*Ibid.*, p. 214 (liv. VII).

ドもまた，キリスト教徒である[72]。タキトゥスの報告する（『ゲルマニア』第17章）1世紀当時のゲルマン人女性の装いを与えられた彼女は，両腕も胸の一部さえも裸のままに晒しながら，そしてやはりこの蛮的民族——少年ティエリに衝撃を与えたその習俗の荒々しさは，前章において存分に描き出されたばかりだ——の女に相応しい野生の気性を容貌に刻み付けたままでいながら，しかし同時に敬虔なキリスト教徒の穏やかさを表情のうちに湛えている。「蛮性と人間性の解し難い混合」，これこそはシャトーブリアンがローマ帝国の衰退と蛮人諸王国の台頭の時代に認めようと望む典型的特徴にほかならず，クロティルドは彼にとって，蛮人とキリスト教徒を同じ一つの身体と魂のうちに分かち難く共存させることにより，そのまたとない化肉として現れていたのである。

6 「ローマ＝蛮人帝国」

　蛮人とキリスト教徒の，融合ではないにしても混合，それはローマ帝国の破壊の外因と内因，物質的原因と精神的原因の連合の表現にほかならない。すでに第一部第Ⅲ章（第4節）で触れたように，『歴史研究』はローマ衰亡の原因を蛮人の暴力とキリスト教の道徳的影響，一方は外側から，他方は内部から帝国を蝕んでいくこれら二つの力に帰していた。そして，言うまでもなく，クロティルドと改宗後のフランク人のみならず，多くの蛮的人民は帝国社会との接触の過程でキリスト教徒（たとえアリウス派に与したとしても）になっていくのであり，キリスト教徒としてローマに侵入することにより，帝国破壊の二つの原因を共々に体現する存在となる。シャトーブリアンは破壊のこれら二要因が堕落した異教社会を内外から，物理的攻撃と道徳的攻撃によって食い破っていく過渡的時代の体制を「ローマ＝蛮人帝国」と名付ける。「蛮人の諸王国と純粋のラテン＝ローマ帝国の間に，ローマ＝蛮人帝国があった。これはアウグストゥルスの廃位に先立ち一世紀近く続いた」[73]。3世紀末に成立するこの新しい状況を特徴づけるのは，まずは帝国の体制内部への蛮人の統合である。

---

　72)　「この奇異な習慣がキリスト教により産み出されたものであると告げる必要があろうか？」（*ibid.*, p. 566 (3e rem.)）

　73)　Chateaubriand, *Études historiques*, p. 71 (préface).

我々はテオドシウス治下に，帝国の破壊者たちが帝国に身を落ち着けるのを見る。フンとゴート人が，彼らが殺戮することになる君主たちに仕える。フランク人は宮廷の将校であり，皇帝を擁立しては失脚させる。カレドニア人，ムーア人，サラセン人，ペルシア人，イベリア人が各地に宿営する。ローマ世界の軍事占領が，この世界の分割に五十年先行したのである。かくも多くの敵の足下に崩壊せんとする皇帝権力をなお防衛していた者たちも，スラやマリウスの家系に発するのではなかった。スティリコはヴァンダル人の血から，アエティウスはゴート人の血から出た。ラテン＝ローマ帝国はもはやローマ＝蛮人帝国でしかなかった。それは外国人の多様な軍隊により束の間，一種の共通にして過渡的な祖国の扱いを受けた広大な野営地を思わせた[74]。

そして，すでに帝国の国教になっており，「彼の世紀を後戻りさせようとする，ユリアヌスの虚しい努力」[75]をものともしなかったキリスト教の影響力のなおいっそうの増大が，蛮人たちの存在の帝国内での強大化に付け加わる。「道徳的侵入は，物理的ないし物質的侵入の程度に匹敵するものであった。キリスト教徒たちも蛮人たちと同様に皇帝を作り出していたし，さらに彼らは蛮人たちをも屈服させるのだった」[76]。ローマの破壊の二原因は，かくして相互に独立して事を為すのではなく，しばしばその力の行使を共通の担い手に委ねる。それゆえ，シャトーブリアンにとって，西の帝国崩壊後の蛮人諸王国の林立は，ヨーロッパの政治的制度の根本的な変容を意味するのではない。それらの王国は，ローマ＝蛮人帝国の延長にほかならないのである。『歴史研究』序文によるなら，3世紀末からの帝国がすでに内部から蛮人勢力の浸透を受けていた事実は，「蛮人諸王国の成立の時期に，何故世界に何の変化もなかったように見えたのかを説明する。不幸な諸々の出来事を別とすれば，そ

---

74) *Ibid.*, p. 292 (IIIe discours, IIe partie). なおアエティウスの父はスキタイ人であるとされるが，シャトーブリアンはここでゴート人の血筋を主張するヨルダネスに従っている。
75) *Ibid.*, p. 70 (préface).
76) *Ibid.*, p. 292.

こにいたのは相変わらず同じ人々、同じ習俗だったのである」[77]。『フランス史概略』の冒頭では、シャトーブリアンは前編に当たるローマ史研究で提起した観念に立ち返りつつ、「私はローマ＝ラテン帝国はアウグストゥルスの没落の一世紀半以前にローマ＝蛮人帝国になったと述べた。この混合的帝国は、この君主廃位後もなお四世紀以上に渡り存続した」[78]と主張している。ガリアにおけるフランク人やブルグント人、西ゴート人、イタリアにおける東ゴート人とランゴバルド人は、現地の人々に周知の、ローマの軍団のうちに見られた人民であったし、彼らは征服者として現れたときも現地の習俗と法制度を維持したのであり、また共通の宗教が勝者と敗者の紐帯として機能したというのである。シャトーブリアンはここで、カロリング朝がゲルマン人の第二の侵入という大変動を経て成立したというギゾーらの主張への批判（『歴史研究』で明示的に述べられていた）[79]を繰り返し、第二家系の末期、ノルマン人の侵入に至るまでのフランク王国をローマ＝蛮人帝国の継続として捉えている。一方ではフランク人の王国におけるローマの諸制度の維持の指摘と、彼らの征服が絶対的な分割を勝者と敗者の間にもたらしたことの否定の点でデュボスに従い、しかし他方ではこの歴史家が可能な限りに低く見積もろうとしたフランク人の蛮性をも直視したいと望むシャトーブリアンは、彼がその発案を誇っていた——「これは指摘されることがなかった事柄である」[80]——ローマ＝蛮人帝国の観念により、彼にとって好ましく感じられる両義性を、フランク人に与えることに成功するのである。

---

77) *Ibid.*, p. 71.
78) Chateaubriand, *Analyse raisonnée*, p. 10. また少し先では、建国期のフランク王国について次のように述べられる。「先立つ『歴史研究』が異論なき事実に基づいているとするなら、読者はフランク人の王国において、ひとつの新しい国にいるようには感じなかったはずだ。それは相変わらず、クロヴィクの侵入の一世紀以上前から存在したのと同じ蛮人＝ローマ帝国である。ただ征服者の人民が皇帝の主権に取って代ったし、また彼らは自分たちの母語を話し、彼らの森の幾ばくかの慣習のために目に付く存在とはなった。しかし社会の根底は同様のものに留まったのである」（*ibid.*, p. 28）。
79) *Études historiques*, pp. 53 et 73 (préface).
80) *Ibid.*, p. 71.

3　シャトーブリアンにおけるガリア人とフランス人

1　ガリア人の肖像：社交性と蛮性の共存

　ギボンはアガティアスのフランク人礼讃を取り上げる際，もしギリシア人著述家が正しいとするなら，この蛮的民族は今日フランス人の気質として知られるものをすでに示していたことになると述べていた。すなわち社交性であるが，アガティアスの証言についてイギリス人歴史家の留保に従わず，まったき真正性をそこに認めるシャトーブリアンもまた，そうと明言はしないにしても，そのことでフランク人にフランス人の原型に相応しい特徴を認めようとしていたのだと言うことができる。アガティアスの参照を含め，デュボスに従ったフランク人の社交性の証拠の披露の後に，我々の作家はしかし，ギボンとは異なった別の留保を差し出す。

　　しかし，フランク人の社交性がどれ程のものであったにせよ，彼らを文明化された人民にも野生の人民にもすべきではないし，またとりわけこの人民に，固有の不実さ，固有の軽薄さ，固有の残虐さ，戦争に際しての固有の激烈さ，同時代の著述家たちによって確証されているこれらの特徴を残しておくべきだと思われる[81]。

　つい先ほども確認したばかりの，フランク人の特性のデュボスには見られない両義的評価がここにも現れている。しかしここで指摘したいのは，フランク人がその社交的性格と共存させているとされる戦を好む性質が，この蛮的人民とフランス人との連続性を多少とも弱め，限定的なものたらしめるべく為されているのではないということである。都市の生活に適した社交性に大いに恵まれており，都市的生活の実現の度合いによって測られる文明的諸価値の体現者というべき今日のフランス人

---

81)　*Analyse raisonnée*, p. 14.

が，同時にほとんど野生的な荒々しさを兼ね備えていること。以下に見ていくように，このことの認識が，シャトーブリアンが自国民に注ぐ眼差しの根底には横たわっている。そして，この両義性を体現するのはフランク人のみではない。むしろフランス人の祖先たるいま一方の蛮的人民，とはいえフランク人よりも早くからローマ人との交渉を開始し，軍事的敗北に引き続いての被支配のうちに帝国の文明を進んで身に付けることとなって，5世紀末のフランク人の攻撃を蛮人の侵入として受け止める立場に身を置いていた人民たるガリア人のうちにいっそう，彼はフランス人の原型を認めようと望む。

　実際，上記でフランク人のものとして指摘される残虐さや戦場で発揮される激烈な気性は，『殉教者』ではガリア人のものとしても語られているし——「戦争の本能はガリア人においてまったく生来のものである」[82]——，著者はこの箇所に注解を付して，「このガリア人たちは今日のフランス人に大変よく似ていたのだ」[83]と強調する。戦を厭わない激しさは，優れてフランス人の特性なのである。そして，ガリア人がシャトーブリアンの時代のフランス人に似ているのは，たんにこの点のみにはとどまらない。ユドールは，ファラモンドのもとでの奴隷生活から解放された後，コンスタンティウスによりアルモリカの司令官に任じられる。彼は任地たるブルターニュに向かう前に，数ヵ月を費やしてガリア各地を訪れる。「様々な習俗と宗教の，また文明と蛮性のこのような混交を一つの土地が示したためしはありません。ギリシア人，ローマ人とガリア人の間で，またキリスト教徒，ユピテルおよびテウタテスの崇拝者の間で共有されて，この地はあらゆる対照を提示しているのです」[84]。しかし土地が複数の人民，複数の文化の共存ゆえに多様性を示しているとしても，ユドール＝シャトーブリアンが注目するのは，ガリア人がただ彼らのみで見事な多様性の体現者となっていることである。

　　ルグドゥヌム〔リヨン〕で，ナルボンヌで，マルセイユで，ブルディガラ〔ボルドー〕で，ガリアの若者たちはデモステネスとキケ

---

82) Chateaubriand, *Les Martyrs*, p. 198 (liv. VI).
83) *Ibid.*, p. 555 (25ᵉ rem.).
84) *Ibid.*, p. 249 (liv. IX).

ロの技術において成功を収めているというのに，そこから数歩離れて森の中に入ると，聞こえてくるのはもはや鴉の鳴き声にも似た，粗野な言葉でしかないのです。ローマ風の城が，岩山の頂に姿を見せていますし，谷底にはキリスト教徒たちの礼拝堂が聳え立っているのですが，すぐそばの祭壇では，ケルト神官が人身御供を捧げています。レギオンの兵士が荒野のただなかで陣地の城砦を警備しているのを見ましたし，元老院議員となったガリア人が森の叢林にローマ式の長衣を持て余しているのも見ました。アウグストドゥヌム〔オータン〕の葡萄畑でファレルノの葡萄が実り，コリントスのオリーヴの木がマルセイユで花を咲かせ，アッティカの蜜蜂がナルボンヌを香らせるのを見ました[85]。

　雄弁術の心得をもって駆使されるラテン語と，ケルト語の粗野な呻き。新しい宗教は，フランク人の習俗とは異質な穏やかさをクロティルドに与えているのが先立つ巻で見られたのだったが，この地にはすでに定着しているとはいえ，人間を生贄に捧げる蛮的宗教がすっかり廃止されたわけではない。兵士として，また元老院議員としてローマに奉仕するガリア人たち。こうして，カエサルその人に屈服せしめられたガリアの人民は，積極的に新しい体制に同化する一方で蛮的な要素をいまだとどめることにより，ギリシアやローマの植物のこの地への移植がその見事な表徴として役立つがごとき，文明と野生性との魅惑的な混合を提示しているものとされるのである。

2　フランス人と野生人

　文明的諸価値との親和性とこの上ない蛮性ないし野生性とのこの共存は，我々の作家にとり，近代のフランス人の特徴でもある。実際，〈新世界〉に渡ったフランス人は，野生の地の文明人として振舞うというよりは，アメリカの人民にその野生性において匹敵しようとするのだと言われる。このことは『ナチェズ』において，野生人自身によって驚きとともに観察されている。シャクタスは彼の養子となったフランス人に次

---

85)　*Ibid.*, pp. 249-250 (liv. IX).

のように語るのである。

　　ルネ，お前の国の戦士たちはあらゆる人民のもとに見受けられる。すべての人々のうちで最も文明的だというのに，彼らはそう望むときには，最も蛮的になるのだ。彼らは我々〈野生人〉を開化（policer）しようとはまるで望まない。我々のような〈野生人〉に自らなるほうが容易だと思っている。この寂寞の地は彼らより巧みな狩人を持たず，彼らより大胆不敵な戦士も持たない。見られたところでは，彼らはインディアンそのものの気概をもって火の拷問に耐えるし，不幸にして彼らの拷問執行人に劣らず残虐になるのだ。

　文明的洗練の至高の体現者でありながら，蛮性の発揮においてはアメリカ野生人の戦士を凌駕するフランス人。シャクタスはこの不可思議な国民を理解しようとして，「文明はその最高度において自然にたどり着くのだろうか？　フランス人は一種の普遍的な特質（une sorte de génie universel）を持っており，そのためあらゆる生活，あらゆる風土に対して固有の存在となっているのだろうか？」[86]と自問している。génie とは日本語に置き換え難い言葉であるが，何がしかの対象を他と明瞭に区別することを許すような固有の特質を言い表す語であって，それゆえ，例えばシャトーブリアンは，キリスト教の掛け替えのない利点を顕揚することによりこの宗教を復権させようと欲したときに，「キリスト教の精髄（génie du christianisme）」を語ったわけである。しかしシャクタスの推察によるなら，フランス人の特質は普遍的（universel）である——すなわち，定められた特質の不在をこそ自らの特質とする逆説的な存在がフランス人であるというのだ。

　ナチェズの酋長(サシェム)の上記の言葉のヴァリアントが，シャトーブリアンが1801年に発表したある論文中に見出される。彼はそこで，言葉の選択において若干異なるだけで，彼の野生人とほとんど同様の事柄を述べる[87]。老シャクタスの意見は彼自身の意見の反映であることが分かる。

───────────
86) Chateaubriand, *Les Natchez*, éd. cit., p. 244 (liv. VIII).
87) 「フランス人は野生人を文明化（civiliser）しようとはまるで望まない。野生人に自らなるほうをより好んでいる。森は彼らより巧みな狩人を持たず，彼らより大胆不敵な

第Ⅲ章　シャトーブリアンにおける隠遁者，野性人，蛮人　　　345

ただし，我々の作家が彼自身の見解の表明としてほぼ同一の文言を書き記すのは，『ナチェズ』におけるのとは別の文脈の中でである。そのことは，フランス人がカナダ先住民と同程度の残虐さを示すことの指摘に際し，こちらの論文ではシャクタスの言葉には含まれていない「時には (quelquefois)」の一語が添えられていることからも察せられる。シャトーブリアンはフランス人の残虐さへの素質を認めており，それを包み隠す必要を感じてはいないのであるが，その点の指摘がここでの目的ではないために，ひと言書き添えて印象を緩和しつつ，本来の論点を際立てようとするのである。実際，この論文はアレクサンダー・マッケンジーの旅行記の書評として発表されたものであり，そこでの眼目は，このイギリスの商人兼探検家の著書の論評を口実に，もはや消滅した北アメリカのフランス植民地の政策を，イギリスのそれに比べて擁護することであって，それゆえフランス人とアメリカ野生人のこの類似性は，フランス人の蛮性の確認のために為されるのではなく，現地人を交易相手と見なすだけのイギリス人に対するフランス人の彼らとの親密な交流の証として役立てられている。とりわけ，シャクタスの言葉のヴァリアントに直ちに続く以下のくだりでは，両者の類似性が概ね肯定的に評価しうる側面から記述されていく。

　　ともあれ，フランス人と野生人は同じ勇敢さ，生命への同じ無関心，明日への同じ無配慮，労働への同じ憎しみ，所有する財産への同じ容易さで訪れる嫌悪，友情における同じ堅固さ，愛情における同じ軽薄さ，踊りと戦争，狩の労苦と宴の楽しみへの同じ好みを持っている。フランス人と野生人のこうした気質上の関連性が，互いへの大きな傾倒を生み，パリの住人をたやすくカナダの森走りに

軍人も持たない。見られたところでは，彼らはイロコイさえをも驚かすほどの剛毅をもって火刑に耐えるし，不幸にして時には彼らの死刑執行人に劣らず蛮的 (barbares) になるのだ。円環の両端は接近するものであり，文明はその最高度において，完成に達した芸術がそうであるように，傍近くで自然に接するのだろうか？　あるいはむしろ一種の普遍的な才能 (une sorte de talent universel) または習俗の可変性のために，フランス人はあらゆる風土とあらゆる種類の生活に対して固有の存在となっているのだろうか？」(Chateaubriand, *Mélanges littéraires*, dans *Œuvres complètes*, éd. Sainte-Beuve, t. VI, pp. 419-420 (« Alexandre Mackenzie »).)

する[88]。

「森走り (coureur de bois)」は先住民とともに森に分け入り，王室の管理からは独立に彼らとの毛皮取引に従事するカナダ入植者の通称である。彼らはしばしば毛皮の対価としてアルコール類を与え，それが先住民の習俗の破壊にいかに貢献したかはシャルルヴォワも報告するところであるが，シャトーブリアンはここでは，独立して事を為すこの厄介な入植者たちを，野生人と親しく交わったフランス人の代表に仕立て上げている。

しかし，マッケンジーの書評論文においてすら，上記のフランス人のイメージが，この文明的国民が誇るべき，まったく積極的な何かとして差し出されているということはできないだろう。これは結局のところ，フランス人の蛮的性質をその肯定的側面から提示した以外のものではないからである。フランス人のこの特性を理解すべく，シャクタス＝シャトーブリアンは最高度に達した文明が自然に帰り着くことの可能性を示唆しているが，この円環状の道行きは，どちらの文脈にあっても，究極的理想として現れてはいない。

3 『諸革命論』のルソー主義：アテナイ人，スパルタ人とフランス人

文明的諸価値に鋭く対立するものとして自然ないし野生の状態を捉えるという姿勢が一貫的に主張されるのは，しかし彼の最初の作品，1797年刊の『諸革命論』においてである。実際，これまで見てきたようなフランス人の特性なき特性，野生化しうる文明人という両義性はこの作品においても指摘されている。それはアテナイ人と同一の特徴だとシャトーブリアンは言う。古代ギリシア文明のチャンピオンとのこの類比は，しかし本書の文脈においては必ずしも彼の国民を名誉あらしめんとして為されているのではない。ともかく，両国民を記述する息の長い一文を読んでみよう。

---

88) *Ibid.*

第Ⅲ章　シャトーブリアンにおける隠遁者，野性人，蛮人　　　347

幸福なときには落ち着きなく心を揺らし，逆境にあっては毅然として不屈，あらゆる技芸のために生まれ，国家の平穏時には過剰なまでに文明的，政治的動乱にあっては粗野にして野生的，バラスト無しの船のように激しい情念のままに揺れ動き，今は天にあるかと思えば一瞬後には奈落にあり，善にも悪にも熱狂し，人に知られようともせずに善を為し，悔いも感じずに悪を為し，自分たちの罪も徳行も記憶にとどめない，平和時には臆病に生を愛し，戦いの時にあっては寿命を惜しまない，虚栄的でからかい好き，野心的で革新を好み，自分たち以外のすべてを軽んじ，個人としては人々のうちで最も愛すべき，集団では万人のうちの最も厭うべき者，自分たちの国にあっては魅力的，外国にあっては耐え難い存在，生贄に供される子羊以上に穏やかで無垢だったかと思えば，犠牲者の臓腑を引き裂く虎以上に獰猛，このようなのがかつてのアテナイ人だったのであり，このようなのが今日のフランス人である[89]。

　なるほど両義的ではあるが，しかしフランス人であれアテナイ人であれ，彼らが文明的国民であることは周知の事実なのだから，ここで殊更に書き立てられ，際立てられているのは彼らの蛮性に向かう傾向であって，それゆえシャトーブリアンは，続く段落でひと言弁解を付け加える必要を感じるのである。「フランス人の性格を中傷しようなどというのは，まったく私の思慮の外のことだ。どんな人民にもそれぞれに国民的悪徳はあるのだし，それに我が同国人たちが残酷であるとしても，彼らはこの大いなる欠陥を，千もの立派な美点で償っている。彼らは鷹揚で，勇敢で，寛大な父にして忠実な友である」[90]。勇敢さや友情における堅固さは，1801年の論文において掲げられていたことからも知られるように，蛮的であることに親和的な美徳にほかならない。いずれにせよ，ここでフランス人は，古代アテナイ人と並んで，極度の文明化と蛮性とを共存させる人民として提示されている。
　しかも，『諸革命論』の文脈においては，ここで両人民のうちに認め

---

　89)　Chateaubriand, *Essai sur les révolutions*, pp. 94-95 (Ire partie, chap. XVIII). なおこの記述は『キリスト教精髄』にも取り入れられている（*Génie*, pp. 842-843 (III, III, VI)）。
　90)　*Ibid.*, p. 95.

られている文明的達成と蛮性とは相互に矛盾する二要素であるというよりは，むしろ密接な連関のうちに置かれている。というのもルソーの第一論文の影響が，このシャトーブリアンの最初の作品においては実に露わであって，文明の進展がそこでは原初のよき習俗の堕落の過程として描き出される。ところで，『学問芸術論』においては学芸の開花ゆえに習俗を腐敗させた都市アテナイが大いに罵倒されているが，対照的に褒めそやされるのはスパルタの諸制度であった。1797 年のシャトーブリアンがルソーの影響下にアテナイを扱き下ろすとしても，しかし倣うべき模範としてスパルタを掲げることは彼にはできなかった。彼の国の革命家たちがまさに彼らの共和主義の理想を，道徳的厳格さによって名高いこの都市国家に託していたからである。「フランス人が，とりわけジャコバン派が彼らの国の習俗のうちにもたらそうと望んだ全面的転覆は，リュクルゴスが彼の祖国において為したものの模倣にほかならなかった」[91]。彼は実際，我々が引用したばかりのフランス人とアテナイ人の類比を展開するに当たり，それに直接に先立つ五つの章をスパルタとジャコバン派の関係に捧げている。そこでラケダイモン人たちの諸制度が称賛されないのではない。彼はこの点でジュネーヴ市民に忠実であり続ける。ただ，リュクルゴスの改革が当時まったく妥当で現実的なものとしていた諸条件は，今日のフランスにはまるで当てはまらないと彼は考えている。「いまだ自然の傍近くにあって，貧しく人数の多い一家族に擬えることもできるほどの小さな人民のもとでは可能だったことが，二千五百万の住人を擁する古い王国においても可能であろうか？」[92] 以下，リュクルゴスの時代のスパルタと革命当時のフランスの状況の違いが，数章（どれもきわめて短いものだとはいえ）に渡って記述されていき，現代フランス人の側でのこの非現実的な熱狂が，恐怖政治に極まる惨禍を引き起こしたものとされる。こうして，革命家たちによるスパルタ市民との同一化の意志を退けた後に，シャトーブリアンは近代における大革命を引き起こした彼の国の人民を，別の古代都市国家の市民，アテナイ人たちと類比可能な人民とみなすのである。

　この類比は，優れて文明化の働きの顕現として捉えられる革命が，古

---

91) *Ibid.*, p. 79 (Ire partie, chap. XIII).

92) *Ibid.*

第Ⅲ章　シャトーブリアンにおける隠遁者，野性人，蛮人　　　349

代においても近代においても，当の革命的人民にとってのみならず，周辺諸国の人民にとってもいかに多くの不幸の源泉となっているかを証明すべく為されている。一連の改革の後，ペルシア戦争の勝利を通して民主的政体を完成へと導いたアッティカの人民。「しかし」，シャトーブリアンは問いかける，「ギリシアはだからといってより幸福になったのだろうか？　その成功はギリシアを堕落させなかったか？　そしてこれらの行為は，外見上かくも栄光に満ちていても，悪徳であり鉄の支配であったのではないか？」[93] ギリシアの共和主義の実現に伴う周辺諸国への影響を検討した彼は，次の結論に達する。「読者は恐らく，この階梯を一段一段とたどることにより，そこから引き出される真実をすでに驚きをもって見出しているのに違いあるまい。かくも褒めそやされ，実際称賛に値するこの革命，まったき美徳，まったき真の自由であるこの革命が，それではローマとマグナ＝グラエキアを除くすべての人民のもとに災いをしかもたらさなかったというのか？」[94] 民主主義と市民の自由は，必然的に市民以外の存在，奴隷たちを必要とし，彼らに支えられながらでしか成立しえないとシャトーブリアンは言う[95]。古代ギリシアにおける革命，アテナイの民主主義確立のためのあらゆる努力は，周辺諸国の混乱と都市国家内外での奴隷労働を招いただけだと我々の作家は断言する。そしてこれらのあらゆる災いを他人のもとにもたらしながら，彼ら自身もいっそう幸福になったわけではなく，文明化の進展に伴って彼らは堕落していった。市民的自由への希求は，かくしておぞましい現実的帰結を伴わずにはいない美しい幻として退けられることになる——

　　もし心は完成へと向かうことがなく，道徳は知識の光にもかかわらず腐敗したままにとどまるというのなら，普遍的〈共和国〉よ，諸国民の和合よ，全面的な平和よ，地上に永続する幸福の輝かしい幻影よ，さらば！[96]

---

93)　*Ibid*., p. 259 (Ire partie, chap. LXIX).
94)　*Ibid*., pp. 261-262.
95)　*Ibid*., pp. 254-255 (Ire partie, chap. LXVIII).
96)　*Ibid*., p. 257.

拒絶の宣言のこの情熱的調子は，それが過去の革命に対する一人の歴史家の診断であるにすぎないのではなく，彼の時代の革命，彼にしたところで共感すべき理由を持たないのではなかったし，時間が流血を伴う事件としての側面を幾分後退させた後にはその諸成果の幾ばくかの維持を声高に唱えることにもなるこのフランスの革命がギリシアの革命に重ね合わせられていること，というよりもむしろ前者についてこそシャトーブリアンが語っていることを証し立てている。「もしアリスティデスの時代のギリシア人が，彼らの鎖を断ち切ることによって人類に災いをしかもたらさなかったのだとしたら，フランス革命の影響について妥当なものとして期待しうる何があるというのか（完成化の体系を別として）？」[97]このように彼は問いかける。完成化の理念は，文明化のそれと同様，次作『キリスト教精髄』および以後の諸作では基本的な枠組みにおいては支持されることになるが，この最初の作品では体系的な拒絶に会う。古代に関しても近代に関しても，時代状況を超えた普遍的原理として，知識の光とよき習俗の逆行関係というルソーの図式は承認されるのである。「我々の状況は実際，結果について言うなら，古代の人民の状況と同じである。我々は知識において得たものを，習俗において失ったのだ」[98]。

---

97) *Ibid*., p. 262 (Ire partie, chap. LXIX).
98) *Ibid*., p. 257 (Ire partie, chap. LXVIII).

4 「心的野生人」

1 「よきスキタイ人」と「よきスイス人」

　習俗におけるまったき善良さと知識の光の全面的欠如から出発した原初の人民は，後者における発展を得るほどに前者の利点を失っていく。人間の歴史を理解するためのこの抽象的にすぎる図式が，『諸革命論』の根底に横たわっている。かくして，アテナイ人とフランス人，高度の文明的達成と，まさにそれに由来する習俗の腐敗を古代と近代において典型的に示している彼らに対立する存在として，文明的段階の手前に立ち止まっているがゆえによき習俗を保持する別種の人民が論理的必然として要請されるのであったが，シャトーブリアンは並行関係の発見に対する持ち前の情熱を遺憾なく発揮しつつ，両人民のそれぞれに図式的に対立する存在を歴史的現実の中から引き出してくる。古代におけるスキタイ人と，近代におけるスイス人である。ヘロドトスの『歴史』（第4巻）がきわめて愛想のない筆致で描いているスキタイ人は，18世紀の文人の間に多くの礼讃者を生み出して，革命直前の1788年に刊行された『若きアナカルシスのギリシアへの旅』の大成功にまで至る[99]。ここではこの流行の証言として，ディドロの手になるものとされる『百科全書』項目「スキタイ人，トラキア人，ゲタエ人の哲学（SCYTHES, THRACES ET GETES, philosophie des）」における揶揄を引くにとどめよう。スキタイ人に帰せられる諸特徴を列挙し，自然の欲求をしか知らない彼らが，その無知ゆえに文明社会の腐敗と無縁であるとの評判を得ていることを指摘した後に，それはすなわち「法もなく，僧侶も王もなく自らのうちに打ち捨てられてあるときの人間本性の礼讃」にほかならないとの判断が下される。「粗野なスキタイ人はギリシアが知らなかった幸福を享受していたという。何だって！　悪徳に対する無知が美徳を知っていることよりも好ましいとでも言うのか？」『諸革命論』のシャ

---

[99] François Hartog, *Régimes d'historicité*, Paris, Seuil, 2003 の第3章が，こうした文脈との関連でシャトーブリアンを論じている。

トーブリアンはここで揶揄されているがごとき理念的構築物を〈啓蒙の世紀〉から受け継ぎつつ,「自らの荒野を飛ぶ鳥のように自由な」[100],「ギリシア人が蛮人と呼んでいた幸福なスキタイ人たち」[101]を描き出す。この人民に捧げられた最初の章は,次の願いによって閉じられる。

> よきスキタイ人よ,今では君たちが存在しないとは! 私は嵐を逃れる場を,君たちの間に求めに行きたかったのだ。そうすれば人間たちの無分別な諍いから遠く,我が生は君たちの荒野のまったき静寂のうちに過ぎたろうに〔…〕[102]。

文明の汚染に先立つ善良さを体現している点では,近代のスイス人も引けを取らない。「古代世界におけるスキタイ人,近代世界におけるスイス人は,彼らの名高い無垢によって同時代人の注目を集めた」[103]。スキタイ人の支持者にして彼の国スイスの純粋な習俗の情熱的礼讃者であったルソーの影響が,両人民間の並行関係の発見に際して我々の作家を助けたのであろう。続く章では「よきスイス人の美徳」[104]が称賛される。その幸福において共通するこの両者は,しかし,高度な文明を誇る,すなわち腐敗しておりかつ他をも腐敗させる,厄介な隣人を持つという不幸をも共有していた。スキタイ人はアテナイ人の,スイス人はフランス人のもたらした文明によって堕落の道に入るのである――「あらゆる点において同じ宿命に服し,彼らはその習俗の喪失を,古代と近代のこの上なく似通った人民に,アテナイ人とフランス人に負うのだった」[105]。

とはいえ,いかに類比を好む彼であっても両者の諸特徴が完全に重なり合うと信じることはできないので,そこには差異の指摘も見出される。「前者は牧畜民であり,自由をそれ自体のために慈しんだが,後者は耕作民であり,自由を愛したのは彼らの財産のためにであった。スキ

---

100) *Essai sur les révolutions*, p. 185 (Ire partie, chap. XLVI).
101) *Ibid.*, p. 184.
102) *Ibid.*, p. 186.
103) *Ibid.*, p. 188 (Ire partie, chap. XLVII).
104) *Ibid.*, note C.
105) *Ibid.*, p. 192 (Ire partie, chap. XLIX).

第Ⅲ章　シャトーブリアンにおける隠遁者，野性人，蛮人　　353

タイ人は原初の純粋さに接していたが，スイス人は市民的悪徳に向かう道を一歩先に進んでいた。一方は〈野生人〉の充足を持っていたが，他方は次第次第に，慣習的快楽でそれを置き換えていった」[106]。このように記述されたからといって，スイス人はスキタイ人よりも幸福の点で劣ると判断されるのではない。それどころかシャトーブリアンは彼らがまったき無知のうちから去り，しかも知識の光の受け容れにおいて遠くまで進んだ挙句に他のヨーロッパ国民の堕落を共有するにはいまだ至らない暫定的な中間地帯にあった短い期間を語るのに，「至福（félicité）」の語をもってする。上記の一節に直ちに続けて読まれるのは，次の判断である――「自然が終わり，社会が始まるこの境に見出されるこの至福こそが，恐らく最良のものであろう，もし持続しうるのなら」[107]。ここに示唆されているのは，この『諸革命論』にあってさえ，純粋な原始主義が貫かれているわけではないという事実である。ただしそうはいってもこの磁場が本書においてきわめて強力に作用していることには変わりはなく，文明世界に失望した魂による自然状態の礼讃というこの主導的傾向にいっそう適っているのは，両人民のうちスキタイ人だということになる。かくしてシャトーブリアンはこの古代の人民についてもfélicité を語るのであったが，こちらの至福はもちろん，野生性と文明の中間段階においてではなく，まったくの原初においてこそ享受されるものである。

　　天に愛されたこの人民は，途方もない至福を味わっていたに違いない！　原始の人間に定められるのは千もの悦楽である。森の天蓋，沈黙と瞑想で魂を満たす人里離れた谷間，夕暮れ時に遠い浜辺に打ち寄せる海，岩山の頂に落ちゆく太陽の最後の光，これらすべてが彼にとってのスペクタクルであり，喜びである。そうして私もこの者を見たのだ，エリー湖の楓の下に，感じること多くして考えること少なく，欲求以外の活動理由を持たず，まるで子供と同様，戯れと眠りの間に哲学の帰結に達してしまうこの自然の寵児を。のんきに脚を組んで小屋の戸口に腰掛け，彼は数えることもなく日々が過

---

106)　*Ibid.*, p. 188 (Ire partie, chap. XLVII).
107)　*Ibid.*

ぎるに任せる[108]。

　シャトーブリアンはこうして，彼が〈新世界〉で出会う機会を持ったカナダ先住民の肖像を古代の遊牧民族の記述中に混ぜ合わせる。『諸革命論』の著者は彼が自身の理念的抽象をこの古代の人民に託していることを少なくとも半ばは自覚しており，問題なのは「心的野生人」であると刊行当時の注において断言する。この語は30年ほどの後，全集収録に際して大量に付された新たな注の一つで言及される。1826年の作家は「これはどういう意味だ？」[109]と呆れた様子であるが，若き日の彼には，これよりも明瞭なものはなかった。「私はここで，アメリカの心的野生人を描写することにより，ユスティヌス，ヘロドトス，ストラボン，ホラティウスらがスキタイ人の歴史を語る際に欠けているものを補っている。自然的人民は，幾ばくかの差異を除けば互いに似通っているので，そのうちの一人民を見た者は，すべてを見たことになる」[110]。自然的と見なしうる全人民に共通のものと見なしうる核心的諸要素の抽出により生まれる，それらの本質によってしか構成されていない理念的抽象が「心的野生人」にほかなるまい。そして，両時代を代表する文明的国民たるアテナイ人およびフランス人との関係によって類比的存在と見なされるスキタイ人とスイス人ではあるが，後者は前者ほどにきわだった文明への異質性を示さないがゆえに，野生的であることの純粋な核に人間の皮をまとわせたところに成立するこの「心的野生人」たる資格を持ってはいない。そのような資格を近代において持つのは，上記引用でスキタイ人をめぐる文献上の欠如を補うべく救いを求められていた，〈新世界〉の先住民にほかならないのである。

2　「よき野生人」
　「自然人（homme de la nature）」ないし「心的野生人」というこの理論的虚構は，古代と近代の諸革命を並行的に論じることにより文明のもたらす不幸を論証しようとする本書の全体に渡ってその存在を感じさ

---

108)　*Ibid*., p. 185 (Ire partie, chap. XLVI).
109)　*Ibid*.
110)　*Ibid*., n. G.

せるものだが、その現代における化肉と見なされるアメリカ野生人は、我々の作家に取りきわめて貴重なものなのであって、実際この作品は彼らの姿によって締めくくられることになる。第2部最終章に先立つ要約の章では、共和国の徳を礼讚する革命家たち、スパルタ人に倣うと称するこの現代におけるアテネ人たちの蛮行への呪詛が繰り返された後──「私を断頭台に連れて行くのが〈法〉であれ〈王〉であれ、同じことではないか？」[111]──、災いの根源以外のものではないこの文明化の努力を知らない「自然人」のもとへ駆けて行くシャトーブリアンが見られる。

　　おお自然人よ、人間たることを私に光栄に思わせてくれるのは、ただ君ばかりだ！　君の心は従属を知らない〔…〕。我々の技芸、我々の奢侈、我々の都市も君には何であろう。スペクタクルが必要とあらば、君は自然の神殿へ、宗教的な森へと赴く〔…〕。〈野生人〉は生の甘美を知らないと言われる。誰にも従属しないことはそれを知らないことになるのか？　革命から守られてあることは？[112]

彼の確信に満ちたルソー主義は、当然に予想される非難を前にしても決して怯むことはない──「「ではあなたは、〈野生人〉の幸福を絶えず褒めそやして開化した人間の幸福をないがしろにする、あの詭弁家(ソフィスト)たちの仲間なのか？」──このように言われるのであろう。そうとも、諸君が詭弁家(ソフィスト)と呼ぶのがそういうものなのであれば、私はその一人だ[113]。」開化してあること（policé)、それはすなわちポリスを、都市ないし政治組織を所有していることを意味するが、我々の絶望した著者にとっては、王国であれ共和国であれ、あらゆる政治体は憎むべきものである。「いかなるものであろうと政治体は、腐りきった諸情念の堆積であるにすぎない」[114]。政治組織なくして自由はありえないとの指摘に応

---

111)　*Ibid.*, p. 438 (IIe partie, chap. LVI).
112)　*Ibid.*, p. 440.
113)　*Ibid.*
114)　*Ibid.*, p. 441.

えるのは，次の情熱的言葉である——「自由だって？　あるとも！　素晴らしいものが！　天上的なものが！　〈自然〉の自由があるのだ」[115]。都市＝政治体のもとに集うことにより保証される市民的自由にもまして貴重であるというこの自由とは，一体どのようなものなのか。それを知るには実際に体験するに如くはないとして，彼は自分とともにカナダ野生人のもとで夜を過ごしてみようと提案する。

　かくして最終章，「アメリカの〈野生人〉のもとでの一夜」が始まる。これは作家の実際のアメリカ滞在をもとに書かれた原稿であり，後のいくつかの作品中にもそのヴァリアントを見出すことができるものである。この最終章において直ちに気付かれるのは，先立つ箇所で自然の自由から天上的な至福を享受する者として描かれていた野生の人民の存在を明らかに圧倒している，ヨーロッパからの一旅行者たる作家自身の自我の異様な肥大化である。

　　カナダのインディアン諸族のもとへの旅行において，ヨーロッパ人居住区を離れた私が初めて森林の大海のただなかに一人になり，いわば全自然を足下に屈服させたとき，奇妙な革命が我が内心に生じた。一種の錯乱に捉えられて，私はいかなる道もたどることはなかった。樹から樹へと，左右も気にせず移り行き，その間私は心に思っていた——「ここにはたどるべき道もなく，町もなく，窮屈な家も，議長たちもなく，諸々の共和国もなく，王たちもなく，とりわけ法がない，そして人間たちもまた〔…〕」[116]。

　ヨーロッパ人のもとを離れること，それはこの章の表題にもかかわらず，別の人民のもとへと赴くことであるというよりはむしろ，自然のうちへと分け入り，人間の不在のうちに一人彷徨うことである。ここで自然との関係がまずは彼によるその従属化，一旅行者による全自然の支配の幻想として現れているとしても，続く記述を通して提示されるこの支配の実情は，まったく奇妙なものというほかはない。全世界を自らの意志によって統御するどころか，ここでは自らを律する力すら失った，あ

---

115) *Ibid.*
116) *Ibid.*, p. 462.

るいは進んで放棄した一人の人間が，彼自身によって錯乱と呼ばれる混乱状態にあって，無益な解放の感覚を享受しているにすぎないのだから。数頁先では，やはり同様の発想に従い，「このタブローの広大さと驚くべき憂鬱」にあって思う様に彷徨い，「野生の，また崇高な自然の全体と混ざり合い，溶け合う」[117]ことを求める魂が描き出される。古代ギリシアと近代ヨーロッパの革命という本書の明示的主題との関係ではひとを戸惑わせる，この最終章におけるアメリカ野生人たちの登場は，スキタイ人や（ある程度まではその資格を持つ）スイス人といった「心的野生人」によって準備されていたものと理解することもできるが，ここでこの上ない野生的性質のもとに現れているのがアメリカ先住民であるというよりもいっそう，野生の自然を錯乱のうちに彷徨い，そのただなかに溶融することを願う一フランス人の傷ついた魂であることを思えば，最終章の記述は本書冒頭に置かれた著者による序文的「紹介」で宣言されていた事柄に忠実に対応するものだということが了解される。そこで彼は，本書における「私」，作者自身の自我の表出の過剰を予め読者に告知して，以下の弁明を為している。

　　本書のほとんど至るところに見出されるのは，自分自身と語らう，一人の不幸な者である。彼の精神は主題から主題へ，記憶から記憶へと彷徨う。彼には書物を著そうとの意図はなく，望むのはただ彼の心的逍遥の定期的日誌，彼の感情と思想の記録の類を為すことでしかない。このような私は，人々に迫害され，彼らから離れて生を過ごしたすべての著者のもとで目に付くものである。〈隠遁者〉は自身の心によって生きる，ちょうど外部に糧を持たないので，自分の身体で自己を養うあれらの動物たちと同じように[118]。

　革命の動乱は当時の彼にとっては社会状態と文明の進歩のもたらした害悪として感じられたので，亡命の辛い日々を彼は「心的逍遥 (excursions mentales)」によって慰める。この遠出によって彼は古代スキタイ人のもとへ，堕落に先立つスイス人のもとへ，そして同時代のア

---

117) *Ibid.*, p. 446.
118) *Ibid.*, p. 37 (notice).

メリカ野生人のもとへ赴く。当初は強いられたものであり，今では彼自身によって望まれるものとなったこの社会からの引きこもりは，ここで宗教的隠遁者の形象のもとに説明されている。シャトーブリアンは，彼が数年後の著作で言及することとなるあのフランスのイエズス会士にも似て，アメリカの地を，パウルスやアントニウスの隠棲するテバイードのごとくに想像する。このような夢想的な隠遁志願者のアメリカに，先住民により運営される独自の政治組織が見出されないのは当然だろう。ポリス的動物としての人間は，かくして『諸革命論』の〈新世界〉には不在である。しかしながら，この心的な外出は「カナダのインディアン諸族のもとへの旅行」と呼ばれるのであって，シャトーブリアンはこの地にいかなる人間をも見出さないのではない。ただ彼はそれらの人々を，アリストテレス的な人間の定義には無縁な存在として理解しているのである。かくして，先ほど引用した一節で，ポリスと法の不在に続けて人間の不在を指摘した彼は，直ちに打ち消して言う——

  人間？　人間はいる。私の邪魔をせず，私のほうでも彼らを邪魔するつもりはない，幾人かのよき〈野生人〉が。彼らも私と同様，思いに導かれるまま自由に彷徨い，望むときに食べ，好きなところで好きな時間に眠るのだ[119]。

　最初の不在宣言によってポリスを営む社会的性格を取り除かれた後，人間はここで荒野に散らばる幾人かの非社会的存在として，存在を許される。「よきスキタイ人」，「よきスイス人」の後を受けて現れた，「心的野生人」の現代における掛け替えのない実例としてのこの「よき野生人」は，読まれるようにまったくフランス人旅行者の自我の影，彼の魂の型紙に合わせて切り取られいくつかの模型であるにすぎない。要約の章の末尾で野生人の享受する「自然の自由」を礼讃する際の彼は，「それを描き出すのは私には不可能であって，できるのはせいぜい，それが我々にいかなる作用を及ぼすのかを示すことである」[120]と述べ，この最終章へと読者を誘っていた。最終章の企てのこの事前の説明は，きわめ

---

 119) *Ibid.*, p. 442.
 120) *Ibid.*, p. 441.

第Ⅲ章　シャトーブリアンにおける隠遁者，野性人，蛮人　　　359

て正確であると同時に的を外れたものでもある。それが正確であると言えるのは，アメリカ旅行記のこの抜粋の眼目がたしかに野生人の生を直接に描くことにではなく，彼らの実存が当地を訪れたヨーロッパの個々人にどのような感覚を与えるのかの提示にあるからである。しかし，シャトーブリアンがアメリカに見出す「よき野生人」，彼らは予め彼の心の中に存在していたものだ。彼の不幸な魂が分泌するこの心的イメージを，シャトーブリアンはカナダ先住民に投影する。そして自ら生み出した幻影が彼に及ぼす効果を，旅の記録として記述するのである。

3　野生人と自然法

　彼自身の表現に従って「心的」の一語を冠するまでもなく，「野生人」の語をもってしかじかの人民を名指すこと自体が，既存の何らかの観念連関をそうした人々に投影する操作であるのは言うまでもない。sauvage であると規定されるとき，彼らは自然に程近い存在として，ヨーロッパ人が想定する社会的諸制度の外部に位置づけられるのだから。しかし，自然的であること，それはヨーロッパの思想史において，必ずしもつねに社会的紐帯からの切断を意味していたのではない。それどころかトマス・アクィナス的自然法理解が規範的性格を保持していた時代にあっては，自然のと称される法に従っていることこそが，ポリスを形成する理性的存在の証しと見なされた。それゆえ，野生的の一語が自然的の同義語として認められ，前者の形容詞を実詞化して呼ばれる存在が文字通りにこの語の内包の化肉として理解されるときには，野生人は何よりも自然法の遵守によって特徴づけられることができた。レリやモンテーニュはかくして，ブラジルの人民は神法はもとより人定法も持たないにもかかわらず，自然法をよく心得ているがゆえに，荒野に孤独に散らばるどころか相互に寄り集まってポリスを形成しているのだと主張する。我々の作家の「よき野生人」は，まったくこのような存在ではない。自然への近接性において彼らを理解するとき，シャトーブリアンはポリスの不在によって彼らを特徴づけようと望んでいるのだから。

　野生人に託すもののこのような差異を明瞭に示すために，ここで『諸革命論』における自然法への言及に注目することにしよう。彼は近代の思想的発展を跡付ける一章において，グロティウスを取り上げてい

る。その才能と学識を称えながらも，彼はこの近代自然法理論の立役者が想定する限りでの自然法の実在をあえて疑って，次の判断を下す。「彼はその上，疑わしい大前提から出発している——人間の社会性である」[121]。すでに本研究の第一部第Ⅲ章（3-1）でも触れておいたが，彼は次作『キリスト教精髄』ではイエスの大きな功績として，「世界がその孤独を失ったときに」[122]現れ，世界に寂寥を取り戻すべく，人口増加の命令を自然法から除去したことを強調することになる。『諸革命論』の不信仰と文明への懐疑を脱却し，キリスト教の文明化の力を顕揚するこちらの著作においてすら，こうして非社会的生への思いは至るところに露呈しているわけであるが，ここで確認しておきたいのは，この社会の外への，自然——荒野の相において捉えられた——への欲望が，我々の作家にあって自然法への拒絶的身振りとは言わずとも好意的関心に欠けた姿勢を伴って表明されている事実である。

　野生的であることが自然法の遵守，それも洗練された都市生活を営んでいる人民にも勝る忠実な遵守として理解されるとき，sauvage の語は積極的に評価されることができた。この場合，野生的であること，野生人であることは，発展した社会が喪失してしまった真の社会的性格の保持にほかならない。反対に，この語は社会的紐帯からの隔たりとして理解されるときには，憎むべき諸価値を担う語として，社会の敵へと割り当てられるのだった。かくしてモンテーニュは，自然法に依拠しつつ和やかに社会的生活を営むトゥピナンバを，野生的の語で正当に指示しうると信じる一方で，孤独な研究に没頭することによりポリスへの異質性を露呈するに至った哲学者を，この同じ語を用いて非難する。またピエール・ル・モワーヌはといえば，野生人もヨーロッパ人と同じような感情に突き動かされて行動すると指摘し，前者の最小限度に切り詰められた心的生活を人間本性の普遍性の担保として用いる一方で，ヨーロッパ社会のただなかに見出される，道を外れ社会生活に敵対するに至ったものとこのイエズス会士の目に映った隠遁好みの魂を形容するためにも，野生的の語に訴える。

　シャトーブリアンにあって興味深いのは，この語の両種の理解の序列

---

121) *Ibid.*, p. 357 (IIe partie, chap. XXIV).
122) *Génie*, p. 500 (I, I, VIII).

の転倒とは言わずとも，少なくとも一種の相互浸透が認められることである。彼は，sauvage の語の理解に当たり，モラリストの否定的用法に沿っているように見える。我々の作家にとり，野生的であること，野生人であること，それは社会的紐帯から切り離されてあることを意味する。そして，しかし社会に異質なこうした存在が，彼のもとでは「よき野生人」として現れるのである。

　野生人のこのような理解は，まったく独自なものというわけではない。まずはそれは，近代自然法理論とルソーによるその批判との関係で，考えることができよう。トマス的な自然法理解にあっては，都市的生活を実現し，社会を形成していることはすなわち，自然法が守られていることの証として捉えられる。もちろん個々の都市は独自の人定法を保持するのではあるが，何よりも自然法の遵守こそが重要な基準とみなされる。ここでは，自然法のみが行われている状態としての自然状態と，さらに人定法をも備えるに至った社会状態とが，明瞭に対立するということがない。それゆえ，自然法のみにより生活しているものと思われるブラジルの人民の集合が，ポリスであると規定されることができたわけだ。それに対して，近代自然法理論においては一般に，自然状態と社会状態が二つの異なった状態として区別される。後者は国家的統治に服従する人民の状態であり，ひとは通常この状態において生活を営む。しかし，自然状態が重要性を失うのではない。それは現存の国家体制への批判を正当化する根拠となる。そしてまた，相互に異なった法により運営される諸国家は，交渉の場面にあっては自然状態におかれるから，そこではこの状態を律するものとされる自然法が，調停の根拠を提供する。社会状態と明瞭に区別された自然状態は，かくして，政治的秩序の維持のための不可欠な支えとして機能しつつ，まさにそのようなものとして，前者の状態に従属するのである。自然状態はそこで，人間が共通の支配的権力に服従する必要のない状態，相互的な独立の状態として想定される。独立的であること，それは共通の権威への服従を通して共同体を形成する必要を感じていないことを意味するのであって，この状態に置かれた人々が相互に交わることを拒む，孤独への傾きを示していることを意味するのではない。

　自然法学派に対するルソーの批判はこの点に向けられる。「彼らは野

生人について語っていたというのに，描いていたのは市民的人間だったのである」[123]。トマス的な自然法理解におけるのと劣らず，近代の理論家たちにとっても，自然状態は社会状態の引き写しとしてしか理解されていないというわけだ。人間の本性をポリス形成への志向によって定めるアリストテレス的伝統の全体が，ここで断罪される。自然状態を生きる者としての「野生人」は[124]，ルソーによるなら，「動物たちに混じって森の中に散らばり」[125]，他人を必要としないばかりか彼らを遠ざけて孤立のうちに生を過ごしながら，まさにそのためにこの上ない幸福を享受する。彼はこうして，近代自然法学派による両状態の分離を踏まえつつも，自然状態の記述から社会的諸関係の投影を拭い去ることにより，この状態の純粋なモデルを打ち立てようとする。そして，たとえ彼のメッセージを自然への回帰として捉えることが大いに不正確であるにしても，社会の徹底的な不在によって特徴づけられる自然状態に至上の幸福が認められている限りにおいて，そこには何らかの理想化が施されているということができる。

　社会への異質性を宣言される野生人を，まさにそれゆえに称賛して見せるとき，シャトーブリアンが大いに『第二論文』に負っているのは事実だ。ただし，ルソーの自然人——「平穏な心と健康な体を持った自由な存在」[126]——が，「悲惨事（misère）」を絶対的に知らない無憂の強さを誇っており，「人間は，社会的存在となり，奴隷となることによって，弱く，臆病で，卑屈になる」[127]とされるのに対して，シャトーブリアンの野生人は，なるほど卑屈さとは無縁に描かれるにせよ，弱さや不安，メランコリーに結び付けられる傾きを持つ。すでに検討されたモンテスキュー的野生人のような，野生的の語の伝統的な意義に影響された形象に通じる諸要素を，シャトーブリアンの野生人は保っているのであ

---

123) Rousseau, *Discours sur l'origine et les fondements de l'inégalité*, dans *Œuvres complètes*, éd. cit., t. III, p. 132. なおこの問題に関する古典的研究として，Robert Derathé, *Jean-Jacques Rousseau et la science politique de son temps*, 2ᵉ éd., Paris, Vrin, 1970 を参照。
124) ただし本節6で述べるように，ルソーにあってこの語は，つねに自然状態に置かれた人間を意味するのではない。
125) *Ibid.*, p. 146.
126) *Ibid.*, p. 152.
127) *Ibid.*, p. 139.

る。モンテスキューはピーターたち，ヨーロッパの森で見出された野生児を自然状態——彼の定義では自然法のみが知られている状態——の人間の実例であると見なす。『法の精神』における自然法は，社会形成の本能をそのうちに数えており，かくして人間はこの法により社会状態へと導かれることになるのだが，それはすなわち，自然状態とは社会状態に敵対するのではなくそれを準備する状態ではあっても，いまだそこにおいては社会が認められない，そのような状態であることを意味する。実際モンテスキューが自然法を主題とする第1巻第2章でピーターたちに自然状態の人間の実例を求めたとき，彼が証明と見なしたのは彼らの臆病さ，他の人間を前にして怖気づき，たやすく逃げようとする性質であった。そしてアメリカ先住民を主要な参照項としつつ，民族集団としての野生人が論じられるときにも，モンテスキューのような論者はなるほど彼らのもとにポリスの存在を承認しないのではないが，フランス語が同じ語によって名指す野生児たちと同様の弱々しさを彼らのもとにも見出すのである。シャトーブリアンの野生人も，まさにこのような弱さによって特徴づけられる。例えばセリュタが体現している脆さ。このナチェズの娘は，やがて愛されることなしに妻となるルネの前への最初の出現に際し，次のように描写される。

> 美しい娘が小屋の入り口に現れた。その華奢なほっそりした丈の高い姿は，椰子の木の優雅と葦の弱さを同時に備えていた。何かしら苦しみを湛え，かつ夢見るような様子が，彼女のほとんど神々しい優美に混ざり合っていた。インディアンたちは，セリュタの悲しみと美しさを描き出そうとして，彼女は〈夜〉の眼差しと〈曙〉の微笑みを持つと語るのだった。彼女はいまだ不幸な女ではなかったが，不幸になるべく運命づけられた女だった。誰もがこの見事な被造物を腕に抱こうとの衝動に駆られたに違いない——生の嘆きへと予め捧げられた一つの心の脈打ちを，恐れず感じることができるのであれば[128]。

---

128) *Les Natchez*, pp. 109-110 (liv. I).

異国からの客人を出迎える娘の，椰子の木に喩えられる美しさ。これは『オデュッセイア』第 6 歌（第 162 〜 163 行）でトロイア戦争の英雄の前に現れるナウシカアの映像である[129]。ただしアルテミスに擬えられ，鞠遊びに興じるまったく健康で快活な王女の面影は，細身の姿を共有する別の植物，パスカルが「自然のうちで最も弱いもの」[130]と定めた葦の印象によって打ち消されてしまう。人間と葦の類比は，『パンセ』の著者にあっては言うまでもなく，思考する力の高貴を際立てるための修辞的道具を提供するものにすぎない。このような修辞的戦略を欠落させ，すらりとした女性的身体の視覚的イメージに結び付けられて，葦はここで弱さに精神的(モラル)・道徳的かつ身体的な美を与えるべく引き合いに出されている。ここでセリュタのもとに見出されている憂鬱の気配は，彼女のみならずシャトーブリアンの「心的野生人」に固有の属性である。すでに引用した「よきスキタイ人」への呼びかけの直前の箇所，この古代の人民の描写の代わりに挿入される，作家自身の観察に基づく「アメリカの心的野生人」の描写が，この点でまさに範例的である。

　　魂の底まで幸福であるので，このインディアンの顔には，我々の顔におけるような，不安で動揺した表情は見出されない。彼が自らのもとに携えるのはただ，幸福の過剰から生じるかすかな憂鬱の感情のみであって，それはおそらくは彼の定めなさの予感にほかならないのである。時折，その心に固有の悲しみの本能によって，彼は夢想に沈んでいるところを驚かされることがある。そんなとき，彼の目は波の流れに，風に乱れた叢の上に，頭上を逃げ去るように飛ぶ雲，人生の幻想に喩えられたことのあるそうした雲に注がれている。私はしばしば見たものだ，こうした放心状態から脱し，彼が穏やかで感謝に満ちた眼差しを天に投げかけるのを。それはあたかも，哀れな〈野生人〉に同情を感じるこの誰とは知らぬ者を，彼が

　129）　この借用は，後の巻で次のように明示される。「この木立の背後の道をたどり，アメリーの弟は目を小屋の中へと向け，そこにセリュタを認めた。そのように，難破した後で，ラエルテスの息子は森の梢越しに眺めたのだ，デロスの椰子の幹に似たナウシカアを」（*ibid.* p. 151 (liv. III)）。
　130）　Pascal, *Pensées*, L 200=S 231=B 347.

第Ⅲ章　シャトーブリアンにおける隠遁者，野性人，蛮人　　　365

探しているかのようであった[131]。

　混じりけのない幸福を真っ先に認められるというのに，続く記述を通してこの野生人は，現在の幸福の定めなさ，やがて訪れる不幸を予感しつつ夢想に耽る，一人の孤独な散歩者となる。この野生人はセリュタと同様に不幸を運命づけられているので，現在の幸福にもかかわらず，観察者の眼差しは憐憫を帯びる。このような存在がシャトーブリアンの「心的野生人」なのであって，上記のセリュタの肖像は，この原像に性化された身体を纏わせるとともに，不幸の予感にいっそうの切迫感を与えたところに成立している。

4　原始主義の拒絶

　「心的野生人」のこの虚構的な純粋性は，当然のことながら，『諸革命論』以後の作家において堅固に維持されることはなかった。本書の1826年版に付せられた注の数々は，若き日の絶望した原始主義への突き放した態度を証言している。かくして政体を持たない野生人が保持するという「自然の自由」の礼讃に向けられるのは，「何ともはや！〈野生人〉になろうではないか！」[132]との言葉であり，「よき野生人」の提示に対しては，「隣人を喰らう・よ・き〈野生人〉である」[133]との皮肉な注釈が添えられる。また，まさにこの「よき野生人たち」を（フランス人旅行者の狂乱に手を焼くオランダ人ガイドを除けば）唯一の伴侶として一人森を彷徨う，最初にヨーロッパ人居住地を離れた際の経験の記述は，『墓の彼方からの回想』，『パリからイェルサレムへの旅程』および『アメリカ旅行記』に読まれるのと同じ記述のヴァリアントであるということができるが，後に刊行されるこれらの作品では，野生人は相当に異なった仕方で彼の前に姿を現している。基本的内容は同一であるので，ここでは最も詳細な『回想』の記述のみを取り上げるが[134]，そこでシャ

---

　131)　*Essai sur les révolutions*, pp. 185-186 (I, XLVI). なおこの記述のヴァリアントは，『ルネ』のうちに，主人公の言葉として読むことができる（*René*, éd. cit., p. 175）。
　132)　*Ibid.*, p. 441 (II, LVI, n. **).
　133)　*Ibid.*, p. 442 (II, LVII, n. *).
　134)　『旅程』における該当箇所は，第7部冒頭である（*Itinéraire de Paris à Jérusalem et de Jérusalem à Paris*, dans *Œuvres romanesques et voyages*, t. II, pp. 1163-1164）。同じエピソー

トーブリアンは，共和国も王国も人間も不在であると考えながら森を彷徨う，『諸革命論』最終章とほぼ同一の記述の後に，野生人との最初の出会いを次のように報告する——「ああ！　私はこの森に一人と思っていたので，あまり誇らかに頭を高くしすぎていたのだ！　突然，私は納屋に鼻を打ち付ける。この納屋のもとで，呆気に取られた私の目に，私が生涯で出会った最初の野生人たちが供される」[135]。若き旅行者の滑稽な失態に，彼にとっての最初の野生人たちの，劣らぬ滑稽さを帯びた描写が続く。半裸の身体に妖術師のように色を塗り，奇異な出で立ちの，20人ほどの野生の男女。古風な装いの小さなフランス男が，小型のヴァイオリンを奏で，定期市の日の大衆劇で知られたダンスを彼らに教え込んでいる。独立戦争時のフランス軍の賄い方で働いたヴィオレ氏は，戦後もニューヨークにとどまり，当地のアメリカ人たちに美術を教えていたという。「成功とともに彼の展望は高められることとなり，この新しいオルフェウスは〈新世界〉の野生人の群れのもとにまで，文明を持ち来るのだった。インディアンについて語る際，彼は私にずっと，「この野生の紳士方，野生の御婦人方」と言っていた。彼は生徒たちの敏捷さに大いに満足していたが，実際私はあんな跳ね回りは見たことがなかった」[136]。挿話を締めくくるのは次の自嘲的言葉である——「ルソーの弟子にとっては遣り切れないものではあるまいか，ロシャンボー将軍のかつての皿洗いがイロコイに教える舞踏会によって，野生的生への導入を果たすというのは？　私は大いに笑いたくはあったが，ひどい辱めを感じていた」[137]。複数の作品で繰り返されるこの逸話の真正性の程はさておき，最初の作品であえて名乗ることを辞さなかった「詭弁家(ソフィスト)」たり続けることを放棄したとき，シャトーブリアンはこの挿話を，原始主義の幻想に好んで突き付ける，皮肉な現実の開示として演出したのである。かくして『諸革命論』での情熱的な野生人讃美は，新版の注の一つでは，「ヴィオレ氏がオールバニーの傍の納屋でダンスを教えていた

ドは『アメリカ旅行記』では，『旅程』の文章の引用によって紹介される（*Voyage d'Amérique*, dans *Œuvres romanesques et voyages*, t. I, pp. 684-685）。

135)　*MOT*, t. I, pp. 360-361 (liv. VII, chap. III).
136)　*Ibid.*, p. 361.
137)　*Ibid.*

あの野生人たちが，私の頭をぼうっとさせていたものと見える」[138]との判断によって覆されることになる。

5　中間状態の擁護

しかし，『諸革命論』が野生人の生活の断固たる擁護を体系的に維持しているとしても，またそれが社会と文明の恩恵への全面的な懐疑に発する純粋な自然の擁護として現れているとしても，「心的野生人」は何と言っても「よい」野生人でもあって，恐るべき社会の敵として描き出されているわけではない。むしろ恐るべきものとして提示されるのは社会のほうであって，自然の側に立つ野生人はといえば，社会からの迫害にもかかわらず善良さを，「歓待（hospitalité）」の精神を保持しているものとされる。「恵み深い野生人たちよ！」[139]，最終章の最後の段落で，シャトーブリアンは彼を快く小屋のうちに迎えてくれたカナダ先住民に向かい，こう呼びかける。野生人たちのこの恩恵は，それが彼らに不幸をもたらした社会状態を体現する地，ヨーロッパから訪れた一旅行者に向けられたものであるだけにいっそう彼を感動させる。

> ヨーロッパ人たちよ，我々にとっての何という教訓か！　我々が鉄と火をもって苛んだまさにこの〈野生人〉たち，我らの貪欲が彼らの死骸を覆うためのシャベル一杯分の土をすら，かつては彼らの広大な遺産であったこの世界に残してやることはあるまいこの〈野生人〉たち，まさにこの彼らが，歓待に満ちた小屋のもとに彼らの敵を受け入れ，惨めな食事を分け合い，悔恨を知らぬ寝床を分け合って，この敵の傍らで，正しき人の深い眠りを眠るのである！[140]

『アメリカ旅行記』では，原始主義が放棄されるとともに，ヨーロッパをこのように一枚岩のごとくに見なした上でひとしなみにアメリカ野生人の迫害者として扱うという姿勢にも修正が施される。かくして彼らを迫害しその習俗を腐敗させる役回りがもっぱらイギリス人入植者

---

138)　*Essai sur les révolutions*, p. 438 (II, LVI, n. *).
139)　*Ibid.*, p. 447 (II, LVII).
140)　*Ibid.*, p. 445.

によって担われる一方，フランス人はといえば，彼らと親しく交わった国民，七年戦争の敗北を受けて〈新世界〉を追放されることにより，彼ら自身の地で滅びの道を歩みつつある友人たちと不幸を共有することとなったそんな国民として描き出されるのである――「かくしてフランスは北アメリカから消えてしまった。フランスと親愛の情を育んだ，インディアン諸部族と同じく」[141]。しかしこの旅行記においてアメリカ先住民とフランス人全体の間に打ち立てられている共感的関係と不幸の共有は，最初の著作においては前者とシャトーブリアンの間に打ち立てられていたということもできる。こちらでは，ヨーロッパ人の迫害による野生人たちの不幸に，ヨーロッパの文明発展の必然的帰結としての革命の蛮行にあって，自国民に迫害されて亡命を余儀なくされた我々の作家の不幸が対応するのである。ともあれ，歓待の主題に戻るなら，文明と社会への体系的な呪詛にもかかわらず，本書の野生人は政体の不在にあって荒野を彷徨う存在として描き出される一方で，かつてルソーがそうしたのと同様，歓待の精神によって特徴づけられている。かくして彼が「詭弁家(ソフィスト)」の汚名を引き受けてでも擁護しようと望んだ自然状態にすら，社会性の最低限の核は維持されている。そればかりではない。そもそも『諸革命論』においてさえ，作家が原初の純粋性のみならず，野生的状態と文明化された状態の中間地帯にも惹かれている様が確認できる。スキタイ人と比べて文明状態への傾きを持つとされるスイス人が，だからといって前者に比べての劣等性を断定されるわけではなく，反対に彼らが自然状態を脱しつつも文明化に伴う腐敗が感じられるには至らない暫定的状態こそに「至福」が見出されていることはすでに見た。付け加えるべきは，スキタイ人とスイス人，これら二つのよき人民の堕落までを跡付けた後にトラキアに主題を移すシャトーブリアンが，そこで

---

141) *Voyage en Amérique*, p. 865. なお，ゴードン・セイヤーが論じているように，1763年のパリ条約によるヌーヴェル・フランスの崩壊以後，フランスの民族学的文献におけるアメリカ野生人の表象は，エデン的雰囲気を漂わせ，償いがたい喪失を耐えた者のノスタルジックな調子を持つことになる。以来人々は，イギリスとの戦争のかつての同盟者たち，今では入植者たちに追われて滅びの道を歩みつつある彼らを，共感を持って描き出したのである。先住アメリカ人はかくして，「自分たちの消滅を嘆きながら，アレゴリー的反映のうちにフランス入植者たちの追放を嘆くノスタルジックな形象」(Gordon M. Sayre, *op.cit.*, p. 310) として描き出される。シャトーブリアンの記述は，この伝統の遅ればせの一例と見なすことができる。

この地が生んだギリシア最古にして恐らく最良の詩人と彼がみなすオルフェウスを取り上げて，次のように述べていることだ。

> この詩人は半ば野生の一時代に，大地の最初の開墾の最中に生きた。眼差しは絶えず，荒野の大いなるスペクタクルに驚かされるのだったが，そこでは切り倒された木々，森の外れの形の悪い幾ばくかの畝溝が，人間の営みの最初の努力を告げていた[142]。

シャトーブリアンのオルフェウスは，この神話的詩人による野生人の文明化を顕揚するホラティウス的伝統とまったく無縁ではない。しかし本書が提示するこの詩人は，森の人々を都市の形成へと導く文明の化身というよりは，大いなる自然のただなかで農業に象徴される最初の文明化の努力が開始される中間的状態から彼の詩的才能を引き出す存在である。「半ば野生の」この時代に独特の憂鬱に，エウリュディケの喪失が彼の声に付け加えた「憂鬱の調子」[143]が対応するのであって，シャトーブリアンはそれゆえ文明化する力の体現者としてのホラティウス的オルフェウスに，アウグストゥス時代のいま一人の大詩人による別のオルフェウスを混ぜ合わせるのである[144]。

6　野生的なものの評価をめぐるルソー的曖昧さの継承

シャトーブリアンはこの曖昧さにおいて，ルソーの先例に従っているということもできる。大方の論者によって承認されているように，『第二論文』の著者にとって，原初の人間としての自然人はまったく理想的な存在ではない。ルソーにおける反原始主義を妥協のないやり方で指摘した最初の人であり，以後の多くの研究書が（彼の見解全体に賛同しないにせよ）この点で参照することになる論考を書いたA・O・ラヴジョイによるなら[145]，『人間不平等起源論』における自然人，まったき

---

142)　*Essai sur les révolutions*, p. 194 (I, LI).
143)　*Ibid.*
144)　彼は実際この箇所の（初版以来の）注において，『農耕詩』第4巻，オルフェウスの嘆きを農夫に雛を奪われた小夜鳴鳥の悲しみに擬える第511-515行をジャック・ドゥリールの訳で引いている。
145)　Arthur O. Lovejoy, 'The Supposed Primitivism of Rousseau's *Disourse on Inequality*',

自然状態に置かれた人間の記述は，なるほど社会状態の悪徳を知らないが美徳をも知らず，感覚的生に閉ざされたまったくの動物的状態であって，実際，ルソーが本書に付したいくつもの長い注解の一つは，彼が現在における自然人の実例をオランウータンやゴリラに求めていることを明かしている。様々な旅行記がこれらの森の人々を人間と見なさずに動物扱いしていることに，ルソーは反対する。それはまずい観察に基づいているに違いなく，というのも今日旅行しているのは船乗りと商人と兵士，そして宣教師たちのみであって，前三者には観察能力がなく，最後の者について言えば，崇高な使命への情熱が偏見のない観察を妨げている。かくして，「哲学はまるで旅行をしていないように思われる」[146]。モンテスキューやビュフォン，ディドロ，デュクロ，ダランベール，コンディヤックのような人物が旅行した上で判断を下すのなら信用もできようが，上述の粗雑な観察者たちの報告はまるで当てにならないと彼は言う——「啓蒙的理性の果実でないような性急な判断は，極端に陥りがちである。我らの旅行者たちは，古代人がサテュロスやファウヌス，シ・ル・ウ・ァ・ヌ・ス・の名のもとに神に仕立て上げた同じ存在を，無思慮にもポ・ン・ゴ・，マ・ン・ド・リ・ル・，オ・ラ・ン・ウ・ー・タ・ン・の名のもとに獣にしてしまう。恐らくはもっと厳密な研究を経て，これらの存在は獣でも神でもなく，人間であると認められることになろう」[147]。かくしてルソー的自然人は，論敵であったヴォルテールの想定するそれをも上回る動物性を体現している。『第二論文』において，アメリカやその他の地で見出され，いかに観察力の欠ける旅行者によっても人間であるとして報告された野生的人民が，自然人と見なされていないのは当然である。彼らは一人彷徨うことをやめて集合し，群れを形成するに至った人々であり，すなわち原始の生活の開始から幾多の世紀を経てようやく到達される社会段階の端緒，ヨーロッパの人民がすでに通り過ぎてしまったこの中間的段階にいまなおとどまっている人々なのだとルソーは考える。

　〈野生人〉はほとんどすべてこの地点において見出されたのである

---

in *Essays in the History of Ideas*, Baltimore, Johns Hopkins Press, 1948.
146) Rousseau, *Discours sur l'origine et les fondements de l'inégalité*, éd. cit., p. 212 (n. X).
147) *Ibid.*, p. 211.

が，彼らの例は〈人類〉がこの地点につねにとどまるべく作られていたこと，この状態こそが〈世界〉の真の青春期であって，後のあらゆる進歩は外見上個人の完全化への歩みと見えたにすぎず，実際には種の衰退であったことを確証している[148]。

　彼はたしかにこれらの人民の状況を称えるのであるが，それが自然状態，人間の原初の状態にとどまっているためではなく，貴重な中庸を保っているためにそうするのである——「人間の諸能力の発展のこの段階こそが，原始状態の無気力と我らの自己愛の興奮した活気の間に中庸を保っており，最も幸福で最も持続しうる時期であったに違いない」[149]。こうして，『第二論文』にあっては，著者の理想は自然と社会，原始段階と発展した文明段階の中間であることが明言されている。
　しかし，理論上のこの明言にもかかわらず，曖昧さは残る。本書以外の著作における主張が，必ずしも『第二論文』から取り出しうる図式の明瞭さと一致しないというばかりではない。本書自体が必ずしも上記の図式に還元し得ない多義性を保持しているのであって，それは何よりも語彙論的水準で露わである。ラヴジョイは本書における「自然状態（état de nature）」の諸例を検討し，全44件のうち29件までが厳密な意味での自然状態，すなわち原初の動物段階を指すために用いられていると報告しているが，それは残り15件は別の意味で用いられているということだ。そして，自然状態を語るルソーが大抵の場合はそれをたんに時間的に端緒に位置するだけのものと見なし，何らの規範性をも認めないとしても，そのことは本書の著者に，natureやnaturelの語を時に伝統的やり方で，規範的性格を担うものとして用いることを妨げてはいない。さらに，これらの語にもまして両義的なのはsauvageの語である。セルジオ・ランドゥッチが本書のうちに「野生人と「自然人」との最初の明瞭な分離」[150]を認めるのは，たしかに理論的水準では正しい。しかし

---

148) *Ibid.*, p. 171.
149) *Ibid.*
150) Sergio Landucci, *op. cit.*, p. 367. なおランドゥッチはこの点でラヴジョイを参照しているが，彼の当該論文について，恐らくはその強引かつ極端な図式的読解を念頭に置いて，「この著者に典型的な美点と欠点を持つ」（p. 368, n. 105）と評している。

『第二論文』は，原初の状態の人間にも，彼が自然と社会の中庸を見る諸々の人民にも，無差別に「野生人（sauvage）」の語を宛てがう。語彙論的にはそれゆえ，アメリカ先住民とオランウータンはルソーにあって等しい。ルソーは一方ではその理論的洞察によって原始主義の伝統を解体し，野生人と原初の人間の同一視をはっきりと拒絶するのだったが，にもかかわらず語彙論的曖昧さを残すことによって同時代および後世の読者に対し，原始主義のチャンピオンとして知られることになるのである。

　明言される中間性の擁護と，にもかかわらず残る理論上および語彙上の曖昧さの点で，シャトーブリアンがルソーの弟子であることが分かる。前者についてはすでに『諸革命論』から二つの例を挙げた。『キリスト教精髄』中に見出せる際立った例としては，パラグアイの宣教地の記述と，作中の挿話『アタラ』における，オーブリ師の宣教地のそれを挙げることができる。歴史上のイエズス会士たちの宣教地をめぐる記述のほうを取り上げるなら，「荒野を去ることなしに市民的生の利点を知り，孤独の魅力を失うことなく社会の魅力を知って，これらのインディアンは地上に例のなかった幸福を享受していると誇ることができた」[151]。ただし，ルソーとの違いは，『不平等起源論』の著者にあっては人間は本来この中間的状態につねにとどまるべく定められており，「人間がそこから出てしまったのは，共通の利益のためには決して起こるべきではなかった何かの不吉な偶然によってでしかなかったはずである」[152]のに対し，シャトーブリアンにとってはこの中間性は，逆にその過渡的性格によって特徴づけられる点である。スイス人はすぐに文明の悪徳のうちに陥ることとなったし，オルフェウスの時代のトラキアは長続きするものではなく，パラグアイの宣教地もオーブリ師の宣教地も，儚く潰え去ってしまった。前二者にあっては文明化の進展という宿命（「不吉な偶然」ではなく）がこの状態を乗り越えさせたのに対し，後二者にあっては暴力が強制的にこれらの地の至福を奪い去ってしまったという違いはあるが，いずれにせよこれらの事例において，彼は暫定性を運命づけられた自然と社会の中間地点を惜しみなく称える。ただし，こ

---

151) *Génie*, p. 995 (IV, IV, V).
152) Rousseau, *op. cit.*, p. 171.

れらの中間状態の記述には，ルソーにおけるそれと同様，原始主義的修辞が残存していることも事実だ。この点で興味深いのはパラグアイの記述で，彼はそこで中間段階であるはずのこの宣教地に，黄金時代と結び付けられる原始共産主義の表現を与えているのである——「これらキリスト教徒の〈野生人〉のもとには，訴訟も諍いも見出されなかった。お前のものと私のものは，そこでは知られてすらいなかったのだ」[153]。実のところ，ルソーの理論は同時代において，全面的に誤解されていたわけではなかった。彼がまったくの自然状態，人類の発展の最初の段階の礼讃者ではないことは，少なからずの読者によって気付かれてはいたのである。「あなたの作品を読むと，四つ足で歩きたくなります」[154]と皮肉ったヴォルテール自身も，その中に数えられる。ただし不幸にして，ルソーの言う「中庸（juste milieu）」は，彼にはおよそその名に値するものとは思えなかったのであって，それゆえ彼はルソーの著作の欄外に，「これが中庸とは何という妄想か！」[155]と書き付ける。それは，厳密に言えば原初の状態として提示されていないことが了解しうるにせよ，同じ野生的の語で著者自身が指示していることからも明らかなように，原始のあるいは自然の状態に程近い何かであると感じられたのである。原始共産主義の特徴を与えられるシャトーブリアンの中間段階についても，同様のことが言えるだろう。

7　文明化の運動の擁護

しかし野生性と文明との関係について，「詭弁家（ソフィスト）」的な原始主義を去ったシャトーブリアンはつねにこうした中間性——実のところ，大いに前者の側に偏った——の擁護にとどまっているわけではない。両者の美点と欠点を考量した上で，文明の側を積極的に擁護するシャトーブリアンの姿を，我々は当初「自然人の叙事詩」[156]として構想された作品『ナチェズ』のうちに見ることができる。代弁者を務めるのはシャク

---

153) *Génie*, p. 995.

154) Lettre de Voltaire à Jean-Jacques Rousseau (le 30 août 1755), dans Rousseau, *Œuvres complètes*, éd. cit., t. III, p. 1379.

155) G. R. Havens, *Voltaire's marginalia on the pages of Rousseau*, p. 17, cité dans Rousseau, *Œuvres complètes*, t. III, p. 1345.

156) Chateaubriand, *Atala*, éd. cit., p. 65 (préface de la première édition).

タスだが，作家はまずこの野生人に，社会への絶望から始めさせている。『アタラ』に描かれた出来事の後，イロコイの戦士となったシャクタスは，フランス側の和解協定違反に遭って囚われの身をガレー船に繋がれ，奴隷としてヨーロッパに送られる。「親愛なるイロコイよ，これが社会というものだ」[157]——このように，同じく鎖に繋がれた一フランス人は，社会状態への最初の手ほどきをする。ルイ14世の計らいで（実はフェヌロンの尽力による）解放された彼だったが，目にするフランス社会——もちろんそれはここで，「社会」それ自体を体現している——は，不平等が蔓延し，暴君たる〈太陽〉を前に誰もが自由を奪われた忌むべき環境として現れる。ニノン・ド・ランクロのサロンでこの野生人を案内しながら，ラ・ブリュイエールは『諸革命論』の著者のペシミズムを代弁する。翌日一人でパリの街に出たシャクタスの経験も，社会状態の悲惨を確証するものでしかない。ところが，偶然訪れた屋敷でのフェヌロンとの会話が，すべてを異なった眼差しで見ることを可能にするのである。「様々に異なる身分と財産の，並外れた豪奢と極度の困窮の，罰せられぬ罪と無実の者の犠牲のこのおぞましい混合が，ヨーロッパにおいて，社会と呼ばれるものを形作っている」[158]，シャクタスはそう主張する。そして彼自身の国の人々の幸福を褒めそやして，フェヌロンに野生人になることを勧めるのである。『テレマックの冒険』の著者は，彼がベティックに託したのと同じ理想がルイジアナの野生人によって語られるのを聞いて喜ぶが，しかし，いかに真実のものであってもその幸福は，人口の増加によってもはや維持しえないものとなっているとして，彷徨える狩猟生活から定住農耕への移行の，法制度の設立の，つまりは社会ないしは文明の必要性を説く。あらゆる悪徳と濫用にもかかわらず，こちらの状態には野生状態には決して認められなかった美徳と幸福があることを知ったシャクタスに，彼は「あなたの同国人の間で，フランス人の庇護者となるのです」[159]と求める。ナチェズのもとに戻ったシャクタスは，彼の人民とロザリー砦のフランス人との緊張関係の最中にあって，この師の言葉に忠実であり続けるだろう。

---

157) *Les Natchez*, p. 187 (liv. V).
158) *Ibid.*, p. 219-220 (liv. VII).
159) *Ibid.*, p. 223.

8 歴史化される野生人

　ここで主張されているのは，自然と社会の間の，過渡的な儚さを運命付けられているだけにいっそう貴重なものと感じられる中間的状態への郷愁ではもはやない。フェヌロンの教えは，文明の発展を，その悪しき果実に警戒しつつも大枠では支持することである。しかも，中間的状態の讃美にあっては，民主政のアテナイや近代のフランスが社会的なものを範例として体現しており，そこに社会状態の到達点が求められていたのだったが，そのような前提はフェヌロンの原理のもとでは退けられてしまう。

> 最後に覚えておきなさい，シャクタス，あなたの国の住人がいまなお社会の階梯の底辺に位置しているとしても，フランス人だって頂上に到達してなどいないのだということを。増大する知識の光の発展に伴い，我々だって我々の子孫には蛮人と映るだろう[160]。

　この無限の進歩の原理にあっては，あらゆる中間段階の仮定は相対的なものとなる。そして，野生人の状態もまた，社会状態と明瞭に区別され相互に矛盾しあう一状態であることをやめ，社会的進歩の階梯の初期段階として，社会状態に組み入れられるのである。このような立場の採用が，『アメリカ旅行記』の著者の次の断言を可能にする――

> ほとんどつねに，自然状態は野生状態と混同されてきた。この誤解により，〈野生人〉は政体を持たないと想像されてきた〔…〕。ここには注目すべき誤りがある。〈野生人〉の間には，文明化された様々な人民のもとで知られているあらゆる政体が見出されるのだ，専制から共和政まで，その間には制限王政または絶対王政，選挙王政または世襲王政もある[161]。

　自然人と野生人の分離と後者の歴史化という，『第二論文』の著者と同一の操作がここに認められるとしても，野生状態――アメリカ先住

---

160) *Ibid.*
161) *Voyage en Amérique*, p. 830.

民の現状の意味で――のうちにすでに政体を見出し,しかも専制や王政をも見出すことによって彼らのもとにおける隷従や身分的秩序の存在を承認するシャトーブリアンの態度は,ルソーにおける野生人が実現している「中庸」の称揚よりもいっそう,人類学的方法の歴史において遠くまで進んだものであると言える[162]。彼は sauvage の語が必然的に自然に密接に関わる何かを意味すると感じるときには,アメリカ先住民から自然人の呼称のみならず野生人のそれをも取り去ろうとすらする――「インディアンは野生人ではなかった。ヨーロッパ文明は純粋な自然状態に働きかけたのではなく,始まったばかりのアメリカ文明に働きかけたのである」[163]。なおこの箇所は,一種の文化相対主義の表明としても読みうる。アメリカの文明はヨーロッパのそれとは別物のようなのであり,「我々の文明とは異なった性質を持つこの文明は,古代の人々を再び生み出したかも知れないが,あるいはまた,いまなお人には知られぬ源泉から,未知の光明を湧き出させたかも知れない」[164]。不幸にしてヨーロッパとの出会いがアメリカから独自の文明発展の機会を奪ってしまった以上,二つの推測のいずれが正しいのかは永久に分からないとはいえ,後者の場合であれば,一つの光源に発し,ヨーロッパの経験に収斂しうるただ一つの文明があるのではないことになろう。とはいえ,こうした文明の複数性の主張はシャトーブリアンにあって稀であって,大筋としては,アメリカ先住民は,唯一のものとして想定される文明化の巨大な運動の一部に場を占めることになる。

---

162) それゆえセルジオ・モラヴィアは,ヴォルネーの仕事と並べて(ただし彼と比べると曖昧さを残した形で),『アメリカ旅行記』の議論の一部に新しい人類学的態度の反映を認めている。Sergio Moravia, *La scienza dell'uomo nel Settecento*, Roma-Bari, Laterza, Universale Laterza, 1978, p. 242.

163) *Voyage en Amérique*, p. 857.

164) *Ibid.*, p. 858.

5 「移動する孤独」

1　文明世界の内なる野生人

　〈野生人〉は実のところ野生的ではないということ。それは18世紀においてなお，フランス語がこの名で指示することを習いとしていたアメリカの先住民たちが，もはや社会ないしは文明の欠如によって一様に定義される理念的存在であることをやめ，それぞれの生存地域に住まい，それぞれの習俗と政体を持つ諸々の人民として空間化され，歴史化されることである。しばしば〈よき野生人〉の世紀と見なされる〈啓蒙の世紀〉を通して実際には獲得されることとなった，ヨーロッパ外の人々を見つめる際の「醒めた眼差し」[165]を，我々の作家も共有している[166]。しかしこのことは，『諸革命論』の「詭弁家(ソフィスト)」的傾向を克服した後のシャトーブリアン的想像力の内部に，野生人の居場所がなくなったこと，あの「心的野生人」が彼のもとを去ったことを意味しない。アメリカ先住民がもはや野生人ではなく，そう呼ばれるとしてもただ慣習によって，語の濫用によってであるにすぎなくなる一方で，文明人たちの幾人かは，シャトーブリアンにあって，自ら野生人を名乗り，あるいは他の者たちからそのように見なされるのである。トドロフが指摘しているように，『ナチェズ』の作品世界において，「文明世界の最良の代表者たちは，野生的な何かしらを保持している（あるいは獲得した）者たちである」[167]。ラ・フォンテーヌとシャクタスの出会いが，二人の野生人の出会いとして演出されているのはすでに第二巻第III節末尾で確認した通りだ。そしてフェヌロンもまた，シャクタスに向かい，「私自身も

---

　　165)　Karl-Heinz Kohl, op. cit.
　　166)　このことは，この問題に即してシャトーブリアンを論じる者の大方に，立場の違いを越えて認められているといってよい。すでに触れたモラヴィアのほか，例えば Gilbert Chinard, *L'Amérique et le rêve exotique dans la littérature française au XVIIe et au XVIIIe siècle* の結論や，Tzvetan Todorov, *Nous et les autres*, Paris, Seuil, coll. « Points Essais », 2001, p. 388 を参照。
　　167)　Todorov, *op. cit.*, p. 390.

幾分〈野生人〉なのだよ」[168]と告白する。17世紀フランスに野生人，少なくともフェヌロンのような半＝野生人が多く存在したことは事実である。ただし，当時のフランスにおいて道徳的意味でのこの語が誰かに対して用いられるとき，飼い馴らされるに任せない野生動物の映像が喚起されることはいつでも可能だったが，カナダやブラジルの先住民——野生人の名を与えられていたにもかかわらず——の習俗が引き合いに出されることは基本的にはなかったように思われる。この観点からすると，ルイ14世の世紀のフランスにおけるシャクタスの冒険が興味深いのは，当時にあっては関連性が明示されることのなかったこれら二種の野生人が，〈啓蒙の世紀〉における並存と相互浸透を経て，我々の作家のような魂においてはほとんど同一視されるに至るまでの歴史的過程が，そこで証言されているからにほかならない。両者のこの同一化の運動の果実として生まれたシャトーブリアンの「心的野生人」は，同時にアメリカ野生人でもあれば，彼自身でもある。しかし，繰り返すが，アメリカ野生人はもはや野生人ではなくなってしまった。あるいは名前によってしかそうではなくなってしまった。かくして残るのは，本来の野生人，すなわち文明世界に対する異質性を抱え，あるいは田園生活に根拠を置いて都市の習俗を諷刺し，あるいはよりいっそう進んで社会への呪詛と荒野への憧れへと誘われる，文明世界の諸個人である。我々の作家は，『アメリカ旅行記』においてアメリカ先住民からの野生人の身分の剥奪を明示的に行う以前から——先ほどの引用は，若き日の未刊行の旅行記の全集収録（1827年）に際して用意された一章「北アメリカ野生人の現状」から取られたものであり，壮年期の作家の考察として読まれるべきである——，「心的野生人」を外部に見出そうとしても甲斐がないこと，それは畢竟，内なるものの投影にすぎないことを，多くの機会に示唆している。実際『ルネ』の冒頭を読んでみよう。そこではアメリカ野生人のもとを訪れた一人の文明人が，真正の野生人として現れている。

　　ナチェズのもとにやって来て，ルネはインディアンの習俗に従い妻

---

168) *Les Natchez*, p. 219 (liv. VII).

を娶ったが，彼女とともに暮らすことはなかった。ある憂鬱の傾向が，彼を森の奥へと連れて行き，そこで彼は日中の間ずっと一人で過ごすのであって，野生人たちのもとでの野生人のように見えた[169]。

　この作品においてのみならず，その母胎となった『ナチェズ』においても，真の野生的存在はルネである。そのことによってこの作品は，若いシャトーブリアンが夢想した「自然人の叙事詩」ではないにしても，野生人の叙事詩にはなっていると言える。実際，第1巻において「アメリカの森の陰で，いまだ死すべき者の耳が聞いたためしのないような孤独の調べを私は歌おう。諸君の不幸を語りたいのだ，おおナチェズ，おお，もはやその記憶しか残ってはいないルイジアナの民よ」[170]と始められたこの作品は，なるほどこの人民のフランス人に対する敗北と他の先住民諸族のもとへの離散を結末部の大きな出来事として持つ。しかし，ナチェズの不幸は，そのすべてがルネの行動と，彼に対する人々の思惑に結び付けて語られるのであって，物語が終局に向かうにつれて，問題なのは野生のと言われるルイジアナの一民族の破滅ではなく，この事件を背景としたルネの野生の気質の展開の，それが彼自身と周囲に及ぼす道徳的効果の記述であることが明らかになっていく。本書はかくして，ナチェズの不幸に焦点を当てることなく，「ルネの生と死は正当化しえぬ炎に付きまとわれていた」[171]として，このフランスの野生人が神の前に罪深いことの宣告をもって閉ざされる。『ルネ』の末尾におけるスーエル師の告発が，『ナチェズ』全体の末尾においても繰り返されているわけだ。そして，これらの明示的な否定にもかかわらず，作家自身の名前を与えられたこの若者が，どちらかというと好意的関心をもって描かれているのはもちろんである。トドロフはこの辺りの事情を批判的視点から眺めつつ，そこにシャトーブリアンの自民族中心主義と自己中心主義を読み取っている[172]。作家がフェヌロンに託し，シャクタスに受

---

169) *René*, p. 167.
170) *Les Natchez*, p. 107 (liv. I).
171) *Ibid.*, p. 503.
172) Todorov, *op. cit.*, p. 394 sqq.

け入れさせる教え——文明化の普遍的恩恵を擁護しつつもその悪しき側面を拒み，自然ないしは野生状態のうちなるよいものをそれに対立させること，そのようにして両者の一種の総合を打ち立てること——が，ルネおよびこの厄介な魂に実のところ共感しているシャトーブリアンにあっては打ち捨てられているというのである。このような指摘は妥当性を欠いているわけではないが，しかしもともと野生的であることをめぐる考察は非ヨーロッパ世界のしかじかの人民を相手取って為されたというよりはヨーロッパ社会の内部から分泌される異質性を対象としていたのであり，その意味ではこの問題は当初からずっとヨーロッパ中心主義的なものであり続けていた[173]。

それゆえ，外部世界に関する知見の拡大がもたらしたのは，このような既知の異質性を，新たに見出された人民のうちに再認することにほかならない。この点に関しては，中世的な野人の形象のアメリカ先住民への投影が，18世紀中葉に至るまでやむことがなかったことも注目に値する。フュルティエールの記述を読んでみよう——「SAUVAGE は，また定まった住居もなく，宗教もなく，法も政治体もない，彷徨える人々についても言われる。アメリカのほとんど全域が，野生人に満ちているのが見出された。ほとんどの野生人は人喰いである。野生人は裸で歩き，毛深く，体毛に覆われている。」野生人のポリスについてのレリやモンテーニュの主張も虚しく，これが17世紀末のこの辞書が与える野生の人民の定義である。アメリカ先住民が全身を毛に覆われた野人であるどころか，体毛を嫌って自ら抜いてしまうこと，それゆえひげを生やしたヨーロッパの人々の到来に大いに驚いたこと，テヴェ以来繰り返されてきたこうした指摘も無益だったように見える。しかもこの定義はフュルティエールの辞書を引き継いだ『トレヴーの辞典』においても，1752年版に至るまで，ほぼそのままにとどまるのである[174]。なるほど，

---

[173] このことは，それとは別の意味での野生状態の理解——それを規範的自然に近づけて理解し，自然法の遵守の点で社会状態をも凌駕するという，モンテーニュやディドロのある種の主張の前提をなす理解——においても変わらない。ディドロの『ブーガンヴィル航海期補遺』がタヒチの現実と何の関係もなく，フランスの人口減少の大問題に直面した著者による，人口増加を至上の目的とする社会の一つの模型として構築されたものであることはすでに見た通りだ。

[174] なお七年戦争当時のあるフランス軍人も，この点での民衆的想像力の執拗さを証

ヨーロッパ人が既知の幻影を投影する空間として好んだ〈新世界〉に実際に赴いた旅行者たちは，報告を通して，まったく偏見を免れているわけではないにせよ多かれ少なかれ具体的な知見を，ヨーロッパにもたらしてはいた。しかしそうした知見は，民衆的想像力はもとより，辞書の定義に反映しているがごとき知識階層の想像力にも決定的な影響を与えることはなく，アメリカ野生人といえば何と言っても彷徨える法なき民ということになったのであって，そこにはしばしば，中世的図像でおなじみのあの毛に覆われた人物像が重ね合わせられたのである。

　とはいえ，『トレヴーの辞典』について言うなら，最後の1771年版には若干の修正が見られる。この版における項目 sauvage が，モンテスキューによる野生人と蛮人の定義を取り入れていることはすでに確認した。上記のフュルティエールの記述との関連でいうなら，野生人はここでも法も政治体も宗教も欠いた彷徨える人民として理解され続けており，アメリカ野生人の大半を人喰いと見なすことも放棄されていないものの，毛深さについての記述は姿を消し，中世的図像との混同はもはや見られなくなる。野生人の食料獲得手段についての言及が為され，シャルルヴォワが参照される。ここに至ってようやく，これら人民への知識の拡大がこの辞書に取り込まれ始めるのである。そしてこのことは，もちろん，野生人が野生人であることの終焉の端緒を意味する。ヘイドン・ホワイトは，このような事態を，世界各地についての知識の拡大に伴う wildness, savagery, barbarism といった概念の漸進的な脱神話化，それらの地域が「「文明人の」想像力が自らの幻想と不安を投影しうるような物質上の舞台」[175] としての役割を果たしえなくなる過程として捉え，そしてそのことの帰結としての，野生人の観念の「脱空間化（despatialization）」を指摘している。すなわち，地理的延長がもはやファンタスムを許容しえなくなったとき，野生性はもはや外部のしかじかの民族集団へと向けられることをやめてヨーロッパの諸個人の内部へと送り返され，そこで「補償的な心的内面化の一過程」[176] を経ることになるというのである。こうして，いったんは濫用的に野生人と呼ばれ

言している。Voir Olive P. Dickason, *op. cit.*, p. 80.
　175）Hayden White, "The Forms of Wildness", in *Wild Man Within, op. cit.*, p.p. 6-7.
　176）*Ibid.*, p. 7.

た人民がこの神話的身分規定から脱落した後でも，ヨーロッパ内部に蠢く元来の野生人はそのままにとどまり，外部の存在に肩代わりさせていた分け前をも背負い込んでいっそう野生化の度合いを深めていくのである。

2　革命期のトラピスト修道会とルネ

　ルネの物語は当初，『キリスト教精髄』の最もよく知られた一章，「情念の茫漠について（Du vague des passions）」と題された第 2 部第 3 巻第 11 章を引き継いでこの部の第 4 巻を構成していた。「情念の茫漠について」では，古代人の知らなかったこの新たな魂の状態が開いた憂鬱な夢想の尽くしがたさが，それを可能にしたキリスト教の世界観との関係で論じられ，そうした魂を収める修道院の制度が称えられる。しかし，一つには革命が修道院を廃止してしまったため，もう一つには，そもそも今日の夢想的魂には宗教への敬意が欠けているために，現代世界はかつてなら僧院に安らぎを求めることができたはずの，無数の非社会的存在を抱え込むことになったと彼は続ける。

> しかし，今日の熱烈な魂には修道院もなく，それにまた修道院へと導くような美徳も欠けているので，それらの魂は人々のただなかで異質な存在になってしまう。自らの時代に嫌悪を感じ，しかし宗教のことを恐れて，それらの魂は世にとどまってしまったのだ，世に身を委ねることはなしに。そうして魂は千もの妄念の虜となった。そうしてあの罪深い憂鬱が誕生した。諸情念が，いかなる対象とも関わりを持たずに孤独な心のうちで焼き尽くされるばかりとなったとき，それら諸情念のただなかにこの憂鬱は生まれるのである[177]。

　かくして現れるのが野生人ルネであるというわけだ（摂政時代の青年ルネは，修道院の不在により社会にとどまらざるをえなかったのではないのだから，上記の一節でシャトーブリアンが言う，美徳に欠けた魂に該当することになるだろうが）。孤独がそれに相応しい場を世界の一角に持つこと

---

177)　*Génie*, p. 716 (II, III, IX).

　　　　第Ⅲ章　シャトーブリアンにおける隠遁者，野性人，蛮人　　　　　383

をやめた時代，病気の魂を抱えた野生人たちが社会にその異質性を保持
したままとどまる時代としての近代を，シャトーブリアンはその最後の
作品『ランセの生涯』で，トラピスト修道会の革命期の運命を通して形
象化しているといいうる。最後にそれを確認して，我々の研究を締めく
くることにしよう。
　ランセが華やかな社交生活を放棄してラ・トラップの大修道院長とな
り，この規律を失った古い修道院の改革に乗り出す過程を語るに際し，
シャトーブリアンはそれが見出される谷間を次のように描写する——

　　　大修道院は場所を変えたのではなかった。それはいまなお，創立
　　のときと同様，ある谷間にあった。周囲に取り巻いたいくつもの
　　丘が，残りの地上からこの大修道院を隠していた。それを見たと
　　き，太陽の光が抑えられていく夕暮れ時のコンブールの，我が森と
　　我が池に再びまみえたと私は思ったものだ。沈黙が支配していた
　　〔…〕[178]。

　ここは荒野であり，野生の地である（友人ボシュエのこの地への来訪
は，「野生の森」に上る太陽として提示される）[179]。孤独は世界の然るべき
部分にその場を持ち，そこでは野生の魂も平安を得ることができる。そ
して，隠されているとはいっても，この地は外部との繋がりを欠いてい
るのではない。俗世の眼の届かない谷間に身を潜めるこの孤独は，しか
しやがて評判の形で人々の耳に知られることとなるのである。そのこと
をシャトーブリアンは，さらに嗅覚の次元に置き換えて表現する。この
受容器官の比喩的な置き換えは，シャトーブリアンがランセの修道院の
ありようを，分節言語による伝達を超えた，より繊細で捉えがたい何か
しらとして考えていることを示している。彼はラ・トラップの営みを，
ジャンセニスムやキエティスムの運動と比較する。サント＝ブーヴを
参照しつつ，彼はポール＝ロワイヤルが一方ではランセの修道院の精
神に近いものを持ちつつも，他方ではまったく相容れない精神，社交界

---

　　178)　Chateaubriand, *Vie de Rancé*, éd cit., p. 152 (liv. III).
　　179)　「ボシュエ，このランセのコレージュでの同僚が，彼の学友を訪れた。彼はラ・ト
ラップに，野生の森に上る太陽の如くに現れたのだった」(*ibid.*, p. 176 (liv. IV))。

とも相通じることのできる華やかさや朗らかさを保っていることを指摘する[180]。さらに彼によるなら、「ラ・トラップは正統派にとどまったが、ポール＝ロワイヤルは人間精神の自由の侵入を受けた」[181]。ジャンセニスムであれ、キエティスムであれ、正統派を逸脱するそれらの意見は、大いに都市と宮廷を騒がせた。ラ・トラップはそれに対し、ただその深い沈黙と、そこから立ち上る香気によってのみ社交界の人々にその存在を知らしめるのだとシャトーブリアンは言う。

　　ランセにより、ルイ14世の世紀は孤独のうちに入ったのであって、かくして孤独は世界のただなかに打ち立てられたのである。ランセの隠遁の最初の数年には、この修道院について語られることはほとんどなかったのだが、やがて少しずつ彼の名声は広まっていった。見知らぬ土地からの香りの訪れが感じられたので、人々はその香りを吸い込もうとして、この〈幸福なアラビア〉の方へと向き直るのだった。妙なる発散に心引かれて、その流れを遡ったのである。キューバ島はヴァニラの香りにより、フロリダの海岸でもその存在を露わにする。「我々は、とルガは言う、エデン島の臨在のうちにあるのだった。空気は島からやって来る、レモンとオレンジの発散する魅惑的な香りに満たされていた」[182]。

　荒野に処を持つ孤独は、かくして一方では自らのうちに没頭することを許され、他方では、にもかかわらず、天上的な香気を伝えることによって喧騒に満ちた世界からの敬意ある関心を獲得する。ここでは野生の存在と社会は、それぞれの場を維持しつつ共存し、協調し合っているものと見える。ただし、興味深いのは、上記の一節においては、〈旧世界〉と〈新世界〉の分割が想像力を活気づけることをやめているという事実である。ランセの修道院の評判が俗世に伝わる様を、フロリダの海岸に感じられるキューバ島からの香気をもって表現することにより、作家はかつて〈新世界〉としてひと括りにされた上でヨーロッパ人の幻

---

180) *Ibid.*, p. 165 (liv. III).
181) *Ibid.*
182) *Ibid.*, p. 168.

第Ⅲ章　シャトーブリアンにおける隠遁者，野性人，蛮人　　385

想の投影の場として用いられた地域の一部を楽園的形象と見なしつつも，別の一部を単なる世俗的空間と見なす。しかもこの隠喩は，〈幸福なアラビア〉こと古代イエメンの映像に先立たれており，また後に続くのは，ナントの勅令破棄を受けて亡命し，新しいエデンを求めて現在のレユニオン島に向かったフランスのユグノーの旅行記の一節である。ルガの実際の記述では，エデン島はすでに視野に入っており，この視覚的明証性に嗅覚の満足が付け加えられている——「我々の視覚は完全に満足していたが，我々の嗅覚も劣らずにそうだった。というのも空気は島からやって来る魅惑的な香りに満たされていたのであって，それはどうやら部分的に，この地にきわめて豊富なレモンとオレンジが発散しているのだった」[183]。シャトーブリアンは彼の好みに合わせてルガの描写を利用することにより，視覚においては不在の対象の，空気を満たす芳香のみを通しての臨在を打ち立てるわけである。しかしそのこととは別に，この東インドの島の描写は，古代イエメンの繁栄の喚起と〈新世界〉の分割の後に掲げられることにより，老作家の想像力がもはや野生のアメリカの幻影への固着を離れ，遥かに望見される，いやむしろ視野の外にあってただ嗅覚への快い刺激を通してのみその存在を伝える——とはいえそれは香りだけで，臨在の力強さを持つ——，そうしたエデン的空間を，世界の様々な場に求めようとしていることを証し立てている。

　しかし，そうしたものの一つであり，そのことを俗世にも承認されかつ称賛されていたラ・トラップは，自らの場を奪われることになる。革命期における修道院の廃止に直面して，レストランジュ大修道院長は修道士たちを伴いスイスへ，ロシアへ，イギリスへ，安住の地を求めてヨーロッパ中を彷徨う。世界の一部に処を得ていた孤独は，いまや彷徨える身となり，自らの孤独を保持したまま世界を経巡るのである。

　　移動する孤独は旅を続けた。修道士たちは，途上で遠くに見える教
　　会の姿を見ては活気を取り戻すのだった。彼らは詩篇の朗唱によっ

---

[183] François Leguat, *Voyage et aventures de François Leguat et de ses compagnons en deux îles désertes des Indes orientales (1690-1698)*, présenté par Jean-Michel Racault et Paolo Carile, Paris, Les Editions de Paris, 1995, p. 79.

て主の家を祝福した，ちょうど野生の白鳥が通りすがりにフロリダのサヴァンナに挨拶するのが，雲間から聞かれるように[184]。

アメリカの野鳥に擬えられるこの彷徨える一行は，やがて実際にかの地へと大西洋を渡ることになる――「とうとう，土地が見出せなくなったので，彼らはアメリカに渡った。俗世と孤独の双方が，ボナパルトを前にしてともに逃げ出すというのは見事なスペクタクルであった」[185]。アメリカはもはや広大な孤独の地であるどころか，他の世界の延長上に見出される一つの土地にすぎない。彷徨える孤独の一団は，様々にある可能性の一つとして，自らの孤独の維持のみを心に，この地を訪れる。修道士たちのアメリカ行きは，ルネの――アメリーの弟であれ，この人物を創造した我々の作家であれ――アメリカ行きとはまったく性質を異にしていると言うべきだろうか？　しかし，ルネもまた，野生を求めて〈新世界〉に渡りつつも，問題なのが彼自身の幻影であることにいつまでも無知だったのではない。アメリカ野生人のもとに受け入れられた彼は，たちまちこの地にも異質性を露呈する自らを見出す――

　　荒野はもはや，世界と変わらずルネを満足させないのだった。そして茫漠たる欲望のとめどなさのうちに，彼はすでに孤独を干からびさせてしまったのだ，社会を汲み尽くしてしまったのと同様に[186]。

もちろんここで枯らされてしまった孤独は，アメリカの地とそこに生きる「野生人」のもとに想定された限りでの孤独なのであって，それを枯渇させたところに残るのは，彼自身のうちなる孤独，馴致され，宥和されるすべを知らない野生性である。そして彼の主人公と同名の作家もまた，「心的野生人」を外部の対象に投影するのをやめ，その最晩年に「移動する孤独」の遍歴を記述することにより，この孤独には定住の地はなく，それと世界を調和させるすべはないこと，それを内に抱え込んだままの彷徨いが今後は生の意味であること，近代の文学体験を基礎づ

---

184) *Vie de Rancé*, p. 158.
185) *Ibid.*, p. 159.
186) *Les Natchez*, p. 257 (liv. IX).

けるこうした前提を，より正確に表現しているように見える。

結　論

　『キリスト教精髄』の販売促進活動においてスタール夫人の掲げる完成可能性の理念にキリスト教を対立させて以来，シャトーブリアンは既存の社会への異質性——すなわち野生性——の避難所を提供するものとして，事あるごとにこの宗教の利点を称えてきた。そして革命が修道院を廃止したことにより，野生的な魂は以後は社会のただなかを彷徨い続けるべく定められたのだと嘆くのである。自らの地理的定在を奪われて諸国を遍歴するラ・トラップの修道士たちの運命を語る最後の作品に至るまで，この点についての我々の作家の一貫性を指摘することができる。近代の社会的発展のただなかでの他性を保持しようとするこの意志において，確かに彼はアントワーヌ・コンパニョンが指摘する通り，〈反近代派〉——大革命以来の近代の展開の証言者として，新しい時代の必然性を承認しつつも抵抗を試みる一群の著作家たちであって，今日評価される19世紀以降の文学者の多くがそこに含まれるものとされる——の嚆矢ではあろう[1]。

　しかし彼は他方では——この点でも『キリスト教精髄』以来一貫して——，キリスト教の持つ文明化促進の力をつねに称揚してきた。実際，宗教と文明をめぐる彼の考察の最終的な表明として，我々は『墓の彼方からの回想』を締め括る最後の数章を読むことができる。そこでは，社会的紐帯の消滅に伴う，社会の諸個人への解体という近代の病理が指摘される。近代がこの解体過程の進行を〈文明（化）〉の理念を掲げつつ為してきた限りにおいて，作家は文明を批判的な眼差しのもとに

---

[1] Antoine Compagnon, *Les Antimodernes : De Joseph de Maistre à Roland Barthes*, Paris, Gallimard, 2005. なお次の書評をも参照のこと。片岡大右「アントワーヌ・コンパニョンの『反近代派』」『スタンダール研究会会報』日本スタンダール研究会，第15号，2005年5月。

みつめているということもできよう。しかし,「二つの世紀の間」[2]で生きられたものと規定された彼自身の生涯の記述を後世の展望によって閉ざそうと試みながら,彼はこの文明の帰趨を——楽観的にとは言えないにしても——まったく悲観的に描いているのではない。キリスト教による,未来の文明の達成が,そこでは期待されている。宗教は,文明化を促進するのみならず,それがもたらす災いを修正しつつ高次元に高める役割を担っているのである。

　文明化に対するこの宗教の貢献の核心にあるのは,奴隷制の廃止であるとシャトーブリアンは言う。『キリスト教精髄』の末尾で誇らしげに掲げられたこの主張を[3],彼は生涯手放すことはない。たとえ彼がまさにこの同じ著作において,やがてハイチとして独立することになるサン＝ドマングの奴隷蜂起への呪詛を投げかけることにより,彼の護教論の出版のわずか数週間後に布告される黒人奴隷制復活を歓迎していたとしても,そしてまた復古王政下に政治家となった彼がこの制度を支える奴隷貿易の存続のために意を用いたとしても[4],それは我々の作家にあって一つの矛盾として生きられたものと言うべきであって,原理における奴隷制への反対と,この制度の廃止を大きな恩恵として持つものとしての宗教と文明への支持についてはまったく変わらない。シャトーブリアンと比べても明らかに反動として振舞っていたメーストルでさえも,文明の名のもとに彼の主張を置いていた。当時にあって,あらゆる政治的立場は同じ文明の語を我が物とすべく争っていたということができる。

　世紀後半においては事情は異なる。例えばここでニーチェを取り上げてみよう。シャトーブリアンを（メーストルと並び）〈反近代派〉の最初の者として指示する一方,コンパニョンは〈反近代派〉の範例としてニーチェを引き合いに出す。両作家のこのような位置付けはなるほど

---

2) 「私は二つの世紀の間にめぐり合わせてしまったのだ,二つの大河の合流点に行き当たるようにして。私は濁流のうちに飛び込んだ。そして,生まれた古い岸を哀惜しつつも後にして,新たな諸世代が接岸するだろう未知なる河岸を目指し,希望を胸に泳ぎ進んだのである」(*Mot*, t. l, p. 1541 (La « Préface testamentaire »))

3) *Génie*, p. 1072 (IV, VI, XI).

4) この点については,Daisuke Kataoka, « Chateaubriand, les sauvages américains et les esclaves noirs », in *Études de langue et littérature françaises*, Société japonaise de langue et littérature françaises, n° 91, septembre 2007 を参照。

妥当なものではあろうが，しかしコンパニョンの図式のおそらくは意図された単純さにもかかわらず，両者それぞれの近代に対する構えの違いを指摘することも必要だと思われるのである。実際，シャトーブリアンが結局のところは文明の理念の側に立ち，現在の矛盾の後世における乗り越えをそれとキリスト教の連合のうちに展望するのに対し，ニーチェはといえば，この理念とこの宗教双方の敵として現れる。「文明（Zivilisation）」は『善悪の彼岸』の著者によって「人間化」，「進歩」とも言い換えられるが，政治的観点からは「ヨーロッパの民主主義運動」であると規定され，既存の社会秩序の解体のプロセスとして理解される[5]。この近代化の運動は晩年のある断章においては，「文化（Kultur）」と対立させられている——

　　文化の頂点と文明の頂点とは，かけ離れたところに位置している。文化と文明の底知れぬ敵対関係について，惑わされることがあってはならないのだ。文化の偉大なる瞬間とは，道徳の見地から言うなら，腐敗の時代である。そして反対に，望まれたものでもあれば強いられたものでもある，人間の獣性馴致（「文明」——）の時代とは，最も精神的，最も大胆な本性にとっては，不寛容の時代である。文明の欲するものは，文化の欲するものとは異なる。恐らくは反対のものだ……[6]。

　ニーチェの時代のドイツでは，両概念を対立的に提示するのはありふれた流儀であった。かつては明確な区別なく用いられていた両語であったが，ナショナリズムの台頭に伴い，「文明」はフランス的で外面的な成果にのみ関わる軽薄なものとして，「文化」はドイツ的で精神の内面的な深みに関わるものとして解釈されるようになったのである。しかし，文化の理念を掲げるプロイセンのイデオロギーに初期のニーチェが棹差していたとしても，やがてビスマルクのドイツに決定的に失望する哲学者にとって，これらの語は反仏ナショナリズムの語彙に属すること

---

　　5)　『善悪の彼岸』第 242 節。
　　6)　Friedrich Nietzsche, *Sämtliche Werke: Kritische Studienausgabe*, hrsg. von Giorgio Colli und Mazzino Montinari, 2. Aufl., Berlin/New York, de Gruyter, 1988, Bd. 13, S. 485-486.

をやめてしまう。そして文明の語は，古典主義とヴォルテールの時代のフランスを称える彼により，ドイツとヨーロッパの現状を言い表すべく用いられることになるのだし，文化の語でさえも時にはいま一方の語と同一視されて告発の対象となるのだった。例えば以下のパッセージでは，人間の「飼い馴らし（Domestikation）」と定義された文化が，野生性と対比されている。

> 「野生の」人間（あるいは，道徳的に表現するなら，悪い人間）とは，自然への人間の回帰であり――，そしてある意味では，人間の「文化」からの回復，治癒なのである……[7]。

こうして文明およびそれと同一視される限りでの文化は，馴致されざる野生状態と対立する。そしてニーチェが肯定するこの野生人は，〈よい野生人〉であるどころかその反対であり，あるいはより正確に言うならば――というのはこのような規定は道徳的な見地に立つときにしか成立しないのだから――，善悪の彼岸に処を定めている。もっとも，ニーチェが文明の敵対者として好んで舞台に上せるのは，野生人ではなく蛮人たち，あの「金髪の野獣（die blonde Bestie）」[8]に代表される高貴な諸種族なのであるが（すなわち彼にとって貴族とは，宮廷の礼節を体得した文明の体現者であるどころか，飼い馴らしえない凶暴さと野生性によって特徴づけられる存在であるわけだ）。シャトーブリアンはといえば，文明（化）の理念を積極的な何かしらとして保持しつつ，一方ではそこに，歴史的起源としての祖先の蛮性を統合し，他方では社会に異質な野生性――道徳の束縛を知らない蛮的な凶暴さというよりは魂の卓越性として理解された――の居場所を求めるのであって，ニーチェとの違いは明らかである。

　このことは，奴隷制に対する両者の態度に即して考え直すこともできる。ニーチェによる奴隷道徳の批判は有名だが，多くの場合それは一種

---

7) *Ibid.*, S. 317.
8) 『道徳の系譜』第1論文第11節。なおこうしたニーチェの蛮人理解の起源をブーランヴィリエに求めるミシェル・フーコー流の誤解への批判として，Diego Venturino, *Le ragioni della tradizione*, *op.cit.*, p. 217, n. 63 を参照。

の比喩として理解されているし，このかつての古典文献学の教授の念頭にあった現実的な参照項としては，もっぱら古代ギリシアの奴隷制度があるばかりだとされる。あたかも，彼の青年期がアメリカの南北戦争期と重なっていたのでもなければ，この未曾有の内戦の前後に合州国で，またヨーロッパにおいても盛んに交わされた，黒人奴隷制の是非をめぐる議論にまるで無知なままに，この哲学者が彼の奴隷制擁護論を練り上げていたかのように。実際にはニーチェは，彼が親炙し作中に引用することもあった著作家たちによってドイツにおいても展開されていたそれらの議論に大いに触発されている[9]。すべてのヨーロッパ諸国が植民地における奴隷制を廃止し終え，イスラム世界を初めとする外部世界になお存続するこの制度の廃止を口実として植民地領有に乗り出していく当時の状況にあって，ニーチェは頑なにこの制度の利点を説き続ける。ただしニーチェの独創性は，彼の奴隷制擁護が黒人奴隷のみならず，というよりもむしろいっそう，産業革命の生み出した労働者たちを想定して為されている点に存する。『反時代的考察』の著者にとって，時代の趨勢は民主主義，そしてこの平等主義的迷妄の究極的化身と彼の目に映った社会主義にほかならなかったが，この同時代の脅威は，最初の奴隷蜂起としてのユダヤ教の成立，そしてユダヤ教以上にユダヤ教的であるとされるキリスト教の登場にまで遡ることのできる，奴隷道徳の展開の長い歴史の終局として捉えられている。かくしてニーチェにあって，文明は，高貴な蛮人の獣性を馴致せんとする奴隷たちの企てとして，それを活気づける宗教ともども，全体として拒絶されるのである。シャトーブリアンにあっては，奴隷制廃止をその最大の恩恵として誇る宗教としてのキリスト教こそが文明の促進者にして完成者であり，この作家＝政治家をフランスにおける奴隷制の存続への加担に導いた復古王政期の状況も，彼の原理に関してはまったく手付かずのままに残したというのに。

　ニーチェだけではない。時代の指導的理念としての文明の拒絶は，世紀後半の宥和されざる魂の一般的な流儀というべきであって，例えばランボーが，ニーチェと異なり黒人の側に自らを想像しつつ示すのも同様の拒絶の身振りである。この詩人にとっては，ガリア人の血筋が意味す

---

9) この点については, Domenico Losurdo, *Nietzsche, il ribelle aristocratico. Biografia intellettuale e bilancio critico*, Torino, Bollati Boringhieri, 2002, とりわけ第 12 章を参照。

るのは，黒人やその他の野生人のそれに比すべき「悪い血」の相続でしかない。このように述べることで彼は，カエサルに英雄的に屈したウェルキンゲトリクスの偉大な民族としてのガリア人を追憶しつつ現代生活を謳歌する，勝ち誇ったブルジョワジーの文明に反抗する。あるいは，フランスとベルギーを蛮的な国とみなす一方で，「文明は恐らく未だ発見されざる何らかの小部族のところに避難してしまったのだ」[10]と皮肉に断言するボードレールを想起することもできよう。このような文明に対する根底的なペシミズムは——彼らすべての先駆者としてシャトーブリアンを理解することができるとしても——，我々の作家には結局のところは無縁にとどまった。我々の研究が隠遁者，野生人，蛮人の形象を導きの糸として明るみに出そうと試みた，文明をめぐる彼の曖昧な評価の諸相は，こうして，たんに彼固有のものであることを超えた歴史的状況の表現なのである。

---

10) Charles Baudelaire, *Pauvre Belgique !*, dans *Œuvres complètes*, éd. Claude Pichois, Paris, Gallimard, coll. « La Pléiade », t. II, 1976, p. 820.

あとがき

　本書は，2007年3月に東京大学大学院人文社会系研究科に提出され，2008年9月に学位を認められた私の博士論文『隠遁者，野生人，蛮人——シャトーブリアンにおける宗教と文明』をもとに，様々な加筆・修正を施したものである。博士論文審査においては，指導教官の塩川徹也先生を主査，月村辰夫先生を司会として，大浦康介，中地義和，野崎歓，塚本昌則の各先生に審査員となっていただいた。かつて日本学術振興会特別研究員としての私をおおらかに受け入れてくださった京都大学人文科学研究所の大浦先生からは，審査の場でも研究室の外部を代表する立場から，忌憚のないご感想と貴重なご批判を賜った。一橋大学から東大駒場キャンパスを経て本郷に移って来られた野崎先生には，審査の場で初めてお目にかかったが，学術論文である本研究を——そのような水準における丁寧な読解を踏まえつつ——，一個の感じやすい魂の記録として受け止めてくださったのには，心打たれる思いがしたものである。以後，本研究の出版準備の進捗をお会いするたびに気にかけてくださったばかりでなく，原稿修正に当たっての心構えについて実践的な助言をいただいたことも忘れがたい。中地，月村，塚本の諸先生には，修士課程以来，授業やその他の様々な機会に，学問上の刺激と精神的な励まし，さらには現実的な諸々の支援をいただいてきた。

　しかし何と言ってもお礼を申し上げるべきは塩川先生に対してであろう。最初にそのお仕事に触れたのは，フーコーの『ポール＝ロワイヤル論理学』読解を批判する論考を通してであったと記憶している。早くから研究者志望でありつつも専門分野を選びかね，大学院の存在しない研究室——いまは消滅した西洋近代語近代文学専修課程——にあえて在籍しながら進学先を模索していた時期のことだ。過去の言葉と思想とをそれが生まれた歴史的脈絡に即して読み解くという作業が，アカデミックな学術研究において要請される退屈な形式上の手続きにすぎないので

はなく，この上なくスリリングな知的冒険となりうること。この発見は私にとっては塩川先生の仕事によってもたらされたのであり，先生の所属するフランス語フランス文学研究室で修士課程以後の時間を過ごすことになったのは，ごく当然の成り行きであった。いまでもはっきりと覚えているが，卒業論文審査の場で——仏文の学生ではない私が他の専修課程に提出した論文のために，特別に時間を割いてくださったのだ——，スタンダールの小説詩学の再検討に取り組んだ私の論文について，それも主要な着眼点であった鏡の隠喩の再解釈の意義を強調しつつ熱心に語る先生の言葉を受け止めながら，私は『真昼に分かつ』の劇詩人がメザに語らせる以下の言葉を，それに続く部分を含めて反芻していたものだ——「言葉は，ただ自分自身だけで理解されうるものだろうか？ いや，言葉が存在するためには，それを読むひとりの他者が必要なのだ。」そのような不可欠な他者が，私の研究人生においてはたしかに存在しているということ。こうした確信に支えられながら自由に研究を進めることのできた幸運を思う。本研究の出版を熱心に勧めてくださり，その実現のために力を尽くしてくださったのも塩川先生である。

本研究は，2003年秋にパリ第8大学に提出したDEA論文« Introduction à l'étude de la poétique du *Génie du christianisme* »（「『キリスト教精髄』の詩学研究序説」）を受け，それを書き継ぐ形で構成されている。この場を借りて，パリ第8大学DEA課程における指導教官かつ高等師範学校における受け入れ教官として，様々な助言をくださったBéatrice Didier，論文審査の副査として私の仕事を丁寧に読んでくださり，とりわけ——我ながらよく書けたと自負していた——「傷口と鎮静剤」をめぐる分析を気に入ってくださったChristine Montalbettiの両先生に感謝したい。本書の第一部第一章・第二章を占めているこの初期の研究において論じられた諸問題は，現在も私を惹きつけることをやめてはいない。とりわけ，音楽をめぐる議論には，今後より広い視野のもとで取り組んでいきたいと考えている。

しかし，読まれるとおり，その後の論の展開の中では，メランコリーをめぐる議論はいったん後景に退いてしまう。キリスト教的世界観の美学的な転用の分析に始まった研究は，その進捗に伴い，一方では，たん

に美学的な効果の問題にとどまらないキリスト教的諸価値の世俗化というより一般的な過程の検討へと深められていき，他方では，キリスト教的ヨーロッパおよびその世俗化ヴァージョンとしての近代西洋の，それに対する異質性——地理上の外部においてのみならず，内部においても見出される——との関係における理解へと拡張されていったのである[1]。文明の理念の来歴を反文明的諸形象の側からたどり直すことにより，文明的ヨーロッパとその外部という図式の自明性を解きほぐし，ヨーロッパがその内部に抱え込んでいる様々な異質性を分析の俎上に上せること。このような政治・社会思想史的取り組みを経た後に，メランコリーの徴のもとに置かれた近代の文学的感受性の問題を再び浮かび上がらせようとした本研究の目論見の成否は，読者の判断に委ねるほかない。

いずれにせよ本書は，序論でも宣言したとおり，全体を通読することなしに気になる章のみを独立したものとして読まれても一向に差し支えないものとして構成されている。当初は出版のことなどまったく考えず，ただ個人的な確認の作業の積み重ねをひとまずは形にすることによって以後の研究上の展開につなげていければとの思いで執筆されたものにすぎないとはいえ，こうして僥倖を得て出版に至った以上，本書が読まれた方々の多くにとって，それぞれの関心に応じ，何がしかのものを引き出しうるような著作になっていることを切に願う。私個人につい

---

[1] 以下の三論文は，おおよそ，DEA 論文の日本語版と言うことができる——「シャトーブリアン，パスカルの不実な弟子——『キリスト教精髄』の詩学研究のための予備的考察」『仏語仏文学研究』東京大学仏語仏文学研究会，第 27 号，57-86 頁，2003 年 5 月 30 日。「シャトーブリアンと音楽——恐れと哀れみの悲劇的装置」『日本フランス語フランス文学会関東支部論集』第 12 号，87-101 頁，2003 年 12 月 20 日。「シャトーブリアンと古典主義詩学——ミメーシス，カタルシス，そしてキリスト教」『仏語仏文学研究』東京大学仏語仏文学研究会，第 29 号，55-77 頁，2004 年 5 月 31 日。また，学位取得後に発表された以下の論文は，本書第一部第三章 IV を単独の論考としたものである——「隠通者，野生人，蛮人——シャトーブリアン『歴史研究』におけるギボンの活用」『フランス語フランス文学研究』日本フランス語フランス文学会，第 95 号，159-169 頁，2009 年 9 月。上記 4 点はそれゆえ，本書の刊行とともに事実上，存在意義を喪失する。なお，以下の論考は，博士論文の成果を踏まえて新たに執筆したものであり，内容・文章ともに重複する部分も多いが，いまだ独自の論考としての価値を保ちえているかもしれない——「「野生」の観念とその両義性——モンテーニュからシャトーブリアンまで」『人文学報』京都大学人文科学研究所，第 98 号，177-203 頁，2009 年 12 月。

て述べるならば，本書において議論を尽くせなかったもの，わずかに言及するのみにとどまったもの，言及することすら叶わなかったものは数多い．さらには，無自覚なままに論じ損ねている重要な問題も様々にあろうかと思う．読まれた方々のご指摘・ご批判を活かしながら，今後も勉強していきたいと考えている．

　最後になるが，欧文要旨の添削を引き受けていただき，本書の精神に適う見事なフランス語タイトルを発案してくださった一橋大学のPhilippe Deniau，本研究の書籍化のために奔走してくださったぷねうま舎の中川和夫，そしてなにより知泉書館社長の小山光夫の各氏にお礼を申し上げる．実際，学術出版が日々に困難を増す中で刊行を引き受けてくださった小山さんには，お会いするたびに本書の出版についての具体的な提案や助言のみならず，今後の展開についても様々なご意見をいただき，大いに励まされている．作業の遅滞によりご迷惑をおかけしたことをお詫びしつつ，心からの感謝を捧げたい．

　　2012年2月

片岡　大右

文献一覧

「I 一次文献」，「II 辞書・事典」，「III 二次文献」の三部に分かれる。

部分訳・重訳等であっても日本語訳がある外国語文献については，実際に参照したか否かにかかわらず――なお参照した場合でも，引用文はすべて独自に訳出したものである――，括弧内に書誌情報を記した。ただし，調査が行き届かず，存在に気付きえなかった訳業もあろうかと思う。複数の翻訳がある場合の情報の取捨選択は，多少とも恣意的なものである。

「II」については，1900年以前に刊行され，本書で明示的に引用・参照の対象となったもののみを記載した。

I 一次文献

Anghiera (Pietro Martire d'), *De Orbe Novo Decades*, a cura di Rosanna Mazzacane ed Elisa Magioncalda, Genova, Università di Genova, Facoltà di Lettere, Dipartimento di Archeologia, Filologia Classica e Loro Tradizioni, 2005.（『新世界について』のスペイン語訳からの抄訳として，以下のものがある：ペドロ・マルティル『新世界とウマニスタ』清水憲男訳，『新世界の挑戦』第2巻，岩波書店，1993年）

- *Extraict ou recueil des Isles nouuellement trouuees en la grand mer Oceane ou temps du roy Despaigne Fernand et Elizabeth sa femme, faict premierement en latin par Pierre Martyr de Millan, et depuis translate en languaige francoys*, Paris, Simon de Colines, 1533 [1532, nouveau style].
- *The Decades of the Newe Worlde or West India*, tr. Richard Eden, London, 1555 [facsimile by Readex Microprint, 1966].
- *De Orbe Novo, The Eight Decades of Peter Martyr D'Anghera*, translated from the Latin with Notes and Introduction by Francis Augustus MacNutt, New York and London, G. P. Putnam's Sons, 1912.

Aristote, *Poétique*, texte, traduction, notes par Roselyne Dupont-Roc et Jean Lallot, Paris, Seuil, coll. « Poétique », 1980.（アリストテレース，ホラーティウス『詩学・詩論』松本仁助・岡道男訳，岩波文庫，1997年）

- *Politics*, tr. H. Rackham, Cambridge, Massachusetts, Harvard University Press, Loeb Classical Library, 1944.（アリストテレス『政治学』牛田徳子訳，京都大学出版会，2001年）
- *Beaux-arts réduits à un même principe*, édition critique par Jean-Rémy Mantion, Paris, Aux Amateurs de livres, 1989.（バトゥー『芸術論』山縣煕訳，玉川大学出版部，1984年）

Batteux (Charles), *Les Quatre Poétiques*, Paris, Saillant et Nyon, 1771, 2 vol..

Baudelaire (Charles), *Pauvre Belgique !*, dans *Œuvres complètes*, éd. Claude Pichois, Paris, Gallimard, coll. « La Pléiade », t. II, 1976. (ボードレール「哀れなベルギー」『ボードレール全集』阿部良雄訳, 第 4 巻, 1987 年)

Boileau (Nicolas), *Œuvres complètes*, introduction par Antoine Adam, édition établie et annotée par Françoise Escal, Paris, Gallimard, coll. « La Pléiade », 1966. (ボワロー『詩法』守屋駿二訳, 人文書院, 2006 年；『諷刺詩』守屋駿二訳, 岩波書店, 1987 年)

Bonald (Louis de), *Essai analytique sur les lois naturelles de l'ordre social*, Paris, 1800.

— *Législation primitive considérée dans les derniers temps par les seules lumières de la raison, suivie de divers traités et discours politiques*, cinquième édition, Paris, Adrien Le Clère, 1857.

Boulainvilliers (Henri de), *Histoire de l'ancien gouvernement de la France*, La Haye et Amsterdam, 1727.

— *La Vie de Mahomet*, seconde édition, Amsterdam, Pierre Humbert, 1731.

Buffon (Georges Louis Leclerc, comte de), *Œuvres*, préface de Michel Delon, textes choisis, présentés et annotés par Stéphane Schmitt, avec la collaboration de Cédéric Crémière, Paris, Gallimard, coll. « La Pléiade », 2007.

Calvin (Jean), *Institution de la Religion Chrestienne*, texte établi et présenté par Jacques Pannier, Paris, Les Belles Lettres, 1961, 4 vol. (ジャン・カルヴァン『キリスト教綱要』改訳版, 渡辺信夫訳, 全 3 巻, 新教出版社, 2007～2009 年)

Cartier (Jacques), *Voyages au Canada*, Paris, François Maspero, 1981. (ジャック・カルチエ「航海の記録」西本晃二訳, 『大航海時代叢書』第 II 期第 19 巻, 岩波書店, 1982 年)

Charlevoix (Pierre François Xavier de), *Journal d'un voyage fait par ordre du roi dans l'Amérique septentrionale, adressé à Madame de la Duchesse de Lesdiguières*, dans *Histoire de la Nouvelle France*, Paris, Nyon fils, 1774, 3 vol.

Chateaubriand (François-René de), *Œuvres complètes*, Paris, Ladvocat, 1826-1831, 31 vol.

— *Œuvres complètes*, nouv. éd., précédée d'une étude littéraire sur Chateaubriand par Sainte-Beuve, Paris, Garnier, 1861 [réimp. Nendeln/Liechtenstein, Kraus Reprint, 1975].

— *Œuvres romanesques et voyages*, texte établi, présenté et annoté par Maurice Regard, Paris, Gallimard, coll. « La Pléiade », 1969, 2 vol.

— *Grands écrits politiques*, présenté par Jean-Paul Clément, Paris, Imprimerie Nationale, 1993

— *Correspondance générale*, textes établis et annotés par Beatrix d'Andlau, Pierre Christophorov, et Pierre Riberette, Paris, Gallimard, 1977-.

— *Analyse raisonnée de l'histoire de France*, Paris, La Table Ronde, 1998.

— *Atala - René - Les Aventures du dernier Abencérage*, présentation par Jean-Claude Berchet, Paris, Flammarion, coll. « GF Flammarion », 1996. (シャトーブリアン『ア

文 献 一 覧　　　401

　　タラ／ルネ』畠中敏郎訳，岩波文庫，1938 年）
- *Essai sur les révolutions, Génie du christianisme*, texte établi, présenté et annoté par Maurice Regard, Paris, Gallimard, coll. « La Pléiade », 1978.（シャトーブリアン『キリスト教精髄 1・2』田邊貞之助訳，創元社，1949 〜 1950 年．第 2 部までの翻訳）
- *Genius des Christenthums oder Shönheiten der christlichen Religion*, aus dem Französichen übersetzt und mit berichtigenden Anmerkungen begleitet von Carl Venturini, Münster, Peter Waldeck, 1803.
- *Mémoires d'outre-tombe*, édition critique par Jean-Claude Berchet, Paris, Le Livre de Poche/Classiques Garnier, coll. « La Pochothèque », 2003-2004, 2 vol.
- *Les Natchez*, éd. Gilbert Chinard, Baltimore/Paris/London, Johns Hopkins Press/Droz/Oxford University Press, 1932.
- *Vie de Rancé suivie du Voyage à la Trappe, un texte inédit de Bernardin de Saint-Pierre*, édition établie, présentée et annotée par Nicolas Pérot, Paris, Livre de poche, 2003.

Cicero, *On Duties*, tr. Walter Miller, Cambridge, Massachusetts, Harvard University Press, Loeb Classical Library, 1913.（キケロー『義務について』高橋宏幸訳，『キケロー選集』第 9 巻，岩波書店，1999 年）
- *On the Republic,* in *On the Republic, On the Laws*, tr. Clinton Walker Keyes, Cambridge, Massachusetts, Harvard University Press, Loeb Classical Library, 1928.（キケロー「国家について」岡道男訳，『キケロー選集』第 8 巻，岩波書店，1999 年）

Colón (Cristóbal), *Textos y documentos completos*, edición de Consuelo Varela, secunda edición ampliada, Madrid, Alianza Editorial, 1992.（『完訳　コロンブス航海誌』青木康征編訳，平凡社，1993 年；『コロンブス　全航海の報告』林屋永吉訳，岩波文庫，2011 年．ただしいずれにも，コロンブスが 1495 年 2 月 26 日付でカトリック両王に書き送った第二航海の報告書簡――1985 年に発見された――は未収録）

Condorcet (Marie-Jean-Antoine-Nicolas de Caritat, marquis de), Préface de la nouvelle édition des *Pensées de Pascal,* dans *Œuvres complètes*, Brunswick, Vieweg ; Paris, Heinrichs, 1804, t. IV.

Cousin (Victor), *Des Pensées de Pascal : rapport à l'Académie française sur la nécessité d'une nouvelle édition de cet ouvrage*, Paris, Ladrange, 1843.

Barbey d'Aurevilly (Jules-Amédée), « Chateaubriand, *Atala, René, Le Dernier des Abencérages* », dans *Le XIXe siècle : des œuvres et des hommes*, choix de textes établi par Jacques Petit, Paris, Mercure de France, t. II, 1966.

De Pauw (Cornélius), *Recherches philosophiques sur les Américains* [fac-sim. de l'éd. de Berlin, 1774], préface de Michèle Duchet, Paris, Jean-Michel Place, 1990.

Destutt de Tracy (Antoine-Louis-Claude), *Commentaire sur l'esprit des lois de Montesquieu*, Paris, Théodore Desoer, 1819.

Diderot (Denis), *Œuvres*, édition établie par Laurent Versini, Paris, Robert Laffont, coll. « Bouquins », 1994-1997, 5 vol.（『ディドロ著作集』第 1 期全 4 巻中第 1 ～ 3 巻のみ既刊，法政大学出版局，1976 年～）

— *Supplément au Voyage de Bougainville*, dans *Contes et romans*, éd. Michel Delon, Paris, Gallimard, coll. « La Pléiade », 2004.（『ブーガンヴィル航海記補遺（他 1 篇）』浜田泰佑訳，岩波文庫，1953 年）

Diderot (Denis) et Shaftesbury (Anthony Ashley Cooper, comte de), *Essai sur le mérite et la vertu*, édition bilingue et préface de J.-P. Jackson, Alive, Paris, 1998.

Dubos (Jean-Baptiste), *Histoire critique de l'établissement de la monarchie françoise dans les Gaules*, Paris, Ganeau, 1742, 2 vol.

— *Réflexions critiques sur la poésie et la peinture*, Paris, École nationale supérieure des beaux-arts, 1993.（デュボス『詩画論』木幡瑞枝訳，全 2 巻，玉川大学出版部，1985 年）

Faguet (Émile), « Chateaubriand », dans *Études littéraires sur le dix-neuvième siècle*, Paris, H. Lecène et H. Oudin, 4e édition, 1878.

Fleury (Claude), *Histoire ecclésiastique*, augmentée de quatre livres, comprenant l'histoire du quinzième siècle, Paris, Delarque, 1856.

Fredegarius, *Historia Francorum epitomata*, dans Georges Florent Grégoire, *Histoire ecclésiastique des Francs*, éds. et trads. J. Gaudet et Taranne, Paris, Jules Renouard, t. IV, 1838.

福沢諭吉『文明論之概略』松沢弘陽校注，岩波文庫，1995 年．

Geiler von Kaysersberg (Johann), *Die Emeis*, Straßburg, 1517.

Gibbon (Edward), *The History of the Decline and Fall of the Roman Empire*, edited by David Womersley, London, Penguin Books, 2005, 3 vols.（ギボン『ローマ帝国衰亡史』中野好夫・朱牟田夏雄・中野好之訳，全 10 巻，ちくま学芸文庫，1995 ～ 1996 年）

Goncourt (Edmond et Jules de), *Journal des Goncourt*, Paris, Robert Laffont, coll. « Bouquins », 1989..（『ゴンクールの日記』斎藤一郎編訳，上下巻，岩波文庫，2010 年）

Guizot (François), *Du gouvernement de la France depuis la restauration, et du ministre actuel*, seconde édition, Paris, Ladvocat, 1820.

Holbach (Paul-Henri Thiry d'), *Théologie portative*, dans *Œuvres philosophiques complètes*, Paris, Alive, t. I, 1998.

Horatius, *Ars poetica*, in Horace, *Satires, Epistles, Ars poetica*, tr. H. R. Fairclough, Cambridge, Massachusetts, Harvard University Press, Loeb Classical Library, 1929.（アリストテレース，ホラーティウス『詩学・詩論』松本仁助・岡道男訳，岩波文庫，1997 年）

Humboldt (Alexandre de), *Voyage aux régions équinoxiales du Nouveau Continent*, Paris, N. Maze, 1822.（フンボルト（エンゲルハルト・ヴァイグル編）『新大陸赤道地方紀行』大野英二郎・荒木善太訳，上中下巻，『17・18 世紀大旅行記叢書』第 II

期第 9 ～ 11 巻，岩波書店，2001 ～ 2003 年）

Hume (David), 'Of the Populousness of the Ancient Nations', in *Essays moral, political and literary*, ed. Eugene F. Miller, revised edition, Indianapolis, Liberty Press, 1987. （ヒューム「古代人口論」『市民の国について』上巻，岩波文庫，1982 年）

Johnson (Samuel), *Johnson on Shakespeare*, The Yale edition of the works of Samuel Johnson, vol. VIII, New Haven and London, Yale University Press, 1968.

La Harpe (Jean-François de), *Lycée, ou cours de littérature ancienne et moderne*, Paris, H. Agasse, 1799, 16 vol.

Lahontan (Louis Armand de Lom d'Arce, baron de), *Dialogues de M. le baron de Lahontan et d'un Sauvage dans l'Amérique*, éd. Henri Coulet, Paris, Desjoncquères, 1993. （ラオンタン『未開人との対話』川合清隆訳，『ユートピア旅行記叢書』第 4 巻，岩波書店，1998 年）

Las Casas (Bartolomé de), *Obras completas*, Madrid, Alianza Editorial, 1988-1994, 14 vol. （ラス・カサス『インディアス史』全 5 巻，長南実・増田義郎訳，『大航海時代叢書』第 II 期第 21 ～ 25 巻，岩波書店，1981 ～ 1992 年；ラス・カサス『インディオは人間か』染田秀藤訳，『新世界の挑戦』第 8 巻，岩波書店，1995 年）

－ *Apología*, dir. Vidal Abril Castelló, Junta de Castilla y León, 2000.

－ *Brevísima relación de la destruición de las Indias*, edición de André Saint-Lu, Madrid, Cátedra, 1982. （ラス・カサス『インディアスの破壊についての簡潔な報告』染田秀藤訳，岩波文庫，1976 年）

Le Moyne (Pierre), *Les Peintures morales*, Paris, S. Cramoisy, 1640.

－ *Les Peintures morales, seconde partie*, Paris, S. Cramoisy, 1643.

－ *La Dévotion aisée*, introduction par F. Doyotte, nouvelle édition, Paris, Librairie des Bibliophiles, 1884.

Le Nain (Dom Pierre), *La Vie de Dom Armand-Jean Le Bouthillier de Rancé, abbé et réformateur de l'abbaye de la Maison-Dieu-Notre-Dame de La Trappe*, Paris, Florentin Delaulne, 1719.

Léry (Jean de), *Histoire d'un voyage faict en la terre du Brésil*, texte établi, présenté et annoté par Frank Lestringant, Paris, Le Livre de poche, 1994.

－ *Historia Navigationis in Brasiliam*, Genève, Eustache Vignon, 1586.

レリー『ブラジル旅行記』二宮敬訳・注，『大航海時代叢書』岩波書店，第 2 期第 20 巻，1987 年．

Maistre (Joseph de), *Œuvres*, édition établie par Pierre Glaudes, Paris, Robert Laffont, coll. « Bouquins », 2007.

－ *Du pape*, édition critique avec une introduction par Jacques Lovie et Joannès Chetail, Genève, Droz, 1966.

Malthus (Thomas Roobert), *An Essay on the Principle of Population*, ed. Philip Appleman, New York/London, Norton, A Norton Critical Edition, 1976. （マルサス『人口論』斉藤悦則訳，光文社古典新訳文庫，2011 年）

Marmontel (Jean-François), *Poétique française*, Paris, Lesclapart, 1763, 2 vol.

- « Illusion », dans *Éléments de littérature*, *Œuvres complètes*, nouvelle édition précédée de son éloge par l'abbé Morellet, Paris, Verdière, 1818-1820, t. XIV.

Molé (Mathieu), *Souvenirs de jeunesse*, avec une préface de la marquise de Noailles, édition présentée et annotée par Jean-Claude Berchet, Paris, Mercure de France, 1991.

Montaigne (Michel de), *Les Essais*, éd. Jean Balsamo, Michel Magnien et Catherine Magnien-Simonin, Paris, Gallimard, coll. « La Pléiade », 2007.（モンテーニュ『エセー』原二郎訳, 岩波文庫, 全6巻, 1965～1967年；『エセー』宮下志朗訳, 白水社, 全7巻, 2005年～）

Montesquieu (Charles-Louis de Secondat de), *Lettres persanes*, édition de Paul Vernière, mise à jour par Catherine Volpilhac-Auger, Paris, Le Livre de Poche, 2005.（モンテスキュー『ペルシア人の手紙』大岩誠訳, 岩波文庫, 上下巻, 1950～1951年）

- *Considérations sur les causes de la grandeur des Romains et de leur décadence*, publiées avec introduction, variantes, commentaires et tables par Camille Jullian, dixième édition, Paris, Librairie Hachette, 1932.

- *De l'esprit des lois*, éd. Victor Goldschmidt, Paris, coll. « GF Flammarion », 1979.

- *De l'esprit des loix*, éd. Jean Brethe de la Gressaye, Paris, Les Belles Lettres, 1950-1961, 4 vol.

- *The Spirit of the Laws*, ed. Anne M. Cohler, Basia C. Miller and Harold S. Stone, coll. "Cambridge Texts in the History of Political Thought", Cambridge, Cambridge University Press, 1989.

モンテスキュー『法の精神』野田良之・稲本洋之助・上原行雄・田中治男・三辺博之・横田地弘訳, 岩波文庫, 1989年.

Nicole (Pierre), *Essais de morale*, choix d'essais, introduits et annotés par Laurent Thirouin, Paris, Presses Universitaires de France, 1999.

Nietzsche (Friedrich), *Sämtliche Werke: Kritische Studienausgabe*, 15 Bände, hrsg. von Giorgio Colli und Mazzino Montinari, 2. Aufl., Berlin/New York, de Gruyter, 1988.（『ニーチェ全集』本巻全15巻・別巻全4巻, ちくま学芸文庫, 1993～1994年；『ニーチェ全集』第1期全12巻別巻1・第2期全12巻, 白水社, 1979～1985年）

Pascal (Blaise), *Les Provinciales, Pensées, et opuscules divers*, textes édités par Gérard Ferreyrolles et Philippe Sellier, d'après l'édition de Louis Cognet pour « Les Provinciales », Paris, Le Livre de Poche/Classiques Garnier, coll. « La Pochothèque », 2004.（『パスカル著作集』田辺保全訳, 全7巻・別巻1, 教文館, 1980～1984年；パスカル『パンセ』前田陽一・由木康訳, 全2巻, 中公クラシックス, 2001年）

- *Pensées de M. Pascal sur la religion, et sur quelques autres sujets*, l'Edition de Port-Royal (1670) et ses compléments (1678-1776) présentée par G. Couton et J. Jehasse, Centre interuniversitaire d'éditions et de rééditions, Universités de la Région Rhône-Alpes, coll. « Images et témoins de l'âge classique », n° 2 1971.

― *Éloge* [par Condorcet] *et Pensées de Pascal*, nouvelle édition commentée, corrigée et augmentée par M. de *** [Voltaire], Paris, 1778.

Polo (Marco), *The Travels of Marco Polo*, the Complete Yule-Cordier Edition, New York, Dover, 1993.（マルコ・ポーロ『完訳　東方見聞録』愛宕松男訳，全2巻，平凡社ライブラリー，2000年）

Rabelais (François), *Œuvres complètes*, édition établie, présentée et annotée par Mireille Huchon avec la collaboration de François Moreau Paris, Gallimard, coll. « La Pléiade », 1994.（『ガルガンチュワ物語　第一之書』『パンタグリュエル物語　第二之書～第五之書』渡辺一夫訳，岩波文庫，1973～1975年；『ガルガンチュア』『パンタグリュエル』『第三の書』『第四の書』宮下志朗訳，ちくま文庫，2005～2009年）

Racine (Jean), *Athalie*, dans *Œuvres complètes*, éd. Georges Forestier, Paris, Gallimard, coll. « La Pléiade », t. I, 1999.（ラシーヌ『アタリー』渡辺義愛訳，『世界古典文学全集48　ラシーヌ』筑摩書房，1965年）

Raynal (Guillaume-Thomas), *Histoire philosophique et politique des établissements et du commerce des Européens dans les deux Indes*, Genève, J.-L. Pellet, 1780 [réimp. Paris, Bibliothèque des introuvables, 2006], 10 vol.（レーナル『両インド史』大津真作訳，全6巻，法政大学出版局，2009年～）

Renan (Ernest), « Des services rendus aux sciences historiques par la philologie », dans *Œuvres complètes*, éd. Henriette Psichari, Paris, Calmann-Lévy, t. VIII, 1958.

Rousseau (Jean-Jacques), *Œuvres complètes*, dir. Bernard Gagnebin et Marcel Raymond, Paris, Gallimard, coll. « La Pléiade », 1959-1995, 5 vol.（『ルソー全集』全14巻，白水社，1978～1984年）

Sainte-Beuve (Charles-Augustin), *Chateaubriand et son groupe littéraire sous l'Empire : cours professé à Liège en 1848-1849*, Paris, Garnier, 1948, 2 vol.

― *Port-Royal*, présentation de Philippe Sellier, Paris, Robert Laffont, coll. « Bouquins », 2004, 2 vol.

The Savage ; occasion'd by the bringing to Court a wild Youth, taken in the Woods in Germany, in *the Year 1725*, in *Miscellaneous Poems by several hands*, published by D. Lewis, London, J. Watts, 1726, pp. 305-306.

Sepúlveda (Juan Ginés de), *Demócrates Segundo o de las justas causas de la guerra contra los indios*, edición crítica bilingüe, traducción castellana, introducción, notas e índices por Angel Losada, segunda edición, Madrid, C. S. I. C., 1984.（セプールベダ『征服戦争は是か非か』染田秀藤訳，『新世界の挑戦』第7巻，岩波書店，1992年）

Shakespeare (William), *King Henry V*, ed. T. W. Craik, London, Arden Shakespeare, 1995.（『ヘンリー五世』，『シェイクスピア全集』小田島雄志訳，第19巻，白水Uブックス，1983年）

Sieyès (Emmanuel), *Qu'est-ce que le Tiers état ?*, éd. Roberto Zapperi, Genève, Droz, 1970.（シィエス『第三身分とは何か』稲本洋之助・伊藤洋一・川出良枝・松本

英実訳,岩波文庫,2011年)

Stendhal, *Promenades dans Rome*, dans *Voyages en Italie*, éd. Victor del Litto, Paris, Gallimard, coll. « La Pléiade », 1973. (スタンダール『ローマ散歩』臼田紘訳,全2巻,新評論,1996〜2000年)

— *Annals*, in *Histories, Annals*, tr. Clifford H. Moore and John Jackson, Cambridge, Massachusetts, Harvard University Press, Loeb Classical Library, 1931-1937, 4 vols. (タキトゥス『年代記』国原吉之助訳,上下巻,岩波文庫,1981年)

Tacitus, *La Germanie*, texte établi et traduit par Jacques Perret, introduction et notes d'Anne-Marie Ozanam, dans *Vie d'Agricola, La Germanie*, deuxième tirage, Paris, Les Belles Lettres, coll. « Classiques en poche », 2002. (タキトゥス『ゲルマーニア』泉井久之助訳,岩波文庫,1979年)

Thierry (Augustin), *Œuvres complètes*, Paris, Furne, 1851.

Vitoria (Francisco de), *Relectio de Indis*, edición crítica bilingüe por L. Pereña y J. M. Pérez Prendes, Madrid, CSIC, Corpus Hispanorum de Pace, 1967. (ビトリア『人類共通の法を求めて』佐々木孝訳,『新世界の挑戦』第6巻,岩波書店,1993年)

Voltaire, *Œuvres complètes*, éd. Louis Moland, Paris, Garnier, 1877-1882, 52 vol.

— *Œuvres complètes*, Oxford, Voltaire Foundation, 1968-, édition en cours.

— *Œuvres historiques*, éd. René Pomeau, Paris, Gallimard, coll. « La Pléiade », 1957.

— *Essai sur les mœurs*, éd. René Pomeau, Paris, Garnier, 1963, 2 vol.

— *Lettres philosophiques ou Lettres anglaises avec le texte complet des remarques sur les Pensées de Pascal*, introduction, notes, choix de variantes et rapprochements par Raymond Naves, Paris, Bordas, coll. « Classiques Garnier », 1998.

II 辞書・事典

Dictionnaire universel françois et latin. Nouvelle édition corrigée et considérablement augmentée, Paris, Compagnies des libraires associés, 1752, 7 vol.

Dictionnaire universel françois et latin, vulgairement appelé Dictionnaire de Trévoux. Nouvelle édition corrigée et considérablement augmentée, Paris, Compagnies des libraires associés, 1771, 8 vol.

Encyclopédie, ou Dictionnaire raisonné des sciences, des arts et des métiers, par une société de gens de lettres, Paris, Briasson, David, Le Breton et Durand, 1751-1757 (t. I à VII), et Neuchâtel, Faulche, 1765 (t. VIII à XVII), 17 vol.

Féraud (Jean-François), *Dictionnaire critique de la langue française*, Marseille, Mossy, 1787-1788, 3 vol.

Furetière (Antoine), *Dictionnaire Universel, contenant généralement touts les mots françois tant vieux que modernes, et les termes de toutes les sciences et des arts*, La Haye et Rotterdam, Arnout et Reinier Leers, 1690, 3 vol.

Henríquez (Baltasar), *Thesaurus utriusque linguae hispanae et latinae*, Matriti, Ioannis Garcia Infançon, 1679.

Larousse (Pierre), *Grand dictionnaire universel du XIXe siècle*, Paris, Larousse, 1866-

1876, 15 vol. et 2 vol. de suppl. (1877, 1888).
Ménage (Gilles), *Dictionnaire étymologique, ou Origines de la langue françoise*. Nouvelle édition revue et augmentée par l'auteur, avec les *Origines françoises* de M. de Caseneuve, un *Discours sur la science des étymologies*, par le P. Besnier, de la Compagnie de Jésus, et une liste des noms de saints qui paroissent éloignez de leur origine, et qui s'expriment diversement selon la diversité des lieux, par M. l'abbé Chastelain, Paris, 1694.
Nebrija (Antonio de), *[Vocabulario español-latino]*, Salamanca, [Impresor de la Gramática castellana], [1495?].
Rosal (Francisco del), *Origen y etymología de todos los vocablos originales de la Lengua Castellana. Obra inédita de el Dr. Francisco de el Rosal, médico natural de Córdova, copiada y puesta en claro puntualmente del mismo manuscrito original, que está casi ilegible, e ilustrada con alguna[s] notas y varias adiciones por el P. Fr. Miguel Zorita de Jesús María, religioso augustino recoleto*. (1601-1611).
Supplément à l'Encyclopédie, ou Dictionnaire raisonné des sciences, des arts et des métiers, Amsterdam, Rey, 1776-1777, 4 vol.

III 二次文献

Artigas-Menant (Geneviève), « Perspectives » in *Dix-huitième siècle*, n° 34, 2002.
Bataille (Georges), *Théorie de la religion*, Paris, Gallimard, coll. « Tel », 1973. (バタイユ『宗教の理論』湯浅博雄訳, ちくま学芸文庫, 2002 年)
Becq (Annie), *Genèse de l'esthétique française moderne : de la Raison classique à l'Imagination créatrice 1680-1814*, Paris, Albin Michel, coll. « Bibliothèque de l'Évolution de l'Humanité », 1994.
Bénichou (Paul), *Romantismes français*, Paris, Gallimard, coll. « Quarto », 2004, 2 vol. (ベニシュー『作家の聖別』『預言者の時代』片岡大右監訳, 原大地・辻川慶子・古城毅ほか訳, 水声社, 近刊)
Bernheimer (Richard), *Wild Men in the Middle Ages*, Cambridge, Harvard University Press, 1952.
Berthier (Philippe), *Stendhal et Chateaubriand*, Genève, Droz, 1987.
Binoche (Bertrand), « Civilisation : le mot, le schème et le maître-mot», dans *Les Équivoques de la civilisation*, dir. Bertrand Binoche, Paris, Champ Vallon, 2005.
Blackstone (Daniel), « À la recherche du lien social : incrédulité et religion, d'après le discours janséniste à la fin du XVIIIe siècle », in *Civilisation chrétienne : approche historique d'une idéologie, XVIIIe-XXe siècle*, sous la direction de Jean-René Derré, Jacques Gadille, Xavier de Montclos, Bernard Plongeron, Paris, Beauchesne, 1975.
Blum (Carol), *Strength in Numbers: Population, Reproduction, and Power in Eighteenth-Century France*, Baltimore, Johns Hopkins University Press, 2002.
Bray (René), *La Formation de la doctrine classique en France*, Paris, Nizet, 1966.
Brisson (Élisabeth), *Le Sacre du musicien : la référence à l'Antiquité chez Beethoven*,

Paris, CNRS, 2000.

Brumfitt (J. H.), *Voltaire Historian*, Oxford, Oxford University Press, 1958.

Carcassonne (Élie), *Montesquieu et le problème de la constitution française au XVIIIe siècle*, Genève, Slatkine Reprints, 1970 [Réimpression de l'édition de Paris, 1927].

Cassirer (Ernst), *Die Philosophie der Aufklärung*, Hamburg, Felix Meiner Verlag, 2007. (カッシーラー『啓蒙主義の哲学』中野好之訳, 上下巻, ちくま学芸文庫, 2003年)

Chinard (Gilbert), *L'Amérique et le rêve exotique dans la littérature française au XVIIe et au XVIIIe siècle*, Genève, Slatkine Reprints, 2000 [réimpression de l'édition de Paris, 1913].

Clarac (Pierre), « Le christianisme de Chateaubriand », dans *À la recherche de Chateaubriand*, Paris, Nizet, 1975.

Clément (Jean-Paul), *Chateaubriand*, Paris, Flammarion, 1998.

‒ « De conclave en conclave (1823-1829) : zelanti et politicanti », in *Bulletin Chateaubriand*, 2005, XLVII.

Compagnon (Antoine), *Les Antimodernes : De Joseph de Maistre à Roland Barthes*, Paris, Gallimard, 2005.

Delon (Michel), « L'orgue de Chateaubriand », in Revue d'histoire littéraire de la France, nov.-déc. 1998.

Derathé (Robert), *Jean-Jacques Rousseau et la science politique de son temps*, 2e éd., Paris, Vrin, 1970.

Dick (Ernst), *Plagiats de Chateaubriand*, Bern, 1905.

Dickason (Olive P.), *The Myth of the Savage*, Edmonton, The University of Alberta Press, 1984.

Didier (Béatrice), *Le Siècle des Lumières*, Paris, MA Éditions, 1987.

Diesbach (Ghislain de), *Madame de Staël*, Paris, Perrin, 1983.

Dollinger (Albert), *Les Études historiques de Chateaubriand*, Paris, Les Belles Lettres, 1932.

Duchet (Michèle), *Anthropologie et histoire au siècle des Lumières*, Paris, Albin Michel, coll. « Bibliothèque de l'Évolution de l'Humanité », 1995.

Dupâquier (Jacques), « Démographie », dans *Dictionnaire européen des Lumières*, dir. Michel Delon, Paris, PUF, coll. « Quadrige », 2007.

Ehrard (Jean), *L'Idée de nature en France dans la première moitié du XVIIIe siècle*, Paris, Albin Michel, coll. « Bibliothèque de l'Évolution de l'Humanité », 1994.

Everdell (William R.), *Christian Apologetics in France, 1730-1790*, Lewiston/Queenston, The Edwin Mellen Press, 1987.

Ferreyrolles (Gérard), *Pascal et la raison du politique*, Paris, Presses Universitaires de France, 1984.

Fumaroli (Marc), *Chateaubriand : poésie et terreur*, Paris, Gallimard, 2006.

Gautier (Paul), *Madame de Staël et Napoléon*, Paris, Plon, 1933.

Gengembre (Gérard), *La Contre-révolution ou l'histoire désespérante*, Paris, Imago, 1989.

Gerbi (Antonello), *La disputa del Nuovo Mondo*, nuova edizione a cura di Sandro Gerbi, con un saggio di Antonio Melis, Milano, Adelphi edizioni, 2000.

― *Adam et le Nouveau Monde*, préface de Frank Lestringant, traduit par Arlette Estève et Pascal Gabellone, Lecques, Théétète éditions, 2000.

Gliozzi (Giuliano), « Il mito del 'buon selvaggio': prospettive storiografiche », in *Differenze e uguaglianza nella cultura europea moderna*, Napoli, Vivarium, 1993.

Gouhier (Henri), *Blaise Pascal, conversion et apologétique*, Paris, Vrin, 1986.

Greenblatt (Stephen), *Marvelous Possessions*, Oxford, Clarendon Press, 1991.（グリーンブラット『驚異と占有』荒木正純訳, みすず書房, 1994年）

Grès-Gayer (Jacques), « *Barbare* et *civilisé*, d'après l'article 'Instinct' du *Dictionnaire de Trévoux* (1771) », in *Civilisation chrétienne, op. cit.*

Hanke (Lewis), *La lucha por la justicia en la conquista de América*, Madrid, Ediciones Istmo, 1988.（ハンケ『スペインの新大陸征服』染田秀藤訳, 平凡社, 1979年）

Hartle (Ann), *Michel de Montaigne: Accidental Philosopher*, Cambridge, Cambridge University Press, 2003.

Hartog (François), *Régimes d'historicité*, Paris, Seuil, 2003.（アルトーグ『歴史の体制』伊藤綾訳, 藤原書店, 2008年）

Hazard (Paul), *La Crise de la conscience européenne*, Paris, Le Livre de Poche, 1994.（アザール『ヨーロッパ精神の危機』野沢協訳, 法政大学出版局, 1973年）

Highley (Christopher), *Shakespeare, Spenser, and the Crisis in Ireland*, Cambridge, Cambridge University Press, 1997.

Israel (Jonathan I.), *Radical Enlightenment: Philosophy and the Making of Modernity 1650-1750*, New York, Oxford University Press, 2001.

Jennings (Francis), *The Invasion of America*, New York/London, Norton, 1976.

Kataoka (Daisuke), « Chateaubriand, les sauvages américains et les esclaves noirs », in *Études de langue et littérature françaises*, Société japonaise de langue et littérature françaises, n° 91, septembre 2007.

片岡大右「アントワーヌ・コンパニョンの『反近代派』」『スタンダール研究会会報』日本スタンダール研究会, 第15号, 2005年5月, 9-16頁.

― 「キリスト教と文明:スタンダールとシャトーブリアンの事例に即して」『スタンダール研究会会報』日本スタンダール研究会, 第21号, 2011年5月.

Kohl (Karl-Heinz), *Entzauberter Blick*, Frankfurt am Mein, Suhrkamp, 1986.

Labarthe (Patrick), *Baudelaire et la tradition de l'allégorie*, Genève, Droz, 1999.

Landucci (Sergio), *I filosofi e i selvaggi 1580-1780*, Bari, Laterza, 1972.

Le Goff (Jacques), *La Civilisation de l'Occident médiéval*, Paris, Flammarion, coll. « Champs », 1982.（ル・ゴフ『中世西欧文明』桐村泰次訳, 論創社, 2007年）

― *L'Imaginaire médiéval, dans Un autre Moyen Âge*, Paris, Gallimard, coll. « Quarto », 1999.

Lestringant (Frank), *Le Cannibale. Grandeur et décadence*, Paris, Perrin, 1994.

Lévi-Strauss (Claude), *Tristes tropiques*, Paris, Plon, coll. « Pocket », 1984. (レヴィ＝ストロース『悲しき熱帯』川田順造訳，中公クラシックス，2001 年)

Lockey (Brian C.), *Law and Empire in English Renaissance Literature*, Cambridge, Cambridge University Press, 2006.

Losurdo (Domenico), *Nietzsche, il ribelle aristocratico. Biografia intellettuale e bilancio critico*, Torino, Bollati Boringhieri, 2002.

Lovejoy (Arthur O.), 'The Supposed Primitivism of Rousseau's *Disourse on Inequality*', in *Essays in the History of Ideas*, Baltimore, Johns Hopkins Press, 1948. (「『不平等起源論』におけるルソーのいわゆる原始主義について」『観念の歴史』鈴木信雄・内田成子・佐々木光俊・秋吉輝雄訳，名古屋大学出版会，2003 年)

Masseau (Didier), *Les Ennemis des philosophes*, Paris, Albin Michel, 2000.

McKenna (Antony), « Chateaubriand et Pascal », in *Bulletin de la Société de Chateaubriand*, 1991, n° 34.

Meek (Ronald L.), *Social science and the ignoble savage*, Cambridge, Cambridge University Press, 1976.

Michel (Pierre), *Les Barbares, 1789-1848 : un mythe romantique*, Lyon, Presses universitaires de Lyon, 1981.

Moravia (Sergio), *La scienza dell'uomo nel Settecento*, Roma-Bari, Laterza, Universale Laterza, 1978.

Novak (Maximillian E.), "The Wild Man Comes to Tea", in *The Wild Man Within*, ed. Edward Dudley and Maximillian E. Novak, Pittsburgh, University of Pittsburgh Press, 1972.

小田部胤久『象徴の美学』東京大学出版会，1995 年.

Pagden (Anthony), *The Fall of Natural Man*, Cambridge, Cambridge University Press, 1986.

Pérot (Nicolas), « Chateaubriand et la musique sacrée », in *Chateaubriand et les arts*, dir. Marc Fumaroli, Paris, Fallois, 1999.

Plongeron (Bernard), *Théologie et politique au siècle des Lumières*, Genève, Droz, 1973.

Pocock (J. G. A.), *The Machiavellian Moment*, Second paperback edition, with a new afterward, Princeton and Oxford, Princeton University Press, 2003. (ポーコック『マキァヴェリアン・モーメント』田中秀夫・奥田敬・森岡邦泰訳，名古屋大学出版会，2008 年)

— "Gibbon's *Decline and Fall* and the world view of the Late Enlightenment", in *Virtue, Commerce, and History*, Cambridge, Cambridge University Press, 1985. (ポーコック「ギボンの『ローマ帝国衰亡史』と啓蒙後期の世界観」『徳・商業・歴史』田中秀夫訳，みすず書房，1993 年)

Pomian (Krzysztof), « Francs et Gaulois », dans *Les Lieux de mémoire*, dir. Pierre Nora, Paris, Gallimard, coll. « Quarto », t. 2, 1997.

Pomeau (René), *La Religion de Voltaire*, nouvelle édition revue et mise à jour, Paris, Nizet, 1969.

- *Voltaire et son temps*, nouvelle édition intégrale, revue et corrigée, Paris/Oxford, Fayard/Voltaire Foundation, 1995.

Proust (Jacques), *Diderot et l'Encyclopédie*, Paris, Albin Michel, coll. « Bibliothèque de l'Évolution de l'Humanité », 1995.

Reinerman (Alan J.), "Metternich versus Chateaubriand: Austria, France, and the Conclave of 1829", in *Austrian History Yearbook*, 1976, Volume 12, Issue 1.

Rivera (Luis N.), *A Violent Evangelism: the political and religious conquest of the Americas*, foreword by Justo L. González, Louisville, Westminster/John Knox Press, 1992.

Rosanvallon (Pierre), *Le Moment Guizot*, Paris, Gallimard, 1985.

Roy (Arundhati), "The End of Imagination" in *The Cost of Living*, London, Flamingo, 1999. (ロイ「想像力の終わり」『わたしの愛したインド』片岡夏実訳, 築地書館, 2000年)

Rushdie (Salman), "India's Fiftieth Anniversary", in *Step Across This line: Collected Nonfiction 1992-2002*, New York, Random House, 2002.

佐々木健一『フランスを中心とする18世紀美学史の研究』岩波書店, 1999年.

Sayre (Gordon M.), *Les Sauvages Américains: Representations of Native Americans in French and English Colonial Literature*, Chapel Hill and London, University of North Carolina Press.

Sellier (Philippe), *Pascal et saint Augustin*, Paris, Albin Michel, coll. « Bibliothèque de l'Évolution de l'Humanité », 1995.

- *Port-Royal et la littérature*, Paris, Champion, 1999-2000, 2 vol.

Shiokawa (Tetsuya), « *Justus ex fide vivit et fides ex auditu* : deux aspects de la foi dans l'apologétique pascalienne », in *Revue des sciences humaines*, n° 244, 1996. (塩川徹也「「聞くことによる信仰」から「人を生かす信仰」へ」,『パスカル考』岩波書店, 2003年)

Straudo (Arnoux), *La Fortune de Pascal en France au XVIIIe siècle*, Oxford, Voltaire Foundation, coll. « Studies on Voltaire and the eighteenth century », n° 351, 1997.

Strivay (Lucienne), *Enfants sauvages*, Paris, Gallimard, 2006.

Strowski (Fortunat), *Les Pensées de Pascal : étude et analyse*, Paris, Mellottée, 1930.

Taveneaux (René), *Jansénisme et politique*, Paris, Armand Colin, 1965.

Tinland (Franck), *L'Homme sauvage*, Paris, L'Harmattan, 2003.

Todorov (Tzvetan), *Nous et les autres*, Paris, Seuil, coll. « Points Essais », 2001. (トドロフ『われわれと他者』小野潮・江口修訳, 法政大学出版局, 2001年)

Tuck (Richard), "The 'modern' theory of natural law", in *The Languages of Political Theory in Early-Modern Europe*, ed., Anthony Pagden, Cambridge, Cambridge University Press, 1987.

Van Delft (Louis), *Littérature et anthropologie*, Paris, Presses Universitaires de France, 1993.

Venturino (Diego), *Le ragioni della tradizione. Nobiltà e mondo moderno in*

  Boulainvilliers (1658-1722), Firenze, Casa Editrice Le Lettere, 1993.
- « À la politique comme à la guerre ? A propos des cours de Michel Foucault au Collège de France (1976) », in *Storia della Storiografia*, XXIII, 1993.
- « Race et histoire. Le paradigme nobiliaire de la distinction sociale au début du XVIIIe siècle », in *L'Idée de « race » dans les sciences humaines et la littérature (XVIIIe et XIXe siècles)*, dir. Sarga Moussa, Paris, L'Harmattan, 2003.

Weber (David J.), *Bárbaros: Spaniards and Their Savages in the Age of Enlightenment*, Yale, Yale University Press, 2005.

White (Hayden), "The Forms of Wildness", in *Wild Man Within, op. cit.*

索　引

ア　行

アウグスティヌス Augustinus　　66-67, 142, 209, 255
アウグスティヌス主義　　36, 261
アウグストゥルス Augustulus　　338, 340
アエネアス Aeneas　　224
『アエネイス』（ウェルギリウス）　　9, 86, 255, 305, 309
アガティアス Agathias　　331-32, 341
アキレウス Achilleus　　84
アザール Hazard, Paul　　251
アダム Adam　　5, 40, 44, 62, 84, 195, 202, 220, 228-29, 235
『アタラ』（シャトーブリアン）　　80, 86-88, 90, 106, 110, 127, 372, 374
『アタリー』（ラシーヌ）　　265-66
アッティラ Attila　　103
アテナイ人
　文明と蛮性の共存　　347
アブラハム Abraham　　7, 153
アポロン Apollon　　267
『アメリカ人についての哲学的探求』（デ・パウ）　　300-01
『アメリカ旅行記』（シャトーブリアン）　　365-67, 375-76, 378
アリ（アリー・イブン・リドワーン）Ali ibn Ridwan　　214
アリオスト Ariosto, Ludovico　　6
アリスティッポス Aristippos　　278
アリスティデス Aristides　　350
アリストテレス Aristoteles　　3-4, 70-72, 73-76, 80-82, 84-85, 194, 197-202, 207, 209, 211-14, 216-19, 221, 240, 244-45, 271-73, 286, 358, 362
アルテミス Artemis　　364
アルニム（ベッティーナ・フォン）Arnim, Bettina von　　53
アルノー Arnauld, Antoine　　264
「あるモンゴル人の夢」（ラ・フォンテーヌ）　　269
アレクサンデル6世 Alexander VI　　119, 195
アレクサンドロス Alexandros　　12, 201-02
アーレント Arendt, Hannah　　317
アンジェリカ Angelica　　6
アンテノル Antenor　　307
アントニウス Antonius, Marcus　　104, 358
アンドロマケー Andromache　　84
アンニウス（ヴィテルボの）Annio da Viterbo　　193, 305, 307, 308
イヴ Eva　　8, 62, 84
『イヴァンあるいは獅子の騎士』（クレティアン・ド・トロワ）　　8
イエス＝キリスト Jesus Christus　　19, 47, 65, 69, 102, 114, 153-54, 213, 230, 360
イスラム／マホメット教　　6-7, 103, 148, 164, 192-93, 212, 393
イーデン Eden, Richard　　247
イリュージョン　　76-78, 81, 86-87, 89-90
　半――　　81, 86-87
隠修士 anachorète
　――と荒野の名声　　104
　――による蛮人の文明化　　105
　――の非人間化　　140
『インド史』（ラス・カサス）　　193, 210, 218, 222

インド人／インディアン／インディオ　12-14, 189-91
『インドの破壊をめぐるいとも簡潔なる報告』（ラス・カサス）　196, 216-20
隠遁者 solitaire
　社会的有用性からの断絶　43
　――好みの宗教と野生的なもの　68-69
　――による文明の維持と復興　103-04, 142
　――の自食性　357
　〈ポール＝ロワイヤルの――〉　11, 39, 44, 51, 96, 256, 261, 264
ヴァン・デルフト　Van Delft, Louis　253
ヴィルガニョン　Villegagnon, Nicolas Durand de　227, 230-31
ヴィレール　Villèle, Joseph de　99
ウェヌス　Venus　172
ウェルギリウス　Vergilius　141-42, 224, 246, 270, 305, 330
ウェルキンゲトリクス　Vercingetorix　394
ヴェントゥリーノ　Venturino, Diego　317
ヴォルテール　Voltaire　20-23, 36, 39, 41-45, 51, 108, 111-20, 128, 135, 137, 142-45, 154, 217, 219-20, 250-52, 257, 370, 373, 392
ヴォルネー　Volney, Constantin-François de Chassebœuf, comte de　376
エウアンドルス　Euandrus　84
エウナピオス　Eunaius　173, 177
エウリュディケ　Eurydike　369
『エセー』（モンテーニュ）　249, 256
　「衒学について」　240
　「節度について」　240-41
　「カニバルについて」　10, 184, 235-40, 251
　「レーモン・スボンの弁護」　235, 237, 238
　「馬車について」　251
　「経験について」　240
『エミール』（ルソー）
　「サヴォワの助任司祭の信仰告白」　119-20
エラール　Ehrard, Jean　184, 252, 297
エラスムス　Erasmus, Desiderius　203
エルヴェシウス　Helvetius, Claude-Adrien　166
『エルヴェシウス反駁』（ディドロ）　166-67
エルミニア　Erminia　84
エンリケス　Henríquez, Baltasar　243
オイディプス　Oidipous　85
黄金時代　219, 224-25, 234, 246, 373
『王政復古以来のフランスの政府と現在の大臣について』（ギゾー）　320-21
『オックスフォード英語辞典』　186
オーディン　Odin　103
『オデュッセイア』（ホメロス）　364
オドアケル　Odoacer　103
オトマン　Hotman, François　313
オビエード　Oviedo, Gonzalo Fernández de　199, 206
オーブリ　Aubry, Père　106, 372
オリエント的専制　192
オルフェウス　Orpheus　85, 122, 266-67, 366, 369, 372
『音楽辞典』（ルソー）　67

カ 行

カークス　Cacus　255
カイザースベルク（ガイラー・フォン）　Geiler von Kaysersberg, Johann　8
『カイレブ・ウィリアムズ』（ゴドウィン）　155
カエサル　Caesar, Gaius Julius　290, 304, 343, 394
『学問芸術論』（ルソー）　160, 348
カタルシス　71-76, 79-81, 92, 94-95

索引

カッシーラー Cassirer, Ernst　54
カトリック両王 Reyes Católicos　195, 218, 221, 223
『悲しき熱帯』（レヴィ゠ストロース）　5, 195
ガマ Gama, Vasco da　191
『神の国』（アウグスティヌス）　103, 255
『カラクテール』（ラ・ブリュイエール）　269
『ガリアにおけるフランス王政確立の批判的歴史』（デュボス）　309-10, 319, 334, 336
『ガリアの偉業とトロイアの特異な事績』（ルメール・ド・ベルジュ）　307-08
カルヴァン Calvin, Jean　228, 230-31, 238, 249
カルカソンヌ Carcassonne, Élie　333
『ガルガンチュア大年代記』　225
カルティエ Cartier, Jacques　190, 225
カルトゥーシュ Louis Dominique Garthausen, dit Cartouche　119
カルロス1世 Carlos I de España　203, 206
完成可能性 perfectibilité　19, 155, 280, 389
『幾何学的精神について』（パスカル）　20
キケロ Cicero　76, 141, 241, 244-45, 248, 254, 286, 296, 342
ギゾー Guizot, François　318, 320-21, 340
ギボン Gibbon, Edward　105, 140-43, 169, 172-78, 192, 291-92, 331-32, 341
『義務について』（キケロ）　244-45
キャリエール Carrière, Jean-Claude　195
『教会史』（フルーリ）　170-72
『教皇について』（メーストル）　131-33, 150-52

キリスト　→イエス゠キリスト
『キリスト教精髄』（シャトーブリアン）　10, 17-70, 84-130, 139, 142-43, 152-61, 169, 178, 347, 350, 360, 372, 382, 389-90
　1803年の独訳　35, 153
『著者による『キリスト教精髄』弁護』　24-26, 45, 95, 129
ギルド Gildo　177
クザン Cousin, Victor　47-48
クララック Clarac, Pierre　99-100
グリーンブラット Greenblatt, Stephen　5
クリュソストモス Joannes Chrysostomos　142
『狂えるオルランド』（アリオスト）　6
グレゴリウス（トゥールの）Gregorius Turonensis　334
グレゴリオ聖歌　66-68
クレティアン・ド・トロワ Chrétien de Troyes　8
クレマン Clément, Jean-Paul　130, 327
クロヴィス Clovis　310, 323-24, 328-29, 333-37
グロティウス Grotius, Hugo　297, 359
クロティルド Clotilde　334-38, 343
『形而上学』（アリストテレス）　240
『ゲルマニア』（タキトゥス）　291, 338
原始主義 primitivisme　183-85, 224, 353, 365-67, 373
　ルソーの反——　369-72
　真正の——は存在するか？　184
『皇帝伝』（ティユモン）　171
護教論
　パスカルとシャトーブリアンの——の差異　30
　18世紀的——の特徴　36-37, 136
『告白』（アウグスティヌス）　66
黒人
　——の生物学的劣等性の主張　220
黒人奴隷制　→奴隷制
『国家』（プラトン）　272

416　　　　　　　　索　引

『国家について』（キケロ）　244
古典主義
　シャトーブリアンにおける——詩学の継承　86-88
　フランス——文学のアメリカへの無関心　251
　フランス——の人間学的前提　253
　——時代の野生人　268
　ニーチェのフランス——評価　392
ゴドウィン　Godwin, William　155-56
ゴヌヴィル　Gonneville, Binot Paulmier de　190
『ゴルギアス』（プラトン）　240
コルネイユ　Corneille, Pierre　74
コロンブス　Colón, Cristóbal　12-13, 191, 195, 204, 215, 218-19, 221-24, 226
コール　Kohl, Karl-Heinz　284
ゴンクール兄弟　Goncourt, Edmond et Jules de　47
コンコルダート　126, 128-29, 139
コンスタンティヌス　Constantinus I　140, 176, 331-32
コンドルセ　Condorcet, Marie-Jean-Antoine-Nicolas de Caritat, marquis de　20-23, 29, 33-35, 39, 42-43, 45, 132-33, 138, 155
『今日の著作若干および全フランス人の利益についての政治的考察』（シャトーブリアン）　324-26
コンパニョン　Compagnon, Antoine　389-91

サ　行

サラマンカ学派　203-04, 206-07
サルウィアヌス　Salvianus　102-03, 331-32
サン＝ドマング　113, 390
サン＝ピエール　Saint-Pierre, Charles-Irénée Castel, abbé de　146
サント＝ブーヴ　Sainte-Beuve, Charles-

Augustin　31, 80, 86-89, 383
市民的ヒューマニズム　275-76
シエイエス　Sieyès, Emmanuel-Joseph　315-18
シェイクスピア　Shakespeare, William　85-87, 186-87
ジェルビ　Gerbi, Antonello　216-18
シカール　Sicard, Roch-Ambroise Cucurron　126-27
『詩学』（アリストテレス）　71-75
『詩画論』（デュボス）　77-78
『自然史』（ビュフォン）　295
自然状態　état de nature
　——と野生状態の差異　395
自然人　homme de la nature
　『諸革命論』における——　354-55
　『不平等起源論』における——と野生人　369-73
　「——の叙事詩」としての『ナチェズ』　379
　ルソーとシャトーブリアンの——理解の差異　362
　——と野生人の分離　375-76
自然による奴隷　→本性的奴隷
『自然の体系』（ドルバック）　118
自然法　4-5, 9, 147-49, 152-54, 161-63, 167, 194, 198-200, 204-05, 207-08, 211-12, 228-31, 233-39, 249, 265, 297-99, 359-63, 380
　トマスの——理解　4, 194, 198-99
　カルヴァンの——理解　228
　モンテスキューの——理解　294-97
　近代——論とトマス的伝統の差異　297-98, 361
　コモン・ローとの同一視　7
　キリスト教批判の根拠としての——　149
　「人口増加の一般法」としての——　152
　古い——のイエスによる破壊　154
　タヒチ社会と——　161-63, 167

シナール Chinard, Gilbert　250-51
『詩法』（ボワロー）　73, 79, 92, 95, 266-67
社会状態 état social
　ルソーに反対して——を擁護するディドロ　166-67
　——の歴史化　375
シャクタス Chactas　106, 268-269, 343-46, 373-75, 377-379
シャトーブリアン Chateaubriand, François-René de　序論・第一部の随所, 190, 225, 251, 268-70, 第二部第 III 章・結論の随所
『シャトーブリアン——詩とテロル』（フュマロリ）　113
『シャトーブリアンの剽窃』（ディック）　175
シャフツベリ Shaftesbury, Anthony Ashley Cooper, 3rd Earl of　51, 146-49
シャルル 8 世 Charles VIII　326
シャルルヴォワ Charlevoix, Pierre François Xavier de　108-10, 216, 346, 381
シャルルマーニュ Charlemagne　313-14
ジャングネ Ginguené, Pierre-Louis　123
ジャンジャンブル Gengembre, Gérard　134
『19 世紀万有大辞典』（ラルース）　113
『習俗論』（ヴォルテール）　137-38, 142-44, 217, 219-20
『修道女』（ディドロ）　149
『17・18 世紀フランス文学におけるアメリカと異国的夢想』（シナール）　250
『16 世紀フランス文学におけるアメリカ異国趣味』（シナール）　250
ジュリアン Jullian, Camille　276
ジュリー・デタンジュ Étanges, Julie d' 63
『殉教者』（シャトーブリアン）　93-94, 304, 305, 329, 333, 337-38, 342-43
ジョークール Jaucourt, Louis de　145, 287
『諸革命論』（シャトーブリアン）　10, 18, 93-94, 111-12, 155, 314, 346-60, 365-69, 372, 374, 377
『書簡詩集』（ボワロー）　267
ジョンソン Johnson, Samuel　186-87
『神学政治論』（スピノザ）　318
『神学大全』（トマス・アクィナス）　67, 198
『神曲』（ダンテ）　330
『真空論序言』（パスカル）　20
『人口の原理』（マルサス）　150, 154-56
『新世界について』（ピエトロ・マルティーレ）　223-25, 246-48
『神殿擁護』（リバニオス）　177
進歩 progrès　156, 371, 375, 391
　——の力としてのキリスト教　99, 123, 130-31
　——の阻害要因としてのキリスト教　128
スイス人
　よき——　351-54, 357, 358, 368, 372
スーエル Souël, Père　379
スキタイ人
　よき——　351-54, 357, 358, 364, 368
スキピオ Scipio Aemilianus　244
スタール夫人 Staël-Holstein, Anne-Louise-Germaine Necker, baronne de　19, 68, 128-29, 155, 269, 389
「スターバト・マーテル」（ペルゴレージ）　68
スタンダール Stendhal　130-31
スティリコ Stilicho, Flavius　177
ストラボン Strabon　307, 354

ストロウスキー Strowski, Fortunat 47
スピノザ Spinoza, Baruch de 318
スピノザ主義 121
スペンサー Spenser, Edmund 7
世紀病 mal du siècle
　——と原罪 46
　——を病むパスカル 48
『政治学』（アリストテレス） 4, 75, 194, 197-98, 201, 213-14, 272-73
『聖書』 8, 35, 114, 147, 195, 220, 307, 308
　『コリント前書』 198
　『ローマ書』 198, 199
　『ガラテア書』 208
セイヤー Sayre, Gordon M. 368
セネカ Seneca, Lucius Annaeus 318
セプルベダ Sepúlveda, Juan Ginés de 4, 195-204, 207, 209, 211-13
セリエ Sellier, Philippe 22, 266
セリュタ Céluta 363-65
『善悪の彼岸』（ニーチェ） 391
宣教
　——による野生人の人間化 159
　——の目的は文明化とは異なる 108-11
　——と植民地政策 115-16, 136-37
　——とオルフェウスの事業の対比 122
　——師自らの野生化 159-60
ソフォクレス 85
ソメーズ Somaize, Antoine Baudeau de 243
ソリヌス Solinus, Gaius Julius 243

　　　　　タ　行

『第一論文』　→『学問芸術論』
『第三身分とは何か』（シエイエス） 315
『第二のデモクラテス』（セプルベダ） 197, 199-203, 207
『第二論文』　→『人間不平等起源論』

『第四の書』（ラブレー） 225
タヴノー Taveneaux, René 264
タキトゥス Tacitus, Publius Cornelius 254, 283, 290-92, 338
ダミラヴィル Damilaville, Étienne-Noël 147-48, 154
『たやすい信心』（ル・モワーヌ） 257-61
ダランベール Alembert, Jean Le Rond d' 19, 111-12, 370
ダリュ Daru, Pierre 124-25, 139, 158
『単一原理に還元された諸芸術』（バトゥ） 76-78
タンクレディ Tancredi 84
ダンテ Alighieri, Dante 330
地上楽園 219, 234
デ・パウ De Pauw, Cornélius 217, 300-01
ティエリ Thierry, Augustin 313-27, 328-30, 333, 338
ディオドロス Diodoros 307
ディック Dick, Ernst 175
ディドー Dido 84
『ティトゥス・リウィウス最初の十巻をめぐる論考』（マキアヴェッリ） 275
ディドロ　Diderot, Denis　10, 17-19, 33, 51, 85-86, 111-13, 138, 146-49, 154, 161-68, 351, 370, 380
ティユモン Tillemont, Louis-Sébastien Le Nain de 171-72
テヴェ Tévet, André 227-28, 235, 250, 380
テーバイド（テーベ地方）
　——の隠遁者 104, 159, 166, 358
テオドシウス Theodosius I 170, 172, 176-77, 339
テオドリック Théodoric le Grand 103
テオドレトス Theodoretus 172
テオプラストス Theophrastos 253
デカルト主義 48
　——と摂理史観の総合の試み

索　引

251-52
デキウス Decius　104
デステュット・ド・トラシ Destutt de Tracy, Antoine-Louis-Claude　279, 282
『哲学者と野生人』（ランドゥッチ）　277, 287, 371
『哲学書簡』（ヴォルテール）　20, 22, 41-44, 51
『テトラビブロス』（プトレマイオス）　214
デュシェ Duchet, Michèle　136
デュテルトル Dutertre, Jean-Baptiste　108
デュボス Dubos, Jean-Baptiste　77-80, 309-14, 316-19, 323, 330, 332-36, 340-41
デュポン＝ロック Dupont-Roc, Roselyne　72, 75
『テレマックの冒険』（フェヌロン）　87, 374
『伝統の諸理由』（ヴェントゥリーノ）　317
『ドイツについて』（スタール夫人）　129
『トゥスクルム論議』（キケロ）　245, 254
『道徳の系譜』（ニーチェ）　392
『道徳論』（ニコル）
　「キリスト教的礼節について」　261-63, 265
　「人間の弱さについて」　263-64
ドゥリール Delille, Jacques　369
ドゥロン Delon, Michel　17
トクヴィル Tocqueville, Alexis de　113
トドロフ Todorov, Tzvetan　377, 379
トマス・アクィナス Thomas Aquinas　4, 67, 149, 194, 198-99, 207-13, 229, 231, 233, 241, 245, 249, 264-65, 297, 359, 361-62
ドルバック Holbach, Paul-Henri Thiry d'　118, 120

奴隷　→本性的奴隷，奴隷制
奴隷制
　キリスト教の恩恵としての──廃止　125, 390
　ヴォルテールによる──の生物学的基礎づけ　220
　モンテスキューによる──の三分類　289
　モンテスキューの──批判　297
　シャトーブリアンと黒人──　390
　ニーチェと──　392-93
『トレヴーの辞典』　134, 146, 148, 293, 287, 380-81
トロイア
　欧州諸国民の──起源説　9, 277, 304-10
　──人のガリア起源説　307-08

ナ　行

ナウシカア Nausikaa　364
『ナチェズ』（シャトーブリアン）　11, 64, 269, 343-45, 363-64, 373-75, 377-79
ナポレオン Napoléon I/Napoléon Bonaparte　124, 126, 128, 139, 326, 386
ナマティアヌス Namatianus, Rutilius Claudius　173-74, 177
『南極フランス異聞』（テヴェ）　227
『ニコマコス倫理学』（アリストテレス）
ニケフォロス Nikephoros　227-28
ニコル Nicole, Pierre　261-66, 268
ニーチェ Nietzsche, Friedrich　390-93
二宮敬　14
ニノン・ド・ランクロ Lenclos, Ninon de　268, 374
人間嫌い misanthrope/misanthropie　146, 265
　「崇高な──」　51
　──の宗教としてのキリスト教　51, 178

420　　　　　　　　　索　引

　　——の体現者としての野生人　254
『人間精神進歩の歴史的概観』（コンドルセ）　133
「人間的溶接（soudure humaine）」
　　野生人のもとでのその不在
　　235-36, 249
『人間不平等起源論』（ルソー）　295,
　　361-62, 369-72, 375
ネブリハ Nebrija, Antonio de　243, 246
ネロ Nero　119, 254
ノア Noe　193, 307-08
農業
　　——と文明　105-06, 141-42, 369
　　奴隷の務めとしての——　271

　　　　　　　ハ　行

バーンハイマー Bernheimer, Richard
　　6
ハイチ　→サン＝ドマング
バイロン Byron, George Gordon　47
パウルス（隠修士）Paulus　104, 358
パウルス3世 Paulus III　195, 196, 202
パウロ Paulus　198-99, 208, 210
パウロ猫　210
『墓の彼方からの回想』（シャトーブリアン）　45-47, 59-61, 65, 69,
　　100-01, 155, 319-20, 365-66, 389-90
パグデン Pagden, Anthony　208
『博物誌』（プリニウス）　245
パコミウス Pachomius Tabennisiensis
　　104
バシレイオス Basilius Caesariensis
　　141
パスカル Pascal, Blaise　10, 17-51, 53,
　　64, 91, 93, 96, 253, 256-57, 263-65,
　　364
『パスカルと政治の理由』（フェレロル）
　　264
バトゥ Batteux, Charles　74-81, 86,
　　89, 91
ハム Cham　235, 307

パラグアイ
　　イエズス会の宣教活動　126, 133,
　　137-39, 159-60, 166, 372-73
パラス Pallas　84
『パリからイェルサレムへの旅程』（シャトーブリアン）　365
バリャドリード　195-97, 203, 206,
　　209, 212-13, 216
『バリャドリードの論争』　195
バルベー＝ドールヴィイ Barbey d'
　　Aurevilly, Jules-Amédée　76
パレストリーナ Palestrina, Giovanni
　　Pierluigi da　67
反革命
　　——と文明　131-34
ハンケ Hanke, Lewis　202-03
『反時代的考察』（ニーチェ）　393
『パンセ』（パスカル）　20-49, 264,
　　364
『パンタグリュエル』（ラブレー）　225
「蛮的／蛮人（barbare）」と「野生的／
　　野生人（sauvage）」の差異　→野生
　　的／野生人と蛮的／蛮人の差異
蛮人 barbare
　　トマスの——理解　4, 194
　　この語の簡潔な歴史　192-93
　　この語の学問的性格　194
　　「神の懲罰」としての——　103
　　〈——の侵入〉　9, 102-03, 342
ピーター Peter the Wild Boy　181-87,
　　295-96, 298, 363
ピウス7世 Pius VII　126
ピウス8世 Pius VIII　131
ピエトロ・マルティーレ Pietro Martire d'
　　Anghiera　223-25, 246-47
ビスマルク Bismarck, Otto von　391
ビトリア Vitoria, Francisco de　194,
　　204-09, 211-13, 216
『百科全書』　3, 81, 114, 116, 134, 145,
　　146, 287, 351
「イリュージョン」　81
「カナダ」（パンクックの補巻）　116

「ギリシア人の哲学」　3-4
「修道院」　145-46
「人口」　147-49
「スキタイ人，トラキア人，ゲタエ人の哲学」　351
「独身」　146-48
「野生人」　287
『百科全書への疑問』（ヴォルテール）
　「神」　116-18
　「司祭の教理問答」　119
　「人口」　145
ヒューム Hume, David　145
ビュフォン Buffon, Georges Louis Leclerc, comte de　133, 137, 295, 370
ファゲ Faguet, Emile　38
ファラモンド Pharamond　304, 337, 342
フィリップ4世 Philippe IV　314
ブーガンヴィル Bougainville, Louis Antoine de　137-38, 162, 164, 380
『ブーガンヴィル航海記補遺』（ディドロ）　10, 161-68, 380
福音化
　人間の創出としての野生人の——　133
　——抜きの文明化の展望とその困難　137-138
福沢諭吉　14
フーコー Foucault, Michel　317, 392
『諷刺詩集』（ボワロー）　268
『風俗絵巻』（ル・モワーヌ）　252-60, 263
フェーヴル Febvre, Lucien　134
『フェードル』（ラシーヌ）　78
フェヌロン Fénelon, François de Salignac de la Mothe　87, 374-75, 377-79
フェリペ2世 Felipe II　206
フェレロル Ferreyrolles, Gérard　22, 256, 264
フェロー Féraud, Jean-François　178
『ブオナパルトとブルボン』（シャトーブリアン）　320, 326
フォンターヌ Fontanes, Louis de　19, 68, 121
プトレマイオス Ptolemaios, Klaudios　214
プーフェンドルフ Pufendorf, Samuel von　297
フュマロリ Fumaroli, Marc　113
フュルティエール Furetière, Antoine　241-42, 245, 380-81
プラウトゥス Plautus　192
『ブラジル旅行記』（レリ）　227-35
プラトン Platon　57, 82, 271-72, 281, 286
ブーランヴィリエ Boulainvilliers, Henri de　310-19, 321-22, 324, 326, 327, 392
『フランク史摘要』（フレデガリウス）　305, 334-36
『フランク諸王の偉業』　305, 309, 334
フランクス／フランシオ Francus/Francio　305, 307-08, 309
『フランス語批判辞典』（フェロー）　178
『フランス詩学』（マルモンテル）　82
『フランス史についての考察』（ティエリ）　329
『フランス史についての手紙』（ティエリ）　320, 323-24
『フランス史の検討』（マブリ）　313-14
『フランス史概略』（シャトーブリアン）　324, 330-31, 335-37, 340
フランス人
　文明と蛮性・野生性の共存　343-47
『フランス聖職者の警告』　118, 135-36
フランソワ・ド・サル François de Sales　265
フランソワ1世 François Ier　126, 308
プリアモス Priamos　84, 305
フリードリヒ2世 Friedrich II　276
プリニウス Plinius Secundus, Gaius　228, 245

プルースト Proust, Marcel　61
フルーリ Fleury, Claude　170-71, 172
『ブレーズ・パスカル礼讃』（コンドルセ）　20, 34-35
ブレート・ド・ラ・グレッセ Brethe de la Gressaye, Jean　296
フレデガリウス Fredegarius　305, 309, 335-36
ブレンヌス Brennus　306
『プロヴァンシアル』（パスカル）　26, 256, 261, 264
ブーローニュ Boulogne, Étienne Antoine de　121-22, 125
文化 Kultur
　文明と——　391-92
『文学講義』（ラ・アルプ）　92-93
『文学について』（スタール夫人）　129, 155
フンボルト Humboldt, Alexander von　191
文明 civilisation
　『トレヴーの辞典』による定義　134
　イスラム的オリエントとヨーロッパにおける——　6
　人間の創出としての——化　182
　——化の動力としての詩　267
　——化の動力としての商業　281
　——発展の四段階理論　287
　——化の果ての野生化の仮説　346
　複数の——（化）の仮説　376
『文明論之概略』（福沢）　14
ヘクトール Hektor　84, 307
ヘーゲル Hegel, Georg Wilhelm Friedrich　13
ベーコン Bacon, Francis　116
ベック Becq, Annie　50, 79
ベティック　374
ベートーヴェン Beethoven, Ludwig van　53-54
ペトラルカ Petrarca, Francesco　7
ベニシュー Bénichou, Paul　45, 54
ベネディクトゥス Benedictus　68

ヘラクレス（リビアの）Hercule libyen　307
ペリエ Perier, Françoise Gilberte Pascal　43, 45, 51
ベール Bayle, Pierre　144
ペルゴレージ Pergolesi, Giovanni Battista　68
『ペルシア人の手紙』（モンテスキュー）　144-45, 148, 164
ベルナルダン・ド・サン＝ピエール Bernardin de Saint-Pierre, Jacques-Henri　86-87, 251
ベロッソス Berossus　193, 307
ヘロドトス Herodotos　304, 351, 354
『弁明的インド誌提要』（ラス・カサス）　193, 209-12, 214-16
『ヘンリー5世』（シェイクスピア）　186
『法学提要』　205
『法の精神』（モンテスキュー）　121, 129, 137, 145, 146, 271-302, 311-12, 319, 363
『法律』（プラトン）　57
ボエティウス Boethius, Anicius Manlius Severinus　103
ポーコック Pocock, J. G. A.　274-76
『牧歌』（ウェルギリウス）　246
ボードレール Baudelaire, Charles　50, 394
ポーロ Polo, Marco　211, 223
ボシュエ Bossuet, Jacques Bénigne　127, 251-52, 383
ポステル Postel, Guillaume　308
ボナパルト　→ナポレオン
ボナルド Bonald, Louis de　131, 133-34
ボニファティウス3世 Bonifatius III　171
ポミアン Pomian, Krzysztof　306
ホメロス Homeros　142
ポモー Pomeau, René　118
ホラティウス Horatius　266-77, 354,

368
ポリフォニー　67-68
ポレ Porée, Charles　114
ホワイト White, Hayden　381
ボワロー Boileau, Nicolas　73, 79, 92, 95, 266-69
本性的奴隷
　アリストテレスによるその定義　197
　セプルベダの定義の曖昧さ　202
　ラス・カサスにおけるこの学説の承認　213
　コロンブスのこの学説に対しての無知　221

マ　行

『マキアヴェッリ的モーメント』（ポーコック）　274
マタイ Matthaeus　69, 227
マッケンジー Mackenzie, Alexander　345-46
マブリ Mably, Gabriel Bonnot de　111-112, 313-14, 318
マリー＝ルイーズ Marie Louise　124
マルケルス（アパメアの）Marcellus　171-72
マルサス Malthus, Thomas Roobert　150-51, 154-56
マルティヌス（トゥールの）Martinus Turonensis　170-72
マルモンテル Marmontel, Jean-François　80-83, 86
ミシェル Michel, Pierre　277
ミメーシス／模倣 mimèsis/imitation　57, 68, 70, 72-83, 85, 87, 89, 91-92, 96
　美しい自然の模倣 imitation de la belle nature　57, 78
ミラボー Mirabeau, Victor Riqueti, marquis de　134
ミルトン Milton, John　62

ムラトーリ Muratori, Lodovico Antonio　216
メーストル Maistre, Joseph de　131-34, 138, 150-52, 154, 156, 390
メナージュ Ménage, Gilles　242, 243
メランコリー／憂鬱
　キリスト教と──　17, 19, 33, 49, 53, 60-61, 66, 69-70, 96, 257
　野生人と──　357, 362, 364, 369, 379, 382
メロヴィス Merovis　304
『メロヴィング朝物語』（ティエリ）　329
『メロープ』（ヴォルテール）　81, 114
モテット　68
『模範書簡集』　251
模倣　→ミメーシス
モラヴィア Moravia, Sergio　376-77
モラス Moras, Joachim　134
モラリスト
　フランス──の人間学的前提　253
モラン Morin, Henri　146
モルレ Morellet, André　90-91, 126
モレ Molé, Mathieu　129
モンテーニュ Montaigne, Michel de　5, 10, 47, 184, 235-41, 248-52, 256, 359-60, 380
モンテスキュー Montesquieu, Charles-Louis de Secondat de　111, 116, 121, 129, 133, 137, 144-48, 164, 271-303, 311-13, 317-19, 362-63, 370, 381

ヤ　行

野人 homme sauvage/wild man/salvaje　6-8, 191, 247, 259, 380
野生児（enfant）sauvage　181, 295-98, 363
　──と未開人の同一性　295-96
「野生的／野生人（sauvage）」と「蛮的／蛮人（barbare）」の差異

167-68, 178, 232-33, 287, 292-93
野生人 sauvage
　アメリカ先住民の一般的呼称としての　190, 225
　心的——　354, 357-58, 364-65, 367, 377-78, 386
　よき——　184, 225, 250, 358-61, 365, 367, 377
　——としての哲学者　241
　——としての隠遁者　8, 256-58
　二種の——の出会い　268-69
「野蛮人」　181-88
ヤペテ Japheth　277, 307
憂鬱　→メランコリー
ユスティヌス Justinus, Marcus Junianus　354
ユドール Eudore　304, 337, 342
ユピテル Jupiter　47, 171-72, 342
ユリアヌス Julianus, Flavius Claudius　172, 176, 339
『妖精女王』（スペンサー）　7
『四つの詩学』（バトゥ）　74-76, 80
「ヨーロッパ意識の危機」　251

ラ　行

ラ（・）オンタン Lahontan, Louis Armand de Lom d'Arce, baron de　108-09, 184, 250
ラ・アルプ La Harpe, Jean-François de　92-93, 96, 154
ラ・フォンテーヌ La Fontaine, Jean de　117, 269, 377
ラ・ブリュイエール La Bruyère, Jean de　253, 374
ラヴジョイ Lovejoy, Arthur O.　369-71
ラクルテル Lacretelle, Pierre Louis de　126
ラシーヌ Racine, Jean　78, 85, 113, 265-66
ラシュディ Rushdie, Salman　13
ラス・カサス Las Casas, Bartolomé de　4, 193-96, 203, 206, 209-36, 239
ラバルト Labarthe, Patrick　50
ラブレー Rabelais, François　225, 250
ラマルティーヌ Lamartine, Alphonse de　31, 88
ラモワニョン Lamoignon, Chrétien François de　267
ラルース Larousse, Pierre　113
ラロ Lallot, Jean　72, 75
ランセ Rancé, Armand Jean Le Bouthillier de　59, 67-68, 383-84
『ランセの生涯』（シャトーブリアン）　11, 59-60, 64, 383-86
ランドゥッチ Landucci, Sergio　277, 287, 371
ランボー Rimbaud, Arthur　393
リウィウス Livius, Titus　141
リシャール Richard, Jean-Pierre　65
リバニオス Libanios　172-73, 176-77
リボー Ribault, Jean　250
リュクルゴス Lykourgos　348
『両インド史』（レナル）　112-13, 136, 138
リョッチ Gliozzi, Giuliano　250
ル・ゴフ Le Goff, Jacques　6, 8
ル・ナン Le Nain, Dom Pierre　67-68
ル・モワーヌ Le Moyne, Pierre　252-61, 263, 268, 360
ルイ＝フィリップ Louis Philippe　325
ルイ 12 世 Louis XII　308
ルイ 14 世 Louis XIV　19, 25, 115, 126, 251, 311, 374, 378, 384
ルイ 18 世 Louis XVIII　324
ルガ Leguat, François　384-85
ルカーチ Lukács György　317
ルギャール Regard, Maurice　120
ルクレティウス Lucretius　246, 248
ルソー Rousseau, Jean-Jacques　67, 79, 111-12, 116, 118-20, 128, 135, 160, 166-67, 184, 250-51, 295, 348, 350,

索　引

352, 355, 361–62, 366, 368–73, 376
ルナン Renan, Ernest　242
ルニョー・ド・サン=ジャン・ダンジェリ Regnaud de Saint-Jean d'Angély, Michel　126
『ルネ』（シャトーブリアン）　45–46, 90, 95, 100, 127, 365, 378–79
ルネ René　45–46, 106, 124, 344, 363, 378–80, 382, 386
ルメール・ド・ベルジュ Lemaire de Belges, Jean　307
礼節 civilité
　社交界の――と「キリスト教的――」261–65
レヴィ=ストロース Lévi-Strauss, Claude　5, 195
レオ12世 Leo XII　130
『歴史』（ヘロドトス）　351
『歴史研究』（シャトーブリアン）　11, 100–01, 169–78, 309, 319, 322, 324, 330, 338–40
『歴史哲学講義』（ヘーゲル）　13
レストランガン Lestringant, Frank　225, 227, 228

レストランジュ Lestrange, Augustin de　385
レナル Raynal, Guillaume-Thomas　111–13, 138
レリ Léry, Jean de　5, 14, 227–36, 238, 249–50, 359, 380
ロイ Roy, Arundhati　13
ロサル Rosal, Francisco del　243
『ローマ散歩』（スタンダール）　131
『ローマ人盛衰原因論』（モンテスキュー）276
『ローマ帝国衰亡史』（ギボン）　105, 140–43, 170–77, 192, 291, 331
ロマン主義
　「キリスト教の――」　31, 92
　――者に対する『ルネ』の影響　45
　「――的パスカル」　48
ロンサール Ronsard, Pierre de　250

ワ　行

『若きアナカルシスのギリシアへの旅』（バルテレミ）　351
「悪い血」（ランボー）　394

Solitaires, Sauvages et Barbares :
le destin moderne de trois hantises de la civilisation

Daisuke KATAOKA

Chisenshokan Tokyo
2012

Résumé

On reconnaissait traditionnellement deux étymologies possibles au mot « sauvage », qu'on rattachait comme aujourd'hui à *silvaticus*, ou encore à *solivagus* : proposition fausse, quoique ce dernier terme, mot cicéronien évoquant une errance solitaire en dehors des normes de la cité humaine, n'en exprime pas moins ce que « sauvage » implique. Tracer une généalogie de la figure du Sauvage, en la croisant dans cet essai avec deux autres qui lui sont contiguës – le Barbare et le Solitaire –, revient donc à dessiner celle de l'idée de civilisation. Tout en analysant des textes de divers auteurs, depuis les jusnaturalistes espagnols du Siècle d'Or jusqu'aux historiens libéraux français de la Restauration, nous adoptons comme fil conducteur dans la présente étude l'œuvre de François-René de Chateaubriand, écrivain et politique français (1768-1848).

Première partie
Religion, poétique et civilisation au tournant des Lumières : autour du *Génie du christianisme*

Chapitre premier
Chateaubriand infidèle disciple de Pascal

Chateaubriand, dans le *Génie du christianisme* de 1802, croit pouvoir mettre sa tentative apologétique de la religion catholique sous l'égide de Pascal. La célèbre formule de cette bête noire des philosophes — « Le cœur a ses raisons que la raison ne connaît point. » — lui donne ainsi prétexte d'exalter une religion sentimentale. Pourtant, le cœur est chez l'auteur des *Pensées* l'organe récepteur d'une révélation surnaturelle qui engendre une croyance solide et définitive, rendant donc inutile tout effort argumentatif, loin de celle qui, chez Chateaubriand, sert seulement de point de départ pour suivre ensuite la voie du raisonnement : c'est précisément par cette référence pascalienne de Chateaubriand que révèle de manière flagrante le contraste de leurs deux conceptions religieuses. La réception de Pascal chez l'auteur du *Génie* est ainsi fortement influencée par l'héritage des Lumières, voire par celui de Voltaire : ce dernier élabore en effet la figure d'un Pascal malade et ne cessant de voir le monde entier sous son aspect douloureux, figure que Chateaubriand conserve et s'approprie pour en retourner la valeur. Dans un ouvrage présentant, suivant la logique biblique, les hommes après le péché originel comme irrémédiablement sujets à une maladie mortelle, Pascal se voit ainsi attribuer une place de héros parmi eux.

Chapitre II
La poétique classique et Chateaubriand

Selon la *Poétique* d'Aristote, la mimèsis est avant tout un art d'abstraction intellectuelle par lequel on peut atteindre, à partir des objets particuliers de notre monde réel et aléatoire, la connaissance des idées générales. Chez ce philosophe, le plaisir d'une œuvre d'art étant surtout engendré par une telle connaissance, celui procuré par ses dimensions sensibles reste par conséquent accessoire et secondaire. Or, les théoriciens de la poétique classique en France, qui dominent aux XVIIe et XVIIIe siècles, méconnaissant ce principe fondamental de la poétique du philosophe grec en dépit de leur aristotélisme avoué, font de l'art d'ajouter des dimensions agréables aux impressions de la réalité la fonction essentielle de l'activité mimétique. Après avoir réexaminé la poétique classique française et y avoir trouvé le principe d'une infériorité ontologique, nous montrons ici la survivance de ce même principe dans la théorie poétique de Chateaubriand, souvent considérée comme un dépassement du classicisme. Sa « théologie poétique » ne consiste qu'en un mélange de ce principe classique de la dualité esthétique et d'un autre dualisme fondant la religion chrétienne, qui nous offre le double tableau du salut céleste et des misères terrestres. C'est ainsi que naît chez Chateaubriand, à partir de la vision chrétienne du monde, une poétique de la mélancolie.

Chapitre III
Chateaubriand au miroir du discours sur la religion au siècle des Lumières

Souvent perçu comme une apologétique esthétique, le *Génie du christianisme* ne se limite pourtant pas à la simple exaltation ressentie devant « les beautés de la religion chrétienne ». Décrivant le processus historique qui mène de la décadence de l'Empire romain à l'établissement des royaumes barbares, Chateaubriand y souligne aussi le rôle essentiel joué par la religion chrétienne à cette époque cruciale : force civilisatrice, elle a empêché la destruction totale de l'héritage culturel de l'Antiquité par les Barbares et l'a conservé pour les futures générations européennes. Cette approche sera constante dans les œuvres postérieures de Chateaubriand, comme en témoignent les *Études historiques*, parues en 1831, où se dévoile cependant un autre regard sur le rapport du christianisme et des Barbares : tandis que l'ouvrage de 1802 les mettait en opposition, celui de 1831 reconnaît, dans la simultanéité de la première apparition des Barbares aux frontières de l'Empire et de la naissance de la religion chrétienne, « la combinaison de la force intellectuelle et de la force matérielle pour la destruction du monde païen ». L'Évangile se serait donc répandu, dans ce processus de rupture avec la civilisation romaine, en sorte de donner une justification spirituelle à la destruction physique dont se chargent les Barbares. L'écrivain va plus loin et décrit les violences exercées par certains chrétiens envers la civilisation païenne. Malgré des regrets convenus devant ces brutalités déplorables mais inévitables, puisque faisant partie d'une action providentielle, l'auteur de *René* cache à peine, dans son récit des actes de cruauté commis par les moines, la fascination ambiguë que lui inspire leur barbarie, voire leur sauvagerie. En suggérant que le christianisme, accusé dès sa naissance de misanthropie, est précisément caractérisé par son étrangeté au monde civilisé, l'écrivain ne dévoile-t-il pas l'équivoque de son propre sentiment face à la civilisation ? Sentiment corroboré lorsque nous le lisons dans le contexte associant religion et civilisation au siècle des Lumières, au croisement de trois figures qui, chacune à sa façon, incarnent un rapport inquiétant aux valeurs du monde civilisé, celles du Solitaire, du Sauvage et du Barbare.

Deuxième partie
Solitaires, Sauvages et Barbares

Chapitre premier
Deux réflexions préliminaires

C'est au plus tard avant le premier voyage de Jacques Cartier en 1534 que la langue française adopte le mot « sauvage » comme nom le plus commun attribué aux peuples du Nouveau Monde, ce qui n'est le cas ni en espagnol ni en anglais, où le mot venu du français, *savage*, est graduellement restreint à sa connotation péjorative pour laisser à un autre, *wild*, un registre sémantique plus large. Quand il s'agit de nommer les habitants du monde nouvellement découvert, les Anglais s'accoutument vite à l'appellation *Indians*, terme emprunté à l'espagnol, qui a naturellement donné aux peuples conquis le nom d'*Indios*, puisque les *Indias* étaient principalement pour les Espagnols les continents américains et les îles des Caraïbes, à la différence des Indes orientales, où prospérait à cette même époque le commerce portugais.

Or, tandis qu'ils réservent le mot *salvaje*, équivalent du mot français, à cette figure folklorique de l'homme sauvage couvert de poils et errant dans les forêts européennes, les Espagnols du Siècle d'Or, dans leurs discussions sur le statut théologico-juridique des Amérindiens, les désignent encore par un autre mot : *bárbaros*. En analysant les définitions proposées par Vitoria (1539), Sepúlveda et Las Casas (protagonistes de la fameuse controverse de Valladolid en 1550-1551), nous montrons ici comment les débats de l'époque s'axent toujours sur la stricte compréhension thomiste du terme, qui consiste à faire des barbares des êtres dépourvus de raison et ignorant la loi naturelle, base même de toute cité humaine. Quand Las Casas, Apôtre des Indiens, veut défendre ses peuples, il le fait donc en rejetant qu'ils soient des barbares, au strict sens thomiste du terme. Être barbare ne revêt alors aucun aspect positif.

Chapitre II
Les Français et les Sauvages

Au contraire d'un Las Casas face au mot *bárbaros*, les Français du XVIe siècle, quand ils sont tentés de faire l'apologie des peuples du Nouveau Monde, peuvent maintenir leur choix de dénomination, car le mot « sauvage », conçu dans sa proximité avec la nature, et pour autant que celle-ci se trouve dotée d'une fonction normative comme dans la loi naturelle, est susceptible d'impliquer une haute valeur morale. Aussi Montaigne en propose-t-il, dans un célèbre passage des *Essais* (I-XXX *Des Cannibales*), une définition positive : « Ils sont sauvages, de même que nous appelons sauvages les fruits que nature, de soi et de son progrès ordinaire, a produits. » Il pourra donc exister de « bons sauvages », pour employer l'expression consacrée dans le vocabulaire courant vers le milieu du XIXe siècle, parallèlement à celle de *Noble Savage* au Royaume-Uni. Pourtant, si Montaigne affirme la possibilité de cette "sauvagerie" positive, cela ne l'empêche pas de considérer un tel emploi du mot comme marginal, puisqu'il continue dans la même phrase : « là où à la vérité, ce sont ceux que nous avons altérés par notre artifice et détournés de l'ordre commun, que nous devrions appeler plutôt sauvages » (*ibid.*). Être sauvage ne cesse donc jamais, même chez l'auteur d'un dithyrambe en l'honneur des Tupinamba, de désigner proprement le dehors des normes de la vie humaine. Le philosophe qui aurait oublié l'utilité sociale dans une étude immodérée n'en est pas moins proprement un sauvage aux yeux de Montaigne. L'opposition civilisé-sauvage ne recoupe donc pas celles d'européen-non européen, ou de chrétien-non chrétien : dans le vocabulaire moraliste français, le caractère sauvage au sens ordinaire (et donc négatif) a pour figure privilégiée le solitaire, notamment le saint ermite ayant choisi la retraite dans le désert. Les Français du XVIIe siècle, dans une indifférence générale aux peuples de la Nouvelle-France, continuent ainsi de parler de sauvages errant aux marges des villes européennes. En dépit de quoi, parmi les poètes du Grand Siècle, notamment ceux qui sympathisent d'une façon ou d'une autre avec la position des jansénistes, se trouvent quelques exemples où le mot « sauvage » a une connotation sinon totalement positive, du moins équivoque. Et si les écrivains et les poètes du siècle de Louis XIV ne confondent pas les *silvestres homines* ignorant la société avec le poète sauvage qui veut la fuir, l'auteur des *Natchez*, plus d'un siècle après, peut croiser, confondre et identifier ces deux figures, en réunissant de façon inattendue dans le salon de Ninon de Lenclos les deux "sauvages" que furent Chactas et La Fontaine…

Chapitre III
Solitaires, Sauvages et Barbares chez Chateaubriand

Chez Chateaubriand, qui fait du solitaire de Port-Royal le héros mélancolique d'un monde malade, un même sentiment équivoque et inquiétant envers la civilisation se révèle à travers les deux autres figures du barbare et du sauvage. Au contraire des *bárbaros* dans les débats du Siècle d'Or espagnol sur les Amérindiens, les barbares sont perçus chez notre auteur comme partie intégrante de sa propre nation. Alors que depuis le VIIe siècle, l'historiographie des nations européennes leur imaginait unanimement une ascendance troyenne afin d'afficher leur racine commune avec l'Empire romain, les découvertes des humanistes italiens ont changé la donne : « l'italianisation » des Troyens a poussé les autres pays européens à faire face à leur origine barbare. En France, après une apothéose délirante des Gaulois au XVIe siècle, qui les imagina *ancêtres* des Troyens et non l'inverse, l'historiographie oublia ce lien imaginaire et autrefois si cher avec cette nation antique, et fut ensuite en proie à une dispute mettant en scène le conflit de deux nations, Francs envahisseurs contre Gaulois autochtones. Au tournant des Lumières, cette logique de division, soutenue de façon systématique au début du XVIIIe siècle par Henri de Boulainvilliers pour défendre les droits de la noblesse d'épée, se renverse chez les révolutionnaires et les libéraux, s'imaginant de leur côté descendants des Gaulois conquis, de nouveau en armes pour ouvrir une perspective de subversion et ambitionner une reconquête du pouvoir. C'est dans ce contexte historique que Chateaubriand nous intéresse par son attitude équivoque face à l'histoire de France. Aristocrate et royaliste en même temps qu'ami d'historiens libéraux tel Augustin Thierry, il se montre l'un des rares défenseurs de la théorie de l'abbé Dubos, qui avait réfuté Boulainvilliers, en proposant dans les *Études historiques* le concept d'un « empire romain-barbare ». Dans un mélange insoluble des deux peuples barbares, ayant hérité de l'Empire romain les acquis institutionnels et la civilisation, les Français, comme on a pu l'observer dans le développement de la Révolution ainsi que dans les forêts de la Nouvelle-France, conservent à jamais leur caractère unique, capable de s'incarner aussi bien aux deux extrêmes : « les plus civilisés des hommes, ils en deviennent, quand ils le veulent, les plus barbares », comme l'écrivain le fait dire à Chactas, le Sachem aveugle des Natchez, quand il s'adresse à René, son jeune ami français.

Quant à la figure du sauvage, Chateaubriand précise dès son premier ouvrage (*Essai sur les révolutions* de 1797) qu'il s'agit pour lui du « sauvage mental ». Rien d'étonnant donc à ce que *Les Natchez*, conçu à la même époque comme une « épopée de l'homme de la nature » s'ouvrant par la déclaration : « je veux raconter vos malheurs, ô Natchez ! ô nation de la Louisiane ! », se termine, laissant à l'arrière-plan cet objectif proclamé, par une condamnation de l'humeur sauvage du jeune Français René, que son portrait au début du récit qualifiait de « sauvage parmi des sauvages ». Dans la *Vie de Rancé* (1844), son dernier texte, le continent américain ne sert plus que de scène sur laquelle se déroule le voyage de « la solitude ambulante », image choisie par le vieil écrivain pour désigner les religieux de la Trappe fuyant l'Europe postrévolutionnaire. Même s'il a pu être tenté de projeter ailleurs un fantasme d'état de nature, déjà dépassé à son époque de démythification des peuples amérindiens, Chateaubriand renvoie *in fine* son « sauvage mental » au for intérieur des individus européens. Au croisement de ces deux types de "sauvagerie" et de deux anthropologies, classique et ethnologique, on assiste chez lui à la naissance d'une sensibilité littéraire moderne.

片岡　大右（かたおか・だいすけ）

1974年生まれ。東京大学文学部，高等師範学校（パリ），パリ第8大学DEA課程に学んだ後，東京大学大学院人文社会系研究科にて博士号取得。日本学術振興会特別研究員（DC2／PD）を経て，現在，東京大学大学院人文社会系研究科研究員。
〔最近の業績〕「革命家と首相の見たアフリカとカリブ海域」（三宅芳夫編『移動と革命』論創社，2012年），フランソワ・ドゥノール／アントワーヌ・シュワルツ『欧州統合と新自由主義──社会的ヨーロッパの行方』（小澤裕香との共訳，論創社，2012年），ポール・ベニシュー『作家の聖別』（片岡監訳，原大地・辻川慶子・古城毅との共訳，水声社，近刊）。

〔隠遁者，野生人，蛮人〕　　　　　　ISBN978-4-86285-128-4

2012年3月25日　第1刷印刷
2012年3月30日　第1刷発行

著者　片岡大右
発行者　小山光夫
製版　ジャット

発行所　〒113-0033 東京都文京区本郷1-13-2
電話03(3814)6161　振替00120-6-117170
http://www.chisen.co.jp
株式会社 知泉書館

Printed in Japan　　　　　　印刷・製本／藤原印刷